TERRY GOODKIND

Das Schwert der Wahrheit

Zehntes Buch

Das Schwert der Wahrheit bei Blanvalet:
Das erste Gesetz der Magie
Die Schwestern des Lichts
Die Günstlinge der Unterwelt
Der Tempel der vier Winde
Die Seele des Feuers
Schwester der Finsternis
Die Säulen der Schöpfung
Das Reich des dunklen Herrschers
Die Magie der Erinnerung
Am Ende der Welten
Konfessor

Die Legende von Richard und Kahlan bei Blanvalet:
Dunkles Omen
Im Reich der Jäger
Die Seelen der Toten
Das Herz des Bösen

Wahrheit – Die Legende der Magda Searus

TERRY GOODKIND

AM ENDE DER WELTEN

DAS SCHWERT DER WAHRHEIT

Zehntes Buch

Roman

Deutsch von Caspar Holz

blanvalet

Die Originalausgabe erschien 2006 unter dem Titel
»Phantom« bei Tor Books, New York.

FSC
www.fsc.org
MIX
Papier aus verantwortungsvollen Quellen
FSC® C014496

Penguin Random House Verlagsgruppe FSC® N001967

1. Auflage
Taschenbuchausgabe 2021 bei Blanvalet,
einem Unternehmen der Penguin Random House Verlagsgruppe GmbH,
Neumarkter Str. 28, 81673 München

Published in agreement with the author
c/o Baror International, Inc., Armonk, New York, USA
Redaktion: Werner Bauer
Umschlaggestaltung: © Isabelle Hirtz, Inkcraft
nach einer Originalvorlage von Head of Zeus
Umschlagdesign: kid-ethic
Umschlagbild: Shutterstock.com
DN · Herstellung: sam
Satz: GGP Media GmbH, Pößneck
Druck und Bindung: GGP Media GmbH, Pößneck
Printed in Germany
ISBN 978-3-7341-6245-9

www.blanvalet.de

Für Phil und Debra Pizzolato und deren Kinder Joey, Nicolette, Philip und Adriana, die mich mit ihrer Liebe und ihrem Lachen stets daran erinnern, wie kostbar das Leben ist

Die folgenden Personen waren mir
bei der Verwirklichung
von *Phantom* eine unschätzbare Hilfe:
Brian Anderson
Jeff Bolton
R. Dean Bryan
Dr. Joanne Leovy
Mark Masters
Desirée und Dr. Roland Miyada
Keith Parkinson
Phil und Debra Pizzolato
Tom und Karen Whelan
Ron Wilson

Jeder Einzelne von ihnen war stets für mich da, wenn ich ihn am meisten brauchte. Jeder von ihnen verfügt über einzigartige Fähigkeiten, die eine Schlüsselrolle bei der Verwirklichung dieses Buches gespielt haben. Jeder von ihnen bringt allein schon dadurch Freude in mein Leben, dass er ganz er selbst ist.

In liebevollem Gedenken an Keith Parkinson

Wer hergekommen ist, um zu hassen,
sollte nun gehen, denn in seinem Hass
verrät er nur sich selbst.

aus *Das Buch des Lebens*

I

Mucksmäuschenstill, den Kopf zwischen die Schultern gezogen, stand Kahlan etwas abseits in den Schatten unter dem kleinen Vordach, beobachtete, wie das Böse leise an die Tür klopfte – und hoffte inständig, dass niemand auf das Klopfen antworten würde. So gerne sie die Nacht im Trockenen, mit einem Dach über dem Kopf, verbracht hätte, wollte sie dennoch nicht, dass das Unheil unschuldige Menschen heimsuchte. Trotzdem war sie sich nur allzu bewusst, dass sie nicht den geringsten Einfluss darauf hatte.

Durch die schmalen Fenster zu beiden Seiten der Tür war der flackernde Schein einer einzelnen Laterne zu erkennen, dessen blasser, schimmernder Abglanz sich auf dem nassen Fußboden der Veranda widerspiegelte. Über ihrem Kopf hing, an zwei Eisenringen befestigt, ein Ladenschild, das jedes Mal, wenn es im windgepeitschten Regen hin und her schwang, ein Knarren und Quietschen von sich gab. Auf diesem dunklen, regennassen Ladenschild waren die gespenstisch weißen Umrisse eines gemalten Pferdes zu erkennen. Das durch die Fenster fallende Licht reichte nicht, um den Namen zu entziffern, aber da die drei anderen Frauen, die bei ihr waren, seit Tagen über kaum etwas anderes gesprochen hatten, wusste sie, dass der Name wohl Gasthaus zum Weißen Ross lauten musste.

Nach dem Geruch von Mist und feuchtem Heu zu urteilen vermutete sie, dass eines der dunklen Gebäude nahebei ein Stall sein musste. In der vereinzelt aufgleißenden Helligkeit der fernen Blitze konnte sie gerade eben die ungeschlachten, kantigen Umrisse einiger dunkler Gebäude ausmachen, die geisterhaft jenseits der Wassermassen des strömenden Regens aufragten. Trotz des unablässigen Rauschens des wolkenbruchartigen Regens und des Donnergrollens schien das Dorf in tiefem Schlaf zu liegen. In einer so dunklen, scheußlichen Nacht konnte Kahlan sich kein angenehmeres Plätzchen vorstellen als sicher und warm zusammengerollt unter einer Bettdecke.

In einem nahen Stall wieherte ein Pferd, als Schwester Ulicia ein zweites Mal anklopfte, lauter und nachdrücklicher diesmal und offensichtlich entschlossen, sich trotz des tosenden Regens Gehör zu verschaffen, wenngleich nicht energisch genug, um den Eindruck von Feindseligkeit zu erwecken. Schwester Ulicia, die sonst gelegentlich zu impulsiven Rücksichtslosigkeiten neigte, schien sich bewusst Zurückhaltung auferlegt zu haben. Der Grund war Kahlan unbekannt, sie nahm aber an, dass es etwas mit dem Zweck ihres Hierseins zu tun hatte; ebenso gut konnte es aber auch auf ihre sprunghafte Launenhaftigkeit zurückzuführen sein. Mit der stets schwelenden Übellaunigkeit dieser Frau verhielt es sich wie mit einem Blitz – sie war nicht nur gefährlich, sondern vollkommen unberechenbar. Nicht immer gelang es Kahlan, exakt vorherzusehen, wann Schwester Ulicia zuschlagen würde, und dass sie es bislang unterlassen hatte, hieß noch lange nicht, dass es so bleiben musste. Auch die beiden anderen Schwestern waren nicht besserer Laune oder neigten weniger zu Wutanfällen. Nichtsdestoweniger nahm Kahlan an, dass die drei in Kürze ruhig und friedlich das Wiedersehen feiern würden.

Ganz in der Nähe blitzte es, so nahe, dass die blendend grelle, aber nur kurz währende Helligkeit für einen kurzen Moment eine ganze Straße von Gebäuden erkennen ließ, die sich dicht an die morastige, von Fahrspuren durchzogene Straße drängten. Gleich darauf folgendes Donnergrollen hallte durch die hügelige Landschaft und ließ den Boden unter ihren Füßen erzittern.

Kahlan wünschte sich, es gäbe etwas – wie ein Blitz, der ansonsten im Dunkel der Nacht verborgene Dinge offenbarte –, das ein wenig Klarheit in die verborgenen Erinnerungen an ihre Vergangenheit bringen, ein wenig Licht auf das dunkle Rätsel ihrer Person werfen könnte. Sie verspürte das heftige Bedürfnis, sich der Schwestern endlich zu entledigen, das brennende Verlangen, endlich selbst über ihr Leben zu bestimmen und herauszufinden, worin es eigentlich bestand. Das immerhin wusste sie über sich. Und sie wusste auch, dass diese Einstellung auf irgendwelche Erlebnisse gründen musste. Für sie stand außer Frage, dass da irgendetwas sein musste – Menschen, Ereignisse –, die sie zu der Frau gemacht hatten, die sie jetzt war; aber sosehr sie sich auch bemühte, es sich in Erinnerung zu rufen, es war ihr entfallen.

An jenem grauenvollen Tag, als sie im Auftrag der Schwestern die Kästchen der Ordnung gestohlen hatte, hatte sie sich geschworen herauszufinden, wer sie in Wahrheit war – und dass sie eines Tages frei sein würde!

Als Schwester Ulicia zum dritten Mal anklopfte, war von drinnen eine gedämpfte Stimme zu vernehmen.

»Ich hab Euch ja gehört!« Die Stimme eines Mannes. Seine Füße tappten eine hölzerne Stiege herab. »Bin ja gleich da!«

Mit einem verdrießlichen Ausdruck wandte sich Schwester Ulicia zu Kahlan herum. »Du weißt, dass wir hier etwas zu erledigen haben.« Warnend hob sie einen Finger vor Kahlans Gesicht. »Denk also nicht einmal daran, uns Ärger zu machen, oder dir widerfährt das Gleiche wie beim letzten Mal.«

Die Erinnerung ließ Kahlan schlucken. »Ja, Schwester Ulicia.«

»Ich kann nur hoffen, dass Tovi uns ein Zimmer besorgt

hat«, klagte Schwester Cecilia. »Ich bin nicht in der Stimmung, mir anzuhören, es sei alles voll.«

»Es wird schon noch Platz geben«, beteuerte Schwester Armina beschwichtigend und durchkreuzte damit Schwester Cecilias Angewohnheit, stets vom Schlimmsten auszugehen.

Anders als Schwester Cecilia war sie nicht schon älter, sondern fast ebenso jung und attraktiv wie Schwester Ulicia, in Anbetracht ihres Wesens war ihr Aussehen für Kahlan allerdings vollkommen bedeutungslos. In Kahlans Augen waren sie alle Nattern.

»Wie auch immer«, setzte Schwester Ulicia im Flüsterton hinzu, den Blick starr auf die Tür gerichtet, »es wird noch Platz geben.«

Die Tür wurde einen Spaltbreit geöffnet, und das schattenhafte Gesicht eines Mannes, der noch damit beschäftigt war, seine Hose unter dem Nachthemd zuzuknöpfen, spähte ihnen entgegen. Er bewegte seinen Kopf ein wenig nach rechts und links, um die Fremden mit einem Blick zu erfassen. Nachdem er sie als ungefährlich eingeschätzt hatte, öffnete er vollends die Tür und forderte sie mit einer ausholenden Armbewegung auf einzutreten.

»So kommt schon rein«, sagte er. »Alle miteinander.«

»Wer ist denn da?«, rief eine Frau, während sie die Stiege im Hintergrund herunterkam. In einer Hand hielt sie eine Laterne, mit der anderen hatte sie den Saum ihres Nachthemdes gerafft, um auf den Stufen nicht zu stolpern.

»Vier Frauen, die mitten in einer verregneten Nacht unterwegs sind«, rief ihr der Mann zu, wobei sein mürrischer Tonfall deutlich machte, was er von einem solchen Verhalten hielt.

Kahlan erstarrte mitten im Schritt. Er hatte wahrhaftig von »vier Frauen« gesprochen.

Demnach hatte er sie alle vier wahrgenommen und sich lange genug daran erinnert, dies auch zu sagen. So weit sie zurückdenken konnte, war so etwas noch nie vorgekommen. Niemand außer ihren Herrinnen, den vier Schwestern – den dreien in ihrer Begleitung sowie der einen, mit der sie hier verabredet waren –, erinnerte sich jemals daran, sie gesehen zu haben.

Schwester Cecilia, der die Bedeutung der Bemerkung offenbar entgangen war, stieß Kahlan vor sich her nach drinnen.

»Um Himmels willen«, rief die Frau, während sie zwischen den Plankentischen hindurchgeeilt kam. Mit einem Zungenschnalzen empörte sie sich über das scheußliche Wetter, als eine Bö den Regen gegen die Fensterscheiben prasseln ließ. »Nun bring sie bei diesem scheußlichen Wetter doch endlich rein, Orlan.«

Hinter ihnen wehte ein Schwall dicker Regentropfen herein und durchnässte eine Stelle des Fichtenholzbodens. Den Mund vor Verdruss verzogen, stemmte er sich gegen eine regennasse Bö und drückte die Tür zu, dann ließ er den schweren Eisenriegel wieder in die Halterungen fallen, um sie zu versperren.

Die Frau, das Haar zu einem lockeren Knoten geschlungen, hielt ihre Laterne ein wenig höher, um die vier nächtlichen Besucherinnen zu betrachten. Verwirrt kniff sie die Augen zusammen, als ihr Blick über die völlig durchnässten Besucher und wieder zurück wanderte. Sie öffnete den Mund, schien aber plötzlich vergessen zu haben, was sie hatte sagen wollen.

Kahlan hatte diesen leeren Blick schon tausend Mal gesehen und wusste, sie konnte sich nur erinnern, drei Besucherinnen gesehen zu haben. Kahlans Anblick blieb niemandem lange genug im Gedächtnis, um dies mit Worten zu bestätigen. Sie war praktisch unsichtbar. Schon glaubte sie, dem Wirt sei wegen der Dunkelheit und des Regens womöglich bloß ein Fehler unterlaufen, als er gegenüber seiner Frau von vier Besucherinnen gesprochen hatte.

»Kommt rein und trocknet euch erst einmal«, sagte die Frau, ein Lächeln aufrichtiger Herzlichkeit auf den Lippen. Sie schob

Schwester Ulicia eine Hand unter den Arm und geleitete sie in den kleinen Gemeinschaftsraum. »Willkommen im Wirtshaus zum Weißen Ross.«

Die beiden anderen Schwestern, die den Raum ganz unverhohlen begutachteten, legten ihre Umhänge ab und schüttelten sie einmal kurz durch, ehe sie sie über eine Bank an einem der beiden Tische warfen. Hinten, neben der Stiege, bemerkte Kahlan eine einzelne dunkle Türöffnung. Eine Feuerstelle aus übereinandergeschichteten flachen Steinen nahm den größten Teil der Wand zur Rechten ein. Die Luft in der schwach beleuchteten Gaststube war warm und durchdrungen von dem betörend verlockenden Duft eines Eintopfes in dem eisernen, an einem neben dem Kamin zur Seite geschwenkten Ausleger hängenden Kessel. Glühende Kohlen schimmerten rötlich glimmend unter einer dicken Schicht Asche hervor.

»Ihr drei Damen seht ja aus wie nasse Katzen. Ihr müsst euch hundeelend fühlen.« Mit den Armen fuchtelnd, wandte sie sich herum zum Wirt. »Orlan, sieh zu, dass du das Feuer in Gang kriegst.«

Kahlan sah ein junges Mädchen von vielleicht elf oder zwölf Jahren die Stiege herunterschleichen, gerade weit genug, dass es unter der dunklen Decke in die Gaststube hineinspähen konnte. Auf ihr langes weißes Nachthemd mit Rüschen an den Ärmeln war mit derbem braunem Faden ein Pony gestickt, dessen Mähne und Schwanz mit einer Reihe loser Strähnen aus dunklem Garn wiedergegeben waren. Das Mädchen hatte sich auf die Stufen gehockt, um zuzuschauen, und sich ihr Nachthemd wie ein Zelt über die hageren Knie gezogen. Wenn sie lächelte, sah man ihre großen Zähne, die noch nicht recht zur Größe ihres übrigen Körpers passen wollten. Fremde, die mitten in der Nacht auftauchten, galten im Wirtshaus zum Weißen Ross offenbar als großes Abenteuer. Kahlan hoffte von ganzem Herzen, dass sich das Abenteuerliche ihres Besuchs darauf beschränkte.

Unterdessen war Orlan, ein kräftiger Kerl und Bär von einem Mann, vor dem Kamin in die Hocke gegangen und legte ein paar Scheite Feuerholz nach. Seine dicken, plumpen Finger ließen die Eichenscheite wie Anmachholz erscheinen.

»Was ist nur in euch gefahren, dass ihr bei diesem Regen unterwegs seid – noch dazu bei Nacht?«, fragte er und sah sich über seine Schulter nach ihnen um.

»Wir haben es sehr eilig, eine Freundin von uns einzuholen«, antwortete Schwester Ulicia und ließ ihn ein nichtssagendes Lächeln sehen. Sie war um einen sachlichen Ton bemüht. »Selbige sollte uns hier treffen. Ihr Name ist Tovi. Sie müsste uns bereits erwarten.«

Orlan stützte eine Hand auf sein Knie, um sich hochzustemmen. »Für gewöhnlich sind die Gäste, die hier bei uns absteigen – besonders in diesen unruhigen Zeiten – ziemlich verschwiegen. Die meisten nennen nicht mal ihren Namen.« Er hob eine Braue und sah Schwester Ulicia an. »Ganz so wie ihr – was das Verschweigen der Namen anbetrifft, meine ich.«

»Sie sind unsere Gäste, Orlan«, schalt ihn seine Frau. »Durchnässte, zweifellos müde und hungrige Gäste.« Sie ließ ein Lächeln sehen. »Die Leute nennen mich Emmy. Mein Mann Orlan und ich führen das Weiße Ross, seit seine Eltern vor einigen Jahren verstorben sind.« Sie nahm drei hölzerne Schalen aus einem Regal. »Die Damen müssen doch völlig ausgehungert sein. Lasst mich euch ein wenig Eintopf holen. Orlan, hol ein paar Becher und bring den Damen heißen Tee.«

Im Vorübergehen deutete Orlan mit seiner fleischigen Hand auf die Schalen, die seine Frau in der Beuge ihres Armes trug. »Du hast da eine zu wenig.«

Sie sah ihn kurz verwundert an. »Nein, hab ich nicht; ich hab drei Schalen hier.«

Orlan nahm vier Becher aus dem obersten Regal des Küchenschranks. »Genau. Sag ich doch, du hast eine zu wenig.«

Kahlan wagte kaum zu atmen. Irgendetwas lief hier gründlich falsch. Die Schwestern Cecilia und Armina waren zu völliger Regungslosigkeit erstarrt und fixierten den Mann aus weit aufgerissenen Augen; die Bedeutung des Geplänkels zwischen den beiden war ihnen nicht entgangen.

Kahlan blickte hinüber zum Stiegenschacht und sah das Mädchen, das sich am Geländer festhielt, sich auf den Stufen hockend in ihre Richtung beugen und darunter hervorlugen, offenbar um herauszufinden, was ihre Eltern da eigentlich redeten.

Schwester Armina packte Schwester Ulicia am Ärmel. »Ulicia«, stieß sie im Flüsterton zwischen zusammengebissenen Zähnen hervor, »er sieht …«

Schwester Ulicia bedeutete ihr, still zu sein, dann runzelte sie die Stirn zu einem unergründlichen Blick und richtete ihre Aufmerksamkeit wieder auf den Mann.

»Du täuschst dich«, sagte sie. »Wir sind nur zu dritt.« Während sie sprach, stieß sie gleichzeitig mit ihrem schweren Eichenstab, den sie bei sich trug, nach Kahlan und drängte sie tiefer in die Schatten im hinteren Teil der Gaststube, als würde sie allein schon dadurch für ihn unsichtbar.

Aber Kahlan war es leid, immer im Schatten zu bleiben; sie wollte im Licht stehen und gesehen werden – wirklich wahrgenommen werden. Stets war es ihr wie ein unerreichbarer Traum erschienen, und nun auf einmal war es eine ganz reale Möglichkeit. Eine Möglichkeit, die die drei Schwestern einigermaßen aus der Fassung gebracht hatte.

Orlan musterte Schwester Ulicia fragend. Alle vier Becher mit seiner fleischigen Hand festhaltend, deutete er mit der anderen nacheinander auf die vier Besucherinnen, die in seinem Schankraum standen. »Eins, zwei, drei« – er lehnte sich ein wenig zur Seite, um an Schwester Ulicia vorbeisehen und auf Kahlan zeigen zu können – »vier. Möchtet ihr alle Tee?«

Verdutzt kniff Kahlan die Augen zusammen. Sie hatte das Gefühl, als schlüge ihr das Herz bis zum Hals. Er hatte sie tatsächlich wahrgenommen … und erinnerte sich an das, was er gesehen hatte.

2

»Irgendetwas ist schiefgegangen …« Schwester Arminas Stimme versiegte, als ihre himmelblauen Augen kurz zu Schwester Ulicia hinüberzuckten.

»Eine Anomalie, weiter nichts«, knurrte Schwester Ulicia im Flüsterton, während sie die beiden mit einem überaus gefährlichen Blick bedachte. Obschon jeglicher Neigung zu Unterwürfigkeit abhold, ließen die beiden durch nichts erkennen, dass sie ihrer aufbrausenden Anführerin zu widersprechen gedachten.

Mit drei ausgreifenden Schritten war Schwester Ulicia bei Orlan und krallte ihre Faust in den Kragen seines Nachthemds, während sie mit der anderen energisch auf Kahlan wies, die in den Schatten hinten bei der Tür stand.

»Wie sieht sie aus?«

»Wie eine nasse Katze«, antwortete Orlan übellaunig, dem ihre Hand an seinem Kragen sichtlich nicht gefiel.

Kahlan war jenseits allen Zweifels klar, dass es ein absoluter Fehler war, diesen Ton gegenüber Schwester Ulicia anzuschlagen, gleichwohl bekam diese nicht etwa einen Wutanfall, sondern schien ebenso verblüfft wie Kahlan.

»Das sehe ich selber, aber wie sieht sie aus? Sag mir, was du siehst.«

Orlan straffte sich und löste ihre Hand von seinem Kragen. Seine Züge bekamen etwas Angestrengtes, als er die Fremde taxierte, die nur er und die Schwestern im matten Schein der Lampen stehen sahen.

»Dichtes Haar, grüne Augen. Eine ziemlich attraktive Frau. In trockenem Zustand würde sie noch viel besser aussehen, auch wenn ich sagen muss, dass die nassen Kleider ziemlich klar erkennen lassen, woraus sie gemacht ist.« Dann spielte ein Lächeln um seine Lippen, ein Lächeln, das Kahlan, trotz ihrer überwältigenden Freude, dass er sie wahrhaftig wahrnahm, ganz und gar nicht behagte. »Hat eine verdammt prächtige Figur«, setzte er, mehr zu sich selbst als an die Schwester gewandt, hinzu.

Seine bedächtige, lässige Art, sie zu taxieren, gab Kahlan das Gefühl, nackt zu sein. Während sein Blick über ihren Körper wanderte, fuhr er sich mit dem Daumen durch den Mundwinkel. Sie konnte ihn an seinen Bartstoppeln entlangschaben hören. Eines der Scheite im Kamin fing Feuer und ließ den Raum in seinem flackernden Widerschein aufleuchten, sodass er sie jetzt deutlicher sah. Sein Blick wanderte nach oben und blieb an etwas hängen.

»Ihr Haar ist so lang wie …«

Orlans lüsternes Feixen erlosch. Ein kurzes, überraschtes Blinzeln, dann weiteten sich seine Augen. »Bei den gütigen Seelen«, hauchte er, und sein Gesicht wurde aschfahl. Er sank auf ein Knie. »Verzeiht mir«, stammelte er, an Kahlan gewandt. »Ich hatte Euch nicht wiederer …«

Der Raum hallte wider von einem Knall, als Schwester Ulicia ihm mit ihrem Eichenstab einen kräftigen Schlag auf den Schädel versetzte, der ihn auf beide Knie sacken ließ.

»Halt den Mund!«

»Was in aller Welt habt Ihr getan!«, greinte die Frau des Wirts und eilte an die Seite ihres Mannes. Sie ging in die Hocke und legte einen Arm um seine Schultern, um ihn zu stützen, während er stöhnend seine große Hand auf die blutverschmierte Wunde legte. Unter seinen Fingern begann sein sandfarbenes Haar sich dunkel zu verfärben.

»Habt ihr alle den Verstand verloren!« Mit beiden Armen zog sie den Kopf ihres Mannes an die Brust, wo sich auf ihrem Nachthemd sofort ein roter, stetig größer werdender Fleck bildete. Er wirkte wie gelähmt und nahezu besinnungslos. »Ihr seid nur zu dritt, es sei denn, ihr reist in Gesellschaft eines Geistes! Wie könnt ihr es wagen …?«

»Halt den Mund«, knurrte Schwester Ulicia erneut, in einem Ton, der Kahlan einen eisigen Schauder über den Rücken jagte und die Frau sofort den Mund zuklappen ließ.

Regen klatschte gegen die Fensterscheiben, und in der Ferne rollte bedächtiges Donnergrollen durch die bewaldete Berglandschaft. Kahlan konnte das Wirtshausschild leise quietschen hören, wenn es, sobald der Wind auffrischte, hin und her schwang. Totenstille hatte sich über das Haus gesenkt. Schwester Ulicia sah zu dem Mädchen hinüber, das jetzt am Fuß der Stiege stand, die Hände fest um den schmucklosen, quadratischen hölzernen Treppenpfosten geklammert.

Schwester Ulicia durchbohrte das Mädchen mit einem wütenden Funkeln, wie es nur eine übellaunige Hexenmeisterin zustande brachte. »Wie viele Gäste siehst du?«

Ängstlich stand das Mädchen da, die Augen aufgerissen und unfähig, auch nur ein Wort hervorzubringen.

»Wie viele?«, wiederholte Schwester Ulicia ihre Frage, diesmal mit zusammengebissenen Zähnen und in einem derart bedrohlichen Tonfall, dass das Mädchen sich noch fester an den Geländerpfosten klammerte, bis ihre blutleeren Finger sich weiß von dem dunklen Holz abhoben.

Schließlich antwortete es mit kleinlauter Stimme. »Drei.«

Schwester Armina, die ihren Zorn offenbar nur mit Mühe unterdrücken konnte, beugte sich vor. »Was geht hier vor,

Ulicia? Eigentlich dürfte das nicht möglich sein, ganz und gar nicht möglich. Immerhin haben wir die Prüfnetze gewirkt.«

»Die äußeren«, verbesserte Schwester Cecilia.

Fassungslos musterte Schwester Armina die ältere Frau. »Wie bitte?«

»Wir haben lediglich die äußerlichen Prüfnetze gewirkt. Eine interne Prüfung haben wir gar nicht vorgenommen.«

»Hast du den Verstand verloren?«, fauchte Schwester Armina.

»Ich sage doch nur ...«

Mit einem vernichtenden Blick brachte Schwester Ulicia die beiden zum Schweigen. Einen Moment lang schien es, als wollte Schwester Cecilia ihren Protest zu Ende bringen, doch dann zog sie es vor, den Mund zu halten.

Jetzt schien auch Orlan das Bewusstsein wiederzuerlangen. Er befreite sich aus der Umarmung seiner Frau und ging daran, noch leicht wankend, sich wieder aufzurichten. Blut lief ihm über die Stirn und rann zu beiden Seiten seiner breiten Nase herab.

»An deiner Stelle, Wirt«, sagte Schwester Ulicia, indem sie ihr Augenmerk wieder auf ihn richtete, »würde ich auf den Knien bleiben.«

Der bedrohliche Unterton in ihrer Stimme ließ ihn einen Moment lang stutzen, doch dann erhob er sich, sichtlich verärgert, zu seiner vollen Größe und ließ seine blutverschmierte Hand von seinem Kopf herabsinken. Den Rücken durchgedrückt, holte er tief Luft und ballte die Fäuste. Kahlan konnte deutlich sehen, dass sein Zorn ihn jedes Gefühl für Vorsicht hintanstellen ließ.

Mit ihrem Eichenstab gab Schwester Ulicia Kahlan zu verstehen, dass sie zurücktreten solle. Kahlan ignorierte die Aufforderung und machte stattdessen einen Schritt auf Schwester Ulicia zu, in der Hoffnung, die sich überstürzenden Ereignisse noch beeinflussen zu können, ehe es am Ende zu spät wäre.

»Bitte, Schwester Ulicia, er wird Eure Fragen beantworten – ich weiß es, ganz bestimmt. Lasst ihn in Ruhe.«

Einen unangenehm überraschten Ausdruck im Gesicht, wandten sich die drei Schwestern herum zu Kahlan. Sie war weder angesprochen noch zum Sprechen aufgefordert worden. Eine solche Unbotmäßigkeit würde sie teuer zu stehen kommen, das wusste sie, sie wusste aber auch, was dem Wirt vermutlich blühte, wenn das Geschehen nicht noch einen anderen Verlauf nahm. Und im Augenblick schien sie die Einzige, die das schaffen konnte.

Außerdem wusste sie, dass dies ihre einzige Chance war, etwas über sich selbst herauszufinden, womöglich in Erfahrung zu bringen, wer sie tatsächlich war, vielleicht sogar, warum sie sich nur an die allerjüngsten Phasen ihres Lebens erinnern konnte. Dieser Mann hatte sie eindeutig wiedererkannt; gut möglich, dass er der Schlüssel zu ihrer verlorenen Vergangenheit war. Diese Chance durfte sie sich nicht entgehen lassen, selbst wenn sie Gefahr lief, sich den Zorn der Schwestern zuzuziehen.

Ehe die Schwestern auch nur Gelegenheit hatten, etwas zu sagen, wandte sich Kahlan bereits an den Wirt. »Bitte, Meister Orlan, hört mir einen Moment zu. Wir sind auf der Suche nach einer älteren Frau namens Tovi. Sie war mit diesen Damen hier verabredet. Wir wurden aufgehalten, deswegen sollte sie eigentlich schon hier sein und auf uns warten. Bitte, beantwortet ihre Fragen, ihre Freundin betreffend. Das Ganze könnte rasch aufgelöst werden, wenn Ihr kurz nach oben laufen und Tovi für sie holen würdet. Dann werden wir alle schon in Kürze wieder aus Eurem Leben verschwunden sein, so wie dieses vorüberziehende Unwetter.«

»Aber wir haben hier keinen Gast namens Tovi, Mut …«

Ein gleißendes Blitzen erhellte den Raum – ein Lichtblitz, der es mit dem tosenden Unwetter draußen in jeder Hinsicht aufzunehmen vermochte. Der ineinander verschlungene Strang aus flüssiger Hitze zündete zwischen Schwester Ulicias Händen und prallte explodierend gegen Orlans Brust, noch ehe er den Titel, den er hatte aussprechen wollen, vollständig über die Lippen bringen konnte. Kahlan stand der explosionsartigen Energieentladung so nahe, dass sie die erschütternde Wucht dieser gewaltigen Detonation bis tief im Innern ihrer Brust spürte. Der Aufprall warf Orlan nach hinten, schleuderte ihn unter mächtigem Gepolter zwischen den Tisch und die zwei Bänke und schmetterte ihn schließlich gegen die Wand. Der tödliche Aufprall dieser ungeheuren Kraft hatte ihn fast in zwei Teile gerissen.

Emmy, die Augen vor Entsetzen über ein Ereignis aufgerissen, das in einem einzigen Augenblick den Lauf ihres Lebens für immer verändert hatte, stieß klagend ein einziges Wort hervor: »Nein!«

Kahlan presste sich eine Hand auf Mund und Nase, nicht etwa aus Ekel, sondern um sich gegen den Blutgeruch und den entsetzlichen Gestank von verbranntem Fleisch zu schützen. Die Laterne, die auf dem Tisch gestanden hatte, war zu Boden geworfen worden und erloschen, wodurch der Schankraum den tanzenden, vom Feuer im Kamin erzeugten Schatten und dem vereinzelten Aufgleißen der Blitze überlassen blieb, das durch die schmalen Fenster drang.

Wäre die Nacht nicht ohnehin von Donnergrollen und Blitzen erfüllt gewesen, hätte die Explosion gewiss die ganze Ortschaft geweckt.

Die hölzernen Schalen, die Emmy im Arm gehabt hatte, fielen polternd zu Boden. Mit einem Aufschrei des Entsetzens eilte sie hinüber zu ihrem Mann.

Schwester Ulicia verlor die Fassung. Wütend stellte sie sich Emmy in den Weg, ehe diese ihren toten Ehemann erreichen konnte, und schleuderte sie gegen die Wand. »Wo ist Tovi? Ich will eine Antwort, und zwar jetzt gleich!«

Kahlan sah, dass die Schwester ihren Dacra zur Hand genommen hatte, eine schlichte Waffe, die nichts weiter als ein Messergriff mit einem angespitzten Metallstab anstelle einer Klinge zu sein schien. Alle drei Schwestern trugen einen Dacra. Kahlan hatte sie die Waffe benutzen sehen, als sie auf Späher der Imperialen Ordnung gestoßen waren, und wusste, hatte ein Dacra die Haut seines Opfers geritzt, ganz gleich, wie unbedeutend die Verletzung war, genügte bereits ein Gedanke seitens der Schwester, um den Tod herbeizuführen. Nicht die Verletzung als solche war bei dieser Waffe tödlich, sondern die Schwester, die den Lebensfunken mithilfe des Dacra zum Erlöschen brachte. Zog die Schwester ihre Waffe, und damit ihre Tötungsabsicht, nicht zurück, war gegen sie keine Verteidigung mehr möglich, und man war rettungslos verloren.

Ein verwirrendes, zögerliches Auflodern eines Blitzes füllte den Schankraum durch die schmalen Fenster neben der Tür mit gleißendem Licht und warf lange Schattenzacken über Fußboden und Wände, als zwei der Schwestern die in Panik geratene Frau packten und sie mit aller Gewalt zu bändigen versuchten. Die dritte Schwester hastete die Stiege hinauf.

Emmy stieß einen Schmerzensschrei aus.

»Wo ist sie?«, schrie Schwester Ulicia die Frau an. »Wo ist Tovi?«

Wieder kreischte Emmy und flehte, man möge wenigstens ihrer Tochter nichts antun.

Kahlan wusste, dass es ein schwerwiegender taktischer Fehler war, dem Feind seine allerschlimmsten Ängste zu verraten.

Als es erneut blitzte, sah man den dunklen Schatten einer Schwester die Stiege herunterkommen.

»Ulicia«, rief die Frau. Es war Schwester Cecilia. »Die Zimmer oben sind alle leer. Hier wohnt nicht ein einziger Gast.«

Schwester Ulicia brummte missmutig einen Fluch.

Schwester Cecilias Schatten entfernte sich von der Stiege

und füllte plötzlich, wie der Tod höchstselbst, der seinen vernichtenden Blick auf die Lebenden richtet, den Türrahmen. Hinter ihrem Rücken weinte und jammerte Emmy. In ihrer Verwirrung, ihrem Kummer, ihrem Schmerz und Entsetzen war sie völlig außerstande, auf Schwester Ulicias wütende Fragen zu antworten.

»Willst du, dass deine Mutter stirbt?«, erkundigte sich Schwester Cecilia in dem ihr eigenen Tonfall tödlicher Ruhe von der Tür aus, wobei sie das Mädchen eigentümlich musterte.

Obwohl nicht minder grausam oder gefährlich als Schwester Armina oder Schwester Ulicia, hatte sie eine stille, gelassene Art zu sprechen, die auf gewisse Weise bedrohlicher war als Schwester Ulicias Geschrei. Schwester Arminas offene Drohungen waren absolut ernst gemeint, wurden jedoch ein wenig galliger vorgetragen, während, so erinnerte sich Kahlan, Schwester Tovis Einstellung zu Disziplin oder gar Folter von geradezu krankhafter Schadenfreude durchdrungen war. Sobald aber eine von ihnen einen Wunsch äußerte, hatte jede Weigerung, das hatte Kahlan längst begriffen, nahezu unvorstellbares Leid zur Folge – und am Ende bekamen sie stets, was sie von vornherein gewollt hatten.

»Willst du das?«, wiederholte Schwester Cecilia mit ruhiger Direktheit.

»So antworte schon«, raunte Kahlan dem Mädchen ins Ohr. »Bitte, antworte ihr, wenn sie dich etwas fragt. Ich flehe dich an.«

»Nein«, brachte das Mädchen hervor.

»Dann verrate uns, wo Tovi ist.«

Im Schankraum hinter Schwester Cecilias Rücken gab die Mutter des Mädchens ein scheußliches, rasselndes Keuchen von sich und verstummte dann. Kahlan vernahm ein dumpfes Poltern, als die Frau auf den Holzboden schlug. Stille senkte sich über das Haus.

Als sich in dem trüben, flackernden Licht jenseits des Türrahmens zwei weitere Schatten hinter Schwester Cecilia schoben, wusste Kahlan, dass Emmy keine Fragen mehr beantworten würde.

Schwester Cecilia schlüpfte in die Küche und näherte sich dem Mädchen, das Kahlan fest in den Armen hielt.

»Die Zimmer sind alle unbewohnt. Wieso gibt es in eurem Gasthaus keine Gäste?«

»Es sind keine gekommen«, brachte das Mädchen unter heftigem Schütteln hervor. »Die Nachricht von den Eroberern aus der Alten Welt hat die Leute verschreckt.«

Daran konnte, soweit Kahlan wusste, durchaus etwas dran sein. Nach Verlassen des Palasts des Volkes in D'Hara hatten sie auf einem kleinen Flussboot rasch die größtenteils abgelegenen Landstriche Richtung Süden durchquert, und selbst dort waren sie mehr als einmal auf Unterabteilungen von Jagangs Armee gestoßen oder hatten Flusssiedlungen passiert, durch die diese Rohlinge auf ihrem Weg gekommen waren. Mittlerweile dürfte sich die Kunde von diesen Gräueltaten wie ein übler Wind verbreitet haben.

»Wo ist Tovi?«, fragte Schwester Cecilia zum wiederholten Mal.

Kahlan schob sich beschützend zwischen das Mädchen und die Schwestern und sah wütend zu ihnen hoch. »Sie ist doch bloß ein Kind! Lasst sie in Frieden!«

Ein heftiger, überaus wuchtiger Schmerz bohrte sich in ihren Körper. Kahlan hatte das Gefühl, als würde jede Faser jedes einzelnen Muskels mit Gewalt zerrissen. Einen Moment lang wusste sie weder, wo sie sich befand, noch was überhaupt geschah. Der Raum drehte sich. Ihr Rücken prallte mit Wucht gegen den Geschirrschrank; Türen flogen auf, eine wahre Flut von Töpfen, Pfannen und Küchengerät schoss hervor und verteilte sich scheppernd über den hölzernen Boden.

Teller und Gläser zersprangen, als sie unter lautem Getöse aufschlugen.

Mit dem Gesicht voran schlug Kahlan auf den Fußboden und schnitt sich die Handflächen an schartigen, zersplitterten Steinzeugscherben auf, während sie ihren Sturz, wenn auch erfolglos, abzufangen versuchte. Als sie das Ende eines rasiermesserscharfen Gegenstandes seitlich ganz hinten gegen ihre Zunge drücken fühlte, dämmerte ihr, dass ein länglicher Glassplitter ihre Wange durchbohrt haben musste. Sie spannte ihre Kiefermuskeln an und biss das Glasstück mit den Zähnen entzwei, um sich nicht die Zunge aufzuschlitzen. Mit einiger Mühe gelang es ihr schließlich, das blutige, dolchähnliche Stück Glas auszuspucken.

Benommen und orientierungslos, unfähig, ihre Sinne zusammenzunehmen, lag sie ausgestreckt am Boden. Grunzlaute entwichen ihrer Kehle, als sie sich – ohne Erfolg – zu bewegen versuchte. Zudem musste sie feststellen, dass sie, nachdem diese Laute ihrer Kehle entwichen waren, nicht sofort wieder einatmen konnte. Jedes Quäntchen Luft, das ihre Lunge verließ, war ein Quäntchen Luft, das für sie verloren war. Unter Anspannung aller Muskeln versuchte sie, den Atem wieder in ihre Lunge zu ziehen, doch der Schmerz, der sie wie eine Lanze durchbohrte, lähmte sie und vereitelte jeden noch so bemühten Versuch zu atmen.

In ihrer Verzweiflung keuchte sie, bis es ihr schließlich gelang, wieder Luft in ihre Lunge zu saugen. Sie verdrehte die Augen und konnte die dunklen Umrisse der Schwestern sich über die Kleine beugen sehen. In diesem Moment zogen sie sie gerade hoch und versetzten ihr einen Stoß, sodass sie rücklings gegen einen mitten im Raum stehenden Metzgerblock geschleudert wurde. Während jeweils eine Schwester einen ihrer Arme gepackt hielt, ging Schwester Ulicia vor ihr in die Hocke, um ihr in die von Panik erfüllten Augen zu sehen.

»Weißt du, wo Tovi ist?«

»Die alte Frau!«, greinte das Mädchen. »Die alte Frau!«

»Richtig, die alte Frau. Was weißt du sonst noch über sie?«

Das Mädchen verschluckte sich und war kaum fähig, die Worte über die Lippen zu bringen. »Dick, dick war sie. Alt und dick. Sie war so dick, dass sie gar nicht richtig laufen konnte.«

Schwester Ulicia beugte sich ganz dicht über sie und umfasste den schlanken Hals des Mädchens mit der Hand. »Wieso ist sie fort?«

»Fort«, wimmerte das Mädchen. »Sie ist fort.«

»Warum? Wann war sie überhaupt hier? Und wann ist sie abgereist?«

»Vor ein paar Tagen. Sie war hier. Sie hat eine Weile bei uns gewohnt. Aber dann ist sie vor ein paar Tagen abgereist.«

Mit einem wütenden Aufschrei zerrte Schwester Ulicia das Mädchen vom Boden hoch und schleuderte es gegen die Wand. Unter Aufbietung ihrer letzten Kräfte kämpfte sich Kahlan hoch bis auf Hände und Knie. Das Mädchen landete mit einem Poltern auf dem Fußboden. Ihren benommenen Zustand nicht achtend, schleppte sich Kahlan durch Glas- und Steingutsplitter über die Dielen und warf sich schützend über den Körper des Mädchens, worauf das Mädchen, das nun gar nicht mehr wusste, wie ihm geschah, nur umso lauter weinte.

Schritte näherten sich. Nicht weit entfernt sah Kahlan ein Hackmesser auf dem Fußboden liegen. Schreiend versuchte das Mädchen sich unter ihr herauszuwinden, doch Kahlan drückte sie zu ihrem eigenen Schutz auf den Boden zurück.

Der Schatten der Frau kam näher. Kahlans Finger schlossen sich um den Griff des schweren Hackmessers. Sie überlegte nicht, sondern handelte einfach; Gefahr, Waffe – fast war es, als schaute sie einem anderen dabei zu.

Und doch war es ein Gefühl tiefer innerer Befriedigung, eine

Waffe in der Hand zu halten. Ihre Faust ballte sich fester um den blutverschmierten Griff. Eine Waffe bedeutete Leben. Grelle Blitze brachen sich blinkend auf dem Stahl.

Als die Frau nahe genug war, hob Kahlan unvermittelt den Arm, um zuzuschlagen, doch bevor sie ihr Vorhaben in die Tat umsetzen konnte, spürte sie einen Stoß, der ihr fast die Eingeweide zerriss. Es war, als hätte sie das dicke Ende eines Baumstamms gerammt. Die Wucht des Stoßes schleuderte sie quer durch den Raum.

Der harte Aufprall an der Wand raubte ihr weitgehend das Bewusstsein. Die Küche schien plötzlich ganz weit weg, wie am fernen Ende eines langen, dunklen Tunnels. Eine Woge von Schmerz flutete über sie hinweg. Sie versuchte noch, den Kopf zu heben, doch es war unmöglich. Dunkelheit sog sie in sich hinein.

Als sie das nächste Mal die Augen aufschlug, sah sie das Mädchen ängstlich vor den Frauen zusammenzucken, die sich bedrohlich vor ihr aufgepflanzt hatten.

»Ich weiß nicht«, wimmerte es gerade. »Ich weiß nicht, warum sie fortgegangen ist. Sie sagte, sie müsste sich auf den Weg nach Caska machen.«

Die Stille im Raum war ohrenbetäubend.

»Caska?«, fragte Schwester Armina nach einer Weile.

»Ja, hat sie jedenfalls gesagt. Dass sie nach Caska muss.«

»Hatte sie irgendetwas bei sich?«

»Bei sich?«, wimmerte das Mädchen, immer noch schluchzend und am ganzen Körper zitternd. »Ich verstehe nicht. Was meint Ihr damit, bei sich?«

»Bei sich!«, brüllte Schwester Ulicia. »Was hatte sie bei sich? Sie muss doch irgendwelche Sachen mitgenommen haben – einen Rucksack, einen Wasserschlauch. Aber sie besaß auch noch andere Dinge. Hast du sonst noch irgendwas bemerkt, was sie bei sich hatte?«

»Na ja, einmal abends, sie war gerade beim Abendessen, bin ich hochgegangen, um ihr frische Handtücher zu bringen, und da hab ich was in ihrem Zimmer gesehen. Etwas Merkwürdiges, ich meine, es war so eine Art … Kästchen. Sie hatte es in ein weißes Kleid gewickelt, aber das Kleid war seidig und ganz weich und war ein Stück von dem Kästchen heruntergerutscht. Es war eine Art Schachtel – nur eben ganz schwarz. Aber nicht so, als wäre es schwarz angestrichen. Es war schwarz wie die Nacht selbst, so schwarz, als könnte es das Tageslicht aufsaugen.«

Die drei Schwestern richteten sich auf und standen schweigend da.

Kahlan wusste nur zu gut, wovon das Mädchen sprach. Sie selbst hatte sich in den Garten des Lebens geschlichen und hatte alle drei Kästchen aus dem Palast des Volkes gestohlen – aus dem Palast des Lord Rahl.

Nachdem sie das erste herausgeschmuggelt hatte, war Schwester Ulicia wütend auf sie gewesen, weil sie nicht alle drei gleichzeitig mitgebracht hatte. Da sie jedoch größer waren als erwartet und in ihrem Bündel nicht genug Platz war, um sie alle drei darin zu verstecken, hatte sie zunächst nur eins mitgebracht. Schwester Ulicia hatte das scheußliche Ding daraufhin erst einmal in Kahlans Kleid gewickelt, es dann Tovi übergeben und ihr erklärt, sie solle sich beeilen und sich schon einmal auf den Weg machen, später würden sie sich alle treffen. Schwester Ulicia hatte nicht riskieren wollen, im Palast des Volkes mit einem der drei Kästchen ertappt zu werden, deshalb wollte sie auch nicht, dass Tovi wartete, bis Kahlan wegen der beiden anderen Kästchen noch einmal in den Garten des Lebens zurückging.

»Und *warum* ist Tovi nach Caska abgereist?«, fragte Schwester Ulicia.

»Ich weiß es doch nicht«, flüsterte das Mädchen. »Ich weiß

es nicht, ich schwöre es, wirklich nicht. Ich weiß nur, dass ich gehört hab, wie sie zu meinen Eltern sagte, sie muss sich auf den Weg machen nach Caska. Vor ein paar Tagen ist sie dann aufgebrochen.«

In der darauf einsetzenden Stille bemühte sich Kahlan, am Boden liegend, Luft zu bekommen. Mit jedem Atemzug zuckte ein quälender schmerzhafter Stich durch ihren Brustkorb, trotzdem wusste sie, dass dies erst der Anfang ihrer Qualen war. Sobald die Schwestern mit dem Mädchen fertig waren, würden sie ihr Augenmerk wieder auf sie richten.

»Vielleicht wäre es das Klügste, ein wenig zu schlafen, solange wir vor dem Regen sicher sind«, schlug Schwester Armina schließlich vor. »Wir können ja ganz früh aufbrechen.«

Schwester Ulicia, die Hand mit dem Dacra in die Hüfte gestemmt, ging zwischen dem Mädchen und dem Metzgerblock auf und ab und dachte nach. Unter ihren Füßen knirschten die Scherben der Tongefäße.

»Nein«, entschied sie und wandte sich wieder zu den anderen herum. »Irgendetwas stimmt hier nicht.«

»Du meinst mit der Bannform? Wegen dieses Kerls?«

Schwester Ulicia machte eine wegwerfende Handbewegung. »Eine Anomalie, weiter nichts. Nein, mit allem anderen stimmt etwas nicht. Warum sollte Tovi abreisen? Sie hatte die ausdrückliche Anweisung, hier auf uns zu warten. Und sie war ja auch hier – aber dann verschwindet sie einfach. Weder gab es irgendwelche anderen Gäste, noch befinden sich Truppen der Imperialen Ordnung in der Gegend; sie wusste, dass wir auf dem Weg hierher waren, und doch reist sie einfach ab. Das ergibt keinen Sinn.«

»Und warum gerade nach Caska?«, fragte Schwester Cecilia.

Schwester Ulicia wandte sich wieder dem Mädchen zu. »Mit wem hat Tovi sich getroffen, als sie hier war? Hat sie von irgendjemandem Besuch bekommen?«

»Hab ich Euch doch schon gesagt, niemand. Es war überhaupt niemand hier, solange die alte Frau bei uns gewohnt hat. Wir hatten weder Besucher noch Gäste. Sie war die Einzige hier. Dieser Ort liegt ziemlich ab vom Schuss. Niemand kommt hierher, um länger zu bleiben.«

Schwester Ulicia lief erneut auf und ab. »Das gefällt mir nicht. Irgendetwas stimmt da nicht, aber ich komme einfach nicht darauf, was.«

»Der Meinung bin ich auch«, gab Schwester Cecilia ihr recht. »Tovi würde nicht einfach so abreisen.«

»Und doch hat sie es getan. Warum?« Schwester Ulicia blieb vor dem Mädchen stehen. »Hat sie sonst noch etwas gesagt oder eine Nachricht hinterlassen – einen Brief vielleicht?«

Schniefend unterdrückte das Mädchen einen Schluchzer und schüttelte den Kopf.

»Dann haben wir keine andere Wahl«, murmelte Schwester Ulicia. »Wir werden Tovi nach Caska folgen müssen.«

Schwester Armina wies auf die Vordertür. »Etwa heute Nacht? Bei diesem Regen? Meinst du nicht, wir sollten bis zum Morgen warten?«

Tief in Gedanken blickte Schwester Ulicia zu der Frau hoch. »Und was ist, wenn jemand vorbeikommt? Wenn wir unsere Aufgabe erfüllen sollen, können wir keine weiteren Schwierigkeiten gebrauchen, und ganz gewiss können wir darauf verzichten, dass Jagang oder seine Truppen Wind davon bekommen, dass wir in der Nähe sind. Wir müssen Tovi finden, und wir müssen dieses Kästchen in unseren Besitz bringen – schließlich wissen wir alle, was auf dem Spiel steht.« Sie musterte die ernsten Mienen der beiden Frauen, ehe sie den Raum verließ. »Was wir nicht gebrauchen können, sind Zeugen, die erzählen könnten, dass wir hier waren und wonach wir suchen.«

Kahlan wusste nur zu gut, worauf Schwester Ulicia anspielte.

»Bitte«, brachte sie mühsam hervor und stemmte sich mit zittrigen Armen empor. »Bitte, tut ihr nichts. Sie ist doch nur ein kleines Mädchen. Sie weiß doch nichts, was für irgendjemanden von Nutzen sein könnte.«

»Nun, immerhin weiß sie, dass Tovi hier war. Und sie weiß, was sie bei sich hatte.« Vor Missbehagen legte sich Schwester Ulicias Stirn in Falten. »Und vor allem weiß sie, dass wir hier waren und nach ihr gesucht haben.«

Kahlan riss sich zusammen, um ihrer Stimme Nachdruck zu verleihen. »Sie kann euch doch völlig gleichgültig sein. Ihr seid Hexenmeisterinnen, und sie ist bloß ein Kind. Sie kann euch doch unmöglich schaden.«

Schwester Ulicia blickte kurz über ihre Schulter auf das Mädchen. »Und sie kennt unser Ziel.«

Schwester Ulicia sah Kahlan gefährlich ruhig in die Augen, ehe sie, ohne sich auch nur zu dem Mädchen hinter ihr herumzudrehen, diesem ganz unvermittelt und mit großer Wucht den Dacra in den Leib stieß.

Das Mädchen schnappte schockiert nach Luft.

Den Blick noch immer starr auf Kahlan gerichtet, lächelte sie über ihre Tat, wie nur das personifizierte Böse dies konnte. Augenblicklich schoss Kahlan der Gedanke durch den Kopf, dass es genauso sein würde, wenn man dem Hüter des Totenreiches in seinem Unterschlupf im düstersten, verborgensten Winkel der jenseitigen Ewigkeit in die Augen starrte.

Schwester Ulicia hob eine Braue. »Ich habe nicht die Absicht, irgendwelche Dinge im Ungewissen zu lassen.«

In den Augen des Mädchens schien ein Licht aufzublitzen. Sie erschlaffte und sackte zu Boden. Die leblosen Augen waren immer noch unverwandt auf Kahlan gerichtet, so als wollte sie sie dafür brandmarken, dass sie nicht Wort gehalten hatte.

In Gedanken hörte sie sich dem Mädchen ihr Versprechen geben – *ich werde dich beschützen* –, ehe sie in ihrem hilflosen Zorn in Tränen ausbrach und mit den Fäusten auf den Boden trommelte.

Und dann, völlig unvermittelt, entfuhr ihr ein Schmerzensschrei, und sie wurde erneut nach hinten gegen die Wand geschleudert. Dort rutschte sie jedoch nicht etwa auf den Boden, sondern blieb haften, wie von einer ungeheuren Kraft festgehalten, einer Kraft, die, wie sie wusste, magischen Ursprungs war.

Sie bekam keine Luft. Eine der Schwestern schnürte ihr mittels ihrer Kraft die Kehle zu. Sie straffte sich, versuchte, Luft in ihre Lunge zu saugen, und zerrte gleichzeitig an dem eisernen Ring um ihren Hals.

Schwester Ulicia trat zu ihr hin und brachte ihr Gesicht ganz nah an ihres.

»Heute ist dein Glückstag«, sagte sie mit gifttriefender Stimme. »Leider fehlt uns die Zeit, dich deine Unbotmäßigkeit bedauern zu lassen – jedenfalls nicht jetzt gleich. Trotzdem wage ich zu bezweifeln, dass du damit durchkommen wirst, ohne die Konsequenzen zu spüren zu bekommen.«

»Gewiss nicht, Schwester«, brachte Kahlan unter großen Mühen hervor. Sie wusste nur zu gut, dass nicht zu antworten alles nur noch schlimmer machen würde.

»Ich schätze, du bist einfach zu beschränkt, um zu begreifen, wie unbedeutend und machtlos du angesichts von Menschen bist, die dir weit überlegen sind. Aber vielleicht begreift es ja diesmal selbst jemand, der so primitiv und unwissend ist wie du, wenn man ihm eine weitere Lektion erteilt.«

»Ja, Schwester.«

Obwohl sie nur zu gut wusste, wie man sie leiden lassen würde, um ihr besagte Lektion zu erteilen, würde sie sich in der gleichen Situation wieder so verhalten. Sie bedauerte nur, dass sie es nicht geschafft hatte, das Mädchen wie versprochen zu beschützen. An dem Tag, als sie die besagten drei Kästchen aus dem Palast des Lord Rahl entwendet hatte, hatte sie an deren Stelle ihren wertvollsten Besitz zurückgelassen: die kleine Statuette einer stolzen Frau, die in aufrechter Haltung dastand, die geballten Fäuste am Körper, den Rücken gestrafft und den Kopf in den Nacken geworfen, so als trotzte sie Kräften, die sie erfolglos unterjochen wollten.

An jenem Tag im Palast des Richard Rahl hatte sie neue Kraft geschöpft. Wie sie in seinem Garten gestanden und sich noch einmal zu der stolzen Statuette umgedreht hatte, die sie dort zurücklassen musste, hatte sie sich geschworen, ihr altes Leben wieder zurückzugewinnen. Und das bedeutete, dass sie um jedes Leben kämpfen musste – auch wenn es das eines kleinen Mädchens war, das sie nicht einmal kannte.

»Gehen wir«, knurrte Schwester Ulicia und hielt entschlossen auf die Tür zu, offenbar in der Erwartung, dass alle ihr folgen würden.

Kahlans Stiefel landeten mit einem dumpfen Laut auf dem Fußboden, als die Kraft, die sie an die Wand gepresst hatte, sie unvermittelt freigab.

Sie sank auf die Knie und massierte sich, schwer nach Atem ringend, mit ihren blutverschmierten Händen vorsichtig den Hals. Dabei stießen ihre Finger gegen den verhassten Halsring, über den die Schwestern sie beherrschten.

»Los, beweg dich«, kommandierte Schwester Cecilia in einem Tonfall, der bewirkte, dass Kahlan sich augenblicklich aufrappelte.

Sie blickte noch einmal über die Schulter und sah die toten Augen des armen Mädchens, die ihr mit starrem Blick hinterherschauten.

3

Abrupt sprang Richard auf. Die Füße des schweren hölzernen Sessels, auf dem er gesessen hatte, scharrten über den groben Steinfußboden, als er nach hinten geschoben wurde. Seine Fingerspitzen ruhten noch immer auf der Kante des Tisches, auf dem, vor der silbernen Lampe, aufgeschlagen und wartend das Buch lag, in dem er gelesen hatte.

Mit der Luft stimmte irgendetwas nicht.

Weniger mit ihrem Geruch oder der Temperatur, auch nicht mit der Feuchtigkeit, obwohl der Abend warm und drückend war. Nein, vielmehr fühlte sich irgendetwas an der Luft selbst nicht so an, wie es sollte.

Richard hatte keine Ahnung, wieso er plötzlich auf diesen Gedanken kam; er konnte sich nicht einmal ansatzweise vorstellen, was einen so sonderbaren Gedanken ausgelöst haben könnte. Das kleine Lesezimmer hatte keine Fenster, daher konnte er nicht sehen, wie das Wetter draußen war – ob der Himmel wolkenlos war, ob es windig war oder gar stürmisch. Er wusste nur eins: Es war mitten in der Nacht.

Unweit hinter ihm erhob sich Cara aus dem dick gepolsterten braunen Ledersessel, in dem sie ebenfalls gelesen hatte, und wartete, enthielt sich aber jeglichen Kommentars.

Richard hatte sie gebeten, einige Geschichtsbücher durchzuarbeiten, die er entdeckt hatte. Was immer sie über die alten Zeiten in Erfahrung brachten, in denen das Feuerketten-Buch verfasst worden war, konnte sich möglicherweise als hilfreich erweisen. Sie hatte über die Aufgabe nicht geklagt. Es kam ohnehin höchst selten vor, dass Cara sich über irgendetwas beklagte, solange es sie nicht davon abhielt, ihn zu beschützen. Und da sie mit ihm im selben Raum bleiben konnte, hatte sie nichts dagegen einzuwenden gehabt, die Bücher zu studieren, die er ihr in die Hand drückte. Eine der anderen Mord-Siths, Berdine, die Hoch-D'Haran entziffern konnte, hatte ihnen in der Vergangenheit schon mehrfach bei in dieser alten Sprache verfassten Passagen weiterhelfen können, wie man sie recht häufig in seltenen Schriften antraf, aber Berdine weilte weit entfernt im Palast des Volkes. Dennoch blieben Cara letztlich noch Unmengen von in ihrer eigenen Sprache verfasste Schriften, die sie durchsehen konnte.

Cara beobachtete ihn, wie er seinen Blick suchend an den holzgetäfelten Wänden entlangwandern ließ und dabei methodisch eine der dekorativen Sonderbarkeiten in den Regalen nach der anderen in Augenschein nahm: die Lackkästchen mit den Einlegearbeiten aus Silber, die kleinen, aus Bein geschnitzten Tänzerfiguren, die glatten, in mit Samt ausgekleideten Schachteln liegenden Steine und schmückenden Glasvasen.

Schließlich fragte sie: »Lord Rahl, ist irgendetwas nicht in Ordnung?«

Richard sah über seine Schulter. »Allerdings. Irgendetwas stimmt mit der Luft nicht.«

Als er den Ausdruck angespannter Besorgnis in ihrem Gesicht bemerkte, wurde ihm klar, dass seine Bemerkung einigermaßen absurd geklungen haben musste.

Doch so absurd sie auch geklungen haben mochte, für Cara zählte eigentlich nur eins: Er war der Meinung, dass irgendwoher Ärger drohe, und Ärger bedeutete womöglich Gefahr. Ihr Lederanzug knarzte, als sie ihren Strafer in die Hand schnellen ließ. Die Waffe einsatzbereit in der Hand, ließ sie den Blick suchend durch den kleinen Raum wandern und lotete die Schatten aus, als könnte jeden Moment ein Geist aus der Vertäfelung hervorbrechen.

Die Sorgenfalten auf ihrer Stirn furchten sich noch tiefer. »Was meint Ihr, ist es die Bestie?«

Die Möglichkeit hatte Richard noch gar nicht in Betracht gezogen. Die Bestie, die Jagang von den von ihm gefangen genommenen Schwestern hatte herbeizaubern und Jagd auf ihn machen lassen, war stets eine mögliche Gefahr. Schon mehrfach in der Vergangenheit war sie scheinbar völlig unvermittelt aus dem Nichts heraus aufgetaucht.

Aber sosehr er sich bemühte, er konnte einfach nicht genau beschreiben, was sich nach seinem Empfinden falsch anfühlte. Er konnte einfach nicht den Finger auf die Ursache des Gefühls legen, und doch schien es ihm, als müsste es etwas sein, an das er sich erinnern, das er kennen, vielleicht sogar wiedererkennen sollte. Er war unsicher, ob dieses Gefühl real war oder nur in seiner Einbildung existierte.

Er schüttelte den Kopf. »Nein … ich glaube nicht, dass es die Bestie ist. Es muss irgendeine andere Ursache haben.«

»Lord Rahl, Ihr seid jetzt schon den größten Teil der Nacht wach und habt gelesen. Vielleicht seid Ihr ja einfach übermüdet.«

Es kam mitunter tatsächlich vor, dass er, wenn er gerade einzudämmern begann, schlagartig und noch ganz benommen und orientierungslos von dem immer rascheren Absinken in die dunkle Macht von Albträumen, an die er sich im Wachzustand niemals zu erinnern vermochte, aus dem Schlummer hochfuhr. Diesmal aber war die Empfindung anders; diesmal war es kein aus der Dumpfheit des Hinübergleitens in den Schlaf geborenes Gefühl. Zumal er trotz seiner Müdigkeit gar nicht im Begriff gewesen war einzunicken. Er war viel zu unruhig und besorgt, um zu schlafen.

Erst am Vortag war es ihm endlich gelungen, die anderen davon zu überzeugen, dass Kahlan real war, dass sie tatsächlich existierte und nicht etwa ein Produkt seiner Fantasie oder eine durch seine Verletzung hervorgerufene Wahnvorstellung war. Immerhin wussten jetzt alle, dass Kahlan nicht irgendein verrückter Traum seinerseits war. Jetzt, da er endlich Hilfe hatte, ließ ihn das dringende Bedürfnis, sie zu finden, nicht mehr ruhen und hielt ihn hellwach. Der Gedanke, eine Pause einzulegen und sich auszuruhen, war ihm unerträglich – nicht jetzt, da er endlich die ersten Stücke dieses Verwirrspiels in Händen hielt.

Bei ihrem Verhör mit Tovi, kurz vor deren Tod ganz in der Nähe des Palasts des Volkes, hatte Nicci in allen schauderhaften Einzelheiten erfahren, wie die vier Schwestern – Ulicia, Cecilia, Armina und Tovi – eine Feuerkettenreaktion ausgelöst hatten. Mithilfe einer Entfesselung von Kräften, die jahrtausendelang in einer alten Schrift unter Verschluss gehalten worden waren, war Kahlan schlagartig aus der Erinnerung aller – mit Ausnahme Richards – gelöscht worden. Irgendwie hatte sein Schwert seinen Verstand davor bewahrt, sodass er zwar noch seine Erinnerung an Kahlan besaß, sein Schwert dagegen bei dem Versuch, sie wiederzufinden, eingebüßt hatte.

Ursprünglich ging die Theorie der Feuerkettenreaktion auf einige Zauberer aus grauer Vorzeit zurück. Diese Männer hatten damals nach einer Methode gesucht, die es ihnen erlaubte, ungesehen, unbehelligt und ohne dass sich jemand ihrer erinnerte, durch feindliche Linien zu schlüpfen. Sie gingen davon aus, es müsse eine Methode geben, das menschliche Gedächtnis mittels subtraktiver Magie so zu beeinflussen, dass in der Folge alle nicht miteinander verknüpften Teile des Erinnerungsvermögens einer Person sich spontan rekonstruierten und miteinander verbanden, wodurch augenblicklich eine falsche Erinnerung geschaffen wurde, die sämtliche bei der Löschung des

Objekts des Zaubers aus dem Gedächtnis der Menschen entstandenen Leerstellen füllte.

Die Zauberer, die diese Theorie entwickelt hatten, gelangten schließlich zu der Überzeugung, dass das Auslösen einer solchen Reaktion durchaus imstande sei, eine Flut von Ereignissen hervorzubringen, die weder vorhersehbar noch beherrschbar waren. Sie glaubten, sie würde über die Verbindungen zu anderen Menschen, deren Erinnerung ursprünglich gar nicht manipuliert worden war, etwa nach Art eines Flächenbrandes immer weiter um sich greifen. Letztendlich gelangten sie zu dem Schluss, dass eine Feuerkettenreaktion angesichts solch unberechenbarer, umfassender und verhängnisvoller Folgen das ganz reale Potenzial besaß, die Welt des Lebens selbst aufzulösen, weshalb sie sie nicht einmal auszuprobieren wagten.

Doch genau das hatten die vier Schwestern der Finsternis getan – bei Kahlan. Es war ihnen nicht nur völlig einerlei, wenn sie dadurch die Welt des Lebens auflösten, in Wirklichkeit war genau das ihr erklärtes Ziel!

Richard hatte also gar keine Zeit zu schlafen. Jetzt, nachdem er Nicci, Zedd, Cara, Nathan und Ann endlich davon überzeugt hatte, dass er nicht verrückt war und Kahlan wirklich – wenn auch nicht in ihrer Erinnerung – existierte, waren sie entschlossen, ihm zu helfen.

Und auf diese Hilfe war er dringend angewiesen. Er musste Kahlan unbedingt wiederfinden, sie war sein Leben, durch sie wurde er erst zu einer vollständigen Person. Sie bedeutete ihm alles. Vom Augenblick ihrer ersten Begegnung an hatte ihre einzigartige Klugheit ihn für sie eingenommen. Die Erinnerung an ihre grünen Augen, ihr Lächeln, ihre Berührung verfolgte ihn auf Schritt und Tritt. Jeder wache Augenblick kam dem leibhaftigen Albtraum gleich, mehr für sie tun zu sollen.

Während sich sonst niemand an Kahlan zu erinnern vermochte, hatte er das Gefühl, an nichts anderes denken zu können. Sie schien ihm geradezu die einzige Verbindung zur Welt zu sein, und nicht selten beschlich ihn das unheimliche Gefühl, sie könnte, wenn er jemals aufhörte, sich ihrer zu erinnern und an sie zu denken, tatsächlich zu existieren aufhören … für immer.

Gleichzeitig war er sich bewusst, dass er, wenn er überhaupt etwas erreichen und er sie jemals wiederfinden wollte, die Gedanken an sie verdrängen und sich auf die naheliegenden Dinge konzentrieren musste.

Er wandte sich an Cara. »Spürt Ihr nichts Merkwürdiges?«

Sie musterte ihn erstaunt. »Wir befinden uns in der Burg der Zauberer, Lord Rahl. Wer würde sich da nicht merkwürdig fühlen? An diesem Ort überläuft es mich eiskalt.«

»Ist es schlimmer als sonst?«

Sie seufzte schwer und strich mit der Hand über ihren langen, über der Vorderseite ihrer Schulter liegenden Zopf.

»Das nicht.«

Richard schnappte sich eine Laterne. »Dann kommt.«

Entschlossen verließ er den kleinen Raum und trat auf den langen Flur hinaus, der mit einer Fülle von Teppichen ausgelegt war, so als wären zu viele davon verfügbar gewesen und dieser Flur der einzige Ort, den man für ihre Unterbringung hatte finden können. Meist handelte es sich um klassische Muster in gedämpften Farben, ab und an jedoch lugten ein paar unter den anderen hervor, die in hellen Orange- und Gelbtönen gehalten waren.

Die Teppiche dämpften das Geräusch seiner Stiefel, als er an offen stehenden Flügeltüren vorbeimarschierte , die zu beiden Seiten in dunkle Räume führten. Dank ihrer langen Beine hatte Cara keine Mühe, mit ihm Schritt zu halten. Richard wusste, ein Teil dieser Räume enthielt Bibliotheken, andere dagegen waren verschwenderisch gestaltete Vorzimmer, deren einziger Zweck darin zu bestehen schien, in andere Räume zu führen, durch die man in wieder andere, manchmal schmucklose, dann wieder reich verzierte Gemächer gelangte, allesamt Teile des undurchschaubaren und verworrenen Labyrinths, welches die Burg der Zauberer darstellte.

An einer Kreuzung bog Richard rechts ab in einen Flur, dessen Wände dick in spiralförmigen Mustern verputzt waren, über die Jahrhunderte zu einem warmen goldenen Braunton nachgedunkelt. Zu guter Letzt gelangten sie an eine Treppe. Eine Hand um den Endpfosten aus poliertem weißem Marmor gelegt, begann Richard die Stufen hinabzusteigen. Ein flüchtiger Blick nach oben zeigte, dass sie, um einen quadratischen Treppenschacht angeordnet, sich im Dunkel der höher gelegenen Gefilde der Burg verlor.

»Wohin gehen wir eigentlich?«, wollte Cara wissen.

Die Frage versetzte Richard in mildes Erstaunen. »Das weiß ich nicht.«

Cara schickte einen missmutigen Blick in seine Richtung. »Ihr dachtet einfach, durchsuchen wir mal eben ein Gebäude mit Tausenden und Abertausenden von Räumen, ein Gebäude, groß wie ein Berg und teilweise hineingebaut in diesen, bis Ihr durch irgendeinen Zufall auf irgendetwas stoßt?«

»Mit der Luft hier stimmt wie gesagt etwas nicht, und diesem Gefühl gehe ich eben nach.«

»Ihr verfolgt also Luft«, sagte Cara mit spöttisch-ausdruckslosem Ton. Sofort flammte ihr Argwohn wieder auf. »Ihr habt doch nicht etwa die Absicht, Magie anzuwenden, oder?«

»Cara, Ihr wisst so gut wie jeder andere, dass ich nicht weiß, wie ich meine Gabe nutzen kann. Ich könnte nicht einmal dann Magie heraufbeschwören, wenn ich es wollte.«

Und er wollte es ganz bestimmt nicht.

Würde er sich seiner Gabe bedienen, wäre es für die Bestie einfacher, ihn zu finden, weshalb die stets auf seine Sicherheit bedachte Cara sich sorgte, er könnte aus Unbedachtheit etwas tun, das die auf Geheiß Kaiser Jagangs erschaffene Bestie auf den Plan rief.

Richard richtete sein Augenmerk wieder auf das anstehende Problem und versuchte festzustellen, was genau ihm an der Luft so merkwürdig erschien. Er bemühte sich, exakt zu analysieren, was er spürte, und gelangte zu dem Schluss, dass sie ein wenig an die Luft während eines Gewitters erinnerte. Sie besaß die gleiche, unverwechselbare Schärfe.

Nachdem sie mehrere Fluchten der weißen Marmortreppe hinabgestiegen waren, gelangten sie in einen schlichten, aus Steinquadern bestehenden Gang. Diesem folgten sie geradeaus über mehrere Kreuzungen hinweg und blieben schließlich stehen, als Richard eine dunkle Wendeltreppe aus Steinstufen mit einem Eisengeländer an der Seite hinabstarrte. Als er diese hinabzusteigen begann, folgte Cara ihm. Unten angelangt, passierten sie einen kurzen Durchgang mit einer fassartigen Gewölbedecke aus Eichenbohlen, ehe sie schließlich einen Raum betraten, der den Ausgangspunkt einer Reihe nabenförmig davon abgehender Flure bildete. Der kreisrunde Raum war an der Außenseite von Pfeilern aus grauem gesprenkeltem Granit gesäumt, die vergoldete, jeden der in die Dunkelheit hineinführenden Gänge überspannende Querbalken stützten.

Richard streckte die Laterne vor und versuchte mit zusammengekniffenen Augen in die dunklen Gänge hineinzuspähen. Obwohl ihm der kreisrunde Raum unbekannt war, begriff er, dass sie sich in einem Teil der Burg befanden, der irgendwie anders war – auf eine Weise anders, die ihm Caras Bemerkung verständlich machte, der Ort bereite ihr eine Gänsehaut. Im Gegensatz zu den anderen führte einer der Gänge in steilem Winkel eine lange Rampe hinab, offenbar in tiefer gelegene Bereiche der Burg. Er fragte sich, warum sich ausgerechnet hier anstelle einer weiteren endlosen Treppenflucht eine Rampe befand.

»Hier entlang«, forderte er Cara auf und führte sie die Rampe hinab in die Dunkelheit.

Die Rampe schien endlos in die Tiefe zu führen, bis sie schließlich dann doch in einen gewaltigen Gang mündete, der, obwohl nicht mehr als zwölf Fuß breit, mindestens deren siebzig in der Höhe maß. Richard kam sich vor wie eine Ameise auf dem Grund eines langen schmalen, bis tief in den Erdboden reichenden Spalts. Linker Hand ragte eine natürliche, geradewegs aus dem Berg selbst gehauene Felswand auf, während die Wand zur Rechten aus gewaltigen Steinquadern zusammengesetzt war. Sie passierten eine Abfolge von Räumen in der aus Steinquadern bestehenden Wand und arbeiteten sich immer weiter in dem Gang voran, der eine Art endloser, mitten durch das Muttergestein führender Riss zu sein schien. Obwohl sie sich beharrlich weiter vorantasteten, war das Licht der Laterne nicht hell genug, als dass sie ein Ende hätten erkennen können.

Auf einmal dämmerte Richard, was er gespürt hatte. Die Luft fühlte sich an wie bisweilen in der unmittelbaren Umgebung von Personen, deren Gabe sehr stark ausgeprägt war. Er fühlte sich daran erinnert, wie die Luft in der unmittelbaren Umgebung seiner einstigen Lehrerinnen, Schwester Cecilia, Armina, Merissa und vor allem Nicci, zu knistern schien. Manchmal war es ihm so vorgekommen, als könnte die Luft rings um sie her in Flammen aufgehen, so ungeheuerlich war die einzigartige Energie, die diese Frau verströmte. Allerdings hatte sich dieses Gefühl stets nur in unmittelbarer Nähe der betreffenden Person eingestellt und war nie ein allgemeines Phänomen gewesen.

Noch bevor er den Lichtschein sah, der aus einem der Räume in der Ferne drang, konnte er die Luft spüren, die ihm von dort entgegenschlug. Fast erwartete er, die Luft im gesamten Korridor werde zu flimmern beginnen.

Eine offen stehende gewaltige, messingbeschlagene Flügeltür führte in einen Raum, der eine spärlich beleuchtete Bibliothek zu sein schien. Sofort war ihm klar, dass dies der Ort war, den er suchte.

Richard trat durch die mit kunstvoll ziselierten Symbolen bedeckten Türflügel und erstarrte mitten in der Bewegung, einen Ausdruck des Staunens im Gesicht.

Durch ein Dutzend Rundbogenfenster rings um den höhlenartigen Raum drang ein flackerndes Zucken wie von Blitzen und beleuchtete Reihen und Aberreihen von Regalen. Die über zwei Stockwerke reichenden Fenster erstreckten sich über die gesamte Breite der rückwärtigen Wand. Dazwischen erhoben sich zwei Stockwerke hohe Säulen aus poliertem Mahagoni, an denen man schwere grüne Samtvorhänge befestigt hatte, deren Säume mit goldenen Fransen verziert waren. Die kleinen Glasquadrate, aus denen sich die schwindelerregend hohen Fenster zusammensetzten, waren nicht durchsichtig, sondern von beachtlicher Stärke, und wiesen zahlreiche ringförmige Verunreinigungen auf, so als sei das Glas beim Gießen überaus dickflüssig gewesen. Wann immer das Blitzen aufflammte, schien auch das Glas aufzuleuchten. Rings um den Raum verteilte Reflektorlampen verliehen dem Ort einen weichen, warmen Glanz, der sich da und dort inmitten des wirren Durcheinanders von allenthalben aufgeschlagen herumliegenden Büchern in den polierten Tischplatten widerspiegelte.

Die Regale waren nicht das, was Richard zunächst vermutet hatte. Eine Reihe von ihnen diente tatsächlich der Unterbringung von Büchern, andere dagegen enthielten ein planloses Durcheinander unterschiedlichster Utensilien – von säuberlich gefaltetem glitzerndem Tuch über Eisenspiralen, grünen Glasflakons bis hin zu kompliziert aussehenden Konstruktionen aus Holzstäben sowie Stapeln von Pergamentrollen, alten Knochen und langen, gekrümmten Reißzähnen, die Richard weder erkannte, noch über die er auch nur vage Vermutungen hätte anstellen können.

Als das Blitzen erneut aufloderte, erweckten die über alles im Raum, über Tische, Stühle, Säulen, Bücherregale und Lesetische zuckenden Schatten der Fensterpfosten den Anschein, als zerspringe der gesamte Raum in seine Bestandteile.

»Zedd – was in aller Welt tust du da?«

»Lord Rahl«, bemerkte Cara mit gedämpfter Stimme unmittelbar hinter seiner Schulter, »ich glaube, Euer Großvater hat den Verstand verloren.«

Zedd wandte sich herum und spähte kurz zu Richard und Cara herüber, die immer noch im Türrahmen standen. Im Schein der Lampen hatten die drahtigen Locken des alten Mannes, die ihm in allen Richtungen vom Kopf abstanden, einen blassen Orangeton, wohingegen sie strahlend weiß leuchteten, sobald das Blitzen aufflammte.

»Wir sind im Augenblick ziemlich beschäftigt, Junge.«

Mitten im Raum, ein kleines Stück über einem der massiven Tische, schwebte Nicci. Richard kniff die Augen zusammen, um sich zu vergewissern, dass er tatsächlich sah, was er zu sehen meinte. Niccis Füße befanden sich eindeutig eine volle Handbreit über der Tischplatte, während sie selbst vollkommen reglos mitten in der Luft verharrte.

So unglaublich und verstörend ein solcher Anblick sein mochte, er war nicht einmal das Schlimmste. Auf die Platte des Tisches war – allem Anschein nach mit Blut – ein magisches Symbol gezeichnet, das unter der Bezeichnung Huldigung bekannt war.

Und über besagter Huldigung standen vollkommen reglose Linien in der Luft, die Nicci wie einen Vorhang umhüllten. Richard hatte bereits früher mehrere mit der Gabe Gesegnete Huldigungen zeichnen sehen, daher meinte er einigermaßen sicher zu wissen, was er vor sich hatte, aber noch nie hatte er etwas gesehen, was diesem frei schwebenden Labyrinth auch nur nahegekommen wäre.

Von vollendeter Komplexität, zusammengesetzt aus Linien leuchtend grünen Lichts, stand es gleich einer dreidimensionalen Bannform in der Luft.

Und mitten in diesem feinen geometrischen Geflecht schwebte bewegungslos wie eine Statue Nicci. Ihre überaus feinen Gesichtszüge schienen zu Stein erstarrt, eine Hand war leicht angehoben. Die Finger ihrer anderen, an ihrer Seite ruhenden Hand waren gespreizt. Ihre Füße waren nicht, wie beim Stehen, in waagerechter Stellung, sondern schienen zu schlenkern, so als befände sie sich mitten im Sprung. Ihr blondes, langes Haar stand ebenfalls leicht ab, so als hätte es sich mitten in besagtem Sprung, unmittelbar vor ihrer erneuten Landung, ein Stück weit von ihrem Kopf entfernt – und sie wäre, genau in diesem Augenblick, in Stein verwandelt worden.

Sie wirkte alles andere als lebendig.

4

Es war ein unglaublich schöner und zugleich zutiefst verstörender Anblick. Nicci ähnelte nichts so sehr wie einer aus Fleisch und Licht bestehenden leblosen Statue. Stränge ihres blonden Haars, ja sogar einzelne Strähnen, standen in geschwungenen, sachten Bogen und Wellen regungslos in der Luft. Richard erwartete noch immer, dass sie ihren Sprung hinunter auf den Tisch jeden Augenblick endlich vollenden würde.

Dann merkte er, dass er den Atem anhielt, und atmete endlich wieder aus.

Wegen der ungeheuren Energie, die man für diesen offenkundigen und selbst für Richards ungeübtes Auge außerordentlichen Zauber aufgeboten hatte, knisterte die Luft im Saal munter und scheinbar im Einklang mit der stürmischen Heftigkeit der Blitze draußen vor der Fensterwand. Und genau das war tatsächlich die Ursache für die ungewöhnliche Beschaffenheit der Luft gewesen, die ganz zu Anfang in dem kleinen Lesezimmer seine Aufmerksamkeit erregt hatte.

Um nichts in der Welt hätte er sich vorzustellen vermocht, was hier passierte, welchen Zweck eine solche Anwendung von Magie haben sollte. Gleichermaßen fasziniert wie bestürzt erkannte er, wie begrenzt seine Kenntnis dieser Dinge war. Vor allem aber empfand er den Anblick als auf abgründige Weise beklemmend.

Aufgewachsen in Westland, wo es keine Magie gegeben

hatte, fragte er sich manchmal, was ihm dabei entgangen war – vor allem in Augenblicken wie diesem, wenn er sich hoffnungslos unwissend vorkam. Dann wieder, wie bei Kahlans Entführung, war ihm Magie so zuwider, dass er sich wünschte, nie wieder mit ihr zu tun zu haben.

Die treu ergebenen Verfechter der Lehren der Imperialen Ordnung hätten eine zynische Befriedigung dabei empfunden, solch leidenschaftslose Gedanken über Magie aus dem Munde des Lord Rahl zu hören.

Obwohl in völliger Unkenntnis von Magie aufgewachsen, hatte Richard seither so manches über sie gelernt. Zum einen wusste er, dass die Huldigung, die man unter Nicci gezeichnet hatte, ein mächtiges Mittel war, dessen sich die mit der Gabe Gesegneten bedienten. Er wusste auch, dass sie nur überaus selten mit Blut gezeichnet wurde, und wenn, dann nur unter denkbar unerfreulichen Umständen.

Wie er so die glänzenden Linien aus Blut betrachtete, aus denen sich die Huldigung zusammensetzte, machte Richard eine Beobachtung, bei der sich ihm die Härchen im Nacken sträubten. Einer von Niccis Füßen befand sich genau über dem Mittelpunkt der Huldigung – jenem Teil, der das Licht des Schöpfers verkörperte und aus dem nicht nur das Leben selbst hervorging, sondern auch jene die Gabe repräsentierenden Strahlen, die das Leben und den Schleier durchdrangen und schließlich weiter bis in die Ewigkeit der Unterwelt reichten.

Niccis anderer Fuß hingegen war, wenige Zoll über der Tischplatte, jenseits des äußeren Rings der Zeichnung erstarrt – über jenem Teil, der die Unterwelt darstellte.

Nicci hing in der Schwebe zwischen der Welt des Lebens und dem Totenreich. Richard wusste, dass dies wohl kaum ein bedeutungsloser Zufall war.

Er fokussierte seinen Blick auf das, was sich jenseits des beunruhigenden Anblicks der mitten in der Luft schwebenden

Nicci befand, und erblickte Nathan und Ann, die, gelegentlich beleuchtet von den zuckenden Lichtblitzen, geistergleich aufflackerten, nur um unmittelbar darauf wieder zu erlöschen. Auch sie betrachteten die inmitten der leuchtenden Bannform schwebende Nicci mit feierlich ernster Miene.

Zedd, eine Hand an seiner knochigen Hüfte, während er sich mit einem Finger der anderen über das glatt rasierte Kinn strich, bewegte sich langsam um den Tisch herum und beobachtete dabei das immer weiter anwachsende, sich immer feiner gliedernde Geflecht aus leuchtend grünen Linien.

Draußen, vor den hohen Fenstern, nahm das Aufflackern der Blitze in gleißend hellen Ausbrüchen unterdessen seinen Fortgang, das Donnergrollen hingegen wurde von den dicken Mauern der Burg gedämpft.

Richard schaute hoch in Niccis Gesicht. »Ist sie … geht es ihr gut?«

Zedd sah herüber, so als hätte er ganz vergessen, dass Richard den Raum betreten hatte. »Was?«

»Geht es ihr gut?«

Zedds buschige Brauen zogen sich zusammen. »Woher soll ich das wissen?«

In einer Geste sprachloser Bestürzung warf Richard die Arme in die Luft und ließ sie wieder fallen. »Himmel und Schöpfer noch mal, Zedd, das warst doch wohl du, der sie dort hineingehängt hat.«

»Nicht ganz«, murmelte Zedd und rieb sich im Weitergehen die Hände.

Richard trat näher an den Tisch heran, über dem Nicci schwebte. »Was geht hier vor? Sie ist doch nicht etwa in Gefahr?«

Endlich erwiderte Zedd seinen Blick und seufzte. »Das wissen wir nicht mit Sicherheit, Junge.«

Jetzt kam auch Nathan aus den Schatten hervor, ging zum

Tisch und trat in den grünlichen Lichtschein. Den himmelblauen Augen des hochgewachsenen Propheten war die Besorgnis deutlich anzusehen. In einer besänftigenden Geste breitete er die Hände aus und zuckte sachte die Achseln, wobei sein langes weißes Haar seine Schultern berührte. »Wir glauben jedenfalls, es geht ihr gut, Richard.«

»Eigentlich sollte es ihr einfach prächtig gehen«, versicherte ihm Ann und gesellte sich zu Nathan.

Der Prophet überragte sie mit seinen breiten Schultern um einiges, wohingegen sie, in ihrem einfachen Wollkleid, das ergrauende Haar zu einem lockeren Knoten nach hinten gerafft, neben Nathan eher unauffällig wirkte. Richard fand, dass wahrscheinlich so ziemlich jeder neben Nathan unauffällig wirken würde.

Mit einer Handbewegung wies er auf das Geflecht aus geometrischen Linien, die Nicci umfingen. »Was ist das für ein Gebilde?«

»Ein Prüfnetz.«

Richard runzelte die Stirn. »Ein Prüfnetz? Was soll denn geprüft werden?«

»Die Feuerkette«, erklärte ihm Zedd mit ernster Stimme. »Wir versuchen die genaue Funktionsweise einer Feuerkettenreaktion herauszufinden, um feststellen zu können, ob vielleicht die Möglichkeit besteht, sie rückgängig zu machen.«

Richard kratzte sich an der Schläfe. »Aha.«

Das Ganze gefiel ihm immer weniger. Er hatte das unbedingte Verlangen, Kahlan wiederzufinden, und gleichzeitig war er zutiefst besorgt, was Nicci bei diesem Versuch, die mysteriösen, von Zauberern aus früheren Zeiten erschaffenen Kräfte zu enträtseln, widerfahren konnte. Zedd, als Oberster Zauberer, verfügte über Fähigkeiten und Talente, die Richard nicht einmal im Ansatz zu begreifen vermochte, und doch waren ihm diese Zauberer aus alter Zeit hinsichtlich seiner Gabe weit überlegen. Trotz des ungeheuren Wissens, das Zedd, Nathan, Ann und Nicci besaßen, trotz ihrer ungeheuren Macht, taten sie im Grunde nichts anderes, als mit Dingen herumzuhantieren, die weit außerhalb ihrer Erfahrung und ihrer Fähigkeiten lagen, Dingen, die selbst die Zauberer aus alter Zeit gefürchtet hatten. Aber hatte denn irgendeiner von ihnen überhaupt eine andere Wahl?

Zudem war Richard nicht nur besorgt um Nicci, er brauchte sie auch, damit sie ihm bei der Suche nach Kahlan half. Die anderen mochten auf einigen Gebieten mächtiger sein als sie, alles zusammengenommen aber bewegte sie sich auf einem ganz anderen Niveau. Wahrscheinlich war sie die mächtigste Hexenmeisterin, die je gelebt hatte. Was andere nur unter größten Mühen vollbringen konnten, schaffte Nicci mit einem flüchtigen Blick. So bemerkenswert das war, in Richards Augen war es vermutlich noch einer ihrer am wenigsten bemerkenswerten Züge. Er kannte außer Kahlan niemanden, der sich mit ähnlicher Hartnäckigkeit auf ein Ziel konzentrieren konnte. Wenn es darum ging, ihn zu beschützen, mochte Cara ebenso unbeirrbar sein, Nicci dagegen schaffte es, diese Hartnäckigkeit auf alles anzuwenden, was sie sich einmal in den Kopf gesetzt hatte. Damals, als sie noch gegen ihn gekämpft hatte, hatte ihre eiserne Entschlossenheit sie nicht nur ungeheuer effektiv, sondern auch überaus gefährlich gemacht.

Er war froh, dass sich das alles geändert hatte. Seit Beginn der Suche nach Kahlan war Nicci zu seiner engsten und treuesten Freundin geworden, und das, obwohl sie wusste, dass sein Herz Kahlan gehörte und sich das niemals ändern würde.

Er fuhr sich mit den Fingern durchs Haar. »Und wieso schwebt sie dann dort oben, mitten in diesem … Ding?«

»Weil sie als Einzige von uns weiß, wie man subtraktive Magie anwendet«, brachte es Ann schlicht auf den Punkt. »Für das Auslösen einer Feuerkettenreaktion und ihr anschließendes

Funktionieren benötigt man subtraktive Magie. Im Augenblick versuchen wir, den Zauber in seiner Gesamtheit zu begreifen – in seinen additiven wie auch den subtraktiven Bestandteilen.«

Das klang, fand er, durchaus vernünftig, trotzdem war ihm deswegen keine Spur wohler bei der Sache. »Und Nicci hat sich selbst dazu bereit erklärt?«

Nathan räusperte sich. »Es war sogar ihre Idee.«

Natürlich. Manchmal konnte sich Richard des Eindrucks nicht erwehren, dass diese Frau eine gewisse Todessehnsucht verspürte.

In Momenten wie diesen wünschte er sich, mehr über diese Dinge zu wissen. Er kam sich wieder einmal unwissend vor. Mit einer Handbewegung erfasste er das gesamte Arrangement, das dort über dem Tisch schwebte. »Mir war gar nicht bewusst, dass man für Prüfnetze Menschen benutzt. Ich meine, ich wusste gar nicht, dass solche Netze auf diese Weise um jemanden herum gewirkt werden.«

»Das war auch uns nicht vollkommen klar«, erklärte Nathan mit der ihm eigenen tiefen, Autorität gebietenden Stimme.

Unter dem Blick des Propheten fühlte Richard sich unbehaglich, also wandte er sich an Zedd. »Was soll das heißen?«

Zedd zuckte die Achseln. »Es ist das erste Mal, dass einer von uns eine Gestaltanalyse eines Überprüfungsnetzes aus einer Innenperspektive vornimmt. Ein solches Vorgehen erfordert subtraktive Magie, weshalb wahrscheinlich seit Tausenden von Jahren nicht mehr versucht wurde, auf diese Weise ein Prüfnetz zu wirken.«

»Und woher wusstet ihr dann, wie man es macht?«

»Die Tatsache, dass keiner von uns so etwas jemals gemacht hat«, warf Ann ein, »bedeutet noch lange nicht, dass wir uns nicht eingehend mit verschiedenen Schilderungen dessen befasst haben.«

Zedd wies auf einen der anderen Tische. »Wir haben das

Buch durchgearbeitet, das du gefunden hast – *Feuerkette,* ein Werk, komplexer als alles, was irgendjemand von uns je zu Gesicht bekommen hat, daher war uns sehr daran gelegen, es bis in alle Einzelheiten zu verstehen. Wir haben zwar bislang auch noch nie eine Innenperspektive durchgeführt, im Grunde aber ist es nichts anderes als eine Erweiterung dessen, was wir bereits kennen. Wenn man sich mit der Handhabung eines Standardprüfnetzes auskennt und man über die erforderlichen Aspekte der Gabe verfügt, ist es auch möglich, die Gestaltanalyse aus der Innenperspektive durchzuführen. Und genau das tut Nicci gerade – weshalb auch nur sie dafür infrage kam.«

»Wenn es ein Standardverfahren gibt, wieso war dann diese Methode erforderlich?«

Zedd wies mit der Hand auf die Linien, die Nicci umgaben. »Angeblich stellt eine Innenperspektive die Bannform sehr viel detaillierter – nämlich auf einer elementareren Ebene – dar, als man sie bei einem Standardprüfverfahren zu sehen bekommt. Und da sie gewissermaßen aussagekräftiger ist als das übliche Standardverfahren, sind wir alle darin übereingekommen, dass es von Vorteil wäre, es auf diese Weise zu versuchen.«

Richard begann wieder ein wenig unbeschwerter zu atmen. »Niccis Einsatz war also einfach das Ergebnis einer abstrakten Analyse und hat weiter nichts zu bedeuten.«

Zedd löste den Blick von Richards Augen und rieb sich sachte über die tiefen Falten auf seiner Stirn. »Es handelt sich lediglich um ein Überprüfungsverfahren, Richard, nicht um das Auslösen der Reaktion an sich. In gewisser Hinsicht ist es also nicht einmal real. Was der eigentliche Bann im Handumdrehen bewirkt, wird bei dieser inaktiven Variante zu einem extrem langwierigen Prüfverfahren ausgeweitet, um so eine umfassende Analyse zu ermöglichen. Auch wenn es nicht vollkommen risikolos ist, das, was du hier rings um Nicci siehst, ist nicht der aktive Bann.«

Zedd räusperte sich. »Hätte man den eigentlichen Bann gewirkt, würde man hier an Niccis Stelle Kahlan sehen, und alles wäre nur allzu wirklich.«

Eine Gänsehaut überlief Richards Arme, und sein Mund wurde plötzlich so trocken, dass er kaum noch sprechen konnte. Er fühlte sein Herz durch die Adern bis in seinen Hals pumpen. Alles in ihm sträubte sich, dass dies die Wahrheit sein sollte.

»Aber eben sagtest du doch, du hättest Nicci gebraucht, um dieses Netz zu wirken. Du sagtest, es sei dir nur deswegen möglich gewesen, weil sie subtraktive Magie wirken kann. Kahlan wäre gar nicht imstande gewesen, dasselbe für die Schwestern zu tun – zumal sie sich auf keinen Fall dafür hergegeben hätte.«

Zedd schüttelte den Kopf. »Die Schwestern hatten bereits damit begonnen, den eigentlichen Bann um Kahlan zu wirken. Sie hatten subtraktive Magie zur Verfügung und wären auf Kahlans Mitwirkung gar nicht angewiesen gewesen. Wir dagegen benötigten Nicci, um ihn unter Berücksichtigung sowohl der additiven wie auch der subtraktiven Gesichtspunkte von innen zu wirken, und auf diese Weise einen Versuch zur Bestimmung seiner Funktionsweise zu unternehmen. Diese beiden Vorgänge sind durchaus nicht identisch.«

»Gut, aber wie ...«

»Richard«, schnitt ihm sein Großvater sanft das Wort ab, »wie ich bereits sagte, sind wir ziemlich beschäftigt. Dies ist nicht der rechte Augenblick, das auszudiskutieren. Wir müssen den Prozess im Auge behalten und versuchen, das Ausgleichsverhalten des Banns zu bestimmen. Lass uns unsere Arbeit machen, ja?«

Richard verstummte. Den Blick staunend auf die Linien vor sich gerichtet, begann er, den Rhythmus zu erkunden, der sich hinter diesen Linien verbarg, ihr Muster, ihre fließende Bewegung. Und dabei bekam er eine erste Ahnung, was sie bedeuten könnten.

Er begann, einen Sinn in ihrer Anordnung zu erkennen.

»Hier, an dieser Stelle, stimmt etwas nicht«, sagte er mit einem missbilligenden Blick auf das aus Licht gewobene Geflecht.

Zedd blieb unvermittelt stehen. »Stimmt etwas nicht?«

Richard war gar nicht aufgefallen, dass er laut oder zumindest laut genug gesprochen hatte, sodass die anderen ihn hören konnten. »Ja, ganz recht. Etwas stimmt nicht.«

5

Richard widmete sich weiter dem Studium der Linien und neigte den Kopf zur Seite, um sie besser verfolgen zu können, wie sie in einem komplizierten, sich immer wieder überschneidenden Muster aus allen Richtungen kommend schließlich genau vor Niccis Körpermitte zusammenliefen. Ganz allmählich bekam er eine Ahnung von der Bedeutung dieser Routen und von der übergreifenden Absicht, die sich hinter dieser Anordnung verbarg.

»Meiner Meinung nach fehlt dort eine Stützkonstruktion.« Er deutete mit einem Finger nach links hinüber. »Es sieht ganz so aus, als hätte sie dort beginnen sollen, meint ihr nicht auch? Es scheint, als sollte von dieser Stelle eine Linie hier entlang nach oben und dann wieder zurück zu der Stelle neben ihrem Ellbogen führen.«

Die Aufmerksamkeit ganz vom Rhythmus der Linien in Anspruch genommen, war er für das Geschehen im Rest des Raumes weitgehend nicht mehr empfänglich.

»Es ist völlig ausgeschlossen, dass du so etwas wissen kannst«, stellte Ann entschieden fest.

Er ließ sich von ihrer Skepsis nicht beirren. »Wenn man einen Kreis mit einer leichten Delle darin gezeigt bekommt, dann weiß man doch wohl, dass da etwas nicht stimmt, oder nicht? Man erkennt die beabsichtigte Form und weiß, dass besagte Delle dort nicht hingehört.«

»Richard, wir haben es hier nicht einfach nur mit einem simplen Kreis zu tun. Du weißt ja nicht einmal, was du vor dir hast.« Ehe sie ihre Stimme noch mehr hob, fing sie sich wieder, verschränkte die Hände vor dem Körper und atmete einmal tief durch. Dann fuhr sie fort. »Ich möchte lediglich daran erinnern, dass hier ein überaus hohes Maß an Komplexität vorliegt, von dem du unmöglich Kenntnis haben kannst. Wir drei haben noch nicht einmal ansatzweise begonnen, den hinter dieser Bannform verborgenen Mechanismus zu entschlüsseln, und wir verfügen über eine umfassende Ausbildung in diesen Dingen. Aber trotz unserer Ausbildung und unseres Wissens ist ihre Entwicklung längst noch nicht so weit abgeschlossen, dass wir ihre Funktionsweise begreifen könnten. Hier sind überaus komplexe Prinzipien im Spiel, von denen du wirklich rein gar nichts verstehst.«

Ohne sich zu ihr herumzudrehen, tat Richard ihren Einwand mit einer knappen Handbewegung ab. »Spielt alles keine Rolle. In jedem Fall ist die Form emblematisch.«

Nathan neigte den Kopf zur Seite. »Sie ist was?«

»Emblematisch«, murmelte Richard, während er einen Linienschnittpunkt betrachtete und dabei den Hauptstrang der Anordnung ausfindig zu machen versuchte.

»Ach ja?«, sprudelte es aus Zedd hervor, als Richard sich erneut seiner stummen Betrachtung widmete.

»Ich bin ein wenig vertraut mit der Sprache der Embleme«, sagte er gedankenverloren, nachdem er den Hauptstrang entdeckt hatte, ihm mit dem Finger durch das Auf und Ab und die Wirbel des Musters gefolgt war und sich dabei mehr und mehr auf seinen Zweck einzustimmen vermochte. »Das sagte ich euch doch schon.«

»Wann soll das gewesen sein?«

»Damals, als wir bei den Schlammmenschen waren.« Er vertiefte sich erneut in den Fluss der Konstruktion und versuchte, dabei den ansteigenden Verlauf innerhalb der untergeordneten Verästelungen zu erkennen. »Kahlan war ebenfalls dort. Und Ann auch.«

»Ich fürchte, das muss uns irgendwie entfallen sein«, gestand Zedd, nachdem er Ann frustriert den Kopf hatte schütteln sehen. Er stieß einen unglücklichen Seufzer aus. »Noch eine Erinnerung aus Kahlans Umfeld, die für uns wegen der Untaten der Schwestern verloren ist.«

Richard hörte ihn kaum. Mit wachsender Erregung deutete er mit dem Finger fuchtelnd auf eine Unterbrechung in den Linien unmittelbar unterhalb von Niccis Ellbogen. »Und ich sage euch, hier fehlt eine Linie. Ich bin mir ganz sicher.« Richard wandte sich herum zu seinem Großvater, und in diesem Moment bemerkte er, dass ihn alle anstarrten. »Genau hier«, erklärte er ihnen, indem er erneut darauf zeigte, »zwischen dem Ende dieses ansteigenden Bogens hier und dieser Überschneidung von Dreiecken müsste sich eine Linie befinden.«

Zedd runzelte die Stirn. »Eine Linie?«

»Ja.« Er verstand gar nicht, wieso ihnen das nicht schon früher aufgefallen war. Für Richard war es so sonnenklar, als hätte man beim Singen eines Liedes einen Ton der Melodie weggelassen. »Eine Linie fehlt, und zwar eine wichtige.«

»Eine wichtige«, wiederholte Ann im Tonfall erschöpften Verdrusses.

Richard, dessen Erregtheit mit jedem Augenblick zunahm, wischte sich mit der Hand über den Mund. »Eine überaus wichtige.«

Zedd seufzte. »Richard, wovon redest du überhaupt?«

»Seht doch«, sagte Richard und wandte sich wieder zu ihnen herum, »es ist ein Emblem, ein Muster. Mit einem solchen Muster verhält es sich genau so wie mit einer Übersetzung aus einer anderen Sprache. In gewisser Weise ist es dasselbe, was ihr durch das Wirken eures Prüfnetzes zu verstehen versucht. Im

Großen und Ganzen beschreibt diese Form ein Phänomen exakt so, wie eine mathematische Gleichung physikalische Eigenschaften beschreibt, etwa wie eine Gleichung, die das Verhältnis von Umfang und Radius eines Kreises ausdrückt. Emblematische Formen können auch eine Art Sprache sein, genau wie Mathematik eine Form von Sprache ist. Beide sind in der Lage, etwas über das Wesen der Dinge zu offenbaren.«

Geduldig strich Zedd sich das Haar aus dem Gesicht. »Du betrachtest Embleme also als eine Form der Sprache?«

»In gewisser Weise. Nimm zum Beispiel die Huldigung unter Nicci. Sie ist ein Emblem. Der äußere Kreis stellt den Beginn der Unterwelt dar, während der innere Kreis die Grenzen der Welt des Lebens beschreibt. Das Quadrat, das beide voneinander trennt, stellt den Schleier zwischen diesen Welten dar. In der Mitte befindet sich ein achteckiger Stern, der für das Licht des Schöpfers steht. Die acht Linien, die strahlenförmig von den Zacken des Sternes ausgehen und bis durch den äußeren Kreis stoßen, verkörpern die Gabe, die von der Schöpfung durch das gesamte Leben, schließlich durch den Schleier und weiter bis in den Tod reicht. Das gesamte Gebilde ist ein Emblem; wenn man es betrachtet, nimmt man es als eine zusammenhängende Idee wahr. Man könnte also sagen, dass man seine Sprache versteht.

Wenn nun beim Wirken eines Bannes ein mit der Gabe Gesegneter eine Huldigung unsauber zeichnet – sich also der Sprache in unzulänglicher Weise bedient –, wird sie ihre beabsichtigte Wirkung verfehlen, ja möglicherweise kommt es sogar zu Schwierigkeiten. Angenommen, du hättest eine Huldigung mit einem neunzackigen Stern vor dir, oder eine, der die Kreise fehlen, würdest du nicht auf der Stelle wissen, dass etwas nicht stimmt? Wenn das Quadrat, das den Schleier darstellt, unkorrekt gezeichnet wäre, könnte unter den entsprechenden Umständen dadurch theoretisch sogar der Schleier zerrissen werden und die beiden Welten einander durchdringen.

Sie ist ein Emblem, mithin versteht man die Idee, für die es steht, denn man weiß ganz einfach, wie sie aussehen sollte. Und wenn sie fehlerhaft gezeichnet ist, erkennt man sie als unkorrekt.«

Als das Gleißen der Blitze flackernd zum Erliegen kam, verströmte der Raum im trüben Schein der Lampen plötzlich ein Gefühl von Verlassenheit. Von unten aus dem Tal rollte drohend dumpfes Donnergrollen herauf.

Zedd, der vollkommen regungslos dastand, musterte Richard jetzt konzentrierter als zuvor das Überprüfungsnetz. »Auf diese Weise habe ich es noch nie so recht betrachtet, Richard, aber ich gebe zu, an deiner Sichtweise könnte etwas dran sein.«

Nathan hob anerkennend eine Braue. »Das könnte es allerdings.«

Ann seufzte. »Na ja, vielleicht.«

Richard wandte sich von ihren verdrießlichen Mienen wieder den leuchtenden Linien zu. »Der Fehler«, sagte er und zeigte, »befindet sich genau hier.«

Zedd reckte seinen Hals, um die Linien in Augenschein zu nehmen. »Nehmen wir einmal an, du hättest recht, einfach um des Arguments willen. Was bedeutet es deiner Meinung nach?«

Richards Herz pochte, als er erneut um den Tisch herumging, um die Linien flüchtig durch den gesamten Bann zu verfolgen. Er benutzte einen Finger, mit dem er die leuchtenden Linien gerade eben nicht berührte, um die Hauptwege nachzuzeichnen und das Muster, die Struktur der Form, in groben Zügen zu skizzieren.

Das Ergebnis entsprach seinen Erwartungen. »Hier. Seht hierher, auf diese frisch geformte Struktur, die sich um diese älteren ursprünglichen Linien gebildet hat. Betrachtet den verworrenen Charakter dieser neuen Liniengruppe. Sie stellen eine Variable dar, obwohl alles an diesem Linienemblem eigentlich aus Konstanten bestehen sollte.«

»Eine Variable ...?« Zedd stammelte, so als hätte er, eben noch in Gedanken ganz bei Richards Argumentation, plötzlich festgestellt, dass er völlig den Faden verloren hatte.

»Ja«, sagte Richard. »Sie ist nicht emblematisch, sondern ihrer Form nach biologisch. Die beiden sind erkennbar unterschiedlich.«

Nathan strich sich mit beiden Händen übers Haar und seufzte, enthielt sich aber jeglichen Kommentars.

Anns Gesicht war tiefrot angelaufen. »Es ist eine Bannform! Sie ist unveränderlich! Sie kann unmöglich biologisch sein!«

»Genau da liegt das Problem«, fuhr Richard fort, indem er mehr auf ihren Einwand als auf ihren Zornesausbruch reagierte. »Auf keinen Fall darf man zulassen, dass diese Art von Variablen eine angeblich konstante Konstruktion ungünstig beeinflusst. Das käme einer mathematischen Gleichung gleich, in der sämtliche Zahlen unwillkürlich ihren Wert ändern können; damit würde die gesamte Mathematik unbrauchbar, ja null und nichtig. Algebraische Symbole mögen variieren, aber selbst diese Variablen folgen bestimmten Verhältnismäßigkeiten. Die Zahlen selbst jedoch sind Konstanten. Das Gleiche gilt für diese Struktur. Embleme müssen aus unveränderlichen Konstanten gebildet sein – man könnte sagen, wie in einer einfachen Addition oder Subtraktion. Eine innere Variable dagegen zerstört die Konstanz einer emblematischen Form.«

»Ich vermag dir nicht zu folgen«, gestand Zedd.

Richard wies zum Tisch. »Du hast die Huldigung mit Blut gezeichnet. Die Huldigung ist eine Konstante, das Blut dagegen biologisch. Warum hast du es auf diese Weise gemacht?«

»Na, damit es funktioniert«, fiel Ann ihm barsch ins Wort. »Wir mussten es so machen, um die Innenperspektive des

Prüfnetzes auszulösen. So wird es eben gemacht. Das ist das anerkannte Verfahren.«

Richard sagte mit erhobenem Finger. »Eben. Ihr habt bewusst eine kontrollierte biologische Variable – nämlich Blut – in etwas eingeführt, das eigentlich konstant ist: eine Huldigung. Bedenkt aber bitte, dass es außerhalb der eigentlichen Bannform bleibt. Es ist lediglich ein nützliches Hilfsmittel, ein Katalysator. Ich glaube, es verhält sich so, dass eine solche Variable in der Huldigung es dem von euch ausgelösten Bann ermöglicht, seinen Verlauf zu nehmen, ohne von einer Konstante – nämlich der Huldigung – beeinträchtigt zu werden. Versteht ihr? Sie verleiht dem Prüfnetz nicht nur die durch die Huldigung beschworene Kraft, sondern gibt ihr die durch die biologische Variable gewonnene Freiheit, nach Bedarf zu wachsen, um ihr wahres Wesen, ihre Absicht zu offenbaren.«

Als Zedd kurz zu ihr herübersah, meinte Cara: »Schaut mich nicht so an. Jedes Mal, wenn er mit diesen Sachen anfängt, nicke ich bloß und warte lächelnd darauf, dass der Ärger losgeht.«

Zedd machte ein säuerliches Gesicht. »Noch nie in meinem ganzen Leben habe ich gehört, dass jemand ein Prüfnetz auf diese Weise erklärt hätte. Es ist eine ziemlich seltsame Betrachtungsweise. Das Besorgniserregendste daran ist, dass es, auf verdrehte Weise, tatsächlich einen Sinn ergibt. Damit sage ich nicht etwa, dass du recht hast, Richard, aber es ist zweifelsohne ein verstörender Gedanke.«

»Wenn du recht hättest«, warf Nathan ein, »würde das bedeuten, dass wir uns all die Jahre wie Kinder benommen haben, die mit dem Feuer spielen.«

»Das heißt, falls er recht hat«, fügte Ann mit kaum hörbarer Stimme hinzu. »Mir klingt das alles eine Spur zu abgefeimt.«

Richard betrachtete die im Nichts erstarrte Frau, jene Frau, die im Augenblick nicht für sich selber sprechen konnte. »Wessen Blut habt ihr eigentlich benutzt, um die Huldigung zu zeichnen?«, wandte er sich an die anderen hinter seinem Rücken.

»Niccis«, antwortete Nathan. »Es war ihr eigener Vorschlag. Sie meinte, es sei die geeignete Methode und die einzige Möglichkeit, damit es auch wirklich funktioniert.«

Richard fuhr zu ihnen herum. »Niccis? Ihr habt Niccis Blut benutzt?«

Zedd nickte. »So ist es.«

»Ihr habt … mit ihrem Blut … eine Variable geschaffen … und sie dann selbst hineingestellt?«

»Mal abgesehen davon, dass genau das nach Niccis Worten zu geschehen hatte«, sagte Ann, »sind wir aufgrund unserer umfassenden Forschungen und Überlegungen überzeugt, dass es die richtige Methode ist, eine Innenperspektive einzuleiten.«

»Da habt ihr sicherlich recht – unter normalen Umständen. Da euch allen die geeignete Vorgehensweise in diesen Dingen bekannt ist, kann das nur bedeuten, dass die Verunreinigung sich stark von den gewöhnlichen Problemen unterscheidet, die bei dem Überprüfungsverfahren zu erwarten sind.« Richard fuhr sich mit den Fingern durchs Haar. »Es müsste etwas sein … ich weiß nicht. Etwas völlig Unvorstellbares.«

Zedd zuckte die Achseln. »Du glaubst also tatsächlich, es könnte unangenehme Folgen haben, Nicci dort hineinzustellen, wenn das Blut, aus dem das Netz seine Energie schöpft, von ihr selbst stammt?«

Richard fasste seine Unterlippe zwischen Daumen und Zeigefinger und ging auf und ab. »Vielleicht auch nicht, vorausgesetzt, die zugrunde liegende Bannform, die ihr überprüfen wollt, war rein. Aber das trifft in diesem Fall nicht zu. Sie ist durch eine biologische Variable verunreinigt. Ich denke, ihr die Quelle der Kontrollvariablen beizugeben – Nicci –, könnte der Verunreinigung genau den nötigen Spielraum verschaffen.«

»Und das heißt?«, wollte Nathan wissen.

Gestikulierend ging Richard weiter auf und ab. »Das heißt, es ist, als ob man Öl ins Feuer gösse.«

»Ich glaube, das Unwetter lässt deine Fantasie mit dir durchgehen«, meinte Ann.

»Welche biologische Variable wäre denn überhaupt imstande, ein Prüfnetz zu verunreinigen?«, wollte Nathan wissen.

Richard wandte sich wieder herum und betrachtete die Linien, folgte ihnen herum bis zu jenem schrecklichen Bogen, der im Nichts endete, wo er eigentlich einer Stütze bedurfte. Sein Blick wanderte durch den leeren Raum bis zu der harrenden Schnittstelle.

»Ich weiß es nicht«, räumte er schließlich ein.

Zedd trat näher. »Deine Ideen mögen ja ganz originell sein, Richard, und sicherlich regen sie zum Nachdenken an, wie ich dir gerne zugestehen will. Es könnte sogar sein, dass sie uns hilfreiche Einblicke gewähren, die uns zu einem besseren Verständnis verhelfen, als wir es sonst bekommen hätten. Aber nicht alles, was du sagst, trifft zu. Einiges davon ist schlichtweg falsch.«

Richard sah über seine Schulter. »Tatsächlich? Was zum Beispiel?«

Zedd zuckte die Achseln. »Nun, zum einen können auch biologische Formen emblematisch sein. Ist nicht auch ein Eichenblatt biologisch, und besitzt es nicht dennoch eine wiedererkennbare emblematische Form? Lässt sich eine Schlange nicht mithilfe eines Emblems darstellen oder gar ein komplexes Ganzes, sagen wir ein Baum oder ein Mensch?«

Richard kniff kurz die Augen zusammen. »Richtig. So habe ich es noch nie betrachtet, aber du hast recht.«

Er wandte sich wieder der Bannform zu und betrachtete das Thema der biologischen Verunreinigung aus einem neuen Blickwinkel. Suchend ließ er den Blick über das verwirrende

Gebilde wandern, versuchte, klug daraus zu werden, versuchte, ein Muster zu erkennen. Doch sosehr er sich auch bemühte, es schien aussichtslos. Es gab kein solches Muster.

Warum nicht? Wenn ihre grafische Darstellung dem Ursprung nach biologisch war, was den Tatsachen entsprach, wie er wusste, dann sollte laut Zedd in dieser bildlichen Wiedergabe irgendein Quellenmuster zum Ausdruck kommen. Aber das gab es nicht. Es war nichts weiter als ein verwirrendes Durcheinander, ein verworrenes Gebilde aus ineinander verschlungenen, bedeutungslosen Linien.

Und dann dämmerte es ihm. Er meinte einen winzigen Teilbereich innerhalb dieses Durcheinanders wiederzuerkennen. Er schien ... irgendwie flüssig. Aber das ergab keinen Sinn, denn gleichzeitig entdeckte er einen anderen Teilbereich, der fast das genaue Gegenteil zu sein schien. Der andere Bereich sah eher aus wie eine emblematische Darstellung des Feuers.

Es sei denn, das Ganze bestand aus mehr als einem Element. Ein Baum konnte durch ein Eichenblattemblem, eine Eichel oder aber eine Darstellung des gesamten Baums verkörpert werden. Und wo stand geschrieben, dass es nicht drei unterschiedliche Dinge sein konnten, die die Bannform gemeinsam verunreinigten?

Drei Dinge.

Dann sah er sie – jedes einzelne der drei Elemente.

Wasser. Feuer. Luft.

Sie alle drei waren es, ganz und gar ineinander verwoben.

»Bei den gütigen Seelen«, entfuhr es Richard leise, während sich seine Augen weiteten.

Er straffte sich. Gänsehaut kroch kribbelnd seine Arme hoch. »Holt sie da raus.«

»Richard«, versuchte Nathan zu beschwichtigen, »sie ist da drinnen vollkommen ...«

»Holt sie da raus! Und zwar auf der Stelle!«

»Richard …«

»Ich hab's euch gesagt – die Bannform hat einen Fehler!«

»Also, genau das versuchen wir doch herauszufinden, oder?«, sagte Ann im Tonfall übertriebener Geduld.

»Ihr begreift nicht.« Richard wies auf die Wand aus matt leuchtenden Linien. »Es ist nicht die Art Fehler, die jeder suchen würde. Dieser Fehler wird sie umbringen. Der Bann ist nicht mehr inaktiv – er ist im Begriff zu mutieren. Er wird lebendig.«

»Lebendig?« Zedd verzog ungläubig das Gesicht. »Wie in aller Welt konntest du …«

»Ihr müsst sie da rausholen! Sofort!«

6

Nicci war weder imstande, sich zu bewegen, noch zu sprechen, und doch bekam sie alles mit, was gesagt wurde, wenngleich die Worte irgendwie hohl klangen, weit entfernt und vergänglich, so als drangen sie aus einer fernen Welt jenseits des grünlichen Gebildes an ihr Ohr.

Am liebsten hätte sie geschrien: *Hört auf ihn!*, aber fest eingebunden im Innern des Gewirkes war ihr das unmöglich.

Vor allem wollte sie nichts anderes als raus aus diesem Geflecht erdrückender magischer Kräfte, die sie umfingen.

Bis zu diesem Moment war ihr die wahre Bedeutung einer Innenperspektive nicht recht klar gewesen – keinem von ihnen. Keiner von ihnen hätte mehr als eine vage Vermutung über die tatsächlichen Auswirkungen abzugeben vermocht. Erst nachdem das Verfahren in Gang gebracht worden war, hatte sie herausgefunden, dass eine solche Perspektive nicht einfach nur die Möglichkeit darstellte, ein Prüfnetz detaillierter von innen zu betrachten, wie alle angenommen hatten, sondern dass diese Methode es der die Analyse durchführenden Person ermöglichte, sie in ihrem Innern selbst zu erfahren. Doch da war es bereits zu spät gewesen, und sie hatte den anderen nicht mehr mitteilen können, dass es in Wahrheit bedeutete, dass sie die Bannform so erlebte, als hätte sie sie in ihrem Innern selbst erzeugt. Der sie umhüllende Teil war lediglich die Aura der gewirkten, in ihrem Innern erwachten Energien. Anfangs war die

Erfahrung noch überraschend gewesen, eine beinahe an das Göttliche grenzende Offenbarung.

Doch kurz nach dem Ingangsetzen hatte irgendetwas aus dem Ruder zu laufen begonnen. Was zunächst eine zutiefst berückende Art der Wahrnehmung gewesen war, war zu einer grauenhaften Tortur entartet. Jede neue Linie, die sich durch den Raum um ihren Körper zog, besaß eine Entsprechung in ihrem Innern, die sich anfühlte, als schneide sie durch ihre Seele.

Zunächst hatte sie die Erfahrung gemacht, dass ein Teil jenes Mechanismus, mit dem man den Bann in seiner Entwicklung wahrnahm, Freude war. Ganz so, wie man ein Gefühl der Freude als Bestätigung der förderlichen, angenehmen Aspekte des Lebens betrachten konnte, so offenbarte auch dieses Gefühl das fein gesponnene Wesen des Banns in seiner ganzen Pracht. Es war, als beobachtete man einen besonders schönen Sonnenaufgang, als probierte man ein köstliches Naschwerk oder blickte in die Augen eines geliebten Menschen und erlebte, wie dieser den Blick erwiderte. Oder zumindest war es so, wie sie sich das Gefühl vorstellte, wenn jemand diesen Blick erwiderte.

Gleichzeitig aber machte sie die Erfahrung, dass Schmerz, wie im Leben auch, auf schwerwiegende Störungen hindeutete. Nicci hätte nie geahnt, dass diese Methode einst ein gebräuchliches Mittel war, die innere Funktionsweise entworfener Magie zu untersuchen – ihre innere Verträglichkeit auszuloten. Nie hätte sie die Komplexität oder das Ausmaß dessen geahnt, was dieses Verfahren zu offenbaren vermochte. Nie hätte sie vermutet, wie außerordentlich schmerzhaft es sein konnte, wenn im Innern des Banns etwas verkehrt lief.

Mittlerweile fragte sie sich, ob sie auch darauf bestanden hätte, wenn sie es gewusst hätte. Vermutlich ja, vorausgesetzt, es hätte die Chance bestanden, dass es Richard half.

Augenblicklich dagegen zählte für sie kaum etwas anderes als die Schmerzen, die mittlerweile alles jemals Erlebte übertrafen. Nicht einmal der Traumwandler hatte ihr solche Schmerzen zu bereiten vermocht. Sie konnte fast nichts anderes denken als den Wunsch, endlich von dieser Marter erlöst zu werden. Das Ausmaß der Verunreinigung im Innern des Banns war so gewaltig, dass sie nicht im Mindesten daran zweifelte, dass diese Erfahrung für sie nur tödlich enden konnte.

Richard hatte den anderen die Stelle gezeigt, wo der Bann angefangen hatte, aus dem Ruder zu laufen, und sie auf den grundlegenden Konstruktionsfehler hingewiesen. Die im Innern des Banns verborgene Verunreinigung war auf dem besten Weg, sie innerlich zu zerreißen. Schon meinte sie zu spüren, wie ihr Leben jenseits dieses schrecklichen äußeren Kreises der Huldigung versickerte. Die Huldigung, mit ihrem eigenen Blut gezeichnet, war zu ihrem Leben geworden. Und würde höchstwahrscheinlich schon bald ihr Tod sein.

Im Augenblick war Nicci zwischen zwei Welten gefangen, von denen keine für sie vollends wirklich war. Obwohl noch immer in der Welt des Lebens gefangen, konnte sie sich bereits unerbittlich in das dunkle Nichts dahinter hinübergleiten fühlen.

Und die ganze Zeit wurden die Schwingungen der Welt des Lebens rings um sie her beständig schwächer.

In diesem Moment wäre sie bereit gewesen, dies alles loszulassen, sich für immer in die Ewigkeit der Nichtexistenz hinübertreiben zu lassen, sofern es nur bedeutete, dass der Schmerz nachließ.

Obwohl vollständig ihrer Bewegungsfähigkeit beraubt, konnte Nicci alles im Raum sehen – zwar nicht mit den Augen, aber mithilfe ihrer Gabe. Trotz ihrer ungeheuren Schmerzen ahnte sie, dass eine solch exotische Form der Wahrnehmung eine außerordentliche Erfahrung war. Das Sehen ausschließlich kraft ihrer Gabe war von einer einzigartigen Qualität, die an

Allwissenheit grenzte. Sie vermochte mehr aufzunehmen, als ihre Augen ihr jemals zu sehen erlaubt hatten. Trotz ihrer ungeheuren Qualen war es ein Gefühl von stiller Erhabenheit.

Jenseits des Gewirkes aus grünlichen Linien blickte Richard von einem Gesicht zum anderen.

»Was ist nur los mit euch? Ihr müsst sie da rausholen!«

Noch ehe Ann zu einem ihrer vorwurfsvollen Vorträge ansetzen konnte, bedeutete Zedd ihr, still zu sein, und wandte seine Aufmerksamkeit wieder seinem Enkelsohn zu.

Soeben verließ eine weitere Linie einen Kreuzungspunkt und zeichnete einen Pfad durch den Raum. Für Nicci fühlte es sich an, als würde mit stumpfer Nadel eine Naht durch ihre Seele gestochen und der quälende Schmerz dieses Fadens aus Licht durch sie hindurchgezogen, während er sie gleichzeitig immer fester mit einem rätselhaften Tod verband. Sie schaffte es gerade eben, nicht das Bewusstsein zu verlieren.

Zedd deutete mit einer fahrigen Bewegung auf sie. »Das können wir nicht tun, Richard. Diese Dinge müssen einem bestimmten Verlauf folgen. Das Prüfnetz durchläuft eigenständig eine Reihe von Verbindungen und gibt auf diese Weise Informationen über sein Wesen preis. Hat der Prüfvorgang einmal begonnen, kann er nicht mehr angehalten werden. Er muss durchlaufen bis zum Ende, bis er schließlich erlischt.«

Eine bittere Wahrheit, derer sich Nicci nur zu bewusst war.

Richard fasste seinen Großvater beim Arm. »Und wie lange dauert das?«

Zedd antwortete: »Wir haben einen solchen Bann noch nicht beobachtet, deshalb lässt es sich schwer sagen. Aber angesichts der sich abzeichnenden Komplexität kann ich mir nicht vorstellen, dass es weniger als drei oder vier Stunden dauert. Eine Stunde ist sie schon dort drin, also wird es noch mehrere Stunden dauern, bis er das Verfahren durchlaufen hat und wieder erlischt.«

Nicci wusste nur eins: Sie konnte auf keinen Fall noch stundenlang durchhalten. Ihr blieben vielleicht noch wenige Augenblicke, bis der Sog der Verunreinigung sie endgültig hinter den Schleier und in das Totenreich gezogen haben würde.

Sie fand, es war eine seltsame Art, aus dem Leben zu scheiden. So unerwartet, so ohne jede Dramatik. So sinnlos. Sie hätte sich wenigstens ein Ende gewünscht, das Richard in irgendeiner Weise half, oder das eingetreten wäre, nachdem sie sicher sein konnten, etwas erreicht zu haben. Sie wünschte, sie könnten wenigstens einen kleinen Nutzen aus ihrem Tod ziehen.

Richard drehte sich um und blickte zu ihr hoch. »So lange hält sie auf keinen Fall mehr durch. Wir müssen sie jetzt sofort rausholen.«

Trotz ihrer ungeheuren Schmerzen lächelte sie innerlich. Bis zum Ende – Richard würde bis zum Ende gegen den Tod ankämpfen.

»Richard«, widersprach Zedd, »ich kann mir nicht vorstellen, woher du so etwas überhaupt wissen willst. Was nicht etwa heißen soll, dass ich dir nicht glaube, trotzdem können wir ein Prüfnetz nicht einfach abschalten.«

»Warum nicht?«

»Nun ja«, sagte er mit einem Seufzer, »die Wahrheit ist, ich weiß nicht mal, ob es überhaupt möglich ist, aber selbst wenn, wüsste keiner von uns, wie es zu bewerkstelligen wäre. Schon das Standardprüfverfahren errichtet eigenständig Schutzvorkehrungen, um sich gegen alle unsachgemäßen Eingriffe abzusichern, und dieses Ding hier ist um Größenordnungen komplexer und umfassender.«

»Es ist etwa so, als versuchte man mitten im Galopp abzusitzen, während man einen Grat entlangjagt«, setzte der Prophet hinzu. »Man muss warten, bis das Pferd ausgelaufen ist, ehe man abspringt, oder man riskiert, sich in den Tod zu stürzen.«

Während Richard zum Tisch zurückging und nervös die aus Licht gebildete Struktur betrachtete, fragte sich Nicci, ob ihm bewusst war, dass das, was er hier sah, zwar in gewisser Hinsicht greifbar war, dem Wesen nach aber nur als Aura existierte, die jene reellen Kräfte repräsentierte, die in ihrem Innern tobten.

Als sich abermals eine Linie von einem Kreuzungspunkt entfernte, in einem kolossal verkehrten Winkel, stöhnte Nicci innerlich auf. Sie spürte, wie etwas Lebenswichtiges in ihrem Innern langsam aufgerissen wurde, begleitet von einem Schmerz, der ihr bis ins Mark ging. Dann sah sie, wie sich eine Schicht aus Dunkelheit über den Raum herabsenkte, und wusste, sie blickte in eine andere Welt, in jene dunkle Welt, wo es keine Schmerzen mehr gab.

Sie ließ sich auf jene dunkle Welt zutreiben.

Plötzlich erblickte sie etwas in den jenseitigen Schatten. Sie fing sich noch einmal und sperrte sich dagegen, die dunkle Schwelle des Todes schon jetzt zu überschreiten.

Ein Etwas mit leuchtenden, wie zwei glühende Kohlen glimmenden Augen starrte ihr aus den dunklen Schatten entgegen. Die böswillige Absicht dieses Glutofenblicks war eindeutig gegen Richard gerichtet.

Verzweifelt bemühte sich Nicci, einen Warnruf auszustoßen. Es zerriss ihr das Herz, dass sie nicht dazu imstande war.

»Seht doch«, hauchte Richard, als er zu ihr hochschaute, »eine Träne rinnt über ihre Wange.«

Traurig schüttelte Ann den Kopf. »Wahrscheinlich, weil sie nicht blinzelt, das ist alles.«

Die Hände zu Fäusten geballt, bewegte er sich um den Tisch herum und versuchte, die Bedeutung der Linien zu entschlüsseln. »Wir müssen einen Weg finden, dieses Ding abzuschalten. Es muss doch irgendwie möglich sein.«

Behutsam legte ihm sein Großvater von hinten eine Hand auf die Schulter. »Ich schwöre es, Richard, wenn ich könnte, würde ich tun, was du verlangst, aber ich kenne keine Methode, um ein Prüfnetz abzuschalten. Und überhaupt, was regt dich eigentlich so auf? Warum die plötzliche Eile? Was verunreinigt deiner Meinung nach die Bannform?«

Niccis ganze Aufmerksamkeit galt dem Etwas, das aus der Schattenwelt der Toten hervorlugte. Wann immer das Blitzen aufloderte und den Raum hell erleuchtete, war das Wesen mit den leuchtenden Augen nicht vorhanden. Aber kaum hatte sich wieder Dunkelheit über den Raum gelegt, konnte sie es sehen.

Richard riss seine Augen von der Betrachtung der Linien fort und schaute hinauf in Niccis Gesicht. Nichts wünschte sie sich sehnlicher, als dass er die Hand ausstrecken und sie aus den Qualen dieses Banns befreien möge, der sie auf tödlichen Fragmenten von Magie aufgespießt hatte, aber sie wusste, er konnte nicht. Für einen einzigen Moment in seinen Armen hätte sie in diesem Augenblick bereitwillig ihr Leben hergegeben.

Endlich kam Richards Antwort – und es klang wie milde Resignation. »Die Chimären.«

Ann verdrehte die Augen. »Die Chimären? Ich fürchte, Richard, diesmal hast du etwas gründlich falsch verstanden. Das ist einfach unmöglich. Die Chimären sind Wesen der Unterwelt, und wiewohl sie zweifellos danach trachten, in unsere Welt zu gelangen, ist es ihnen vollkommen unmöglich. Sie sind auf ewig in der Unterwelt gefangen.«

»Ich weiß sehr wohl, was Chimären sind«, gab Richard beinahe im Flüsterton zurück. »Kahlan hat sie befreit. Sie ließ sie frei, um mir das Leben zu retten.«

»Sie konnte unmöglich wissen, wie man so etwas macht.«

»Nathan hat es ihr verraten, und er nannte ihr auch ihre Namen: Reechani, Sentrosi, Vasi. Wasser, Feuer, Luft. Sie zu rufen war ihre einzige Möglichkeit, mir das Leben zu retten. Es war eine Verzweiflungstat.«

Vor Überraschung klappte Nathan der Mund auf, widersprach jedoch nicht. Ann schickte einen vorwurfsvollen Blick in Richtung des Propheten.

Zedd breitete die Hände aus. »Sie mag vielleicht in dem Glauben gewesen sein, sie zu rufen, Richard, aber ich kann dir versichern, ein solcher Vorgang wäre von monumentaler Komplexität. Zudem hätten wir davon erfahren, wenn sich die Chimären frei in unserer Welt bewegt hätten. In diesem Punkt kannst du also ganz unbesorgt sein. Die Chimären sind nicht los.«

»Nicht mehr«, erklärte Richard mit bitterer Endgültigkeit. »Ich habe sie wieder in die Unterwelt verbannt. Aber Kahlan war stets im Glauben, die Zerstörung der Magie – und damit auch jener Dominoeffekt, den du uns beschrieben hast – habe erst damit begonnen, dass sie sie ahnungslos in unsere Welt gerufen hatte.«

Zedd schien bestürzt. »Dominoeffekt … das kannst du eigentlich nur von mir haben.«

Richard nickte, während er starren Blicks seinen Erinnerungen nachhing. »Sie versuchte mich davon zu überzeugen, dass die Magie durch die Anwesenheit der Chimären vergiftet worden und diese Vergiftung selbst durch ihre Rückverbannung in die Unterwelt nicht aufzuhalten sei. Mir war nie wirklich klar, ob sie damit recht hatte oder nicht. Jetzt weiß ich es.«

Er wies nach oben, auf jene entsetzliche Stelle vor Niccis Körper, das Zentrum ihres Schmerzes, ihrer Qual, ihres Endes.

»Da ist der Beweis. Ursache sind nicht die Chimären, sondern die durch ihre Anwesenheit hervorgerufene Verunreinigung: die Vergiftung der Magie. Diese Vergiftung hat die Welt befallen; die Kraft dieser Magie hat sie angezogen. Sie hat den Feuerkettenbann infiziert und wird Nicci umbringen, wenn wir sie da nicht rausholen.«

Unterdessen war es im Raum noch dunkler geworden.

Durch den Schleier aus Schmerzen konnte Nicci kaum noch etwas erkennen, wohl aber die unheilvollen, lauernden, abwartenden Augen in den Schatten hinter Richard. Niemand außer Nicci wusste, dass es sich dort befand, in dem geisterhaften Reich zwischen den Welten.

Richard würde nie erfahren, was ihn angegriffen hatte.

Und Nicci hatte keine Möglichkeit, ihn zu warnen.

Sie spürte, wie ihr eine weitere Träne über das Gesicht rann.

Als er eben jene Träne von ihrem Kinn herabtropfen sah, beugte Richard sich näher und zeichnete mit dem Finger in stiller Entschlossenheit die Hauptstränge nach, die tragenden Knotenpunkte und das Stützwerk des Emblems, wie er es nannte.

»Es sollte machbar sein«, beharrte er.

Ann schien außer sich, enthielt sich aber jeder Bemerkung. Nathan verfolgte unbehaglich das Geschehen, in Resignation erstarrt.

Zedd schob die Ärmel seines einfachen Gewandes ein Stück weiter seine knochigen Arme hinauf. »Richard, schon ein gewöhnliches Prüfnetz ist unmöglich abzuschalten, und erst recht eins wie dieses.«

»Nein, ist es nicht«, widersprach Richard gereizt. »Hier, siehst du? Als Erstes müsstet ihr diese Verbindung hier unterbrechen.«

»Unsinn, Richard. Der Bann schützt sich selbst. Dieses Netz bezieht seine Energie sowohl aus subtraktiver als auch aus additiver Magie, es verfügt über aus beiden Arten gebildete Schilde.«

Einen Moment lang starrte Richard in das stark gerötete Gesicht seines Großvaters, dann wandte er sich wieder zu dem Gewirr aus Linien herum. Nach einem weiteren Blick hinauf zu Nicci schob er behutsam eine Hand durch das Geflecht aus Linien, in der Absicht, Niccis schwarzes Kleid zu berühren.

»Ich werde nicht zulassen, dass dieses Monster dich bekommt«, versprach er ihr mit leiser Stimme.

Nie hatten Worte süßer geklungen, auch wenn sie wusste, dass er sich der Uneinlösbarkeit seines Versprechens unmöglich bewusst sein konnte.

Dann berührte sein Finger ihr Kleid, und auf einmal wechselten die Muster von zwei- zu dreidimensionalen Formen, die eher einem Dornenbusch denn einer Bannform glichen.

Für Nicci fühlte es sich so an, als hätte er ihr ein Messer in die Eingeweide gestoßen und herumgedreht. Sie hatte größte Mühe, nicht das Bewusstsein zu verlieren, und konzentrierte sich auf die glimmenden Augen in den Schatten. Sie musste einen Weg finden, wie sie Richard warnen konnte.

Nach kurzem Innehalten zog er seine Hand behutsam wieder heraus. Das Muster verflachte und kehrte in seinen zweidimensionalen Zustand zurück.

Wäre sie in der Lage gewesen zu atmen, hätte Nicci vor Erleichterung geseufzt.

»Hast du das gesehen?«, fragte er.

Zedd nickte. »Aber gewiss.«

Richard sah zu seinem Großvater. »Sollte es das tun?«

»Nein.«

»Das dachte ich auch. Eigentlich sollte es inaktiv sein, aber die biologische Variable, die es verunreinigt, hat die Wirtsbannform ihrem Wesen nach verändert.«

Zedds Gesicht nahm einen angespannten Zug an, während er nachdachte. »Eins scheint ziemlich offensichtlich: Was immer hier geschieht, verändert die Funktionsweise des Banns.«

Richard nickte. »Schlimmer, es handelt sich um eine beliebige Variable. Die durch die Anwesenheit der Chimären in dieser Welt verursachte Verunreinigung ist biologischer Natur – sie entwickelt sich weiter, und das wahrscheinlich auf eine Weise, die es ihr ermöglicht, unterschiedliche Arten von Magie anzugreifen. Dieser Bann wird zweifellos weiter mutieren. Vermutlich lässt sich nicht vorhersagen, wie er sich verändern wird, aber nach dem, was wir hier sehen, scheint seine Bösartigkeit zuzunehmen. Und als wäre die Feuerkette noch nicht Kummer genug, könnte die Situation sich dadurch noch verschlimmern. Womöglich entwickelt sogar jeder, der davon befallen wird, Symptome, die über den um Kahlans Person kreisenden Gedächtnisverlust hinausgehen.«

»Wie kommst du auf diese Idee?«, fragte Zedd.

»Betrachte einmal, wie viele Erinnerungen an Ereignisse, die ausschließlich Kahlan berühren, euch allen verloren gegangen sind. Möglicherweise sind diese verloren gegangenen Erinnerungen sogar das Mittel, mit dessen Hilfe die Verunreinigung die von der Feuerkettenreaktion betroffenen Menschen infiziert.«

Als wäre der Umstand einer in der Welt entfesselten Feuerkettenreaktion noch nicht potenziell schädlich genug, schien sie jetzt über jedes Vorstellungsvermögen hinaus katastrophal.

Ann war ganz unterdrückter Zorn. Zähneknirschend fragte sie: »Woher hast du nur all diesen Unfug?«

Zedd bedachte sie mit einem tadelnden Blick. »Sei still.«

»Wie ich bereits sagte, kenne ich mich mit emblematischen Darstellungen aus. Und diese hier ist ein einziges Chaos.« Er setzte seinen Finger darauf.

Nathan sah zu den Fenstern hinüber, genau in dem Moment, als zuckende Blitze sie abermals aufleuchten ließen. Als sich schließlich wieder Dunkelheit über den Raum senkte, konnte Nicci auch wieder das Wesen sehen, das sie aus einer Welt der Finsternis beobachtete.

»Und du bist ernsthaft der Meinung, dass es für Nicci irgendwie schädlich ist?«, hakte Zedd nach.

»Ich weiß, dass es so ist. Sieh dir diese Abweichung an, hier. So etwas ist tödlich, auch ohne diese zusätzliche Unstimmigkeit hier drüben. Ich weiß eine ganze Menge über bildhafte Darstellungen mit todbringender Wirkung.«

Der Schatten machte einen Schritt nach vorn. Jetzt konnte Nicci seine Reißer erkennen.

Die soeben erloschene Linie fühlte sich an, als reiße sie ihr mit ihrem Erlöschen die Eingeweide heraus. Mit letzter Kraft klammerte sich Nicci ans Leben. Wenn er es tatsächlich schaffte, wenn es Richard tatsächlich gelänge, den Bann zu löschen, könnte sie ihn vielleicht noch warnen.

Vorausgesetzt, sie schaffte es, so lange durchzuhalten.

Richard zog seinen Finger wieder zurück. Die Linie leuchtete erneut auf und durchbohrte sie wie eine rasiermesserscharfe Lanze. Die Welt begann zu flackern.

»Siehst du?«

Zedd streckte die Hand aus, um es Richard nachzutun, zog sie dann aber mit einem Aufschrei zurück, als hätte er sich versengt.

»Sie ist mit subtraktiver Magie gesichert«, stellte Ann fest.

Zedd schickte einen mörderischen Blick in ihre Richtung.

»Erinnert ihr euch an die Schilde, damals im Palast der Propheten?«, wandte sich Richard an sie. »Erinnert ihr euch noch, wie mühelos ich sie passieren konnte?«

Ann nickte. »Ich habe jetzt noch Albträume deswegen.«

Wieder streckte Richard die Hand vor, schnell diesmal, und wieder unterbrach er die Lichtlinie. Sie erlosch erneut.

Dann legte Richard einen Finger seiner anderen Hand auf einen Knotenpunkt, der vor der erloschenen Linie lag. Im Nu gingen weitere Linien aus. Er bewegte seinen ersten Finger, um ihn an einem weiteren Knotenpunkt in die Bahn des Lichts zu halten, arbeitete sich auf diese Weise rückwärts durch das Muster, was zur Folge hatte, dass der Bann sich selbstständig zurückbildete.

Die erloschene Linie raste um Nicci herum, traf auf Knotenpunkte, schwenkte abrupt ab, durchlief schwungvolle Bogen und verdunkelte auch diese. Die Linie, die Richard gelöscht hatte, hörte in dem Muster auf zu existieren, und ihre Abwesenheit bewirkte eine Unterbrechung in der Lebendigkeit des Rhythmus.

Die Reaktion der Bannform in ihrem Innern versetzte Nicci in Erstaunen. Sie konnte den Vorgang ihrer Zurückbildung, der sehr an das Schließen der Blütenblätter einer Blume erinnerte, bis ins kleinste Detail nachvollziehen.

Abermals schien der Raum in Niccis Sehvermögen der Gabe zu schimmern, so als flackerte draußen ein Blitz, nur wusste sie, es war kein Blitz.

Die glimmenden Augen zuckten suchend umher, so als spürte auch das Wesen die Schwankungen im Energiestrom, den Richard unterbrochen hatte.

Merkte außer ihr denn niemand, dass Richard seine Gabe benutzte, um diese Schilde zu durchbrechen? Waren sie denn alle blind? Der Gebrauch der Gabe lockte die Bestie doch erst aus der Unterwelt hervor!

Draußen zuckten echte Blitze, krachender Donner ertönte. Das Licht im Raum flackerte – nicht nur wegen der Blitze, sondern auch wegen der Unterbrechung der Energieströme im Innern der Bannform. Die Fensterfront flackerte hin und her zwischen gleißender Helligkeit und pechschwarzer Finsternis.

Nicci fühlte sich, als gingen beide mächtigen Entladungen donnernd mitten durch ihren Körper. Sie begriff nicht, wieso sie überhaupt noch am Leben war. Die einzige Erklärung war, dass Richard den Bann abschaltete, ohne ihn gleichzeitig zu zerstören. Er löschte ihn ganz methodisch, so wie man nacheinander die Dochte einer Reihe von Kerzen erstickte.

Versunken in Konzentration, ließ Richard seine andere Hand weiter nach unten sinken und blockierte eine weitere

Linie. Die Linie erlosch und raste durch das komplizierte Geflecht zurück.

Sich angesichts der Schwierigkeit des Unterfangens unter großen Mühen vorarbeitend, immer wieder die Arme beugend, um seine neugeborenen Muskeln zu erproben, begann der Schatten der Bestie aus der Unterwelt herauszutreten und sich ein Stück weit in die Welt des Lebens hineinzuwagen. Reißer blitzten im Schein der Lampen auf, als seine Kiefer auseinanderklafften.

Die anderen hatten ihre ganze Aufmerksamkeit auf die Linien rings um Nicci gerichtet, daher bemerkten sie nichts davon.

Richard riegelte ein ganzes Flechtwerk von Linien mit einer Sperre ab und schob behutsam einen Finger dazwischen, um ein davor liegendes Stützwerk abzukoppeln.

Jetzt begann das gesamte Netz, nicht nur seiner wichtigsten Stützkonstruktion, sondern seines inneren Zusammenhalts beraubt, auseinanderzufallen. Winkel weiteten sich, Knotenpunkte lösten sich auf, sodass die sie verbindenden Linien schlaff durchhingen. Andere Linien berührten einander, lösten beim Kontakt sprühende Funken gleißend hellen Lichtes aus, die wiederum weitere Linien dunkel werden ließen.

Bis das Geflecht der noch verbliebenen Linien wie ein herabfallender Vorhang völlig unvermittelt in sich zusammenfiel. Nicci konnte fühlen, wie das ihren gesamten Körper durchziehende Energiegeflecht von ihr abfiel. Die herunterfallenden Linien aus Licht stürzten auf die Huldigung und erloschen und waren schon im nächsten Augenblick verschwunden.

Befreit von dem Gewirr, fiel Nicci abrupt auf die Tischplatte und sog wie in einem nach innen gerichteten Schrei keuchend Luft in ihre Lunge. Da ihre Beine nicht die Kraft hatten, sie zu stützen, sackte sie in sich zusammen und rutschte über die Tischkante.

Als sie herunterfiel, fing Richard sie in seinen Armen auf. Ihr Gewicht ließ ihn auf ein Knie sinken, doch er konnte das Gleichgewicht wahren, schlang beide Arme um sie und verhinderte so, dass sie auf den Steinfußboden schlug.

Draußen gaben die Blitze jegliche Zurückhaltung auf und erhellten den Raum immer wieder mit Schüben flackernden Lichts.

In diesem Augenblick schälte sich die Bestie, ein seelenloses, nur zu einem einzigen Zweck erschaffenes Geschöpf, vollends aus dem Totenreich und trat in die Welt des Lebens ein.

Und stürzte sich geradewegs auf Richard.

7

Nicci, schlaff und hilflos in Richards Armen hängend, konnte sich anstrengen, so viel sie wollte, sie schaffte es einfach nicht, genügend Kräfte zu mobilisieren, um ihn vor der Bestie zu warnen, die im Begriff war, sich auf ihn zu stürzen. Ihren letzten Atemzug hätte sie dafür hergegeben, diese Warnung auszurichten, nur bekam sie in diesem Augenblick nicht einmal Luft.

Schließlich war es Cara, die sich mit ihrem ganzen Gewicht der attackierenden Bestie entgegenwarf, die ungeheure Wucht des Angriffs ablenkte und Richard vor einem tödlichen Zusammenprall bewahrte. Die Fänge der Bestie schnappten ins Leere, als sie Richard unter lautem Getöse verfehlte, nur ihre Krallen bohrten sich hinten an der Schulter in sein Fleisch. Durch Caras Körpereinsatz aus dem Gleichgewicht gebracht, stolperte die Bestie an Richard vorbei und stürzte Kopf voran in eines der schweren Regale. Knochen, Bücher und Schatullen purzelten in chaotischem Durcheinander zu Boden.

Knurrend kam das Wesen, die Reißer gebleckt, die Muskeln angespannt, wieder auf die Beine und richtete sich einen Moment lang zu seiner vollen Größe auf. Es überragte Richard um einen glatten Fuß und war nahezu doppelt so breit in den Schultern. Knochige Wülste markierten seinen buckligen Rücken, und über den Muskeln spannte wie bei einem Leichnam eine dunkle ledrige Haut.

Es war ein Wesen, das nicht wirklich lebendig war, obwohl

es so reagierte und sich so bewegte. Nicci wusste, dass es keine Seele besaß und deshalb umso gefährlicher war. Es war teilweise aus der Lebenskraft und dem Han – der Gabe – lebender Menschen erschaffen worden und handelte mit der zielstrebigen Entschlossenheit, die ihm von seinen Schöpfern mitgegeben worden war: den Schwestern der Finsternis in Jagangs Gewalt.

Als es sich augenblicklich wieder erholte und sofort erneut auf Richard losging, schlug Cara mit ihrem Strafer zu. Die Bestie, von der Waffe offenbar nicht im Mindesten verletzt, hielt gleichwohl schlagartig inne, drehte sich mit schockierender Schnelligkeit und Wucht zu der Mord-Sith herum und schlug ihr den Handrücken so kraftvoll ins Gesicht, dass sie von den Füßen gerissen wurde. Sie prallte gegen ein Bücherregal, das dadurch nach hinten kippte, und kam unter dem Gewirr aus Büchern und zersplittertem Holz nicht wieder hervor.

Als draußen vor den hohen Fenstern ein Blitz flackerte, nutzte Zedd die Gelegenheit, stieß eine Hand nach vorn und entfesselte einen strahlend hellen Energieblitz, der den Raum mit gleißendem Licht erfüllte. Weiß glühende Lichtpartikel prallten gegen die dunkle Haut an der Brust der Bestie und hinterließen – als einzigen Beweis für einen Treffer, der sonst keinen echten Schaden angerichtet zu haben schien – einen Kranz aus sich strahlenförmig ausbreitenden Schmauchspuren.

Unterdessen kam Nicci, nachdem Richard sie auf dem Boden abgelegt hatte, gerade wieder so weit zu Kräften, dass sie die dringend benötigte Luft in ihre Lunge zu saugen vermochte. Einen Ellbogen aufgestellt, um sich abzustützen, rang sie keuchend nach Atem. Aus Richards Schulter sah sie Blut hervorsickern und seinen Arm herabrinnen. Noch während er sich aufrichtete, um sich für den Zusammenprall mit seinem Angreifer zu wappnen, griff er nach seinem Schwert, doch es war nicht mehr da, hing nicht mehr an seiner Hüfte.

Nur einen winzigen Moment in seinem Vorwärtsdrang gebremst, riss er stattdessen das Messer aus seiner Gürtelscheide und warf sich der Gefahr entgegen. Mit einer weit ausholenden Bewegung landete er einen kräftigen Treffer, der die Kreatur herumwirbeln ließ. Durch den Hieb ins Wanken gebracht und von den Füßen gerissen, taumelte sie über den Steinfußboden und kam erst wieder zum Stillstand, als sie gegen eines der schweren Regale prallte. Von ihrer Schulter baumelte, einer Flagge gleich, ein ausgefranster Lappen ledrigen Fleisches. Ohne innezuhalten, ohne auch nur abzubremsen, sprang die Bestie ab, drehte sich einmal in der Luft und landete auf den Füßen, bereit, ihren Angriff zu wiederholen.

Sowohl Ann als auch Nathan schleuderten ihm feurige Lichtblitze entgegen, doch die magischen Flammen versengten sie nicht etwa, sondern prallten nur zerplatzend von der Bestie ab. Die war noch immer unverletzt und brüllte mittlerweile vor Raserei. Aufflammende Blitze spiegelten sich blinkend in der rasiermesserscharfen Klinge, die bewegungslos in Richards Faust verharrte. Die Kreatur schien nur noch aus Zähnen und Klauen zu bestehen, als sie sich ein weiteres Mal auf ihn stürzte.

Richard wich zur Seite aus, folgte der ungestümen Attacke der Bestie elegant mit einer Körperdrehung und rammte ihr die Klinge mit einem Rückhandschwung bis zum Heft mitten in die Brust. Ein Hieb, mit vollendeter Perfektion ausgeführt – trotzdem schien auch er nicht mehr Wirkung zu zeitigen als alles andere, was sie bislang versucht hatten.

Mit ungeheurer Schnelligkeit wirbelte die Kreatur herum und bekam Richards Handgelenk zu fassen. Bevor sie jedoch ihre mächtigen Arme um ihn schlingen konnte, wand Richard sich unter ihrem Griff hindurch und gelangte dadurch in den Rücken seines Angreifers. Die Zähne von der ungeheuren Kraftanstrengung zusammengebissen, drehte er der Kreatur ihren kräftigen Arm auf den knotigen Rücken. Nicci vernahm das Knacken von Gelenken, die aus ihren Kapseln gedreht wurden, das Geräusch brechender Knochen. Doch die Verletzung bremste das Wesen nicht im Mindesten, stattdessen wirbelte es herum und benutzte den gebrochenen Arm wie einen Dreschflegel. Richard duckte sich und wälzte sich zur Seite, als die tödlichen Krallen vorübersirrten.

Zedd nutzte die Gelegenheit und entzündete einen Ball aus brodelndem flüssigem Feuer. Selbst die Blitze draußen schienen in Gegenwart dieser unergründlichen, soeben zum Leben erweckten Macht einen Augenblick innezuhalten. Der Raum erzitterte unter dem Getöse des todbringenden, geballten, von Zedd entfesselten Infernos. Kreischend sauste die Zusammenballung aus lodernden Flammen quer durch den dunklen Raum und ließ Tische und Stühle, Regale und Säulen sowie die Gesichter all derer kurz aufleuchten, die ihre Flugbahn mit dem Blick verfolgten.

Die Bestie sah kurz über die Schulter, erfasste den sich überschlagenden, zischenden gelben Feuerball, der quer durch den Raum gerast kam, mit ihrem Blick und bleckte angesichts der nahenden Flammen die Reißer.

Was ein ziemlich merkwürdiges Verhalten der Bestie war, fand Nicci, fast so, als fürchtete sie kein von einem Zauberer heraufbeschworenes Feuer – und das, obwohl sie sich schwerlich etwas vorstellen konnte, was einem solchen Ansturm standzuhalten vermochte oder ihn nicht fürchten musste. Schließlich war es nicht bloß irgendein Feuer, sondern eine überaus gefährliche Substanz von ungeheuer grimmiger Gefräßigkeit.

Unmittelbar bevor der trudelnde Feuerball aus Zaubererfeuer sein Ziel erreichte, verschwand die Kreatur ganz einfach aus dem diesseitigen Sein.

Seines Ziels beraubt, klatschte das Feuer auf den Steinfußboden, verteilte sich explosionsartig über die Teppiche und schwappte, einer bösartigen, sich auf dem Strand brechenden Flutwelle gleich, über die Tische hinweg. Obwohl für einen speziellen Feind geschaffen, war Zaubererfeuer, das wusste Nicci, durchaus imstande, sie alle auszulöschen.

Doch bevor es den Lesesaal und alle, die sich darin befanden, vernichten konnte, wirkten Zedd, Nathan und Ann flugs weitere Netze – wobei Zedd sein Mögliches tat, um seine Kräfte zurückzurufen, während die zwei anderen die Flammen erstickten und ausschlugen, ehe diese eine Chance hatten, vollends außer Kontrolle zu geraten. Wolken von Dampf quollen empor, während alle sich nach Kräften bemühten, jedes verirrte Tröpfchen dieser hartnäckigen, klebrigen Feuersubstanz zu bändigen. Es folgte ein Augenblick größter Anspannung, dann endlich konnten sie sicher sein, dass sie es geschafft hatten.

Aber nein: Jenseits des dampfenden Nebels sah Nicci die Bestie sich abermals aus dem Dunkel schälen.

Urplötzlich erschien sie direkt hinter Zedd, drüben in den Schatten, wo sie sie zum ersten Mal in die Welt des Lebens hatte treten sehen. Nicci war die Einzige, die ihre Wiederkehr an dieser Stelle bemerkte. Bislang hatte sie die Bestie noch nie nach Belieben aus dem Totenreich hervorschlüpfen und wieder dorthin zurückkehren sehen, und doch wusste sie, dass ebendiese Methode es ihr ermöglichte, Richard selbst über größte Entfernungen hinweg aufzuspüren und zu verfolgen. Ebenso sicher wusste sie, dass sie, ganz gleich, welche Gestalt sie dafür annehmen musste, nicht eher ruhen würde, bis sie seiner habhaft wurde.

Richard erspähte die auf ihn losgehende Bestie noch vor den anderen und warnte den genau in der Bahn dieser ungestümen Attacke stehenden Zedd mit einem lauten Zuruf. Zedd blockte den Angriff ab, indem er die Luft zu einem stark verdichteten, leicht schräg gestellten Schild zusammenballte, ein Manöver, das die Bestie gerade weit genug aus der Bahn warf. Richard nutzte die Ablenkung, um mit dem Messer nach dem Angreifer zu schlagen. Doch noch ehe sein Messer den Angreifer streifen konnte, verschwand die Bestie erneut aus dem Diesseits, nur um Augenblicke später, kaum hatte Richards Klinge sie verfehlt, erneut aufzutauchen.

Fast schien es, als spielte sie mit ihnen, aber dem war nicht so, wie Nicci wusste. In ihrem seelenlosen Streben, Richard in ihre Gewalt zu bekommen, bediente sie sich schlicht unterschiedlicher Taktiken. Selbst ihr scheinbar wütendes Gebrüll war nichts weiter als ein geschickter Versuch, ihr Opfer einzuschüchtern und so eine Gelegenheit zum Zuschlagen zu erhalten. Jede Fähigkeit zu emotionalen Regungen hätte nur Einschränkungen bedeutet, also hatten Jagangs Schwestern darauf verzichtet. Die Bestie war vollkommen unfähig, Verärgerung oder Ähnliches zu empfinden; sie tat nichts anderes, als ihr Ziel mit unerschütterlicher Unerbittlichkeit zu verfolgen.

Ann und Nathan setzten eine zu Tausenden von kleinen, steinharten tödlichen Spitzen verdichtete Energieflut frei, die einem Ochsen das Fell vom Körper hätten fetzen können. Doch bevor die wirbelnden Splitter in die Bestie einschlagen konnten, wich sie dem Angriff mühelos mit einem Schritt ins Schattenreich aus und tauchte zum wiederholten Mal an völlig anderer Stelle wieder auf.

Nicci musste einsehen, dass keiner von ihnen über ein Mittel verfügte, dieses Wesen aufzuhalten.

Bemüht, ihre Kräfte wiederzuerlangen, schleppte sie sich auf allen vieren über den Fußboden, um nach Cara zu sehen. Cara, die noch immer benommen vor der Wand lag, hatte sichtlich Mühe, ihre Sinne wiederzuerlangen. Nicci presste der Mord-Sith die Finger an die Schläfen und träufelte ihr einen feinen Strahl aus Magie ein, um sie wachzurütteln und ihre Kräfte wiederzubeleben. Als sie daraufhin unvermittelt auf die Beine zu kommen versuchte, packte sie sie bei ihrem Lederanzug.

»Hört mir zu«, zischte Nicci. »Wenn Ihr Richard retten wollt, müsst Ihr mir zuhören. Ihr könnt dieses Wesen nicht aufhalten.«

Cara – mittlerweile wieder auf den Beinen und alles andere als eine willige Befehlsempfängerin, zumal, wenn es darum ging, Richard zu beschützen – erkannte die unmittelbare Gefahr und wurde augenblicklich aktiv. Als die Bestie herumfuhr, um sich auf Richard zu stürzen, warf sie sich ihr dicht über dem Boden entgegen, wälzte sich unter ihr hindurch und holte sie damit von den Beinen. Noch ehe sich die Bestie davon erholt hatte, sprang Cara ihr mit einem Satz wie beim Besteigen eines wilden Hengstes auf den Rücken und rammte ihr den Strafer von hinten in die Schädelbasis – ein Manöver, das jeden Menschen auf der Stelle getötet hätte. Als die noch immer auf den Knien liegende Bestie sich daraufhin aufrichtete, hakte Cara die Waffe um die Vorderseite ihrer Kehle.

Mit ihrem unversehrten Arm packte die Bestie Caras Strafer und löste ihn mühelos aus ihrem Griff. Sofort warf sich Cara auf die Waffe und brachte sie erneut in ihren Besitz, was ihr jedoch einen Hieb eintrug, der sie abermals quer über den Fußboden schlittern ließ.

Während mittlerweile alle auf Händen und Füßen kriechend vor der Bestie zurückwichen und versuchten, nicht in die Reichweite ihrer Krallen zu gelangen, warf diese ihren Kopf in den Nacken und brüllte, ein Laut, so ohrenbetäubend, dass alle zusammenzuckten. Zuckende Blitze flammten draußen vor den Fenstern auf und tauchten den fast vollkommen dunklen Raum in einen überaus verwirrenden Wechsel aus greller Helligkeit und tiefdunklen Schatten, was es nahezu unmöglich machte, etwas zu erkennen.

Zedd, Nathan und Ann zauberten Luftschilde herbei und versuchten mit ihrer Hilfe die Gefahr zurückzudrängen, doch die Bestie hatte keine Mühe, die Schilde zu durchbrechen und sich auf ihre Erzeuger zu stürzen, sodass sie gezwungen waren, sich mit einem behänden Sprung in Sicherheit zu bringen.

Nicci wusste, mit den ihnen zur Verfügung stehenden Kräften würden die drei die Bestie nicht aufhalten können; auch sah sie nicht, wie Richard dies gelingen sollte.

Während die anderen unter Aufbietung ihrer gesamten Talente und all ihres Geschicks den Kampf fortsetzten, krallte Nicci abermals eine Hand in die Schulter von Caras Lederanzug und zog sie ganz nah zu sich heran.

»Seid Ihr bereit zu tun, was ich sage? Oder wollt Ihr, dass Richard stirbt?«

Cara, noch immer völlig außer Atem von der Anstrengung, schien drauf und dran, ihr eine giftige Erwiderung zu geben, lauschte ihren Worten aber trotzdem aufmerksam. »Und was soll ich tun?«

»Haltet Euch bereit, mir zu helfen. Und seid bereit, genau das zu tun, was ich sage.«

Kaum hatte Cara zustimmend genickt, kletterte Nicci wieder auf den Tisch. Einen Fuß setzte sie in den Mittelpunkt der mit ihrem eigenen Blut gezeichneten Huldigung, den anderen außerhalb des äußeren Kreises.

Unterdessen schleuderten Zedd, Nathan und Ann der tobenden Bestie entgegen, was ihre Zauberkräfte hergaben: Netze aus Bogen schlagender Energie, die Steine hätte spalten, stark verdichtete Kräfte, die Eisen hätte biegen können, ein Hagel aus zu Klumpen verdichteter Luft, hart genug, um Knochen zu Staub zu pulverisieren. Nichts von alledem hatte auf die Bestie auch nur die geringste Wirkung – sei es, weil sie sich von ihren Kräften nicht beeindruckt zeigte, sei es, weil es die Attacken mit einer Armbewegung einfach brüsk zur Seite wischte oder ihnen ganz aus dem Weg ging, indem es aus dem diesseitigen Sein verschwand, nur um, kaum war die Gefahr vorüber, wieder aufzutauchen.

Sie richtete ihr Augenmerk abermals auf ihr eigentliches Ziel und stürzte sich auf Richard. Der warf sich zur Seite und stieß, in dem Versuch, einen ihrer Arme abzutrennen, sein Messer erneut in die zähe Haut der Kreatur – was, wie Nicci wusste, ebenfalls nichts nützen würde.

Während die anderen sich gegenseitig Anweisungen zubrüllten, bemüht, eine Möglichkeit zu finden, die Gefahr auszuschalten, wandte sich Cara, hin- und hergerissen zwischen dem Wunsch, Richard zu helfen, und dem Grauen, irgendwelche Anweisungen zu befolgen, herum und blinzelte hoch zu Nicci. »Was tut Ihr da?«

Nicci hatte keine Zeit, Fragen zu beantworten, und gestikulierte nur. »Schafft Ihr es, diesen Kerzenleuchter dort hochzuheben?«

Cara sah über ihre Schulter. Der Leuchter bestand aus massivem Gusseisen und war mit zwei Dutzend Kerzen bestückt, von denen keine brannte.

»Denke schon.«

»Benutzt ihn wie eine Lanze. Drängt die Bestie zurück, hinüber zu den Fenstern ...«

»Und was, bitte, soll das nützen?«

Die Bestie stürzte auf Richard los und versuchte, ihre Arme um ihn zu schlingen. Richard brachte sich mit einer Körperdrehung in Sicherheit und landete dabei einen wuchtigen Tritt gegen ihren Kopf, der jedoch nicht viel mehr bewirkte, als sie vorübergehend ins Wanken zu bringen.

»Tut einfach, was ich sage. Benutzt ihn wie eine Lanze und drängt die Kreatur zurück. Und sorgt dafür, dass die anderen zurückbleiben und nicht im Weg stehen.«

»Glaubt Ihr wirklich, es wird sie aufhalten, wenn ich es schaffe, ihr eins mit dem Leuchter zu verpassen?«

»Nein. Aber sie lernt ständig dazu; immerhin wäre es für sie neu. Drängt sie einfach zurück. Es sollte sie vorübergehend verwirren oder zumindest vorsichtig machen. Sobald Ihr es geschafft habt, sie ein Stück nach hinten zu drängen, schleudert Ihr den Leuchter auf sie und bringt Euch in Sicherheit.«

Cara, die Lippen in frustrierter Wut fest aufeinandergepresst, überlegte nur einen Moment. Sie war eine Frau, die wusste, dass jedes Zögern von Übel sein konnte. Mit beiden Händen packte sie die schwere Mittelsäule des Kerzenständers und wuchtete ihn in einer gewaltigen Kraftanstrengung über ihren Kopf. Die Kerzen kippten aus ihren Halterungen, sprangen und rollten über den Steinfußboden. Nicci war sich des ungeheuren Gewichts des Kerzenständers durchaus bewusst, fand aber, dass Cara kräftig genug war, um damit zurechtzukommen. Die nötige Entschlossenheit, da bestand nicht der geringste Zweifel, besaß sie jedenfalls.

Doch Nicci konnte sich nicht länger über Cara den Kopf zerbrechen. Sie verbannte sie aus ihren Gedanken, drückte beide Arme durch und richtete ihre Hände nach unten, auf die blutige Zeichnung der Huldigung unter ihr. All ihre Zweifel und Ängste außer Acht lassend, zog sie sich wie schon so viele Male zuvor gedanklich in das Zentrum des Han in ihrem Innern zurück. Als sie diesmal über der Huldigung stand, war es, als würde sie in ein eiskaltes, mit Energie gefülltes Becken gezogen.

Sie verdrängte das Schicksal, zu dem sie sich selbst zu verdammen im Begriff war, und drehte ihre Handflächen nach oben, um das Prüfnetz ganz allmählich wieder an seinen Zündpunkt zu bringen. Ganz unter dem Einfluss der Huldigung, konzentrierte sich Nicci jetzt auf die geistige Entsprechung des Entfernens der Sperren innerhalb der Bannform, die diese, in sich ruhend, im inaktiven Zustand beließ. Nachdem sie den inneren Bereich freigelegt hatte, den nur sie zu sehen vermochte, bediente sie sich bewusst beider Seiten ihrer Kraft, um die opponierenden Knotenpunkte miteinander zu verbinden.

Im Nu begannen die grünen Linien sich erneut wie eine gierige Lichtranke in die Höhe zu schrauben. Kaum einen Herzschlag später hatte das Geflecht aus Linien bereits die Höhe ihrer Oberschenkel erreicht.

Cara stieß und stocherte nach der Bestie. Mehrmals landete sie einen wuchtigen Treffer mit ihrer unhandlichen Waffe und drängte die Kreatur einen Schritt nach hinten. Sobald diese einen Schritt zurückwich, stieß sie sofort aufs Neue zu und trieb sie so allmählich Schritt um Schritt zurück. Nicci hatte sich nicht getäuscht – die Kreatur reagierte mit größter Vorsicht auf die ihrem Wesen nach unerwartete Attacke.

Nicci hoffte nur, dass Cara es schaffte, die Bestie nicht nur weit genug, sondern auch rechtzeitig zurückzudrängen.

Grelle Blitze spannten sich in weitem Bogen über den nächtlichen Himmel und ließen die aus dickglasigen Fenstern bestehende Wand aufleuchten. Verglichen mit den Kräften des Unwetters, waren die schwachen Öllampen so gut wie nutzlos. Die schnellen Wechsel zwischen gleißend hellem Licht und Dunkelheit machten es fast unmöglich, etwas zu erkennen.

Während sich die grünlich leuchtenden Linien – Ebenbild der inneren Gestalt eines vor Tausenden von Jahren von Männern erschaffenen Banns, deren Spur sich längst in der Geschichte verloren hatte – rings um sie her in die Höhe rankten, entzündete sich nämlich die innere Bannform ein weiteres Mal und fraß sich noch geschwinder als zuvor durch ihr Inneres. Nicci, die noch nicht völlig bereit war, erblindete eher als erwartet. Solange sie dazu noch fähig war und über einen Rest von Kontrolle verfügte, bemühte sie sich, normal zu atmen.

Das Sehvermögen ihrer Gabe begann, zwischen den beiden Welten, zwischen dem Licht des Lebens und der ewigen Finsternis, hin und her zu flackern. Immer wieder, wenn auch begleitet von blendender Finsternis anstelle von gleißend hellem Licht, flackerte ganz ähnlich den Blitzen draußen vor dem Fenster in kurzen Schüben das dunkle Nichts des Jenseits auf. Nicci, gefangen zwischen zwei Welten, fühlte sich, als würde ihre Seele in Stücke gerissen.

Sie ignorierte die Schmerzen und konzentrierte sich auf die anstehende Aufgabe.

Mit ihrer Kraft allein war eine solche Bestie nicht zu bezwingen. Immerhin war sie von den Schwestern der Finsternis mithilfe uralter Kräfte erschaffen worden, die sie nicht einmal ansatzweise zu ergründen vermochte. Dieses mit den Mitteln der Zauberei erschaffene Wesen war allem gewachsen, was Nicci auf den Plan zu rufen wusste. Es erforderte ein wenig mehr als bloße Hexerei.

Unterdessen hatte sich die Bestie in der Nähe der Fenster festgesetzt, war ihr kurzer Rückzug endlich zum Erliegen gekommen. Obwohl Cara noch immer nach ihr stieß, weigerte sie sich, weiter zurückzuweichen. Zudem hatte Cara zunehmend Schwierigkeiten mit dem überaus schweren Kerzenständer. Als Richard Anstalten machte, ihr zu Hilfe zu eilen, schrie sie die anderen an, nur ja zurückzubleiben. Da er nicht gleich gehorchte, schwang sie den Kerzenständer herum, zwang ihn zurückzuspringen und ließ keinen Zweifel daran, wie absolut ernst sie es meinte.

Nicci legte ihre ganze Kraft in den Versuch, hob ihre Handflächen an und bereitete sich darauf vor, das Unmögliche zu vollbringen.

Sie musste den Scheitelpunkt finden zwischen dem Nichts und dem Auslösen der Kraft.

Denn was sie brauchte, war nicht Kraft, sondern deren Vorboten.

Unterdessen rankten sich die grünen Linien in ihrem entschlossenen Vorhaben, sie voll und ganz mit dem Bann zu umfangen, immer weiter rings um sie her empor. Nicci versuchte, einen Atemzug in ihre Lunge zu saugen, doch ihre Muskeln reagierten nicht. Sie brauchte diesen Atemzug dringend – nur diesen einen Atemzug.

Als die Welt des Lebens abermals zu ihrem Sehvermögen

der Gabe wechselte, legte sie ihre ganze Kraft in einen letzten Versuch, und endlich gelang es ihr, Luft zu holen.

»Cara, jetzt!«

Ohne Zögern schwang Cara den schweren Kerzenhalter. Die Bestie bekam den massiven eisernen Kerzenständer mühelos mit einer krallenbewehrten Hand zu fassen und hob ihn in die Höhe. Hinter ihr, jenseits der Fenster, zuckten knisternde Blitze. Donner grollte.

Nicci hielt kurz inne, wartete auf das Nachlassen der gleißenden Helligkeit.

Dann, als es endlich so weit war und der Raum schlagartig in tiefstes Dunkel getaucht wurde, stieß sie zu – nicht mit Kraft, sondern mit deren Vorboten.

Und dieses Zustoßen hüllte die Bestie in ein quälendes *Beinahe* – in das verzögerte Auslösen von Kraft … bar jeglicher Konsequenzen.

Sie konnte sehen, dass die Bestie die seltsame Empfindung der Verheißung von etwas Schwerverständlichem verspürte … eines noch ausbleibenden, noch nicht ganz vollzogenen Zaubers. In ihrer Verwirrung blinzelte sie, unschlüssig, ob sie tatsächlich etwas verspürte, gewillt zu handeln, ohne jedoch zu wissen, was sie da spürte oder wogegen ihr Tun sich richten sollte.

Als der erfolgreiche Start eines unmittelbaren Angriffs durch Niccis Kraft ausblieb, schien die Bestie zu glauben, sie habe versagt, und hievte in einer Trotzreaktion den Kerzenständer nach Art einer im Kampf eroberten Trophäe erneut hoch über ihren Kopf.

»Jetzt«, rief Zedd Ann und Nathan zu und stürzte vor, »solange sie abgelenkt ist.«

Sie waren drauf und dran, alles zu verderben! Nicci konnte nichts tun, um ihre Einmischung noch zu unterbinden. Cara hingegen, nie besonders sanft in Ausübung ihrer Pflichten, unternahm etwas. Wie ein Schäferhund, der ein paar irrgelaufene Tiere zusammentreibt, scheuchte sie die drei zurück. Unter lautem Protest verlangten sie, sie solle aus dem Weg gehen, wichen dann aber doch zurück.

All das verfolgte Nicci von einem fernen Ort an der Schwelle beider Welten. Sie konnte Cara nicht mehr helfen, diese würde allein damit fertigwerden müssen. Irgendwo in der weit entrückten Welt des Lebens schäumte Zedd vor Wut über die Mord-Sith und versuchte zu einem Gegenangriff anzusetzen, doch Cara rammte ihn mit ihrer Schulter, wodurch sie ihn nicht nur aus dem Gleichgewicht, sondern auch von seinem Vorhaben abbrachte.

In jener anderen Welt, dem Reich der Finsternis jenseits des Lebens, hatte Nicci etwas erzeugt, was dem Ausbleiben jeglicher Wirkung gleichkam, einer Ursache ohne Folgen, der künstlich erzeugten Aussicht auf die physische Freisetzung ihrer Kraft, auf die sie dann bewusst verzichtete.

Die Zeit selbst schien stillzustehen und auf etwas zu warten, das geschehen musste, letztendlich aber doch ausbleiben würde.

Die Spannung in der Luft rings um Nicci war mit den Händen greifbar. Immer schneller rasten die grünlichen Linien rings um sie her in ihrem Bestreben, das Prüfnetz in seiner Vollständigkeit wiederherzustellen und ihr Leben in der Schwebe zu belassen, durch die Luft.

Lauernd wie eine Spinne in ihrem Netz, wartete der Riss bereits auf sie.

Sie wusste, ihr blieb nur ein winziger, flüchtiger Augenblick, ehe sie endgültig jeder Handlungsmöglichkeit beraubt sein würde.

Diesmal würde ihr Ende wenigstens etwas Nützliches erbringen.

Nicci öffnete das Kraftfeld rings um die Bestie zu einem noch größeren Ventil für die fundamentale Freisetzung von Energie – und hielt sie dann bewusst zurück.

Die Spannung zwischen dem, was war, und dem, was noch nicht war und niemals sein würde, wurde unerträglich.

In einem einzigen Augenblick füllte sich diese entsetzliche, unerträgliche Leere, dieses Energievakuum, das Nicci in beiden Welten erzeugt hatte, mit der ohrenbetäubenden Entfesselung eines Blitzes, der unter lautem Getöse durch das Fenster zuckte, während sein Gegenstück aus dem Reich jenseits der Welt des Lebens den Schleier durchbrach, angezogen von dem unerfüllten Verlangen, das die Bestie umfing – gezwungen zu vollenden, was Nicci begonnen, aber nicht beendet hatte. Diesmal verhieß die Flucht in eine andere Welt keine Sicherheit. Beide Welten hatten ihren Zorn gleichzeitig entfesselt.

Ein Schauer aus zersplittertem Glas füllte den Raum. Der hallende Donnerschlag ließ die steinernen Mauern des Bergfrieds erzittern. Es war, als bräche die Sonne höchstselbst in einer gewaltigen Explosion durchs Fenster.

Die um Nicci dahinrasenden Linien schossen in die Höhe wie ein Leichentuch.

Mittels ihres Sehvermögens der Gabe konnte sie die Vollendung der von ihr hergestellten Verbindung erkennen, konnte sie den Blitz jene Leere rings um die Bestie finden und die entsetzliche, leere Verbindlichkeit füllen sehen, die sie erzeugt hatte.

Die Explosion dieses Blitzes übertraf alles, was sie je gesehen hatte. Das Erzeugen seines Vorboten in beiden Welten verlieh dem Blitz in beiden Welten Kraft, sowohl additive als auch subtraktive, kreative und zerstörerische, miteinander verwoben in einer einzigen verheerenden Entladung.

Der Bann hatte Nicci in einen Starrezustand versetzt, sodass sie die Augen nicht vor dem blendenden Wechsel zwischen Hell und Dunkel verschließen konnte, der jetzt miteinander verschmolz, an beiden Enden des Kerzenhalters einschlug und durch die Bestie fuhr.

In einem gewaltigen Lichtkranz aus knisterndem weißem Licht zerplatzte die Bestie und wurde von der ungeheuren Heftigkeit aus Hitze und Energie, die sich in der von Nicci erzeugten Leere konzentrierte, zu Staub und Dampf zersprengt.

Böen eines frischen, regengetränkten Windes drangen heulend durch das zerstörte Fenster. Draußen zuckten noch immer Blitze durch die aufgewühlten, grünlichen Wolken. Und als die Blitze draußen den Raum mit ihrem Licht erfüllten, konnten sie alle sehen, dass die Bestie verschwunden war.

Zumindest für den Augenblick.

Durch das Geflecht aus grünlichen Linien erblickte Nicci Richard, der durch den Raum auf sie zukam.

Ein Raum, der ihr sehr weit weg erschien …

Und plötzlich sah sie die dunkle Welt um sie herum über sich zusammenschlagen.

8

Als ihr Pferd wieherte und mit den Hufen aufstampfte, ließ Kahlan ihre Hand an den Zügeln weiter nach oben gleiten, näher an die Trense, um zu verhindern, dass sich das Tier von der Stelle bewegte. Offenbar gefiel dem Pferd, was es da roch, ebenso wenig wie ihr selbst. Sie langte nach oben und strich dem Pferd sachte über die Unterseite seines Kinns, während sie hinter den Schwestern Ulicia und Cecilia wartete.

Ein schwacher, böiger Wind fuhr hoch oben in die Laubkronen der Pappeln und ließ die glänzenden Blätter im mittäglichen Licht silbrig schimmern. Fleckiges Sonnenlicht tanzte im Schatten der hohen Bäume über den grasbewachsenen Hügel, während weit droben einige wenige bauschig weiße Wolken den strahlend blauen Himmel sprenkelten. Dann schlug die Brise um, wehte plötzlich aus ihrem Rücken und brachte ein wenig Erleichterung, und das nicht nur von der drückenden Hitze. Kahlan gestattete sich einen etwas tieferen Atemzug.

Mit dem Finger entfernte sie Schweiß und Schmutz unter dem Metallring, der um ihren Hals lag. Sie wünschte sich, ein Bad nehmen oder wenigstens kurz in einen Bach oder See eintauchen zu können. Die sommerliche Hitze und der staubige Ritt hatten sich verschworen, ihr langes Haar in ein juckendes, verfilztes Durcheinander zu verwandeln. Allerdings war ihr klar, dass die Schwestern sich kein bisschen darum scherten, ob sie sich unbehaglich fühlte, und sie alles andere als erfreut reagieren würden, wenn sie um eine Gelegenheit bäte, sich, wie sie es gelegentlich taten, ein wenig frisch zu machen. Die Schwestern scherten sich nicht im Geringsten um Kahlans Bedürfnisse, und schon gar nicht um ihr Wohlbefinden. Sie war ihre Sklavin, weiter nichts; da war es völlig egal, ob der Ring, den sie um ihren Hals trug, scheuerte und ihre Haut wund rieb.

Während sie wartete, wanderten ihre Gedanken zu der Statue, die sie geopfert hatte, der kleinen Statuette, die sie in Lord Richard Rahls Palast hatte zurücklassen müssen. Obwohl sie keinerlei Erinnerung an ihre eigene Vergangenheit besaß, hatte sie sich diese Figur einer Frau mit langem, fließendem Haar und Gewand Zug für Zug eingeprägt. Ihre Seele, ihre ganze Körperhaltung mit ihrem durchgedrückten Rücken, den zu Fäusten geballten Händen und dem in den Nacken geworfenen Kopf, wie zum Trotz gegen irgendwelche unsichtbare Kräfte, die sie zu unterjochen suchten, war von stiller Erhabenheit.

Kahlan wusste nur zu gut, was für ein Gefühl es war, wenn unsichtbare Kräfte einen unterjochten.

Von der Stille der Hügelkuppe aus beobachteten sie, wie Schwester Armina sich einen Weg durch das offene Gelände unten bahnte. Sonst war niemand zu sehen. Das hohe, sachte in der Brise schwankende, sich wiegende Gras schien beinahe flüssig. Schließlich kam Schwester Armina auf ihrer kastanienbraunen Stute den Hang heraufgetrottet. Sie lenkte ihr Pferd herum und kam neben den anderen zum Stehen.

»Da sind sie nicht«, verkündete sie.

»Wie groß mag wohl ihr Vorsprung sein?«, fragte Schwester Ulicia.

Schwester Armina hob einen Arm und zeigte. »Ich bin nicht viel weiter geritten als bis hinter diese Hügel dort. Ich wollte nicht riskieren, von einem der mit der Gabe Gesegneten bei Jagang erspäht zu werden. Aber nach meiner Einschätzung dürften die Nachzügler und Schlachtengänger höchstens vor ein bis zwei Tagen weitergezogen sein.«

Als die aus ihrem Rücken kommende Brise abflaute, hatte dies zur Folge, dass der Gestank erneut den Hügel heraufkroch. Kahlan rümpfte die Nase. Schwester Ulicia bemerkte es, enthielt sich aber eines Kommentars. Den Schwestern schien der Gestank überhaupt nichts auszumachen.

Abrupt wandte Schwester Ulicia sich ab und schob einen Stiefel in den Steigbügel. »Reiten wir los und werfen einen Blick hinter die Hügel jenseits der Stelle«, verkündete sie, während sie sich in ihren Sattel schwang.

Kahlan saß auf und folgte den drei anderen Frauen, als diese ihre Pferde den Hang hinabtraben ließen. Sie fand es seltsam, wie ungewöhnlich nervös die Frauen schienen. Normalerweise neigten sie bei allem, was sie taten, zu an Arroganz grenzender Unerschrockenheit, auf einmal aber benahmen sie sich überaus vorsichtig.

Links von ihnen ragten die zerklüfteten, bläulich grauen Umrisse eines hohen Gebirges auf. Dessen Felsenhänge und Wände waren so eindrucksvoll steil, dass es nur ganz wenige Stellen gab, an denen Bäume Halt gefunden hatten. Einige der Gipfel ragten so hoch auf, dass ihre Spitzen trotz des Sommers mit einer Schneeschicht bedeckt waren. Nach ihrem Aufbruch vom Palast des Volkes hatten sie einen Pass gefunden, durch den sie es hatten überqueren können, und seitdem waren Kahlan und die Schwestern dem Gebirge Richtung Süden gefolgt. Auf der gesamten Reise hatten die Schwestern es, wann immer möglich, vermieden, in die Nähe von Menschen zu geraten.

»Beeilen wir uns«, entschied Schwester Ulicia. »Wir werden der Hauptstraße, drüben auf der anderen Seite, ein Stück weit folgen, bis wir ihnen nahe genug sind, um uns ihres derzeitigen Standorts und der von ihnen eingeschlagenen Richtung ganz sicher sein zu können.«

Sie trieben ihre Pferde zu einem leichten Galopp an und ritten schweigend die Hügel hinab, verließen diese und gelangten schließlich in die Außenbezirke der Stadt. Diese war ganz offensichtlich um die mäandernde Biegung eines Flusses und den Knotenpunkt mehrerer größerer Straßen herum errichtet worden, die vermutlich Handelsrouten waren. Die größere der beiden Balkenbrücken hatte man niedergebrannt. Als sie im Gänsemarsch die schmale zweite Brücke überquerten, fiel Kahlans Blick hinunter in die Fluten. Aufgedunsene, mit dem Gesicht nach unten treibende Körper hatten sich im Uferschilf verfangen. Noch bevor sie sie überhaupt gesehen hatte, war die Luft bereits von einem derart durchdringenden Todesgestank erfüllt gewesen, dass ihr jegliches Interesse an einem kurzen Bad vergangen war. Sie wollte nichts als fort von diesem Ort.

Als sie die ersten Gebäude passiert hatten, hielt Kahlan sich einen Schal vor Nase und Mund. Sie glaubte, sich wegen des fauligen Gestanks verwesenden Fleisches übergeben zu müssen. Es schien merkwürdig, dass er so durchdringend war.

Kurz darauf fand sie den Grund dafür heraus.

Sie passierten Nebenstraßen, in denen sich die Körper zu Hunderten stapelten. Dazwischen lagen ein paar tote Hunde sowie einige Maultiere, deren Beine gerade und steif emporragten. Die Art, wie die Leichen zusammengepfercht in den engen Gassen lagen, schien Kahlan ein Anzeichen dafür zu sein, dass man die Menschen, um ein Entrinnen unmöglich zu machen, auf engstem Raum zusammengetrieben und anschließend abgeschlachtet hatte. Die meisten toten Körper, von Mensch und auch Tier, waren von grässlichen, klaffenden Wunden entstellt. Aus einigen der Toten ragten noch abgebrochene Lanzen heraus, während andere offenbar mit Pfeilen getötet worden waren. Die meisten schienen jedoch einfach totgehackt worden zu sein. Und noch etwas fiel ihr an ihnen auf: Es waren ausnahmslos ältere Menschen.

Die Gebäude in diesem Teil der Stadt waren größtenteils niedergebrannt worden, nur an wenigen Stellen stieg noch sich kräuselnder Rauch über einigen der größeren Trümmerhaufen auf. Das schwarz verkohlte Gebälk erinnerte an die versengten Skelette irgendwelcher Ungeheuer. Die Brände schienen vor ein oder zwei Tagen erloschen zu sein.

Im Schritttempo lenkten sie ihre Pferde eine schmale gepflasterte Straße zwischen zweistöckigen, düster zu beiden Seiten aufragenden Gebäuden entlang und sahen sich in stummer Würdigung der Zerstörung um. Was von den Gebäuden noch stand, war geplündert worden. Türen waren entweder eingedrückt worden oder lagen nahebei auf der Straße. Kahlan sah nicht ein einziges unzerbrochenes Fenster. Über ein paar der winzigen, zur Straße hinausgehenden Balkone hingen Vorhänge drapiert. Neben den hölzernen Trümmerteilen der Türrahmen und den Glassplittern waren die Straßen mit ganz alltäglichen Gegenständen übersät: beliebige Kleidungsstücke, dort ein blutverschmierter Stiefel, da Trümmer zerbrochenen Mobiliars, abgebrochene Waffen, zersplitterte Wagenteile. Kahlan sah eine Puppe mit gelbem Garn als Haar platt gedrückt mit dem Gesicht nach unten liegen, auf dem Rücken einen Hufabdruck. Sämtliche Gegenstände vermittelten den Anschein, als seien sie von vielen Händen aufgelesen, für wertlos befunden und anschließend wieder fortgeworfen worden.

Doch erst ein tapferer Blick in die Gebäude, die sie passierten, offenbarte Kahlan das eigentliche Grauen, und das bestand nicht bloß in den Leichen der ermordeten Stadtbewohner. Es gab Leichen von Menschen, die offenbar einfach so, nur zum Spaß oder aus purer Brutalität, hingemetzelt worden waren. Anders als die Leichen, die sich in den Seitenstraßen stapelten, waren dies keine älteren Menschen. Dem Aussehen nach könnten es Leute gewesen sein, die versucht hatten, ihre Geschäfte oder Heime zu schützen. Durch ein zersplittertes Schaufenster sah sie einen Mann, bekleidet mit jener Art Schürze, wie Flickschuster sie trugen, den man an seinen Handgelenken an die Wand genagelt hatte. Mitten aus seiner Brust ragten Dutzende Pfeile, was ihm das Aussehen eines grotesken Nadelkissens verlieh. Mund und beide Augen waren von jeweils einem Pfeil durchbohrt. Der Mann war nicht nur zum Scheibenschießen missbraucht, sondern Opfer eines abartigen Humors geworden.

In anderen dunklen Gebäuden sah Kahlan Frauen, die nur zu offenkundig vergewaltigt worden waren. Ein einzelner, noch über den Arm gestülpter Ärmel, das war alles, was einer am Boden liegenden Frau geblieben war, um ihre Blöße zu bedecken. Ihre Brüste waren verstümmelt. An einer anderen Stelle lag ein erkennbar noch nicht zur erwachsenen Frau herangereiftes Mädchen, alle viere von sich gestreckt, auf einem Tisch, das Kleid bis zur Hüfte hochgeschoben. Die Kehle war ihr bis zur Wirbelsäule durchtrennt worden, ihre Beine waren gespreizt, und als letzten Akt der Erniedrigung hatte man einen Besenstiel in ihr stecken lassen. Ein Gefühl der Abgestumpftheit bemächtigte sich Kahlans, als sich ihr ein grausiger Anblick nach dem anderen bot, ein jeder von solch gespenstischer Barbarei, dass sie sich einfach nicht vorstellen konnte, was für ein Schlag Männer zu solchen Gräueltaten fähig war.

Kahlan war noch nie so froh gewesen, einen Ort hinter sich zu lassen, wie jetzt, da sie sich endlich aus der Stadt hinausbegaben und eine nach Südosten führende Straße nahmen. Die Straße erwies sich jedoch nicht als die erhoffte Möglichkeit, den Gräueln der Stadt zu entrinnen. Entlang der Strecke waren die Gräben immer wieder mit den Leichen unbewaffneter junger Männer oder älterer Jugendlicher gefüllt, die vermutlich hingerichtet worden waren – sei es als Denkzettel für andere oder einfach nur aus Lust am Töten, wegen eines Fluchtversuchs oder weil sie gegen den Gedanken der Sklaverei aufbegehrt hatten.

Kahlan schwindelte und ihr war heiß. Sie befürchtete, sich übergeben zu müssen. Die Art, wie sie im Sattel schwankte, trug zusätzlich zu ihrem Unwohlsein bei. Der Gestank von Tod und verbranntem Fleisch verfolgte sie, als sie bei strahlendem Sonnenschein durch die Hügel auf der anderen Seite der Stadt ritten. Der Geruch war so durchdringend und allgegenwärtig, dass sie das Gefühl hatte, er habe sich in ihren Kleidern festgesetzt und trete sogar mit dem Schweiß aus ihren Poren.

Sie bezweifelte, jemals wieder schlafen zu können, ohne von Albträumen verfolgt zu werden.

Kahlan wusste nicht, wie der Name der Stadt gelautet hatte, jetzt jedenfalls existierte sie nicht mehr. Nicht ein Mensch dort hatte noch gelebt. Was immer irgendwie von Wert war, war entweder zerstört oder zur Beute worden. Die Zahl der Leichen, so immens sie auch war, sagte ihr, dass viele Stadtbewohner – hauptsächlich die Frauen, jedenfalls solche im geeigneten Alter – als Sklaven verschleppt worden waren. Nachdem sie gesehen hatte, was den Frauen widerfahren war, die man tot in der Stadt zurückgelassen hatte, konnte sie sich lebhaft ausmalen, was die verschleppten Frauen erwartete.

So weit die Augen reichten, waren sowohl die sich weitende Ebene als auch die Hügel zu beiden Seiten von Menschenmassen zertrampelt worden, deren Zahl mehrere Hunderttausend ganz sicher weit überstieg. Die Grasnarbe war nicht einfach nur unter zahllosen Stiefeln, Hufen und Wagenrädern platt gewalzt, sondern unter dem Gewicht unvorstellbarer Horden zu Staub zermalmt worden. Der Anblick rückte das Ausmaß jener Horden, die durch die Stadt gezogen waren, in ein anderes Licht und war in gewisser Hinsicht noch grauenerregender als die gespenstischen Schauplätze des Todes selbst. Eine Streitmacht dieses Ausmaßes grenzte an eine Naturgewalt, sie kam einem gewaltigen Unwetter gleich, das auf seinem Weg durch das Land eine Schneise völliger und erbarmungsloser Zerstörung schlug.

Als sie sich später an diesem Tag dem Kamm eines Hügels näherten, waren die Schwestern auf einmal peinlich darauf bedacht, die tief stehende Sonne im Rücken zu haben, sodass ein sich vor ihnen befindender Beobachter genau in sie hineinschauen musste, um sie zu erspähen. Schwester Ulicia ließ ihr Pferd langsamer gehen, stellte sich in ihre Steigbügel und reckte sich für einen ausgiebigen Rundblick, ehe sie auch den anderen das Zeichen zum Absitzen gab. Alle zurrten sie ihre Pferde an den Überresten einer alten, knorrigen Fichte fest, die ein Blitz in zwei Hälften gespalten hatte. Schwester Ulicia gab Kahlan Anweisung, dicht hinter ihnen zu bleiben.

Am Rand der Erhebung kauerten sie sich lautlos in das von Unkraut durchsetzte Gras und erhaschten dann zum allerersten Mal einen Blick auf das, was die gefallene Stadt heimgesucht hatte. In dunstiger Ferne erstreckte sich über die gesamte Breite des diesigen Horizonts ein, so schien es auf den ersten Blick, schlammiges braunes Meer; tatsächlich jedoch handelte es sich um den dunklen, schemenhaften Schatten einer Armee von so gewaltigen Ausmaßen, dass jeder Versuch einer Schätzung zum Scheitern verdammt war. Herangetragen vom Wind, konnte Kahlan in der spätnachmittäglichen Stille gerade eben das ferne, das Blut gefrieren lassende, von Frauenschreien und derbem Soldatengelächter durchsetzte Gejohle von Männerstimmen hören, das von dem Mob herüberwehte.

Allein schon das schiere Gewicht solch ungeheurer Massen hätte die Verteidigungsanlagen jeder Stadt zusammenbrechen lassen, und jedweder bewaffnete Widerstand wäre von einer Armee dieses gewaltigen Ausmaßes nahezu unbemerkt geblieben. Nichts vermochte eine derartige Zusammenballung von Soldaten aufzuhalten.

Doch sosehr diese Armee auch eine Masse, ein Mob, ein

Ding zu sein schien, sie wusste, es war verkehrt, sie sich anhand dieser Begriffe vorzustellen, vielmehr war es eine Gruppe aus lauter Einzelwesen. Diese Männer waren nicht als Ungeheuer auf die Welt gekommen. Jeder Einzelne von ihnen war aus Überzeugung für eine Sache und aufgrund einer persönlichen Entscheidung zum Mörder geworden, sie alle hatten sich unter dem Banner perverser Glaubensüberzeugungen zusammengefunden, die ihre Barbarei rechtfertigte.

Sie alle waren Individuen, die – vor die Wahl gestellt – die unveräußerliche Würde des Lebens bewusst abgelegt und sich stattdessen dafür entschieden hatten, Handlanger des Todes zu sein.

Das Gemetzel vorhin in der Stadt, die Gräuel, die sie gesehen hatte – all das hatte Kahlan mit Abscheu und Entsetzen erfüllt. Eine Zeit lang hatte sie kaum atmen können, nicht nur wegen des Gestanks des Todes, sondern auch wegen ihrer tränenreichen Verzweiflung über diese gedankenlose Brutalität, diese ungeheuerliche und vorsätzliche Verkommenheit.

Jetzt aber, als sie die Ursache dieses Blutbads vor sich sah, jene gewaltige Streitmacht von Soldaten, die diese Gräueltaten alle freiwillig verübt hatten, schmolzen all diese verzweifelten Gefühle dahin, und an ihre Stelle trat ein schwelender Zorn, jene Art tief aus dem Innern kommende Wut, die ein Mensch, davon war sie überzeugt, nicht oft im Leben verspürt.

»Das ist Jagang, kein Zweifel«, verkündete Schwester Ulicia schließlich mit Bitterkeit in der Stimme.

Schwester Armina nickte. »Und wenn wir nach Caska wollen, müssen wir an ihm vorbei.«

Mit einer Armbewegung wies Schwester Ulicia auf das Gebirge linker Hand. »Mit all ihren Pferden, Wagen und dem ganzen Gerät ist seine Armee nicht imstande, die schmalen Pässe zwischen den Gipfeln dort zu passieren, wir dagegen schon. In Anbetracht seiner Langsamkeit wird es für uns ein

Leichtes sein, die Pässe zu überqueren und anschließend nach Caska hinabzusteigen, lange ehe sie das Gebirge im Süden umgehen können, um anschließend in D'Hara einzumarschieren.«

Schwester Cecilia starrte zum fernen Horizont hinüber. »Dagegen hat die d'haranische Armee nicht den Hauch einer Chance.«

»Das ist nicht unser Problem«, gab Schwester Ulicia zurück.

»Aber was ist mit unseren Banden zu Richard Rahl?«, fragte Schwester Armina.

»Wir sind es doch nicht, die Lord Rahl angreifen«, erwiderte Schwester Ulicia. »Jagang hat es auf ihn abgesehen und will ihn vernichten, nicht wir. Wir werden dereinst über die Macht der Ordnung gebieten, und dann gewähren wir Richard Rahl, was nur in unserer Macht zu gewähren steht. Das reicht, um unsere Bande zu erhalten und uns vor dem Traumwandler zu schützen. Jagang und seine Armee sind nicht unser Problem, und was immer sie vorhaben, wir haben es nicht zu verantworten.«

Kahlan erinnerte sich, wie sie sich im Palast des Volkes gefragt hatte, wie dieser Mann wohl sein mochte. Obwohl sie ihn gar nicht kannte, hatte sie plötzlich Angst um ihn und sein Volk, das sich dem, was ihm bevorstand, würde stellen müssen.

»Aber sie werden es sein, wenn sie vor uns nach Caska gelangen«, gab Schwester Cecilia zu bedenken. »Wir werden dort nicht nur Tovi einholen, Caska ist auch die einzige Lagerstätte, zu der wir derzeit Zugang haben.«

Schwester Ulicia tat den Einwand mit einer kurzen Handbewegung ab. »Bis Caska haben sie noch einen weiten Weg vor sich. Wir dagegen können ohne Weiteres abkürzen und sie überholen, indem wir das Gebirge kurzerhand überqueren, statt erst hinabzusteigen, es zu umgehen und dann wieder hinaufzusteigen, so wie sie.«

»Du glaubst nicht, sie könnten ein schnelleres Marschtempo

anschlagen?«, fragte Schwester Armina. »Womöglich kann Jagang es gar nicht erwarten, Lord Rahl und den d'haranischen Streitkräften den Rest zu geben.«

Der bloße Gedanke veranlasste Schwester Ulicia zu einem ärgerlichen Schnauben. »Jagang weiß, dass die d'haranische Armee ihm nicht ausweichen kann – Richard hat gar keine andere Wahl mehr, als seine Stellung zu behaupten und zu kämpfen. Die Sache ist so gut wie entschieden. Es ist nur noch eine Frage der Zeit.«

»Der Traumwandler hat keine Eile – das wäre mit einer so riesigen und schwerfälligen Armee auch gar nicht möglich. Selbst wenn sie imstande wären, ihr Marschtempo zu erhöhen, haben sie eine sehr viel weitere Strecke zurückzulegen, sodass er trotzdem nicht vor uns in Caska eintreffen könnte. Zudem ist Jagangs derzeitige Armee immer noch dieselbe, mit der er Jahrzehnte zuvor die Alte Welt erobert und die schon den gesamten Krieg bestritten hat. Sie erhöht ihr Marschtempo nie. Diese Truppen sind wie die Jahreszeiten – sie bewegen sich mit unaufhaltsamer Kraft, aber überaus langsam.«

Sie warf den beiden Schwestern einen vielsagenden Blick zu. »Außerdem haben sie vor Kurzem sämtliche Frauen aus der Stadt verschleppt. Jagangs Soldaten werden es kaum erwarten können, sich mit ihrer frischen Siegesbeute zu vergnügen.«

Aus Schwester Arminas Gesicht wich alles Blut. »Wer wüsste das besser als wir.«

»Jagang und seine Soldaten werden es nie müde, sich an ihren weiblichen Gefangenen zu vergehen«, sagte Schwester Cecilia halb zu sich selbst.

Schlagartig kehrte Schwester Arminas Gesichtsfarbe zurück. »Es wäre mir ein Vergnügen, Jagang aufzuknüpfen und mich nach Lust und Laune an ihm zu vergehen.«

»Es wäre uns allen ein großes Vergnügen, diesen Kerlen eine Lektion zu erteilen«, sagte Schwester Ulicia, den Blick in die

Ferne gerichtet, »aber wir haben Wichtigeres zu tun.« Ein süßliches Lächeln ging über ihr Gesicht. »Eines Tages aber …«

Eine Zeit lang schwiegen die drei Schwestern und ließen den Blick über die unermesslichen Horden schweifen, die sich über den Horizont erstreckten.

»Eines Tages«, fuhr Schwester Cecilia mit leiser rauer Stimme fort, »werden wir die Kästchen der Ordnung öffnen, und dann werden wir die Macht besitzen, dafür zu sorgen, dass dieser Mann sachte im Wind baumelt.«

Schwester Ulicia wandte sich ab und begab sich zu den Pferden zurück. »Wenn wir jemals eines der drei Kästchen öffnen wollen, werden wir zuerst an Tovi und das letzte Kästchen herankommen müssen – und was sich sonst noch in Caska findet. Also vergesst Jagang und seine Armee. Fürs Erste brauchen wir uns nicht mehr mit ihnen abzugeben – bis der Tag kommt, da wir die Macht der Ordnung entfesselt haben und wir uns den Spaß erlauben können, uns ganz persönlich an dem Traumwandler zu rächen.«

9

Nicci schlug die Augen auf und sah nichts als verschwommene Umrisse.

»Zedd ist verärgert über dich.«

Obwohl sie von einem nebelhaften fernen Ort zu kommen schien, wusste sie, die Stimme gehörte Richard. Sie war überrascht, sie zu hören, ja sie war überrascht, überhaupt etwas zu hören. Von Rechts wegen, fand sie, sollte sie tot sein.

Als ihr Sehvermögen schließlich wieder an Schärfe gewann, drehte Nicci ihren Kopf nach rechts und sah ihn ganz in der Nähe zusammengesunken auf einem Stuhl sitzen, den man bis an das Bett herangeschoben hatte. Den Oberkörper vorgebeugt, die Ellbogen auf den Knien, die Finger säuberlich gefaltet, beobachtete er sie.

»Wieso?«, fragte sie.

Offenkundig erleichtert, sie wach zu sehen, lehnte er sich auf dem einfachen Holzstuhl zurück und zeigte ihr sein verschmitztes Lächeln, das sie so mochte.

»Weil du hinten in dem Raum, wo ihr alle damit beschäftigt wart, das Prüfnetz zu wirken, das Fenster zertrümmert hast.«

Im sanften Schein der Lampe mit dem milchig weißen Schirm erkannte sie, dass man sie bis zu den Achseln unter eine luxuriös bestickte Bettdecke mit salbeigrünen Fransen gesteckt hatte. Bekleidet war sie mit einem seidig glänzenden Nachthemd, das sie nicht wiedererkannte und dessen Ärmel ihr bis zu den Handgelenken reichten. Außerdem war es blassrosa. Nicht eben ihre Farbe.

Sie fragte sich, woher das Nachthemd gekommen sein mochte und, viel entscheidender, wer ihr die Kleider ausgezogen und es ihr übergestreift hatte. Damals im Palast des Volkes – lange war es her – war sie in Richard dem ersten Menschen begegnet, der nicht wie selbstverständlich davon ausging, ein Recht auf ihren Körper oder irgendeinen anderen Aspekt ihres Lebens zu haben. Diese offene, ehrliche Haltung hatte sehr dazu beigetragen, jenen gedanklichen Prozess in Gang zu setzen, der letztendlich dazu geführt hatte, dass sie ihrem von den Lehren des Ordens geprägten Leben schließlich abgeschworen hatte. Dank Richard war sie zu der Erkenntnis gelangt, dass ihr Leben allein ihr selbst gehörte, eine Einsicht, die ihr die Würde und den Eigenwert von Anständigkeit vor Augen geführt hatte.

Allerdings hatte sie in diesem Augenblick andere Sorgen, als in ein rosa Nachthemd gehüllt zu sein. Ihr pochender Schädel drückte sich unglaublich schwer in das weiche Kissen.

»Genau genommen«, brachte sie hervor, »hat der Blitz das Fenster zertrümmert. Nicht ich.«

»Irgendwie mag ich nicht recht glauben«, erklang Caras Stimme von einem zweiten Stuhl, der auf zwei Beinen neben der Tür an die Wand gekippt war, »dass diese Unterscheidung ihn sonderlich beeindrucken wird.«

»Vermutlich nicht«, erwiderte Nicci seufzend. »Der Raum liegt im gesicherten Teil der Burg.«

Ein leichtes Runzeln zuckte über Richards Stirn. »Er befindet sich wo?«

Sie kniff die Augen leicht zusammen, um sein Gesicht besser erkennen zu können. »Dieser Teil der Burg ist ein besonderer Ort. Er ist gegen bewusste Einmischungen von außen sowie gegen Abirrungen und unvorhersehbare Ereignisse gesichert.«

Cara verschränkte die Arme. »Würde es Euch etwas ausmachen, das für uns zu übersetzen?«

Sie hatte ihren roten Lederanzug angelegt. Nicci fragte sich, ob das ein Anzeichen erhöhter Gefahr war oder ob sie einfach noch vergrätzt war wegen des Besuchs der Bestie.

»Es handelt sich um ein Eindämmungsfeld«, erklärte Nicci. »Unsere Kenntnisse über die verwirrend komplexe Beschaffenheit des uralten Feuerkettenbanns sind überaus begrenzt. Schon die Untersuchung solch instabiler und, wie in diesem Fall, miteinander verflochtener Bestandteile ist riskant, deshalb haben wir diesen speziellen Ort benutzt, um das Prüfnetz zu wirken. Der Raum befindet sich im ursprünglichen Kern der Burg – einem wichtigen Sanktuarium, das für Arbeiten mit anormalem Material benutzt wird. Verschiedene Arten sowohl entworfener als auch frei entstandener Magie neigen dazu, endogene tangentiale Ausströmungen zu enthalten, die zu lokalen Unstimmigkeiten führen können, daher beschränkt man solche potenziell gefährlichen Bestandteile, wenn man mit ihnen arbeitet, am besten auf ein Eindämmungsfeld.«

»Oh, vielen Dank für die Übersetzung«, erwiderte Cara in schneidendem Tonfall. »Jetzt wird mir alles klar. Es handelt sich also um eine Art Feld-Dings.«

Nicci nickte. »Richtig – ein Eindämmungsfeld.« Als sich Caras Gesichtsausdruck darauf noch mehr verfinsterte, fügte sie hinzu: »Dort drinnen Magie zu wirken ist, als versuchte man, eine Wespe in einer Flasche einzusperren.«

»Oh.« Cara stieß einen Seufzer aus, als sie den Gedanken in seiner vereinfachten Form endlich begriff. »Schätze, das erklärt, warum Zedd deswegen so verärgert war.«

»Vielleicht gelingt es ihm ja, es wieder in den ursprünglichen Zustand zu versetzen«, schlug Richard vor. »Erstaunlicherweise ist der Raum nicht allzu sehr verwüstet. Was ihn am meisten wurmt, sind die zerborstenen Fenster.«

Nicci hob die Hand zu einer matten Geste. »Das bezweifle ich nicht. Das Glas dort ist einzigartig. Es ist mit Eigenschaften versehen, die sowohl das Austreten magischer Kräfte als auch Angriffe von mit der Gabe Gesegneten verhindern. Im Großen und Ganzen erfüllt es den gleichen Zweck wie die Schilde, nur dass es magische Kräfte und nicht Personen fernhält.«

Richard dachte einen Moment lang nach. »Nun«, meinte er schließlich, »den Angriff der Bestie hat es jedenfalls nicht verhindert.«

Nicci starrte zu den Bücherregalen hinüber, die in die Wand gegenüber dem Bett eingelassen waren. »Das wäre auch schlecht möglich gewesen«, sagte sie. »Denn in diesem Fall kam die Bestie nicht durch die Fenster oder Wände, sondern durch den Schleier; sie hat sich, aus der Unterwelt kommend, direkt im Raum manifestiert; auf diese Weise musste sie weder Schilde, Eindämmungsfelder noch magiebeständiges Glas überwinden.«

Caras Stuhl landete mit einem dumpfen Geräusch auf dem Fußboden. »Außerdem hat sie Euch fast den Arm abgerissen.« Sie drohte Richard mit erhobenem Finger. »Weil Ihr Gebrauch von Eurer Gabe gemacht habt. Ihr habt sie selbst angelockt. Wäre Zedd nicht zur Stelle gewesen, um Euch zu heilen, wärt Ihr höchstwahrscheinlich verblutet.«

»Oh, Cara, jedes Mal wenn Ihr die Geschichte erzählt, habe ich schlimmer geblutet. Wenn ich sie mir das nächste Mal anhören muss, wurde ich zweifellos in Stücke gerissen und mit magischem Faden wieder zusammengeflickt.«

Sie verschränkte die Arme und ließ den Stuhl wieder nach hinten gegen die Wand kippen. »Das hätte leicht passieren können.«

»Ich war nicht annähernd so schwer verletzt, wie Ihr denkt. Es geht mir ausgezeichnet.« Richard beugte sich ein Stück vor und drückte Niccis Hand. »Wenigstens hast du sie aufgehalten.«

Sie begegnete seinem Blick.

»Fürs Erste«, sagte sie. »Mehr nicht.«

»Fürs Erste ist fürs Erste genug.« Ein Lächeln stiller Zufriedenheit ging über seine Lippen. »Das hast du sehr gut gemacht, Nicci.«

Es war seinen grauen Augen anzusehen, dass er es zutiefst aufrichtig meinte. Irgendwie schien die Welt stets ein besserer Ort, wenn Richard zufrieden war, dass jemand etwas Schwieriges vollbracht hatte. Wenn andere etwas leisteten, schien er dies stets zu schätzen, und ihr Triumph war für ihn Anlass zu großer Freude. Ihr wurde immer ganz leicht ums Herz, wenn er sich über etwas freute, was sie getan hatte.

Ihr Blick schweifte von seinem Gesicht ab, und sie bemerkte die kleine Statuette, die auf dem Tisch unmittelbar hinter ihm stand. Im Schein der Lampe wurde das fließende Haar und das Gewand noch betont, die Richard einst mit so viel Bedacht der seiner Vorstellung von Kahlans Seele entsprechenden Figur mitgegeben hatte. Erhaben stand die aus Walnussholz geschnitzte Statuette da, wie in stummer Auflehnung gegen eine unsichtbare Macht, die danach trachtete, ebendiese Seele zu unterjochen.

»Ich liege ja in deinem Zimmer«, stellte Nicci, halb zu sich selbst, fest.

Ein fragender Ausdruck huschte über seine Stirn. »Woran hast du das erkannt?«

Nicci löste den Blick von der Statuette und schaute durch das kleine Rundbogenfester in der mächtigen steinernen Mauer links von ihr. Am unteren Rand des nachtschwarzen, sternenübersäten Himmels war jetzt, da die Morgendämmerung hereinbrach, ein erster zarter Hauch von Farbe zu erkennen.

»Gut geraten«, log sie.

»Es war das naheste«, erklärte Richard. »Zedd und Nathan wollten dich unbedingt in ein bequemes Bett verfrachten, damit sie abschätzen konnten, was sie tun mussten, um dir zu helfen.«

Das anhaltende eiskalte Gefühl, das noch immer durch ihre Adern strömte, verriet ihr, dass sie ein wenig mehr getan hatten, als bloß eine Einschätzung vorzunehmen.

»Rikka und ich haben Euch ausgezogen und in ein Nachthemd gesteckt, das Zedd irgendwo aufgetrieben hat«, antwortete Cara auf die unausgesprochene Frage, die sie offenbar in Niccis Augen erblickt hatte.

»Danke.« Nicci hob die Hand zu einer vagen Geste. »Wie lange war ich bewusstlos? Was ist überhaupt passiert?«

»Nun«, sagte Richard, »nachdem du vorgestern Abend wieder in diese Bannform zurückgesprungen warst und den Blitz auf den Plan gerufen hattest, der der Bestie Einhalt gebieten sollte, hätte dich das Prüfnetz um ein Haar endgültig in seinen Bann gezogen. Nachdem ich dich dann dort herausgeholt hatte, fand Zedd, dass du vor allem Ruhe brauchtest, also hat er irgendetwas mit dir angestellt, damit du schlafen konntest, da du wegen der erlittenen Schmerzen in einem leichten Delirium befandet. Er meinte, er hätte dir geholfen wegzudämmern, damit du nicht darunter leiden musstest. Anschließend erklärte er uns, du würdest den ganzen gestrigen Tag und die darauffolgende Nacht durchschlafen und dann heute gegen Morgen aufwachen. Schätze, damit lag er richtig.«

Cara erhob sich, stellte sich hinter Richard und sah Nicci an. »Keiner hat damit gerechnet, dass Lord Rahl es schaffen würde, Euch ein zweites Mal dort rauszuholen. Alle waren der Meinung, Eure Seele sei bereits zu weit in die Unterwelt hinabgestiegen, um Euch wieder zurückzuholen – aber er hat es geschafft. Er hat Euch zurückgeholt.«

Nicci blickte von Caras selbstgefälligem Lächeln in Richards graue Augen. Nichts in ihnen spiegelte wider, wie schwer die Aufgabe gewesen sein musste. Sie hatte Mühe, sich vorzustellen, wie er das geschafft haben mochte.

»Das hast du gut gemacht, Richard«, sagte sie und brachte ihn damit zum Lächeln.

Ein sachtes Klopfen an der Tür bewog ihn und Cara, sich umzudrehen. Leise schob Zedd die Tür auf und steckte den Kopf herein. Als er sah, dass Nicci wach war, legte er seine Vorsicht ab und trat leichtfüßig ein.

»Aha«, machte er, »wiederauferstanden von den Toten, wie es scheint.«

Ein Lächeln huschte über Niccis Gesicht. »Ein scheußlicher Abstecher. Ich kann von einem Besuch an diesem Ort nur abraten. Tut mir leid wegen der Fenster, aber das lag entweder ...«

»Besser die Fenster als das, was Richard hätte zustoßen können.«

Es aus seinem Mund zu hören heiterte Nicci sichtlich auf. »Das war auch mein Gedanke.«

»Irgendwann werdet Ihr mir erklären müssen, was genau Ihr getan und vor allem, wie Ihr es angestellt habt. Mir war gar nicht bewusst, dass es eine Form magischer Kraft gibt, die imstande ist, diese Fenster zu durchdringen.«

»Die gibt es auch nicht. Ich habe lediglich ... einen Zusammenfluss natürlicher Kräfte durch die Fenster hereingebeten.«

Zedd betrachtete sie mit einem eigentümlichen Blick. »Was die Fenster angeht«, sagte er schließlich in milderem Ton, »vielleicht könnten wir uns bei der Reparatur Euer Talent im Umgang mit beiden Seiten der Gabe zunutze machen?«

»Ich würde mich freuen, wenn ich helfen kann.«

Cara trat einen Schritt vor. »Sobald Tom und Friedrich von ihrem Erkundungsgang durch das Umland zurück sind, werden sie uns bei den Holzarbeiten an den Fenstern sicher helfen können. Vor allem Friedrich kennt sich gut aus mit dem Bearbeiten von Holz.«

Zedd nickte und quittierte den Vorschlag mit einem kurzen Lächeln, dann wandte er sich herum zu seinem Enkelsohn. »Wo hast du gesteckt? Ich habe dich heute Morgen gesucht und konnte dich nirgends finden. Ich suche schon den ganzen Tag nach dir.«

Richards Blick wanderte kurz hinüber zu der Statuette. »Ich habe gestern Abend lange gelesen und dann, als es hell wurde, einen Spaziergang gemacht. Ich wollte darüber nachdenken, wie ich weiter vorgehen soll.«

Die Antwort entlockte Zedd einen Seufzer. »Nun, wie ich dir bereits sagte, nachdem du die erste Bannform, die Nicci fixierte, aufgehoben hattest: Es gibt ein paar Dinge, die du gesagt hast, über die wir uns unterhalten müssen.«

Es war nicht zu übersehen, dass dies keine Frage beiläufiger Neugier war, sondern eine unmissverständliche Aufforderung.

Als er Nicci Anstalten machen sah, sich aufzurichten, stand Richard auf und half, ihr Kissen in den Rücken zu stopfen. Mittlerweile waren die Schmerzen kaum mehr als eine verblassende Erinnerung. Offensichtlich hatte Zedd weit mehr getan, als ihr nur zu ein wenig Schlaf zu verhelfen. Allmählich klärten sich ihre Gedanken, und sie spürte, dass sie hungrig war.

»Dann sprich«, forderte Richard ihn auf und setzte sich wieder hin.

»Du musst mir genau erklären, woher du wissen konntest, wie sich ein Prüfnetz abschalten lässt – insbesondere ein so komplexes wie die Matrix einer Feuerkettenreaktion.«

Richard wirkte mehr als ausgelaugt. »Aber das habe ich dir doch schon erklärt, ich kenne mich in der Sprache der Embleme aus.«

Die Hände hinter dem Rücken verschränkt, begann Zedd auf und ab zu gehen. Die Besorgnis stand ihm deutlich ins Gesicht geschrieben. »Richtig, darum ging es. Du sprachst davon, du wüsstest eine Menge über ›bildhafte Darstellungen mit todbringender Wirkung‹. Ich muss wissen, was du damit gemeint hast.«

Richard holte tief Luft, ließ sie langsam wieder heraus und lehnte sich auf seinem Stuhl zurück. Da er bei Zedd aufgewachsen war, wusste er natürlich nur zu gut, dass man Zedds Fragen am besten einfach beantwortete, wenn er etwas wissen wollte.

Er drehte seine Handgelenke herum und legte sie auf seine Knie. Auf den ledergepolsterten Silberarmreifen, die er trug, waren seltsame Symbole zu erkennen. In der Mitte eines jeden Reifens befand sich an der Innenseite der Handgelenke eine kleine Huldigung. Das allein war besorgniserregend genug, denn Nicci hatte ihn sie benutzen sehen, als er die Sliph gerufen hatte, damit sie reisen konnten. Sie vermochte sich nicht einmal ansatzweise vorzustellen, welche Bedeutung die anderen Symbole hatten.

»Diese Zeichnungen hier, die um die Reifen herumlaufen – die Embleme, Muster und Sinnbilder –, sind bildhafte Darstellungen bestimmter Dinge. Wie ich bereits sagte, handelt es sich um eine Art Jargon, eine Sprache.«

Mit einer fahrigen Handbewegung deutete Zedd auf die Zeichen auf den Armbändern. »Und du kannst so etwas wie eine Bedeutung aus ihnen herauszulesen? Wie schon bei der Bannform?«

»Ja. Die meisten von ihnen beziehen sich auf Methoden des Schwertkampfs – dadurch habe ich sie überhaupt erst entziffern können und sie verstehen gelernt.«

Wie auf der Suche nach Bestärkung wanderten Richards Finger geistesabwesend zum Heft seines Schwertes, das jedoch schon lange nicht mehr an seiner Hüfte hing. Er fing sich wieder und fuhr fort: »Viele dieser Muster gleichen denen draußen vor der Enklave der Zauberer. Du weißt schon – auf den Messingtafeln auf dem Gebälk über den buntscheckigen roten Steinsäulen, auf den runden Metallscheiben an dem gesamten Fries entlang und auf den Steinmetzarbeiten am Gesims.«

Er blickte über die Schulter seinen Großvater an. »Die meisten dieser Embleme beziehen sich offenkundig auf den Schwertkampf.«

Nicci kniff erstaunt die Augen zusammen, als sie ihm zuhörte. Von den Symbolen auf den Armbändern hatte Richard ihr nie erzählt. Kraft seines Amtes als Oberster Zauberer war Zedd der Hüter des Schwertes der Wahrheit gewesen, dessen Pflicht es war, bei Bedarf einen neuen Sucher zu ernennen, seiner Reaktion zufolge schien aber nicht einmal er davon gewusst zu haben. Was sie jedoch nicht übermäßig verwunderte, immerhin war das Schwert vor vielen Jahrtausenden von Zauberern geschaffen worden, die über ungeheure Kräfte verfügten.

»Das hier.« Zedd wies mit einem knochigen Finger auf ein Emblem auf Richards Armreif. »Das Gleiche befindet sich auf der Tür zur Enklave des Obersten Zauberers.«

Richard drehte sein anderes Handgelenk herum und tippte auf ein Sonnenaufgangssymbol auf der Oberseite des Silberreifs. »Ebenso wie dieses hier.«

Zedd zog Richards Arm näher zu sich heran und untersuchte die Armbänder im Schein der Lampe. »Stimmt ... beide befinden sich auf der Tür.« Er sah Richard mit zusammengekniffenen Augen an und runzelte die Stirn. »Und du glaubst allen Ernstes, sie enthalten eine Bedeutung, und du hast gelernt, sie zu entziffern?«

»Ja, natürlich.«

Zedd, die drahtigen Brauen tief über die Augen gezogen, war sich offenbar immer noch unschlüssig. »Und was bedeuten sie nun deiner Meinung nach?«

Richard tippte mit dem Finger auf ein Symbol auf seinem

Armband sowie auf ein ganz ähnliches auf den Nieten seiner Stiefel, ehe er auf genau das gleiche Muster in dem Goldstreifen am Saum seines schwarzen Umhangs deutete. Erst als er darauf hinwies, bemerkte Nicci, dass es dort zwischen den übrigen Verzierungen verborgen war, die nichts weiter als ein kunstvoller Zierstreifen zu sein schienen. Das Muster erinnerte an zwei angedeutete Dreiecke, umgeben von einer wellenförmigen, verschlungenen Doppellinie, die diese an einer Stelle durchzog.

»Dieses hier stellt eine Art Rhythmus dar, wie man ihn im Kampf gegen eine Überzahl benutzt. Sie drückt ein Gespür für den Rhythmus des Tanzes aus, für Bewegung ohne feste Form.«

Fragend hob Zedd eine Braue. »Bewegung ohne feste Form?«

»Ja, du weißt schon, Bewegungen, die nicht starr einem vorgegebenen Muster folgen, nicht unverrückbar vorgeschrieben sind und doch ganz bewusst mit einer bestimmten Absicht sowie einem klaren Ziel ausgeführt werden. Dieses Emblem beschreibt einen wesentlichen Bestandteil des Tanzes.«

»Des Tanzes?«

Richard nickte. »Des Tanzes mit dem Tod.«

Einen Moment lang arbeiteten Zedds Kiefer stumm, dann fand er seine Stimme wieder. »Des Tanzes. Mit dem Tod.« Einen ganzen Schwall von Fragen auf den Lippen, verhaspelte er sich mehrmals stockend, ehe er schließlich abbrach und zu einer einfacheren Formulierung Zuflucht nahm. »Und wie hängt das alles mit den Symbolen in der Enklave des Obersten Zauberers zusammen?«

Richard fuhr mit dem Daumen über die Zeichen auf seinem linken Armreif. »Meine Überlegung war, dass diese Symbole für einen Kriegszauberer eine Bedeutung haben müssten – was mir in gewissem Maß geholfen hat, sie zu entziffern. Es gibt in vielen Berufen Symbole, die eine bestimmte Bedeutung enthalten. Schneider malen eine Schere auf ihre Fensterscheibe, ein Waffenschmied bringt eine Messersilhouette über seiner Tür an, ein Wirtshaus trägt ein Schild mit einem Krug darauf, ein Grobschmied eines mit einem Amboss, während sich ein Hufschmied vielleicht ein paar Hufeisen an die Wand nagelt. Einige dieser Zeichen, zum Beispiel ein Totenschädel mit gekreuzten Knochen darunter, verweisen auf eine tödliche Gefahr. Ganz ähnlich haben auch Kriegszauberer Zeichen über der Enklave des Obersten Zauberers angebracht.

Viel wichtiger aber ist, dass jedes Gewerbe über einen eigenen Jargon verfügt, einen spezialisierten Wortschatz, der für diesen Berufszweig charakteristisch ist. Nicht anders verhält es sich mit einem Kriegszauberer. Der Jargon seines Handwerks hat mit Tod zu tun. Diese Symbole hier sowie die vor der Enklave des Obersten Zauberers sind zum Teil das Symbol seines Gewerbes: der Herbeiführung des Todes.«

Zedd räusperte sich, blickte nach unten und deutete auf ein anderes Symbol auf Richards Armband. »Und das hier. Es befindet sich auf der Tür zu meiner Enklave. Weißt du, was es bedeutet? Könntest du mit deinen eigenen Worten wiedergeben, welchen Sinn es verkörpert?«

Richard verdrehte leicht sein Handgelenk, während er das Sonnenaufgangssymbol betrachtete. »Es ist eine Ermahnung, den Blick nicht auf einen einzigen Gegenstand zu beschränken. Der Sonnenaufgang steht für die Warnung, alles gleichzeitig mit dem Blick zu erfassen, nichts unter Ausschluss alles anderen wahrzunehmen. Er soll daran erinnern, dass man dem Feind niemals Gelegenheit geben darf, die eigene Aufmerksamkeit so zu vereinnahmen, dass er die Wahrnehmung steuern und auf ein einziges Ziel lenken kann. Denn dann nimmt man nur wahr, was er möchte. Man gibt ihm sozusagen Gelegenheit, einen zu blenden, damit er sich ungesehen auf einen stürzen kann, was einen höchstwahrscheinlich das Leben kosten würde.

Vielmehr muss die eigene Wahrnehmung, wie dieser Sonnenaufgang, für alles offen sein und darf niemals zur Ruhe kommen, nicht einmal beim Vorgang des Schneidens. Der Tanz mit dem Tod bedeutet, den Feind zu verstehen und mit ihm, also mit seiner Denkweise innerhalb seines Wissensspektrums, eins zu werden, sodass man sein Schwert kennt, als wäre es das eigene – seine exakte Position, Geschwindigkeit und seine nächste Bewegung –, und zwar ehe diese erfolgt und ohne erst abwarten zu müssen, dass man sie sieht. Öffnet man auf diese Weise seinen Blick und alle Sinne, wird man die Denkweise und Bewegungen seines Feindes schließlich erkennen wie in einer instinktiven Reaktion.«

Zedd kratzte sich an der Schläfe. »Du willst mir tatsächlich weismachen, all diese Symbole, diese für Kriegszauberer charakteristischen Zeichen, sind nichts weiter als Anleitungen für die Handhabung eines Schwertes?«

Richard schüttelte den Kopf. »Der Begriff ›Schwert‹ steht für alle Formen der Auseinandersetzung, nicht nur für den Kampf Mann gegen Mann oder mit einer Waffe. Er ist unter anderem ebenso anwendbar auf Strategie und Führerschaft.

Mit dem Tod zu tanzen bedeutet, dass man sich dem unveräußerlichen Wert des Lebens verschrieben hat, und zwar mit Verstand, Herz und Seele, um so wahrhaft darauf vorbereitet zu sein, alles Erforderliche für seinen Erhalt zu tun. Mit dem Tod zu tanzen bedeutet, dass man zur Verkörperung des Todes wird, der als Schnitter über die Lebenden kommt, um das Leben zu bewahren.«

Zedd schien wie vom Donner gerührt.

Seine Reaktion schien Richard ein wenig zu überraschen. »All das deckt sich weitgehend mit dem, was du mir beigebracht hast, Zedd.«

Das Licht der Lampe warf scharfe Schatten über Zedds kantiges Gesicht. »Das mag in gewisser Hinsicht ja alles stimmen, Richard, aber gleichzeitig bedeutet es noch sehr viel mehr.«

Richard nickte und rieb mit dem Daumen über die matt

glänzende silberne Oberfläche seines Armbands. Er schien nach den richtigen Worten zu suchen. »Ich weiß, du hättest dir gewünscht, derjenige zu sein, der mir all die Dinge beibringt, die im Zusammenhang mit deiner Enklave stehen – wie du auch derjenige sein wolltest, der mir alles über die Huldigung beibringt. Als Oberster Zauberer stand dir das auch zu. Vielleicht hätte ich warten sollen.«

Voller Überzeugung ballte er die Faust. »Aber es standen Menschenleben auf dem Spiel, es gab Dinge, die ich tun musste. Also musste ich es eben ohne dich lernen.«

»Verdammt, Richard, wie hätte ich dir das denn alles beibringen sollen?«, meinte er resigniert. »Die Bedeutung dieser Symbole war seit Jahrtausenden in Vergessenheit geraten. Kein Zauberer seit … nun ja, kein Zauberer, den ich kenne, hat sie jemals entziffern können, deshalb fällt es mir schwer, mir vorzustellen, wie ausgerechnet du es geschafft haben willst.«

Richard hob verlegen eine Schulter. »Nachdem ich einmal angefangen hatte zu begreifen, wurde alles ziemlich schnell offensichtlich.«

Zedd warf seinem Enkelsohn einen Blick zu. »Ich bin an diesem Ort aufgewachsen, Richard, ich habe einen Großteil meines Lebens hier verbracht. Ich war schon Oberster Zauberer, als es hier tatsächlich noch Zauberer zu unterrichten gab.« Er schüttelte den Kopf. »Und all die Jahre befanden sich diese Symbole an der Enklave des Obersten Zauberers, ohne dass ich gewusst hätte, was sie bedeuten. Dir mag es ja einfach und offensichtlich scheinen, aber das ist es nicht. Soweit ich weiß, bildest du dir nur ein, die Symbole zu verstehen, und legst dir ihre Bedeutung zurecht, wie du sie gerne hättest.«

»Ich bilde mir ihre Bedeutung nicht ein. Sie haben mir unzählige Male das Leben gerettet. Durch das Verständnis dieser Symbole habe ich eine Menge über den Schwertkampf gelernt.«

Zedd verzichtete darauf zu widersprechen und wies stattdessen auf das Amulett, das Richard um den Hals trug. In seiner Mitte, umgeben von einem komplizierten Geflecht aus goldenen und silbernen Linien, befand sich ein tränenförmiger Rubin von der Größe von Niccis Daumennagel. »Das hast du in meiner Enklave gefunden. Hast du auch eine Ahnung, was es bedeutet?«

»Es war ein Teil dieses Anzugs, ein Teil des Anzugs, den ein Kriegszauberer trägt. Aber im Gegensatz zu all den anderen Dingen wurde es, wie du sagtest, in der Obhut der Enklave des Obersten Zauberers belassen.«

»Und was bedeutet es nun?«

Ehrfurchtsvoll strich Richard mit den Fingern über das Amulett. »Der Rubin soll einen Blutstropfen darstellen. Die in diesen Talisman eingravierten Symbole sind die symbolische Darstellung der Methoden des ersten Edikts.«

Zedd presste seine Finger an die Stirn, so als hätte ihn ein weiteres verwirrendes Vexierrätsel aus dem Konzept gebracht. »Des ersten Edikts?«

Richards Blick schien sich in dem Amulett zu verlieren. »Es hat nur eine einzige Bedeutung: Schneide. Hast du dich einmal entschlossen zu kämpfen, schneide. Alles andere ist zweitrangig. Schneide: Das ist deine Pflicht, dein Ziel, dein Begehr. Es gibt keine wichtigere Regel, keine Verpflichtung, die diese außer Kraft setzen könnte: Schneide.«

Richard trug diese Worte mit einer Sanftheit vor, einer wissenden, tödlichen Ernsthaftigkeit, die Nicci bis ins Mark erschauern ließ.

Den Blick fest auf die kunstvollen Gravuren geheftet, hob er das Amulett ein wenig von seiner Brust.

»Die hier eingravierten Linien sind ein Abbild des Tanzes und haben als solche eine ganz besondere Bedeutung.« Während er sprach, zeichnete er mit dem Finger die wirbelnden Muster nach, so als folgte er einer Textzeile in einer uralten Sprache. »Schneide aus der Leere, nicht aus Verwirrung. Schneide den Feind so rasch und so unvermittelt wie nur irgend möglich. Schneide mit Gewissheit. Schneide entschlossen und beherzt. Schneide in seine Stärke. Fließe durch die Lücken seiner Deckung. Schneide ihn. Vernichte ihn vollkommen. Gestatte ihm keinen Atemzug. Zermalme ihn. Schneide ohne Erbarmen bis auf den Grund seiner Seele.«

Richard hob kurz den Kopf und sah seinen Großvater an. »Es ist das Gegengewicht zum Leben, der Tod. Es ist der Tanz mit dem Tod, oder genauer, die Wirkungsweise des Tanzes mit dem Tod – sein auf die äußere Form reduziertes Wesen, seine als Anleitung wiedergegebene Form. Es ist das Gesetz, nach dem ein Kriegszauberer lebt – oder aber er stirbt.«

Ein undurchdringlicher Blick hatte sich Zedds haselbrauner Augen bemächtigt. »Diese Zeichen, diese Embleme sehen einen Kriegszauberer letztendlich also nur als Schwertkämpfer?«

»Dasselbe, alles andere außer Kraft setzende Prinzip, von dem ich bereits gesprochen habe, lässt sich ebenso auf dieses wie auf die anderen Symbole anwenden. Das erste Edikt soll nicht nur zum Ausdruck bringen, wie ein Kriegszauberer mit einer Waffe, sondern, viel wichtiger, wie er mit seinem Verstand kämpft. Befindet er sich im Einklang mit dem ersten Edikt, wird jede Waffe zu einer Verlängerung seines Geistes, zu einem Mittel seiner Absicht. In gewisser Weise ist es dasselbe, was du mir damals darüber erzählt hast, was es heißt, der Sucher zu sein. Was zählt, ist nicht so sehr die Waffe, sondern der Mann, der sie führt.

Der Mann, der dieses Amulett zuletzt trug, war einst Oberster Zauberer, sein Name lautete Baraccus. Zufällig war er, wie ich, als Kriegszauberer geboren worden. Auch er suchte den Tempel der vier Winde auf, doch bei seiner Rückkehr betrat er die Enklave des Obersten Zauberers, ließ dies hier dort zurück, kam wieder heraus und beging Selbstmord, indem er sich von den Mauern der Burg der Zauberer stürzte.«

Richards Blick wanderte zu fernen Visionen und Erinnerungen. »Eine Zeit lang hatte ich Verständnis für seine Tat und brannte darauf, ihm nachzueifern.« Zu Niccis Erleichterung kehrte schon Augenblicke später sein unbekümmertes Lächeln zurück und vertrieb den gespenstischen Ausdruck in seinen Augen. »Aber dann kam ich wieder zur Besinnung.«

Der Raum hallte wider von der Stille, so als wäre der Tod höchstselbst lautlos durch den Raum gegangen und hätte einen Moment lang innegehalten, um seinen Weg dann fortzusetzen.

Zu guter Letzt lächelte sogar Zedd. Er fasste Richard an der Schulter und rüttelte seinen Enkelsohn einmal liebevoll. »Freut mich zu wissen, dass ich mit deiner Ernennung zum Sucher die richtige Entscheidung getroffen habe, Junge.«

Nicci hätte es gern gesehen, wenn sich auch noch das zum Sucher gehörende Schwert in seinem Besitz befunden hätte, doch das hatte er bei einem Versuch, Kahlan wiederzufinden, geopfert, um an Informationen zu gelangen.

»Also«, kam Zedd schließlich zum Thema zurück, »weil du dich mit diesen Symbolen auskennst, glaubst du auch die Symbole in der Bannform der Feuerkette zu verstehen?«

»Immerhin habe ich sie aufheben können, oder etwa nicht?«

Zedd verschränkte die Hände wieder hinter seinem Rücken. »Da ist etwas dran. Doch das bedeutet nicht zwangsläufig, dass du Formen innerhalb des Banns als Symbole lesen konntest, und schon gar nicht, dass die Bannform von den Chimären manipuliert wurde.«

»Nicht von den Chimären selbst«, erklärte Richard geduldig, »sondern durch die Verunreinigung, die nach dem Aufenthalt der Chimären in dieser Welt zurückgeblieben war. Diese Verfälschung hat den Feuerkettenbann ausgelöst. Das ist der entscheidende Punkt.«

Zedd wandte sich ab, das Gesicht verborgen in den Schatten. »Aber trotzdem, Richard, angenommen, du würdest tatsächlich etwas von den Emblemen verstehen, die mit den Kriegszauberern zu tun haben, wie kannst du dir so sicher sein, dass du eine klare Vorstellung von dieser, dieser …«, mit fahriger Geste wies er in die ungefähre Ecke des Raumes, wo sich alles zugetragen hatte, »… anderen Geschichte mit dem Feuerkettenbann und den Chimären hast?«

»Ich weiß es eben«, beharrte Richard mit ruhiger Stimme. »Ich habe das Mal gesehen, das auf das Wesen der Verfälschung hindeutet. Sie wurde von den Chimären hervorgerufen.«

Er klang erschöpft. Nicci fragte sich, wie lange er jetzt schon auf den Beinen war. Aus dem kraftlosen Klang seiner Stimme und der leichten Unsicherheit in seinen Bewegungen schloss sie, dass er schon mehrere Tage nicht geschlafen hatte. Aber so abgespannt er auch sein mochte, er klang in seiner Überzeugung absolut unbeirrbar. Sie wusste, dass es die Sorge um Kahlan war, die ihn nicht ruhen ließ.

Nicci, die zweimal von ihm aus der Bannform befreit worden war, war nicht geneigt, seine Theorie so ohne Weiteres abzutun. Vor allem aber hatte sie erkannt, dass Richards Wissen über Magie in großen Teilen von der üblichen Lehre abwich. Anfangs hatte sie noch geglaubt, seine Wahrnehmung der Magie, die zum Teil über künstlerische Vorstellungen funktionierte, sei eine Folge des Umstandes, dass er ohne Unterweisung in Magie aufgewachsen war, ja ohne überhaupt jemals mit ihr in Berührung gekommen zu sein, mittlerweile jedoch war sie zu der Erkenntnis gelangt, dass dieses außerordentliche Wissen, gepaart mit seinem einzigartigen Urteilsvermögen, es ihm erlaubte, das Wesen der Magie auf eine Weise zu begreifen, die sich grundlegend von der althergebrachten Lehre unterschied.

Mittlerweile war sie überzeugt, dass Richard Magie womöglich auf eine Weise verstand, wie sie seit grauer Vorzeit niemand mehr verstanden hatte.

Zedd wandte sich wieder um, eine Seite des Gesichts beschienen vom warmen Schein des Lampenlichts, die andere vom fahlen kalten Licht der Morgendämmerung. »Nehmen wir einmal an, Richard, du hast recht, was die Bedeutung der Symbole auf diesen Armbändern und den ihnen ganz ähnlichen auf der Tür vor der Enklave des Obersten Zauberers betrifft. Aber das Verständnis dieser Dinge bedeutet nicht, dass du die Linien in einem Prüfnetz verstehen kannst. Dabei handelt es sich um einen vollkommen anderen, einzigartigen Kontext. Ich zweifele nicht an deinen Fähigkeiten, Junge, wirklich nicht, aber der Umgang mit Bannformen ist eine ungeheuer komplizierte Angelegenheit. Du kannst nicht einfach irgendwelche vorschnellen Schlüsse ziehen …«

»Hast du in den letzten paar Jahren eigentlich jemals einen Drachen gesehen?«

Richards abrupter Themenwechsel – nicht etwa zu irgendeinem x-beliebigen Thema, sondern zu einem, das man bestenfalls als bizarr bezeichnen konnte – ließ jeden im Raum verblüfft verstummen.

»Einen Drachen?«, fragte Zedd vorsichtig nach, wie jemand, der sich Zoll um Zoll auf einen erst kürzlich zugefrorenen See hinauswagt.

»Ganz recht, einen Drachen. Erinnerst du dich, jemals einen Drachen gesehen zu haben, seit wir unser Heim in Westland verlassen haben und in die Midlands gekommen sind?«

Zedd strich sich ein paar widerspenstige Büschel seines weißen Haars aus dem Gesicht. Er sah kurz zu Cara und Nicci hinüber, ehe er antwortete. »Nun, nein, ich kann eigentlich nicht behaupten, mich zu erinnern, irgendwelche Drachen gesehen zu haben, aber was hat das mit …«

»Wo also sind sie? Warum hast du keine gesehen? Wohin könnten sie verschwunden sein?«

Zedd schien mit seinem Wissen am Ende. Er breitete die Hände aus. »Richard, Drachen sind nun mal überaus seltene Geschöpfe.«

Richard lehnte sich auf seinem Stuhl zurück und legte ein Bein quer über sein Knie. »Rote Drachen sind selten, richtig. Kahlan erzählte mir jedoch, dass die anderen Arten vergleichsweise häufig vorkommen und einige der kleineren Arten gerne für die Jagd und ähnliche Zwecke gehalten werden.«

Zedds Miene bekam einen misstrauischen Zug. »Worauf willst du hinaus?«

Begleitet von einer dramatischen Armbewegung, wiederholte Richard seine Frage. »Wo sind die Drachen hin? Wieso haben wir nie welche zu Gesicht bekommen? Darauf will ich hinaus.«

Zedd verschränkte die Arme vor der Brust. »Ich passe. Was willst du damit sagen?«

»Nun, zum einen erinnerst du dich nicht daran – das will ich damit sagen. Offenbar hat der Feuerkettenbann also weit mehr beeinflusst als nur deine Erinnerung an Kahlan.«

»Woran erinnere ich mich nicht?«, sprudelte Zedd hervor. »Worauf willst du hinaus?«

Statt seinem Großvater zu antworten, warf Richard einen Blick über die Schulter. »Habt Ihr vielleicht mal einen Drachen gesehen?«, fragte er Cara.

»Nicht dass ich wüsste.« Ihr Blick blieb starr auf ihn geheftet. »Wollt Ihr damit etwa andeuten, ich hätte einen sehen sollen?«

»Darken Rahl hielt sich einen. Da er damals der Lord Rahl war, dürftet Ihr in der Nähe gewesen sein, demnach hättet Ihr ihn doch wahrscheinlich gesehen.«

Zedd und Cara wechselten einen sorgenvollen Blick.

Unterdessen richtete Richard seinen Raubtierblick auf Nicci. »Und Ihr?«

Nicci räusperte sich. »Ich hielt sie immer für mythische Geschöpfe. In der Alten Welt gibt es sie nicht, und falls es sie dort jemals gegeben haben sollte, sind sie schon seit einer Ewigkeit ausgestorben. Seit dem Großen Krieg wurden sie in keiner der Chroniken mehr erwähnt.«

»Und wie verhält es sich, seit Ihr in die Neue Welt gekommen seid?«

Nicci war unschlüssig, ob sie von ihrer Erinnerung berichten wollte, aber mit seiner Art, geduldig und schweigend ihrer Antwort zu harren, gab er ihr unmissverständlich zu verstehen, dass er nicht gewillt war, das Thema einfach fallen zu lassen. So unverständlich der Vergleich auch war, den er bemühte, um Nebensächliches ging es ihm dabei gewiss nicht. Unter seinem stummen, forschenden Blick fühlte Nicci sich nicht nur genötigt, ihm zu antworten, sondern er erfüllte sie mit einem wachsenden Gefühl der Vorahnung.

Entschlossen schlug sie die Bettdecken zurück und schwang ihre Füße über die Bettkante. Sie mochte nicht länger dort liegen – schon gar nicht, wenn sie über diese Zeit sprach. Also packte sie das seitliche Geländer und sah Richard in die Augen.

»Als ich dich in die Alte Welt mitnahm, sind wir noch vor Verlassen der Neuen Welt auf einige riesige Knochengerippe gestoßen. Ich bin damals nicht einmal ausgestiegen, um sie mir anzusehen, aber ich erinnere mich, dich beobachtet zu haben, wie du durch diese Rippenknochen spaziert bist – Rippenknochen, die dich um mehr als das Doppelte deiner Körpergröße überragten. Ich hatte so etwas noch nie zuvor gesehen. Du sagtest damals, es seien deiner Meinung nach die Überreste eines Drachen.

Ich fand eher, die Knochen müssten uralt gewesen sein, was du jedoch bestrittest, da noch immer Fleischfetzen an ihnen hingen. Du machtest mich darauf aufmerksam, die unzähligen Fliegen, die überall herumsummten, seien der Beweis, dass dies die Überreste eines verwesenden Kadavers waren, nicht aber ein uraltes Gerippe.«

Jetzt erinnerte sich auch Richard. Er nickte.

Zedd räusperte sich. »Und, hast du jemals einen Drachen zu Gesicht bekommen, Richard? Einen lebenden, meine ich.«

»Ja. Scarlet.«

»Wie bitte?«

»So hieß das Drachenweibchen: Scarlet.«

Zedd blinzelte fassungslos. »Du hast also tatsächlich ein Drachenweibchen gesehen … Und es hatte sogar einen Namen?«

Richard erhob sich und trat ans Fenster, legte seine Hände auf die steinerne Brüstung, stützte sich mit seinem ganzen Gewicht darauf und blickte hinaus.

Nach einer Weile meinte er: »Ja. Sein Name war Scarlet. Es hatte mir auch vorher schon geholfen. Es war ein edles Tier.«

Er wandte sich vom Fenster herum. »Aber darum geht es gar nicht. Worum es geht, ist, dass du diesen Drachen ebenfalls kanntest.«

Zedd hob erstaunt die Brauen. »Ich soll dieses Drachenweibchen gekannt haben?«

»Nicht so gut wie Kahlan oder ich, aber gekannt hast du es. Ganz offenkundig hat die Feuerkettenreaktion deine Erinnerung an es verzerrt. Der Feuerkettenbann hatte den Zweck, Kahlan aus der Erinnerung aller Menschen zu tilgen, nur vergessen diese Menschen auch andere Dinge, Dinge, die mit ihr in Zusammenhang standen.

Meines Wissens könnte es sogar sein, dass du über die Bedeutung der Embleme draußen vor der Enklave des Obersten Zauberers früher sogar besser Bescheid wusstest als ich. Wenn, dann ist dir die Erinnerung daran verloren gegangen. Wie viele andere Dinge mögen ebenfalls verloren gegangen sein? Meine Kenntnisse über die unterschiedlichen Anwendungsgebiete von Magie sind ziemlich begrenzt, aber als wir neulich nachts gegen die Bestie kämpften, schien es mir, als hättet ihr alle früher erheblich einfallsreichere Banne und Kräfte benutzt, statt der doch eher simplen Zaubereien, mit denen ihr die Gefahr abzuwehren versuchtet – wenn man einmal von Niccis Zauberei ganz am Schluss absieht.

Genau das war die größte Befürchtung der Männer, die den Feuerkettenbann ersannen, weshalb sie unbedingt verhindern wollten, dass er jemals ausgelöst würde. Deswegen trauten sie sich nicht einmal, ihn auszuprobieren. Sie befürchteten, einmal in Gang gesetzt, würde eine solche Reaktion sich ungehindert verbreiten und Verbindungen zerstören, die bestenfalls entfernt mit dem ursprünglichen Zielobjekt des Banns zu tun haben – in diesem Falle Kahlan. Eure Erinnerung an Kahlan ist verloren gegangen, ebenso eure Erinnerung an Scarlet. Ja, offenbar wurde selbst eure Erinnerung gelöscht, jemals Drachen gesehen zu haben.«

Nicci erhob sich. »Richard, kein Mensch bestreitet, dass der Feuerkettenbann furchtbar gefährlich ist. Wir alle wissen das. Wir alle wissen, dass unser Erinnerungsvermögen durch das Auslösen einer Feuerkettenreaktion in Mitleidenschaft gezogen wurde. Machst du dir überhaupt eine Vorstellung, wie verstörend es ist, sich verstandesmäßig bewusst zu sein, dass wir alle Dinge getan und gewusst haben, Menschen gekannt haben, an die wir uns nicht mehr erinnern können? Begreifst du nicht, wie gespenstisch es ist, in der ständigen Angst zu leben, welche Erinnerungen womöglich verloren sind oder noch verloren gehen könnten? Dass sich der eigene Verstand in Auflösung befindet? Worauf willst du eigentlich hinaus?«

»Auf genau das – was außerdem noch alles verloren gegangen sein könnte. Ich denke, dieser Zerfallsprozess zieht sich durch das Erinnerungsvermögen aller – der Verstand der Menschen befindet sich in Auflösung, wie du es ausdrückst. Ich glaube nicht, dass die Feuerkette ein singuläres Ereignis war, mit dem Ziel, Kahlan in Vergessenheit geraten zu lassen. Meiner Meinung nach handelte es sich bei diesem Bann um einen fortlaufenden, dynamischen Prozess. Ich denke, der allgemeine Gedächtnisverlust wird weiter um sich greifen.«

Zedd, Cara und Nicci, sie alle wichen Richards unerschütterlichem Blick aus. Nicci fragte sich, wie sie erwarten konnten, ihm zu helfen, wenn keiner von ihnen imstande war, bewusst von seinem Verstand Gebrauch zu machen, geschweige denn den bescheidenen, noch verbliebenen Rest von einem Tag zum nächsten hinüberzuretten.

Wie konnte Richard auch nur einem von ihnen trauen?

»Ich fürchte, es wird noch weit verwickelter und schlimmer werden, als es bereits ist«, erklärte Richard. Alle Aufgeregtheit war aus seiner Stimme gewichen. »Drachen, wie viele andere Lebewesen in den Midlands auch, brauchen Magie und bedienen sich ihrer, um leben zu können. Was also wäre, wenn die durch die Chimären verursachte Beeinträchtigung die Magie vernichtet hätte, die sie zum Überleben brauchen? Was, wenn niemand in den letzten Jahren mehr Drachen gesehen hat, weil sie längst ausgestorben und wegen des Feuerkettenbanns in Vergessenheit geraten sind? Welche anderen Geschöpfe der Magie könnten noch von der Bildfläche verschwunden sein?«

Richard tippte sich mit dem Daumen gegen die Brust. »Wir alle sind Geschöpfe der Magie. Wir besitzen die Gabe. Wie lange wird es wohl dauern, bis die von den Chimären hinterlassene Verunreinigung auch uns zu zerstören beginnt?«

»Aber könnte es nicht sein …« Zedds Stimme verebbte, als ihm kein Argument einfiel, das er vorbringen konnte.

»Die Verunreinigung betrifft auch den Feuerkettenbann selbst. Ihr alle habt gesehen, was er mit Nicci angestellt hat. Sie stand unter dem Bann und weiß nur zu gut, was das bedeutet.« Richard begann, beim Sprechen auf und ab zu laufen. »Niemand vermag vorherzusagen, wie sich die Verunreinigung des Banns auf seine Funktionsweise auswirken wird. Es könnte sogar sein, dass die Verunreinigung die Verbreitung des allgemeinen Gedächtnisverlusts noch beschleunigt. Aber was noch schlimmer ist, alles deutet darauf hin, dass die Verfälschung auf symbiotische Weise mit der Feuerkettenreaktion zusammengewirkt hat.«

Zedd sah auf. »Was willst du damit sagen?«

»Welches rücksichtslose Ziel verfolgen die Chimären? Weshalb wurden sie überhaupt erst erschaffen? Zu einem einzigen Zweck«, beantwortete Richard seine Frage selbst, »dem der Vernichtung aller Magie.«

Richard hielt inne, um den anderen ins Gesicht zu sehen, und fuhr dann fort: »Die von den Chimären zurückgelassene Verunreinigung ist im Begriff, die Magie zu vernichten, folglich dürften die Geschöpfe, die Magie zum Leben benötigen – Drachen, zum Beispiel – am ehesten betroffen sein. Dieser Dominoeffekt wird immer weiter um sich greifen. Und doch ist sich niemand dessen bewusst, da der Feuerkettenbann gleichzeitig das allgemeine Erinnerungsvermögen zerstört. Ich glaube, der Grund dafür könnte in der Verunreinigung des Feuerkettenbanns selbst liegen, die bewirkt, dass die Menschen eben jene Dinge vergessen, die im Begriff sind, verloren zu gehen.

Ganz so, wie ein Blutegel sein Opfer betäubt, damit es nicht spürt, wie ihm das Blut ausgesaugt wird, lässt der Feuerkettenbann die Menschen aufgrund der durch die Chimären hinterlassenen Verunreinigung vergessen, was der Vergessenheit anheimfällt.

Ein dramatischer Wandel vollzieht sich in der Welt, und niemand bekommt etwas davon mit. Es ist, als wäre jeder im

Begriff zu vergessen, dass dies eine Welt ist, die von Magie bestimmt wird und in vieler Hinsicht nur dank ihres Vorhandenseins funktioniert, dass die Magie im Aussterben begriffen ist … und somit auch die Erinnerung aller an sie.«

Richard stützte sich erneut auf die Fensterbank und starrte zum Fenster hinaus. »Ein neuer Tag bricht an, ein Tag, an dem das Aussterben der Magie seinen Fortgang nimmt, und kein Mensch ist sich ihres allmählichen Schwindens auch nur bewusst. Ich bezweifle sogar, dass sich, wenn sie einst ganz verschwunden sein wird, überhaupt jemand an sie erinnern wird, sich daran erinnern wird, was einst existierte.

Es ist, als würde alles, was diese Welt ausmacht, ins Reich der bloßen Legende übergehen.«

Zedd, die Finger auf den Tisch gepresst, starrte mit leerem Blick in die Ferne. Der Schein der Lampe ließ die tiefen Furchen seines sorgengequälten Gesichts noch deutlicher hervortreten. Sein Gesicht war aschfahl geworden. Nicci fand, dass er in diesem Moment sehr alt aussah.

»Bei den gütigen Seelen«, sagte Zedd, ohne aufzusehen. »Angenommen, du hättest recht?«

Ein höfliches Klopfen an der Tür ließ alle herumfahren. Cara ging und öffnete die Tür. Ann und Nathan spähten herein.

»Wir haben das Standardprüfnetz durchlaufen lassen«, sagte Nathan, als er hinter Ann ins Zimmer trat und seinen Blick über die ernsten Mienen schweifen ließ.

Zedd hob erwartungsvoll den Kopf. »Und?«

»Es weist keine Fehler auf«, erklärte Ann. »Es ist in jeder Hinsicht vollkommen intakt.«

»Wie ist das möglich?«, wollte Cara wissen. »Wir haben doch alle gesehen, welche Schwierigkeiten es mit dem anderen gab. Es hätte Nicci um ein Haar umgebracht – ganz sicher sogar, wenn Lord Rahl sie nicht da herausgeholt hätte.«

»Genau das wollten wir damit zum Ausdruck bringen«, erklärte Nathan.

Zedd senkte den Blick. »Eigentlich sollte eine Innenperspektive imstande sein, mehr zu offenbaren als das Standardprüfverfahren«, erklärte er, an Cara gewandt. »Das ist kein gutes Zeichen, überhaupt kein gutes Zeichen. Offenbar hat die Verunreinigung sich so tief wie möglich in ihrem Innern festgesetzt, damit ihr Vorhandensein unbemerkt bleibt. Daher war sie während des Standardprüfverfahrens auch nicht zu erkennen.«

»Oder aber«, bemerkte Ann und schob die Hände in den jeweils anderen Ärmel ihres schlichten grauen Kleides, »mit dem Bann ist tatsächlich alles in Ordnung. Schließlich hat keiner von uns jemals zuvor eine Innenperspektive durchgeführt. So etwas ist seit Tausenden von Jahren nicht mehr gemacht worden. Gut möglich, dass uns ein Fehler unterlaufen ist.«

Zedd schüttelte den Kopf. »Ich wünschte, es wäre so, aber mittlerweile glaube ich, dass dem nicht so ist.«

Der Anflug eines Verdachts ließ Nathan die Stirn in Falten legen, aber Ann kam ihm zuvor, ehe er eine Chance hatte.

»Selbst wenn die Schwestern, die den Bann entfesselt haben, ein Prüfnetz gewirkt hätten«, erklärte sie, »hätten sie vermutlich niemals eine Innenperspektive durchgeführt. Sie wären also gar nicht auf die Idee gekommen, dass sie verunreinigt sein könnte.«

Richard massierte seine Stirn mit den Fingerspitzen. »Selbst wenn sie wussten, dass es verunreinigt ist, glaube ich nicht, dass es sie gekümmert hat. Es dürfte sie kaum interessiert haben, welchen Schaden eine solche Verunreinigung in der Welt anrichten würde. Schließlich war es ihr Ziel, die Kästchen in ihren Besitz zu bringen und die Macht der Ordnung zu entfesseln.«

Nathan blickte von einem düsteren Gesicht zum nächsten. »Was ist denn los? Was ist passiert?«

»Ich fürchte, uns ist soeben klar geworden, dass der allgemeine Gedächtnisverlust der Vorbote weit größerer Verluste sein könnte.« Nicci war nicht recht wohl dabei, nur mit einem rosa Nachthemd bekleidet vor ihnen zu stehen und das Ende der ihnen bekannten Welt zu verkünden. »Wir sind im Begriff zu verlieren, wer und was wir sind. Wir sind im Begriff, nicht nur unsere Welt, sondern uns selbst zu verlieren.«

Richard schien gar nicht mehr auf die Unterhaltung zu achten. Vollkommen unbeweglich stand er da und starrte aus dem Fenster.

»Jemand kommt die Straße zur Burg der Zauberer herauf.«

»Möglicherweise Tom und Friedrich«, meinte Nathan.

Zedd, bereits auf dem Weg zum Fenster, schüttelte den Kopf. »So zeitig können sie gar nicht von ihrem Erkundungsgang durch das umliegende Gebiet zurück sein.«

»Nun, es wäre doch möglich …«

»Es sind nicht Tom und Friedrich«, entschied Richard, bereits unterwegs zur Tür.

»Es sind zwei Frauen.«

10

»Was gibt es denn?«, rief Rikka, als Richard, Nicci und Cara plötzlich in ihre Richtung gelaufen kamen. Nathan und Ann waren bereits ein Stück zurückgefallen, während Zedd sich irgendwo dazwischen befand.

»Kommt schon«, rief Richard ihr im Vorüberrennen zu.

»Jemand kommt die Straße zur Burg herauf«, rief Cara über ihre Schulter, als Rikka sich der durch die Flure hastenden Gruppe anschloss.

Richard wich einem langen Steintisch aus, der unter einem riesigen, einen See darstellenden Gemälde stand. Ein paar geschützte Pfade waren darauf zu erkennen, die sich durch in tiefem Schatten liegende Fichtenwälder schlängelten. In der Ferne, halb verhüllt von bläulichem Dunst, ragte ein majestätisches Gebirge empor und fing das mit feinem Pinselstrich wiedergegebene goldene Sonnenlicht ein. Es war ein Landschaftsbild, das bei Richard sofort Heimweh nach den Wäldern Kernlands und den dortigen ihm so vertrauten Pfaden weckte. Vor allem aber erinnerte es ihn an den einen magischen Sommer mit Kahlan in der Hütte, die er für sie tief in den Bergen gebaut hatte.

Dieser Sommer, in dem Kahlan sich von ihren fürchterlichen Verletzungen erholte, während er ihr die natürlichen Schönheiten seiner Welt der Wälder zeigte und sie wieder zu neuer Gesundheit erblühte, war einer der glücklichsten Abschnitte seines

Lebens gewesen. Er hatte nur allzu rasch geendet, als Nicci ohne jede Vorwarnung aufgetaucht war und ihn mitgenommen hatte. Doch er wusste: Hätte sie nicht das Idyll gestört, dann irgendetwas anderes. Es war eine traumhafte Zeit gewesen, deren Ende abzusehen war; solange der stets drohenden Gefahr der Imperialen Ordnung nicht Einhalt geboten war, war es niemandem vergönnt, seine Träume zu verwirklichen. Stattdessen drohten sie alle vom selben Albtraum fortgerissen zu werden.

An einer Säule aus grünem Marmor mit goldenem Kapitell und Sockel bogen sie um eine Ecke und hasteten, Richard und Nicci vorneweg, die beiden Mord-Siths dicht auf den Fersen, die granitene Flucht einer Wendeltreppe hinab. Für die Burg der Zauberer mochte der Treppenschacht bescheiden sein, und doch würde er alles, was Richard in jungen Jahren in Westland gesehen hatte, winzig erscheinen lassen.

Unten angekommen, blieb er abrupt stehen und zögerte einen Augenblick, um zu entscheiden, welches wohl die schnellste Route wäre. In der Burg der Zauberer war das durchaus nicht immer die naheliegende, zumal man sich dort ebenso leicht verlaufen konnte wie in einem Birkenwald.

Cara zwängte sich zwischen Richard und Nicci hindurch, nicht nur, um sicherzugehen, dass er auf beiden Seiten von einer in rotes Leder gekleideten Leibwächterin flankiert wurde, sondern auch, damit sie es war, die vor ihm ging. Soweit Richard wusste, gab es unter den Mord-Siths keine Rangunterschiede, gleichwohl erkannte Rikka, wie alle anderen Mord-Siths auch, Caras unausgesprochene Autorität stets kommentarlos an.

Richard erkannte das unverwechselbare Muster aus schmalen schwarzen und vergoldeten Streifen sofort wieder, das die Mahagonitäfelung zu beiden Seiten in einem der holzverkleideten Seitenflure zierte. Beinahe seit er laufen konnte, orientierte er sich an den Einzelheiten seiner Umgebung, um sich den Weg einzuprägen. Wie bei den Bäumen im Wald, die er an irgendeiner Besonderheit wie einem krumm gewachsenen Zweig, einer Wucherung oder Narbe wiedererkannte, hatte er sich auch in der Burg der Zauberer und ähnlichen Orten anhand architektonischer Details zurechtfinden gelernt.

Er wies mit dem Arm nach vorn. »Hier entlang.« Cara stürmte los, ihm voran.

Beim Laufen hallten ihre Stiefelschritte vom Steinfußboden des Flures wider. Nicci war barfuß. Er war etwas überrascht, dass sie bei diesem Tempo auf dem rauen Steinfußboden ohne Schuhe Schritt halten konnte. Sie gehörte nicht gerade zu den Frauen, von denen Richard jemals gedacht hätte, dass sie barfuß herumlaufen würden, und doch hatte sie selbst dabei etwas … Königliches.

Sie bogen in den nächsten Flur ein. Lange Teppiche dämpften ihre Schritte und führten sie schließlich zwischen zwei auf Hochglanz polierten roten Marmorsäulen hindurch in einen ovalen Vorraum, der von einer mit Pfeilern und Bogen gestützten Galerie umsäumt wurde. Die Türöffnungen in deren Hintergrund mündeten wiederum alle in Flure, die, wie die Speichen eines Rades angeordnet, zu verschiedenen Stockwerken und Bereichen der Burg führten.

Richard sprang die fünf Stufen hinab, die den hinter den Säulen liegenden Raum umliefen, und passierte im Laufschritt den kleeblattförmigen Brunnen, der in der Mitte des mit Fliesen ausgelegten Bodens stand. Das Wasser des Brunnens ergoss sich über eine Abfolge übereinander angeordneter, nach unten immer größer werdender kammmuschelartiger Schalen und landete schließlich in einem Becken, das von einer weißen kniehohen Marmormauer eingefasst wurde, die gleichzeitig als Bank diente. Einhundert Fuß über ihnen fluteten Licht und Wärme durch ein Glasdach in den Raum.

Auf der anderen Seite des Raumes angekommen, schob sich Richard an Cara vorbei, stieß einen der schweren Türflügel auf und hielt am oberen Absatz des einen Dutzends Stufen aus weißem Granit inne. Nicci, links von ihm, blieb ebenfalls stehen, während Rikka die ihr gegenüberliegende Seite besetzte. Cara nahm rechts von ihm eine Verteidigungshaltung ein. Alle rangen sie nach dem kurzen, aber forschen Lauf durch die Burg nach Atem.

Das Gras in der Koppel, drüben auf der anderen Seite, wirkte im frühmorgendlichen Licht grün und üppig. Jenseits der Koppel ragte die Außenmauer der Burg senkrecht in den Himmel, was dem inneren Burghof den Anschein einer beschaulichen Felsenschlucht verlieh. Im Laufe der Jahrtausende war die hoch aufragende, aus genau eingepassten dunklen Quadern errichtete Mauer mit einer blassbraunen Schicht überzogen worden. Milchigweiße Tropfen von Kalkablagerungen vermittelten den Eindruck, als ob das Mauerwerk ganz langsam schmölze.

Zwei Pferde näherten sich unter Hufgeklapper durch die dunkle, überwölbte Öffnung linker Hand, die tunnelgleich unter einem Teil der Burg hindurchführte, um schließlich in den inneren Burghof zu münden. Richard konnte nicht erkennen, wer sich dort in den tiefen Schatten des breiten, niedrigen Torwegs verbarg, doch wer immer es war, musste gewusst haben, wohin ihn sein Weg führte, und hatte offensichtlich keinerlei Bedenken, einen der inneren Bereiche der Burg zu betreten, einen Bereich, der für Besucher gesperrt und allein den Zauberern sowie deren Gehilfen beim Errichten der Burganlage vorbehalten war. Doch das war lange her. Trotzdem erinnerte sich Richard noch an das bange Gefühl, als er sich das erste Mal ganz vorsichtig so weit auf das Gelände der Burg der Zauberer vorgewagt hatte. Bei dem Gedanken, wer wohl die Unerschrockenheit besaß, ganz offen in diesen Bereich der Burg hineinzureiten, sträubten sich ihm die Nackenhaare.

Als die beiden Reiterinnen schließlich ins Helle gelangten, erkannte Richard, dass eine von ihnen Shota war.

Sofort vereinnahmte die Hexe seinen Blick mit ihren Augen und setzte jenes stille, wissende, vertrauliche Lächeln auf, das bei ihr stets so natürlich wirkte. Wie fast allem an ihr misstraute Richard der Bedeutung und erst recht der Aufrichtigkeit ihres Lächelns, sodass er nicht sicher sein konnte, ob es etwas Gutes verhieß.

Die andere Frau, vielleicht zehn, fünfzehn Jahre älter, die respektvoll eine halbe Länge hinter Shota ritt, war ihm unbekannt. Kurzes sandfarbenes Haar säumte ihr attraktives Gesicht. Ihre Augen waren von dem gleichen blendenden Blau wie der Himmel an einem klaren Herbsttag. Anders als Shota trug sie kein zwangloses Lächeln zur Schau. Beim Reiten wandte sie ständig den Kopf, während ihre Augen suchend umherwanderten, als befürchtete sie, jeden Moment von irgendwelchen aus dem dunklen Gestein der umliegenden Mauern hervorbrechenden Ungeheuern angefallen zu werden.

Ganz anders Shota, die Ruhe und Selbstsicherheit verströmte.

Cara schob ihren Oberkörper an Richard vorbei zu Nicci. »Die Hexe Shota«, erklärte sie in vertraulichem Flüsterton.

»Ich weiß«, gab Nicci zurück, ohne die Augen von der außergewöhnlich schönen Frau zu lassen, die auf sie zugeritten kam.

Kurz vor den Stufen ließ Shota ihr Pferd anhalten, straffte die Schultern und kreuzte ihre Handgelenke lässig über dem Knauf ihres Sattels.

»Ich muss mit dir sprechen«, sagte sie, an Richard gewandt, so als wäre er der Einzige, der dort stand. Das Lächeln, ob aufrichtig oder nicht, war erloschen. »Es gibt einiges zu bereden.«

»Wo ist Euer blutrünstiger kleiner Gefährte Samuel?«

Shota, die einen Damensattel ritt, glitt mit einer Leichtigkeit vom Pferd, wie sich in Richards Vorstellung ein Geist zu Boden gleiten lassen mochte, wenn er denn auf Pferden ritte.

In einem Anflug von Entrüstung wurden Shotas mandelförmige Augen zu schmalen Schlitzen. »Das ist eines der Dinge, über die wir reden müssen.«

Die andere Frau saß ebenfalls ab und nahm die Zügel von Shotas Pferd entgegen, als die Hexe sie achtlos zur Seite hielt, ganz im Stil einer Königin, die weder weiß noch sich darum schert, wer sie ihr abnimmt, aber nicht den geringsten Zweifel hegt, dass jemand es tun wird. Den Blick noch immer auf Richard geheftet, glitt sie zu den breiten granitenen Stufen hinüber. Ihr dichtes welliges, kastanienbraunes Haar fiel über die Vorderseite ihrer Schultern und glänzte im frühmorgendlichen Licht. Ihr reichlich offenherziges Kleid, aus einem luftigen, rostfarbenen, perfekt auf die Farbe ihres Haars abgestimmten Material gefertigt, schien bei ihren mühelosen Schritten zu schweben und sich um jede ihrer Rundungen zu schmiegen, zumindest jene, die es bedeckte.

Zu guter Letzt löste Shota ihre Augen von Richard und musterte Nicci mit einem herausfordernden Blick, unter dem nahezu jeder zusammengezuckt wäre. Nicht aber Nicci. Richard ahnte, dass er vermutlich die beiden gefährlichsten derzeit lebenden Frauen vor sich hatte. Fast erwartete er, dunkle, von Blitzen durchzuckte Gewitterwolken aufziehen zu sehen, doch wie zum Hohn blieb der Himmel wolkenlos klar.

Schließlich glitt Shotas Blick wieder zu Richard zurück. »Dein Freund Chase ist schwer verwundet worden.«

Richard wusste nicht, was er von Shota zu hören erwartet hatte, das aber ganz gewiss nicht. »Chase …?«

Plötzlich war auch Zedd zur Stelle und drängte sich energisch zwischen Richard und Cara hindurch nach vorn. »Shota!«, polterte er wutschnaubend. Sein Gesicht war tiefrot angelaufen, und das lag nicht am Rennen durch die Flure. »Wie könnt Ihr es wagen, die Burg der Zauberer zu betreten! Erst betrügt Ihr Richard um das Schwert, und dann …«

Richard hielt seinem Großvater den ausgestreckten Arm vor die Brust, um zu verhindern, dass der die Stufen hinunterstürzte. »Beruhige dich, Zedd. Shota meinte gerade, Chase sei schwer verwundet worden.«

»Was bildet sie sich eigentlich …«

Unvermittelt stockte Zedd, als ihm endlich dämmerte, was Richard soeben gesagt hatte. Die Augen entsetzt aufgerissen, wandte er sich wieder Shota zu. »Chase, verwundet? Bei den gütigen Seelen … Wie denn das?«

Plötzlich gewahrte er die andere Frau, die ein wenig weiter hinten stand, in der Hand die Zügel ihrer beiden Pferde. Er kniff gegen das strahlend helle Licht die Augen zusammen. »Jebra? Jebra Bevinvier?«

Die Frau lächelte herzlich. »Es ist schon eine Weile her. Ich war mir nicht sicher, ob Ihr mich wiedererkennen würdet, Zauberer Zorander.«

Als er diesmal loslief und die Stufen hinunterhastete, unternahm Richard keinen Versuch, ihn aufzuhalten. Herzlich, fast beschützend, schloss er die Frau in seine Arme.

»Zauberer Zorander ….«

»Zedd, oder erinnert Ihr Euch nicht mehr?«

Sie wich ein Stück zurück, um sein Gesicht zu betrachten, und schließlich brach kurz ein Lächeln durch die Traurigkeit, die so schwer in ihren Augen lastete. Ihr Lächeln erlosch wie ein unwirklicher Spuk. »Zedd, meine seherische Gabe ist erloschen.«

»Erloschen?« Das Gesicht angespannt vor Sorge, straffte er sich und fasste sie bei den Schultern. »Wie lange ist das her?«

Ein Ausdruck entsetzlichen Schmerzes zeigte sich in ihren blauen Augen. »Fast zwei Jahre.«

»Zwei Jahre …«, wiederholte Zedd und ließ den Satz vor Entsetzen unbeendet.

»Jetzt erinnere ich mich an Euch«, sagte Richard und kam die Stufen hinunter. »Kahlan hat mir von Euch erzählt.«

Die Stirn verwirrt gerunzelt, sah Jebra ihn an. »Wer?«

»Das Phantom, dem er nachjagt«, warf Shota ein, den unerschütterlichen Blick fest auf ihn gerichtet, so als wartete sie nur darauf, dass er es wagte zu widersprechen.

»Die Frau, die er sucht, ist kein Phantom«, sagte Nicci und lenkte damit Shotas Aufmerksamkeit auf sich. »Nicht zuletzt aufgrund der kostspieligen und recht doppeldeutigen Anregungen, die Ihr vorbrachtet, haben wir die Wahrheit dessen herausgefunden, was Richard uns schon die ganze Zeit zu erklären versucht. Ihr tappt diesbezüglich ganz offensichtlich noch im Dunkeln.«

Niccis frostiger Blick erinnerte Richard daran, dass sie einst unter dem Namen »Herrin des Todes« bekannt gewesen war. Die kalte Autorität ihrer Stimme passte zu ihrer äußeren Erscheinung. Nur wenige Frauen auf der Welt waren in weiten Kreisen so gefürchtet wie einst Nicci – mit Ausnahme Shotas vielleicht. Niccis Verhalten ließ erkennen, dass sie unzweifelhaft noch immer eine Frau war, die man fürchten musste.

Unbeeindruckt und in aller Ruhe musterte Shota Nicci in ihrem rosa Nachthemd von Kopf bis Fuß. Richard hatte ein mild spöttisches Schmunzeln erwartet, doch stattdessen blitzte heißer Zorn in ihren Augen auf.

»Ihr habt in seinem Bett geschlafen.« Fast schien sie selbst ein wenig überrascht von ihren Worten, so als wäre ihr dieser Umstand unerwartet in den Sinn gekommen.

Nicci, der Shotas Zorn sichtlich Genugtuung bereitete, zuckte die Achseln. »Schon möglich.«

Shotas Mundwinkel verzogen sich zu einem kaum merklichen Lächeln. »Aber es ist Euch noch nicht gelungen, ihn in *Euer* Bett zu kriegen.« Ihr Feixen wurde breiter. »Habt Ihr es überhaupt versucht, meine Liebe? Oder fürchtet Ihr den schmerzhaften Stich einer Zurückweisung?«

»Ich weiß nicht. Warum verratet Ihr mir nicht, wie es sich anfühlt, dann werde ich mich entscheiden.«

Richard zog Nicci behutsam ein Stück vom Rand der Stufen zurück, ehe die beiden sich zu einer Dummheit hinreißen ließen – sich gegenseitig die Augen auszukratzen oder in ein Häuflein Asche zu verwandeln, zum Beispiel.

»Ihr sagtet, Ihr wärt aus einem bestimmten Grund hergekommen, Shota – ich hoffe doch, das war er nicht.«

Shota entfuhr ein leiser Seufzer. »Ich habe Euren Freund Chase gefunden. Er war schwer verletzt.«

»Das sagtet Ihr bereits. Aber wodurch wurde er verletzt?«

Shota hielt seinem Blick stand. »Er ist mit einem Schwert verwundet worden, einem Schwert, das dir recht vertraut sein dürfte.«

Richard blinzelte erstaunt. »Chase wurde mit dem Schwert der Wahrheit verletzt? Dann hat Samuel ihn überfallen?«

»Ich fürchte es, ja.«

Zedd drohte ihr mit einem knochigen Finger. »Das habt Ihr zu verantworten!«

»Unsinn.« Als Zedd näher trat, hob auch Shota einen Finger, wenn auch eher warnend denn vorwurfsvoll. Sowohl die Geste als auch ihre Worte verhinderten, dass Zedd einen weiteren Schritt machte. »Ich benötige kein Schwert, um jemandem Schaden zuzufügen.« Sie hob eine Braue. »Möchtet Ihr vielleicht eine Kostprobe sehen, Zauberer?«

»Schluss jetzt!« Richard sprang die Treppe herunter und drängte sich zwischen Shota und seinen Großvater. Er bedachte Shota mit einem zornigen Blick. »Was geht hier vor?«

Sie stieß einen unglücklichen Seufzer aus. »Ich fürchte, das ist mir nicht vollkommen klar.«

»Ihr habt Samuel mein Schwert überlassen.« Richard versuchte, die Erregung in seiner Stimme zu unterdrücken, sich seinen Ärger nicht anmerken zu lassen, befürchtete jedoch, dass es ihm nicht recht gelang. »Ich habe Euch gewarnt, was für ein mieser Charakter er ist. Aber trotz meiner Warnung habt Ihr darauf bestanden, dass er es bekommen soll. Ich will wissen, was er im Schilde führt. Wo ist Chase? Wie schlimm ist er verwundet? Und wo ist überhaupt Rachel?«

Ein verständnisloses Zucken ging über Shotas Stirn. »Rachel?«

»Das kleine Mädchen, das bei ihm war – das Mädchen, das er adoptiert hat. Die beiden waren auf dem Weg zurück nach Westland. Chase plante, seine Familie zur Burg der Zauberer mitzunehmen. Wollt Ihr etwa behaupten, das Mädchen war nicht bei ihm?«

Während er zusah, wie Rikka die Zügel der beiden Pferde ergriff und sie zur Koppel hinüberführte, versuchte er sich vorzustellen, was eigentlich vor sich ging, wieso Rachel nicht bei Chase geblieben war. Er sorgte sich, welchen Grund es dafür geben, was Rachel zugestoßen sein könnte. Er wusste, wie einfallsreich und anhänglich sie war, und fragte sich, ob sie vielleicht Hilfe holen gegangen war und jetzt ganz allein umherirrte.

Dann kam ihm ein anderer Gedanke. »Wie kam es überhaupt dazu, dass Ihr Chase über den Weg gelaufen seid?«

Shota benetzte ihre Lippen. Es schien ihr zu widerstreben, etwas zuzugeben, das ihr offenkundig unangenehm war, aber zu guter Letzt tat sie es doch. »Ich war hinter Samuel her.«

Überrascht sah Richard zu Nicci hinüber. Ihr Gesichtsausdruck ließ keinerlei Reaktion erkennen, und ihre Züge waren so bar jeder Regung, dass Richard sich einen winzigen Augenblick lang an einen ähnlichen Blick erinnert fühlte, den er bei Kahlan gesehen hatte. Das Konfessorengesicht, so hatte sie es genannt.

Es kam vor, dass Konfessorinnen alle Gefühle ablegten, um die grauenhaften Dinge tun zu können, die mitunter unvermeidlich waren.

»Wie geht es Chase?«, erkundigte sich Richard, beträchtlich ruhiger. Natürlich wollte er wissen, warum sie hinter Samuel her gewesen war, im Augenblick jedoch bedrückten ihn wichtigere Dinge. »Wird er wieder gesund?«

»Ich denke ja«, antwortete Shota. »Er wurde mit einem Schwert durchbohrt …«

»Mit *meinem* Schwert.«

Shota ging auf die feine Unterscheidung nicht ein. »Ich bin keine Heilerin, aber ich verfüge über gewisse Fähigkeiten, die es mir erlaubt haben, ihn zumindest von der Schwelle des Todes zurückzuholen. Ich machte ein paar brave Leute ausfindig, die sich seiner annahmen und ihm helfen konnten, sich wieder zu erholen. Aber es wird wohl eine Weile dauern, bis er wieder auf den Beinen ist.«

»Und wieso hat Samuel ihn nicht umgebracht?«, fragte Cara oben von der obersten Stufe aus.

»Tovi hat er auf die gleiche Weise verletzt«, warf Nicci ein. »Und sie hat er ebenfalls nicht getötet.«

»Zumal Samuel zweifellos fähig ist, einen Mord zu begehen«, betonte Richard.

Shota faltete die Hände vor ihrem Körper. »Offenbar konnte Samuel nicht den Mut aufbringen, jemanden mit dem Schwert zu töten. Damals – als das Schwert schon einmal in seinem Besitz war – hat er es getan, daher weiß er um den Schmerz, den es hervorruft, wenn man es zum Töten benutzt.« Sie sah Richard mit hochgezogener Braue an. »Ich bin mir sicher, du weißt, wovon ich spreche.«

»Es ist eben eine Waffe, die nicht in falsche Hände gehört«, stellte Richard fest.

Ohne auf Richards Stichelei einzugehen, fuhr sie fort. »Er

neigt nun mal zu Feigheit, und Feiglinge lassen ihr Opfer oft zurück, damit es allein stirbt, ohne dass sie dabei zusehen müssen.«

»Auf diese Weise leiden sie mehr«, strich Zedd heraus. »Es ist ein noch grausamerer Tod. Vielleicht war das seine Absicht.«

Die Hexe schüttelte den Kopf. »Samuel ist ein Feigling und Opportunist, aber an Grausamkeit ist ihm nicht gelegen. Vielmehr kreist er ausschließlich um sich selbst. Feiglinge überlegen sich diese Dinge nicht unbedingt, sie handeln aus einer Laune heraus. Wenn sie etwas wollen, dann wollen sie es meist sofort.

Samuel überlegt sich die Folgen seines Tuns nur selten. Wenn er etwas erblickt, das er begehrt, und eine Gelegenheit sieht, es sich zu nehmen, ergreift er sie beim Schopf. Er scheut den Schmerz, den es bereiten würde, jemanden mit dem Schwert zu töten, deshalb verzichtet er darauf, den von ihm unbedacht begonnenen Tötungsakt zu vollenden. Stirbt die von ihm verletzte Person dann eines qualvollen, sich in die Länge ziehenden Todes, so kümmert ihn das nicht weiter, schließlich ist er nicht dabei und bekommt es gar nicht mit. Aus den Augen, aus dem Sinn. Genauso hat er sich auch im Fall von Chase verhalten.«

»Und Ihr habt ihm das Schwert überlassen«, wiederholte Richard, unfähig, seinen Zorn zu unterdrücken. »Ihr wusstet, wes Geistes Kind er ist, und doch habt Ihr ihm die Möglichkeit gegeben, ein solches Verbrechen zu begehen.«

Shota musterte ihn einen Moment, ehe sie antwortete. »So war es keineswegs, Richard. Ich habe ihm das Schwert gegeben, weil ich annahm, es würde ihn glücklich machen. Ich war im Glauben, es würde ihn zufrieden machen, es wieder in seinem Besitz zu haben, dachte, es würde seinen nach wie vor vorhandenen Groll darüber besänftigen, dass man es ihm so unvermittelt abgenommen hat.«

Shota warf Zedd einen kurzen, aber mörderischen Blick zu.

»Mit anderen Worten, Ihr habt nicht bedacht, welche Folgen Euer Tun haben könnte«, fasste Richard zusammen. »Ihr wolltet etwas, weil Ihr es eben wolltet, und das sofort.«

Shotas Blick wanderte zurück zu Richard. »Du bist immer noch so respektlos wie zuvor – nach all der Zeit und allem, was inzwischen vorgefallen ist?«

Richard war nicht in der Stimmung, sich zu rechtfertigen.

»Ich fürchte, es geht dabei um mehr«, sagte Shota, nun etwas weniger zornig, »um mehr, als mir in jenem Moment bewusst war.«

Zedd rieb sich das Kinn und ließ sich die Situation durch den Kopf gehen. »Samuel muss erst Chase niedergestochen und anschließend Rachel verschleppt haben.«

Zedds Bemerkung überraschte Richard, daran hatte er gar nicht gedacht. Er war davon ausgegangen, dass Rachel sich abgesetzt hatte, um Hilfe zu holen.

Die Stirn gerunzelt, wandte er sich an Shota. »Wäre Samuel zu so etwas fähig?«

»Ich fürchte, ich habe keine Ahnung.« Shota schaute hoch zu Nicci, die immer noch oben auf den granitenen Stufen stand. »Wer ist eigentlich diese Frau, die er Euren Worten zufolge niedergestochen hat? Diese Tovi?«

»Sie war eine Schwester der Finsternis, und das ist keine leere Anschuldigung. Tovi kannte die Person nicht, die sie niederstach, und sie wusste auch nicht, wer Samuel war, aber das Schwert der Wahrheit kannte sie ganz sicher. Immerhin war sie im Palast der Propheten einst eine von Richards Ausbilderinnen. Kurz vor ihrem Tod gestand sie mir, wie sie und drei weitere Schwestern der Finsternis den Feuerkettenbann um Kahlans Person auslösten, um sie aus der Erinnerung aller zu tilgen. Anschließend benutzten sie Kahlan dann, um die Kästchen der Ordnung aus dem Palast des Volkes zu stehlen.«

Shota, die aufrichtig verblüfft wirkte, zog die Stirn in Falten.

»Die Kästchen der Ordnung sind im Spiel«, setzte Richard hinzu.

Den Blick nachdenklich in die Ferne gerichtet, machte Shota eine abwiegelnde Handbewegung. »So viel hatte ich auch schon herausgefunden. Nur wusste ich nicht, wie es dazu gekommen ist.«

Richard war sich unschlüssig, inwieweit sie auch über den Rest der Geschichte informiert war, entschied aber, es trotzdem zu erzählen. »Tovi war im Begriff, eines der Kästchen der Ordnung aus dem Palast des Volkes in D'Hara fortzuschaffen, als Samuel sich auf sie stürzte, sie mit dem Schwert durchbohrte und anschließend das Kästchen an sich nahm, das sie bei sich trug.«

Wieder wirkte Shota überrascht, ein Gesichtsausdruck, der jedoch rasch verhaltenem Zorn wich, als sie sich im Stillen durch den Kopf gehen ließ, was man ihr da gerade berichtet hatte.

»Ich kenne Chase, seit ich denken kann«, sagte Richard. »Jedem kann einmal ein Fehler unterlaufen, trotzdem habe ich noch nicht erlebt, dass ihn jemand aus einem Hinterhalt heraus überraschen konnte. Ebenso wenig kann ich mir vorstellen, dass die Schwestern der Finsternis wesentlich einfacher in eine Falle zu locken sein sollten. Mit der Gabe Gesegnete von ihren Talenten und Fähigkeiten spüren es, wenn sich jemand in ihrer Nähe befindet.«

Shota sah zu ihm hoch. »Worauf willst du hinaus?«

»Irgendetwas hat Samuel in die Lage versetzt, eine Schwester der Finsternis und einen Grenzposten zu überrumpeln.« Richard verschränkte die Arme vor der Brust. »Hinzu kommt, dass Ihr jedes Mal, wenn Samuel irgendeine Schandtat zu verüben versucht, ganz überrascht tut und behauptet, nicht das Geringste über seine Absichten gewusst zu haben. Was für eine Rolle spielt Ihr in diesem Spiel, Shota?«

»Gar keine. Ich hatte keine Ahnung, was er im Schilde führte.«

»Diese Unwissenheit passt nicht zu Euch.«

Ein Hauch von Röte streifte ihre Wangen. »Du hast ja keine Ahnung.« Zu guter Letzt wandte sie sich von ihm ab und hielt auf die Treppe zu. »Wie ich bereits sagte, es gibt eine Menge zu besprechen.«

Richard bekam sie beim Arm zu fassen und drehte sie zu sich herum. »Hattet Ihr irgendwas damit zu tun, dass Samuel imstande war, sich an Chase anzuschleichen oder Tovi zu überraschen und dieses Kästchen zu stehlen? Außer dass Ihr ihm die Waffe für die Durchführung dieser Tat verschafft und ihm zweifellos alles über die Kräfte verraten habt, die in den Kästchen der Ordnung enthalten sind, meine ich?«

Eine Zeit lang musterte sie prüfend seine Augen. »Willst du mich etwa töten, Richard?«

»Euch töten? Ich bin der beste Freund, den Ihr je hattet, Shota.«

»Dann wirst du deinen Ärger jetzt ruhen lassen und dir anhören, was wir dir zu sagen haben.« Mit einem Ruck befreite sie ihren Arm aus seinem Griff und hielt erneut auf die Treppe zu. »Wir sollten zusehen, dass wir aus diesem scheußlichen Wetter herauskommen. Gehen wir nach drinnen.«

Richard blickte in den strahlend blauen Himmel. »Das Wetter ist doch prächtig«, sagte er, während er ihr hinterherschaute, wie sie die Stufen hinaufstieg.

Oben angekommen, blieb sie kurz stehen, um erneut einen kurzen, durchdringenden Blick mit Nicci zu wechseln, ehe sie sich herumwandte und zu Richard hinuntersah. Es war ebenjener berückende, zeitlose, beunruhigende Blick, den, das ahnte er, nur eine Hexe hervorzuzaubern vermochte.

»Nicht in meiner Welt«, erwiderte sie beinahe im Flüsterton. »In meiner Welt gießt es in Strömen.«

11

Shota schwebte die Stufen hinab und blieb vor dem Brunnen stehen. Der durchsichtige Stoff, der ihre stattliche Figur bedeckte, bewegte sich ganz sacht, wie in einer sanften Brise. Schäumend stürzten die hervorsprudelnden Fluten in die Tiefe, tanzten und glitzerten im Licht, das durch die Oberlichter hoch über ihren Köpfen fiel, und boten dem versammelten Publikum ein prächtiges Schauspiel. Abwesend, als hinge sie ihren eigenen ganz persönlichen Gedanken nach, schaute Shota einen Moment lang zu, dann wandte sie sich zu der kleinen Gruppe um, die unmittelbar jenseits der riesigen Flügeltür wartete. Alle standen schweigend da und musterten sie, wie in Erwartung der öffentlichen Verkündigung einer Königin.

Das Wasser des Brunnens schoss hinter Shotas Rücken hoch in die Luft. Dann, ganz unvermittelt, brach der üppige Wasserstrahl ab. Der letzte Wasserrest, der noch im Aufsteigen begriffen war, ehe der Zufluss unterbrochen wurde, erreichte als sterbender, fließender Bogen seinen Scheitelpunkt und fiel zurück wie abgeschnitten. Dutzende gleichförmiger Katarakte, die aus den nach unten gebogenen Mündungen in die übereinander angeordneten Schalenreihen hinabstürzten, kamen langsam zum Erliegen, als wäre ihnen ihr heiter schäumendes Spiel auf einmal unangenehm, und versiegten schließlich ganz.

Zedd trat vor bis an den Rand der Treppe, wobei sich ein bedrohlicher Ausdruck in die Züge seines Gesichtes grub. Als er stehen blieb, sammelte sich der wirbelnde Stoff seines schlichten Gewandes um seine Beine. In diesem Moment fiel Richard auf, dass sein Großvater seinem Amt als Oberster Zauberer mit seinem Auftreten alle Ehre machte. Hatte er bislang gedacht, Nicci und Shota wirkten gefährlich, so wurde ihm schlagartig klar, dass dies auf Zedd nicht minder zutraf. In diesem Moment war er eine Gewitterwolke, die bislang noch verborgene Blitze in sich barg.

»Ich werde nicht zulassen, dass Ihr Euch an irgendetwas an diesem Ort zu schaffen macht. Bislang habe ich Euch gegenüber Nachsicht walten lassen, denn Ihr seid aus Gründen hierhergekommen, die möglicherweise für uns alle von Bedeutung sind, doch meine Langmut reicht nicht so weit, dass ich irgendwelche Einmischungen Eurerseits hier dulden werde.«

Shota wies seine Drohung mit einer Handbewegung von sich. »Ich war ohnehin davon ausgegangen, dass Ihr es nicht hinnehmen würdet, mich weiter als bis in diesen Vorraum vordringen zu lassen. Der Brunnen ist recht laut. Ich wollte vermeiden, dass Richard irgendetwas nicht mitbekommt, was Jebra oder ich zu sagen haben.«

Mit gestrecktem Arm wies sie auf Ann, die fast unsichtbar in den tiefen Schatten der Galerie und den hoch aufragenden roten Pfeilern neben Nathan stand und das Geschehen verfolgte. »Es geht um eine Angelegenheit, die Euch die Hälfte Eures Lebens sehr am Herzen gelegen hat, Prälatin.«

»Ich bin nicht mehr Prälatin«, gab Ann mit der ruhigen, Achtung gebietenden Stimme zurück, die ganz so klang, als wäre sie es noch.

»Warum wart Ihr eigentlich hinter Samuel her?«, fragte Cara und lenkte damit die Aufmerksamkeit der Hexe auf sich.

»Weil er mein Tal in Agaden nicht hätte verlassen dürfen. Zumal er dazu ohne meine ausdrückliche Erlaubnis auch gar nicht hätte imstande sein sollen.«

»Und doch hat er es getan«, bemerkte Richard.

Shota nickte. »Also habe ich mich auf die Suche nach ihm gemacht.«

Richard verschränkte die Hände hinter seinem Rücken. »Und was hat Euch, Shota, daran gehindert zu bemerken, dass Samuel Euch verlassen wollte? Ich meine, angesichts Eurer Macht, Eures umfassenden Wissens und dieser ganzen Geschichte, von der Ihr mir erzählt habt, dass eine Hexe die Dinge im Strom der Zeit vorherzusehen vermag. Wie konnte er es trotz alledem dann ohne Eure Einwilligung tun?«

Shota ließ sich von seiner Frage nicht beirren. »Da gibt es nur eine einzige Möglichkeit.«

Richard verkniff sich die sarkastische Erwiderung, die ihm in den Sinn kam, und fragte stattdessen: »Und die wäre?«

»Samuel wurde verhext.«

Richard war nicht sicher, ob er richtig gehört hatte. »Verhext. Aber Ihr seid doch die Hexe; Ihr seid die Einzige, die so etwas tut.«

Shota verschränkte die Hände und blickte einen Moment zu Boden, während sie ihre Finger ineinanderschlang. »Er wurde von einer anderen verhext.«

Richard kam die fünf Stufen hinab. »Einer anderen Hexe?«

»Ja.«

Richard atmete einmal tief durch, schaute sich um und sah die anderen besorgte Blicke wechseln. Niemand schien sonderliche Lust zu verspüren, die Frage zu stellen, also tat er es. »Wollt Ihr damit andeuten, es gibt noch eine andere Hexe, und die hat Samuel von Euch fortgehext?«

»Ich dachte, ich hätte mich in diesem Punkt klar ausgedrückt.«

»Und … wo befindet sie sich?«

»Ich habe keine Ahnung. Gewisse Dinge im Strom der Zeit fallen in mein Gebiet – dafür habe ich gesorgt. Dass ich so blind gegen Geschehnisse bin, die in unmittelbarer Nähe meines Wirkungskreises vorüberwirbeln, kann nur bedeuten, dass eine andere Hexe diese Ereignisströme absichtlich vor mir hat verschwinden lassen.«

Richard stopfte seine Hände in die Hosentaschen und versuchte, seine Schlüsse daraus zu ziehen. Nach kurzem Umherwandern wandte er sich wieder zu ihr herum.

»Vielleicht war es ja gar keine Hexe. Vielleicht war es eine Schwester der Finsternis oder jemand Ähnliches. Eine mit der Gabe gesegnete Person, vielleicht sogar ein Zauberer. Auch solche Leute hat Jagang in seinen Reihen.«

»Eine Hexe zu beeinflussen, und sei es nur geringfügig, ist alles andere als ein leichtes Unterfangen.« Sie schickte einen kurzen Blick hinauf zu Zedd. »Frag deinen Großvater.«

»Mit der Gabe gesegnete Personen, selbst solche wie die hier Anwesenden«, Shota deutete auf einige der Personen im Raum, ehe ihr Blick zu Richard zurückkehrte, »wären, ganz gleich, wie fähig sie ansonsten sein mögen, nicht einmal ansatzweise imstande, eine so umfassende Täuschung wie diese zu erzeugen. Nur eine andere Hexe wäre imstande, unbemerkt in meinen Herrschaftsbereich einzudringen, nur eine andere Hexe wäre fähig, meinen Blick zu trüben und Samuel anschließend so zu verhexen, dass er eine solche Tat begeht.«

»Wenn Euer Blick getrübt ist«, warf Cara ein, »wie könnt Ihr dann so sicher sein, dass Samuel verhext wurde? Vielleicht hat er ja aus eigenem Antrieb gehandelt. Nach dem, was ich von ihm mitbekommen habe, hat er keine mysteriöse Hexe nötig, die ihn zu triebhaften, ungestümen Handlungen verleitet. Mir schien er schon von sich aus reichlich hinterhältig.«

Langsam schüttelte Shota den Kopf. »Ihr braucht Euch nur vor Augen zu führen, was Ihr eben zu mir gesagt habt, um zu erkennen, dass dafür nicht bloß primitive Gerissenheit nötig wäre, sondern ein Wissen, das Samuels Fähigkeiten bei Weitem übersteigt. Zunächst einmal, woher hätte Samuel wissen sollen, dass diese Frau etwas Wertvolles besitzt? Ich wusste es ja selbst nicht, da dies zu den vor mir verborgenen Dingen gehört. Ich kann es ihm also nicht verraten haben – nicht einmal aus Unbedachtheit oder Leichtsinn, wie Ihr offenbar zu glauben scheint. Von mir kann Samuel es also nicht haben. Aber sollte er zufällig auf eine Art Schatz gestoßen sein, so ist Samuel ohne jeden Zweifel absolut fähig, alles in seiner Macht Stehende zu versuchen, um ihn in seinen Besitz zu bringen, so viel bin ich gerne bereit einzuräumen.«

»Ihr meint, etwa so, wie er das Schwert in seinen Besitz gebracht hat?«, stichelte Zedd.

Shota begegnete kurz seinem Blick, entschied sich dann aber, zum anstehenden Problem zurückzukehren, statt auf die Provokation einzugehen. »Zweitens, woher sollte Samuel wissen, wo er eine Schwester finden konnte, die ein Kästchen der Ordnung bei sich trägt? Ihr wollt doch nicht ernsthaft andeuten, Ihr glaubt, er sei – fernab von D'Hara – einfach durch die Gegend gezogen, dabei zufällig auf jene Schwester der Finsternis gestoßen, habe sie niedergestochen und dessen beraubt, was sie bei sich trug, und dann hätte sich diese Beute am Ende als eines der Kästchen der Ordnung entpuppt?«

»Ich muss gestehen«, sagte Richard, »von Zufällen habe ich noch nie viel gehalten. Und in diesem Fall scheint es mir auch nicht gerade einleuchtend.«

»Genau das war auch mein Gedanke«, sagte Shota. »Und dann ist da noch Chase. Viel war aus ihm wegen seines kritischen Zustands nicht herauszubekommen, aber immerhin konnte ich in Erfahrung bringen, dass er in einen Hinterhalt gelockt worden war. Wieder so ein Zufall: Zufällig begegnet Samuel einer Person, die er auf gut Glück überfällt, und wie es der Zufall will, ist es wieder jemand, den Ihr kennt? Das mag ich nicht glauben. Bleibt also die Frage, warum Samuel einem

Euch bekannten Mann auflauern sollte. Warum sollte er ihn überfallen? Was besaß Chase Wertvolles?«

Zedd, den Blick in die Ferne gerichtet, rieb sich nachdenklich das Kinn. »Rachel«, sagte er schließlich.

»Aber was sollte er mit einem kleinen Mädchen anfangen wollen?«, fragte Cara. Als einige mit besorgter Miene in ihre Richtung blickten, fügte sie hinzu: »Ich meine, ausgerechnet mit diesem kleinen Mädchen?«

»Das weiß ich nicht«, sagte Shota.

»Kennt Ihr sie?«, fragte Richard. »Wisst Ihr, wer sie ist oder zumindest, wer infrage käme?«

Shota bedachte ihn mit einem geringschätzigen Blick. »Sie ist mir ein völliges Rätsel.«

»Woher könnte sie gekommen sein? Habt Ihr wenigstens eine Vermutung, was das anbetrifft?«

Shotas finstere Miene verdüsterte sich nur noch mehr. »Oh, ich denke ja. Ich glaube, ursprünglich stammt sie aus der Alten Welt. Nachdem du vor einigen Jahren die große Barriere eingerissen hattest, erkannte sie zweifellos ihre Chance und drang in mein Territorium ein – ganz ähnlich wie auch die Imperiale Ordnung ihre Chance gekommen sah, in die Neue Welt einzufallen und sie zu erobern. Mit der Verhexung Samuels will sie mir zu verstehen geben, dass sie im Begriff ist, meinen Platz zu übernehmen und das, was mir gehört, für sich selbst zu beanspruchen – mein Territorium eingeschlossen.«

Richard wandte sich herum zu Ann, die etwas abseits auf der Seite des Vestibüls stand. »Wisst Ihr etwas über eine Hexe aus der Alten Welt?«

»Ich habe den Palast der Propheten geleitet, junge Zauberer und einen ganzen Palast voller Schwestern auf den Weg des Lichts gebracht, eine Aufgabe, bei deren Ausübung ich den Prophezeiungen stets größte Beachtung geschenkt habe. Aber von den Prophezeiungen einmal abgesehen, habe ich mich aus den Geschehnissen im Rest der Welt weitgehend herausgehalten. Von Zeit zu Zeit sind mir vage Gerüchte über Hexen zu Ohren gekommen, aber niemals mehr. Wenn es sie tatsächlich gab, hat sie sich nie so auffällig benommen, dass ich von ihr erfahren hätte.«

»Mir war auch nie etwas von einer Hexe bekannt«, setzte Nathan seufzend hinzu. »Ich habe nicht einmal gerüchteweise von einer solchen Frau gehört.«

Shota verschränkte die Arme. »Wir sind hier wohl ein recht verschwiegener Haufen.«

Richard hätte gerne mehr über diese Dinge gewusst – auch wenn sich seine Bekanntschaft mit einer Hexe bei mehr als einer Gelegenheit als reichlich unheilvoll erwiesen hatte. Jetzt sah es ganz so aus, als hätte sich dieses Unheil noch verdoppelt.

»Ihr Name lautet Sechs«, sagte Nicci in die Stille der Eingangshalle hinein.

Shota legte die Stirn in Falten. »Was sagtet Ihr da gerade?«

»Die Hexe aus der Alten Welt. Ihr Name ist Sechs, wie die Zahl.« Wieder ließ Niccis Miene dieses abweisende Fehlen jeglicher Regung erkennen, waren ihre Züge so vollkommen unbewegt wie ein Waldsee in der Morgendämmerung nach dem ersten schweren Frost des Winters. »Ich bin ihr nie begegnet, aber die Schwestern der Finsternis haben hinter vorgehaltener Hand über sie getuschelt.«

»Wer auch sonst«, brummte Ann.

Shota ließ die Arme sinken und entfernte sich einen Schritt vom Brunnen, hin zu der Stelle, wo Nicci oben an der Treppe auf der weiten Fläche des Marmorbodens stand. »Was wisst Ihr über sie?«

»Nicht viel. Ich hörte nur ihren Namen, Sechs. Er blieb mir nur deshalb im Gedächtnis, weil er so ungewöhnlich war. Einige meiner Ranghöheren – meiner Ranghöheren unter den

Schwestern der Finsternis – kannten sie ganz augenscheinlich. Ich hörte sie mehrfach ihren Namen erwähnen.«

Mittlerweile hatte Shotas Miene die düstere Bedrohlichkeit einer Viper mit entblößten Zähnen angenommen. »Was hatten diese Schwestern der Finsternis mit einer Hexe zu schaffen?«

»Das weiß ich wirklich nicht«, antwortete Nicci. »Möglicherweise haben sie mit ihr verkehrt, aber wenn, dann war mir nichts davon bekannt. Ich war in ihre Machenschaften nicht immer eingeweiht. Durchaus möglich, dass sie sie einfach nur kannten, ohne ihr jemals begegnet zu sein.«

»Es ist aber auch möglich, dass sie sie gut kannten.«

Nicci zuckte die Achseln. »Mag sein. Da müsst Ihr sie schon selber fragen. In diesem Fall würde ich Euch zur Eile raten – eine von ihnen hat Samuel ja bereits umgebracht.«

Shota überging die Stichelei und wandte sich ab, um in das vollkommen stille Wasser des Brunnens zu starren. »Ihr müsst sie doch irgendetwas über sie sprechen gehört haben.«

»Nein, nichts Bestimmtes«, antwortete Nicci.

»Nun«, hakte Shota übertrieben geduldig nach, während sie sich wieder herumdrehte, »was war denn der allgemeine Tenor dessen, was so über sie geredet wurde?«

»Mitbekommen habe ich nur zwei Dinge. Ich hörte, dass diese Hexe mit Namen Sechs angeblich tief unten im Süden lebt. Die Schwestern unterhielten sich darüber, dass sie weit unten in der Alten Welt lebte, in irgendeinem weglosen Wald- und Sumpfgebiet.« Mit einem beherzten Blick in Shotas Augen fügte sie hinzu: »Und dass sie Angst vor ihr hätten.«

Wieder verschränkte Shota die Arme vor der Brust. »Angst vor ihr«, echote sie mit ausdrucksloser Stimme.

»Fürchterliche Angst.«

Eine Zeit lang taxierte Shota Niccis Augen, ehe sie sich schließlich abermals herumwandte, um in den Brunnen zu starren, so als hoffte sie, die stillen Wasser würden ihr ein Geheimnis offenbaren.

»Nichts deutet darauf hin, dass es sich um dieselbe Frau handelt«, gab Richard zu bedenken. »Es gibt keinen Hinweis darauf, dass es diese Sechs ist, die Hexe aus der Alten Welt.«

Shota sah kurz über ihre Schulter. »Ausgerechnet du erlaubst dir, darauf hinzuweisen, es könnte sich um bloßen Zufall handeln?« Wieder suchte ihr Blick Trost in den Fluten. »Eigentlich spielt es keine Rolle, ob sie es nun ist oder nicht. Das Einzige, was zählt, ist, dass sie eine Hexe und entschlossen ist, mir Unannehmlichkeiten zu bereiten.«

Richard trat einen Schritt auf Shota zu. »Es fällt mir ziemlich schwer zu glauben, dass diese andere Hexe Samuel von Euch fortgehext haben soll, nur um Euch bloßzustellen und sich zu nehmen, was Euch gehört. Es muss noch mehr dahinterstecken.«

»Vielleicht ist es eine Provokation«, schlug Cara vor. »Vielleicht will sie Euch dazu verleiten, Euch zu zeigen und zu kämpfen.«

»Dafür müsste sie sich zu erkennen geben«, erwiderte Shota. »Getan hat sie das genaue Gegenteil. Sie hält sich aus ganz bewusster Berechnung im Verborgenen, damit ich mich nicht gegen sie wehren kann.«

Richard stellte einen Fuß auf die Marmorbank, die den Brunnen umgab, und dachte nach. »Ich behaupte dennoch, dass noch mehr dahinterstecken muss. Samuel eines der Kästchen der Ordnung entwenden zu lassen hat einen tieferen, dunkleren Sinn.«

»Und die wahrscheinlichere Antwort verweist auf niemand anderen als Euch selbst, Shota.« Mit seiner Bemerkung lenkte Zedd die Aufmerksamkeit aller auf sich. »Mir klingt das eher nach einem Eurer grandiosen Täuschungsmanöver.«

»Ich kann verstehen, warum Ihr das denkt, aber wenn dem

so wäre, warum sollte ich dann hierherkommen, um Euch davon zu unterrichten?«

Zedds durchdringender Blick blieb fest. »Um Euch den Anschein von Unbescholtenheit zu geben, während Ihr in Wahrheit diejenige seid, die in den dunklen Schatten die Fäden zieht.«

Shota verdrehte die Augen. »Für derlei kindische Spielereien fehlt mir die Zeit, Zauberer. Ich war es nicht, der Samuels Hand führte. Meine Zeit wurde für andere, wichtigere Dinge benötigt.«

»Die wären?«

»Ich war in Galea.«

»Galea!«, schnaubte Zedd ungläubig. »Was in aller Welt sollte Euch nach Galea geführt haben?«

Jebra legte Zedd eine Hand auf die Schulter. »Sie war dort, um mich zu retten. Ich war in Ebinissia, geriet in die Wirren der Eroberung und wurde als Sklavin verschleppt. Shota hat mich da herausgeholt.«

Zedd richtete einen misstrauischen Blick auf Shota. »Ihr wart am Sitz der Krone von Galea, um Jebra zu retten?«

Shota warf Richard einen bedeutungsvollen Blick zu und sagte: »Es war unbedingt erforderlich.«

Shota bekam einen durchsichtigen Zipfel des Stoffes zu fassen, aus dem ihr Kleid bestand, als dieser sich ganz sachte hob, gleich einer Katze, die, um eine zärtliche Liebkosung durch die Hand ihrer Herrin bettelnd, einen Buckel macht. »Die Ereignisse steuern unaufhaltsam auf ein bitteres Ende zu. Und wenn sich der Kurs, den die Ereignisse eingeschlagen haben, nicht noch ändert, sind wir dazu verdammt, unter die Herrschaft der Eindringlinge zu fallen, gebunden an die Erlasse eines Volkes, das unter anderem der Überzeugung ist, Magie sei eine schändliche Entartung, die es in der ganzen Welt auszurotten gilt. Eines Volkes, das glaubt, die Menschheit sei ein sündiges und korruptes Etwas, das von Rechts wegen unscheinbar und angesichts des allmächtigen Schauspiels der Natur hilflos zu sein hat. Wer von uns Magie besitzt, wird ausnahmslos, und zwar gerade weil er nicht unscheinbar und hilflos ist, verfolgt und schließlich ausgerottet werden.«

Shotas Blick schweifte nacheinander über die ihr entgegenstarrenden Gesichter. »Aber das ist nur unser persönliches, tragisches Schicksal, nicht die wahre Geißel der Imperialen Ordnung.

Wenn sich die Entwicklung nicht noch ändert, werden sich die ungeheuerlichen Glaubensüberzeugungen, die uns die Imperiale Ordnung aufzwingt, wie ein Leichentuch über die gesamte Welt legen. Es wird keinen sicheren Ort mehr geben, keine Zuflucht. Das eiserne Mandat der Gleichförmigkeit wird sich um die Kehlen derer legen, die man am Leben lässt. Alles Gute und Erhabene wird dem heuchlerischen Trugbild eines allgemeinen Wohlstands in Gestalt hochfliegender Phrasen und sinnleerer Ideale geopfert werden, das den nichtsnutzigen Pöbel zu geistloser Gier nach dem Unverdienten aufstachelt und den zivilisierten Menschen zu wenig mehr als einem wohlorganisierten Mob von Plünderern abstumpfen lässt.

Aber wenn dann alles, was irgendwie von Wert war, geplündert ist, was bleibt ihnen dann noch vom Leben? Mit ihrer Verachtung für das Erhabene, ihrer Geringschätzung für alles Gute, machen sie sich Armseligkeit und Ungehobeltheit zu eigen. Und weil sie jeden hassen, der sich irgendwie hervortut, wird die gesamte Menschheit dank der Glaubensüberzeugungen der Imperialen Ordnung dazu verdammt, im Morast zu wühlen, wenn sie überleben will.

Die unerschütterliche Auffassung von einer der Menschheit angeborenen Sündhaftigkeit wird zum anerkannten Glauben werden. Dieser Glaube, erzwungen mit dem Mittel rücksichtsloser Brutalität und unsäglichem Elend, wird ihr bleibender

Leitgedanke sein. Ihr Erbe wird der Niedergang des Menschen in ein dunkles Zeitalter voller Leid und Elend sein, aus dem er sich womöglich nie wieder wird befreien können. Darin besteht das Grauen der Imperialen Ordnung – nicht im Tod, sondern in einem von ihren Glaubensüberzeugungen geprägten Leben.« Shotas Worte senkten sich wie ein Leichentuch über den Raum. »Die Toten können schließlich nichts mehr fühlen, kein Leid empfinden. Das können nur die Lebenden.«

Shota wandte sich um. »Was sagt Ihr dazu, Prophet? Verheißen es die Prophezeiungen anders, oder spreche ich die Wahrheit?«

Nathan antwortete mit ruhiger Stimme. »Soweit es die Imperiale Ordnung betrifft, fürchte ich, können die Prophezeiungen keinerlei Beleg für das Gegenteil anführen. Ihr habt mit angemessenen und knappen Worten mehrere Tausend Jahre der Vorhersage zusammengefasst.«

»Diese alten Schriften sind nicht immer leicht verständlich«, gab Ann zu bedenken. »Das geschriebene Wort kann recht doppeldeutig sein. Prophezeiungen sind kein Thema, das sich für Unerfahrene eignet. Dem ungeübten Blick mag es so scheinen, als …«

»Ich hoffe aufrichtig, Prälatin, Euer Urteil beruht auf einer oberflächlichen Einschätzung meiner äußeren Erscheinung und nicht meiner Fähigkeiten.«

»Ich wollte lediglich …«, begann Ann.

Shota machte eine wegwerfende Handbewegung, wandte sich ab und richtete den Blick auf Richard, als wäre er der Einzige im Raum. Sie sprach, als wären ihre Worte ausschließlich an ihn gerichtet.

»Womöglich sind wir die Letzten, denen ein Leben in Freiheit vergönnt ist. Es könnte sein, dass dies für alle Zeiten das Ende der besten aller Möglichkeiten ist, des Strebens nach Werten und der Chance für jeden von uns, aufzusteigen und nach Höherem zu streben. Nehmen die Ereignisse keinen anderen Verlauf, werden wir alsbald Zeugen der schlechtesten aller Möglichkeiten sein, eines Zeitalters, in dem die Menschheit – aus Furcht, ein jeder könnte sich erdreisten, sein Leben selbst in die Hand zu nehmen und eigene Ziele zu verfolgen – gezwungen wird, das von der Imperialen Ordnung glorifizierte Dasein unwissender Wilder zu führen.«

»Das wissen wir doch alle längst«, sagte Richard, die Hände neben dem Körper zu Fäusten geballt. »Begreift Ihr nicht, wie hart wir dafür gekämpft haben, genau das zu verhindern? Macht Ihr Euch überhaupt eine Vorstellung, welche Mühen wir alle auf uns genommen haben? Was glaubt Ihr eigentlich, wofür ich kämpfe?«

»Ich weiß es nicht, Richard. Du behauptest, absolut entschlossen zu sein, und doch ist es dir nicht gelungen, den Kurs der Geschehnisse zu beeinflussen oder die Horden der Imperialen Ordnung aufzuhalten. Du gibst vor zu verstehen, und doch sind die Eindringlinge noch immer auf dem Vormarsch und unterjochen mit jedem Tag, der verstreicht, mehr Menschen.

Aber selbst darum geht es nicht. Es geht um die Zukunft. Denn auch in Zukunft wirst du uns im Stich lassen.«

Richard meinte seinen Ohren nicht zu trauen. Er war nicht nur wütend, er war entsetzt, dass Shota sich zu einer solchen Äußerung hinreißen ließ. Es war, als wäre alles, was er getan hatte, jedes Opfer, das er gebracht, jede Mühe, die er auf sich geladen hatte, für sie bedeutungslos, und das nicht nur in diesem Augenblick, sondern auch in Zukunft.

»Seid Ihr gekommen, um mir Eure Prophezeiung meines Scheiterns mitzuteilen?«

»Nein. Ich bin gekommen, um dir mitzuteilen, dass wir, wenn du nichts änderst, alle nach der augenblicklichen Lage der Dinge in diesem Kampf scheitern werden.«

Shota wandte sich von Richard ab und wies mit gestrecktem Arm auf Nicci. »Ihr habt ihm das dumpfe, abgestumpfte Ende gezeigt, das bestenfalls aus den von der Imperialen Ordnung vertretenen Glaubensüberzeugungen resultieren kann. Ihr habt ihm das freudlose Dasein gezeigt, das einzige, das unter ihren Lehren erlaubt sein wird, die besagen, dass der Wert des Lebens sich einzig nach der Größe des Opfers bemisst, das man erbringt, und sich der Sinn des Lebens in einem jenseitigen Ziel erschöpft: der leblosen Ewigkeit in einer anderen Welt.

Darin habt Ihr uns allen einen großen Dienst erwiesen, und dafür gebührt Euch unser Dank. Ihr habt Eure Rolle als Richards Ausbilderin wahrhaftig erfüllt, wenn auch nicht so, wie Ihr erwartet hattet. Aber auch das ist noch nicht alles.«

Richard verstand nicht recht, wie man seine Gefangenschaft – während der er gezwungen war, ein entbehrungsreiches Leben unten in der Alten Welt zu führen – als Dienst betrachten konnte. Um die hoffnungslose Sinnlosigkeit eines Lebens unter der Herrschaft der Imperialen Ordnung zu begreifen, hätte er das alles nicht am eigenen Leib erfahren müssen. Er bestritt nicht ein einziges Wort von Shotas Ausführungen, was ihnen allen im Falle einer Niederlage blühte, trotzdem ärgerte es ihn, dass sie offenbar glaubte, er müsse sich das alles noch einmal anhören, so als hätte er noch nicht begriffen, wofür sie kämpften, und wäre infolgedessen auf dem besten Wege zu scheitern, statt sich mit seiner ganzen Kraft ihrer Sache anzunehmen.

Wie es passiert war, hätte er nicht zu sagen vermocht, denn er hatte nicht gesehen, dass sie sich bewegt hätte, aber plötzlich stand Shota genau vor ihm, das Gesicht nur wenige Zoll entfernt von seinem.

»Und doch ist dir all das noch nicht in vollem Umfang klar, zeigst du noch nicht die Entschlossenheit, die unabdingbar nötig wäre.«

Richard funkelte sie wütend an. »Ich zeige keine Entschlossenheit? Was redet Ihr denn da?«

»Ich musste einen Weg finden, es dir begreiflich zu machen, dich zu zwingen, den Tatsachen ins Auge zu sehen. Ich musste einen Weg finden, dich zu der Erkenntnis zu zwingen, was den Menschen nicht nur in der Neuen, sondern auch in der Alten Welt, ja was der gesamten Menschheit bevorsteht.«

»Wie könnt Ihr glauben, ich hätte …«

»Du bist der, auf den es ankommt, Richard Rahl. Du bist derjenige, der die letzten Truppen anführen wird, die sich den Ideen widersetzen, aus denen sich der Flächenbrand mit Namen Imperiale Ordnung speist. Aus welchen Gründen auch immer bist du derjenige, der uns in diesem Kampf anführt. Mag sein, dass du daran glaubst, wofür du kämpfst, gleichwohl weigerst du dich zu tun, was nötig ist, um den Verlauf des Krieges zu ändern, sonst wäre das, was ich im Strom der künftigen Ereignisse erblickt habe, nicht so, wie es ist.

Wie die Dinge derzeit stehen, sind wir zum Untergang verdammt.

Du musstest unbedingt erfahren, welches Schicksal unserem Volk, ja der gesamten Menschheit, droht. Also ging ich nach Galea, um Jebra zu finden, damit sie dir berichten kann, was sie gesehen hat – damit eine Seherin dir helfen kann zu sehen.«

Eigentlich, fand er, hätte er über diese Strafpredigt verärgert sein sollen, doch er schaffte es nicht mehr, seinen Ärger aufzubieten, er entglitt ihm zusehends. »Mir ist längst bekannt, was im Falle unseres Scheiterns geschehen wird, Shota. Ich weiß, was es mit der Imperialen Ordnung auf sich hat. Ich weiß auch, was uns erwartet, wenn wir diesen Kampf verlieren.«

Shota schüttelte den Kopf. »Du kennst das Danach, du weißt, wie es ist, die Toten zu sehen. Aber die Toten können nichts mehr spüren. Die Toten können nicht mehr brüllen, sie können nicht mehr vor Entsetzen schreien, die Toten können nicht um Gnade winseln. Du weißt, wie es ist, am Morgen nach dem Sturm die Trümmer in Augenschein zu nehmen, aber du musst von jemandem, der dabei war, hören, wie es war, als der Sturm losbrach. Du musst hören, wie es war, als die gewaltigen Horden kamen. Du musst dir anhören, welches Schicksal jedem Einzelnen von uns tatsächlich beschieden sein wird. Du musst wissen, was mit den Überlebenden geschieht, wenn du in dem versagst, was nur du tun kannst.«

Er sah kurz hoch zu Jebra. Zedd hatte seinen Arm tröstend um ihre Schultern gelegt, Tränen liefen über ihr aschfahles Gesicht. Sie zitterte am ganzen Körper.

»Bei den gütigen Seelen«, sagte er mit leiser Stimme, »wie könnt Ihr nur so grausam sein, auch nur einen Augenblick zu denken, ich wäre mir nicht im Klaren über das Schicksal, das uns allen im Falle unseres Scheiterns blüht?«

»Ich erkenne darin den Strom künftiger Ereignisse«, erwiderte Shota in einem ruhigen Tonfall, der sich ausschließlich an ihn richtete. »Und was ich sehe, besagt, dass du nicht genug getan hast, um zu verändern, was künftig sein wird, denn sonst wäre es nicht so, wie ich es sehe. Das hat nichts mit Grausamkeit zu tun, es geht allein um Wahrheit.«

»Und was genau erwartet Ihr, soll ich tun, Shota?«

»Ich weiß es nicht, Richard. Aber was immer es ist, derzeit tust du es nicht, habe ich recht? Während wir alle einem unvorstellbaren Grauen entgegenschlittern, unternimmst du nichts, um es zu verhindern. Stattdessen jagst du irgendwelchen Phantomen nach.«

12

Es gab tausend Dinge, die Richard Shota sagen wollte. Gerne hätte er ihr erklärt, dass die Imperiale Ordnung schwerlich die einzige Bedrohung war, die sie mächtig unter Druck setzte; ihr erklärt, dass nun, da die Kästchen der Ordnung im Spiel waren, die Schwestern der Finsternis, sofern ihnen niemand Einhalt gebot, Kräfte entfesseln würden, die die Welt des Lebens vernichten und jedermann in die Arme des Hüters des Totenreiches treiben würden, dass die Feuerkettenreaktion, sofern es ihnen nicht gelang, sie umzukehren, die Zerstörung von jedermanns Erinnerungsvermögen und Verstand bewirken konnte und die Menschheit damit eines wichtigen Mittels zur Sicherung ihres Fortbestandes beraubt würde. Er wollte ihr erklären, dass die gesamte Magie ausgelöscht werden könnte, wenn es ihnen nicht gelang, die Welt von der durch die Chimären hinterlassenen Verunreinigung zu läutern, und dass diese Verunreinigung durchaus bereits einen Dominoeffekt ausgelöst haben konnte, der, wenn er nicht zum Stillstand gebracht wurde, schon allein das Potenzial besaß, alles Leben zu vernichten.

Gern hätte er ihr erklärt, dass sie nicht die leiseste Ahnung von der Frau hatte, die er liebte, der Frau, die sein Ein und Alles war, ihr erklärt, wie viel Kahlan ihm bedeutete, wie besorgt er um sie war, wie sehr er sie vermisste und dass ihn das Grauen dessen, was ihr derzeit widerfuhr, um den Schlaf brachte.

Und er hätte ihr auch gerne erklärt, dass die Imperiale Ordnung in diesem Augenblick nur eines ihrer entsetzlichen Probleme war. Doch dann sah er die zitternde Jebra im Schutz von Zedds tröstlichem Arm und fand, dass dies kaum der rechte Zeitpunkt war, all diese Dinge zur Sprache zu bringen.

Er streckte die Hand aus und winkte Jebra zu sich. Ihre himmelblauen Augen waren tränenerfüllt. Schließlich stieg sie, zögernd, die Stufen zu ihm hinab. Er kannte die genauen Einzelheiten des Grauens nicht, das sie durchgemacht hatte, doch die Anspannung stand ihr noch überdeutlich in ihr abgehärmtes Gesicht geschrieben. Ihre Falten waren ein stummes Zeugnis all der Bitterkeiten, die sie durchlitten hatte.

Als sie seine Hand ergriff, legte er seine andere in einer besänftigenden Geste behutsam darüber. »Ihr kommt von weit her, und wir wissen zu schätzen, dass Ihr uns bei unseren Bemühungen helfen wollt. Bitte erzählt uns, was Ihr wisst.«

Sie nickte, dabei fiel ihr das kurz geschnittene sandfarbene Haar nach vorn in ihr tränenverschmiertes Gesicht. »Ich werde mich bemühen, so gut es irgend geht, Lord Rahl.«

Unter Shotas wachsamem Blick geleitete er sie über die Marmorfläche zum Brunnen, wo er sie auf dem kleinen Marmormäuerchen Platz nehmen ließ, das die jetzt still daliegende Wasserfläche umgab.

»Ihr habt Königin Cyrilla in ihr Heim zurückbegleitet«, gab er ihr das Stichwort. »Ihr hattet Euch ihrer angenommen, weil sie krank war – in den Wahnsinn getrieben durch die Zeit, die sie mit all diesen fürchterlichen Männern in der Grube verbracht hatte. Ihr solltet ihr helfen, wieder zu Kräften zu kommen und sie im Falle des Gelingens beraten.«

Jebra nickte.

»Und … nachdem sie in ihr Heim zurückgekehrt war, ging es ihr da allmählich wieder besser?«, erkundigte sich Richard, obwohl er dies längst von Kahlan wusste.

»Ja. Sie hatte sich so lange in einem Zustand abgestumpfter Teilnahmslosigkeit befunden, dass wir schon dachten, sie würde nicht mehr gesund werden, doch nachdem sie eine Weile wieder zu Hause war, begann sie allmählich wieder zu sich selbst zu finden. Anfangs gewahrte sie nur die Menschen in ihrer unmittelbaren Umgebung, und auch das immer nur für kurze Zeit. Doch je mehr sie von der vertrauten Umgebung wiedererkannte, desto länger währten auch diese klaren Phasen. Zur Freude aller schien sie langsam wieder ins Leben zurückzufinden. Schließlich befreite sie sich, wie ein Tier, das aus dem Winterschlaf erwacht, aus ihrer langen Lethargie. Es war, als schüttelte sie ihren langen Schlaf ab und kehrte wieder in einen normalen Zustand zurück. Sie war voller Energie und ganz begeistert, wieder zu Hause zu sein.«

»Königin Cyrilla war Königin von Galea«, bemerkte Shota erklärend an Richard gewandt. »Sie war die Kronerbin anstelle von …«

»Prinz Herold«, beendete Richard den Satz mit einem Blick hinauf zu der Hexe für sie. »Herold war Cyrillas Bruder. Er hatte die Krone abgelehnt, weil er es vorzog, das Kommando über die galeanische Armee zu übernehmen.«

Shota zeigte sich erstaunt. »Du scheinst dich in der galeanischen Monarchie ja recht gut auszukennen.«

»Ihr gemeinsamer Vater war König Wyborn«, fuhr Richard fort. »König Wyborn war auch der Vater Kahlans; Kahlan ist demnach Cyrillas Halbschwester. Deshalb kenne ich mich so gut mit der Monarchie Galeas aus.«

Wenn Shota überrascht war, das zu hören, oder sie ihm nicht glaubte, weil Kahlan plötzlich ins Spiel gebracht wurde, ließ sie sich von beidem nichts anmerken. Schließlich brach sie den Blickkontakt mit ihm ab und begann wieder, auf und ab zu gehen, was Jebra zum Anlass nahm, mit ihrer Geschichte fortzufahren.

»Als wäre sie niemals fort gewesen, nahm Cyrilla wieder ihren Platz auf dem Thron ein. In der Stadt schien man hocherfreut, sie wiederzuhaben. Galea hatte große Anstrengungen unternommen, um sich von der schrecklichen Zeit zu erholen, als der Sitz der Krone von einer Vorhut der Armee der Imperialen Ordnung geplündert worden war. Der Überfall war eine Tragödie ungeheuren Ausmaßes gewesen und hatte einen entsetzlichen Blutzoll gefordert. Doch jetzt, nachdem die Invasoren lange abgezogen waren, waren die Reparaturarbeiten an den Zerstörungen schon seit geraumer Zeit wieder im Gange. Selbst die niedergebrannten Gebäude befanden sich im Wiederaufbau. Geschäfte hatten wieder geöffnet. Der Handel war zurückgekehrt, und aus ganz Galea strömten die Menschen wieder auf der Suche nach einem besseren Leben in die Stadt. Familien bekamen wieder Zuwachs, es wurden wieder Ehen geschlossen. Dank harter Arbeit war auch wieder so etwas wie Wohlstand eingekehrt. Die Rückkehr der Königin schien die Stadt mit einem frisch erstarkten Lebensgeist zu erfüllen, und die Welt schien wieder im Lot zu sein.

Alles sprach davon, man habe seine Lektion gelernt, eine solche Tragödie werde sich nie wieder ereignen. Zu diesem Zweck errichtete man Verteidigungsanlagen und stellte eine sehr viel größere Armee auf. Wie viele der Bewohner Galeas hatte auch Königin Cyrilla diese entsetzliche Zeit aus ihrem Gedächtnis getilgt und konnte es kaum erwarten, sich wieder der Geschicke ihres Landes anzunehmen. Voller Eifer stürzte sie sich in alle möglichen Aktivitäten, vom Schlichten diverser Handelsstreitigkeiten bis hin zur Teilnahme an festlichen Gesellschaften, auf denen sie mit den Würdenträgern tanzte.

Prinz Herold, als Oberbefehlshaber der galeanischen Armee, hielt sie über die jüngsten Entwicklungen beim Einmarsch in die Neue Welt auf dem Laufenden, sie war sich also vollkommen darüber im Klaren, dass die Horden im Begriff waren, in gewaltiger Zahl in die südlichen Gebiete der Midlands einzufallen. Ich spürte stets umgehend, wenn sie die jüngsten Berichte erhalten hatte. Meist fand ich sie dann in murmelnde Selbstgespräche vertieft, ein Taschentuch zerknüllt in ihrer Hand, wie sie in einem dunklen, fensterlosen Zimmer auf und ab lief. Fast schien es mir, als suchte sie nach jenem dunklen Flecken in ihrem Verstand – jenem Zustand abgestumpfter Benommenheit, in dem sie sich zuvor befunden hatte –, ohne ihn jedoch finden und wieder dorthin zurückkehren zu können.«

Mit einer knappen Geste deutete Jebra auf den alten Mann oben an der Treppe, der sie bei ihrer Schilderung nicht aus den Augen ließ. »Zedd hatte mir aufgetragen, ein Auge auf sie zu halten und ihr nach Kräften mit meinem Rat zur Seite zu stehen. Auch wenn nach außen hin der Eindruck entstanden sein mochte, sie sei wieder ganz die Alte – immerhin war sie nicht wieder in diesen Zustand ausdrucksloser Benommenheit zurückgefallen –, konnte ich sehen, dass sie noch immer Gefahr lief, den Verstand zu verlieren. Vermutlich waren meine Visionen deshalb so verschwommen, weil sie, obwohl augenscheinlich wieder ganz normal, innerlich noch immer von fürchterlichen Ängsten gepeinigt wurde. Darin glich sie sehr dem Land Galea; äußerlich schien alles wieder ganz normal, in Wahrheit aber konnte vor dem Hintergrund des Vormarsches der Imperialen Ordnung in die Neue Welt davon kaum die Rede sein. Unter der Oberfläche herrschte stets eine unheimliche Spannung.

Als wir dann von den Spähern hörten, die Imperiale Ordnung sei auf dem Vormarsch durch das Callisidrin-Tal im Herzen der Midlands, mit dem Ziel, einen Keil in die Neue Welt zu treiben, riet ich der Königin dringend dazu, die d'haranische Armee zu unterstützen. Sie müsse die galeanische Armee unbedingt in Marsch setzen, damit sie Seite an Seite mit den übrigen Streitkräften all jener Länder, die sich mit dem d'haranischen

Reich verbündet hatten, kämpfe. Wie Prinz Herold auch versuchte ich ihr begreiflich zu machen, dass unsere einzige Chance auf eine erfolgreiche Verteidigung in der Solidarität mit den sich der Imperialen Ordnung widersetzenden Truppen bestand.

Doch sie wollte nichts davon wissen und meinte, als Königin von Galea sei es ihre alleinige Pflicht, Galea zu beschützen, nicht andere Völker oder Länder. Ich versuchte, ihr zu erklären, dass Galea auf sich gestellt keine Chance hätte. Aber Cyrilla hatte Geschichten aus anderen eroberten Städten gehört, Geschichten von der skrupellosen Brutalität der Imperialen Ordnung, und hatte entsetzliche Angst vor deren Truppen. Ich erklärte ihr, dass sie nur dann sicher sei, wenn wir helfen würden, die Invasoren aufzuhalten, ehe sie Galea erreichten.

Unterdessen erhielten wir verzweifelte Ersuchen um die Entsendung von Truppen. Cyrilla ignorierte sie und befahl stattdessen Prinz Herold, so viele Männer wie möglich zu den Waffen zu rufen und die Armee zum Schutze Galeas einzusetzen. Sie erklärte, sowohl er selbst als auch die galeanische Armee seien allein Galea verpflichtet. Anschließend gab sie den Befehl aus, die Invasoren unter keinen Umständen die Grenze überschreiten, auch nur einen Fuß auf galeanischen Boden setzen zu lassen.

Prinz Herold, der ihr zunächst noch zu dem geraten hatte, was er selbst für das Klügste hielt, handelte nun seinem eigenen Rat zuwider und ließ sich in einem Akt absurder Loyalität auf ihre Wünsche ein. Er ging daran, ihre Anweisungen auszuführen. Es war ihr offenbar egal, ob der Rest der Midlands oder, was das angeht, die gesamte Neue Welt der Imperialen Ordnung in die Hände fiel, solange die galeanische Armee …«

»Ja, schon gut.« Mit einer ungeduldigen Handbewegung forderte die noch immer vor ihr auf und ab laufende Shota sie auf fortzufahren. »Wir alle wissen, dass Königin Cyrilla nicht ganz richtig im Kopf war. Ich habe Euch nicht den weiten Weg hierhergebracht, damit Ihr uns das Leben unter einer verrückten Königin schildert.«

»Verzeihung.« Sichtlich befangen, räusperte sich Jebra und fuhr fort. »Nun, Cyrilla wurde zunehmend ungehalten – über mich und meine beharrlichen Versuche, sie zu beraten – und teilte mir mit, ihr Beschluss sei endgültig.

Mit ihrer entschlossenen Festlegung auf eine bestimmte Vorgehensweise war der weitere Verlauf der Ereignisse vorgegeben und unser Schicksal und unsere Zukunft besiegelt. Ich denke, das war wohl auch der Grund, weshalb ich schließlich doch noch von einer überaus eindringlichen Vision heimgesucht wurde. Es begann nicht mit der eigentlichen Vision selbst, sondern mit einem haarsträubenden Geräusch, das meinen Verstand erfüllte, ein schauderhafter Lärm, der mich am ganzen Körper zittern ließ. Mit dem beängstigenden Lärm begannen plötzlich Bilder auf mich einzuströmen, Visionen der Verteidiger, wie sie zermalmt und überrannt wurden, Visionen vom Untergang der Stadt, Visionen von Königin Cyrilla, ausgeliefert einer johlenden Soldatenmeute, der sie als … als Hure und Objekt der Belustigung dienen musste.«

Eine Hand auf ihren Unterleib gepresst, die Ellbogen dicht am Körper, wischte Jebra sich die Tränen von der Wange und sah lächelnd kurz hoch zu Richard. Es war ein unsicheres Lächeln, welches das Grauen nicht zu verhehlen vermochte, das er so überdeutlich in ihren Augen sehen konnte. »Ich habe natürlich nicht die Absicht«, sagte sie, »Euch das Grauen in allen Einzelheiten zu schildern, wie ich es in meiner Vision gesehen habe. Aber ihr habe ich es erzählt.«

»Ich nehme an, es hat nicht viel genützt«, bemerkte Richard.

»Nein, das hat es nicht.« Jebra nestelte an einer Strähne ihres Haars. »Cyrilla war außer sich vor Zorn und rief ihre königliche Leibgarde. Als diese dann durch die hohen blauen und vergoldeten Doppeltüren stürzten, zeigte sie mit ausgestrecktem Finger auf mich und schimpfte mich eine Verräterin. Sie befahl, mich in ein Verlies zu werfen. Noch während die Gardisten mich ergriffen, erteilte sie ihnen mit sich überschlagender Stimme den Befehl, mir, sollte ich nur noch ein einziges Wort über meine Vision – meine Blasphemie, wie sie es nannte – verlieren, die Zunge herauszuschneiden.«

Ein verhaltenes Lachen löste sich rasselnd aus ihrer Kehle, ein Lachen, das so gar nicht zu ihrem bebenden Kinn und der zerfurchten Stirn passen wollte. Was sie dann sagte, kam im Tonfall einer kläglichen Rechtfertigung über ihre Lippen. »Ich wollte doch meine Zunge nicht verlieren.«

Zedd, der mittlerweile die Stufen hinabgestiegen war, legte ihr beruhigend eine Hand auf die Schulter. »Natürlich nicht, meine Liebe, natürlich nicht. In dem Augenblick hätte es Euch auch nichts genutzt, auf Eurer Ansicht zu beharren. Kein Mensch hätte erwartet, dass Ihr mehr tut, als Ihr getan habt. Ihr habt getan, was Ihr konntet; Ihr habt ihr die Wahrheit aufgezeigt. Und sie hat sich bewusst entschieden, die Augen vor ihr zu verschließen.«

Jebra, die kaum ihre Finger still halten konnte, nickte. »Ich schätze, in Wirklichkeit hat sie sich nie von ihrem Wahnsinn erholt.«

»Vernunftwidriges Verhalten muss noch lange kein Zeichen für Wahnsinn sein. Ihr solltet nicht versuchen, eine solche bewusste, absichtsvolle Handlung mit Wahnsinn zu entschuldigen.« Als sie ihn daraufhin verdutzt ansah, breitete Zedd, in einer Geste schmerzlicher Enttäuschung angesichts eines altbekannten Dilemmas, das er nur zu häufig beobachtet hatte, seine Hände aus. »Menschen, die das starke Bedürfnis verspüren, etwas zu glauben, sind oft nicht bereit, die Wahrheit zu erkennen, ganz gleich wie offenkundig diese ist. Und das ist eine ganz bewusste Entscheidung.«

»Vermutlich«, sagte Jebra.

»Sieht ganz so aus, als hätte sie, statt sich an die Wahrheit zu halten, eine Lüge geglaubt, die sie unbedingt glauben wollte«, warf Richard ein, als er sich auf einen Teil des ersten Gesetzes der Magie besann, eines Gesetzes, das er von seinem Großvater gelernt hatte.

»So ist es.« Mit dem Arm vollführte Zedd eine übertriebene Geste, die bittere Parodie eines Zauberers, der einen Wunsch gewährt. »Sie entschied, wie sie die Geschehnisse wünschte, in der Annahme, die Wirklichkeit werde sich ihren Wünschen schon fügen.« Er ließ den Arm sinken. »Aber die Wirklichkeit gewährt keine Wünsche.«

»Na schön, Königin Cyrilla war wütend auf Jebra, weil sie die Wahrheit offen ausgesprochen hatte, weil sie etwas zur Sprache gebracht hatte, was nicht mehr ohne Weiteres übersehen und ignoriert werden konnte«, warf Cara ein. »Und hat sie dann dafür bestraft.«

Zedd nickte, während er mit den Fingerspitzen sachte Jebras Schultern massierte. Seine Berührung hatte sie die müden Augen schließen lassen. »Menschen, die – aus welchem Grund auch immer – die Wahrheit nicht erkennen wollen, nehmen oft eine überspitzt feindliche Haltung ihr gegenüber ein und leugnen sie mit verbissener Hartnäckigkeit. Und nicht selten kehren sie ihre gehässige Ablehnung gegen jeden, der es wagt, auf diese Wahrheit hinzuweisen.«

»Was der Wahrheit aber keinen Abbruch tut«, warf Richard ein.

Zedd zuckte die Achseln, Ausdruck ebenjener freimütigen Unkompliziertheit, die er darin sah. »Wer die Wahrheit sucht, für den ist es stets eine Frage schlichten vernünftigen Eigennutzes, die Wirklichkeit niemals aus den Augen zu verlieren. Immerhin gründet sich Wahrheit auf Wirklichkeit, nicht auf Einbildung.«

Richard legte seinen Handballen auf das Walnussholzheft des Messers in seinem Gürtel. In Gedanken jedoch bei dem Schwert der Wahrheit und der Frage, wo es sich jetzt wohl befand, starrte Richard blicklos geradeaus. »Ich finde es nahezu unbegreiflich, wie Menschen jene Dinge aus dem Blick verlieren können, die in ihrem ureigenen Interesse liegen.«

»Ja, sollte man meinen.« Zedds Tonfall beiläufiger Konversation war jener dünnen, schrillen Sprechweise gewichen, die Richard sofort sagte, dass ihn noch etwas anderes bedrückte. »Das ist des Pudels Kern.«

Als Richard daraufhin in seine Richtung sah, bedachte Zedd ihn mit einem durchdringenden Blick. »Mutwillig von der Wahrheit abzuweichen, das ist Verrat an sich selbst.«

Shota, die Arme verschränkt, hielt in ihrem Umherwandern inne und beugte sich zu Zedd. »Ein Gesetz der Magie, Zauberer?«

Erstaunt hob Zedd eine Braue. »Das zehnte, um genau zu sein.«

Sie warf Richard einen vielsagenden Blick zu. »Ein weiser Rat.« Nachdem sie ihn eine Weile mit ihrem eisenharten Blick fixiert hatte, nahm sie ihr Umherwandern wieder auf.

Offenbar war sie der Meinung, ging es Richard durch den Kopf, er ignoriere die Wahrheit – die Wahrheit der in das Land einmarschierenden Armee der Imperialen Ordnung. Aber dem war überhaupt nicht so, er wusste nur einfach nicht, was sie noch von ihm erwartete, um ihren Einmarsch aufzuhalten. Hätte er einen Wunsch frei, hätte er sie längst wieder in die Alte Welt zurückgejagt. Wenn er wüsste, wie er sie aufhalten könnte, würde er es tun, aber das war nicht der Fall. Es war schlimm genug zu wissen, dass Shota zu glauben schien, seine Untätigkeit gründe sich auf puren Starrsinn – so, als stünde die Lösung in seiner Macht.

Er sah zu der stattlichen Frau oben an der Treppe hoch, die

ihn beobachtete. Selbst in ihrem rosa Nachthemd verströmte sie Noblesse und Klugheit. Während Richard von Menschen großgezogen worden war, die ihn dazu angehalten hatten, mit den Dingen stets so zu verfahren, wie sie tatsächlich waren, war sie unter dem Einfluss von Menschen aufgewachsen, die von den von der Imperialen Ordnung verbreiteten Glaubensüberzeugungen gesteuert wurden. Wenn man ein Leben lang autoritären Lehren ausgesetzt war, bedurfte es schon einer bemerkenswerten Persönlichkeit, um noch den Willen aufzubringen, der Wahrheit ins Gesicht zu sehen. Nur wenige Menschen besaßen diesen Mut.

Richard fragte sich, ob sie ebenfalls glaubte, er sei, aus irrationalen und eigensinnigen Motiven, gleichgültig gegenüber der Invasion der Imperialen Ordnung. Er fragte sich, ob auch sie glaubte, er versäume es, entscheidend zum Schutz unschuldiger Menschen vor diesem grauenhaften Leid beizutragen. Er hoffte inständig, dass dem nicht so war. Es gab Augenblicke, da schien Niccis Unterstützung so ziemlich das Einzige, was ihm die Kraft zum Weitermachen gab.

Vielleicht erwartete sie ja von ihm, die Suche nach Kahlan aufzugeben und sich stattdessen ganz auf die Errettung von sehr viel mehr als nur diesem einen Menschenleben zu konzentrieren, wie kostbar es auch sein mochte. Er unterdrückte diese quälende Angst; er wusste, Kahlan hätte dasselbe von ihm verlangt. Sosehr sie ihn liebte – damals, als sie noch wusste, wer sie war –, Kahlan hätte niemals gewollt, dass er sich auf ihre Fährte setzte, wenn dies zulasten des Versuchs gegangen wäre, eine viel größere Zahl von Menschen aus tödlicher Gefahr zu retten.

Dann plötzlich tat der Gedanke, der ihm gerade durch den Sinn gegangen war, seine Wirkung: damals, als sie noch wusste, wer sie war, wer er war. Wie konnte Kahlan ihn noch lieben, wenn sie weder wusste, wer sie war, noch wer er war? Die Knie drohten ihm nachzugeben.

»Genau so habe ich das auch gesehen«, sagte Jebra und öffnete, als Zedd seine tröstlichen Hände von ihr nahm, wie beim Erwachen ihre Augen. »Dass ich mein Bestes gegeben hatte, um ihr die Wahrheit vor Augen zu führen. Nur mochte ich nicht in diesem Verlies hocken. Wirklich nicht.«

»Und was geschah dann?« Zedd kratzte sich seine hohle Wange. »Wie lange habt Ihr dort unten in dem Verlies gesessen?«

»Ich verlor den Überblick, welcher Tag es war. Es gab keine Fenster, daher kam mir nach einer Weile jedes Gefühl dafür abhanden, ob es Tag war oder Nacht. Ich bekam den Wechsel der Jahreszeiten nicht mit, wusste aber immerhin, ich hatte lange genug dort eingesessen, dass sie gekommen und wieder gegangen waren. Nach und nach verlor ich alle Hoffnung.

Ich bekam zu essen – nie genug, um satt zu werden, aber gerade ausreichend, um nicht zu verhungern. Von Zeit zu Zeit – mitunter in sehr großen Abständen – ließ man in dem schäbigen Hauptraum jenseits der Eisentür eine Kerze brennen. Die Wachen verhielten sich mir gegenüber nicht vorsätzlich grausam, trotzdem war es fürchterlich beängstigend, in der Dunkelheit dieser winzigen gemauerten Zelle eingesperrt zu sein. Ich war klug genug, mich nicht zu beklagen. Wenn die anderen Gefangenen sich beschwerten oder Krach schlugen, warnte man sie, still zu sein, und gelegentlich, wenn ein Gefangener sich nicht an diese Anordnung hielt, konnte ich hören, wie die Wachen ihre Drohungen wahr machten. Manchmal kam es vor, dass die Gefangenen nur kurz dort blieben, bis man sie zu ihrer Hinrichtung abführte. Von Zeit zu Zeit wurden neue Gefangene hereingebracht. Nach dem bescheidenen Ausblick, den mir mein winziges Guckloch gewährte, waren die Männer, die man brachte, ein verrohter und gefährlicher Haufen. Manchmal riss mich ihr abstoßendes Gefluche in tiefster Dunkelheit aus dem Schlaf, sodass ich beim Einschlummern sofort Albträume bekam.

Die ganze Zeit über verharrte ich in Angst, eine Vision könnte mich heimsuchen, die mir mein endgültiges Schicksal vor Augen führte, aber solche Visionen stellten sich nie ein. Allerdings brauchte ich sie auch gar nicht, um mir auszumalen, was die Zukunft für mich bereithielt. Ich wusste, Cyrilla würde es mir zum Vorwurf machen, wenn die Invasoren schließlich näher rückten. Ich hatte mein ganzes Leben lang Visionen. Nicht selten geben die Menschen, denen nicht gefällt, was ihnen widerfahren wird, mir die Schuld daran, weil ich ihnen erklärte, was ich sehe. Statt diese Information zu benutzen, um etwas zu verändern, machen sie es sich leicht und lassen ihren Unmut an mir aus. Oftmals glaubten sie, ich hätte ihren Ärger erst verursacht, indem ich ihnen von meinen Visionen erzählte, so als wäre es meine Entscheidung, was ich sehe, und würde durch meine Böswilligkeit erst Wirklichkeit.

Das Eingeschlossensein in diese finstere Zelle war mir nahezu unerträglich, und doch konnte ich nichts anderes tun, als es zu erdulden. In den endlosen Stunden, die ich dort hockte, begann ich zu begreifen, wieso Cyrilla damals in der Grube den Verstand verloren hatte. Wenigstens musste ich mich nicht solcher Rohlinge erwehren – diesen Schlag Männer hatte man in die anderen Zellen gesperrt. Wie die Dinge lagen, war ich überzeugt, dort in der Zelle vergessen und im Stich gelassen zu sterben. Ich verlor vollends den Überblick, wie lange ich vor der Welt, vor dem Licht und dem Leben weggesperrt war.

Während all dieser Zeit suchten mich nie wieder irgendwelche Visionen heim. Damals wusste ich noch nicht, dass ich nie wieder welche haben würde.

Einmal schickte die Königin einen Unterhändler, der mich fragen sollte, ob ich bereit wäre, meine Vision zu widerrufen. Ich erklärte ihm, dass ich der Königin mit Freuden jede Lüge auftischen würde, die sie hören wollte, wenn sie mich nur freiließe. Offenbar entsprach es nicht dem, was die Königin hören wollte, denn ich sah den Unterhändler nie wieder – noch kam jemand, um mich freizulassen.«

Richard wandte sich zur Seite und sah, dass Shota ihn beobachtete. In ihren Augen konnte er den stummen Vorwurf sehen, dass er sich mit seinem Wunsch, sie solle ihm etwas anderes erzählen als das, was der Welt ihrer Ansicht nach bevorstand, genauso verhielt, und spürte einen schuldbewussten Stich.

Jebra schaute zu den Oberlichtern hoch über ihren Köpfen hinauf, als könnte sie vom schlichten Wunder dieser Helligkeit gar nicht genug bekommen. »Eines Nachts – erst später erfuhr ich, dass es in der Welt oben ebenfalls Nacht war – erschien ein Wachtposten vor dem winzigen Guckloch in der Eisentür zu meiner engen, kleinen Zelle und teilte mir mit leiser Stimme mit, Truppen der Imperialen Ordnung befänden sich auf dem Vormarsch in die Stadt. Dann fügte er noch hinzu, die Schlacht werde jetzt endlich jeden Moment beginnen.

Er klang fast froh, dass das quälende Warten ein Ende hatte, dass die Wirklichkeit sie alle endlich davon erlöste, ihrer Königin etwas vorzugaukeln. Es war, als hätte das Wissen um ihr Schicksal sie alle zu treulosen Verrätern gemacht, und dieser Verrat an den Wunschvorstellungen der Königin ginge nun auf die Wirklichkeit über. Gleichwohl war dies ja nur ein Teil der königlichen Wahnvorstellungen, jener Teil, der zu offensichtlich war, als dass man sich ihm hätte entziehen können.

Im Flüsterton antwortete ich, dass ich Angst um die Einwohner der Stadt hätte. Er schnaubte nur verächtlich und schalt mich einfältig, weil ich die galeanischen Soldaten noch nicht kämpfen gesehen hätte. Er gab sich äußerst zuversichtlich, dass die galeanische Armee, eine Streitmacht von weit über einhunderttausend tapferen Soldaten, den Eindringlingen eine deftige Lektion erteilen und sie in die Flucht schlagen würde, genau wie ihre Königin es versprochen hatte.

Ich hielt den Mund. Ich wagte nicht, dem illusionären Wunschdenken der Königin von ihrer Unbesiegbarkeit zu widersprechen, traute mich nicht zu sagen, dass es für die Truppen der Imperialen Ordnung mit ihrer gewaltigen zahlenmäßigen Überlegenheit, die ich in meiner Vision geschaut hatte, ein Leichtes sei, die Armee der Verteidiger zu vernichten, und dass die Stadt fallen werde. Eingesperrt in meiner Zelle, konnte ich ja nicht einmal fortlaufen.

Und dann vernahm ich das seltsame, unheimliche Geräusch aus meiner Vision. Es jagte mir einen Schauder über den Rücken. Eine eiskalte Gänsehaut überlief meinen Körper. Schließlich begriff ich, was es war: der klagende Ton Abertausender feindlicher Gefechtshörner. Es klang wie das Geheul von Dämonen, hervorgekommen aus der Unterwelt, um die Lebenden zu verschlingen. Nicht einmal die mächtigen Steinmauern vermochten dieses grauenhafte, durchdringende Geräusch fernzuhalten. Es war ein Laut, der das Nahen des Todes ankündigte, ein Laut, bei dem dem Hüter höchstselbst ein Feixen über das Gesicht gegangen wäre.«

13

Jebra rieb sich die Schultern, als hätte die bloße Erinnerung an den schrillen Klang der Gefechtshörner ihr von Neuem eine Gänsehaut bereitet. Sie atmete einmal tief durch, um ihre Fassung wiederzuerlangen, dann sah sie hoch zu Richard und fuhr mit ihrer Geschichte fort.

»Die Wachtposten eilten geschlossen zu den Verteidigungsanlagen der Stadt, sodass das Verlies unbewacht zurückblieb. Natürlich waren die Eisentüren, die sie hinter sich verriegelten, mehr als ausreichend, um jeden an der Flucht zu hindern. Kaum waren sie verschwunden, brachen einige der Gefangenen in Jubelschreie aus, Jubelschreie, die der anrückenden Imperialen Ordnung galten, dem sich abzeichnenden Fall Galeas und ihrer, wie sie glaubten, in Kürze bevorstehenden Freilassung. Doch nicht lange, und auch sie verstummten, als das Rufen und Schreien in der Ferne über uns immer mehr anschwoll. Stille senkte sich über die finsteren Verliese des Palasts.

Bald darauf konnte man das klirrende Aufeinanderprallen von Waffen hören, die kollektiven Schreie von Soldaten im Kampf auf Leben und Tod, die stetig näher kamen. Unter diese Schreie mischte sich das grauenhafte Kreischen der Verwundeten. Das Gebrüll der Soldaten schwoll immer mehr an, je weiter die Verteidiger zurückgedrängt wurden. Und dann stand der Feind im Palast. Ich hatte ja eine Zeit lang im Palast gelebt und viele der dort lebenden Menschen kennengelernt, denen jetzt etwas bevorstand, das ...«

Jebra wischte sich die Tränen von der Wange. »Tut mir leid«, murmelte sie, während sie ein Taschentuch aus ihrem Ärmel zupfte und sich damit die Nase abtupfte. Dann räusperte sie sich und nahm ihren Bericht wieder auf.

»Ich weiß nicht, wie lange die Schlacht tobte, aber irgendwann kam der Moment, da hörte ich das Geräusch eines Rammbocks, der mit großer Wucht gegen die Eisentüren oben gestoßen wurde. Jeder Stoß hallte in den steinernen Mauern wider. Sobald eine Tür nachgegeben hatte, kam das Geräusch näher, wenn die nächste Tür in Angriff genommen wurde, bis schließlich auch diese aufgebrochen war. Und dann ergoss sich plötzlich eine Flut von Soldaten, alle mit Schlachtrufen auf den Lippen, die Treppen herab. Sie trugen Fackeln bei sich, die den winzigen Vorraum draußen vor meiner Zelle in hartes Licht tauchten. Wahrscheinlich waren sie auf der Suche nach der Schatzkammer, nach Beutegut. Stattdessen fanden sie ein verdrecktes Loch freudloser Abgeschiedenheit vor, sodass sie alle wieder die Treppen hinaufhasteten und uns in völliger Dunkelheit und in einem Zustand herzrasender Angst zurückließen.

Ich dachte schon, ich würde sie nie mehr wiedersehen, doch es dauerte gar nicht lange, und die Soldaten kehrten noch einmal zurück. Diesmal schleppten sie verzweifelt kreischende Frauen mit herbei – einige der Bediensteten aus dem Palast. Offenbar wollten die Soldaten mit ihren jüngsten Eroberungen allein sein, fernab all der anderen Kerle, die sie ihnen einfach entreißen oder sich gar mit ihnen um solch kostbares lebendes Beutegut prügeln könnten.

Was dann an meine Ohren drang, bewog mich, mich in den entlegensten Winkel meiner Zelle zu kauern, doch wirklich entziehen konnte ich mich dadurch nicht, denn ich musste das grauenhafte Geschehen noch immer in allen Einzelheiten hören. Ich konnte mir einfach nicht vorstellen, was das für Männer sein mussten, die sich von solch schauderhaften Verbrechen, wie sie sie begingen, zu lautem Gelächter und Gejohle anregen ließen. Diese beklagenswerten Frauen hatten niemanden – absolut niemanden –, der ihnen half, keinerlei Hoffnung auf Rettung.

Dann riss sich offenbar eine der jüngeren Frauen von dem Kerl, der sie festhielt, los und stürzte in wilder Panik Richtung Treppe. Ich hörte Stimmen rufen, jemand solle sie festhalten. Sie war flink und kräftig, trotzdem bekamen die Männer sie mühelos zu fassen und warfen sie zu Boden. Als ich sie um ihr Leben betteln, mit tränenerstickter Stimme »Nicht, bitte nicht« wimmern hörte, erkannte ich schließlich ihre Stimme wieder. Während einer der Kerle sie am Boden festhielt, trat ihr ein anderer mit dem Stiefel auf das Knie und bog ihren Fuß nach oben, bis ich ihr Knie mit einem Knacken nachgeben hörte. Unter ihren von Schmerz und Entsetzen erfüllten Schreien wiederholte er die Prozedur bei ihrem anderen Bein. Die Männer johlten nur und meinten, jetzt, da sie wohl kaum noch einmal fortlaufen werde, könne sie sich doch etwas ernsthafter mit ihren neuen Pflichten befassen. Und dann fielen sie über sie her. Noch nie, in meinem ganzen Leben nicht, habe ich so entsetzliche Schreie gehört.

Ich weiß nicht, wie viele Soldaten in den Kerker hinunterkamen, aber es wurden in ständigem Wechsel mehr und mehr. Stunde um Stunde ging das so. Einige der Frauen weinten und wimmerten die ganze Zeit, während sie vergewaltigt wurden, ein Verhalten, das die Männer nur zu stürmischen Lachsalven aufstachelte. Aber das waren gar keine Männer, das waren Ungeheuer ohne Gewissen oder Selbstbeherrschung.

Einer der Soldaten, er hatte offenbar ein Versteck mit Schlüsseln entdeckt, machte die Runde und schloss die Zellentüren auf. Er stieß die Türen auf, verkündete unter lautem Gelächter und Gejohle die Befreiung aller Unterdrückten und lud die Gefangenen ein, sich in die Schlange einzureihen, um ihre Rache an den gottlosen Menschen zu nehmen, die sie verfolgt und unterjocht hätten. Das Mädchen, dem sie die Knie gebrochen hatten – Elizabeth war ihr Name –, hatte ihr ganzes junges Leben lang noch keinen Menschen unterdrückt; stets war sie mit einem Lächeln auf den Lippen ihrer Arbeit nachgegangen, weil sie so froh war, eine Anstellung im Palast zu haben, und sie in einen jungen Tischlerlehrling verschossen war, der ebenfalls dort arbeitete. Die Gefangenen strömten aus ihren Zellen hervor, nur zu begierig, bei dem grausigen Treiben mitzumachen.

»Wieso haben sie Euch nicht aus der Zelle gezerrt?«, wollte Richard wissen.

Jebra unterbrach sich, um tief durchzuatmen, ehe sie fortfuhr. »Als meine Zellentür aufgestoßen wurde, drückte ich mich in die dunkelste Ecke meiner Zelle. Es bestand nicht der geringste Zweifel, was mit mir geschehen würde, wenn ich hinausginge oder entdeckt würde. Aber teils wegen der Schreie der Frauen, teils wegen des Gegröles und Gelächters der Soldaten, aber auch wegen des Geschiebes und Gerangels um einen Platz in der Schlange, bekamen die Soldaten irgendwie nicht mit, dass ich mich in der Dunkelheit im hinteren Teil meiner Zelle versteckt hatte. Unten in den Kerkern gab es ja kaum Licht. Offenbar dachten sie, die winzige Zelle sei leer, wie einige der anderen auch, denn niemand machte sich die Mühe, eine Fackel hineinzuhalten und einen Blick hineinzuwerfen – schließlich waren die übrigen Gefangenen ausnahmslos Männer, Verbrecher, die es gar nicht erwarten konnten, endlich freizukommen. Ich hatte nie ein Wort mit ihnen gewechselt, daher wussten sie vermutlich gar nicht, dass eine Frau den Kerker dort unten mit ihnen teilte, sonst wären sie bestimmt hereingekommen und hätten mich geholt. Außerdem waren sie alle … ziemlich beschäftigt.«

Jebras Gesicht, von Seelenqualen verzerrt, sank in ihre Hände. »Ich kann Euch nicht einmal ansatzweise schildern, welch grauenhafte Dinge den Frauen nur wenige Schritte von mir entfernt angetan wurden. Es wird mich für den Rest meines Lebens in meinen Albträumen verfolgen. Aber die Vergewaltigung der Frauen war längst nicht alles, worauf diese Kerle aus waren. Ihr eigentlicher Antrieb war das lustvolle Verlangen nach brutaler Gewalt, eine barbarische Begierde, hilflose Menschen zu erniedrigen und ihnen Schmerzen zuzufügen, sie ihre Macht über Leben und Tod spüren zu lassen.

Als die Frauen alle Bemühungen, sich zu wehren, einstellten, zu schreien und schließlich zu atmen aufhörten, beschlossen die Männer, loszuziehen und sich etwas zu essen und zu trinken zu beschaffen, um ihren Triumph zu feiern, und sich anschließend noch ein paar Frauen mehr zu greifen. Wie eine Gruppe bester Freunde an einem freien Tag, so gelobten sie alle feierlich, nicht eher zu ruhen, bis es auf der ganzen Welt keine einzige Frau mehr gebe, an der sie sich nicht vergangen hatten.«

Mit beiden Händen strich Jebra sich die Haare aus dem Gesicht. »Nachdem sie alle davongeeilt waren, wurde es sehr still und ruhig im Kerker. Obwohl ich unkontrollierbar zitterte und weinte, hielt ich mich auch weiter im Dunkel meiner Zelle verborgen und versuchte, jedes Geräusch zu vermeiden, das mich hätte verraten können. Ständig hatte ich den entsetzlichen Gestank von Blut und anderen Dingen in der Nase. Es ist schon komisch, wie selbst die eigene Nase nach einer Weile dazu neigt, unempfindlich gegen Gerüche zu werden, bei denen einem vorher speiübel geworden war.

Trotzdem konnte ich einfach nicht aufhören zu zittern. Jetzt konnte ich auch verstehen, wieso Cyrilla angesichts dieser Misshandlungen den Verstand verloren hatte.

Mein anhaltender Angstzustand hatte mich erschöpft, und doch fand ich keinen Schlaf – ich wagte nicht zu schlafen. Die

Nacht zog sich dahin, und schließlich sah ich Licht den Treppenschacht heruntersickern; die Eisentüren waren ja nicht mehr vorhanden, um die Welt oben fernzuhalten. Aber ich traute mich noch immer nicht hinaus, wagte noch immer nicht, mich von der Stelle zu rühren. Den ganzen Tag lang harrte ich aus, wo ich war, bis wieder pechschwarze Nacht die Zelle füllte. Das Wüten und Plündern oben hielt unvermindert an. Was als Schlacht begonnen hatte, war in eine berauschte Siegesfeier umgeschlagen. Auch die Morgendämmerung brachte von oben noch keine Ruhe.

Ich war mir darüber im Klaren, dass ich nicht bleiben konnte, wo ich war. Der Gestank der toten Frauen wurde allmählich unerträglich, ebenso die Vorstellung, dort unten in dem finstern Loch inmitten der verwesenden Körper von Menschen zu hocken, die ich kannte. Und doch hatte ich solche Angst vor dem, was mich dort oben erwartete, dass ich mich auch diesen Tag und dann noch einmal die ganze nächste Nacht nicht von der Stelle rührte.

Ich war so durstig und hungrig, dass ich begann, Becher voller Wasser auf dem Fußboden neben Brotlaiben stehen zu sehen, ja ich konnte das nur wenige Fuß entfernt liegende Brot sogar riechen. Doch sobald ich die Hand danach ausstreckte, war es nicht mehr da.

Ich erinnere mich nicht mehr genau, wann es passierte, aber irgendwann kam der Moment, da ich mich so sehr nach einem Ende dieser anhaltenden, lähmenden Angst sehnte, dass ich mein Ende schließlich akzeptierte, fast herbeisehnte. Ich wusste nur zu gut, was mir bevorstand, überlegte aber, dass damit endlich wenigstens meine grauenhafte, quälende Agonie ein Ende hätte. Ich wünschte mir nichts sehnlicher, als dass es endlich vorbei wäre. Mir war klar, welches Leid, welche Erniedrigung und Qualen ich würde über mich ergehen lassen müssen, aber ich wusste auch, dass es, wie für die Frauen, die dort leblos nicht weit von mir entfernt am Boden lagen, irgendwann ein Ende haben würde und ich nicht mehr zu leiden brauchte.

Also wagte ich mich schließlich aus der Dunkelheit meiner Zelle nach draußen. Das Erste, was ich sah, waren die toten Augen Elizabeths, die mir direkt ins Gesicht starrten, so als hätte sie den Kopf herumgewandt und wartete nur darauf, dass ich hervorkomme, um zu sehen, was man ihr angetan hatte. Ihr Gesichtsausdruck schien eine stumme, an mich gerichtete Bitte, im Interesse der Gerechtigkeit Zeugnis abzulegen. Doch da war niemand, vor dem ich hätte Zeugnis ablegen können, und Gerechtigkeit war nicht zu haben, nur mein stummes Zeugnis ihres einsamen Endes.

Ihr Anblick und der der anderen Frauen ließ mich sofort wieder in die Zelle zurücktreten. Doch dann überkam mich ein Anfall blinder Panik. Ich hielt mir gegen den entsetzlichen Gestank den Saum meines Kleides vor die Nase und rannte mitten durch das Gewirr verdrehter, nackter Gliedmaßen und Körper. Ohne zu wissen, wohin ich rannte, aber in dem sicheren Wissen, wovor ich floh, hastete ich die Treppe hinauf. Und während ich rannte, betete ich unablässig für die Gnade eines schnellen Endes.

Den Palast wiederzusehen war ein Schock. Er war einmal ein prächtiges Bauwerk gewesen, zumal die sorgfältigen Renovierungsarbeiten nach dem früheren Angriff vor ein paar Jahren gerade erst abgeschlossen waren. Jetzt war er nicht einmal mehr eine Ruine. Es war mir vollkommen unverständlich, wieso Soldaten sich die Mühe gemacht hatten, Dinge auf diese Weise zu zerstören, wie ihnen dieser ermüdend langwierige Akt der Zerstörung Spaß gemacht haben konnte. Überall wimmelte es von Soldaten, die die von ihren Kameraden zurückgelassenen Überreste durchwühlten, die Leichen fledderten und überhaupt alles fortschleppten, was sie nur tragen konnten, die aus blanker Verachtung elegante Dekorationen zertrümmerten und scherzend vor irgendwelchen Zimmern Schlange standen, wo sie darauf warteten, dass sie bei den weiblichen Gefangenen an die Reihe kämen. Männer wie diese hatte ich noch nie gesehen; es waren Soldaten, die sofort Gefühle ungehemmten Schreckens weckten, hochgewachsene, ungeschlachte, ungewaschene Kerle in narbenübersäten, blutverschmierten Lederrüstungen. Die meisten waren über und über mit Ketten, Gürteln und nietenbesetzten Riemen bedeckt. Viele hatten sich den Schädel kahl rasiert, andere stierten unter Strähnen langen, verfilzten und fettigen Haars hervor. Alle verströmten sie etwas gänzlich Unzivilisiertes, kaum noch Menschliches. Es waren keine Soldaten, es waren einfach Kerle, die es längst aufgegeben hatten, sich den Anschein zivilisierten Verhaltens zu geben. Sie handelten oder feilschten nicht wie gewöhnliche Soldaten, sie nahmen sich einfach, was immer sie begehrten, und prügelten sich sogar um gänzlich wertlosen Plunder. Einfach aus einer Laune heraus schlugen sie Menschen nieder, löschten Leben aus und mordeten – ohne Sinn und Gewissen. Es waren Männer bar jeglicher zivilisierten Moral, grausame Rohlinge, die hemmungslos unter Unschuldigen wüteten.«

14

»Wenn überall Soldaten waren, wieso haben sie Euch dann nicht aufgegriffen und verschleppt?«, fragte Cara mit der ebenso beiläufigen wie bissigen Direktheit, wie nur eine Mord-Sith sie so mühelos aufzubringen vermochte. Die gleiche Frage war auch Richard in den Sinn gekommen.

»Sie waren wohl in dem Glauben, sie sei als Bedienstete abgestellt worden«, erklärte dann Nicci mit sicherer, wissender Stimme. »Da sie so lange nach Beginn des Überfalls noch völlig unbehelligt umherlief, dürften die Soldaten angenommen haben, es müsse einen guten Grund dafür geben, nämlich, dass sie von den Befehlshabern für andere Aufgaben vorgesehen war.«

Jebra nickte. »Genau so war es. Kurz darauf entdeckte mich ein Offizier und zerrte mich in einen Raum voller anderer Soldaten, die sich um mehrere Tische versammelt hatten, auf denen man Karten ausgebreitet hatte. Anders als die meisten Räume war dieser nicht völlig zerstört. Sie wollten wissen, wo ihr Essen bleibe, so als müsste ich das wissen.

Sie sahen nicht minder grimmig aus als all die anderen Soldaten, und zunächst war mir auch gar nicht klar, dass sie die Offiziere waren, wenn nicht die anderen Soldaten, die dort mit irgendwelchen Meldungen ein und aus gingen, ihnen eine gewisse Ehrerbietung gezollt hätten. Einige der Offiziere, sie waren etwas älter und legten ein noch etwas schärferes Auftreten an den Tag, hatten einen noch berechnenderen Blick in den Augen als die gewöhnlichen Soldaten, die stets einen weiten Bogen um sie machten. Als sie mich ansahen, wusste ich, diese Männer erwarteten, dass man ihnen augenblicklich antwortete.

An diesen Hoffnungsschimmer klammerte ich mich – dass ich womöglich überleben könnte, wenn ich mich auf das Spiel einließ. Eine Entschuldigung stammelnd, verneigte ich mich und erklärte ihnen, ich würde mich augenblicklich um das Essen kümmern. Offenbar mehr daran interessiert, etwas zu essen zu bekommen, als Strafen zu verteilen, erklärten sie, ich solle mich gefälligst beeilen. Ich lief zu den Küchen hinüber und versuchte den Anschein zu erwecken, ich hätte einen bestimmten Plan, gleichzeitig bemühte ich mich, nicht meinem Fluchtinstinkt nachzugeben, da ich befürchtete, beim Anblick einer rennenden Frau könnten die Soldaten wie Wölfe reagieren, die ein Kitz aus der Deckung hervorbrechen sahen.

In den Küchenräumen drängten sich Hunderte von Menschen, meist ältere Männer und Frauen, von denen ich viele wiedererkannte, da sie lange Zeit die Speisen für den Palast zubereitet hatten. Sogar ein paar jüngere, kräftigere Männer waren darunter; sie wurden für einige der schwereren Handreichungen gebraucht, die für die Küchenjungen und älteren Hilfen zu schwer waren, Handreichungen wie das Hantieren mit den fürs Zerlegen bestimmten toten Tieren oder das Drehen der schweren Spieße. Sie alle schufteten wie von Sinnen inmitten der tosenden Küchenfeuer und dampfenden Kessel, als hinge ihr Leben davon ab, was natürlich durchaus zutraf.

Ich wurde kaum bemerkt, als ich die Küchenräume betrat, da alle, von den unterschiedlichsten Tätigkeiten völlig in Anspruch genommen, hektisch durcheinanderliefen. Da jeder bereits in fieberhafter Hektik schuftete, schnappte ich mir einen großen mit Fleischspeisen vollgehäuften Servierteller und erbot mich, diesen zu den Offizieren hinaufzubringen. Die Leute in der Küche waren nur zu froh, dass jemand sich bereit erklärte, sich mitten unter die Soldaten zu wagen.

Als ich mit den Speisen zurückkehrte, ließen die Offiziere alles stehen und liegen, sprangen, offensichtlich völlig ausgehungert, von ihren Sofas und Sesseln auf und machten sich mit bloßen, völlig verdreckten Fingern über das Fleisch auf dem Servierteller her. Während ich den schweren Teller auf einem der großen Tische abstellte, blickte einer der Offiziere, einen Fleischbrocken zwischen seinen mahlenden Kiefern, zu mir hoch und fragte mich, wieso ich keinen Ring in meiner Unterlippe trüge. Ich hatte keine Ahnung, wovon er überhaupt sprach …«

»Nun, Sklaven bekommen einen Ring durch die Unterlippe gebohrt«, erklärte Nicci. »Er weist sie als Eigentum ranghoher Soldaten aus und hält gewöhnliche Soldaten davon ab, sie als Beute zu nehmen. Dadurch wird gewährleistet, dass den Kommandeuren für alle niederen Tätigkeiten Bedienstete zur Verfügung stehen.«

Jebra nickte. »Der Offizier blaffte einen Befehl. Ein Soldat packte mich und hielt mich fest, während ein anderer vor mich hintrat, meine Unterlippe vorzog und einen Eisenring hindurchstieß.«

Nicci starrte blicklos in die Ferne. »Eisen gilt bei ihnen als Hinweis auf die Eisenkessel und Ähnliches mehr. Ein Eisenring steht also für das Küchenpersonal und verwandte Bereiche.«

Richard konnte sehen, wie sich ein Schleier unterdrückten Zorns über Niccis blaue Augen legte. Auch sie hatte einst einen Ring in ihrer Unterlippe getragen, wenngleich ihrer aus Gold gewesen war, um sie als persönlichen Besitz von Kaiser Jagang zu kennzeichnen. Eine Ehre war das keineswegs. Nicci war auf eine Weise missbraucht worden, die weit schlimmer war als alle niederen Tätigkeiten.

»Das ist völlig richtig«, bestätigte Jebra. »Nachdem man mir den Ring durch die Lippe gebohrt hatte, wurde ich in die Küche zurückgeschickt, um Wein und weitere Speisen zu holen. Dabei fiel mir auf, dass die anderen in der Küche ebenfalls Ringe trugen. Die ganze Zeit, während ich hin- und herlief, um den Offizieren zu bringen, was immer sie verlangten, befand ich mich in einem Zustand apathischer Benommenheit. Wann immer ich konnte, stibitzte ich hier einen Schluck Wasser, dort einen Happen zu essen. Es reichte gerade, um zu verhindern, dass ich zusammenbrach. Ich fand kaum Zeit, darüber nachzudenken, dass ich nur dank glücklicher Umstände einem sehr viel schlimmeren Schicksal entgangen war. Sosehr die Wunde auch pochte und blutete, ich war froh, den Ring in meiner Lippe zu tragen, denn jeder Soldat, der ihn erblickte, besann sich hinsichtlich seiner Absichten augenblicklich eines Besseren und ließ mich in Ruhe.

Nicht lange, und man schickte mich beladen mit schweren Taschen voller Speisen und Getränke für die Offiziere in den anderen Teilen der Stadt los. Draußen, in den ländlichen Gebieten rings um die Stadt, bekam ich dann nach und nach einen Eindruck von dem wahren Ausmaß des Grauens, das über Ebinissia hereingebrochen war.«

Als Jebra in einen Zustand entrückter Benommenheit sank, hakte Richard nach. »Was genau habt Ihr dort gesehen?«

Sie sah zu ihm hoch, als hätte sie fast vergessen, dass sie dabei war, ihre Geschichte zu erzählen, doch dann schluckte sie ihren Schmerz hinunter und fuhr fort. »Draußen vor den Mauern der Stadt lagen Zehntausende von Toten, die in der Schlacht ihr Leben gelassen hatten. So weit das Auge reichte, war der Erdboden mit verstümmelten Körpern bedeckt, viele von ihnen, dort wo sie den letzten Widerstand geleistet hatten, in Gruppen zusammengedrängt. Das Bild hatte etwas Unwirkliches, und doch hatte ich es schon einmal gesehen … in meiner Vision.

Das Allerschlimmste aber war, dass eine ganze Reihe galeanischer Soldaten trotz ihrer schweren Verletzungen noch lebte. Verwundet lagen sie da und dort über das gesamte Schlachtfeld verteilt an der Seite ihrer toten Kampfgefährten, unfähig, sich von der Stelle zu rühren. Manche, bereits auf der Schwelle des Todes, stöhnten leise vor sich hin, andere befanden sich in einem Zustand gesteigerter Aufmerksamkeit, waren aber aus dem einen oder anderen Grund bewegungsunfähig. Ein Mann lag unter einem zusammengebrochenen Wagen eingeklemmt, dessen Gewicht ihm die Beine zerquetscht hatte, einen anderen hatte ein durch seinen Unterleib gestoßener Speer am Boden festgespießt. Trotz seiner ungeheuren Schmerzen war er von einem so großen Lebenswillen beseelt, dass er es nicht wagte, sich vom Schaft zu ziehen und damit freizugeben, was der Speer notdürftig zusammenhielt. Wieder andere hatten so stark zertrümmerte Arme oder Beine, dass sie nicht einmal fähig waren, über das chaotische Durcheinander aus toten Soldaten, Pferdeleibern und Trümmerteilen hinwegzukriechen. Wäre ich stehen geblieben, um diesen verwundeten Männern Trost oder Hilfe zu geben, wären sie, da mittlerweile überall Soldaten patrouillierten, entdeckt und auf der Stelle abgestochen worden.

Ich musste auf meinen Wegen von und zu diesen Außenposten quer durch dieses grauenhafte Schlachtfeld. Die Hügel, in denen dieses letzte Gefecht stattgefunden hatte, waren von Hunderten von Personen übersät, die sich gemächlich einen Weg durch diese Toten bahnten und dabei ganz systematisch deren Habseligkeiten durchwühlten. Später erfuhr ich, dass dies eine kleine Armee von Leuten war, die hinter den Truppen der Imperialen Ordnung herzog – die Schlachtengänger – und sich von den Abfällen und Resten ernährte, die die Imperiale Ordnung auf ihrem Weg zurückließ. Diese Geier in Menschengestalt durchwühlten Taschen und Kleider der Toten und bestritten demzufolge mit Tod und Zerstörung ihren Lebensunterhalt.

Ich erinnere mich, wie eine ältere Frau in einem schäbigen weißen Schal auf einen noch lebenden galeanischen Soldaten stieß. Neben anderen Verletzungen war sein Bein bis auf den Knochen aufgeschlitzt, und seine Hände zitterten von der endlosen einsamen Anstrengung, die riesige Wunde zusammenzupressen. Es grenzte an ein Wunder, dass er überhaupt noch lebte.

Als die Alte in dem schäbigen Schal auf der Suche nach irgendetwas Verwertbarem an seinen Kleidern zerrte, bat er sie um einen Schluck Wasser. Ohne ihn zu beachten, riss sie sein Hemd auf, um zu sehen, ob er, wie manche Soldaten, eine Halskette mit einem Geldbeutel daran trug. Mit matter, heiserer Stimme bettelte er erneut um einen Schluck Wasser. Stattdessen zog sie eine lange Stricknadel aus ihrem Gürtel hervor und stieß sie dem hilflos daliegenden Soldaten ins Ohr. Das Herumfuhrwerken mit der langen Metallnadel in seinem Gehirn war offenbar so anstrengend, dass ihre Zunge aus dem Mundwinkel hervorlugte. Seine Arme zuckten noch einmal, dann rührten sie sich nicht mehr. Eine gemurmelte Klage auf den Lippen, das werde ihm wohl das Maul stopfen, zog sie ihre Stricknadel der Länge nach wieder heraus und wischte sie an seinem Hosenbein ab, schob sie zurück in ihren Gürtel und widmete sich wieder dem Filzen seiner Taschen. Mir fiel auf, mit welch offenkundiger Geübtheit sie bei dieser schauerlichen Tat zu Werke ging.

Andere Schlachtengänger sah ich den Schädel eines jeden Soldaten, den sie lebend antrafen, mit einem Stein einschlagen, nur um sicherzugehen, er werde sie auf ihrer Beutesuche nicht damit überraschen, dass er unerwartet nach ihnen schlug. Einige dieser Aasgeier machten sich dagegen gar nicht erst die Mühe, den Verwundeten etwas anzutun, es sei denn, sie konnten ihre Hände noch gebrauchen und versuchten, sich ihrer zu erwehren. Wenn sie noch lebten, aber keinen Widerstand mehr leisten konnten, bedienten sie sich einfach bei allem, was sie finden konnten, und zogen weiter. Es gab aber auch welche, die triumphierend die Faust gen Himmel reckten, sobald sie einen noch lebenden Soldaten entdeckten, einen, den sie ins Jenseits befördern konnten, so als machte diese Tat sie zu Helden. Gelegentlich traf man auch auf Bösewichte, die auf einen hilflos Verwundeten stießen und sich einen Spaß daraus machten, ihn auf abscheulichste Weise zu quälen, wobei es ihnen besondere Freude bereitete, wenn der Betreffende weder weglaufen noch sich gegen sie wehren konnte. Es war jedoch nur eine Frage von wenigen Tagen, dann waren alle verwundeten Überlebenden ebenfalls tot, sei es, weil sie ihren Verletzungen erlegen waren oder die Schlachtengänger sie ins Jenseits befördert hatten.«

Jebra hielt kurz inne und brach dann in Tränen aus. Es dauerte eine Weile, bis sie weitererzählen konnte. »Keine junge Frau sollte jemals ertragen müssen, was man diesen beklagenswerten Geschöpfen antat. Die gefangen genommenen galeanischen Soldaten, wie auch die Männer und Jugendlichen aus der Stadt, waren sich nur zu bewusst, was ihren Müttern, Ehefrauen, Schwestern und Töchtern widerfuhr – dafür hatten die Truppen der Imperialen Ordnung gesorgt. Nicht lange, und man schickte die Gefangenen in großen Arbeitskolonnen los, um scheinbar endlose Gruben für die Toten auszuheben. Kaum waren sie mit dem Ausheben der Gruben fertig, zwang man sie, alle verwesenden Leichen zu bergen und für ein Massenbegräbnis herbeizuschaffen. Wer Widerstand leistete, endete ebenfalls in der Grube.

Nachdem alle Toten zusammengetragen und in die Gruben geworfen waren, mussten die Männer lange Gräben ausheben. Anschließend begannen die Hinrichtungen. Nahezu jeder Mann über fünfzehn wurde umgebracht. Zehntausende von

Menschen waren der Imperialen Ordnung ins Netz gegangen; daher war mir klar, dass es Wochen dauern würde, sie alle hinzumetzeln.

Frauen und Kinder wurden unter Androhung von Waffengewalt gezwungen zuzusehen, wie ihre Mannsleute ermordet und anschließend in die großen offenen Gruben geschmissen wurden. Während sie zuschauten, setzte man sie darüber in Kenntnis, dies sei ein Beispiel dafür, was all jenen drohte, die sich den gerechten und sittlichen Gesetzen der Imperialen Ordnung widersetzten. Während der gesamten, schier endlosen Hinrichtungen hielt man ihnen einen Vortrag, es sei eine Blasphemie gegen den Schöpfer, ein Leben wie sie zu führen, ausschließlich ihren selbstsüchtigen Zielen verpflichtet. Man erklärte ihnen, die Menschheit müsse von dieser Verderbnis geläutert werden und dass es so nur zu ihrem Besten sei.

Einige der Männer wurden enthauptet, andere zwang man, vor den Gräben niederzuknien, woraufhin muskelbepackte Kerle mit Knüppeln, deren dickes Ende mit Eisenkappen beschlagen war, die Reihen abschritten und mit kraftvollem Schwung nacheinander jedem Mann den Schädel einschlugen, während einige mit Ketten gefesselte Gefangene ihnen folgten und jeden der soeben Getöteten in den Graben beförderten. Wieder andere Gefangene wurden zum Scheibenschießen mit Pfeilen oder Speeren missbraucht. Gelang es einem betrunkenen Scharfrichter aufgrund seines nachlässigen Zielens einmal nicht, einen Mann sauber zu töten, verfielen seine Kumpane in höhnisches Gelächter. Es war ein Spiel für sie.

Trotzdem glaube ich, dass das schiere Ausmaß dieses schauerlichen Tuns nicht wenige Soldaten der Imperialen Ordnung in eine bedrückte Stimmung versetzte, sodass sie sich dem Trunk ergaben, um ihren Ekel hinunterzuspülen, aber auch, um sich, wie es von ihnen erwartet wurde, daran beteiligen zu können. Schließlich ist es eine Sache, in der Hitze des Gefechts zu töten, eine ganz andere aber, es kaltblütig zu tun. Aber genau das taten sie. Kaum waren die Opfer in die Gräben gefallen, wurden sie von denen, die ihnen schon bald nachfolgen würden, mit Erde bedeckt.

Ein regnerischer Tag ist mir besonders im Gedächtnis geblieben; ich musste einigen Offizieren Essen bringen, die im Schutz der ehemaligen, jetzt mit Lanzen abgestützten Segeltuchmarkise eines Ladengeschäfts standen. Sie hatten sich dort eingefunden, um einer Hinrichtung beizuwohnen, die man als ausgefeiltes Spektakel aufgezogen hatte. Die völlig verängstigten Frauen, die die Vollstreckung der Todesstrafe bezeugen sollten, wurden von ihren Häschern dorthin geschleift. Viele der gerade vergewaltigten Frauen waren gar nicht oder bestenfalls halb bekleidet.

Angesichts der zahlreichen Rufe des Wiedererkennens und der lauthals gerufenen Namen wurde mir schon bald klar, dass man bei den Verhören die Ehegatten der Frauen ermittelt und anschließend ausgesondert hatte. Die Paare wurden zu einer makabren Wiedervereinigung zusammengeführt, getrennt zwar, aber deutlich füreinander sichtbar.

Man zwang die zusammengekauerten und hilflosen Frauen zuzusehen, wie man ihren Männern mit Lederriemen die Handgelenke auf den Rücken fesselte. Dann wurden die Männer gezwungen, das Gesicht ihren Frauen zugekehrt, vor den frisch ausgehobenen Gruben niederzuknien. Soldaten schritten die Reihe ab, packten den Kopf eines jeden Mannes bei den Haaren und schnitten ihm die Kehle durch. Ich sehe die Henker noch vor mir, mit ihren kräftigen, vom Regen glänzenden Muskeln. Nachdem sie ihnen die Kehlen durchtrennt hatten, wuchteten sie ihre Opfer eines nach dem anderen in die Grube und gingen dann weiter zum nächsten in der Reihe.

Weinend, am ganzen Körper zitternd, riefen die ihrer Ermordung harrenden Männer die Namen ihrer Liebsten, schrien sie ihre unvergängliche Liebe heraus. Die Frauen taten es ihnen nach, während sie zusehen mussten, wie ihre Männer hingemetzelt wurden. Es war das Grauenhafteste, das Abartigste, was ich je gesehen habe.

Hat man euch jemals die ewige Frage gestellt, wie die Welt eurer Meinung nach wohl enden wird? Dort konnte man es sehen. Für Tausende und Abertausende von Menschen war dies das Ende der Welt – nur dass sie für einen nach dem anderen endete. Es war ein einziges, endlos in die Länge gezogenes Dahinscheiden von Menschenleben, das endgültige Ende der Welt für jedes einzelne dieser Individuen.«

Richard fasste sich fest an die Schläfen, weil er glaubte, sein Schädel sei kurz davor zu zerbersten. Dank einer gewaltigen Willensanstrengung gelang es ihm, seines Atems und seiner Stimme Herr zu werden. »Hat es denn niemand geschafft, zu entkommen?«, fragte er in die dröhnende Stille hinein. »Konnte denn niemand während all dieser Vergewaltigungen und Hinrichtungen fliehen?«

Jebra nickte. »Doch. Ich glaube, einige wenige haben es geschafft zu entkommen, aber natürlich konnte ich das nie mit absoluter Sicherheit wissen.«

»Es gab genug, die entkommen sind«, warf Nicci mit ruhiger Stimme ein.

»Genug?«, brüllte Richard und richtete seinen ganzen Zorn auf sie. Dann bekam er den kurzen Zornesausbruch, der ihm bei aller Selbstbeherrschung herausgerutscht war, wieder in den Griff, und er senkte seine Stimme. »Genug wofür?«

»Genug für ihre Zwecke«, antwortete Nicci, blickte ihm fest in die Augen und ließ das, was sie dort erblickte, in würdevollem Ernst über sich ergehen. »Die Imperiale Ordnung weiß, dass es immer wieder Leute gibt, die fliehen. Auf dem Höhepunkt der Brutalität, wenn die schlimmsten Gräuel begangen werden, lockern sie ganz bewusst die Sicherheitsvorkehrungen, damit sie gewiss sein können, dass zumindest ein paar wenige entkommen.«

Richards Verstand fühlte sich an, als triebe er steuerlos inmitten Tausender verzagter Gedankentrümmer. »Aber warum?«

Nicci blickte ihm lange in die Augen, ehe sie schließlich antwortete. »Um eine so ungeheure Angst zu verbreiten, dass auch die nächste Stadt von diesem Schrecken ergriffen wird. Ein Schrecken, der bewirkt, dass die Menschen entlang der Route der vorrückenden Armee eher die Waffen strecken, als sich der gleichen brutalen Behandlung auszusetzen. Auf diese Weise fällt ihnen der Sieg in den Schoß, ohne dass sie ihn sich Zoll für Zoll erkämpfen müssten. Der Schrecken, den die Geflohenen mit ihren Augenzeugenberichten verbreiten, ist eine mächtige Waffe, die den Mut derer, denen der Angriff noch bevorsteht, in sich zusammenfallen lässt.«

Angesichts seines heftig pochenden Herzens konnte Richard mühelos verstehen, welches Grauen es bedeutete, auf den Angriff der Imperialen Ordnung zu warten. Er fuhr sich mit den Fingern durchs Haar und widmete seine Aufmerksamkeit wieder Jebra. »Wurden alle Gefangenen umgebracht?«

»Einige wenige Männer – die man aus dem einen oder anderen Grund für nicht gefährlich hielt – wurden zusammen mit anderen Stadtbewohnern in Arbeitskolonnen aufs Land geschickt, um die Farmen zu bewirtschaften. Was aus diesen Leuten wurde, habe ich nie herausgefunden, aber vermutlich sind sie noch immer dort und rackern sich als Sklaven ab, um Lebensmittel für die Imperiale Ordnung zu produzieren.«

Jebras Blick sank zum Boden, während sie sich das wirre Haar aus dem Gesicht strich. »Die meisten Frauen, die überlebt hatten, wurden Eigentum der Truppen. Einige der jüngeren und attraktiveren Frauen bekamen einen Kupferring durch die Unterlippen gestochen und waren den höheren Rängen vorbehalten. Nicht selten fuhren Karren auf der Suche nach Leichen durch das Feldlager, um die Frauen einzusammeln, die im Zuge ihrer ständigen Misshandlungen zu Tode gekommen waren. Keiner der Offiziere protestierte jemals wegen der brutalen Behandlung, die diesen Frauen in den Zelten der gewöhnlichen Soldaten zuteilwurde. Die Toten wurden zu den Gruben verbracht und achtlos hineingeschmissen. Niemand, nicht einmal die gefallenen Soldaten der Imperialen Ordnung, bekam einen Stein aufs Grab, der seinen Namen trug. Bei der Imperialen Ordnung glaubt man nicht an den Wert des Individuums, weshalb man dem Tod des Einzelnen auch keinerlei Bedeutung beimisst.«

»Was ist mit den Kindern?«, fragte Richard. »Ihr sagtet, die jüngeren Knaben wären verschont worden.«

Jebra holte tief Luft, ehe sie abermals ansetzte. »Nun, die Knaben hatte man gleich zu Beginn zusammengetrieben und gezielt als – ich weiß kein besseres Wort dafür – jugendliche Rekruten in Altersgruppen zusammengefasst. Man betrachtete sie nicht als gefangene Galeaner, nicht als Eroberte, sondern als junge Ordensmitglieder der Imperialen Ordnung, die man aus einem Volk befreit hatte, das sie nur unterdrückt, das nur ihren Geist verdorben hatte. Die Schuld an der Sündhaftigkeit, welche die Eroberung ja überhaupt erst notwendig gemacht hatte, gab man der älteren Generation, nicht diesen jungen Leuten, die angeblich frei von den Sünden ihrer Eltern waren. Auf diese Weise wurden sie sowohl räumlich als auch geistig von den Erwachsenen getrennt, was gleichzeitig der Beginn ihrer Ausbildung markierte.

Die Knaben wurden auf eine Weise gedrillt, die, so erbarmungslos sie vielen erschienen sein muss, doch auch etwas Spielerisches hatte. Man behandelte sie vergleichsweise gut und beschäftigte sie jeden Augenblick mit Wettbewerben, in denen es um Körperkraft und Geschicklichkeit ging. Jegliche Trauer um ihre Eltern war verpönt, so etwas galt als Zeichen der

Schwäche. Der Orden wurde zu ihrer Familie, ob es ihnen gefiel oder nicht.

Nachts konnte ich, während mir die Schreie der Frauen in den Ohren klangen, gleichzeitig die Knaben unter der Anleitung spezieller Ausbildungsoffiziere beim gemeinsamen Gesang hören.« Mit einer Armbewegung setzte sie erklärend hinzu: »Ich musste den Offizieren ja das Essen und dergleichen bringen, daher hatte ich, während die Wochen und schließlich Monate ins Land gingen, reichlich Gelegenheit zu sehen, was mit diesen Knaben geschah.

Obwohl ich nie wirklich Gelegenheit hatte, im Einzelnen herauszufinden, was man diesen Knaben beibrachte, ist mir doch eine Passage in Erinnerung geblieben, die sie unablässig lauthals in strammer Körperhaltung rezitierten: ›Allein bin ich nichts. Mein Leben erlangt Bedeutung nur durch die Hingabe an andere. Gemeinsam sind wir eins, stets einer Meinung, für ein gemeinsames Ziel.‹«

Die Hände hinter dem Rücken verschränkt, den Blick starr in die stillen Fluten des Brunnens gerichtet, stand Richard da, während Jebra fortfuhr, in endlosen Einzelheiten die Ereignisse zu schildern, die sich an den triumphalen Sieg der tapferen Soldaten der Imperialen Ordnung anschlossen. Die Sinnlosigkeit all dessen war fast zu monumental, um sie mit dem Verstand zu erfassen, geschweige denn zu ertragen.

Die Streifen hellen Sonnenlichts, die durch die Oberlichter fielen, krochen gemächlich über Marmorbank und Becken hinweg, über den weitläufigen Fußboden und schließlich die granitenen Stufen hinauf. Der blutrote Stein der Säulen erstrahlte leuchtend, als das Sonnenlicht unaufhaltsam und immer mehr zunehmend der Länge nach an ihnen in die Höhe kroch, während Jebra die Geschehnisse in ihrer Zeit als Gefangene der Imperialen Ordnung in allen Einzelheiten schilderte, soweit sie ihr bekannt waren.

Fast die ganze Zeit über hatte Shota unbeweglich ausgeharrt, meist mit verschränkten Armen, das Gesicht erstarrt zu einem vagen Zug von Bitterkeit, während sie Jebra bei der Schilderung ihrer Erlebnisse oder Richard beim Zuhören beobachtete – so wollte sie sichergehen, dass seine Aufmerksamkeit nicht nachließ.

»Galea besaß Nahrungsmittelreserven in Hülle und Fülle für seine Bürger«, fuhr Jebra fort, »aber nicht einmal annähernd genug für die gewaltigen Horden von Eindringlingen, die jetzt die Stadt besetzt hielten und die selbst nicht eben reich mit Vorräten ausgestattet waren. Die Truppen beraubten jedes Magazin seiner Lebensmittelvorräte, sie leerten jede Speisekammer, jedes Lagerhaus. Jedes Tier in meilenweitem Umkreis, darunter auch die zahllosen Schafe, die man wegen ihrer Wolle hielt, sowie die Milchkühe, wurden um ihres Fleisches willen geschlachtet. Anstatt die Hühner eines steten Nachschubs mit Eiern wegen zu verschonen, wurden auch sie getötet und gefressen.

Als die Nahrungsmittel schließlich knapp wurden, schickten die Offiziere Boten mit immer dringlicher klingenden Forderungen nach frischen Vorräten los. Doch diese blieben monatelang aus – zweifellos nicht zuletzt deswegen, weil der Winter angebrochen war und sie aufgehalten hatte.

Doch dann, Anfang letzten Frühjahrs, trafen endlich die ersten Vorratswagen ein. Sie führten gewaltige Mengen an Lebensmitteln für die Soldaten mit, gleichwohl war mir sofort klar, dass sie, obwohl die mit Vorräten beladenen Wagenkolonnen scheinbar endlos waren, nicht lange reichen würden.

Außer den Vorräten kamen auch Verstärkungen, als Ersatz für die in der Schlacht zur Niederwerfung Galeas gefallenen Soldaten. Bereits jetzt war die ungeheure Übermacht der Truppen der Imperialen Ordnung so überwältigend, dass die zusätzlichen Truppen mein dumpfes Gefühl von Hoffnungslosigkeit noch zu steigern schienen.

Zufällig hörte ich eben eingetroffene Soldaten berichten, es seien weitere Vorräte unterwegs, ebenso noch mehr Truppen. Noch während sie von Süden her herbeiströmten, wurden viele von ihnen mit Missionen zur Sicherung anderer Gebiete der Midlands beauftragt. Es mussten noch andere Städte erobert, andere Gebiete eingenommen, andere Widerstandsnester ausgehoben werden, es gab noch unzählige weitere Menschen, die als Sklaven verschleppt werden sollten.

Mit den Vorräten und frischen Truppen trafen auch Briefe der Menschen daheim in der Alten Welt ein. Natürlich waren es keine an irgendwelche individuellen Soldaten gerichteten Briefe; in der Imperialen Ordnung hätte man gar nicht gewusst, wie man angesichts der gewaltigen Menschenmassen einen bestimmten Soldaten hätte ausfindig machen sollen, noch hätte man überhaupt ein Interesse daran gehabt, da Individuen an sich in ihren Augen ja unbedeutend waren. Vielmehr waren es ganz allgemein an die ›tapferen Soldaten‹ adressierte Schreiben, die für die Menschen daheim und zum Wohle ihres Schöpfers kämpften, dafür kämpften, die Heiden aus dem Norden zu besiegen und diese rückständigen Menschen mit den Segnungen des Ordens zu beglücken.

Die Briefe wurden über einen Zeitraum von mehreren Wochen jeweils abends verlesen, vor eigens dafür versammelten Gruppen von Soldaten, von denen die meisten des Lesens selbst nicht mächtig waren. Es waren Briefe jedweder Art, von Menschen, die von den großen Opfern berichteten, die sie gebracht hatten, um Lebensmittel und andere Güter an ihre kämpfende Truppe zu schicken, über Briefe, in denen die großen Opfer gepriesen wurden, welche die Soldaten erbrachten, um die göttlichen Lehren zu verbreiten, bis hin zu Liebesbriefen junger Frauen, die versprachen, ihren Körper all den tapferen Kämpfern zur Verfügung zu stellen, sobald diese von der Eroberung des unzivilisierten und rückwärtsgewandten Feindes hoch im Norden zurückkamen. Wie ihr euch vorstellen könnt, erfreuten sich gerade letztere Briefe besonderer Beliebtheit, weshalb sie wieder und wieder unter großem Gejohle und stürmischem Jubel vorgelesen wurden.

Sogar Erinnerungsstücke schickten die Menschen aus der Alten Welt: Talismane, die den Sieg bringen sollten, Zeichnungen als Schmuck für die Zelte ihrer Kämpfer, Kekse und Kuchen, die längst verrottet waren; Socken, Handschuhe und Mützen, Kräuter für alle nur erdenklichen Zwecke von der Teezubereitung bis hin zur Füllung von Bandagen; parfümierte Taschentücher verzückter Frauen, die es kaum erwarten konnten, sich den Soldaten anzudienen; Waffengürtel und Ähnliches, hergestellt von Scharen junger Knaben, die sich wiederum mit anderen Knabengruppen der gleichen Altersgruppe auf den Tag vorbereiteten, da auch sie endlich gen Norden ziehen durften, um jenes Volk zu strafen, das sich der Weisheit des Schöpfers und der Gerechtigkeit der Imperialen Ordnung widersetzte.

Bevor die endlosen Kolonnen von Nachschubwagen wieder in die Alte Welt zurückkehrten, um noch mehr Vorräte herbeizuschaffen, die für den Unterhalt der gewaltigen Armee hoch oben in der Neuen Welt benötigt wurden, wurden sie mit Massen von Beutegütern beladen, die in die Städte der Alten Welt verbracht werden sollten, welche die von der Armee so dringend benötigten Lebensmittel und Nachschubgüter lieferten. Es war eine Art Tauschhandel – Beute gegen Nachschub, Nachschub gegen Beute. Ich vermute, der Anblick der endlosen Wagenkolonnen voller erbeuteter Reichtümer sollte den Menschen zu Hause zudem als zusätzlicher Anreiz dienen, die mittlerweile zweifellos enormen Kosten dieser Kriegsanstrengungen auch weiterhin zu tragen.

Natürlich war die in die Stadt eingefallene Armee viel zu groß, um von dieser aufgenommen zu werden, und angesichts der mit jeder Wagenkolonne eintreffenden Verstärkungen breitete sich das schon jetzt schier endlose Zeltmeer noch weiter in die Landschaft aus, wo es nun sämtliche Hügel und Täler ringsumher bedeckte. Sämtliche Bäume in weitem Umkreis waren längst geschlagen worden und hatten während des jüngsten Winters als Feuerholz Verwendung gefunden, was im gesamten Landstrich rings um den Sitz der Krone den Eindruck einer leblosen und toten Ödnis hinterließ. Unter den wogenden Massen der Soldaten, der zahllosen Pferde und der Vielfalt von Wagen hatte frisches Gras keine Chance nachzuwachsen, sodass sich ganz Galea in ein Meer aus Morast verwandelt zu haben schien.

Unterdessen schuftete ich bis zur Erschöpfung, um all die Offiziere mit Essen zu versorgen, daher hielt ich mich häufig in der Nähe des Befehlsstabes auf und konnte nicht selten Eroberungspläne, Meldungen von gefallenen Städten, Gefangenenzahlen sowie Berichte über die Anzahl der in die Alte Welt entsandten Sklaven belauschen. Ab und zu schleppte man einige der attraktiveren Frauen für die Offiziersränge herbei, damit diese sich ihrer bedienen konnten. Die Augen dieser Frauen waren irre vor Angst, was mit ihnen geschehen würde. Ich wusste, schon bald würde der sehnsüchtige Wunsch nach Erlösung durch den Tod ihren Blick trüben. Das alles schien mir eine einzige nicht enden wollende Attacke, eine endlose Barbarei, die durch nichts erkennen ließ, ob sie je enden würde.

Mittlerweile war die Stadt nahezu vollständig von den Menschen geräumt worden, für die sie einst das Zuhause gewesen war. Fast jeder männliche Einwohner über fünfzehn war umgebracht worden, und die Handvoll, auf die das nicht zutraf, hatte man als Sklavenarbeiter fortgeschickt. Viele der Frauen – alle, die entweder zu alt oder zu jung waren, um für den Orden von Nutzen zu sein – waren ebenfalls getötet worden, so als wären sie im Weg, viele aber hatte man einfach zurückgelassen, um zu verhungern. Wie die Ratten hausten sie in den dunklen Winkeln und Ecken der Stadt. Vergangenen Winter sah ich eine Gruppe alter Frauen und junger Mädchen, Gerippe mit einer dünnen Schicht aus Fleisch darüber, um einen Bissen zu essen betteln. Es brach mir schier das Herz, doch ihnen zu essen zu geben wäre nur darauf hinausgelaufen, dass man sie und mich hingerichtet hätte. Trotzdem steckte ich ihnen manchmal etwas zu, wenn ich ungestraft damit davonkommen konnte – so es denn etwas gab.

Am Ende schien es, als wäre die Bevölkerung des Sitzes der Krone Galeas, Hunderttausende von Menschen, weitgehend ausgelöscht. Das einstige Herz Galeas existierte nicht mehr; es war jetzt von Hunderttausenden von Soldaten besetzt. Die Schlachtengänger gingen dazu über, sich in den vor langer Zeit geplünderten Gebäuden häuslich einzurichten, indem sie einfach den Besitz anderer übernahmen. Nach und nach zog es immer mehr Leute aus der Alten Welt dorthin, um Häuser zu übernehmen und als ihr Eigentum zu beanspruchen.

Die einzige Gruppe galeanischer Frauen, die man am Leben ließ, bestand größtenteils aus Sklavinnen, die von den Soldaten als Huren missbraucht wurden. Viele von ihnen wurden über kurz oder lang schwanger und brachten von den Soldaten der Imperialen Ordnung gezeugte Kinder zur Welt. Diese Sprösslinge wurden zu künftigen Eiferern im Sinne der Imperialen Ordnung herangezogen. Tatsächlich ließ man von allen galeanischen Kindern nach dem ersten Jahr der Besatzung ausnahmslos die Knaben noch am Leben.

Ohne Unterlass nach den Prinzipien des Ordens unterrichtet, wurden diese Knaben das, was den Orden ausmachte. Längst hatten sie die Gewohnheiten ihrer Eltern oder ihrer Heimat, ja sogar des allgemeinen Anstands vergessen. Jetzt waren sie Rekruten der Imperialen Ordnung – frisch geprägte Ungeheuer.

Nach endlosen Monaten der Ausbildung schickte man aus diesen Knaben gebildete Gruppen als erste Angriffswelle gegen andere Städte. Sie sollten das Fleisch sein, an denen sich die Schwerter der Heiden stumpf schlugen. Sie gingen voller Ungeduld.

Früher dachte ich, die Rohlinge, aus dem der Orden der Imperialen Ordnung sich zusammensetzte, wären ein eindeutig anderer, barbarischer Menschenschlag, ganz anders als die Menschen in der Neuen Welt. Doch nachdem ich gesehen hatte, wie diese Knaben sich veränderten und was aus ihnen geworden war, wurde mir klar, dass die Menschen, aus denen sich der Orden rekrutierte, sich in Wahrheit nicht von uns anderen unterscheiden, außer eben in ihren Glaubensüberzeugungen und Ideen, die ihnen als Antrieb dienen. Ein verrückter Gedanke, ja, und doch scheint es, dass aufgrund eines rätselhaften Mechanismus jeder anfällig dafür ist, der Verlockung zu erliegen und auf die Methoden der Imperialen Ordnung hereinzufallen.«

Verzweifelt schüttelte Jebra den Kopf. »Ich habe nie wirklich verstanden, wie es dazu kommen konnte, wie die Offiziere es schafften, den Knaben solch dröge Lehren einzutrichtern, wie sie ihnen beibringen konnten, stets selbstlos zu handeln und ein Leben voller Opfer zum Wohle anderer zu führen – und dann plötzlich marschieren diese jungen Burschen, wie durch Magie, mit einem fröhlichen Liedchen auf den Lippen los und sehnen sich geradezu danach, im Kampf zu fallen.«

»Die Erklärung ist im Grunde ganz einfach«, sagte Nicci beiläufig.

»Einfach?« Jebra runzelte ungläubig die Stirn. »Das kann unmöglich Euer Ernst sein.«

15

»O doch, einfach.« Mit bedächtigen, gemessenen Schritten stieg Nicci die Stufen herab, während sie sprach. »Jungen und Mädchen in der Alten Welt werden durch die Glaubensgemeinschaft der Ordnung nicht nur in denselben Dingen unterwiesen, sondern auch auf dieselbe fundamentale Weise.«

Unweit von Richard blieb sie stehen, verschränkte die Arme locker vor der Brust und seufzte – nicht etwa aus Erschöpfung, vielmehr aus erschöpftem Zynismus. »Nur dass in ihrem Fall nicht allzu lange nach der Geburt damit begonnen wird. Es beginnt natürlich mit einfachen Lektionen, allerdings werden die darin vermittelten Lehren im Laufe ihres Lebens immer mehr ausgeweitet und gefestigt. Es ist nichts Ungewöhnliches, fromme Alte in den von den Ordensbrüdern der Glaubensgemeinschaft gehaltenen Predigten ausharren zu sehen.

Auf die allermeisten Menschen üben geordnete gesellschaftliche Strukturen eine große Anziehungskraft aus, sie verspüren ein starkes Verlangen danach zu wissen, wo ihr Platz im großen Plan des Universums ist. Die Glaubensgemeinschaft der Ordnung gibt ihnen ein allumfassendes Gefühl von Geordnetheit – anders ausgedrückt: Sie erklärt ihnen, was sie zu denken, wie sie ihr Leben richtig zu führen haben. Am wirkungsvollsten funktioniert das, wenn man damit schon bei den Allerkleinsten beginnt. Ist ein junger Verstand einmal entsprechend den Dogmen der Imperialen Ordnung geformt, ist er in der Regel allen anderen Einflüssen verschlossen und wird es zeit seines Lebens bleiben. Das hat zur Folge, dass jede andere Denkweise – Voraussetzung jeglicher Vernunft – für gewöhnlich bereits in jungen Jahren verkümmert und schließlich für immer verloren geht. Ist ein solcher Mensch dann eines Tages gealtert, wird er noch immer in denselben Predigten herumsitzen, immer noch an jedem der dort gesprochenen Worte hängen.«

»Aber sagtet Ihr nicht, die Erklärung sei ganz einfach?«, warf Jebra ein.

Nicci nickte. »Der Orden lehrt, dass diese Welt, die Welt des Lebens, endlich ist. Das Leben ist vergänglich. Wir werden geboren, leben eine Zeit lang und sterben. Das Leben nach dem Tode hingegen währt ewig. Schließlich wissen wir alle, dass die Menschen sterben, jedoch niemand von den Toten wiederkehrt; der Tod hat für immer Gültigkeit. Folglich ist es das Leben nach dem Tod, das zählt.

Ausgehend von dieser Kernlehre, paukt die Glaubensgemeinschaft der Ordnung den Menschen die Glaubensüberzeugung ein, jeder müsse sich die Ewigkeit im Glanz des Lichts des Schöpfers verdienen. Und das Mittel, sich diese Ewigkeit zu verdienen, ist das irdische Leben – eine Art Test, könnte man es nennen.«

Jebra blinzelte ungläubig mit den Augen. »Aber trotzdem, das Leben ist doch – ich weiß nicht, halt das Leben. Wie kann irgendetwas wichtiger sein als das eigene Leben?« Sie milderte ihren Einwand mit einem Lächeln ab. »Das wird die Menschen doch gewiss nicht von den brutalen Methoden des Ordens überzeugen, sie überzeugen, sich vom Leben abzuwenden.«

»Das Leben?« Niccis Funkeln bekam plötzlich etwas Bedrohliches, als sie sich ein wenig zu Jebra hinunterbeugte. »Sorgt Ihr Euch etwa nicht um Eure Seele? Glaubt Ihr nicht, was Eurer eigenen Seele für alle Ewigkeit widerfahren wird, sollte Anlass zu aufrichtiger und ernsthafter Sorge sein?«

»Nun ja, natürlich, nur ich … ich …« Jebra verstummte.

Nicci richtete sich auf und zuckte in einer spöttischen, verächtlichen Geste die Achseln. »Dieses Leben ist endlich, eine Art Übergang, wie bedeutend kann im großen Plan der Dinge also das flüchtige Dasein in dieser erbärmlichen Welt sein im Unterschied zum ewigen Leben nach dem Tod? Welchen echten Sinn könnte diese ach so kurze Existenz haben, wenn nicht den einer Prüfung für die Seele?«

Jebra wirkte auf unbehagliche Weise unschlüssig, schien Nicci aber, solange sie es so ausdrückte, nur ungern widersprechen zu wollen.

»Aus diesem Grund«, fuhr Nicci fort, »ist der Verzicht angesichts eines jeden Leids, Mangels und Bedürfnisses der eigenen Mitmenschen Ausdruck der demütigen Erkenntnis, dass das Leben an sich bedeutungslos ist, ein Beweis dafür, dass man die Ewigkeit an der Seite des Schöpfers im Leben nach dem Tode folglich als eigentliches Ziel anerkennt. Verzicht ist somit der Preis, der bescheidene Preis, ja eine Liebesgabe: das, was man für die ewige Herrlichkeit der eigenen Seele entrichtet; der Beweis für Euren Schöpfer, dass Ihr dieser Ewigkeit an Seiner Seite würdig seid.«

Staunend beobachtete Richard, wie mühelos eine solche in sich schlüssige Argumentation – von Nicci selbstbewusst, gewandt und mit Nachdruck vorgetragen – Jebra bis hin zu völliger Sprachlosigkeit einzuschüchtern vermochte. Während sie der sich bedrohlich vor ihr aufpflanzenden Nicci lauschte, hatte Jebra gelegentlich zu den anderen, zu Zedd, Cara und Shota, ja sogar zu Ann und Nathan hinübergelinst, als sie dann aber sah, dass keiner von ihnen Anstalten machte, irgendwelche Einwände oder Gegenargumente vorzubringen, war ihr Kopf immer tiefer zwischen ihre Schultern gesunken, so als hätte sie den dringenden Wunsch, in einem Riss des Marmorbodens zu versinken.

»Beschränkt Ihr Euer Ziel auf das Glücklichsein in diesem Leben« – mit ausholender Geste erfasste Nicci beiläufig die Welt rings um sie her, während sie in großartiger Manier vor ihnen auf und ab stolzierte –, »erdreistet Ihr Euch, in den geistlosen Banalitäten dieser jämmerlichen Welt, dieses flüchtigen Daseins zu schwelgen, kommt dies einer Verschmähung Eures allein bedeutsamen ewigen Lebens nach dem Tode gleich, und damit einer Verschmähung des vollkommenen Plans, den Euer Schöpfer für Eure Seele vorgesehen hat.

Wer seid Ihr, dass Ihr es wagt, den Schöpfer des gesamten Universums infrage zu stellen? Wie könnt Ihr es wagen, Eure nichtigen Wünsche, die Ihr für Euer unbedeutendes, armseliges Dasein hegt, über Sein großes Ziel zu stellen, Euch auf die Ewigkeit vorzubereiten?«

Nicci unterbrach sich und verschränkte die Arme auf die für sie typische, wohlüberlegte Weise, die einer Kampfansage gleichkam. Ihr von ständigen Belehrungen geprägtes Leben hatte ihr die Fähigkeit verliehen, die sorgsam ausgearbeiteten Glaubenssätze der Imperialen Ordnung mit vernichtender Präzision zu formulieren. Ihr Äußeres, dort in ihrem rosa Nachthemd, schien ihren Spott über die Trivialität des Lebens irgendwie noch weiter zu unterstreichen. Richard erinnerte sich nur zu gut, wie Nicci ihm dieselbe Botschaft verkündet hatte, nur dass es ihr damals todernst gewesen war. Jebra wich Niccis bohrendem Blick aus und starrte stattdessen auf ihre im Schoß liegenden Hände.

»Um die Gedanken des Ordens auch anderen Völkern, Galea zum Beispiel, näherzubringen«, nahm Nicci ihren von Auf- und Abgehen begleiteten Vortrag wieder auf, »haben viele Soldaten der Imperialen Ordnung sterben müssen.« Sie zuckte die Achseln. »Aber das ist das höchste Opfer – das eigene Leben herzugeben in dem Bestreben, all denen Erleuchtung zu bringen, die noch unschlüssig zögern, wie sie den einzig richtigen und wahren Pfad zur Herrlichkeit im nächsten Leben beschreiten sollen. Wer sein Leben im Kampf zum Nutzen der Imperialen Ordnung opfert, um zurückgebliebenen, unwissenden und nichtsnutzigen Individuen das Heil zu bringen, der hat sich damit das ewige Leben an Seiner Seite im Jenseits verdient.«

Nicci hob ihren vom glänzenden rosafarbenen Stoff des Nachthemdes umhüllten Arm, als wollte sie auf etwas ebenso Großartiges wie Unsichtbares hinweisen, das dort unmittelbar vor ihnen stand. »Der Tod ist nur die Pforte zu dieser ruhmreichen Ewigkeit.«

Sie ließ den Arm wieder sinken. »Da das Leben des Einzelnen im großen Plan der wirklich wichtigen Dinge unbedeutend ist, folgt daraus zwingend, dass das Foltern und Töten all jener Einzelwesen, die sich dem widersetzen, lediglich ein Beitrag dazu ist, die Massen der Unerleuchteten auf den Weg der Erleuchtung zu führen – indem man diesen Massen das Heil bringt, dient man einem moralischen Zweck und führt des Schöpfers Kinder heim in dessen Königreich.« Niccis Gesichtsausdruck bekam einen harten und unerbittlichen Zug. »Wie Ihr seht«, erklärte sie schließlich zusammenfassend, »ist der Schlüssel der Glaube selbst – jener magische Zauberstab, den sie über dem brodelnden selbst zusammengemischten Gebräu kreisen lassen, um ihm das Etikett ›selbstverständlich‹ zu verleihen.«

Obwohl sie für eine Schwester des Lichts, die zur Verräterin an der Sache geworden war, nichts als glühende Verachtung empfand, enthielt sich Ann jeden Widerspruchs, was Richard für eine seltene – und außergewöhnlich kluge – Entscheidung ihrerseits hielt.

»Und genau da«, sagte Nicci und hob, noch immer barfuß auf und ab wandernd, einen Finger, »da zeigt sich der Riss in dem so bemerkenswerten Gebäude der Lehren der Imperialen

Ordnung. Da liegt der entscheidende Denkfehler im Zentrum aller aus der Einbildungskraft des Menschen hervorgegangenen Glaubensüberzeugungen. Denn letztendlich haben diese Überzeugungen, so ernst sie gemeint sein mögen, nicht mehr Bestand als die Ausgeburten von schrulliger Fantasie und Selbstbetrug. Ohne das solide Fundament der Wirklichkeit wäre letztendlich jeder Irre, der Stimmen in seinem Kopf vernimmt, ebenso aufrichtig und glaubwürdig.

Deswegen propagiert die Imperiale Ordnung voller Stolz die Heiligkeit des Glaubens und lehrt, man müsse dem sündhaften Drang entsagen, seinen Verstand zu gebrauchen und sich stattdessen ganz seinen Gefühlen hingeben. Hat man sein Leben erst für den blinden Glauben an die Vorstellung eines Seins nach dem Tod aufgegeben, dann, und nur dann, wird sich, so behaupten sie, auf magische Weise das Tor zur Ewigkeit öffnen, und man wird allumfassendes Wissen erlangen.

Anders ausgedrückt, Wissen ist nur durch die Ablehnung all dessen zu erlangen, was Wissen tatsächlich ausmacht.

Aus diesem Grund setzt die Imperiale Ordnung Glauben mit Heiligkeit gleich, und deshalb betrachtet man sein Fehlen als Sünde. Deswegen ist schon das Infragestellen des Glaubens ketzerisch.

Denn ohne Glauben fällt alles, was sie lehren, in sich zusammen.

Und da der Glaube der unverzichtbare Klebstoff ist, der das unsicher wankende Gebäude ihrer Lehren zusammenhält, bringt der Glaube am Ende nichts anderes hervor als nackte Brutalität. Ohne diese Brutalität, mit der man ihn gewaltsam durchsetzt, bliebe von diesem Glauben am Ende nichts weiter als ein unwirklicher Tagtraum oder auch der nichtige Glaube einer Königin, niemand werde ihr den Thron streitig machen, kein Feind werde die Grenzen übertreten, keine Streitmacht sei imstande, ihre Beschützer zu vernichten, solange sie dies nur von sich weist.«

Nicci starrte in die Ferne. »Ich bin von Geburt an mit den Lehren der Imperialen Ordnung aufgewachsen und trotzdem zur Vernunft gekommen«, flüsterte sie schließlich. »Aber ihr alle könnt euch nicht vorstellen, wie unglaublich schwer es mir gefallen ist, dieses Reich der düsteren Glaubensüberzeugungen zu verlassen. Ich bezweifle, dass jemand, der sich nie in diese erdrückende Welt der Lehren des Ordens verirrt hat, auch nur ansatzweise begreifen kann, was es heißt zu glauben, das eigene Leben sei nichtswürdig und ohne jeden Wert, oder sich vorstellen kann, welch grauenhafter Schatten sich jedes Mal über einen legt, wenn man versucht, sich von dem abzukehren, was einem als einzig mögliche Rettung eingetrichtert worden ist.«

Ihr jetzt tränenfeuchter Blick wanderte zögerlich zu Richard. Er wusste Bescheid, er war dort gewesen. Er kannte das Gefühl.

»Letztendlich bin ich erlöst worden«, setzte sie mit leiser, brechender Stimme hinzu, »aber es war alles andere als einfach.«

Jebra schien aus etwas neuen Mut zu schöpfen, das, wie Richard wusste, keinerlei Anlass dazu bot. »Aber wenn es bei Euch funktioniert hat«, sagte sie, »funktioniert es vielleicht auch bei anderen.«

»Sie ist anders als die meisten, die unter dem Bann der Imperialen Ordnung stehen«, erklärte Richard mit einem Blick in Niccis blaue Augen – Augen, die auf ganz unverhohlen emotionale Weise verrieten, wie viel er ihr bedeutete. »Sie war von dem Drang getrieben zu begreifen, zu wissen, ob das, was man sie zu glauben gelehrt hatte, wahr war oder ob das Leben mehr zu bieten hat. Ob es vielleicht etwas gab, für das es sich zu leben lohnte.

Die meisten, die den Lehren der Imperialen Ordnung ausgesetzt sind, hegen solche Zweifel nicht. Sie sperren solche Fragen aus und klammern sich stattdessen zäh an ihre Glaubensüberzeugungen.«

»Aber was sagt Euch, dass sie sich niemals ändern werden?« Jebra war offenbar nicht bereit, diesen Strohhalm der Hoffnung aufzugeben. »Wenn Nicci sich geändert hat, warum dann nicht auch andere?«

Den Blick noch immer auf Niccis Augen gerichtet, sagte Richard: »Ich glaube, sie sind deshalb in der Lage, jeden Zweifel an ihrem Glauben auszusperren, weil sie ihre Lehren längst so verinnerlicht haben, dass sie sie nicht mehr als besonderes Gedankengut betrachten, das man ihnen eingetrichtert hat. Sie fangen an, das ihnen beigebrachte Gedankengut als eigene Gefühle zu erleben, aus denen schließlich eine starke emotionale Überzeugung erwächst. In ihrem Innersten sind sie überzeugt, eigene, unabhängige Gedanken zu erfahren, und nicht die heimlichen Einflüsterungen aus ihrer Jugendzeit.«

Mit einem Räuspern löste Nicci ihren Blick von ihm und richtete ihr Augenmerk wieder auf Jebra.

»Ich glaube, Richard hat recht. Ich war mir dieses Umstandes in meinem Denken bewusst, dieser inneren Überzeugung, die in Wahrheit aus einer sorgfältig gewählten Methode der Bevormundung hervorgegangen ist.

Manche Menschen, die insgeheim sehr an ihrem Leben hängen, sind bereit, sich einer Revolte anzuschließen, sofern sie erkennen, dass eine realistische Chance auf den Sieg besteht – genau das ist in Altur'Rang geschehen. Besteht diese Chance hingegen nicht, wissen sie, dass sie die Worte herunterbeten müssen, die die Anhänger der Imperialen Ordnung hören wollen, wenn sie nicht ihren wertvollsten Besitz, ihr Leben, verlieren wollen. Unter dem Regime der Imperialen Ordnung glaubt man, was einem beigebracht wird, oder man kommt um. So einfach ist das. Wer …«

Gereizt hob Shota die Hand und schnitt Nicci das Wort ab. »Ja, ja, einige sind dazu bereit, andere nicht, und viele können sich nicht entscheiden. Vollkommen egal. Es ist sinnlos, auf eine Revolte zu hoffen. Das ist nichts weiter als der eitle Wunsch auf eine Rettung aus heiterem Himmel. Die gewaltige Masse der Soldaten aus der Alten Welt steht hier und jetzt in der Neuen Welt, folglich ist es die Neue Welt, um die wir uns sorgen müssen, nicht die Alte, oder ob die Stimmung dort womöglich günstig für einen Aufstand ist oder nicht. In der Alten Welt ist der Glaube an die Imperiale Ordnung weit verbreitet, dort wird sie weitgehend unterstützt und dazu ermutigt, den Rest der Welt zu erobern.«

Einen durchdringenden Blick auf Richard gerichtet, glitt Shota nach vorn. »Eine zivilisierte Welt hat nur eine einzige Überlebenschance: Sie muss die in ihr Land eingefallenen Soldaten durch das Tor in ihre ersehnte Ewigkeit des Totenreiches schicken. Wer seine Seele bereits an einen Glauben verloren hat, für den er zu sterben bereit ist, der ist rettungslos verloren. Die einzige Möglichkeit, die Imperiale Ordnung und ihre Lehren aufzuhalten, ist, so viele von ihnen umzubringen, dass sie ihr Werk nicht fortsetzen können.«

»Schmerz ist mitunter dazu angetan, bei Menschen eine Meinungsänderung zu bewirken«, bemerkte Cara.

Shota bedachte die Mord-Sith mit einem beifälligen Nicken. »Wenn ihnen wahrhaftig und ohne jeden Zweifel klar wird, dass sie nicht obsiegen werden, dass alle ihre Anstrengungen in den sicheren Tod führen, werden ein paar von ihnen vielleicht ihrem Glauben und ihrer Sache abschwören. Sehr gut möglich, dass einige von ihnen, trotz ihres festen Glaubens an die Lehren der Imperialen Ordnung, in Wahrheit tief in ihrem Innern eine Todessehnsucht verspüren, um genau diesen Glauben auf die Probe zu stellen. Nur, was nützt das? Ist das für uns wirklich von Belang? Was wir hingegen wissen, ist, dass eine große Zahl von ihnen fanatisiert genug ist, den Tod mit offenen Armen willkommen zu heißen. Hunderttausende sind bereits gestorben – zum Beweis für ihre Bereitschaft, dieses Opfer zu erbringen. Die übrigen dieser Soldaten müssen getötet werden, denn sonst werden sie uns alle umbringen und damit den Rest der Welt zu einem langen, quälenden Niedergang in die Sklaverei verdammen.

Das ist es, was wir zu gewärtigen haben. Das erwartet uns in Wirklichkeit.«

16

Shota richtete einen glutvollen Blick auf Richard. »Wir haben soeben gehört, was uns von diesen Soldaten blüht, wenn du ihnen nicht Einhalt gebietest. Glaubst du immer noch, sie haben rationale Vorstellungen von der Bedeutung ihres Lebens? Oder sie könnten sich, wenn sie nur die Chance erhielten, einem Aufstand gegen die Imperiale Ordnung anschließen? Wohl kaum. Ich bin hergekommen, um dir zu zeigen, was vielen bereits widerfahren ist, damit du begreifst, was mit all den anderen geschehen wird, wenn du nichts tust, um es zu verhindern. Ein umfassendes Verständnis, wodurch diese Leute zu Soldaten der Imperialen Ordnung geworden sind, welche Entscheidungen sie im Leben getroffen haben, die letztendlich dazu führten, dass sie wie Wüstlinge in das Leben anderer eingefallen sind, oder was sie zu diesen Entscheidungen bewogen hat, muss uns dabei gar nicht interessieren. Sie sind, was sie sind: Menschen, die zerstören und töten. Und sie sind hier. Im Augenblick ist das alles, was zählt. Es gilt, ihnen Einhalt zu gebieten. Wenn sie erst tot sind, werden sie auch keine Gefahr mehr sein. So einfach ist das.«

Richard fragte sich, wie in aller Welt sie von ihm erwartete, etwas so »Einfaches« zu vollbringen. Ebenso gut könnte sie von ihm verlangen, den Mond vom Himmel zu holen und mit seiner Hilfe die Armee der Imperialen Ordnung zu vernichten.

Als hätte sie seine Gedanken erraten, ergriff Nicci abermals das Wort. »Gut möglich, dass wir alle mit Euch einer Meinung sind – und zwar in allem, was Ihr zu berichten hergekommen seid –, allerdings hättet Ihr uns eigentlich gar nicht erklären müssen, was wir längst wissen, so als wären wir kleine Kinder und Ihr im alleinigen Besitz der Wahrheit. Nur begreift Ihr eben nicht, was Ihr da von uns verlangt. Die Armee, die Jebra gesehen hat, die Armee, die nach Galea einmarschierte, mühelos seine Verteidigungsanlagen überrannte und so viele Menschen tötete, ist nur eine kleinere, eher unbedeutende Unterabteilung der Imperialen Ordnung.«

»Das kann nicht Euer Ernst sein«, sagte Jebra ungläubig.

Endlich löste Nicci ihren durchdringenden Blick von Shota und sah Jebra an. »Habt Ihr irgendwelche mit der Gabe Gesegneten bemerkt?«

»Mit der Gabe Gesegnete? Nein, ich schätze nicht«, sagte sie nach einem Augenblick des Nachdenkens.

»Nun, der Grund dafür ist, sie wollen nicht zugeben, dass sie ihre eigenen mit der Gabe Gesegneten haben, über die sie gebieten«, erklärte Nicci. »Hätten sie mit der Gabe Gesegnete in ihren Reihen gehabt, hätte Shota nicht so ohne Weiteres dort eindringen und Euch von dort fortbringen können. Aber das war nicht der Fall. Es handelt sich um eine vergleichsweise kleine Unterabteilung, die für sich genommen als entbehrlich gilt.

Deswegen brauchte der Nachschub auch so lange, um zu ihnen zu gelangen. Sämtliche Lieferungen gingen erst nach Norden, zu Jagangs Hauptstreitmacht. Erst nachdem man sich dort mit allem Nötigen versorgt hatte, ließ man die Vorräte auch zu anderen Einheiten weitertransportieren, etwa zu jener oben in Galea. Es ist nur ein Trupp der Expeditionsstreitkräfte Jagangs.«

»Aber Ihr versteht nicht.« Jebra sprang auf. »Es war eine riesige Armee. Ich war dort, ich habe sie doch mit eigenen Augen gesehen.« Nervös die Hände ringend, ließ sie ihren Blick über alle Anwesenden schweifen. »Ich war dort, ich habe monatelang für sie gearbeitet. Ich habe gesehen, wie gewaltig ihre Zahl war. Wie hätte ich das Ausmaß dieser Streitmacht nicht erfassen können? Ich habe euch doch von all den Dingen berichtet, die sie getan haben.«

Nicci, unbeeindruckt, schüttelte den Kopf. »Sie waren ein Nichts.«

Jebra fuhr sich mit der Zunge über die Lippen; Verzweiflung bemächtigte sich ihrer Züge. »Mag sein, dass ich mir vielleicht nicht die nötige Mühe gegeben habe, es angemessen zu beschreiben, dass ich nicht wirklich deutlich gemacht habe, mit welch ungeheuren Soldatenmassen die Imperiale Ordnung in Galea eingefallen ist. Es tut mir leid, falls es mir nicht gelungen sein sollte, Euch begreiflich zu machen, mit welcher Mühelosigkeit sie diese zu allem entschlossenen Verteidiger überrannt haben.«

»Ihr habt es keineswegs an der nötigen Sorgfalt fehlen lassen und Eure Beobachtungen präzise wiedergegeben«, erklärte Nicci in milderem Ton und drückte ihr zur Versicherung ihres Mitgefühls die Schulter. »Aber Ihr habt eben nur einen Ausschnitt des Gesamtbildes gesehen. Der Teil, den Ihr gesehen habt, so beängstigend er zweifellos war, war unbedeutend, verglichen mit dem Rest. Was Ihr gesehen habt, könnte Euch nicht einmal ansatzweise auf den Anblick der von Kaiser Jagang geführten Streitmacht vorbereiten. Ich war lange Zeit in Jagangs Hauptlager, ich weiß, wovon ich spreche. Verglichen mit der Hauptstreitmacht kann man die Abteilung, die Ihr gesehen habt, kaum als eindrucksvoll bezeichnen.«

»Sie hat leider recht«, bestätigte Zedd mit einem Unterton von Bitterkeit in der Stimme. »Ich gebe es nur äußerst ungern zu, aber sie hat recht.«

»Nun, wie auch immer. Wenn die Ordenstruppen in Galea

über keine mit der Gabe Gesegneten verfügen«, fuhr Jebra unbeirrt fort, »könntet Ihr doch, falls sich einige mit der Gabe Gesegnete dorthin begeben sollten, diese vielleicht ausschalten und die armen Überlebenden retten, die schon so viel durchgemacht haben. Noch ist es nicht zu spät, wenigstens ein paar von ihnen zu retten.«

Was sie nach Richards Ansicht tatsächlich fragen wollte, aber Angst hatte, offen auszusprechen, war, warum einige der hier Anwesenden nichts unternommen hatten, um das Blutbad zu verhindern, dessen Zeugin sie geworden war, wenn es sich doch nur um eine unbedeutende Streitmacht ohne mit der Gabe Gesegnete in ihren Reihen handelte. Damals, bevor er die Wälder Kernlands verlassen hatte, hätte er vielleicht ein ebenso vages Gefühl von Unmut und Verärgerung über jeden verspürt, der nichts zur Rettung dieser Menschen unternommen hatte, jetzt dagegen quälte es ihn zu wissen, wie viel mehr dahintersteckte.

Nicci tat den Gedanken mit einem Kopfschütteln ab. »Es ist nicht so leicht, wie es vielleicht den Anschein hat. Die mit der Gabe Gesegneten mögen imstande sein, dem Feind große Verluste beizubringen und vorübergehend Verheerungen anzurichten, aber selbst diese Expeditionsstreitmacht ist zahlenmäßig stark genug, einem Angriff der mit der Gabe Gesegneten standzuhalten. Zedd, zum Beispiel, könnte sein Zaubererfeuer einsetzen, um die Soldaten reihenweise niederzumähen, doch sobald er auch nur kurz innehält, um seinen Zauber zu erneuern, würde der Feind eine Angriffswelle nach der anderen gegen ihn schicken. Vielleicht würde er dabei eine Menge Soldaten verlieren, aber diese Ungeheuer lassen sich von schwindelerregenden Verlusten nicht abschrecken; sie würden unbeirrt weiter angreifen und Angriffsreihe auf Angriffsreihe in die Feuerwalze schicken. Ungeachtet ihrer Verluste würden sie in Kürze selbst einen so fähigen Mann wie den Obersten Zauberer überwältigen. Und wo würden wir dann stehen?

Bereits etwas so Simples wie ein Trupp Bogenschützen wäre in der Lage, einen mit der Gabe Gesegneten auszuschalten.« Sie sah zu Richard. »Alles, was man dazu benötigte, wäre ein Pfeil, der sein Ziel trifft, und schon stirbt ein mit der Gabe Gesegneter genau wie jeder andere.«

Zedd breitete in einer verzweifelten Geste die Hände aus. »Ich fürchte, Nicci hat recht. Am Ende würde die Imperiale Ordnung genauso dastehen wie zuvor, wenn auch mit ein paar Soldaten weniger. Wir dagegen hätten die mit der Gabe Gesegneten verloren, die wir gegen sie aufgeboten haben. Sie haben nahezu unerschöpfliche Reserven zur Verfügung, um ihre Truppen wieder aufzufüllen, uns dagegen würden keine Legionen von mit der Gabe Gesegneten zu Hilfe eilen. So hartherzig es scheinen mag, unsere Chance liegt nicht darin, unser Leben in einer sinnlosen Feldschlacht aufzuopfern, von der wir wissen, dass sie keine Aussicht auf Erfolg hat, vielmehr müssen wir uns etwas einfallen lassen, was eine echte Chance auf Erfolg verspricht.«

Nur zu gerne hätte Richard geglaubt, dass es eine Lösung gab, irgendeinen Plan, der echte Erfolgsaussichten bot. Tatsächlich jedoch war er überzeugt, dass sie wenig mehr tun konnten, als das Ende hinauszuzögern.

Jebra, deren Hoffnungsschimmer erloschen war, nickte. Die tiefen Furchen, wie auch das feine Geflecht aus Fältchen in den Winkeln ihrer blauen Augen, verliehen ihrem Gesicht einen müden, abgespannten Ausdruck und ließen sie älter aussehen, als sie nach Richards Einschätzung war. Ihre Schultern waren leicht gebeugt und ihre Hände von der harten Arbeit rau und schwielig. Die Soldaten der Imperialen Ordnung hatten sie zwar nicht umgebracht, aber all ihres Lebenswillens beraubt und sie durch das, was sie hatte durchmachen und mit ansehen müssen, für alle Zeit gezeichnet. Wie viele andere mochte es geben, die wie sie zwar noch lebten, aber durch die brutalen

Methoden der Besatzungstruppen für immer zugrunde gerichtet waren – leere Hüllen ihres früheren Selbst, nach außen hin scheinbar lebendig, innerlich jedoch längst tot.

Ein Schwindelgefühl überkam Richard. Er konnte kaum glauben, dass die Hexe Jebra diesen weiten Weg hierher gemacht hatte, um ihn davon zu überzeugen, wie grauenhaft die Imperiale Ordnung tatsächlich war. Das wahre Ausmaß ihrer Brutalität, das Wesen ihrer Gefährlichkeit war ihm längst bekannt. Immerhin hatte er fast ein volles Jahr in der Alten Welt unter der Tyrannei der Imperialen Ordnung gelebt und war dabei gewesen, als der Aufstand in Altur'Rang seinen Anfang genommen hatte.

Daher konnte Jebras Augenzeugenbericht ihm, wenn überhaupt, nur die Bestätigung dessen liefern, was er längst wusste – dass sie keinerlei Chance gegen Jagang und die Streitkräfte der Imperialen Ordnung hatten. Das d'haranische Reich als Ganzes wäre unter Umständen imstande gewesen, jene Unterabteilung aufzuhalten, die über Galea hereingebrochen war; die jedoch war ein Nichts verglichen mit deren Hauptstreitmacht.

Selbst wenn es ihm gelänge, den ihm so verhassten Jagang auszuschalten, würde dies der Bedrohung durch die Imperiale Ordnung kein Ende machen – deren Ziele waren wie aus einem Guss, ideologisch starr und nicht befeuert vom Ehrgeiz eines einzelnen Individuums. Genau das machte alles ja so hoffnungslos.

Shotas Vision – was sie im Strom der Zeit als hoffnungslose Zukunft der Welt vorhergesehen hatte, wenn es ihnen nicht gelang, der Imperialen Ordnung Einhalt zu gebieten – schien in Richards Augen kein besonderes Talent oder einen besonderen Scharfblick zu erfordern. Er musste kein Prophet sein, um zu erkennen, welch grässliche Gefahr die Imperiale Ordnung darstellte. Wenn man ihr nicht Einhalt gebot, würde sie die Welt beherrschen. In dieser Hinsicht hatte Jebra ihm nichts Neues erzählt, nichts, was er nicht schon wusste.

Andererseits war Shota alles andere als dumm, folglich wusste sie das alles, und sie musste auch wissen, dass er es wusste.

Warum also, fragte er sich, war sie in Wirklichkeit gekommen?

Was immer er nach Shotas Ansicht auch tun sollte, sagte sich Richard dann im Stillen, er durfte niemals außer Acht lassen, dass es außer Kahlans Verschwinden im Sog des Feuerkettenbanns auch noch andere verhängnisvolle Gefahren gab – die Kästchen der Ordnung, zum Beispiel, die ins Spiel gebracht worden waren, oder auch die von den Chimären hinterlassenen Schäden. Er konnte nicht einfach alles andere ignorieren, nur weil die Hexe unverhofft dahergespaziert kam und ihm erklärte, was er ihrer Meinung nach tun sollte. Ja, es war sogar denkbar, dass Shotas eigentliches Ziel irgendeine verschlungene Intrige war, irgendein verborgener Plan, in den auch diese andere Hexe, Sechs, verstrickt war.

Dessen ungeachtet empfand er, wie damals Kahlan, mittlerweile großen Respekt für sie, auch wenn er ihr noch immer nicht ganz über den Weg traute. Obwohl es oft so aussah, als stifte sie nichts als Ärger, wollte sie ihm offenkundig nicht unbedingt absichtlich Kummer bereiten; manchmal stand dahinter einfach der Wille, ihm zu helfen, dann wieder war sie einfach nur die Überbringerin der Wahrheit. Und obwohl sie mit den Dingen, die sie ihm enthüllte, stets richtig lag, erwiesen sie sich jedes Mal auf eine von Shota nicht vorhergesagte Weise als korrekt – oder doch zumindest auf eine Weise, die sie ihm nicht enthüllt hatte. Wie Zedd es auszudrücken beliebte: Eine Hexe erklärte einem nie, was man wissen wollte, ohne nicht gleichzeitig etwas hinzuzufügen, was man nicht wissen wollte.

Und so lauerte in einem verborgenen Winkel seines Verstandes noch immer Shotas Weissagung, Kahlan werde, sollten sie jemals heiraten, ein Kind zur Welt bringen, das sich als Ungeheuer entpuppen würde. Er und Kahlan waren getraut worden; gewiss würde auch diese Weissagung sich nicht auf die von Shota geäußerte Weise bewahrheiten. Kahlan würde gewiss kein Ungeheuer zur Welt bringen.

Zedd war es schließlich, der das Wort ergriff und Richard damit aus seinen Gedanken riss.

»Was ist eigentlich aus Königin Cyrilla geworden?«

Einen Augenblick lang wurde es totenstill im Raum, bis Jebra schließlich antwortete. »Es geschah genau wie in meiner Vision. Sie wurde den gemeinsten der gemeinen Soldaten überlassen, die mit ihr machen durften, was immer sie wollten. Sie konnten es kaum erwarten, über ihre Belohnung herzufallen. Es lief überaus schlecht für sie; ihre schlimmsten Albträume wurden wahr.«

Zedd, der offenbar der Ansicht war, dass mehr hinter der Geschichte stecken müsse, neigte fragend den Kopf zur Seite. »Da habt Ihr sie also zum letzten Mal gesehen?«

Jebra verschränkte die Hände. »Nicht ganz. Eines Tages, ich war gerade unterwegs, um eine Platte mit frisch geschmortem Rindfleisch auszuliefern, begegnete ich einer Gruppe heiser grölender Männer, die ein Spiel spielten, dem die Truppen der Imperialen Ordnung mit großem Vergnügen beiwohnten. Zwei Mannschaften wurden unter großem Gejohle von der versammelten Truppe angefeuert, alles setzte darauf, wer von den beiden Mannschaften gewinnen würde. Wie das Spiel hieß, weiß ich nicht …«

»Ja'La«, sagte Nicci. Als Jebra sich umwandte, um sie anzusehen, wiederholte Nicci: »Das Spiel wird Ja'La genannt. Theoretisch handelt es sich um ein Strategiespiel, das großes athletisches Können und Geschick erfordert; tatsächlich aber ist Ja'La mit den Regeln, wie es im Orden gespielt wird, all das und noch dazu überaus brutal. Ja'La ist Jagangs Lieblingssport; er besitzt selbst eine eigene Mannschaft. Ich erinnere mich, dass die gesamte Mannschaft, nachdem sie ein Spiel verloren hatte, hingerichtet wurde. Nur wenig später besaß der Kaiser eine neue Mannschaft aus den geschicktesten, härtesten und körperlich auffälligsten Spielern, die man hatte auftreiben können. Sie verloren nie wieder. Mit vollem Namen heißt das Spiel Ja'La dh Jin, was in Kaiser Jagangs Muttersprache so viel wie ›Spiel des Lebens‹ bedeutet.«

Jebra runzelte die Stirn, als ihre Erinnerung wiederkehrte. »Ja, schätze, ich erinnere mich, dass es Ja'La genannt wurde. Es wird mit einem schweren Ball gespielt, einem Ball, so schwer, dass sich die Spieler manchmal sogar die Beine daran brachen.«

»Der Ball wird Broc genannt«, sagte Richard, ohne sich herumzudrehen.

Nicci sah kurz in seine Richtung. »Richtig.«

»An diesem speziellen Tag nun«, nahm Jebra ihre Geschichte wieder auf, »als ich den Kommandeuren die Platte mit Fleischspeisen brachte, musste ich zu dem Platz, auf dem das Spiel ausgetragen wurde. Tausende von Soldaten hatten sich bereits dort versammelt, um zuzuschauen. Ich wurde zu einer kleinen Tribüne für die Befehlshaber geschickt und musste mir einen Weg durch die johlenden Männerhorden bahnen. Es war Furcht einflößend. Die Männer sahen den eisernen Ring der Sklaven in meiner Lippe, daher traute sich niemand, mich zu seinem Zelt fortzuschleifen, was sie aber nicht daran hinderte, mich unablässig zu betatschen.« Jebras Blick suchte den Boden. »Das hab ich oft genug über mich ergehen lassen müssen.«

Schließlich sah sie wieder auf. »Als ich bei den Befehlshabern ganz unten am Spielfeldrand eintraf, sah ich, dass die Spieler, die gerade ein neues Spiel begannen, nicht den Ball benutzten, der üblicherweise verwendet wurde.« Sie räusperte sich. »Als Ball benutzten sie den Kopf von Königin Cyrilla.«

Jebra bemühte sich, die beklemmende Stille auszufüllen. »Wie auch immer, das Leben in Galea hatte sich für immer verändert. Einst ein blühendes Handelszentrum, ist es jetzt wenig mehr als ein riesiges Armeefeldlager, aus dem fortwährend Feldzüge gegen die noch unbesetzten Gebiete der Neuen Welt entsandt werden. Die Farmen draußen auf dem Land, bewirtschaftet durch Zwangsarbeit, erzielen nicht mehr die gewohnten Erträge. Ernten bleiben aus oder sind überaus kümmerlich. Die gewaltigen Massen der bewaffneten in Galea stationierten Streitkräfte haben einen enormen Bedarf. Es herrscht eine immerwährende Knappheit an Lebensmitteln, gleichwohl ermöglichen es die regelmäßig aus der Alten Welt eintreffenden Vorräte, die Soldaten zumindest so weit zu ernähren, dass sie weitermachen können.

Ich schuftete Tag und Nacht, um den Bedürfnissen der Befehlshaber der Imperialen Ordnung gerecht zu werden. Nach der einen, die Königin Cyrilla betraf, hatte ich nie wieder eine Vision. Es war seltsam für mich, ohne meine Visionen zu leben, denn mein ganzes Leben lang hatte ich sie gehabt. Auch meine Gabe als Seherin schien erloschen. Mein seherischer Blick war blind geworden.«

Ein kurzer Seitenblick von Nicci verriet Richard, dass sie seine Gedanken ahnte.

»Eines Tages«, fuhr Jebra fort, »wurde ich mitten aus diesen Soldaten herausgeholt. Shota war es, die es irgendwie schaffte, mich von dort fortzubringen. Ich bin nicht ganz sicher, wie es dazu kam, ich erinnere mich nur, dass sie plötzlich neben mir stand. Ich wollte gerade zu einer Bemerkung ansetzen, als sie sagte, ich solle meinen Mund halten und einfach losgehen. Einmal, erinnere ich mich, habe ich mich umgesehen, aber da lag die gewaltige Armee, die sich durch das gesamte Tal bis in die Hügel erstreckte, bereits weit hinter uns. Ich weiß wirklich nicht, wie es dazu kam, dass wir plötzlich so weit weg waren.« Die Stirn gerunzelt, schien ihr Blick auf ihre verschwommenen Erinnerungen gerichtet. »Wir gingen einfach weiter, und jetzt bin ich hier. Da sich mein seherischer Blick verdunkelt hat, werde ich euch, fürchte ich, allerdings keine Hilfe mehr sein können.«

Richard fand, dass sie ein Recht darauf hatte, die Wahrheit zu erfahren, also sagte er sie ihr. »Euer seherischer Blick ist wahrscheinlich deswegen erblindet, weil die Chimären vor ein paar Jahren eine Zeit lang in dieser Welt weilten. Sie wurden wieder in die Unterwelt verbannt, aber da war der Schaden bereits entstanden. Meiner Meinung nach hat die Auflösung der Magie mit der Anwesenheit der Chimären in der Welt des Lebens eingesetzt; wodurch auch Eure Fähigkeit zerstört worden sein muss. Vermutlich ist Eure seherische Gabe verloren, oder aber sie wird, sollte sie vorübergehend oder teilweise noch einmal zurückkehren, nach und nach ganz erlöschen.«

Die Nachricht schien eine lähmende Wirkung auf Jebra zu haben. »Mein ganzes Leben habe ich mir gewünscht, ich wäre nie mit dem Blick einer Seherin geboren worden. In mancher Hinsicht hat er mich zur Ausgestoßenen gemacht. Oft weinte ich nachts und wünschte mir, ich würde von meinen Visionen erlöst und sie würden mich endlich in Ruhe lassen.

Aber jetzt, da Ihr mir sagt, mein Wunsch sei in Erfüllung gegangen, glaube ich, es war mir nie wirklich ernst damit.«

»So ist das nun mal mit Wünschen«, meinte Zedd mit einem Seufzen. »Mitunter neigen sie dazu ...«

»Die Chimären?«, fiel ihm Shota ins Wort. Sowohl ihr Tonfall als auch ihr Stirnrunzeln verrieten Richard, dass sie wenig Interesse daran hatte, sich irgendetwas über Wünsche anzuhören. »Wenn das stimmt, wieso gab es dann nie einen anderen Beweis dafür?«

»Gab es ja«, sagte Richard achselzuckend. »Während der letzten paar Jahre sind keine Geschöpfe der Magie, wie zum Beispiel Drachen, mehr gesichtet worden.«

»Drachen?« Shota wickelte eine lange, verdrehte Locke um

ihren Finger, während sie ihn einen Augenblick lang wortlos musterte. »Es kommt vor, dass Menschen ihr ganzes Leben lang keinen einzigen Drachen zu Gesicht bekommen, Richard.«

»Und was ist mit dem Erblinden von Jebras seherischer Gabe? Ihre Visionen haben unmittelbar nach dem Aufenthalt der Chimären in der Welt ausgesetzt. Wie andere magische Dinge auch ist ihr einzigartiges Talent im Begriff zu erlöschen, und in den meisten anderen Fällen, da bin ich mir sicher, sind wir uns dessen nicht einmal bewusst.«

»Ich mir schon.«

»Nicht unbedingt.« Richard strich sich das Haar aus der Stirn. »Das Problem ist, dass die Feuerkette – von der ich zum ersten Mal von Euch hörte – ein Bann ist, der von den vier Schwestern der Finsternis ausgelöst worden ist, um Kahlan aus dem Gedächtnis aller zu löschen. Dieser Bann wurde von den Chimären verunreinigt, sodass die Menschen außer Kahlan auch noch andere Dinge vergessen, wie zum Beispiel die Tatsache, dass es Drachen gibt.«

Shota schien alles andere als überzeugt. »Ich wäre mir dieser Dinge aufgrund ihrer Vorwärtsbewegung im Strom der Zeit trotzdem bewusst.«

»Und was ist mit dieser anderen Hexe, Sechs? Ich dachte, Ihr hättet gesagt, sie sei im Begriff, Eure Fähigkeit, die Dinge im Strom der Zeit zu erkennen, zu verhüllen.«

Seine Frage ignorierend, zog Shota ihren Finger aus der Strähne ihres kastanienbraunen Haars. Dann verschränkte sie die Arme, ohne ihre mandelförmigen Augen von ihm zu nehmen.

»Wenn sich die Imperiale Ordnung wie ein dunkler Schatten über die Menschheit legt, dürfte das alles wohl kaum noch eine Rolle spielen, oder? Sie werden jedweder Magie – und ebenso aller Hoffnung – ein Ende bereiten.«

Richard enthielt sich einer Antwort. Stattdessen wandte er sich den stillen Wassern zu und hing seinen düsteren Gedanken nach.

Den Kopf leicht zur Seite geneigt, wies Shota mit einer Handbewegung Richtung Treppe und sagte leise zu Jebra: »Geht hinauf und unterhaltet Euch mit Zedd. Ich muss mit Richard sprechen.«

17

Als Richard kurz aufschaute und Jebra die Stufen hinaufsteigen sah, bemerkte er, dass auch Ann und Nathan von der anderen Seite des Raumes herübergekommen waren, um in seiner Nähe zu sein. Kaum war Jebra bei ihm angelangt, legte Zedd einen Arm tröstend um ihre Schultern und murmelte ein paar beschwichtigende Worte, allerdings ohne Richard aus den Augen zu lassen. Richard wusste es zu schätzen, dass sein Großvater auf ihn achtgab und gleichzeitig ein Auge auf die Hexe hielt, für den Fall, dass sie auf die Idee kam, einen ihrer üblen Streiche zu spielen. Zedd wusste vermutlich besser als jeder andere von ihnen, wozu Shota fähig war – er hegte ein tiefes Misstrauen gegenüber dieser Frau und teilte ganz und gar nicht Richards Ansicht, Shota lasse sich im Grunde von den gleichen Überzeugungen leiten wie sie.

Sosehr er ihr Hauptanliegen schätzte, war er sich doch nur allzu bewusst, dass Shota dieses Ziel bisweilen mittels Methoden verfolgte, die ihm schon ohne Ende Kummer bereitet hatten. Was sie als Hilfe betrachtete, bedeutete für ihn letztendlich manchmal nichts als Ärger.

Zudem war er sich nur zu bewusst, dass Shota mitunter ihre ganz eigenen Ziele verfolgte – so zum Beispiel, als sie Samuel das Schwert überlassen hatte. Deshalb vermutete er auch jetzt, dass sie etwas im Schilde führte, er wusste nur nicht, was oder was dahintersteckte. Er fragte sich, ob es etwas mit dem Ausschalten dieser anderen Hexe zu tun haben könnte.

»Richard«, begann Shota in sanftem, einfühlsamem Ton, »du hast gehört, welcher Art das Grauen ist, das im Begriff ist, über uns zu kommen. Du bist der Einzige, der ihm Einhalt gebieten kann. Warum das so ist, weiß ich nicht, wohl aber weiß ich, dass es sich so verhält.«

Mit ihrem sanften Tonfall oder der Sorge wegen ihres gemeinsamen Feindes konnte er nichts anfangen. »Ihr erdreistet Euch, Euren großen Schmerz über das von der Imperialen Ordnung hervorgebrachte Leiden zum Ausdruck zu bringen sowie Eure Überzeugung, dass nur ich die Gefahr noch abwenden kann, und trotzdem schmiedet Ihr Komplotte und haltet Hinweise zurück, um mir das Schwert der Wahrheit wegzunehmen?«

Sie ging auf die Vorwürfe gar nicht ein. »Ein solches Komplott, wie du behauptest, hat es nie gegeben. Es war ein fairer Tausch – ein Wert gegen einen anderen.« Ihre Stimme blieb heiter und gelassen. »Abgesehen davon würde dir das Schwert hierbei gar nichts nützen, Richard.«

»Eine ziemlich lahme Entschuldigung dafür, dass Ihr es diesem blutrünstigen Samuel überlassen habt.«

Shota sah ihn erstaunt an. »Hätte ich es nicht getan, wären, wie sich jetzt herausstellt, die Schwestern der Finsternis, die die Kästchen der Ordnung gestohlen haben, wahrscheinlich längst wieder vereint. Dann befänden sich alle drei Kästchen in ihrem Besitz, und sie hätten eines womöglich bereits geöffnet, die Macht der Ordnung entfesselt und uns alle dem Hüter der Toten ausgeliefert. Was sollte dir das Schwert noch nützen, wenn die Welt des Lebens nicht mehr existiert? Wie es scheint, hat Samuel, aus welchem Grund auch immer, eine Katastrophe verhindert.«

»Er hat das Schwert dazu benutzt, Rachel zu entführen, und

dabei beinahe Chase getötet – was offenbar auch seine Absicht war.«

»Benutze deinen Verstand, Richard. Das Schwert hat uns gute Dienste geleistet, indem es uns Zeit verschafft hat, wenn auch um einen Preis, der keinem von uns gefällt. Was wirst du jetzt mit der Zeit anfangen, die dir unverhofft in den Schoß gefallen ist und die du sonst gar nicht gehabt hättest? Oder treffender noch: Was würde dir das Schwert jetzt gegen die Gefahr der Imperialen Ordnung nützen?

Im Übrigen kann mit dem Schwert jeder ein Sucher sein – oder zumindest so tun als ob. Ein wahrer Sucher dagegen braucht das Schwert der Wahrheit nicht, um diese Rolle auszufüllen.«

Sie hatte recht, und das wusste er. Was hätte er mit dem Schwert schon anfangen können? Die ganze Imperiale Ordnung eigenhändig niedermetzeln? Nicci hatte es Jebra eben noch erklärt – die mit der Gabe Gesegneten konnten sich schon allein deswegen nicht gegen eine große Übermacht behaupten, weil sie mit Magie umzugehen wussten, und das Gleiche galt auch für das Schwert. Trotzdem hatte Shota es Samuel überlassen, und nun handelte dieser Samuel offenbar auf Geheiß einer anderen Hexe, einer Hexe, die ausschließlich ihre eigenen Interessen verfolgte.

Schlimmer noch, was hatte es für einen Sinn, sich über den Verlust einer einzelnen Waffe aufzuregen, während so viele durch diesen Orden ums Leben kamen und diese Waffe weder ihr Leben schützen noch ihre Freiheit bewahren konnte? Das Schwert war nicht die eigentliche Waffe; was wirklich zählte, war der Geist, der es führte.

Der wahre Sucher war er; er war die tatsächliche Waffe. Das konnte ihm Samuel nicht nehmen.

Und doch hatte er keine Ahnung, wie er der Bedrohung Einhalt gebieten, wie er auch nur eine der Gefahren abwehren sollte, die von allen Seiten über sie hereinbrachen.

Nicci war nicht weit entfernt stehen geblieben – weit genug, um Shota Gelegenheit zu geben, sich mit ihm zu unterhalten, und doch nahe genug, um augenblicklich eingreifen zu können, falls die Unterhaltung in gegenseitige Drohungen oder etwas anderes ausarten sollte, was ihr nicht gefiel.

Einen Moment lang starrte er in Niccis blaue Augen, dann wandte er sich wieder um und begegnete Shotas Blick. »Was genau erwartet Ihr von mir?«

Er hatte gar nicht mitbekommen, dass sie näher getreten war, doch plötzlich stand sie so nah, dass er ihren Atem auf seiner Wange spüren konnte. Dieser enthielt ein schwaches Aroma von Lavendel. Der Duft schien jegliche Anspannung von ihm zu nehmen.

»Was ich erwarte«, antwortete sie in vertraulichem Flüsterton, während sie ihren Arm um seine Hüfte gleiten ließ, »ist, dass du begreifst. *Wirklich* begreifst.«

Leicht alarmiert von der Vorstellung, dass sie womöglich einen Hintergedanken hatte, kam Richard der Gedanke, dass es wahrscheinlich klüger wäre, sich aus ihrer klammernden Umarmung zu befreien. Aber noch ehe er auch nur einen Muskel rühren konnte, bog sie sein Kinn mit einem Finger nach oben.

Und schon im nächsten Moment kniete er im Morast.

Ringsum war das Rauschen eines anhaltenden Wolkenbruchs zu hören, das Trommeln auf den Dächern und Markisen, das Prasseln in den Pfützen, das Geräusch von Schlamm, der gegen die Wände irgendwelcher Gebäude spritzt, gegen liegen gebliebene Wagen und die Beine des überall umherhastenden Mobs. In der Ferne blafften Soldaten Befehle. Klapperdürre, erbärmlich aussehende Pferde standen, die Beine schlammverkrustet, mit hängenden Köpfen teilnahmslos im Regen. Etwas abseits brach eine Gruppe von Soldaten in Gelächter aus, während man nicht weit davon entfernt in einer anderen gelangweilt über Belanglosigkeiten plauderte. Ganz in der Nähe war das Rumpeln und Poltern von Wagen zu hören, die träge eine Straße entlangholperten, während in der Ferne ein paar Hunde aus purer Gewohnheit ihr unablässiges Gebell anstimmten.

Im trüben Licht des bleischwer verhangenen Himmels hatte alles eine düstere, graubraune Farbe angenommen. Blickte er nach rechts hinüber, sah er, dass dort, neben ihm im Morast, noch weitere Männer in einer Reihe auf den Knien lagen. Ihre schäbigen durchweichten Kleider hingen ihnen schlaff von den eingefallenen Schultern. Ihre Gesichter waren aschfahl, die Augen wirr vor Angst. Hinter ihnen klaffte der Schlund einer tiefen Grube, die an nichts so sehr erinnerte wie an das finstere Tor zur Unterwelt.

Aus einem Gefühl wachsender Bedrängnis heraus versuchte Richard, sich zu bewegen, sein Gewicht so zu verlagern, dass er auf die Beine kommen und sich verteidigen konnte. Erst jetzt gewahrte er, dass man ihm die Hände auf den Rücken gefesselt hatte – allem Anschein nach mit Lederriemen. Als er sich aus den fest verzurrten Fesseln zu winden versuchte, schnitt ihm das Leder tief ins Fleisch. Er bemühte sich nach Kräften, den brennenden Schmerz zu ignorieren, konnte sich aber dennoch nicht befreien. Eine altbekannte Furcht stieg in ihm hoch, die Furcht vor der Hilflosigkeit angesichts gefesselter Hände.

Rings um ihn her ragten ungeschlachte Soldaten auf, einige in aus Leder, rostigen Metallplatten oder Kettenpanzern zusammengeflickten Rüstungen, während andere sich zu ihrem Schutz mit derben Fellwesten begnügten. Ihre Waffen hingen an breiten Gürteln oder nietenbesetzten Riemen. Keine dieser Waffen wies auch nur die geringste Verzierung auf; es waren die primitiven Werkzeuge ihres Handwerks: Messer mit selbst gebastelten Holzgriffen, die mit krumm geschlagenen Nägeln an dessen Ende befestigt waren; Schwerter, das Heft mit Lederriemen umwickelt, damit es am Heftzapfen hielt; Keulen aus grob gegossenem Eisen auf einem dicken Griff aus Walnussholz oder einer Eisenstange. Ihre primitive Machart nahm ihnen nichts von ihrer beabsichtigten Wirkung, im Gegenteil: Das Fehlen jeglichen Schmucks unterstrich noch ihren einzigen Zweck und ließ sie dadurch nur noch unheimlicher erscheinen.

Wer sich den Schädel nicht kahl geschoren hatte, dessen fettiges Haar hatte sich im unablässigen Regen in eine verfilzte Masse verwandelt. Einige Soldaten trugen mehrere Ringe oder angespitzte Metalldorne in Ohren und Nase. Der Regen schien dem Schmutz, der ihre Gesichter bedeckte, nichts anhaben zu können. Nicht wenige Soldaten hatten einen Streifen aus düsteren Tätowierungen im Gesicht; einige ähnelten beinahe Masken, während andere sich in wild verschlungenen, dramatischen Mustern über Wangen und Nase zogen. Die auffälligen Tätowierungen ließen die Männer nur noch weniger menschlich, nur noch wilder erscheinen. Unruhig zuckten die Augen der Soldaten hin und her, kamen nur selten auf einem bestimmten Gegenstand zur Ruhe, was ihnen das Aussehen gehetzter Tiere verlieh.

Um etwas zu erkennen, musste Richard das Regenwasser aus den Augen blinzeln. Er warf den Kopf in den Nacken, um einige Strähnen seines völlig durchnässten Haars aus dem Gesicht zu schleudern. Erst jetzt gewahrte er, dass auch links von ihm Männer waren, von denen einige hilflos wimmerten, während die Soldaten all jene gepackt hielten, die sich weigerten oder nicht fähig waren, aufrecht im Morast zu knien. Das Gefühl panischer Angst war mit den Händen greifbar; die Flutwelle dieser Angst sprang auf Richard über, stieg in ihm hoch und drohte über ihm zusammenzuschlagen.

Er wusste, das alles war nicht wirklich … und doch war es das. Der Regen fühlte sich eiskalt an. Seine Kleider waren durchnässt. Gelegentlich schüttelte ihn ein kalter Schauder. Ein

Gestank herrschte an diesem Ort, schlimmer als alles, an das er sich erinnern konnte, eine Mischung aus beißendem Rauch, abgestandenem Schweiß, Exkrementen und brandigem Fleisch. Die Schreie der anderen rings um ihn her klangen nur allzu real. Er glaubte nicht, dass er fähig gewesen wäre, sich dieses Stöhnen, so bar jeder Hoffnung und zugleich erfüllt von verzweifelter Angst, einzubilden. Viele der Männer zitterten unkontrolliert, und schuld daran war keineswegs der kalte Regen. Wie er sie so anstarrte, dämmerte Richard, dass er einer von ihnen war, dass er genau so war wie sie, einer von vielen, die mit auf den Rücken gefesselten Händen auf den Knien im Morast lagen.

Das Ganze war so unwahrscheinlich, dass es etwas Verstörendes hatte; irgendwie war er tatsächlich dort. Irgendwie hatte Shota ihn an diesen Ort versetzt. Ihm war unbegreiflich, wie so etwas möglich sein sollte. Er musste es sich einbilden. Dann begann er sich zu fragen, ob er sich in Wahrheit nicht alles andere eingebildet hatte, fragte sich, ob nicht alles ein Traum gewesen war, ein Ablenkungsmanöver, ob ihm sein Verstand nicht einen Streich gespielt hatte. Er begann sich zu fragen, ob es möglich sein konnte, dass der Feuerkettenbann das tatsächliche Geschehen aus seiner Erinnerung gelöscht hatte, oder ob die Realität schlicht so entsetzlich war, dass sein Verstand sie ausgesperrt und er sich in eine Fantasiewelt zurückgezogen hatte – und jetzt, völlig unvermittelt, unter dem Druck der Ereignisse wieder in die Wirklichkeit zurückgeschnellt war. In Wahrheit, das dämmerte ihm allmählich, obwohl er nicht genau wusste, was sich hier abspielte oder woher seine Verwirrung rührte, zählte nur, dass dies vollkommen real war und er sich dessen aus irgendeinem Grund erst jetzt bewusst wurde. Und tatsächlich, genauso fühlte es sich an: als sei er gerade aus einem Zustand orientierungsloser Verwirrung erwacht und hätte sein Bewusstsein wiedererlangt.

War er zuvor verwirrt gewesen, so versuchte er sich jetzt verzweifelt zu erinnern, zu begreifen, wie er an diesen Ort gekommen war, wo er sich jetzt wiederfand, wie es dazu gekommen war, dass er inmitten von Soldaten der Imperialen Ordnung im Morast auf den Knien lag. Für Augenblicke meinte er sich erinnern zu können, wie er hierhergekommen war, und auch an alles andere, doch blieb die Erklärung stets unmittelbar außerhalb seiner Reichweite, wie ein Wort, das irgendwo in den dunklen Tiefen des Verstandes verloren gegangen war.

Richard blickte die Reihe zu seiner Linken entlang und sah einen Soldaten das Haar eines Mannes mit der Faust packen und seinen Kopf nach oben reißen. Der Mann schrie auf, ein kurzer, von Entsetzen erstickter Laut, hervorgepresst aus einer wogenden Brust. Es war unschwer zu erkennen, dass der Mann trotz heftigster Bemühungen keine Chance hatte zu entkommen. Die Laute seines tränenreichen Flehens erzeugten eine Gänsehaut auf Richards Armen. Der Soldat, der hinter dem Knienden stand, legte ihm ein langes, schmales Messer an die Vorderseite seiner entblößten Kehle.

Wieder versuchte sich Richard einzureden, dass er zuvor recht gehabt hatte, dass dies nicht wirklich war, dass er sich dies alles nur einbildete. Und doch konnte er die Scharte in dem stümperhaft gewetzten Messer deutlich sehen, konnte er den Mann wieder und wieder vor Panik keuchend schlucken sehen, sah er das unbarmherzige Feixen im selbstgefälligen Gesicht des Soldaten.

Als das Messer in die Kehle des Mannes schnitt, ließ ihn der Anblick schockiert zusammenzucken, im selben Moment, da der Schock des plötzlichen Schmerzes den Mann zusammenfahren ließ.

Der Mann schlug wild um sich, doch der Soldat, der seine Haare mit festem Griff gepackt hielt, hatte keine Mühe, sein Opfer in Schach zu halten. Die regennassen Muskeln seines kräftigen Armes traten hervor, als er unter Aufbietung noch größerer Kraft ein zweites Mal in die Kehle des Mannes schnitt, tiefer, viel tiefer und fast von einem Ohr zum anderen. Ein Schwall von Blut, im grauen Licht von schockierend roter Farbe, schoss mit jedem Pumpen des noch immer schlagenden Herzens hervor. Richard zuckte innerlich zusammen, als sich seine Nasenflügel unter dem frischen Geruch weiteten.

Er versuchte sich einzureden, dies sei nicht wirklich, und doch, als er den Mann sich kraftlos winden sah, als er zusah, wie der Fleck aus Blut auf der Vorderseite seines Hemdes nach unten wuchs und den Schoß seiner Hosen durchtränkte, war alles nur zu wirklich. In einem letzten Kraftakt, sein Hals bereits eine einzige klaffende Wunde, trat der Mann mit seinem Bein zur Seite aus. Der Soldat, der den Mann noch immer bei den Haaren gepackt hielt, wuchtete ihn nach hinten in die Grube. Richard hörte, wie er mit seinem ganzen Gewicht schwer auf dem Boden aufschlug.

Richards Herz hämmerte so hart gegen seinen Brustkorb, dass er zu platzen meinte. Ihm war so speiübel, dass er glaubte, sich übergeben zu müssen. In einer verzweifelten Kraftanstrengung versuchte er zum wiederholten Mal, seine Hände freizubekommen, doch das Leder grub sich nur noch tiefer in sein Fleisch. Der Regen spülte Schweiß in seine Augen. Die Lederriemen hatten schon so lange an ihrem Platz gesessen, dass schon der kleinste Widerstand gegen sie ein schmerzhaftes Brennen in den aufgescheuerten Wunden verursachte, das ihm augenblicklich erneut die Tränen in die Augen trieb. Aber er ließ sich nicht davon beirren. Vor Anstrengung ächzend, legte er seine ganze Muskelkraft in den Versuch, seine Fesseln zu zerreißen. Er konnte das Leder über die freiliegenden Sehnen seiner Handgelenke scheuern fühlen.

Und dann hörte Richard, wie jemand lauthals seinen Namen rief. Er erkannte die Stimme augenblicklich.

Kahlan!

Sein ganzes Leben kam mit einem Ruck zum Stillstand, als er den Kopf hob und zu ihr hinübersah, in ihre betörend grünen Augen. Jede Empfindung, die ihm je vergönnt gewesen war, durchflutete ihn in einem einzigen Augenblick und hinterließ eine Art matten, doch fürchterlichen Schmerz, der bis ins Mark zu spüren war.

Er war so lange von ihr getrennt gewesen …

Sie jetzt zu sehen, alle Feinheiten ihres Gesichts, den kaum merklichen Schwung ihrer Brauen, wenn sie diese kräuselte, den er fast vergessen hatte, die exakte Krümmung ihres Rückens, als sie sich leicht zur Seite drehte, zu sehen, wie ihr Haar sich unter dem Gewicht des Regens natürlich teilte, ihre Augen zu sehen, ihre wunderschönen grünen Augen, sagte ihm, dass er sich dies alles unmöglich einbilden konnte.

Kahlan reckte einen Arm in seine Richtung. »Richard!«

Der Klang ihrer Stimme lähmte ihn. Es war so lange her, dass er ihre einzigartige Stimme gehört hatte, eine Stimme, die ihn vom Augenblick ihrer ersten Begegnung an mit ihrer Klugheit, ihrer Klarheit, Eleganz und ihrem betörendem Charme für sich eingenommen hatte. Jetzt dagegen war in ihrer Stimme nichts von alledem zu hören. Sie war all dieser Eigenschaften beraubt, und übrig blieb nur noch eine unerträgliche Seelenqual.

Dem Leid in ihrer Stimme entsprechend, verzerrten sich Kahlans feine Züge vor Entsetzen, als sie ihn dort im Morast knien sah. Ihre Augen waren rot gerändert. Tränen, vermischt mit Regen, liefen ihr übers Gesicht.

Starr vor Entsetzen lag Richard auf den Knien, erstarrt, weil er sie hier sah, so nah und doch so unerreichbar. Erstarrt, weil er feststellen musste, sie inmitten Tausender Soldaten der feindlichen Armee zu sehen.

»Richard!«

Wieder streckte sie verzweifelt einen Arm in seine Richtung. Sie versuchte, zu ihm zu gelangen, doch sie konnte nicht.

Ein stämmiger Kerl mit kahl geschorenem Schädel hielt sie zurück.

Jetzt bemerkte Richard zum ersten Mal, dass an Kahlans Hemd die Knöpfe fehlten; sie waren abgerissen, sodass das Hemd offen hing und ihren Körper den lüsternen Blicken der Soldaten aussetzte.

Aber das schien ihr egal. Sie wollte nichts weiter, als dass Richard sie bemerkte, so als wäre das alles, was im Leben zählte, als bedeutete ein einziger Blick auf ihn für sie das Leben. Als brauchte sie nichts sonst, um zu überleben.

Ein schmerzhafter Kloß drohte seine Kehle zu verschließen. Tränen traten ihm in die Augen. Leise rief er ihren Namen, zu schockiert von ihrem Anblick, um mehr über die Lippen zu bringen.

Kahlan, außer sich, streckte erneut den Arm nach ihm aus, stemmte sich gegen den Widerstand der fleischigen Hand des Soldaten, der sie hielt. Sein fester Griff hinterließ im Fleisch ihres Arms blutleere Abdrücke seiner Finger.

»Richard! Richard, ich liebe dich! Bei den gütigen Seelen, ich liebe dich!«

Als sie sich loszureißen und in seine Richtung zu stürzen versuchte, legte ihr der Soldat seinen kräftigen Arm unter ihrem Hemd um die Taille und hielt sie mit Gewalt zurück. Immer weiter tastete der Kerl sich vor, bis er zwischen Daumen und Zeigefinger eine von Kahlans Brustwarzen zu fassen bekam und sie verdrehte. Dabei sah er mit einem vielsagenden Grinsen hoch und vergewisserte sich, dass Richard genau mitbekam, was er da tat.

Aus Kahlans Kehle drang ein kleiner Schrei überraschten Schmerzes, ansonsten aber ignorierte sie den Soldaten völlig und rief stattdessen in äußerstem Entsetzen Richards Namen.

Rasend vor Zorn, versuchte Richard auf die Beine zu kommen. Er musste zu ihr. Der Soldat lachte nur, als er ihn sich abmühen sah. Völlig undenkbar, dass sich jemals wieder eine solche Gelegenheit bieten würde. Dies war seine einzige und letzte Chance.

Als er Anstalten machte, gewaltsam auf die Füße zu kommen, trat ihm ein Soldat mit dem Stiefel so wuchtig in den Magen, dass er sich vornüberkrümmte. Sicherheitshalber trat ihm ein anderer zusätzlich noch seitlich gegen den Kopf und nahm ihm damit fast völlig das Bewusstsein. Die Welt verschwamm. Die Geräusche verschmolzen zu einem dumpfen Dröhnen. Richard kämpfte, um bei Bewusstsein zu bleiben. Auf keinen Fall wollte er Kahlan aus den Augen verlieren. Kein Anblick auf der ganzen Welt bedeutete ihm mehr als ihrer.

Er musste eine Möglichkeit finden, sie aus diesem Albtraum zu erlösen.

Während er sich noch bemühte, wieder zu Atem zu kommen, krallte sich die große Hand eines Soldaten in sein Haar und riss ihn mit einem Ruck nach oben. Richard keuchte, versuchte trotz der ihn seiner Sinne beraubenden schmerzhaften Schläge Luft zu holen. Warm spürte er das Blut seitlich über sein Gesicht rinnen und kalten Schlamm in seinen Nacken spülen.

Durch das Nachobenreißen seines Kopfes fiel sein Blick erneut auf Kahlan, auf ihr langes, jetzt ganz vom Regen ineinander verschlungenes und verfilztes Haar. Ihre grünen Augen waren so schön, dass er meinte, sein Herz müsse vor Schmerz über dieses Wiedersehen mit ihr, bei dem er sie nicht einmal in den Armen halten konnte, zerbersten.

Nichts wünschte er sich sehnlicher, als sie in seine Arme zu schließen und sie zu trösten, zu beschützen.

Stattdessen hatte ein anderer seine Arme um sie geschlungen, aus dessen Griff sie sich zu winden versuchte. Er legte ihr seine Hand auf die Brust und drückte zu, bis Richard deutlich sehen konnte, dass es ihr wehtat. Sie trommelte mit ihren Fäusten gegen ihn, aber er ließ nicht locker. Noch während er sich über ihre vergeblichen Bemühungen amüsierte, glitt sein Blick zu Richard hinüber.

Vor lauter Panik fühlte sich Richard matt und kraftlos. Er wusste nicht, was er tun sollte.

Magie. Er sollte seine Gabe auf den Plan rufen. Aber wie sollte er das anstellen? Er wusste nicht, wie man Magie herbeirief. Und doch hatte er es in der Vergangenheit gekonnt.

Zorn.

In der Vergangenheit hatte seine Gabe stets über seinen Zorn funktioniert.

Den Soldaten Kahlan festhalten, ihr wehtun zu sehen, lieferte ihm mehr als genug davon. Ein weiteres dieser Ungeheuer sich ihr nähern, lüstern auf sie hinabblicken und sie auf intime Weise betatschen zu sehen, fachte die wild lodernden Flammen seines Zorns immer weiter an.

Seine Welt färbte sich rot vor Zorn.

Mit jeder Faser seines Seins versuchte Richard seine Gabe mithilfe des Wesens dieser Raserei zu entflammen. Die Kiefer zusammengepresst, biss er in seiner ungeheuren Konzentration auf seinen Zorn die Zähne aufeinander. Zitternd vor Wut wartete er auf eine dieser Wut angemessene Explosion seiner Kraft. Dann erkannte er, was er tun musste. Sie schien zum Greifen nah. Er stellte sich vor, wie sie die Soldaten zu Boden schlug. Mit angehaltenem Atem harrte er des Sturms, der jeden Moment entfesselt würde.

Es war, als würde der Boden völlig unerwartet unter einem fortgezogen, als gäbe es nichts mehr, was seinen Sturz noch auffangen konnte.

Noch immer prasselte der Regen aus dem grauen Himmel herab, als wollte er seine Bemühungen ersäufen. Keine Magie schlug einen Bogen durch den leeren Raum zwischen ihm und dem Mann, der Kahlan hielt. Keine von Magie erzeugten Blitze zuckten hervor. Die Gerechtigkeit ließ auf sich warten.

Sein ganzes Leben lang war dies der Augenblick gewesen, in dem es sich gezeigt hätte – sofern dort tatsächlich etwas war –, so viel war ihm jenseits allen Zweifels klar. Ein dringenderes Verlangen, eine größere Sehnsucht nach der Frau, die er liebte, größerer Ingrimm war undenkbar. Doch da war keine Kraft, keine unmittelbar bevorstehende Erlösung.

Ebenso gut hätte er ohne Gabe geboren sein können.

Er besaß keine Gabe. Sie war nicht mehr vorhanden.

Richard war, als stürzte die Welt rings um ihn her in sich zusammen. Er wünschte sich, alles sollte langsamer gehen, damit er Zeit hätte, eine Erklärung zu finden, doch stattdessen wurde alles in einem entsetzlich rasenden Wirbel fortgerissen. Alles ging viel zu schnell. Es war ungerecht, sein Leben auf diese Weise beenden zu müssen. Er hatte noch gar keine Gelegenheit gehabt zu leben, sein Leben mit Kahlan zu teilen. Er liebte sie so sehr, und doch hatte er kaum Gelegenheit gehabt, mit ihr zusammen zu sein und ein Leben in friedlicher Zweisamkeit zu führen. Scherzen und lachen wollte er mit ihr, sie in den Armen halten, mit ihr durchs Leben gehen, in einer kalten verschneiten Nacht einfach nur mit ihr zusammen vor einem Feuer sitzen, sie behütend und wärmend an sich drücken und sich mit ihr über die Dinge unterhalten, die ihnen wichtig waren – ihre Zukunft. Sie sollten eine Zukunft haben.

Es war so ungerecht. Er wollte sein Leben leben. Stattdessen würde es ohne triftigen Grund an diesem Ort des Elends enden. Einfach so. Nicht einmal um sein Leben kämpfen konnte er, um seinem Tod noch einen Sinn zu geben. Stattdessen würde er hier im Regen und Morast krepieren, umringt von Männern, die einen Hass auf alles hegten, was gut im Leben war, während Kahlan gezwungen wurde zuzusehen.

Er wollte nicht, dass sie es sah. Er wusste, sie würde diesen Anblick nie wieder aus ihren Gedanken verbannen können. Mit dieser letzten, grauenhaften Erinnerung an seinen blutigen Todeskampf wollte er ihr nicht in Erinnerung bleiben.

Wie die meisten der anderen Männer auch unternahm er einen allerletzten Versuch, auf die Beine zu kommen. Sofort stieg ihm einer der Soldaten auf die Waden und drückte ihn mit seinem ganzen Gewicht zu Boden. Der Schmerz schien weit entfernt. Richard fühlte sich wirr und benommen.

Nichts auf der Welt wünschte er sich sehnlicher, als Kahlan von diesen Männern, die sie festhielten und begrapschten, zu erlösen. Wütend schrie Kahlan sie an, kratzte, trommelte mit den Fäusten auf sie ein, während sie gleichzeitig in hilflosem Entsetzen nach ihm rief.

Unter Aufbietung seiner ganzen Körperkraft zerrte er an den Lederriemen, mit denen seine Handgelenke gefesselt waren, doch statt zu zerreißen, gruben sie sich nur noch tiefer ein. Er kam sich vor wie ein in einer Falle gefangenes Tier. Längst war jegliches Gefühl aus seinen Händen gewichen, sodass er das Blut, das warm von seinen Fingerspitzen troff, nicht mehr spüren konnte.

Er wollte nicht sterben. Was sollte er nur tun? Er musste dem ein Ende machen, irgendwie, er musste einfach. Nur wusste er nicht, wie. In der Vergangenheit hatte er stets über seinen Zorn auf seine Gabe zugreifen, seine Kraft auf den Plan rufen können. Stattdessen erlebte er jetzt nichts als Hilflosigkeit und Verwirrung.

»Kahlan!«

Er schien dem überwältigenden Gefühl des Grauens, der blinden Panik, hilflos ausgeliefert zu sein, dieser ungestümen Gefühlsanwandlung hatte er nichts entgegenzusetzen. Er wurde von einer Flut von Ereignissen fortgerissen, die er weder aufhalten noch kontrollieren konnte. Es war alles so absurd, von so überwältigender Sinnlosigkeit und monumentaler Brutalität.

»Kahlan!«

»Richard!« Schreiend streckte sie erneut die Arme nach ihm aus. »Richard, ich liebe dich mehr als das Leben! Ich liebe dich so sehr. Du bist mein Ein und Alles. Das bist du immer gewesen.«

Ein Schluchzen ließ ihren Atem stocken, der darauf in heftiges Keuchen überging.

»Richard … ich brauche dich doch.«

Es brach ihm das Herz. Er hatte das Gefühl, sie im Stich zu lassen.

Ein Soldat packte ihn bei den Haaren.

»Nein!«, schrie Kahlan und hob abwehrend die Hand. »Nein! Nicht! Bei den gütigen Seelen, so helfe ihm doch jemand, bitte!«

Der Soldat beugte sich herab, das schmutzstarrende Gesicht zu einem brutalen Feixen verzerrt. »Keine Sorge, ich werde mich schon um sie kümmern … höchstpersönlich.« Er lachte Richard gehässig ins Ohr.

»Bitte«, hörte Richard sich sagen, »bitte nicht.«

»Bei den gütigen Seelen, so helfe ihm doch jemand!«, schrie Kahlan die Umstehenden an.

Sie war sich ihrer Machtlosigkeit nur zu bewusst. Er hatte nicht die geringste Chance. Jetzt konnte sie nur noch um ein Wunder betteln, und das allein war neue Nahrung für die Flammen glühender Angst, die außer Kontrolle geraten in seinem Innern loderten. Dies war das Ende – das Ende von allem.

»Bitte … so lasst sie doch in Ruhe.«

Der Soldat hinter seinem Rücken lachte. Genau das war es, was er hatte hören wollen.

Das Schluchzen, das seine Kehle hochstieg, raubte ihm den Atem, sodass er es nicht schaffte, Luft in seine Lunge zu saugen. Tränen, vermischt mit Regenwasser, liefen ihm über das

Gesicht. Sie war die einzige Frau, die er je geliebt hatte, der einzige Mensch, der ihm alles, mehr als das Leben selbst bedeutete.

Ohne Kahlan war das kein Leben, sondern nur ein Dahinvegetieren. Sie war seine Welt.

Ohne Kahlan war sein Leben sinnlos.

Und ohne ihn, das wusste er, hatte auch Kahlans Leben seinen Sinn verloren …

»Jetzt du«, verkündete der Soldat, der Richard festhielt, und trat hinter ihn, um die Position des Henkers einzunehmen. Der Mann beugte sich über ihn; sein Atem stank nach Bier und Wurst. »Wird Zeit, dass ich hier fertig werde. Sobald ich mit dir durch bin, hab ich 'ne Verabredung mit deiner allerliebsten Braut. Kahlan, richtig? Keine Angst, Junge, ich werd deiner Kahlan keine Gelegenheit geben, groß um dich zu trauern oder in Erinnerungen zu schwelgen. Ich werde ihre ungeteilte Aufmerksamkeit haben – das kann ich dir versprechen. Und sobald sie mir Befriedigung verschafft hat, kommen die anderen bei ihr zum Zug.«

Richard hätte ihm am liebsten das Genick gebrochen.

»Denk darüber nach, wenn deine gottlose Seele zu den finsteren, ewigen Qualen in die Unterwelt hinabsteigt, wenn du unter die kalte, unbarmherzige Macht des Hüters gerätst. Denn dieses Schicksal – die gerechte Strafe ewigen Leidens – ist allen Kerlen deines Schlages bestimmt, und das ist auch ganz richtig so, schließlich haben wir alles aufgegeben, um in dieses gottverlassene Land zu kommen und euch selbstsüchtigen Heiden das göttliche Licht und die Gesetze des Ordens zu bringen. Eure sündhafte Lebensweise, ja eure bloße Existenz ist eine Beleidigung des Schöpfers – und all derer unter uns, die sich in Ehrfurcht vor Ihm verbeugen.«

Der Kerl schien sich in einen rechtschaffenen Zorn hineinzusteigern.

»Machst du dir überhaupt eine Vorstellung, was ich alles für die Errettung der Seelen deines Volkes aufgeopfert habe? Meine Familie hat nicht einmal mehr zu essen, gar nichts hat sie mehr – alles hat sie geopfert, um es unseren tapferen Soldaten schicken zu können. Mein Bruder und ich, wir haben uns dem Kampf für unsere Sache und allem, woran wir glauben, verschrieben. Wir beide sind in den Norden gegangen, um unsere Pflicht für Kaiser und Schöpfer zu tun, haben unser Leben dem Ziel gewidmet, deinem Volk Tugend und Rechtschaffenheit zu bringen. Unzählige blutige Schlachten haben wir geschlagen gegen alle, die sich unserem Wirken im Namen all dessen, was gut und gerecht ist, widersetzen. Wir haben unzählige unserer Ordensbrüder in diesen Schlachten sterben sehen. Ich habe gesehen, wie unsere ruhmreiche Armee der Imperialen Ordnung den Kampf für die Erlösung weiterführte, obwohl dein Volk die gottlosen mit der Gabe Gesegneten gegen uns aufgeboten hat, Menschen, die das aus Magie geschaffene Böse gewirkt haben.« Und so weiter, und so weiter … Es war der blanke Irrsinn. Richard konnte kaum fassen, dass es Männer gab, deren Denken jeder Vernunft Hohn sprachen, Männer, die sich derart geistlosen Glaubensüberzeugungen hingaben, und doch gab es sie. Überall schienen sie plötzlich aus dem Erdboden zu sprießen und sich wie Maden zu vermehren, ganz der Vernichtung all dessen verschrieben, was das Leben lebenswert und angenehm machte.

Er schluckte seine Erwiderung, seinen hochkochenden Zorn hinunter. Nichts vermochte Männer dieses Schlages mehr zu verärgern als Vernunft und Wahrheit, Lebendigkeit und Güte – Dinge, die in diesen Männern nur den Wunsch nach Zerstörung weckten. Und da Richard wusste, dass alles, was immer er jetzt sagte, diesen Kerl nur provozieren und Kahlans Situation verschlimmern würde, hielt er den Mund. Mehr konnte er im Augenblick nicht für sie tun.

Als der Soldat sah, dass er es nicht geschafft hatte, Richard dazu zu bringen, um sein Leben zu betteln, stimmte er abermals sein hasserfülltes Gelächter an und warf Kahlan einen Handkuss zu. »Bin gleich bei dir, Schätzchen – sobald ich deinen nichtsnutzigen Ehemann hier von dir geschieden hab.«

Er war ein Ungeheuer, das in Kürze die Frau belästigen würde, die Richard liebte, eine schutzlose, verängstigte Frau, deren Leiden in der Gewalt dieses Rohlings gerade erst begonnen hatte.

Ungeheuer.

Hatte Shota womöglich das gemeint?

Die Hexe hatte davon gesprochen, Kahlan würde, falls sie und Richard jemals heiraten und das Bett teilen sollten, ein Ungeheuer zur Welt bringen. Sie waren immer davon ausgegangen, Shotas Äußerung habe sich auf ein mögliches Kind Kahlans bezogen, das zum Ungeheuer würde, weil es sowohl Richards Gabe als auch Kahlans Konfessorenkraft besäße.

Aber möglicherweise verbarg sich noch eine ganz andere Bedeutung hinter Shotas Weissagung.

Schließlich hatte sich keine ihrer Warnungen jemals exakt so erfüllt, wie sie es hatte aussehen lassen, ja nicht einmal, wie sie es selbst angenommen hatte. Shotas Warnungen und Weissagungen hatten sich stets auf völlig unerwartete, ja ungeahnte Weise erfüllt, und doch hatten sie sich stets als zutreffend erwiesen.

War also das die eigentliche Bedeutung der Weissagung Shotas? War das die komplexe Vielfalt von Geschehnissen, die nun endlich in der Erfüllung ihrer Weissagung gipfelte? Shota hatte sie eindringlich vor einer Heirat gewarnt, da Kahlan in diesem Fall ein Ungeheuer zur Welt bringen würde. Und doch hatten sie die Warnung in den Wind geschlagen. War es möglich, dass Shotas Weissagung sich jetzt auf diese Weise erfüllte, dass dies die eigentliche Bedeutung hinter ihrer Warnung war?

Würden diese Ungeheuer tatsächlich ein Ungeheuer hervorbringen?

Richards Tränen blieben ihm im Hals stecken. Sein Tod wäre noch nicht einmal das Schlimmste. Kahlan würde noch weit schlimmeres Leid zu ertragen haben; sie würde ein trostloses Dasein in der Gewalt dieser Rohlinge fristen und ein von ihnen gezeugtes Ungeheuer zur Welt bringen.

»Du weißt, ich liebe dich, Richard. Das ist das Einzige, was zählt – meine Liebe zu dir!«

»Ich liebe dich auch, Kahlan!«

Ihm fiel nichts ein, was er ihr noch hätte sagen können – nichts von Bedeutung jedenfalls. Vermutlich gab es auch gar nichts, was für ihn bedeutsamer, wichtiger gewesen wäre. In diesen einfachen Worten äußerte sich ein ganzes Leben, ein ganzes Universum voll Bedeutung.

»Ich weiß, mein Liebster«, rief sie zurück, und für einen winzigen Moment blitzte ein Lächeln in ihren Augen auf und ließ sie erstrahlen. »Ich weiß.«

Richard sah eine Klinge vor seinem Gesicht heranrasen und zuckte instinktiv zurück. Der Mann, der rittlings auf seinen Beinen hockte, war darauf vorbereitet. Ihm das Knie zwischen die Schulterblätter rammend, verhinderte er, dass er weiter zurückweichen konnte, ehe er seinen Kopf an den Haaren nach oben riss.

Kahlan, die genau sah, was passierte, schrie abermals auf und trommelte wie von Sinnen auf die sie festhaltenden Männer ein. »Achte gar nicht auf sie, Richard. Sieh mich einfach an! Richard, sieh mich an! Denk an mich! Denk immer daran, wie sehr ich dich liebe!«

Richard wusste genau, was sie vorhatte.

»Erinnerst du dich noch an den Tag, an dem wir geheiratet haben? Genau daran denke ich jetzt, Richard. Ich denke immer daran.«

Als letzte Liebesgabe wollte sie ihm eine angenehme liebevolle Erinnerung schenken.

»Ich erinnere mich noch genau an den Tag, an dem du mich gebeten hast, deine Frau zu werden. Ich liebe dich, Richard. Erinnerst du dich noch an unsere Hochzeit? An das Haus der Seelen?«

Sie versuchte, ihn abzulenken, versuchte zu verhindern, dass er daran dachte, was gleich mit ihm geschehen würde. Stattdessen erinnerte es ihn nur an Shotas Warnung, sie würden, wenn sie heirateten, ein Ungeheuer zeugen.

»Wie rührend«, mischte sich der Soldat hinter seinem Rücken ein. »Gerade die Leidenschaftlichen sind gut im Bett, meinst du nicht auch?«

Richard hätte dem Kerl am liebsten den Kopf abgerissen, enthielt sich aber eines Kommentars. Der Mann wollte doch nur, dass er etwas sagte, dass er flehte, protestierte, vor Leid winselte, und diese Genugtuung versagte Richard ihm – in einem letzten Akt des Widerstands gegen Kerle seines Schlages.

Kahlan schrie ihre Liebe heraus, schrie, er solle sich an den ersten Kuss von ihr erinnern.

Trotz allem rief das ein Lächeln auf seine Lippen.

In diesem Moment war ihr völlig egal, was mit ihr geschah, sie wollte nichts weiter, als ihn abzulenken und die Qualen und Schrecken der letzten Augenblicke seines Lebens zu lindern.

Der letzten Augenblicke seines Lebens.

An diesem Punkt würde alles enden, es war vorbei. Danach würde nichts mehr kommen.

Das Leben war vorbei. Vorbei auch die Zeit, die ihm mit der Frau vergönnt gewesen war, die er liebte. Danach würde nichts mehr kommen.

Die Welt neigte sich dem Ende zu.

»Richard! Richard! Ich liebe dich so sehr! Sieh mich an, Richard! Ich liebe dich! Schau mich an! Ja, genau so, sieh mich an.

Du bist der Einzige, den ich je geliebt habe! Nur dich allein, Richard. Nur dich! Das ist alles, was zählt – meine Liebe zu dir. Liebst du mich auch? Sag es mir, Richard. Sag es mir, jetzt sofort!«

Er spürte, wie sich die Klinge in der dünnen Hautschicht über seiner Kehle verfing.

»Ich liebe dich, Kahlan. Dich allein. Für immer!«

»Wie rührend«, brummte der Soldat in sein Ohr, während er die Klinge gegen Richards Kehle presste. »Während du da unten in der Grube liegst und langsam verblutest, werde ich ihren Körper mit meinen Händen erkunden – bis an die intimsten Stellen. Ich werde dein hübsches kleines Weibchen vergewaltigen. Bis dahin wirst du längst tot sein, aber bevor du stirbst, will ich, dass du ganz genau weißt, was ich mit ihr anstellen werde; und du kannst nicht das Geringste tun, um es zu verhindern, denn darin erfüllt sich der Wille unseres Schöpfers.

Du hättest dich längst den Wegen des Ordens unterwerfen sollen, stattdessen hast du alles getan, um an deinem sündigen, selbstsüchtigen Leben festzuhalten, und dich von allem abgekehrt, was rechtens und rechtschaffen ist. Du wirst nicht nur für deine Verbrechen gegen deine Mitmenschen sterben, sondern für alle Ewigkeit seitens des Hüters der Unterwelt leiden. Möge dein Leid unendlich sein.

Ich will, dass du in dem Wissen in die Finsternis des Lebens nach dem Tode eingehst, dass deine ach so geschätzte Kahlan – wenn überhaupt – bestenfalls als Hure für uns alle überleben wird; und wenn sie lange genug überlebt und einen Jungen als Kind bekommt, dass er zu einem prächtigen Soldaten der Imperialen Ordnung und im Hass auf alle deines Schlages heranwachsen wird. Wir werden dafür sorgen, dass er eines Tages an diesen Ort zurückkommt, um auf dein Grab zu spucken, auf dich und deinesgleichen, die ihn in Sünde großgezogen, zur

Abkehr vom Dienst an seinen Mitmenschen und am Schöpfer erzogen hätten.

Denk darüber nach, wenn deine Seele in die Finsternis hinabgezogen wird. Während dein Kadaver langsam erkaltet, werde ich neben dem hübschen warmen Körper deiner Liebsten liegen und es ihr so richtig besorgen. Ich möchte sicher sein, dass du das weißt, bevor du krepierst.«

Innerlich war Richard längst tot. Es war vorbei, das Leben und die Welt waren an ihrem Ende angelangt. Alles war verloren – und das nur wegen dieses geistlosen Hasses auf alles Wertvolle, auf das Leben selbst, des Hasses von Menschen, die beschlossen hatten, den Tod mit offenen Armen willkommen zu heißen.

»Ich liebe dich von ganzem Herzen, jetzt und für immer«, sagte er mit belegter Stimme. »Durch dich war mein Leben eine einzige Freude.«

Er sah Kahlan nicken, dass sie ihn gehört hatte, sah sie ihre Liebe für ihn mit den Lippen formen.

Sie war so wunderschön.

Aber mehr als alles andere war es ihm unerträglich, sie in diesem Zustand untröstlichen Kummers zu sehen.

Wie erstarrt in diesem letzten Augenblick, in dem die Welt für sie existierte, sahen sie einander in die Augen.

Ein gequälter Aufschrei des Entsetzens und plötzlichen Schmerzes entfuhr Richard, als er spürte, wie die Klinge in das Fleisch eindrang und er sie tödlich tief in seine Kehle schneiden fühlte.

Es war der Augenblick, in dem alles endete.

18

»Hört auf«, knurrte Nicci.

Richard blinzelte verwirrt. In seinem Kopf herrschte heilloses Durcheinander. Nicci hatte Shotas Handgelenk mit eisernem Griff umklammert und verhinderte so, dass ihre Hand ihn berühren konnte. Trotzdem lag immer noch ihr Arm um seine Hüfte.

»Ich weiß zwar nicht, was Ihr da gerade tut«, sagte Nicci in einem so bedrohlichen Tonfall, dass er überzeugt war, Shota werde vor Angst zurückschrecken, »aber Ihr werdet augenblicklich damit aufhören.«

Aber Shota wich weder zurück, noch wirkte sie im Mindesten verängstigt. »Ich tue nur, was nötig ist.«

Cara, den Strafer in der Hand und im Gesicht einen noch missbilligenderen Ausdruck als Nicci, stand unmittelbar auf der anderen Seite der Hexe und versperrte ihr den Weg. Doch Shota kam gar nicht mehr dazu, die Drohung zu erwidern, denn Richard brach völlig entkräftet auf der Marmorbank zusammen, die den Brunnen einfasste.

Er keuchte, rang nach Atem und befand sich in einem Zustand äußersten Entsetzens. Vor seinem inneren Auge sah er noch immer Kahlan in der Gewalt dieser Schurken, spürte er noch immer die Klinge, die sich tief in seine Kehle grub. Vorsichtig befühlte er mit den Fingern seinen Hals, doch da war weder eine klaffende Wunde noch Blut. Er wollte Kahlan unter keinen Umständen aus den Augen verlieren, gleichzeitig war der Anblick ihres hoffnungslosen Schreckens so entsetzlich, dass er keinen sehnlicheren Wunsch hatte, als ihn für immer aus seiner Erinnerung zu verbannen.

Er war sich nicht einmal wirklich sicher, wo er sich befand, noch begriff er, was um ihn herum geschah. Ihm war alles andere als klar, was wirklich war und was nicht.

Er überlegte, ob er sich womöglich an der Schwelle des Todes befand und dies ein verstörender Sterbetraum war, kurz bevor der letzte Tropfen seines Herzblutes zur Neige ging, ein letztes Trugbild zur Folter seines Geistes, ehe er aus dem Leben schied. Suchend tappte er umher und versuchte, die anderen mit ihm in der Grube liegenden Körper zu ertasten.

Als sich Cara beschützend vor ihm aufpflanzte und ihn von der Hexe abschirmte, ließ Nicci augenblicklich von ihrem Streit mit Shota ab und setzte sich neben ihn. Sie legte ihm einen Arm um die Schultern.

»Ist mit dir alles in Ordnung, Richard?« Sie beugte sich über ihn, sah ihm in die Augen. »Du siehst aus, als wärst du dem Tod persönlich begegnet.«

Shota stand mit verschränkten Armen vor ihnen und beobachtete Richard, ohne Cara eines Blickes zu würdigen.

Im Geiste hörte er noch immer das Echo der Schreie Kahlans, schnitt ihm ihr Anblick, wie sie seinen Namen herausschrie, ins Herz. Es war niederschmetternd, sie so unvermutet wiederzusehen, noch dazu unter diesen Umständen.

»Es ist alles gut, Richard«, redete Nicci beruhigend auf ihn ein. »Du bist hier, bei mir und den anderen.«

Richard presste sich eine Hand an die Stirn. »Wie lange war ich fort?«

»Fort?«

»Ich glaube, Shota hat irgendetwas mit mir angestellt. Was immer es war – wie lange hat es … gedauert?«

»Ich habe nicht zugelassen, dass sie irgendetwas tut – ich habe sie daran gehindert, noch ehe sie überhaupt anfangen konnte. Ich habe sie im selben Moment zurückgehalten, da sie mit der Hand dein Kinn berührte. Sie hatte gar keine Zeit, etwas mit dir anzustellen.«

Er fuhr sich mit zitternden Fingern durchs Haar. »Wie auch immer – sie hatte genug Zeit.«

»Es tut mir so leid«, sagte Nicci leise. »Ich war der Meinung, ich hätte sie noch rechtzeitig zurückgehalten.«

Er hatte das Gefühl, am Ende zu sein. Er hatte kaum noch die Kraft für seinen nächsten Atemzug und bezweifelte, ob er jemals wieder etwas anderes tun konnte, als sich seiner Verzweiflung hinzugeben.

Zu guter Letzt konnte er seine Seelenqual, seinen Schmerz, seine Tränen nicht länger unterdrücken.

Nicci zog sein Gesicht an ihre Schulter, zog ihn wortlos in die schützende Obhut ihrer Arme.

Alles schien so aussichtslos. Alles neigte sich dem Ende zu. Es war vorbei. Er hatte ja schon immer gesagt, dass sie keine Chance hätten, Jagangs Armee zu besiegen. Die Imperiale Ordnung war zu mächtig, sie würde den Krieg gewinnen, und es gab nichts, was er dagegen tun konnte. Es gab nichts mehr, wofür es sich zu leben lohnte, nur noch das Warten darauf, dass das Grauen des Todes sie alle heimsuchte.

Shota trat ein Stück näher und stellte sich neben ihn, neben die Stelle, wo er zusammengesunken auf dem niedrigen Marmormäuerchen saß, und machte Anstalten, ihre Hand auf seine Schulter zu legen. Sofort hatte Cara ihr Handgelenk gepackt und hielt sie zurück.

»Es tut mir leid, dass ich das tun musste, Richard«, sagte sie, ohne die Mord-Sith eines Blicks zu würdigen, »aber es war nötig, damit dir die Augen geöffnet wurden, damit du begreifst …«

»Seid doch still«, fiel Nicci ihr ins Wort. »Und wagt nur nicht, ihn anzufassen. Meint Ihr nicht, Ihr habt ihm schon genug Leid zugefügt? Muss alles, was Ihr tut, böswillig und verletzend sein? Könnt Ihr ihm nicht ein einziges Mal helfen, ohne ihm im selben Moment wehzutun oder Kummer zu bereiten?«

Als Shota darauf ihre Hand zurückzog, nahm Nicci sein Gesicht in beide Hände und wischte ihm mit dem Daumen eine Träne von der Wange. »Richard ...«

Unfähig, auch nur ein Wort zu sagen, quittierte er ihre zärtliche Fürsorge mit einem Nicken. Er sah noch immer Kahlan vor sich, wie sie sich die Seele nach ihm aus dem Leibe schrie, während sie sich gleichzeitig der Hände dieser Rohlinge zu erwehren versuchte. Der Anblick würde ihn sein Leben lang verfolgen. Nichts wünschte er sich in diesem Augenblick sehnlicher, als ihr den schmerzhaften Anblick seiner Hinrichtung zu ersparen, sie aus der brutalen Gewalt des Ordens zu befreien. Er wollte zurück, unbedingt, wollte irgendetwas tun, um ihr diese unmenschliche Behandlung zu ersparen. Der Gedanke war ihm unerträglich, dass die Welt für sie endete, während sie miterleben musste, wie ihr geliebter Ehegatte brutal ermordet wurde.

Nur war es ja gar nicht wirklich gewesen. Er konnte gar nicht dort gewesen sein, so etwas war unmöglich. Er musste es sich eingebildet haben.

Nach und nach überkam ihn ein Gefühl der Erleichterung.

Es war nicht wirklich gewesen. Kahlan befand sich weder in der Gewalt der Imperialen Ordnung, noch wohnte sie seiner Hinrichtung bei. Es war nichts weiter gewesen als eine grausame Täuschung dieser Hexe, eines ihrer unwirklichen Trugbilder.

Nur war dies für all die Menschen in Galea und den unzähligen anderen Orten, die von der Imperialen Ordnung heimgesucht worden waren, durchaus die Wirklichkeit. Für ihn mochte es nicht real gewesen sein, für sie dagegen umso mehr. Genau so hatte es sich abgespielt, genau so war ihre Welt zugrunde gegangen. Er konnte ihnen ihr Leid nur zu gut nachempfinden, jetzt wusste er, wie es sich anfühlte.

Wie viele unbekannte, namenlose rechtschaffene Menschen mochten auf diese Weise um ihre Chance auf ein Leben gebracht worden sein, und alles nur wegen des eitlen und allein auf das Jenseits ausgerichteten Strebens dieses Tyrannen aus der Alten Welt?

Plötzlich überkam ihn noch eine andere Befürchtung. Er besaß die Gabe, er war ein Kriegszauberer. Bei den meisten mit der Gabe Gesegneten manifestierte sie sich auf einem ganz bestimmten Gebiet. Als Kriegszauberer hingegen besaß er Teile aller unterschiedlichen Aspekte der Gabe, und einer dieser Aspekte war die Fähigkeit zum Abgeben von Prophezeiungen. Was, wenn das Gesehene in Wahrheit eine Prophezeiung war und sich tatsächlich irgendwann so zutragen würde, wenn das, was er gesehen hatte, in Wahrheit eine Vision der Zukunft wäre?

Andererseits glaubte er nicht an die Vorherbestimmtheit der Zukunft. Sicher, es gab Dinge wie den Tod, die unausweichlich waren, aber das bedeutete noch lange nicht, dass alles vorherbestimmt war oder dass es unmöglich war, im Leben Ziele zu verfolgen, Katastrophen abzuwenden oder den Lauf der Dinge zu beeinflussen. Wenn es tatsächlich eine Prophezeiung gewesen war, dann bedeutete sie lediglich, dass er gesehen hatte, was möglicherweise geschehen konnte, nicht aber, dass jeder Versuch, es zu verhindern, zwecklos wäre.

Schließlich hatten sich Shotas Prophezeiungen noch nie so erfüllt wie von ihr offenbart. Und was er gerade gesehen und erlebt hatte, war aller Wahrscheinlichkeit nach Shotas Werk.

In stummer Dankbarkeit drückte er Niccis Hand, eine Geste, die sie mit ihrer anderen, auf seiner Schulter liegenden Hand erwiderte. In der Wärme ihres verhaltenen, erleichterten

Lächelns, als sie ihn allmählich seine Sinne wiedererlangen sah, schmolz ihre Besorgnis ein wenig dahin.

Er erhob sich und pflanzte sich in einer Weise vor Shota auf, die diese eigentlich hätte einen Schritt zurückweichen lassen müssen, doch sie blieb standhaft.

»Wie könnt Ihr es wagen, mir das anzutun? Wie könnt Ihr Euch erdreisten, mich an diesen Ort zu schicken?«

»Ich habe dich nirgendwohin geschickt, Richard. Vielmehr hat dich dein eigener Verstand dorthin geführt, wo er dich hinführen wollte. Ich habe nichts weiter getan, als deine unterdrückten Gedanken zu befreien und dir auf diese Weise Dinge zu ersparen, die sonst zu Albträumen geworden wären.«

»Ich erinnere mich nicht an meine Träume.«

Shota nickte, ohne den Blick von seinen Augen zu lassen. »An diesen hättest du dich erinnert, und er wäre weit schlimmer gewesen als das, was du soeben durchgemacht hast. Es ist besser, sich diesen Visionen zu stellen, in der Lage zu sein, ihnen so gegenüberzutreten, wie sie wirklich sind, und die Wahrheit zu begreifen, die sie enthalten.«

Richard spürte, wie ihm das Blut heiß ins Gesicht schoss. »War es das, was Ihr damals gemeint habt, als Ihr sagtet, Kahlan würde im Falle einer Ehe mit mir ein Ungeheuer zur Welt bringen? Ist das die wahre Bedeutung, die sich hinter Eurer rätselhaften Prophezeiung verbirgt?«

Shota ließ sich keinerlei Regung anmerken. »Sie bedeutet, was immer sie bedeutet.«

Die Worte des Soldaten der Imperialen Ordnung, der ihm haarklein beschrieben hatte, was er mit Kahlan zu tun gedachte, der ihm geschildert hatte, welche Behandlung sie erwartete, dass sie Kinder zur Welt bringen würde, die aufwachsen würden, um auf die Gräber derer zu spucken, die selbst über ihr Leben bestimmen wollten, und an all das glaubten, was ihm lieb und teuer war, klangen ihm noch immer in den Ohren.

Unvermittelt stürzte er sich auf Shota und hatte sie im nächsten Augenblick bei der Kehle gepackt. Der Zusammenprall und seine wilde Entschlossenheit, sie zu Boden zu reißen, ließ sie beide über die niedrige Mauer und in den Brunnen stürzen. Richard obenauf, die Arme fest um sie geschlungen, drückte ihr Schwung sie beide unter Wasser.

Richard packte sie an der Kehle und hievte sie wieder empor. »War es das, was Ihr gemeint habt?«

Ströme von Wasser liefen ihr übers Gesicht, sie hustete und spuckte.

Er schüttelte sie. »War es das, was Ihr gemeint habt?«

Richard blinzelte verdutzt. Er stand aufrecht da, seine Kleider waren trocken. Vor ihm stand Shota, ebenfalls vollkommen trocken. Seine Hände ruhten noch immer an den Seiten.

»Reiß dich zusammen, Richard.« Sie sah ihn herausfordernd an. »Du bist noch immer ein wenig in deinen Träumen gefangen.«

Richard blickte um sich. Es stimmte; er war ebenso wenig durchnässt wie Shota. Nicht eine Locke ihres kastanienbraunen Haares war nicht an ihrem Platz. Als er zu Nicci hinübersah, glitt ein fragender Ausdruck über ihre Stirn. Shota hatte offenbar recht, es war tatsächlich nur ein Traum gewesen, genau wie seine Hinrichtung, genau wie der Anblick Kahlans. Er hatte sich nur eingebildet, Shota an die Gurgel gegangen zu sein.

Trotzdem verspürte er noch immer den Wunsch.

»War es das, was Ihr gemeint habt, als Ihr sagtet, Kahlan werde ein Ungeheuer zur Welt bringen?«, wiederholte Richard seine Frage, ein wenig gefasster jetzt, aber nicht minder bedrohlich.

»Ich weiß doch nicht einmal, wer diese Kahlan überhaupt ist.«

Richards Kiefermuskeln spannten sich, als er die Zähne aufeinanderbiss und sich vorstellte, er hätte sie tatsächlich bei der Kehle gepackt. »Beantwortet meine Frage! War es das?«

Shota hob warnend einen Finger. »Glaub mir, Richard, du möchtest wirklich nicht, dass eine Hexe deinetwegen verstimmt ist.«

»Und Ihr wollt Euch nicht meinen Zorn zuziehen, also antwortet endlich. War es das, was Ihr gemeint habt?«

Sie strich die Ärmel ihres Kleides glatt und wählte ihre Worte mit Bedacht. »Zunächst einmal habe ich dir anhand der ganz unterschiedlichen Dinge, von denen ich dir berichtet habe, bereits mehrfach aufgezeigt, was ich vom Strom der Ereignisse in der Zeit sehe. Aber ich erinnere mich weder an diese Frau namens Kahlan noch daran, jemals mit ihr zu tun gehabt zu haben. Daher weiß ich auch nicht, von welcher Weissagung oder von welchem Vorfall du sprichst, denn daran erinnere ich mich ebenso wenig.«

Shotas Züge nahmen jenen Ausdruck düsterer Bedrohlichkeit an, der ihn daran gemahnte, dass er mit einer Hexe sprach, deren bloßer Name die meisten Menschen in den Midlands bereits angstvoll erzittern ließ. »Du aber wagst dich in besagtem Strom der Ereignisse in Richtung Zukunft vor, zu wichtigen und höchst gefährlichen Dingen.« Verdrießlich runzelte sie die Stirn. »Was genau meinst du mit einem … Ungeheuer von einem Kind?«

Richard wandte sich um und starrte in die stillen Wasser des Brunnens, während er sich noch einmal die entsetzlichen Dinge in Erinnerung rief, die er gesehen hatte. Er brachte es nicht über sich, es laut auszusprechen, brachte es nicht über sich, vor den anderen zu gestehen oder auch nur anzudeuten, dass Shota einst eine Weissagung abgegeben hatte, die bedeuten konnte, dass Kahlan ein von den Ungeheuern der Imperialen Ordnung gezeugtes Kind zur Welt bringen würde. Es war, als könnte es durch sein offenes Eingeständnis bereits zur Tatsache werden, und diese Vorstellung war so quälend, dass er den Gedanken einfach von sich wies und stattdessen eine andere Frage stellte.

Er wandte sich wieder zu ihr um. »Was hatte es zu bedeuten, dass ich meine Gabe nicht über den Zorn auf den Plan rufen konnte?«

Shota seufzte schwer. »Eins musst du begreifen, Richard. Ich habe dir keine Vision eingegeben. Ich habe nichts weiter getan, als deine eigenen verschütteten Gedanken zu befreien. Zu dem, was du gesehen hast, kann ich mich schon deshalb nicht äußern, weil ich gar nicht weiß, was du gesehen hast.«

»Warum solltet Ihr dann …«

»Ich weiß nur eins: Du bist derjenige, dem es obliegt, der Imperialen Ordnung Einhalt zu gebieten. Ich habe nur geholfen, deine unterdrückten Gedanken an die Oberfläche kommen zu lassen, um dir das Verständnis zu erleichtern.«

»Das Verständnis von was?«

»Von dem, was du verstehen musst. Was das sein könnte, ist mir ebenso wenig bekannt wie das, was du vor deinem inneren Auge gesehen hast und was dich so verstört hat. Man könnte sagen, ich bin nichts weiter als die Überbringerin. Die Nachricht selbst habe ich nicht gelesen.«

»Aber Ihr habt mich Dinge sehen lassen, die …«

»Nein, habe ich nicht. Ich habe den Vorhang für dich aufgezogen, aber der Regen, den du durch das Fenster gesehen hast, ist nicht mein Werk. Du versuchst, mir die Schuld für den Regen in die Schuhe zu schieben, statt einfach die Tatsache zu akzeptieren, dass ich bloß den Vorhang geöffnet habe, damit du ihn mit eigenen Augen sehen kannst.«

Richard sah zu Nicci, doch die hüllte sich in Schweigen. Er blickte die Stufen hoch zu seinem Großvater, der, die Hände locker verschränkt, dastand und das Geschehen stumm verfolgte. Zedd hatte ihm beigebracht, sich stets mit dem Zustand der Welt zu befassen, wie sie wirklich war, statt sich über die unsichtbare Hand des Schicksals aufzuregen, die nach Meinung mancher die Geschehnisse beherrschte und heraufbeschwor. Machte er denselben Fehler jetzt bei Shota? Versuchte er, ihr die Schuld zu geben, weil sie ihm Dinge offenbart hatte, die er übersehen, ja die zu sehen er sich geweigert hatte?

»Tut mir leid, Shota«, sagte er, ruhiger jetzt. »Ihr habt recht. Ihr habt mir den Regen tatsächlich nur gezeigt. Ich habe keine Ahnung, wie ich ihn beenden soll, aber immerhin habe ich ihn gesehen. Ich sollte Euch keinen Vorwurf für Dinge machen, die andere zu verantworten haben. Bitte verzeiht.«

Shota lächelte verhalten. »Dies ist einer der Gründe, warum du *derjenige welcher* bist, Richard – der Einzige, der diesem Irrsinn ein Ende machen kann. Du bist bereit, der Wahrheit ins Auge zu sehen. Deswegen habe ich Jebra mit ihren entsetzlichen Augenzeugenberichten über die Verbrechen mitgebracht, die die Imperiale Ordnung derzeit überall begeht. Das ist die Wahrheit, die du erkennen musst.«

Richard nickte, obwohl er sich im Grunde nur noch schlimmer und verzweifelter fühlte, denn er hatte keine Ahnung, wie er bewerkstelligen sollte, was ihrer Meinung nach nur er tun konnte.

Er begegnete Shotas unerschütterlichem Blick. »Ihr habt keine Mühen gescheut, Jebra hierher mitzubringen. Ihr habt eine weite Reise auf Euch genommen. Eure Zukunft, ja Euer Leben hängt hiervon nicht weniger ab als meines oder das aller freien Menschen, all derer, die die Gabe besitzen. Wenn die Imperiale Ordnung obsiegt, werden wir alle sterben, auch Ihr.

Könnt Ihr mir nicht irgendeinen Hinweis geben, der mir helfen könnte, diesem Irrsinn ein Ende zu machen? Ich kann jede Hilfe gebrauchen, die Ihr mir geben könnt. Gibt es denn gar nichts, was Ihr mir sagen könnt?«

Ehe sie sprach, starrte sie ihn einen Augenblick lang an, so als wäre sie mit den Gedanken ganz woanders. »Jedes Mal, wenn ich dir einen Hinweis gebe«, sagte sie schließlich, »reagierst du verärgert – so als wäre ich es, die die Dinge schafft, die sind, anstatt sie nur weiterzugeben.«

»Wir stehen kurz davor, versklavt, gefoltert und umgebracht zu werden, und Ihr fühlt Euch plötzlich gekränkt und in Euren Gefühlen verletzt?«

Gegen ihren Willen musste Shota über seine Formulierung schmunzeln. »Du scheinst zu glauben, ich pflücke die Offenbarung einfach so aus dem Nichts – so wie man eine Birne pflückt.«

Das Lächeln erlosch, und ihr Blick bekam etwas Distanziertes, Entrücktes. »Du würdest nicht einmal ansatzweise begreifen, welch hohen Preis ich ganz persönlich dafür zahle, derart verhülltes Wissen ans Licht zu bringen. Ich bin nicht gewillt, diese ungeheuren Mühen auf mich zu nehmen, wenn dieses mühsam erlangte Wissen keinen anderen Zweck erfüllt, als einen Groll zu nähren.«

Richard schob die Hände in die Hosentaschen. »Na schön, ich verstehe, worauf Ihr hinauswollt. Wenn Ihr schon bereit seid, solche Mühen auf Euch zu nehmen, dann erwartet Ihr, dass ich ernsthaft darüber nachdenke. Für jeden von uns steht alles auf dem Spiel, Shota, deswegen wüsste ich es sehr zu schätzen, wenn Ihr mir irgendeinen Hinweis geben könntet.«

Shota holte tief Luft und ließ sie schließlich mit einem resignierten Seufzer wieder heraus. Sie beugte sich ganz leicht zu ihm hin, so als wollte sie dadurch betonen, wie ernst es ihr war.

»Was ich jetzt sage, ist einzig und allein für deine Ohren bestimmt.«

19

Richard sah Nicci und Cara an und wies zur Treppe. »Geht bitte beide hinauf zu Zedd und wartet dort.«

Nicci behagte die Idee erkennbar ebenso wenig wie Cara, doch der Blick, mit dem er sie bedachte, sagte ihr, dass sie besser tat, worum er sie bat. Sie schickte ein glühend heißes Funkeln Richtung Shotas Hinterkopf. »Sollte ich aus irgendeinem Grund zu der Annahme gelangen, dass Ihr vorhabt, ihm etwas anzutun, werde ich Euch in ein Häuflein verglühter Asche verwandeln, ehe Ihr auch nur Gelegenheit habt, einen Finger zu rühren.«

»Warum sollte ich ihm etwas antun wollen?« Shota sah über ihre Schulter. »Richard ist der Einzige, der die Chance hat, der Imperialen Ordnung Einhalt zu gebieten.«

»Eben.«

Richard sah zu, wie Nicci und Cara wortlos kehrtmachten und die Stufen hinaufstiegen. Von Cara hätte er mehr Widerstand erwartet, allerdings war er froh, sich damit nicht abgeben zu müssen.

Er wechselte einen langen Blick mit seinem Großvater; Zedd wirkte uncharakteristisch schweigsam, und, was das anbelangte, ebenso Nathan und Ann. Alle drei betrachteten sie ihn, als studierten sie ein merkwürdiges, unter einem Stein gefundenes Objekt. Bis Zedd ihn schließlich mit einem kaum merklichen Nicken aufforderte, fortzufahren und sich in das Unvermeidliche zu fügen.

Richard hörte, wie der Brunnen hinter seinem Rücken unvermittelt wieder zu sprudeln anfing. Als er sich umwandte, sah er das Wasser hoch hinauf in die Luft bis zum Scheitelpunkt schießen, zurückfallen und sich über die Ausgüsse der Schalen bis ins letzte Becken ergießen, wo es zu guter Letzt sprudelnd endete. Shota saß mit dem Rücken zu ihm auf der niedrigen Marmorumrandung des Beckens und spielte müßig mit den Fingern einer Hand im Wasser. Irgendetwas an ihrer Körperhaltung bewirkte, dass Richard sich die Nackenhaare sträubten.

Als sie sich umwandte und über ihre Schulter sah, blickte Richard auf einmal in das Gesicht seiner Mutter.

Er erstarrte am ganzen Körper.

»Richard.« Ihrem traurigen Lächeln war deutlich anzusehen, wie sehr sie ihn liebte und vermisste. Seit dem Tag seiner letzten Erinnerung an sie als kleiner Junge schien sie kein bisschen gealtert zu sein.

Während Richard wie erstarrt auf der Stelle verharrte, erhob sie sich vor ihm mit einer fließenden Bewegung.

»Ach, Richard«, sagte sie mit einer Stimme, klar und wohltönend wie die Wasser des Brunnens, »wie hab ich dich vermisst.« Sie legte ihm einen Arm um die Hüfte, fuhr ihm mit der anderen Hand zärtlich durchs Haar und blickte ihm voller Sehnsucht in die Augen. »Ich hab dich ja so sehr vermisst.«

Augenblicklich unterdrückte Richard alle aufkommenden Gefühle. Er war klug genug, sich nicht zu dem Glauben verleiten zu lassen, dies sei tatsächlich seine Mutter.

Schon bei ihrem ersten Zusammentreffen war Shota ihm als seine Mutter erschienen, die, als er noch ein kleiner Junge war, bei einem Brand den Tod gefunden hatte. Damals hätte er ihr wegen dieser in seinen Augen grausamen Hinterlist am liebsten mit seinem Schwert den Kopf abgeschlagen. Shota hatte seine Absicht durchschaut, ihm Vorhaltungen gemacht und erklärt, dass sie sich so vor ihm zeige, sei das harmlose Geschenk einer lebendigen Erinnerung an die Liebe, die er für seine Mutter empfand, sowie ihrer Liebe für ihn; eine Gefälligkeit, für den sie einen hohen Preis bezahlt habe, den er weder jemals werde ermessen können noch offenbar zu schätzen wisse.

Diesmal hatte er nicht den Eindruck, dass sie ihm irgendeinen Gefallen tun wollte. Was genau sie beabsichtigte oder was ihre Beweggründe waren, wusste er nicht, beschloss aber, sich dem in aller Ruhe zu stellen und keine voreiligen Schlüsse zu ziehen.

»Ich danke Euch für die wundervolle Erinnerung, Shota, aber warum müsst Ihr ausgerechnet als meine Mutter erscheinen?«

Shotas Stirn, dem Aussehen nach die seiner Mutter, legte sich nachdenklich in Falten. »Sagt dir der Name … Baraccus etwas?«

Die Härchen in seinem Nacken, die sich gerade erst wieder gelegt hatten, sträubten sich erneut. Vorsichtig legte er ihr die Hände auf die Hüften und schob sie überaus behutsam von sich.

»Zu Zeiten des Großen Krieges gab es einmal einen Mann mit Namen Baraccus, der damals Oberster Zauberer war.« Mit dem Finger hob er das Amulett leicht an, das vor seiner Brust hing. »Das hier hat ihm gehört.«

Seine Mutter nickte. »Genau den meine ich. Er war ein großer Kriegszauberer.«

»Das stimmt.«

»Wie du.«

Richard fühlte sich erröten bei dem Gedanken, dass seine Mutter ihn als »großen Mann« bezeichnete, auch wenn es nur Shota in ihrer Maske war.

»Er wusste seine Talente zu gebrauchen, im Gegensatz zu mir.«

Wieder nickte seine Mutter, wobei sich ihre Mundwinkel, genau wie in seiner Erinnerung, zu einem begütigenden Lächeln nach oben bogen. So hatte sie gelächelt, wenn sie stolz darauf war, dass er eine besonders schwierige Lektion im Kern verstanden hatte. Er fragte sich, ob Shota diese Erinnerung tatsächlich für so wichtig hielt.

»Weißt du, was aus ihm wurde, aus besagtem Baraccus?«

Beruhigt atmete er tief durch. »Ja, das weiß ich in der Tat. Es gab Ärger mit dem Tempel der vier Winde, nachdem er mitsamt seinem unschätzbar wertvollen Inhalt zur sicheren Verwahrung in eine andere Welt geschickt worden war.«

»In die Unterwelt«, stellte sie richtig.

»Richtig. Dorthin ging Baraccus, um den Ärger aus der Welt zu schaffen.«

Lächelnd fuhr sie ihm erneut mit den Fingern durchs Haar. »Genau wie du.«

»Ja, mag sein.«

Schließlich hatte sie lange genug an seinem Haar herumgenestelt und richtete ihre wunderschönen Augen wieder auf seine. »Er ist deinetwegen dorthin gegangen.«

»Meinetwegen?« Richard bedachte sie mit einem schrägen Blick. »Wie meint Ihr das?«

»Die subtraktive Magie war im Tempel, in der Unterwelt, weggeschlossen worden; demzufolge war sie der Welt des Lebens entzogen, sodass kein Zauberer jemals wieder mit ihr geboren werden konnte.«

Richard wusste nicht, ob sie einfach nur wiedergab, was er damals in Erfahrung gebracht hatte, oder ob sie ihm mitteilte, was ihrer Ansicht nach die Tatsachen waren. »Zu dieser Vermutung bin ich durch das Studium der Berichte aus jener Zeit gelangt. Die Folge davon war, dass die Menschen nicht mehr mit der subtraktiven Seite der Gabe geboren wurden.«

Sie musterte ihn mit einer Art ruhigem Ernst, den er als

überaus verstörend empfand. »Du dagegen sehr wohl«, sagte sie schließlich, auf eine Art, deren Schlichtheit die ungeheuerliche Tragweite ihrer Bemerkung kaum erkennen ließ.

Richard blinzelte verständnislos. »Wollt Ihr etwa behaupten, er hat bei seinem Besuch im Tempel der vier Winde irgendetwas getan, damit wieder jemand mit subtraktiver Magie geboren werden konnte?«

»Ich nehme an, mit diesem ›jemand‹ meinst du … dich selbst?« Sie hob eine Braue, wie um die Ernsthaftigkeit der Frage noch zu betonen.

»Was wollt Ihr damit andeuten?«

»Seit damals, seit der Entfernung des Tempels der vier Winde aus dieser Welt, ist niemand mehr mit subtraktiver Magie, ja überhaupt niemand mehr als Kriegszauberer geboren worden.«

»Hört zu, ich bin mir nicht sicher, ob das wirklich zutrifft, aber selbst wenn, bedeutet das nicht …«

»Weißt du, was Kriegszauberer Baraccus tat, nachdem er vom Tempel der vier Winde zurückgekehrt war?«

Die Frage machte ihn ein wenig stutzig, zumal er sich fragte, wieso sie von Bedeutung sein sollte. »Nun, ja. Nach seiner Rückkehr vom Tempel der vier Winde beging er … Selbstmord.« Mit einer matten Handbewegung erfasste er den gewaltigen Gebäudekomplex, der sich über ihnen erhob. »Er stürzte sich von der Burg der Zauberer in die Tiefe, von jener Außenmauer, die das Tal und die Stadt Aydindril unten überblickt.«

Seine vermeintliche Mutter nickte bedrückt. »Und auch die Stelle, an der später der Palast der Konfessoren errichtet wurde.«

»Ja, vermutlich.«

»Aber bevor er sich von dieser Mauer stürzte, hat er dir noch etwas hinterlassen.«

Richard, der sich nicht vollkommen sicher war, ob er richtig gehört hatte, starrte sie an. »Hinterlassen, mir? Seid Ihr sicher?«

Seine Mutter nickte. »Der Bericht, den du gelesen hast, war nicht ganz vollständig. Schau, als er vom Tempel der vier Winde zurückkehrte und ehe er sich von der Außenmauer der Burg der Zauberer stürzte, gab er seiner Frau ein Buch, mit dem er sie in seine Bibliothek schickte.«

»Seine Bibliothek?«

»Ja. Baraccus besaß eine eigene Geheimbibliothek.«

Richard fühlte sich, als ob er sich auf Zehenspitzen über eine eben erst gebildete Eisfläche tastete. »Ich wusste nicht einmal, dass er eine Frau hatte.«

»Aber Richard, du kennst sie sogar.« Seine Mutter lächelte auf eine Weise, dass sich die ohnehin schon aufgestellten Haare in seinem Nacken noch mehr sträubten.

Er wagte kaum zu atmen. »Ich kenne sie? Wie sollte das möglich sein?«

»Nun«, sagte seine Mutter mit einem einseitigen Achselzucken, »sagen wir besser, du hast von ihr gehört. Ist dir der Zauberer ein Begriff, der die erste Konfessorin schuf?«

»Ja«, antwortete Richard verwirrt über ihren Themenwechsel. »Sein Name war Merritt. Die erste Konfessorin war eine Frau mit Namen Magda Searus. Unten im Palast der Konfessoren existiert ein Deckengemälde von den beiden.«

Seine Mutter nickte – auf eine Art, die ihm den Magen zusammenschnürte. »Das ist besagte Frau.«

»Welche Frau?«

»Die Frau von Baraccus.«

»Nein ...« Richard legte die Finger an die Stirn und versuchte, seine Gedanken zu ordnen. »Nein, sie war Merritts Frau, jenes Zauberers, der sie zur Konfessorin machte, nicht Baraccus'.«

»Das war später«, widersprach seine Mutter mit einer wegwerfenden Handbewegung. »Ihr erster Ehemann war Baraccus.«

»Seid Ihr da ganz sicher?«

Sie nickte entschieden. »Als Baraccus vom Tempel der vier Winde zurückkehrte, wartete Magda Searus auf ihn, dort wo er sie gebeten hatte zu warten, in der Enklave des Obersten Zauberers. Sie hatte dort bereits mehrere Tage ausgeharrt, ständig in Angst, er werde niemals zu ihr zurückkehren. Zu ihrer großen Erleichterung kam er dann aber doch. Er gab ihr einen Kuss und schwor ihr seine unsterbliche Liebe, dann schickte er sie, nachdem er ihr ein Gelübde ewigen Schweigens abgenommen hatte, insgeheim mit einem Buch in seine verborgene private Geheimbibliothek.

Nachdem sie gegangen war, ließ er seinen Anzug – denselben, den jetzt du trägst, mitsamt den ledergepolsterten Armbändern aus Silber, dem Umhang, der aussieht, als sei er aus Gold gesponnen, und dem Amulett – in der Enklave des Obersten Zauberers zurück, für ebenjenen Zauberer, dessen Geburt in der Welt des Lebens er soeben sichergestellt hatte, mit anderen Worten: für dich, Richard.«

»Für mich? Seid Ihr sicher, dass er ausdrücklich für mich gedacht war?«

»Warum, glaubst du wohl, existieren so viele Prophezeiungen, in denen von dir die Rede ist, die deiner harren und in denen du als ›der rechtmäßig Geborene‹, ›der Kiesel im Teich‹ oder auch als ›*Cabarin*‹ bezeichnet wirst? Was meinst du, warum diese um deine Person kreisenden Prophezeiungen wohl in Erfüllung gegangen sind? Oder du imstande warst, einige von ihnen zu verstehen, obwohl sie seit mehreren Jahrhunderten, ja Jahrtausenden niemand mehr entschlüsseln konnte? Oder warum du wieder andere erfüllt hast?«

»Aber das bedeutet doch nicht, dass er ausdrücklich für meine Person bestimmt war.«

Mit einer unbestimmten Geste lehnte seine Mutter es ab, seine Behauptung zu bestätigen oder zu widerlegen. »Wer vermag schon zu sagen, was zuerst da war, die subtraktive Seite, die endlich ein Kind fand, in dem sie wiedergeboren wurde, oder der Umstand, dass sie endlich jenes ganz besondere Kind fand, in dem sie wiedergeboren werden sollte? Prophezeiungen bedürfen eines Saatkorns, das ihre Entfaltung in Gang setzt; es muss bereits irgendetwas vorhanden sein, aus dem das, was einst sein wird, hervorgehen kann, selbst wenn es nur um die Weitervererbung deiner Augenfarbe ginge. Irgendetwas muss bewirken, dass sie in Erfüllung gehen. Die Frage ist, ob es in diesem Fall Zufall oder Absicht war.«

»Ich würde sagen, eine zufällige Abfolge von Ereignissen.«

»Ganz wie du willst. Aber spielt es in diesem Stadium wirklich eine Rolle? Du bist derjenige, der mit dem Talent geboren wurde, das Baraccus aus seinem Gefängnis in einer anderen Welt befreit hat. Du bist derjenige, dessen Geburt er im Sinn hatte, ob nun zufällig oder aufgrund eines speziellen Plans. Am Ende aber zählt nur, was ist: Du bist derjenige, der mit diesem Talent geboren wurde.«

Vermutlich hatte sie recht, überlegte Richard; wie es genau zustande gekommen war, änderte nichts daran, was war.

Mit einem Seufzen fuhr seine Mutter mit ihrer Geschichte fort. »Wie auch immer. Erst dann, nachdem er seine Vorbereitungen für ein Ereignis getroffen hatte, dessen Zustandekommen er sichergestellt hatte, verließ Baraccus seine Enklave und stürzte sich in den Tod. Die Leute, die damals die Berichte niederschrieben, wussten nicht, dass er bereits lange genug zurück war, um seine Frau auf eine wichtige geheime Mission zu schicken. Und bei ihrer Rückkehr war er bereits tot.«

Richard drehte sich der Kopf. Er konnte nicht glauben, was er da hörte. Diese ungeahnte Schilderung von Ereignissen aus grauer Vorzeit hatte ihn schwindeln gemacht. Immerhin, von seinem eigenen Besuch im Tempel der vier Winde wusste er, dass dergleichen möglich war. Das dort erlangte Wissen war der

Preis dafür gewesen, in die Welt des Lebens zurückkehren zu können, und obwohl ihm dieses Wissen wieder abhandengekommen war, war ihm eine Ahnung davon geblieben, wie umfassend es gewesen sein musste. Damals war es der Geist Darken Rahls, seines Vaters, gewesen, der diesen Preis – das dort erlangte Wissen im Tausch gegen seine Rückkehr zu Kahlan – von ihm eingefordert hatte.

»In ihrem Kummer meldete sich Magda Searus freiwillig als Versuchsperson für ein gefährliches Experiment, das Merritt ersonnen hatte – aus freien Stücken erbot sie sich, Konfessorin zu werden. Sie war sich darüber im Klaren, dass die Aussicht, die unbekannten Gefahren dieser Zauberei nicht zu überleben, recht groß war, doch angesichts ihres Kummers über den Tod ihres geliebten Gemahls, des Obersten Zauberers, war für sie die bisherige Welt ohnehin zu Ende gegangen. Sie fand, das Einzige, wofür es sich jetzt noch zu leben lohnte, war, den Verantwortlichen zu finden, der die Schuld an den schicksalhaften Ereignissen trug, die letztendlich zum Tod ihres Gemahls geführt hatten, also meldete sie sich freiwillig für ein Experiment, das, wie allgemein erwartet wurde, wahrscheinlich tödlich ausgehen würde.

Doch sie überlebte. Erst viel später verliebte sie sich in Merritt, und dieser sich in sie. Durch ihn wurde ihre Welt zu neuem Leben erweckt. Die Chroniken aus der damaligen Zeit sind stellenweise vage, Stücke fehlen oder fügen sich nicht recht in die Chronologie der Ereignisse, eins aber ist gewiss: Merritt war ihr zweiter Ehemann.«

Richard musste sich auf das Marmorbänkchen setzen. Das alles überstieg beinahe sein Auffassungsvermögen. Die Folgen waren schwindelerregend. Er hatte Mühe, all diese auffälligen Übereinstimmungen miteinander in Einklang zu bringen: dass er seit Tausenden von Jahren als Erster wieder mit subtraktiver Magie geboren worden war, Baraccus als Letzter vor ihm den

Tempel der vier Winde aufgesucht hatte und besagter Baraccus mit einer Frau verheiratet gewesen war, die später die erste Konfessorin werden sollte, während er selbst sich in eine Konfessorin verliebt und diese später geheiratet hatte – noch dazu die Mutter Konfessor höchstselbst, nämlich Kahlan.

»Als Magda Searus ihre frisch erlangte Konfessorenkraft bei Lothain benutzte, kam man dahinter, was er im Tempel der vier Winde angerichtet hatte und von dem bislang nur Baraccus Kenntnis hatte.«

Richard sah auf. »Und, was hatte er getan?«

Seine Mutter sah ihm in die Augen, als blickte sie bis auf den Grund seiner Seele. »Lothain hatte sie bei seinem Aufenthalt im Tempel verraten, und zwar indem er dafür sorgte, dass eine ganz spezielle Magie, die dort weggeschlossen gewesen war, zu einem späteren Zeitpunkt in die Welt des Lebens gelangen würde. Durch niemand anderen als durch die Person Kaiser Jagangs, der mit ebenjener magischen Kraft zur Welt kommen würde, die Lothain in einer anderen Welt ganz langsam hatte aus ihrem sicheren Gewahrsam austreten lassen. Bei dieser Magie handelte es sich um die Macht eines Traumwandlers.«

»Aber warum hätte Lothain, der Oberste Ankläger, so etwas tun sollen? Schließlich hatte er alles darangesetzt, dass die Teilnehmer der Tempelmission für den von ihnen angerichteten Schaden hingerichtet wurden.«

»Wahrscheinlich war Lothain, wie die Feinde in der Alten Welt auch, zu der Überzeugung gelangt, dass es möglich sei, die Magie aus dem Menschengeschlecht zu eliminieren. Ich vermute, dass sein religiöser Eifer darin eine neue Bestimmung fand: Er betrachtete sich als Erlöser der Menschheit. Zu diesem Zweck sorgte er für die Rückkehr des Traumwandlers in die Welt des Lebens, um auf diese Weise die Welt von aller Magie zu läutern.

Aus irgendeinem Grund war Baraccus außerstande, die von Lothain erzeugte undichte Stelle wieder zu verschließen und den Verrat rückgängig zu machen. Also entschied er sich für die zweitbeste Lösung. Er sorgte dafür, dass es einen Ausgleich, ein Gegengewicht zu dem verursachten Schaden geben würde, jemanden, der diesen zur Vernichtung der mit der Gabe Gesegneten entschlossenen Kräften entgegenwirken würde, jemand, der über die erforderlichen Fähigkeiten verfügte.

Und das bist du, Richard. Baraccus sorgte dafür, dass du, als Gegengewicht zu dem von Lothain angerichteten Unheil, in diese Welt hineingeboren werden würdest. Aus diesem Grund bist du, Richard Rahl, der Einzige, der imstande ist, der Imperialen Ordnung Einhalt zu gebieten.«

Richard glaubte sich übergeben zu müssen. Das alles gab ihm das Gefühl, nichts weiter zu sein als eine weltumfassende, für irgendwelche verborgenen Zwecke missbrauchte Marionette, ein willenloser Gimpel, dessen Wirken sich darauf beschränkte, den von anderen für sein Leben ersonnenen Plan in die Tat umzusetzen und seine vorherbestimmte Rolle in einer sich über die Jahrtausende hinziehenden Auseinandersetzung zu übernehmen.

Als hätte sie seine Gedanken gelesen, legte ihm Shota, die für alle Welt immer noch aussah und sich anhörte wie seine Mutter, mitfühlend eine Hand auf die Schulter. »Baraccus sorgte dafür, dass es einen Ausgleich für den angerichteten Schaden geben würde, ohne jedoch im Vorhinein festzulegen, wie dieser Ausgleich funktionieren oder wie die betreffende Person handeln würde. Er hat deine freie Willensentscheidung nicht aus der Gleichung entfernt, Richard.«

»Findet Ihr? Mir scheint, ich bin nur der letzte Stein in seinem üblen Spiel, der endlich zum Einsatz kommt. Meinen freien Willen, mein Leben oder meine Entscheidungsfreiheit kann ich in dem Ganzen nirgendwo erkennen. Allem Anschein nach haben andere meinen Weg für mich bereits vorherbestimmt.«

»Ich denke, das trifft nicht zu, Richard. Eher könnte man vielleicht sagen, was sie getan haben, ist vergleichbar mit der Kampfausbildung eines Soldaten. Mit der Ausbildung schafft man sich die Möglichkeit, das Ziel, also den Sieg in der Schlacht, zu erreichen, sofern es überhaupt zu einer Schlacht kommt. Aber es bedeutet nicht, dass der Soldat, so es denn zur Schlacht kommt, nicht die Flucht ergreifen, er stattdessen standhaft sein und kämpfen oder gar gewinnen wird, sofern er nach besten Kräften und so gut seine Ausbildung es ihm ermöglicht kämpft. Baraccus hat dafür gesorgt, dass du das Potenzial besitzt, Richard, die Rüstung, die Waffen und die Fähigkeit, für den Erhalt deines Lebens und deiner Welt zu kämpfen, sofern sich die Notwendigkeit ergeben sollte, mehr nicht. Er hat dir nur eine hilfreiche Hand gereicht.«

Eine hilfreiche Hand, gereicht über den Abgrund der Jahrtausende hinweg. Er fühlte sich verwirrt und leer. Fast schien es, als kenne er sich selbst nicht mehr, als wisse er nicht, wer er eigentlich war oder ob sein eigenes Leben noch sein Tun war.

Er hatte das Gefühl, als wäre Baraccus plötzlich aus dem Staub uralter Gebeine wiederauferstanden, ein Phantom, gekommen, um ihn sein Leben lang heimzusuchen.

20

Aber irgendetwas nagte immer noch an ihm, irgendein Detail wollte immer noch keinen rechten Sinn ergeben. Wie war es möglich, dass der Oberste Ankläger, Lothain, sich gegen seinen Glauben, ja gegen alles und jeden in der Alten Welt gewendet hatte? Die Erklärung, er sei der Macht und den Glaubensüberzeugungen der Alten Welt verfallen, erschien Richard zu einfach.

Und dann dämmerte es ihm. Die Erkenntnis durchflutete ihn mit der Plötzlichkeit und Wucht einer Flutwelle – und mit einer Stichhaltigkeit, die ihm den Atem nahm. Irgendetwas an den alten Aufzeichnungen hatte ihn immer schon gestört. Shota hatte seine Erinnerung an die Dinge, die damals geschehen waren, aufgerüttelt, wodurch sich plötzlich sämtliche vorhandenen Einzelteile zu einem Gesamtbild fügten. Nachdem er es einmal begriffen hatte, fragte er sich, wieso er nicht schon viel früher darauf gekommen war.

»Lothain war ein fanatischer Ankläger«, sagte er, halb zu sich selbst. Es sprudelte nur so aus ihm heraus, wie er mit starrem Blick dastand, die Augen aufgerissen. »Er hatte keineswegs eine neue Bestimmung für seinen Glaubenseifer gefunden. Er hatte sich nicht von ihnen abgewendet. Er war kein Verräter, sondern ein Spion. Und zwar von Anfang an. Er war wie ein Maulwurf, der sich immer näher an sein Ziel herangrub. Im Laufe einer recht langen Zeitspanne war es ihm gelungen, sich in eine gewisse Machtposition zu manövrieren. Zudem hatte er Komplizen, die im Verborgenen für ihn arbeiteten.

Lothain war ein Zauberer, der nicht nur weithin hohes Ansehen genoss, sondern auch zu großer Macht gelangt war. Dank seines politischen Einflusses hatte er Zutritt zu höchsten Stellen. Als sich ihm schließlich die Chance bot, eine Chance, die er selbst mit herbeigeführt hatte, handelte er. Er sorgte dafür, dass seine Mitverschwörer der Tempelmission zugeteilt wurden. Wie die Imperiale Ordnung heute, so waren auch Lothain und seine Männer von starkem Glauben an ihre Sache beseelt. Sie waren es, die die Mission scheitern ließen. Es war nicht etwa ein Sinneswandel oder ein Akt irregeleiteten Verantwortungsbewusstseins. Das Ganze war von langer Hand vorbereitet und geschah in voller Absicht.

Sie alle waren bereit, sich für ein ihrer Ansicht nach höheres Ziel selbst aufzuopfern und in den Tod zu gehen. Ich weiß nicht, wie viele von ihnen tatsächlich Spione waren, ob es auf sie alle zutraf, Tatsache aber ist, dass sie genug waren, um ihre Vorhaben in die Tat umzusetzen. Gut möglich auch, dass sie die anderen überzeugen konnten, aus einem verwirrten Gefühl moralischer Verpflichtung heraus mit ihnen gemeinsame Sache zu machen.

Natürlich war nicht zu vermeiden, dass die anderen Zauberer in der Burg schon sehr bald dahinterkamen, dass das Tempel-der-vier-Winde-Projekt in Gefahr gebracht worden war. Als dies geschah, war Lothain nur zu bereit, die gesamte an dieser Mission beteiligte Mannschaft unter Anklage zu stellen und dafür zu sorgen, dass sie samt und sonders hingerichtet wurden. Er wollte unbedingt verhindern, dass jemand am Leben blieb, der das tatsächliche Ausmaß dessen, was sie getan hatten, verraten konnte.

Von Anfang an war es Lothains Plan gewesen, ihr genaues Vorgehen geheim zu halten, damit keine wirkungsvollen Ge-

genmaßnahmen ergriffen werden konnten. Die von Lothain für die Tempeltruppe ausgewählten Spione gingen bereitwillig in den Tod und nahmen ihr Geheimnis mit ins Grab. Indem er die gesamte Tempeltruppe anklagte und bestrafte, konnte er die ganze von ihm erdachte Verschwörung geheim halten, denn er eliminierte jeden, der über den tatsächlich angerichteten Schaden informiert war. Das gab ihm die Gewissheit, dass seine Sache eines Tages jeglichen Widerstand hinwegfegen, seine Anhänger die Welt beherrschen würden. Sobald es dazu kam, würde er der größte Held des Krieges sein.

Blieb nur noch ein geringfügiges Problem. Nach dem Prozess bestanden die Verantwortlichen darauf, jemand müsse den Tempel der vier Winde abermals aufsuchen, um den Schaden wieder zu richten. Natürlich durfte Lothain nicht zulassen, dass dies ein anderer übernahm, denn der würde zwangsläufig das wahre Ausmaß der Sabotage aufdecken und womöglich ungeschehen machen können, also erklärte er sich bereit, selbst zu gehen. Das war von Anfang an sein Plan gewesen – wenn nötig, würde er selbst der Tempeltruppe folgen und so die Wahrheit unter Verschluss halten.

Da er der Oberste Ankläger war, nahm ihm jeder seine absolute Entschlossenheit ab, die Dinge wieder ins Lot zu bringen. Als Lothain schließlich am Tempel der vier Winde eintraf, sorgte er nicht nur dafür, dass der angerichtete Schaden nicht wiedergutzumachen war, sondern er benutzte das dort erlangte Wissen, um alles noch erheblich zu verschlimmern und auf diese Weise sicherzustellen, dass niemand die undichte Stelle finden und verschließen konnte. Anschließend vertuschte er sein Tun, indem er es so aussehen ließ, als sei alles wieder im Lot. Nur: Die von ihm unter Verwendung des Tempelwissens vorgenommenen Veränderungen entpuppten sich als so umfassend, dass die Sicherheitsalarmvorrichtungen ausgelöst wurden. Im Tempel, in jener anderen Welt, wusste Lothain nichts von den roten Monden, die dieser in der hiesigen Welt geschaffen hatte, weshalb er bei seiner Rückkehr gefasst wurde. Aber selbst das war ihm gleichgültig; er sah dem Tod mit Freuden entgegen, freute sich darauf, für das Erreichte mit ewigem Ruhm im Leben nach dem Tode belohnt zu werden – ganz so, wie Nicci die Denkweise der Menschen in der Alten Welt beschrieben hat.

Nun mussten die Zauberer in der Burg unbedingt das Ausmaß des von Lothain angerichteten Schadens kennen, der aber weigerte sich selbst unter Folter zu verraten, wie umfassend sein Plan gewesen war. Um herauszufinden, was sich damals tatsächlich zugetragen hatte, wurde Magda Searus Konfessorin. Aber sie war in dieser Arbeit unerfahren und hatte ihre Ausbildung noch nicht abgeschlossen. Zwar machte sie von ihrer Konfessorenkraft Gebrauch, nur war ihr damals noch nicht bewusst, wie außerordentlich wichtig es war, auch die richtigen Fragen zu stellen.

Richard sah hoch in das Gesicht seiner Mutter. »Kahlan erzählte mir einmal, dass es im Grunde ganz einfach sei, ein Geständnis zu bekommen. Schwierig ist es vielmehr, ein Verständnis dafür zu entwickeln, wie man die richtigen Fragen stellt, um die Wahrheit zu erfahren. Merritt hatte die Konfessorenkräfte erst kurz zuvor erdacht, deshalb war noch niemandem die Funktionsweise dieser Kräfte klar.

Kahlan war zeit ihres Lebens darin ausgebildet worden, es richtig zu machen, damals aber, vor Tausenden von Jahren, fehlte Magda Searus noch das rechte Verständnis, um die richtigen Fragen zu stellen, noch dazu in der richtigen Reihenfolge, um die Wahrheit zu erfahren. Sie war zwar der Meinung, Lothain zu einem Geständnis seiner Taten bewogen zu haben, dennoch gelang es ihr nicht, das wahre Ausmaß seines Verrats aufzudecken. Er war ein Spion, und obwohl man sich zum ersten Mal einer Konfessorin bediente, konnte er nicht demaskiert werden. Mit dem Ergebnis, dass das wahre Ausmaß des von Lothains Männern in der Tempeltruppe durchgeführten Umsturzes nie ans Licht kam.«

Die Stirn vor Konzentration in Falten gelegt, musterte ihn seine Mutter prüfend. »Bist du dir da ganz sicher, Richard?«

Er nickte. »Endlich fügt sich alles schlüssig ineinander. Dank Euren Hinzufügungen zu der Geschichte passen jetzt endlich alle Einzelheiten zusammen, die zuvor nie ein Bild ergeben wollten. Lothain war ein Spion und ging in den Tod, ohne seine wahre Identität preiszugeben – oder den Umstand, dass er seine eigenen Leute in die Tempeltruppe eingeschleust hatte. Sie alle starben, ohne dass das wahre Ausmaß des von ihnen angerichteten Schadens jemals ans Licht gekommen wäre. Niemand, nicht einmal Baraccus, war sich des wahren Ausmaßes bewusst.«

Seine Mutter seufzte, den Blick in die Ferne gerichtet. »Das erklärt gewiss einige Lücken in dem, was mir zugeflogen ist.« Sie schaute ihn an, als sehe sie ihn in einem neuen Licht. »Sehr gut, Richard. Wirklich ausgezeichnet.«

Richard fuhr sich mit der Hand über seine müden Augen. Er war nicht besonders stolz darauf, dass er in den düsteren Sumpf der Geschichte hinuntergelangt und solch verabscheuungswürdige Taten ans Licht gefördert hatte, Taten, deren Auswirkungen ihn bis zum heutigen Tag verfolgten.

»Ihr sagtet, Baraccus hätte mir ein Buch hinterlassen?«

Sie nickte. »Er gab es seiner Frau zur sicheren Verwahrung mit. Aber bestimmt war es für dich.«

Richard seufzte. »Seid Ihr sicher?«

»Ja.« Behutsam verschränkte seine Mutter die Finger ineinander. »Baraccus hatte diese Schrift noch während seines Aufenthalts im Tempel der vier Winde mithilfe des dort erlangten Wissens verfasst. Außer seinen eigenen haben nie jemandes Augen darin gelesen, kein Sterblicher hat auch nur den Einband aufgeschlagen, seit Baraccus die Niederschrift beendet und den Einband eigenhändig geschlossen hat. Es hat seit dieser Zeit unberührt in seiner geheimen Bibliothek gelegen.«

Die Vorstellung eines solchen Ortes ließ Richard frösteln. Er hatte keine Ahnung, wo sich eine solche Bibliothek befinden sollte, doch selbst wenn es ihm gelänge, die richtige Bibliothek zu finden, würde ihm das nicht verraten, was er wissen musste. Er vermutete, dass es aussichtslos war, stellte die Frage aber trotzdem.

»Habt Ihr eine Ahnung, wie dieses Buch betitelt ist – oder vielleicht, wovon es handelt?«

Seine Mutter nickte ernst. »Es trägt den Titel *Geheimnisse der Kraft eines Kriegszauberers.*«

»Bei den gütigen Seelen«, entfuhr es Richard leise, als er zu ihr hochsah.

Die Ellbogen auf die Knie gestützt, ließ er das Gesicht in die Hände sinken. Er war so überwältigt, dass er meinte, das alles gar nicht verkraften zu können. Derselbe Mann, der dafür gesorgt hatte, dass Richard mit subtraktiver Magie geboren worden war, hatte ihm ein Buch mit Anleitungen zu jener Magie hinterlassen, mit der er allem Anschein nach Richard ausgestattet hatte, um besagten Traumwandler zu besiegen. Unfassbar! Und nachdem Baraccus zurückgekehrt war und Selbstmord begangen hatte, hatten die Zauberer jeden weiteren Versuch, in den Tempel zu gelangen, sei es, um dem Ruf der roten Monde zu folgen oder aus einem anderen, gleich wie unwahrscheinlichen Grund, aufgegeben. Sie hatten ihn nie betreten können, um das erst von der Tempeltruppe und anschließend von Lothain angerichtete Unheil wieder zu richten. Allein Baraccus hatte etwas tun können, um der Gefahr entgegenzuwirken.

Sehr wahrscheinlich hatte Baraccus höchstselbst dafür gesorgt, dass niemand sonst in den Tempel der vier Winde gelangen konnte, vermutlich, um der Gefahr zu entgehen, irgendein anderer Spion könnte seine Bemühungen zunichtemachen, die gewährleisten sollten, dass es ein Gegengewicht zu der Gefahr geben würde, nämlich die Geburt Richards.

Richard sah auf. Seine Mutter war nicht mehr da. An ihrer Stelle stand jetzt wieder Shota, die Spitzen ihres Kleides sachte wehend, wie in einer Brise. Es stimmte ihn traurig zu sehen, dass seine Mutter verschwunden war, gleichzeitig aber atmete er auf, denn es war überaus verstörend, sich über den Geist seiner Mutter mit Shota zu unterhalten.

»Diese Bibliothek, zu der Baraccus seine Frau mit den *Geheimnissen der Kraft eines Kriegszauberers* schickte, wo befindet die sich eigentlich?«

Betrübt schüttelte Shota den Kopf. »Ich fürchte, das weiß ich nicht. Ich glaube nicht, dass es außer Baraccus selbst und seiner Frau, Magda Searus, jemand wusste.«

»Es gibt so viele Bibliotheken; Baraccus' Privatbibliothek könnte jeder von ihnen angegliedert sein. Habt Ihr denn gar keine Idee, welche infrage käme?«

»Ich weiß nur, dass sie nicht, wie du andeutest, Teil einer anderen Bibliothek ist. Die von Baraccus angelegte Bibliothek war sein alleiniger Privatbesitz. Jedes Buch dort war sein Privatbesitz. Offenbar hat er sie gut versteckt, denn sie sind bis zum heutigen Tag unentdeckt geblieben.«

»Und aus irgendeinem Grund hielt er es für angebracht, diese Bücher nicht im sicheren Gewahrsam der Enklave des Obersten Zauberers zu lassen?«

»Was meinst du mit sicherem Gewahrsam? Es ist noch gar nicht lange her, da haben die Schwestern der Finsternis diesen Ort im Auftrag Jagangs entweiht und, unter anderem, Bücher mit zu Kaiser Jagang genommen. Jagang ist unentwegt auf der Suche nach alten Schriften, weil darin Wissen enthalten ist, das ihm beim Kampf um die Herrschaft über die Welt im Namen der Imperialen Ordnung nützlich sein könnte. Wäre das Buch, das Baraccus für dich geschrieben hat, hier in der Burg der Zauberer aufbewahrt worden, würde es sich jetzt womöglich in Jagangs Besitz befinden. Es war klug von Baraccus, einen Gegenstand von solcher Macht nicht hierzulassen, wo jeder ihn finden konnte, wo jeder Oberste Zauberer in seiner Nachfolge es hätte entdecken und damit herumpfuschen oder, falls es in die falschen Hände geraten wäre, sogar vernichten können.«

Genau dieses Schicksal hatte das *Buch der Gezählten Schatten* erlitten. Aufgrund einer Prophezeiung hatten Ann und Nathan George Cypher geholfen, es nach Westland zurückzubringen, mit dem Ziel, dass Richard es, sobald er alt genug wäre, auswendig lernen und anschließend vernichten sollte, damit es nicht in falsche Hände geriet. Wie sich herausstellte, musste Darken Rahl dieses Buch schließlich in seinen Besitz bringen, um die Kästchen der Ordnung zu öffnen – jene Kästchen, die jetzt von Anns ehemaligen Schwestern ins Spiel gebracht worden waren, die derzeit Kahlan, die letzte Konfessorin, in ihrer Gewalt hatten, die ihm wiederum wegen des Inhalts des Buches geholfen hatte, Darken Rahl zu besiegen.

Richard hob das Amulett, das einst Baraccus gehört hatte, ein Stück von seiner Brust und betrachtete die Symbole, die den Tanz mit dem Tod versinnbildlichten. Es war einfach zu viel, als dass es alles Zufall sein konnte.

Er sah hoch zu Shota. »Wieso erhaltet Ihr eigentlich besondere Informationen? Woher stammen sie? Wie kommt es, dass sie Euch nur zu bestimmten Zeiten zufliegen, so wie jetzt? Warum nicht schon bei unserer ersten Begegnung oder als ich in den Tempel der vier Winde zu gelangen versuchte, um die Seuche zu beenden?«

»Ich vermute, sie stammen von demselben Ort, von dem auch du deine Antworten und Eingebungen erhältst, wenn du über ein Problem nachdenkst. Warum fällt dir nur in ganz bestimmten Augenblicken die Lösung zu einem Problem ein? Ich denke über eine Situation nach, und manchmal geschieht es eben, dass mir eine Lösung dazu einfällt. Im Grunde ist es wahrscheinlich nicht anders als bei anderen, wenn sie einen Einfall haben. Nur sind meine Gedanken ausschließlich dem Verstand einer Hexe vorbehalten und beziehen sich auf Ereignisse im Strom der Zeit. Vermutlich bist du auf ganz ähnliche Weise dahintergekommen, was Lothain in Wahrheit getan hat; und genauso funktioniert es eben auch bei mir.«

Richard seufzte schwer und erhob sich. »Danke, Shota, für alles, was Ihr getan habt. Ich werde mich bemühen, einen Weg zu finden, wie mir Eure Worte von Nutzen sein können.«

Shota drückte seine Schulter. »Ich muss fort. Es gibt da eine Hexe, die ich unbedingt finden muss. Dank Nicci kenne ich jetzt wenigstens ihren Namen.«

Ihm kam eine Idee. »Wieso heißt sie wohl Sechs?«

Shotas Miene verdüsterte sich. »Es ist ein abwertender Name. Eine Hexe sieht viele Dinge im Strom der Zeit, vor allem jene, die ihre Töchter betreffen, die sie noch gebären könnte. Für eine Hexe ist das siebente Kind etwas ganz Besonderes; einem Kind den Namen Sechs zu geben heißt, dass es zurückgeblieben ist, dass irgendetwas mit ihm nicht stimmt. Es ist eine unverhohlene, von Geburt an wirksame Kränkung, die sich auf den Charakter bezieht, den eine Hexe für ihre Tochter vorhersieht. Ein solcher Name kommt dem öffentlichen Eingeständnis gleich, dass diese Tochter mit einem Makel behaftet ist. Wahrscheinlich ist dieser Name schuld daran, dass die Tochter, Sechs, ihre eigene Mutter umbrachte.«

»Warum sollte eine Mutter dann dergleichen öffentlich verkünden? Warum nicht der Tochter einen anderen Namen geben und damit die eigene wahrscheinliche Ermordung verhindern?«

Shota betrachtete ihn, ein trauriges Lächeln auf den Lippen. »Weil es Hexen gibt, die große Stücke auf die Wahrheit halten, und diese Wahrheit anderen hilft, Gefahren aus dem Weg zu gehen. Eine Lüge wäre für eine solche Frau das Saatkorn, aus dem ein weit größeres Problem erwächst. Die Wahrheit ist für uns die einzige Hoffnung, die wir für die Zukunft hegen. Und Zukunft ist für uns gleichbedeutend mit Leben.«

»Na ja, jedenfalls klingt es ganz so, als würde der Name zu dem Ärger passen, den diese Frau macht.«

Shotas Lächeln, so traurig es gewesen war, erlosch, und ein finsterer Schatten huschte über ihre Stirn. Warnend hob sie einen Finger. »Für eine solche Frau wäre es ein Leichtes, ihren Namen geheim zu halten, stattdessen trägt sie ihn ganz offen, wie eine Schlange, die ihre Fangzähne entblößt. Zerbrich du dir den Kopf über andere Dinge und überlass sie mir. Eine Hexe ist äußerst gefährlich.«

Richard konnte sich ein kleines Schmunzeln nicht verkneifen. »Etwa so wie Ihr?«

Shota erwiderte das Lächeln nicht. »So wie ich.«

Richard blieb allein beim Brunnen zurück und schaute zu, wie Shota die Stufen hinaufstieg. Alle anderen, Nicci, Cara, Zedd, Nathan und Ann, standen dicht beisammen ein wenig abseits, leise in eine Unterhaltung vertieft. Sie schenkten Shota keine Beachtung, als sie einer ungesehenen Erscheinung gleich an ihnen vorüberschwebte.

Richard folgte ihr die Stufen hinauf. Bereits in der Tür, wandte sie sich, ein Schattenriss im Licht, noch einmal um, fast so, als hätte sie selbst eine Erscheinung gesehen, und stützte eine Hand am Türrahmen ab.

»Ein Letztes noch, Richard.« Sie sah ihm einen Moment lang prüfend in die Augen. »Deine Mutter ist, als du klein warst, bei einem Brand ums Leben gekommen.«

Richard nickte. »Das stimmt. Ein Kerl war mit George Cypher handgreiflich geworden, dem Mann, der mich großzog und von dem ich dachte, er wäre mein Vater. Der Kerl, der diesen Streit mit meinem Vater vom Zaun gebrochen hatte, stieß eine Lampe vom Tisch, und dadurch geriet das Haus in Brand. Mein Bruder und ich schliefen damals hinten im Schlafzimmer. Als der Kerl meinen Vater nach draußen zerrte und auf ihn einzuprügeln begann, kam meine Mutter hereingestürzt und schleppte meinen Bruder und mich aus dem brennenden Haus.«

Richard musste sich räuspern, so schmerzhaft war die Erinnerung noch immer. Er erinnerte sich, wie sie kurz erleichtert gelächelt hatte, als sie in Sicherheit waren, und an den letzten flüchtigen Kuss, den sie ihm auf die Stirn gegeben hatte.

»Nachdem meine Mutter sich überzeugt hatte, dass wir in Sicherheit waren, lief sie noch einmal zurück, um irgendetwas aus den Flammen zu retten – was genau, haben wir nie erfahren. Ihre Schreie brachten den Kerl wieder zur Besinnung, und er und mein Vater versuchten gemeinsam, sie noch zu retten, aber es war aussichtslos … Die Hitze und die Flammen trieben sie immer wieder zurück, und sie konnten nichts mehr für sie tun. Erfüllt von Schuldgefühlen und Abscheu über das, was er angerichtet hatte, machte sich der Kerl dann unter Tränen und fortwährenden Beteuerungen, wie leid ihm das alles tue, aus dem Staub.

Es war eine entsetzliche Tragödie, vor allem, weil niemand mehr im Haus war, keine Wertgegenstände, nichts, was zu retten sich gelohnt hätte, was es wert gewesen wäre, ihr Leben dafür aufzuopfern. Meine Mutter ist wegen nichts gestorben.«

Shota, ein Schatten in der Tür, eine Hand auf dem Türpfosten, starrte ihn an, eine Ewigkeit, wie es schien. Richard wartete schweigend. Ihre Körperhaltung, ihre mandelförmigen Augen verhießen eine entsetzliche, tiefere Bedeutsamkeit. Schließlich sprach sie mit sanfter Stimme.

»Deine Mutter war nicht die Einzige, die bei diesem Brand ums Leben kam.«

Richard spürte, wie eine Gänsehaut seine Beine und Arme

hinaufkroch. Alles, was sein Leben lang gewiss gewesen war, schien in einem einzigen Augenblick unter dem Blitzeinschlag ihrer Worte zu verdampfen.

»Was sagt Ihr da?«

Betrübt schüttelte Shota den Kopf. »Bei meinem Leben, Richard, ich schwöre es, mehr weiß ich nicht.«

Sie legte ihm ihre Hand an die Wange. »Als du das letzte Mal in Agaden warst, hast du mir einen großen Liebesdienst erwiesen. Du lehntest mein Angebot ab und sagtest, ich sei mehr wert, als jemanden gegen seinen Willen zu zwingen, bei mir zu bleiben. Du sagtest, ich hätte es verdient, jemanden zu haben, der mich für das achtet, was ich bin.

So verärgert ich in diesem Moment über dich war, es gab mir zu denken. Ich bin noch nie zurückgewiesen worden, aber du hast es getan, und aus dem einzig richtigen Grund – weil du mir zugetan warst und es dir wichtig war, dass ich bekomme, was mein Leben lebenswert macht. Deine Zuneigung war so groß, dass du es riskiert hast, dir meinen Zorn zuzuziehen.

Als ich die Ähnlichkeit deiner Mutter annahm, beeinflusste dieses Talent in bestimmter Weise den Informationsfluss, der mich erreichte. Und aus diesem Grund drang, als ich gerade gehen wollte, dieser einzelne Gedanke in mein Bewusstsein: Deine Mutter war nicht die Einzige, die bei diesem Brand ums Leben gekommen ist. Wie alles, was ich dem Strom der Ereignisse in der Zeit entnehme, kam auch das wie eine intuitive Vision über mich. Ich weiß weder, was es bedeutet, noch habe ich weitere Informationen darüber. Ich schwöre es, Richard, wirklich nicht. Unter normalen Umständen hätte ich dir dieses winzige Detail gar nicht enthüllt, da es so überfrachtet ist mit Möglichkeiten und Fragen, andererseits können diese Umstände kaum als normal gelten. Ich fand, du solltest wissen, was mir zugeflogen ist, du solltest bis in alle Einzelheiten über mein Wissen informiert sein. Nicht alles, was ich dem Strom der Zeit entnehme, ist nützlich – deswegen enthülle ich den Menschen solche isolierten Details nicht immer. In diesem Fall jedoch befand ich, dass du es erfahren solltest, denn es könnte sich herausstellen, dass es für dich wichtig ist und dir womöglich helfen könnte.«

Richard fühlte sich benommen und verwirrt. Er war nicht sicher, ob er glaubte, dass es tatsächlich das bedeutete, wonach es sich anhörte.

»Bedeutet es möglicherweise, dass sie deswegen nicht als Einzige gestorben ist, weil an diesem Tag ein Teil von uns mit ihr starb? Dass wir im Grunde unseres Herzens nie wieder so sein würden wie zuvor? Könnte es sein, dass sie in diesem Sinne nicht als Einzige in den Flammen umgekommen ist?«

»Ich weiß es nicht, Richard, wirklich nicht, aber möglich wäre es. Es könnte insofern belanglos sein, als es dir jetzt nicht unbedingt weiterhilft. Ich weiß nicht immer alles über die Dinge, die mir der Strom der Zeit enthüllt, oder ob sie bedeutsam sind. Gut möglich, dass es sich so verhält, wie du sagst, und mehr nicht. Ich kann dir nur helfen, indem ich meine Informationen korrekt an dich weitergebe, und das habe ich getan. Genau so ist es mir zugeflogen, in exakt diesen Worten: Deine Mutter war nicht die Einzige, die bei diesem Brand ums Leben gekommen ist.«

Richard fühlte, wie ihm eine Träne über die Wange lief. »Ich fühle mich so alleine Shota. Ihr habt Jebra mit hierhergebracht, damit sie mir Dinge erzählt, die mir Albträume bereiten. Ich weiß nicht mehr, was ich noch tun soll, ich bin völlig ratlos. So viele Menschen setzen ihre Hoffnung auf mich, sind auf mich angewiesen. Könnt Ihr mir nicht irgendetwas sagen, was mich zumindest in die richtige Richtung lenkt, ehe wir alle verloren sind?«

Mit dem Finger wischte Shota ihm die Träne von der Wange, eine schlichte Geste, die ihm wieder ein wenig Zuversicht gab.

»Tut mir leid, Richard. Ich kenne die Antworten nicht, die dich retten würden. Wüsste ich sie, glaube mir, ich würde sie dir nur zu gerne geben. Aber ich sehe das Gute in dir. Ich glaube an dich. Du hast alles, was du brauchst, um erfolgreich zu sein. Manchmal wirst du an dir zweifeln. Gib nicht auf. Denk immer daran, ich glaube an dich. Ich weiß, du kannst dein Ziel erreichen. Es gibt nicht viele wie dich, Richard. Glaube an dich. Und wisse, ich bin überzeugt, dass du derjenige bist, der dies vollbringen kann.«

Noch einmal wandte sie sich um, ein dunkler Schatten vor dem schwindenden Licht.

»Ob Kahlan jemals existiert hat oder nicht, spielt keine Rolle mehr. Die gesamte Welt des Lebens, das Leben jedes Einzelnen steht auf dem Spiel. Du musst dieses eine Menschenleben vergessen, Richard, und stattdessen an all die anderen denken.«

»Sagen das die Prophezeiungen, Shota?« Richard fühlte sich zu niedergeschlagen, um die Stimme zu heben. »Irgendetwas aus dem Strom der Zeit?«

Shota schüttelte den Kopf. »Es ist einfach nur der Rat einer Hexe.« Sie machte sich auf den Weg zur Koppel, um ihr Pferd zu holen. »Zu viel steht auf dem Spiel, Richard. Du musst aufhören, diesem Phantom hinterherzujagen.«

Als Richard wieder hineinging, hatten sich alle, in eine leise Unterhaltung vertieft, die vom Mitgefühl für ihre schwere Prüfung erfüllt war, um Jebra geschart.

Zedd unterbrach sich mitten im Satz. »Ziemlich merkwürdig, findest du nicht auch, mein Junge?«

Richard ließ seinen Blick über die konsternierten Mienen schweifen. »Merkwürdig? Was meinst du?«

Zedd breitete die Hände aus. »Na, dass Shota mitten in Jebras Geschichte einfach aufsteht und verschwindet.«

»Verschwindet«, wiederholte Richard nachdenklich.

Nicci nickte. »Wir alle dachten, sie würde noch bleiben und etwas sagen, nachdem Jebra fertig war.«

»Vielleicht musste sie ja los, um sich jemanden zu suchen, den sie ins Bockshorn jagen kann«, brummte Cara.

Ann seufzte. »Vielleicht wollte sie sich auch nur auf die Suche nach dieser anderen Hexe machen.«

»Oder aber als Hexe hält sie nicht viel davon, sich ordentlich zu verabschieden«, schlug Nathan vor.

Richard sagte nichts. Er hatte dieses Verhalten schon einmal bei Shota beobachtet, damals, als sie bei seiner und Kahlans Hochzeit aufgetaucht war und Kahlan die Halskette geschenkt hatte. Auch da hatte niemand mitbekommen, dass sie mit Richard und Kahlan gesprochen hatte, hatte niemand sie wieder gehen sehen.

Die anderen nahmen ihre Unterhaltung wieder auf, mit Ausnahme seines Großvaters. Zedd wirkte beunruhigt.

»Was ist denn?«, erkundigte sich Richard.

Kopfschüttelnd legte er Richard den Arm um die Schultern, beugte sich zu ihm und sagte in vertraulichem Ton: »Ich weiß nicht, warum, aber ich spüre, wie meine Gedanken immer wieder zu den Erinnerungen an deine Mutter abschweifen.«

»Meine Mutter.«

Zedd nickte. »Ich vermisse sie wirklich sehr.«

»Ich auch«, sagte Richard. »Und wo du gerade davon sprichst, ich schätze, ich war in Gedanken auch gerade bei ihr.«

Zedds Blick bekam etwas Entrücktes. »An dem Tag damals ist mit ihr auch ein Teil von mir gestorben.«

Richard brauchte einen Moment, um seine Stimme wiederzufinden. »Hast du eine Idee, warum sie noch einmal in das brennende Haus zurücklief? Glaubst du, dort drinnen gab es irgendetwas Wichtiges? Womöglich etwas, von dem wir gar nichts wissen?«

Entschieden schüttelte Zedd den Kopf. »Damals war ich mir sicher, dass es einen guten Grund gegeben haben musste, aber ich habe die Asche eigenhändig durchsucht.« Tränen traten ihm in die Augen. »Da war nichts, nur ihre Gebeine.«

Richard blickte zur Tür hinaus und sah den geisterhaften Schatten Shotas auf ihrem Pferd, die sich, ohne sich noch einmal umzuschauen, auf den Weg machte, die Straße hinunter.

21

Rachel zögerte. Sie war schon ein gutes Stück weit in den düsteren Eingang vorgedrungen, und mittlerweile wurde es schwierig, etwas zu erkennen. Zwar hätte sie nur zu gern darauf verzichtet zu sehen, was auf die Wände gezeichnet war, Tatsache war jedoch, sie konnte es sehen. Den ganzen Weg ins Innere der Höhle hatte sie sich bemüht, nicht allzu genau auf die merkwürdigen Szenen zu achten, mit denen die Felswände rings um sie her bedeckt waren. Von einigen der Darstellungen hatte sie an den Armen eine Gänsehaut bekommen. Ihr war einfach unverständlich, wieso irgendjemand das Verlangen haben konnte, solch abstoßende, grausame Dinge zu zeichnen, auch wenn sie durchaus nachvollziehen konnte, dass diese Leute sie hier unten in einer Höhle untergebracht hatten; offenbar wollten sie diese düsteren Fantasien vor dem Tageslicht verbergen.

Unvermutet versetzte der Mann ihr einen Stoß. Rachel stolperte vorwärts und schlug mit dem Gesicht auf den Boden. Viel zu wütend, um loszuheulen, spuckte sie den Staub aus und stemmte sich mit den Armen hoch.

Als sie über die Schulter linste, sah sie, dass der Mann sie nicht etwa beobachtete, sondern mit seinen beängstigenden goldenen Augen geradeaus in das Dunkel starrte, so als wären seine Gedanken auf Wanderschaft gegangen und er hätte sie vollkommen vergessen. Rachel sah sich zu dem Lichtpunkt um und überlegte kurz, ob sie es wohl schaffen würde, sich an seinen langen Beinen vorbeizudrücken. Sie könnte ja so tun, überlegte sie, als wollte sie in die eine Richtung, und dann blitzschnell in die andere Richtung abtauchen. Es könnte klappen. Allerdings war er um einiges größer als sie und konnte zweifellos schneller laufen, selbst wenn sie nach dem langen Gefesseltsein nicht noch wackelig auf den Beinen gewesen wäre. Wenn er ihr nur nicht ihre Messer weggenommen hätte.

Doch bevor sie Gelegenheit hatte, es zu versuchen, fiel der Blick des Mannes wieder auf sie. Er packte sie am Kragen, hievte sie auf die Beine und stieß sie vor sich her, tiefer und tiefer in den dunklen Schlund der Höhle hinein. Rachel hatte einige Mühe, auf den überall hervorstehenden Felsen Halt zu finden und über die Felsspalten hinwegzuspringen. Schließlich bemerkte sie weiter vorn eine schemenhafte Bewegung und blieb stehen.

»Sieh an, sieh an …«, erklang eine schneidend dünne Stimme aus der Tiefe des Dunkels. »Gäste.«

Das letzte Wort war so gedehnt gesprochen worden, dass es ein wenig an das Zischeln einer Schlange erinnerte.

Rachel überlief es eiskalt, als sie mit weit aufgerissenen Augen in das Dunkel starrte und sich bange fragte, wer wohl der Besitzer einer solchen Stimme sein mochte.

Schließlich, so als käme er aus der Unterwelt selbst, schälte sich ein Schatten aus dem Dunkel und schob sich in einer gleitenden Bewegung nach vorn in den trüben Lichtschein.

Bloß lächelten Schatten nicht, erkannte Rachel. Dies war eine Frau, eine hochgewachsene Frau in einem langen schwarzen Kleid. Auch ihr langes, drahtiges Haar war schwarz. Im Gegensatz dazu war ihre Haut so bleich, dass ihr Gesicht fast völlig losgelöst in der Dunkelheit zu schweben schien. Rachel fühlte sich an die Haut eines Albino-Salamanders erinnert, der sich, gänzlich unberührt vom Sonnenlicht, tagsüber unterm Laub versteckt. Alles an ihr, vom groben schwarzen Stoff ihres

Kleides über ihre ausgetrocknete, fest über den Knöcheln spannende Haut bis hin zu ihrem widerspenstigen Haar, wirkte so trocken wie ein von der Sonne ausgedörrter Leichnam.

Dazu hatte sie ein Lächeln wie das eines Wolfes aufgesetzt, stellte sich Rachel vor, eines Wolfes, dem unerwartet das Abendessen über den Weg läuft.

Ihre Augen waren blau, wenngleich von einem Blau, das ebenso verblichen war wie ihre Haut, sodass es fast so aussah, als könnte sie möglicherweise blind sein. Gleichwohl ließ ihre Art, Rachel in aller Seelenruhe und bewusst zu mustern, keinen Zweifel daran, dass sie nicht nur im Hellen ausgezeichnet sehen konnte, sondern vermutlich auch bei tiefster Dunkelheit.

»Ich kann nur hoffen, es hat sich gelohnt«, knurrte der Mann hinter Rachel. »Das kleine Gör hat mir ein Messer ins Bein gerammt.«

Rachel blickte über ihre Schulter. Wie der Mann hieß, wusste sie nicht, er hatte sich nicht die Mühe gemacht, sich vorzustellen. Überhaupt hatte er nur sehr wenig gesprochen, seit er sie aufgegriffen hatte, so als wäre sie kein Mensch, sondern irgendein Gegenstand, ein lebloses Ding, das er bloß aufgelesen hatte. Durch seine Behandlung hatte er ihr das Gefühl gegeben, nicht mehr zu sein als ein hinter sich über den Sattel geworfener Getreidesack. Im Augenblick jedoch waren Schmerz und Angst, Durst und Hunger während ihres langen Ritts nichts weiter als verblassende Unannehmlichkeiten.

»Du hast Chase getötet«, sagte Rachel. »Dafür hättest du noch ganz was anderes verdient.«

Die Frau runzelte die Stirn. »Wen?«

»Den Kerl, der bei ihr war.«

»Aha, verstehe«, sagte die Frau in Schwarz. »Und du hast ihn getötet?« Sie schien nur mäßig interessiert. »Bist du sicher? Hast du ihn begraben?«

Er zuckte die Achseln. »Ich nehme an, dass er tot ist – von

solchen Verletzungen erholt sich keiner. Der Bann hatte mich, wie Ihr es versprochen hattet, praktisch unsichtbar gemacht, daher hat er nicht mal bemerkt, dass ich da war. Aber ich hab mir nicht die Zeit genommen, ihn zu verbuddeln, ich wusste ja, Ihr wolltet, dass ich so schnell wie möglich zurückkomme.«

Ihr dünnes Lächeln wurde breiter. Sie schob sich näher an ihn heran, streckte schließlich die Hand vor und fuhr ihm mit ihren langen, knochigen Fingern durch sein dichtes Haar. Sie musterte ihn eingehend aus ihren gespenstisch blauen Augen.

»Sehr gut, Samuel«, gurrte sie. »Ausgezeichnet.«

Samuel sah aus wie ein Hund, der hinter den Ohren gekrault wurde. »Danke, Herrin.«

»Und das … andere hast du auch mitgebracht?«

Er nickte beflissen, und ein Lächeln hellte seine Züge auf. Wahrscheinlich lag es an seinen seltsamen goldenen Augen, dass Rachel ihn für einen abweisend wirkenden Mann gehalten hatte, aber sobald er lächelte, schien seine wahre Natur dahinter zurückzutreten. Lächelnd sah er besser aus als die meisten, auch wenn er in Rachels Augen ein Ungeheuer war und es immer bleiben würde. Ein freundliches Lächeln reichte nicht, um wettzumachen, was er ihr angetan hatte.

Auf einmal schien Samuel bester Laune. So fröhlich hatte sie ihn noch nicht erlebt. Allerdings hatte sie einen Großteil der Zeit in einem über den Rücken seines Pferdes gebundenen Sack gesteckt, sodass sie vermutlich gar nicht richtig beurteilen konnte, ob er gut gelaunt gewesen war oder nicht. Es war ihr eigentlich auch egal.

Sie hatte nur einen Wunsch: ihn tot zu sehen. Er hatte Chase umgebracht, das Beste, was ihr in ihrem ganzen Leben je widerfahren war. Chase war der prachtvollste Mensch, den man sich nur vorstellen konnte. Er hatte sie nach ihrer Flucht vor Königin Milena auf dem Schloss von Tamarang und dieser grauenhaften Prinzessin Violet bei sich aufgenommen, hatte sie geradezu mit Liebe überschüttet und sich um sie gekümmert. Er hatte ihr beigebracht, auf sich selbst achtzugeben. Er hatte eine Familie, die er liebte und die ihn liebte und brauchte.

Und nun war er für sie alle nicht mehr da.

Chase war ein Hüne von einem Mann und wusste mit seinen Waffen so geschickt umzugehen, dass Rachel immer geglaubt hatte, niemand könne ihn besiegen, schon gar nicht ein einzelner Mann. Doch dann war Samuel urplötzlich wie ein Geist aufgetaucht und hatte Chase im Schlaf erstochen, ihn mit diesem prachtvollen Schwert durchbohrt, das unmöglich ihm gehören konnte, da war sie sich ziemlich sicher. Sie wollte sich lieber nicht vorstellen, wie er es in seinen Besitz gebracht und wen er sonst noch damit verwundet hatte.

Wie er so dastand, die Arme schlaff neben dem Körper, die Schultern gebeugt, während die Frau ihm mit den Fingern durchs Haar fuhr und dazu mit leisen tröstlichen, schmeichlerischen Worten auf ihn einredete, wirkte Samuel wie ein Idiot. Er schien nicht mehr er selbst. Bis zu diesem Augenblick hatte er stets selbstsicher, ja beinahe arrogant gewirkt. Nie hatte er sie im Zweifel gelassen, wer das Sagen hatte, stets wusste er genau, was er wollte. In Gegenwart dieser Frau jedoch war er wie verändert. Fast erwartete Rachel, er würde seine Zunge heraushängen lassen und zu sabbern anfangen.

»Du sagtest, das *andere* hättest du ebenfalls mitgebracht, Samuel«, sagte sie mit ihrer zischelnden Stimme.

»So ist es.« Er deutete mit dem Arm nach hinten, zum Licht. »Es ist noch auf dem Pferd.«

»Na, dann lass es nicht dort draußen«, sagte die Frau, in deren Stimme sich plötzlich eine ungeduldige Schärfe einschlich. »Geh schon und hol es her.«

»Ja … natürlich, sofort.« Geradezu versessen darauf, ihrer Aufforderung Folge zu leisten, hastete er davon.

Rachel sah ihm nach, wie er durch die Höhle zurücklief,

über im Weg liegende Felsen hinwegkletterte, sich manchmal mit den Händen am Boden abstützte, um das Gleichgewicht nicht zu verlieren, und an der schaurigen Galerie der Wandzeichnungen vorbei zum Höhleneingang eilte. In diesem Moment bemerkte sie einen flackernden Widerschein auf den dunklen Wänden, und als sie das knisternde Zischen hörte, wusste sie, dass das Licht von einer Fackel stammte. Sie drehte sich wieder um und sah, wie sich eine weitere Person mit einer Fackel in der Hand aus dem Dunkel schälte.

Verdutzt klappte Rachel die Kinnlade herunter.

Es war Prinzessin Violet!

»Sieh mal einer an, wenn da nicht unser Waisenkind Rachel zu uns zurückgefunden hat«, sagte Violet und steckte die Fackel in eine Halterung in der Felswand, ehe sie einen Platz an der Seite der schwarz gekleideten Frau einnahm.

Rachel war, als könnten ihr die Augen jeden Moment aus dem Schädel treten; sie schien unfähig, den Mund wieder zu schließen. Ihre Stimme hatte sich in ihre Magengrube verkrochen.

»Violet, meine Liebe, ich glaube, Ihr habt die Kleine glatt vor Angst um den Verstand gebracht. Hast du deine Zunge verloren, Kleines?«

Eigentlich war es Prinzessin Violet, die ihre Zunge verloren hatte, doch jetzt hatte sie sie ganz offensichtlich wieder. So unwahrscheinlich es auch schien, sie hatte ihre Zunge wieder.

»Prinzessin Violet …«

Violets Rücken versteifte sich, als sie ihre breiten Schultern straffte. Gegenüber dem letzten Mal, als Rachel sie gesehen hatte, schien sie um die Hälfte gewachsen, außerdem wirkte sie irgendwie kräftiger. Und älter.

»Mittlerweile Königin Violet.«

Rachel blinzelte erstaunt. »Königin …?«

Violet lächelte ein Lächeln, das einen Scheiterhaufen hätte zu Eis erstarren lassen.

»Allerdings, ganz recht. Königin. Meine Mutter, musst du wissen, ist ermordet worden, als dieser Mann, dieser Richard, floh. Er hat es getan, er ist schuld am Tod meiner Mutter, am Tod unserer geliebten ehemaligen Königin. Nichts als Kummer und fürchterliche Zeiten hat er uns allen beschert.« Sie seufzte schwer. »Aber die Dinge haben sich geändert. Jetzt bin ich Königin.«

Es wollte Rachel einfach nicht in den Kopf. Königin. Das Ganze schien vollkommen unvorstellbar. Das Verblüffendste allerdings war, dass Violet trotz des Verlusts ihrer Zunge wieder sprechen konnte.

Ein freudloses Grinsen ging über Violets Lippen, als sie ihre Stirn in Falten legte. »Knie vor deiner Königin nieder.«

Rachel schien den Sinn der Worte nicht zu begreifen.

Wie aus dem Nichts schoss Violets Hand heran und traf Rachel mit solcher Wucht, dass sie der Länge nach zu Boden gestreckt wurde.

»Knie vor deiner Königin nieder!«

Wieder und wieder hallte Violets schrille Stimme durch die Dunkelheit.

Keuchend vor Schmerz und Schock presste Rachel eine Hand auf ihre Wange und rappelte sich mühsam wieder bis zu den Knien hoch. Warm spürte sie das Blut über ihr Kinn rinnen. Offenbar war Violet auch erheblich kräftiger als früher.

Die schmerzhafte Ohrfeige war, als hätte ihre eigene Vergangenheit sie schlagartig wieder eingeholt, als wäre alles nur ein Traum gewesen und sie wäre wieder im Albtraum ihres früheren Lebens aufgewacht. Wie damals war sie vollkommen auf sich gestellt, ohne einen Giller, ohne Richard oder Chase, die ihr hätten helfen können. Wie damals war sie Violet hilflos ausgeliefert, ohne einen einzigen Freund in der Welt zu haben.

Violets Lächeln war erloschen. Die Augen zu schmalen Schlitzen verengt, starrte sie auf die vor ihr kniende Rachel herab, dass Rachel trocken schluckte.

»Er hat mich angegriffen, weißt du. Damals, als Richard noch der Sucher war, hat er mich angegriffen und schwer verwundet, und das völlig grundlos.« Sie stemmte die Fäuste in die Hüften. »Er hat mich übel verletzt. Ein Kind anzugreifen und zu verletzen! Mein Kiefer war gebrochen, die Zähne hat er mir eingeschlagen und mir die Zunge herausgeschnitten, genau wie er es angekündigt hatte. Ich konnte auf einmal nicht mehr sprechen.«

Sie senkte ihre Stimme zu einem tiefen Knurren, das Rachel das Blut in den Adern gefrieren ließ. »Aber das war nur das geringste meiner Leiden.«

Violet holte tief Luft, um sich wieder zu beruhigen. Mit den Händen strich sie ihr rosafarbenes Seidenkleid an den Hüften glatt.

»Die Berater meiner Mutter waren ebenfalls keine große Hilfe; sobald sie irgendwas Sinnvolles tun sollten, benahmen sie sich wie wichtigtuerische Trottel. Mit jeder Menge Tränke und Bandagen, Düften und Beschwörungen kamen sie an, sprachen Gebete und brachten den gütigen Seelen Opfer dar. Sie setzten Blutegel und erhitzte Glaskolben. Nichts von alledem hatte auch nur die geringste Wirkung. Meine Mutter wurde beerdigt, ohne dass ich dabei gewesen wäre, denn zu der Zeit war ich nicht einmal bei Bewusstsein.

Selbst die Sterne wussten nichts über meinen Zustand oder meine Heilungschancen zu sagen. Meist standen die Berater händeringend herum, während sie hinter vorgehaltener Hand wahrscheinlich längst aushandelten, wer sich die Krone unter den Nagel reißen würde, sobald ich endlich gestorben wäre. Wenn das nicht bald geschähe, würde mir einer von ihnen schon dazu verhelfen, dass ich bald in den Genuss eines Lebens nach dem Tode an der Seite meiner Mutter kommen würde. Das besorgte Getuschel untereinander, ich könnte Königin werden, war nicht zu überhören.«

Violet holte abermals tief Luft, um sich zu beruhigen. »Und dann, mitten in meinem Albtraum aus Schmerzen und Qualen, aus Angst und Kummer und der wachsenden Sorge, man könnte mich womöglich ermorden, trat plötzlich Sechs auf den Plan und stand mir bei.« Sie wies auf die neben ihr stehende Frau. »Gerade als ich es am dringendsten brauchte und niemand sonst dazu in der Lage oder bereit war, erschien Sechs und half mir, mich selbst, die Krone und sogar Tamarang zu retten.«

»Aber … aber Ihr seid doch gar nicht alt genug, um Königin zu sein«, stammelte Rachel und wusste im selben Moment, da ihr die Worte wider besseres Wissen herausgerutscht waren, dass es ein Fehler gewesen war. Violets zweite Hand schnellte vor und traf sie an der anderen Wange. Anschließend packte Violet sie bei den Haaren und zog sie derb wieder auf die Knie hoch. Rachel fasste sich mit einer Hand auf den frischen, pochenden Schmerz und wischte sich mit der anderen das Blut vom Mund.

Völlig ungerührt meinte Violet achselzuckend: »Wie auch immer, in den letzten Jahren bin ich erwachsen geworden. Ich bin nicht mehr das Kind von damals, das kleine Mädchen, für das du mich offenbar noch immer hältst, so wie damals, als du noch hier gelebt und unser Wohlwollen und unsere Großzügigkeit genossen hast.«

Rachel fand nicht, dass Violet erwachsen genug war, um Königin zu sein, war aber klug genug, es nicht noch einmal anzumerken. Auch war sie nicht so töricht, diese Sklaverei mit »Wohlwollen« zu verwechseln.

»Sechs hat mir bei meiner Genesung zur Seite gestanden. Sie hat mich gerettet.«

Rachel starrte hoch in das blasse, zu einem Grinsen verzogene Gesicht. »Ich bot meine Dienste an. Violet hieß mich auf der Burg willkommen; die Berater ihrer Mutter waren jedenfalls nicht gut für sie.«

»Mit ihren magischen Kräften heilte sie meinen gebrochenen und stark entzündeten Kiefer. Ich war schon ganz entkräftet, weil ich immer nur schluckweise dünne Brühe zu mir nehmen konnte. Mit Sechs' Hilfe konnte ich endlich wieder normal essen und kam wieder zu Kräften. Sogar neue Zähne wuchsen mir; ich glaube kaum, dass zuvor schon mal jemandem ein drittes Gebiss gewachsen ist, aber bei mir war es so.

Doch ich konnte immer noch nicht sprechen, also benutzte Sechs, als ich wieder halbwegs genesen und bei Kräften war, ihre außergewöhnliche Magie, um mir eine neue Zunge wachsen zu lassen.« Sie ballte die Fäuste. »Die Zunge, deren Verlust ich dem Sucher zu verdanken habe.«

»Dem ehemaligen Sucher«, korrigierte Sechs mit leiser Stimme.

»Dem ehemaligen Sucher«, räumte Violet, jetzt schon beträchtlich ruhiger, ein.

Wieder erschien das selbstgefällige Grinsen auf Violets dicklichem Gesicht, ein Grinsen, das Rachel nur zu vertraut war. »Und jetzt hat man dich zurückgebracht.« Ihr Tonfall verhieß eine Drohung, die in ihren Worten nicht enthalten war.

»Was ist aus all den anderen geworden?«, erkundigte sich Rachel in dem Versuch, ein wenig Zeit zum Nachdenken zu gewinnen. »All den Beratern der Königin?«

»Die Königin bin ich!« Mit ihrer Leibesfülle hatte offenbar auch ihre Reizbarkeit zugenommen.

Eine sachte Berührung von Sechs auf ihrem Rücken ließ sie kurz aufblicken und rief ein Lächeln auf ihre Lippen. Sie atmete erneut tief durch, um sich zu beruhigen, fast so, als wäre sie ermahnt worden, sich auf ihre Manieren zu besinnen.

Schließlich antwortete sie auf Rachels Frage. »Für die Berater meiner Mutter hatte ich keine Verwendung, schließlich waren sie alle nutzlos. Deren Rolle hat jetzt Sechs übernommen, und sie macht ihre Sache sehr viel besser als jeder einzelne dieser Dummköpfe.

Letztlich war keiner von ihnen imstande, mir eine neue Zunge wachsen zu lassen, oder?«

Rachel blickte hoch zu Sechs. Da war es wieder, dieses wölfische Grinsen, und ihre gespenstischen blauen Augen schienen geradewegs bis auf den Grund ihrer entblößten Seele zu blicken.

»Dergleichen überstieg bei Weitem ihre Fähigkeiten«, bemerkte die Frau mit ruhiger Stimme, in der gleichwohl ein Unterton von ungeheurer Macht mitschwang. »In meiner Macht dagegen stand es sehr wohl.«

Rachel fragte sich, ob Violet wohl Befehl gegeben hatte, die Berater samt und sonders hinzurichten. Als sie das letzte Mal im Schloss gewesen war, hatte Violet, damals noch an der Seite ihrer Mutter, gerade erst mit der Anordnung der ersten Hinrichtungen begonnen. Aber jetzt, da sie Königin war und Sechs ihr den Rücken stärkte, gab es vermutlich gar nichts mehr, das ihre Launen noch zügeln konnte.

»Sie gab mir meine Zunge und meine Stimme zurück. Der Sucher war der Meinung, er hätte mir das alles genommen, aber jetzt hab ich es zurück. Tamarang ist wieder fest in meiner Hand.«

Wäre der Gedanke nicht so beängstigend, die Vorstellung nicht so erschreckend gewesen, hätte Rachel vielleicht gelacht bei dem Gedanken, dass Violet jetzt Königin war. Sie war damals ihre Spielgefährtin gewesen, ihre Gesellschafterin – was im Grunde nichts anderes hieß, als dass sie ihre persönliche Leibsklavin war. Violets Mutter, Königin Milena, hatte sie aus einem Waisenhaus geholt, in der Absicht, einen Menschen bei sich aufzunehmen, an dem Violet ihre Führerschaft einüben könnte, irgendein junges Ding, das Violet mühelos gängeln und nach Belieben misshandeln konnte.

Aber Rachel hatte nicht nur fliehen können, sie hatte überdies auch Königin Milenas kostbares Kästchen der Ordnung mitgenommen und es wenig später Richard, Zedd und Chase ausgehändigt.

All das war lange her. Ihrer äußeren Erscheinung nach schien Violet jetzt in der Mitte ihrer Jugendjahre zu stehen, allerdings war Rachel nicht besonders gut, wenn es um das Schätzen des Alters von Älteren ging. Auf jeden Fall hatte sie, seit Rachel sie das letzte Mal gesehen hatte, erheblich an Leibesfülle zugenommen. Ihr stumpfes Haar war noch länger geworden, ihr Körper schwerer, ungeschlachter. Wie alles an ihr war auch das Gesicht nach wie vor dicklich, hatte aber wegen dieser kleinen, dunklen, berechnenden Augen alles Kindliche verloren. Auch war ihr Busen nicht mehr flach, sondern fraulich gewölbt. Sie sah aus wie eine Erwachsene, bereit, jeden Moment aus ihrem Kokon zu schlüpfen. Schon immer war sie um einiges älter gewesen als Rachel, doch jetzt schien sie einen Zwischenspurt eingelegt und den Abstand noch vergrößert zu haben.

Trotz alledem schien sie nicht annähernd alt genug, um Königin zu sein.

Und doch war sie es.

Rachels Knie, die ungeschützt auf dem felsigen Boden ruhten, taten scheußlich weh, trotzdem wagte sie nicht zu bitten, ob sie aufstehen dürfe. Stattdessen riskierte sie eine Frage.

»Violet …?«

Klatsch.

Ehe sie überhaupt Zeit hatte nachzudenken, hatte Violet scheinbar aus dem Nichts zugeschlagen, so als hätte sie nur auf einen Vorwand gelauert. Rachels Blick verschwamm, dass ihr übel wurde. Dem Gefühl nach war nicht auszuschließen, dass der Schlag womöglich ein paar Zähne gelockert hatte. Erst ein behutsames Nachfühlen mit der Zunge verschaffte ihr Gewissheit, dass alle noch an ihrem Platz waren.

»Königin Violet«, knurrte Violet. »Mach diesen Fehler nicht noch mal, oder ich lasse dich wegen Anstiftung zum Verrat foltern.«

Rachel schluckte das Entsetzen hinunter, das ihr die Kehle zuschnürte. »Ja, Königin Violet.«

Der Triumph ließ Violet lächeln. Sie war wahrhaftig Königin.

Rachel wusste, dass Violets Vorliebe ausschließlich den exquisitesten Dingen, dem kunstvollsten und aufwendigsten Zierrat galt, ob dies nun Vorhänge waren oder Geschirr, eleganteste Kleider und kostbarste Juwelen. Sie bestand darauf, sich nur mit dem Allerfeinsten zu umgeben – und das schon damals, als sie noch Prinzessin war. Umso seltsamer musste es scheinen, dass sie jetzt in einer Höhle hauste.

»Königin Violet, was tut Ihr nur an diesem grässlichen Ort?«

Einen Moment lang starrte Violet auf sie herab, dann fuchtelte sie mit etwas, das wie ein Stück Kreide aussah, vor ihrem Gesicht herum. »Mein Erbe, das, was mir vererbt wurde.«

Rachel begriff nicht. »Euer was?«

»Meine Gabe.« Sie zuckte beiläufig die Achseln. »Na ja, Gabe trifft es nicht ganz, aber es ist etwas ganz Ähnliches. Schau, ich stamme aus einer alten Künstlerfamilie. Erinnerst du dich noch an James? Den Hofkünstler?«

Rachel nickte. »Der nur eine Hand hatte.«

»Richtig«, sagte Violet gedehnt. »Ein Mann, der ein wenig zu vorlaut war, als dass es ihm gutgetan hätte. Nur weil er ein Verwandter der Königin war, meinte er, sich gewisse Unbedachtheiten herausnehmen zu können. Das war ein Irrtum.«

Rachel blinzelte verständnislos. »Ihr seid miteinander verwandt?«

»Ein entfernter Cousin oder so ähnlich. In seinen Adern floss eine winzige Menge königlichen Blutes. Und dieses außergewöhnliche Blut birgt die einzigartige Gabe des … Künstlertums. In der Familie der Herrscher von Tamarang hatte sich noch eine feine Spur dieses uralten Talents erhalten. Meine Mutter besaß dieses Talent nicht, aber wie sich herausstellte, hatte sie es über die Blutlinie an mich weitervererbt. Damals hingegen war James der Einzige, von dem wir wussten, dass er noch dieses Talent besaß. Und so kam es, dass er als Hofkünstler diente, dass er in Diensten der Krone und meiner Mutter, Königin Milena, stand.

Noch bevor der Sucher, der ehemalige Sucher, Richard, den ganzen Ärger anzettelte, der in der Ermordung meiner Mutter gipfelte, tötete er James, sodass unser Land zum ersten Mal in seiner Geschichte keinen Künstler zum Schutz der Krone in seinen Diensten hatte.

Damals wussten wir noch nicht, dass ich tatsächlich dieses Talent in mir trug.« Mit einer Handbewegung wies sie auf die Frau neben sich. »Sechs hier erkannte jedoch, dass ich es in mir trug, und klärte mich über mein bemerkenswertes Talent auf. Sie brachte mir auch bei, wie man sich seiner bedient, und erteilte mir … Kunstunterricht.

Eine Menge Leute war damals dagegen, dass ich Königin wurde – einige davon fanden sich sogar unter den höchsten Beratern der Krone. Zum Glück unterrichtete Sechs mich von ihren heimlichen Intrigen.« Sie hielt Rachel das Stück Kreide vors Gesicht. »Schließlich sahen die Verräter hier unten auf diesen Felswänden Zeichnungen von sich. Ich sorgte dafür, dass jeder wusste, was einem Verräter blühte. Dadurch wurde ich schließlich, dank Sechs' Rat und Beistand, Königin. Jetzt wagt niemand mehr, sich mir zu widersetzen.«

Schon als Rachel damals im Schloss gelebt hatte, hatte sie Violet für überaus gefährlich gehalten. Da hatte sie aber noch nicht ahnen können, wie viel gefährlicher sie noch werden würde. Ein Gefühl von erdrückender Hoffnungslosigkeit überkam sie.

Violet und Sechs blickten auf, als sie Samuel mit eiligen Schritten in die Höhle zurückkehren hörten. Aus Angst, Violet könnte das Bedürfnis verspüren, abermals zuzuschlagen, beschloss Rachel, sich nicht umzudrehen und sich mit eigenen Augen zu überzeugen. Allerdings konnte sie Samuels Keuchen hören, als er näher kam.

Mit einer herrischen Geste befahl Violet Rachel, zur Seite zu treten und Platz zu machen. Rachel gehorchte augenblicklich und sprang auf, nur zu froh, sich, wenn schon nicht aus Violets Einflussbereich, so doch wenigstens aus der Reichweite ihrer Hände entfernen zu können.

Samuel hatte einen Lederbeutel bei sich, der von einer Zugschnur zusammengehalten wurde. Behutsam setzte er ihn auf dem Boden ab und öffnete ihn, dann blickte er hoch zu Sechs. Diese forderte ihn mit einer ungeduldigen Handbewegung auf fortzufahren.

Es schien eine Art Kästchen zu sein. Als es aus dem Beutel zum Vorschein kam, sah Rachel, dass es so schwarz war wie der Tod höchstselbst, so schwarz, dass sie glaubte, sie alle könnten ohne Weiteres in dieses schwarze Nichts hineingesogen werden und in der Unterwelt verschwinden.

Samuel fasste das unheimliche Ding mit einer Hand und reichte es Sechs, die es ihm mit einem Lächeln aus der Hand nahm.

»Wie versprochen«, sagte sie an Violet gewandt, »überreiche ich Euch hiermit Königin Violets Kästchen der Ordnung.«

Rachel erinnerte sich, dass Königin Milena ebendieses Kästchen mit dem gleichen ehrfurchtsvollen Respekt in Händen gehalten hatte, nur dass es jetzt nicht mehr über und über mit

Silber, Gold und Juwelen besetzt war. Zedd hatte ihr erklärt, das eigentliche Kästchen der Ordnung habe sich unter dieser Schicht aus Juwelen befunden. Demnach musste dies das Kästchen sein, das die ganze Zeit über darunter verborgen gewesen war, als sie es im Auftrag des Zauberers Giller aus dem Schloss hatte verschwinden lassen.

Und nun lebte Giller nicht mehr, Richard war nicht mehr im Besitz seines Schwertes, und Rachel befand sich wieder in der Gewalt Violets. Und zu allem Überfluss besaß Violet, wie früher ihre Mutter, nun selbst eines dieser kostbaren Kästchen der Ordnung.

Violet lächelte geziert. »Siehst du, Rachel? Wozu brauche ich diese alten, nutzlosen Berater? Hätten sie auch nur einen Bruchteil von dem erreichen können, was ich erreicht habe? Wie du siehst, lasse ich mich von meinem Weg zum Erfolg nicht abbringen, im Gegensatz zu diesen schwächlichen Menschen, mit denen du dich abgibst. Das ist es, was eine Königin ausmacht.

Jetzt befindet sich das Kästchen der Ordnung wieder in meinem Besitz, und du bist auch wieder zurückgekehrt.« Wieder fuchtelte sie mit der Kreide. »Und ich werde auch Richard wieder in meine Gewalt bekommen, damit er seine Strafe antreten kann.«

Sechs seufzte. »Genug der fröhlichen Wiedersehensfreude. Ihr habt bekommen, was Ihr wolltet. Samuel und ich werden uns jetzt über seinen nächsten Auftrag unterhalten müssen, und Ihr müsst wieder zurück in Euren ›Kunstunterricht‹.«

Violet lächelte verschwörerisch. »Richtig, mein Unterricht.« Sie bedachte Rachel mit einem stechenden Blick. »Drüben im Schloss wartet schon eine Eisenkiste auf dich. Und außerdem wäre da noch die Frage deiner Strafe.«

Sechs neigte kurz ihr Haupt. »Ich werde mich dann entfernen, meine Königin.«

Violet entließ sie mit einer flüchtigen Handbewegung. Sechs packte Samuel am Oberarm und begann, sich mit ihm zu entfernen. Während er unablässig darauf achten musste, beim Klettern über die Steine oder Umgehen derselben nicht das Gleichgewicht zu verlieren und sicher aufzutreten, schien Sechs ohne die geringste Mühe durch das trübe Dämmerlicht zu gleiten.

»Komm mit«, forderte Violet sie in einem Tonfall falscher Heiterkeit auf, der Rachel das Blut in den Adern gefrieren ließ. »Du kannst mir beim Zeichnen zusehen.«

Während Violet die Fackel ergriff, erhob sich Rachel auf wackeligen Beinen und folgte ihrer Königin im Licht der schwindenden Flamme, deren Schein die endlosen Darstellungen grauenhafter Dinge beleuchtete, die irgendwelchen Personen angetan wurden. An den Wänden gab es nicht eine einzige Stelle, die nicht mit irgendeiner schreckenerregenden Szene bedeckt war. Wie sehr vermisste sie in diesem Augenblick Chase, seinen Trost, sein strahlendes Lächeln, wenn sie sich im Unterricht gut gemacht hatte, seine tröstliche Hand auf ihrer Schulter. Sie liebte ihn so sehr. Und dieser Samuel hatte ihn getötet und damit alle ihre Hoffnungen und Träume zunichtegemacht. Ein dumpfes Gefühl der Verzweiflung überkam sie, als sie Violet immer tiefer in die Dunkelheit hinein folgte, in den Wahnsinn.

22

Richard stand ganz unten am Ende der Brustwehr, unweit des Sockels eines der hoch aufragenden Türme vor der zinnenbewehrten Außenmauer, den Blick auf die verlassene Stadt tief unten gerichtet. Das Zwielicht hatte die Farben des dahinschwindenden Tages verblassen lassen und tauchte die fernen, sanft geschwungenen sommergrünen Felder in tristes Grau. Unweit von ihm stand Cara, schweigend, aber auf der Hut.

Nicci kannte Richard gut genug, um augenblicklich zu sehen, dass sein Körper sich im Zustand gesteigerter Anspannung befand. Und sie kannte Cara gut genug, um hinter ihrer bewusst zur Schau gestellten Gelassenheit das Ebenbild dieser Anspannung lauern zu sehen. Sie presste eine Faust auf den sich angstvoll zusammenziehenden Knoten in ihrer Magengegend.

»Rikka meinte, du wolltest mich unbedingt sehen. Sie sagte, es sei dringend.«

Der Ausdruck auf Richards Gesicht stand dem sich zusammenbrauenden Unwetter in nichts nach. »Ich muss fort. Jetzt gleich.«

Irgendwie hatte Nicci genau das erwartet. Sie blickte an Richard vorbei zu Cara, aber die Mord-Sith zeigte keinerlei Regung. Seit Tagen schon hatte Richard vor sich hin gebrütet, war er still und abweisend gewesen und hatte darüber nachgedacht, was Jebra und Shota ihm berichtet hatten. Zedd hatte ihr geraten, ihn seinen Grübeleien zu überlassen, aber Nicci hatte eines solchen Rates nicht bedurft, denn vermutlich kannte sie seine finsteren Launen besser als jeder andere.

»Ich werde dich begleiten«, antwortete sie und machte klar, dass sie darüber nicht zu diskutieren gewillt war.

Er nickte gedankenverloren. »Es ist gut, dich bei mir zu wissen; besonders bei dieser Geschichte.«

Zu ihrer Erleichterung musste sie sich nicht anhören, dass er ihr widersprach, auch wenn der letzte Teil seiner Bemerkung bewirkte, dass sich der bange Knoten in ihrer Magengegend noch fester zusammenzog. Ein fast mit den Händen greifbares Gefühl von Gefahr lag in der Luft, und in diesem Moment war ihr vor allem daran gelegen, dafür zu sorgen, dass er – was immer er vorhatte – den größtmöglichen Schutz genoss.

»Cara wird uns ebenfalls begleiten.«

Sein Blick war noch immer in die Ferne gerichtet. »Sicher.«

Sie bemerkte, dass er nach Süden schaute. »Jetzt, da Tom und Friedrich zurück sind, wird Tom ebenfalls darauf bestehen mitzukommen. Mit seinen Fähigkeiten wird er uns eine wertvolle Hilfe sein.«

Tom gehörte zu einer Elitetruppe von Beschützern des Lord Rahl und konnte trotz seines ansonsten freundlichen Wesens in Ausübung seines Dienstes überaus unangenehm werden. Wegen ihres gewinnenden Lächelns wurden Männer wie er jedenfalls nicht in solche Vertrauensstellungen beim Schutz des Lord Rahl berufen. Wie auch die anderen d'haranischen Beschützer des Lord Rahl hatte sich Tom mit Leib und Seele der Aufgabe verschrieben, Richard zu beschützen.

»Er kann uns nicht begleiten«, sagte Richard. »Wir werden in der Sliph reisen, und das können nur Cara, du und ich.«

Der Gedanke an diese Art des Reisens ließ Nicci schlucken. »Und wohin soll die Reise gehen, Richard?«

»Ich habe es mir überlegt«, sagte er statt einer Antwort.

»Was hast du dir überlegt?«

»Was ich tun muss.«

Ein unbestimmtes angstvolles Kribbeln schoss in ihre Finger. Als sie den Ausdruck unbedingter Entschlossenheit in seinen Augen sah, drohten ihr die Knie nachzugeben.

»Und was musst du nun tun, Richard?«

»Ich hatte von Anfang an recht.« Er sah Cara an. »Schon damals, als ich Euch und Kahlan fortbrachte, in die Berge, drüben in Westland.«

Fragend runzelte Cara die Stirn. »Ja, ich erinnere mich. Ihr sagtet, wir würden uns in die menschenleeren Berge zurückziehen, weil Ihr endlich begriffen hättet, dass wir den Krieg gegen die Armee der Imperialen Ordnung nicht durch Kampf gewinnen könnten. Ihr sagtet, Ihr könntet unsere Truppen unmöglich in eine Schlacht führen, die sie auf jeden Fall verlieren würden.«

Richard nickte. »Und ich hatte damals recht, das ist mir jetzt klar geworden. Wir können gegen ihre Armee nicht gewinnen. Shota hat mir geholfen, das zu erkennen. Mag sein, dass sie mich überzeugen wollte, diese Schlacht zu schlagen, aber nicht zuletzt wegen der Dinge, die sie und Jebra mir gezeigt haben, weiß ich jetzt, dass wir sie unter keinen Umständen gewinnen können. Wir müssen los. Ich habe jetzt keine Zeit, Euch das jetzt alles haarklein zu erklären.«

Nicci starrte ihm hinterher. »Ich habe bereits ein paar Sachen zusammengesucht. Sie liegen bereit. Wieso kannst du mir nicht verraten, Richard, wie du dich entschieden hast?«

»Das werde ich noch«, sagte er. »Später.«

»Ihr vergeudet bloß Eure Zeit«, raunte ihr Cara im Flüsterton zu, als sie sich mit ihr zusammen Richard anschloss. »An der Frage hab ich mir auch schon die Zähne ausgebissen, bis ich es schließlich einfach leid war.«

Als Richard Caras Bemerkung hörte, fasste er Nicci beim Arm und zog sie zu sich heran. »Das alles ist noch nicht genügend durchdacht, ich muss es mir noch genau zurechtlegen. Ich werde es dir und allen anderen erklären, sobald wir dort sind, aber im Augenblick haben wir dafür keine Zeit. In Ordnung?«

»Wenn wir wo sind?«, fragte Nicci.

»Bei der d'haranischen Armee. Jagangs Hauptstreitmacht wird in Kürze Kurs auf D'Hara nehmen und dort einmarschieren. Ich muss unserer Armee klarmachen, dass wir keine Chance haben, die Schlacht zu gewinnen, die ihnen bevorsteht.«

»Das wird ihre Laune mächtig heben«, warf Cara ein. »Nichts gibt Soldaten am Vorabend einer Schlacht ein erhebenderes Gefühl als ein Anführer, der ihnen erklärt, dass sie die bevorstehende Schlacht verlieren und darin umkommen werden.«

»Soll ich ihnen stattdessen vielleicht eine Lüge auftischen?«, fragte er zurück.

Caras Antwort beschränkte sich auf einen finsteren Blick.

Am Ende der Brustwehr zog Richard die schwere Eichentür am Fuß des Turms auf. Im Raum dahinter brannten bereits einige Lampen. Nicci hörte jemanden die steinernen Stufen an der Seite hinaufhasten.

»Richard!« Es war Zedd, der noch vor dem kräftigen blonden D'Haraner Tom die Stufen heraufgeeilt kam.

Richard blieb stehen und wartete, bis sein Großvater den Treppenabsatz erreicht und den einfachen, aus unverputztem Mauerwerk bestehenden Raum betreten hatte. Völlig außer Atem kam Zedd mit hastigen Schritten auf ihn zu.

»Richard! Was ist denn los? Rikka kam gerade zur Tür hereingestürzt und meinte, du seist im Begriff abzureisen.«

Richard nickte. »Ich wollte, dass du weißt, dass ich fortmuss. Aber ich werde nicht lange fortbleiben. In ein paar Tagen bin ich wieder zurück. Ich hoffe, in der Zwischenzeit gelingt es dir, Nathan und Ann, irgendetwas in den Büchern zu finden, das uns mit dem Feuerkettenbann weiterhilft. Vielleicht schafft ihr es ja sogar, eine Antwort auf die durch die Chimären verursachte Verunreinigung zu finden.«

Zedd tat seine ermunternden Worte gereizt mit einer Handbewegung ab. »Wo wir schon dabei sind, soll ich vielleicht gleich auch noch den Himmel vom Unwetter kurieren?«

»Sei mir bitte nicht böse, Zedd. Bitte. Ich muss wirklich fort.«

»Na schön, aber wohin willst du eigentlich – und weshalb?«

»Ich bin bereit, Lord Rahl«, rief Tom, der jetzt ebenfalls in den Raum gestürzt kam.

»Tut mir leid«, erklärte ihm Richard, »aber du kannst nicht mit. Wir werden in der Sliph reisen müssen.«

In einer aufgebrachten Geste warf Zedd die Arme in die Luft. »Die Sliph! Erst gibst du dir größte Mühe, mich vom Versiegen der Magie zu überzeugen, und jetzt willst du dein Leben in die Hand eines magischen Geschöpfes legen? Verlierst du allmählich den Verstand, Richard? Was ist nur mit dir los?«

»Ich bin mir der Gefahr bewusst, aber das Risiko muss ich eingehen.« Richard gestikulierte. »Ist dir das Sonnenaufgangssymbol an der Tür zur Enklave des Obersten Zauberers dort oben bekannt?« Als Zedd daraufhin nickte, tippte er auf die Oberseite seines silbernen Armbands. »Es ist das Gleiche wie dieses hier.«

»Ja und, weiter?«, wollte Zedd wissen.

»Weißt du nicht mehr? Ich habe dir doch schon erklärt, dass es eine besondere Bewandtnis damit hat. Es ist eine Mahnung, seine Wahrnehmung nicht auf ein einzelnes Detail zu fixieren, eine Warnung, stets alles gleichzeitig mit dem Blick zu erfassen und nichts unter Ausschließung alles anderen zu sehen. Es bedeutet, dass man dem Feind nicht gestatten darf, die Aufmerksamkeit auf sich zu lenken und einen dadurch zu zwingen, sich ausschließlich auf das zu konzentrieren, was man seinem Willen entsprechend sehen soll. Denn sobald man das tut, ist man gegen alles andere blind.

Genau das habe ich getan. Jagang hat mich gezwungen – mich und alle anderen –, mich auf eine einzige Sache zu konzentrieren. Und genau das habe ich wie ein Narr die ganze Zeit über getan.«

»Seine Armee«, äußerte Nicci eine Vermutung. »Ist es das, was du meinst? Dass wir alle uns ausschließlich auf seine Invasionsstreitmacht konzentriert haben?«

»Genau das meine ich. Dieses Sonnenaufgangssymbol bedeutet, dass man für alles, was existiert, offen sein muss und sich niemals nur für ein Detail entscheiden darf.«

Zedd neigte den Kopf zur Seite. »Du musst dich auf die Gefahr konzentrieren, die im Begriff ist, dich zu töten, Richard. Seine Armee umfasst mehrere Millionen Soldaten, die sich auf dem Marsch hierher befinden, um jeden Widerstand zu überrennen und uns alle zu versklaven.«

»Ist mir bekannt. Gerade deswegen dürfen wir nicht gegen sie kämpfen, denn dann würden wir unweigerlich verlieren.«

Eine tiefe Röte schoss Zedd ins Gesicht. »Du schlägst also vor, wir sollen zulassen, dass seine Armee die Neue Welt widerstandslos überrollt? Dein Plan ist es, Jagangs Armee ungehindert Städte überrennen und all die Dinge tun zu lassen, die sich nach Jebras Bericht in Ebinissia zugetragen haben? Du willst einfach so zulassen, dass diese Menschen abgeschlachtet oder in die Sklaverei verschleppt werden?«

»Denk an die Lösung«, ermahnte Richard seinen Großvater, »nicht an das Problem.«

»Ein nicht besonders tröstlicher Rat für Menschen, denen soeben die Kehle durchgeschnitten wird.«

Richard straffte sich und starrte seinen Großvater an. Zedds Worte hatten ihm offenbar die Sprache verschlagen.

»So versteh doch«, ergriff Richard schließlich abermals das Wort, während er sich mit den Fingern durchs Haar fuhr. »Im Augenblick habe ich dafür keine Zeit. Sobald ich zurück bin, werde ich mit dir darüber sprechen. Zeit ist von entscheidender Bedeutung, und ich habe schon zu viel davon vergeudet. Ich kann nur hoffen, dass uns noch genügend davon bleibt.«

»Genug Zeit wofür?« Zedd geriet langsam in Rage.

Nicci hörte Schritte den Treppenschacht heraufhasten. Jebra kam in den Raum gestürzt.

»Was ist denn los?«, wandte sie sich an Zedd.

Der wies mit einer Handbewegung auf Richard. »Soeben hat mein Enkelsohn beschlossen, dass wir den Krieg verlieren müssen und wir uns Jagangs Armee auf keinen Fall im Kampf stellen dürfen.«

»Lord Rahl, das kann nicht Euer Ernst sein«, rief sie entsetzt. »Ihr könnt Euch unmöglich ernsthaft mit dem Gedanken tragen zuzulassen, dass diese Rohlinge …« Jebra ließ den Satz unbeendet, während sie vortrat und zu Richard hinaufstarrte. Plötzlich verharrte sie mitten in der Bewegung und wich wankend einen Schritt zurück.

Das Blut wich ihr aus dem Gesicht.

Ihr Unterkiefer klappte auf und begann zu zittern, während sie erfolglos versuchte, Worte über ihre Lippen zu bringen. Die Angst ließ ihre Gesichtszüge erschlaffen.

Dann verdrehte sie ihre blauen Augen und fiel in Ohnmacht.

Als sie nach hinten kippte, fing Tom sie in seinen Armen auf und legte sie behutsam auf den harten Granitfußboden. Sofort scharten sich die anderen um die bewusstlose Frau.

Richard war bereits unterwegs zu der Tür, durch die man auf die eiserne Treppe gelangte, die an der Innenwand des Turmes entlang nach unten führte. »Ich überlasse es dir, dich um sie zu kümmern, Zedd – du bist der Experte im Heilen. Bei dir ist sie in guten Händen. Im Augenblick kann ich es mir nicht leisten, noch mehr Zeit zu verlieren.«

Bereits an der Tür, drehte er sich noch einmal um. »Ich

komme zurück, sobald ich kann – versprochen. Wir dürften nicht mehr als ein paar Tage benötigen.«

»Aber Richard …«

Er war bereits auf den Stufen. »Ich bin bald wieder da«, rief er mit aus der Düsternis widerhallender Stimme zu ihnen herauf.

Ohne Zögern folgte Cara ihm in den dunklen Turm hinab.

Ohne ihre Begleitung wollte Nicci ihn nicht allzu weit vorausgehen lassen, aber da sie wusste, dass er noch die Sliph rufen musste, blieben ihr noch ein paar Augenblicke. Während Zedd verschiedene Stellen an Jebras Kopf untersuchte, ging sie ihm gegenüber neben der Bewusstlosen in die Hocke und befühlte ihre Stirn mit der Hand. »Sie glüht innerlich.«

Zedd blickte hoch, auf eine Weise, dass ihr Herz beinahe ausgesetzt hätte. »Sie hat eine Vision.«

»Woher wollt Ihr das wissen?«

»Im Allgemeinen kenne ich mich aus mit Seherinnen, und mit dieser ganz besonders. Sie hatte eine überaus eindringliche Vision. Jebra ist empfänglicher als die meisten Seherinnen. Bei bestimmten Arten von Visionen wird sie von ihren Gefühlen überwältigt, und diese muss so ungeheuer stark gewesen sein, dass sie darüber das Bewusstsein verlor.«

»Glaubt Ihr, sie hatte etwas mit Richard zu tun?«

»Lässt sich unmöglich sagen«, erwiderte der alte Zauberer. »Sie wird es uns wohl selbst sagen müssen.«

Vielleicht mochte Zedd keine Vermutung äußern, andererseits hatte sie selbst Richard unmittelbar vor ihrem Ohnmachtsanfall in die Augen gesehen. Nicci hatte keine Zeit für taktvolles Vorgehen. Sie durfte nicht zulassen, dass Richard ohne sie aufbrach – was er, dessen war sie sich sicher, tun würde, wenn sie nicht zugegen wäre, sobald er reisefertig war –, andererseits konnte sie aber auch nicht aufbrechen ohne zu wissen, ob Jebra eine Vision über ihn gehabt hatte, die möglicherweise etwas Wichtiges enthielt.

Sie schob ihr die Hand unter den Nacken und presste ihre Finger auf Jebras Schädelansatz.

»Was tut Ihr da?«, fragte Zedd misstrauisch. »Falls es das ist, was ich glaube, dass es ist, wäre das nicht nur leichtfertig, sondern geradezu gefährlich.«

»Das Gleiche gilt für Unwissenheit«, konterte sie und setzte einen Energiestrom frei.

Schlagartig schlug Jebra die Augen auf. Sie stöhnte.

»Nein …«

»Ruhig, ganz ruhig«, redete Zedd auf sie ein, »alles in Ordnung, meine Beste. Wir sind ja bei Euch.«

Nicci kam sofort zur Sache. »Was habt Ihr gesehen?«

Jebras panikerfüllte Augen schwenkten zu ihr herum. Sie streckte die Hand aus und packte den Kragen von Niccis Kleid.

»Lasst ihn nicht allein!«

Nicci musste nicht nachfragen, wen Jebra meinte. »Warum? Was habt Ihr gesehen?«

»Lasst ihn auf keinen Fall allein! Lasst ihn nicht aus den Augen – nicht einen einzigen Moment!«

»Warum?«, wiederholte Nicci noch einmal. »Was passiert, wenn er allein gelassen wird?«

»Wenn er allein gelassen wird, ist er für uns verloren.«

»Wie das? Was habt Ihr gesehen?«

Jebra langte nach oben und zog Niccis Gesicht mit beiden Händen näher zu sich heran. »Geht. Lasst ihn nicht allein. Was ich gesehen habe, spielt keine Rolle. Solange er nicht allein ist, kann nichts geschehen. Begreift Ihr nicht? Wenn Ihr zulasst, dass er von Euch und Cara getrennt wird, spielt es keine Rolle mehr, was ich gesehen habe – für keinen von uns. Wie diese Trennung vonstattengehen wird, vermag ich Euch nicht zu sagen, nur so viel: Ihr dürft es unter keinen Umständen so weit kommen lassen. Das allein ist wichtig. So geht schon! Bleibt bei ihm!«

Schluckend nickte Nicci.

»Es wäre besser, Ihr tut, was sie sagt«, riet ihr Zedd. »Ich kann in dieser Angelegenheit nichts tun. Es liegt ganz bei Euch.«

Als er ihre Hand ergriff, tat er dies nicht als Oberster Zauberer, sondern als Richards Großvater. »Weicht ihm nicht von der Seite, Nicci. Beschützt ihn. In vieler Hinsicht ist er der Sucher, der Lord Rahl, der Führer des d'haranischen Reiches, aber in anderen Dingen ist er im Grunde seines Herzens immer noch ein Waldführer, unser Richard. Passt auf ihn auf, bitte. Wir alle verlassen uns auf Euch.«

Nicci starrte ihn an nach dieser flehentlichen Bitte, die unerwartet persönlich war und über all die umfassenderen Erfordernisse erhaben schien, die Freiheit der Neuen Welt zu sichern, und die alles auf die schlichte Liebe zu Richard, den jungen Mann, reduzierte. In diesem Augenblick begriff sie, dass ohne die aufrichtige und schlichte Sorge um Richard als Person alles andere bedeutungslos wurde.

Als sie Anstalten machte, sich zu erheben, zog Jebra sie erneut zu sich herab. »Dies ist keine Vision eines ›Vielleicht‹, einer vagen Möglichkeit. Dies ist eine Gewissheit. Lasst ihn nicht allein, oder er wird ihr auf Gedeih und Verderb ausgeliefert sein.«

»Wem?«

Jebra biss sich auf die Unterlippe, während ihr die Tränen in ihre blauen Augen traten. »Der dunklen Hexe.«

Nicci spürte ein Frösteln eiskalter Angst zwischen ihren Schultern heraufkriechen.

»Geht jetzt«, hauchte Jebra kraftlos. »Bitte geht. Eilt Euch. Lasst ihn nicht ohne Euch aufbrechen.«

Mit einem Satz war Nicci auf den Beinen und stürzte aus dem Raum. An der Tür blieb sie noch einmal stehen und wandte sich um. Ihr Herz klopfte so heftig, dass sie nicht ganz sicher auf den Beinen stand.

»Ich schwöre es, Zedd. Solange ich atme, kann er sich meines Schutzes sicher sein.«

Sie sah Zedd nicken, während ihm eine Träne über die faltenzerfurchte Wange rann. »Beeilt Euch.«

Nicci wandte sich um und rannte die eiserne Treppe zwei Stufen auf einmal nehmend hinab. Und die ganze Zeit, während ihre Schritte im Rund des mächtigen Turmes widerhallten, fragte sie sich, was Jebra wohl in ihrer Vision gesehen hatte, das Richard in dem Fall, dass er von ihnen getrennt oder allein gelassen wurde, erwartete, bis sie schließlich entschied, es kam gar nicht auf das Schicksal an, das ihm in dieser Vision beschieden war. Das Einzige, was zählte, war, dass sie es unter keinen Umständen so weit kommen lassen durfte.

Richard und Cara standen bereits wartend auf der Ummauerung des großen Brunnens der Sliph, jenes Wesens, das all die Zeit, in der die große Barriere Bestand gehabt hatte, zusammen mit der Alten Welt hinter einer Mauer fortgesperrt gewesen war.

Hinter ihnen beobachtete das quecksilbrige Gesicht der Sliph, wie Nicci in den Raum hineinstürzte. »Möchtet Ihr reisen?«, fragte sie mit ihrer gespenstischen, im kreisrunden Raum widerhallenden Stimme.

»Ja, ich möchte reisen«, antwortete Nicci völlig außer Atem, während sie ihr Bündel vom Boden aufnahm. Offenbar hatte Cara es dort für sie bereitgelegt. Sie bedankte sich bei der Mord-Sith.

Nachdem sie ihren Arm durch den Riemen geschoben und das Bündel auf ihren Rücken gehievt hatte, reichte Richard ihr die Hand. »Komm jetzt.«

Sie ergriff sie und ließ sich mit einem kraftvollen Zug auf die Ummauerung helfen; dabei hatte sie solches Herzklopfen, dass es ihr bis zum Hals hinauf zu schlagen schien. Da sie schon auf diese Weise gereist war, war ihr das überwältigende, ekstatische Gefühl dieses Erlebnisses nicht völlig unbekannt, trotzdem konnte sie sich der Angst nicht erwehren, die sie bei der Vorstellung überkam, das lebendige Quecksilber der Sliph einatmen zu sollen. Es war ein Gedanke, der jeder Vorstellung des Lebenshauches widersprach.

»Es wird Euch ein Vergnügen sein«, sagte die Sliph, als Nicci sich zu den anderen gesellte. Nicci unterließ es, ihr zu widersprechen.

»Also los«, sagte Richard. »Ich möchte reisen.«

Ein silbrig glänzender Arm erhob sich aus dem Becken und legte sich um Richard und Cara, nicht aber um Nicci.

»Augenblick!«, rief sie. »Ich muss die beiden begleiten.« Die Sliph erstarrte. »Hör zu, Richard. Du musst Cara und mich bei den Händen fassen. Du darfst unter gar keinen Umständen loslassen.«

»Ihr habt es doch schon einmal gemacht, Nicci. Es wird ...«

»Hör zu! Wir beide, Cara und ich, vertrauen dir, und du musst uns vertrauen. Du darfst unter keinen Umständen von uns getrennt werden. Egal, was passiert. Auch nicht für einen einzigen Augenblick. Sollte das geschehen, bist du für uns verloren. Sollte das passieren, wird das, was du vorhast, nicht geschehen.«

Einen Moment lang musterte Richard schweigend ihr Gesicht. »Hatte Jebra etwa eine Vision, dass etwas passieren könnte?«

»Nur, wenn du von uns getrennt wirst, wenn du allein bist.«

»Was hat sie gesehen?«

»Diese Hexe, Sechs. Jebra nannte sie ›die dunkle Hexe‹.«

Wieder musterte er ihr Gesicht. »Shota hat sich auf die Suche nach dieser Sechs begeben.«

»Das mag schon sein, nur hat sie längst Shotas Autorität auf deren eigenem Territorium an sich gerissen.«

»Vorübergehend vielleicht. Aber ich möchte nicht in ihrer

Haut stecken, wenn Shota sie zu fassen kriegt. Der letzten Person, die bei ihr aufgetaucht ist, um sie um ihr Zuhause zu bringen, hat Shota das Fell über die Ohren gezogen und anschließend ihren Thron damit bezogen, und das war immerhin ein Zauberer.«

»Ich will Shotas Gefährlichkeit ja gar nicht in Zweifel ziehen, nur: Wir wissen nicht, wie gefährlich diese Sechs ist. Die Gabe ist bei jedem unterschiedlich ausgeprägt. Womöglich stellt sich am Ende heraus, dass Shota den Fähigkeiten dieser Sechs nicht gewachsen ist. Ich weiß nur, dass die Schwestern der Finsternis eine Heidenangst vor ihr haben. Jebra hatte eine grauenhafte Vision und meinte, du dürftest auf keinen Fall allein gelassen werden. Und ich bin nicht gewillt, dieser Vision auch nur den Hauch einer Chance zu geben, sich zu erfüllen.«

Offenbar hatte er ihr die Entschlossenheit im Gesicht angesehen, denn er nickte. »Also gut.« Er ergriff Caras und ihre Hand. »Lasst also auf keinen Fall los, dann müssen wir uns keine Sorgen machen.«

Zur Bestätigung drückte Nicci seine Hand, dann steckte sie den Kopf an ihm vorbei und sagte zu Cara: »Habt Ihr verstanden? Wir dürfen ihn nicht aus den Augen lassen. Nicht einen einzigen Augenblick.«

Caras Miene verdüsterte sich. »Wann habe ich je den Wunsch geäußert, ihn aus den Augen zu lassen?«

»Wohin möchtest du reisen?«, fragte die Sliph.

Nicci sah kurz zu Richard und Cara, ehe sie begriff, dass die Frage an sie gerichtet war.

»Dorthin, wohin die beiden wollen.«

Das silbrige Gesicht nahm einen listigen Ausdruck an. »Ich darf nicht verraten, was meine Kunden tun, während sie in mir sind. Sag mir, was du möchtest, und ich werde dich zufriedenstellen.«

Nicci sah stirnrunzelnd zu Richard.

»Sie verrät nie etwas über einen Dritten; das ist bei ihr so eine Art Berufsehre. Wir reisen zum Palast der Propheten.«

»Also zum Palast der Propheten«, sagte Nicci. »Ich möchte zum Palast der Propheten reisen.«

»Sie wird Cara und mich begleiten«, fügte Richard erklärend hinzu. »An genau denselben Ort. Hast du verstanden? Sie wird uns Gesellschaft leisten, während wir dorthin reisen.«

»Ja, Herr. Wir werden reisen.« Das Gesicht, einer auf Hochglanz polierten Statue nicht unähnlich, lächelte. »Es wird euch ein Vergnügen sein.«

Der flüssige silbrige Arm zog sich um die drei zusammen und hob sie von der Ummauerung. Nicci packte Richards Hand noch fester.

Nicci hielt den Atem an, als sie in die völlige Dunkelheit der Sliph eintauchten; sie wusste, dass sie einatmen musste, doch der bloße Gedanke, die silbrige Flüssigkeit in ihre Lunge zu saugen, bereitete ihr entsetzliche Angst.

Atme.

Schließlich tat sie es doch. Mit einem verzweifelten Atemzug sog sie die Sliph in ihre Lunge. Farben, Licht und Formen verschmolzen rings um sie her zu einem einzigartigen Schauspiel. Fest an Richards Hand geklammert, glitten sie in die seidige Ferne. Es war ein großartiges, gemächliches Gefühl des Dahinschwebens, gleichzeitig aber auch so, als schösse man mit unglaublicher Geschwindigkeit Kopf voran dahin.

Mit einem weiteren schwindelerregenden Atemzug nahm sie das Wesen der Sliph in sich auf, bis sie sich völlig von allem befreit fühlte, was sie verfolgte, von dem erdrückenden Gewicht, das auf ihrer Seele lastete. Was blieb, war ihre Verbindung zu Richard, nichts anderes existierte, niemand sonst existierte.

Es war die pure Verzückung.

Sie wünschte sich, es würde niemals enden.

23

»Ich glaube, da draußen ist jemand«, raunte Schwester Armina mit leiser Stimme, den Blick in das Dunkel hinaus gerichtet.

»Ich spüre auch etwas«, murmelte Schwester Cecilia.

Voller Erwartung sah Schwester Armina herüber. »Vielleicht ist es ja Tovi.«

»Oder nichts weiter als ein wildes Maultier.« Schwester Ulicia schien nicht in der Stimmung, herumzustehen und sich in Spekulationen zu ergehen. »Kommt jetzt.« Sie sah sich nach Kahlan um. »Du bleibst dicht hinter uns.«

»Ja, Schwester«, antwortete Kahlan artig und reichte den Schwestern die Zügel ihrer Pferde.

Schwester Cecilia, älter als die Übrigen, stöhnte unter der Anstrengung, ihren müden Körper in den Sattel zu hieven. »Wenn mich meine Erinnerung an die alten Karten unten in den Gewölbekellern des Palasts der Propheten nicht trügt, müssten wir uns allmählich der Stelle nähern.«

»Ich habe die alte Karte auch gesehen«, bestätigte Schwester Ulicia, als sie auf ihrem Pferd saß. »Dort hieß dieser Ort die Große Leere. Das würde bedeuten, dass das dort oben auf der fernen Landzunge Caska sein müsste.«

Mit einem ungeduldigen Seufzer trieb Schwester Armina ihr Pferd an, den anderen zu folgen. »Dann werden wir dort ja endlich auf Tovi stoßen.«

»Und wenn wir sie erst eingeholt haben«, sagte Schwester Cecilia, »wird sie uns das eine oder andere erklären müssen.«

Mit einer Handbewegung wies Schwester Armina auf die ferne Landzunge. »Du kennst doch Tovi – sie denkt gar nicht daran zu tun, was sie tun soll, denn stets glaubt sie, alles besser zu wissen. Sie ist die eigensinnigste Frau, die mir je begegnet ist.«

Soweit Kahlan es beurteilen konnte, kam Schwester Armina eigentlich kaum zu Wort.

»Mal sehen, wie viel davon noch übrig bleibt, wenn ich ihr meine Finger um den Hals lege«, knurrte Schwester Cecilia.

Schwester Armina trieb ihr Pferd nach vorn, neben Schwester Ulicia. »Ihr glaubt doch nicht etwa, sie könnte irgendwelche Dummheiten im Sinn haben, oder, Ulicia?«

»Tovi?« Schwester Ulicia sah kurz über ihre Schulter. »Nein, wohl kaum. Schon möglich, dass sie einen manchmal zur Verzweiflung treibt, aber sie verfolgt dasselbe Ziel wie wir. Außerdem weiß sie ebenso gut wie wir, dass wir alle drei Kästchen benötigen. Sie weiß, um was es geht und was auf dem Spiel steht. Bald schon werden wir die drei Kästchen wieder beisammenhaben – das allein zählt –, und da wir dann bereits in Caska sein werden, hätte es vermutlich gar nichts gebracht, Tovi vorher einzuholen. Wir hätten ohnehin erst hierherkommen müssen.«

»Aber warum ist sie bloß so abgetaucht?«, fragte Schwester Cecilia.

Schwester Ulicia zuckte die Achseln. Im Gegensatz zu den beiden anderen schien sie sich jetzt, da Caska in Sicht war, ein wenig beruhigt zu haben. »Womöglich hat sie in der Nähe ein paar Truppen der Imperialen Ordnung gesehen, wollte allem erdenklichen Ärger aus dem Weg gehen und hat deshalb das Gebiet verlassen. Wahrscheinlich hat sie bloß von ihrem Verstand Gebrauch gemacht, das ist alles. Sie wusste ja, dass wir hierherkommen mussten, und als sie eine Gelegenheit sah, sich aus dem Staub zu machen, hat sie sie ergriffen. Uns ist mit dieser Vorsicht besser gedient. Letztendlich hat sie sich lediglich an den Ort begeben, den wir ohnehin aufsuchen wollten, ich sehe also nicht, welche Dummheiten sie im Sinn haben könnte.«

»Ja, mag sein.« Schwester Cecilia schien ein wenig enttäuscht, dass es keine Schurkin gab, die sie zum Ziel ihres Ärgers machen konnte.

Nahezu eine volle Stunde ritten sie schweigend weiter, ehe sich die Schwestern zu der Einsicht durchrangen, ein Ritt bei Dunkelheit durch dieses Gelände könne durchaus die Gefahr bergen, dass sich ihre Pferde nicht nur ein Bein, sondern womöglich auch das Genick brachen. Nach Kahlans Einschätzung waren sie der Landzunge jetzt nicht viel näher als auch schon während des größten Teils des Tages. Hier draußen, inmitten der Ebene, waren die Entfernungen erheblich größer, als es den Anschein hatte. Trotz ihrer Ungeduld, endlich nach Caska zu gelangen und Tovi einzuholen, waren die Schwestern schließlich müde und bereit, für die Nacht haltzumachen.

Schwester Ulicia stieg ab und gab Kahlan die Zügel. »Sieh zu, dass du das Lager aufschlägst. Wir sind alle hungrig.«

Kahlan neigte kurz das Haupt. »Ja, Schwester.«

Als Erstes fesselte sie allen Pferden die Vorderbeine, damit sie sich nicht weit entfernen konnten, dann begab sie sich zu den Packtieren hinüber, um mit dem Abladen ihrer Ausrüstung zu beginnen. Sie war todmüde, wusste aber, dass es wahrscheinlich noch Stunden dauern würde, bis sie eine Chance hatte, etwas Schlaf zu finden. Das Lager musste eingerichtet, Speisen zubereitet und die Pferde gefüttert, getränkt und für die Nacht versorgt werden.

Schwester Ulicia fasste Schwester Armina beim Arm und nahm sie beiseite. »Während wir das Nachtlager aufschlagen, möchte ich, dass du dich dort draußen umsiehst und das

Gelände absuchst. Ich will wissen, ob es tatsächlich nur ein Maultier war.«

Schwester Armina nickte und machte sich sofort zu Fuß auf in die Dunkelheit.

»Kein Feuer heute Nacht«, zischte Schwester Ulicia, als sie Kahlan mit dem Topf hantieren sah.

Einen Moment lang sah Kahlan sie unverwandt an. »Aber was wollt Ihr dann zu Abend essen, Schwester?«

»Es sind noch Gerstenmehlfladen übrig. Die können wir essen, dazu etwas Trockenfleisch. Außerdem haben wir noch Pinienkerne.« Sie starrte in die Nacht hinaus. »Hier im offenen Gelände, wo uns von einem Horizont zum anderen jeder sehen könnte, will ich kein offenes Feuer. Hol nur eine der kleineren Laternen heraus.«

Kahlan konnte sich nicht vorstellen, was die Schwestern so besorgt stimmte. Sie reichte Schwester Cecilia die Laterne, die diese mit einem Fingerschnippen entzündete, ehe sie sie vor sich und Schwester Ulicia auf die Erde stellte. Sie spendete kaum genug Licht, um etwas zu erkennen, als Kahlan zu Ende auspackte, war aber immerhin besser als gar nichts.

In der Vergangenheit war es mehrfach zu zufälligen Begegnungen mit Soldatenpatrouillen gekommen. Die Schwestern hatten sich von solchen unerwarteten Zusammenstößen nicht sonderlich einschüchtern lassen und sich der Soldaten ebenso mühelos wie erbarmungslos entledigt.

Bei derartigen Zusammenstößen mit Patrouillen waren die Schwestern stets sorgsam darauf bedacht, keine Zeugen entkommen zu lassen, offenbar um auszuschließen, dass irgendwelche Meldungen die Armee erreichten – wahrscheinlich, vermutete Kahlan, weil sie dazu führen konnten, dass größere Scharen aufgebrachter Soldaten sich auf ihre Fährte setzten.

An Tovi und das letzte Kästchen heranzukommen war für sie von allergrößter Wichtigkeit, daher hatten sie ein enormes

Tempo angeschlagen, um in so kurzer Zeit eine solch weite Strecke zurückzulegen. Kahlan war etwas verwundert, dass sie es noch immer nicht geschafft hatten, Tovi einzuholen, wo ihnen doch nichts auch nur annähernd so wichtig war wie ihre kostbaren Kästchen …

Schwester Armina war schon lange von ihrer erfolglosen Suche nach einem möglichen Beobachter zurückgekehrt, die drei Schwestern hatten längst zu Abend gegessen, als Kahlan immer noch mit ihren täglichen Arbeiten beschäftigt war, vor deren Erledigung sie nicht zu Abend essen durfte. Sie war gerade dabei, die Pferde zu striegeln, als sie das leise Geräusch von Schritten auf dem harten, ausgedörrten Boden zu hören meinte. Das Geräusch riss sie aus ihren Gedanken, und ihre Hand mit dem Striegel hielt inne.

Sie sah über ihre Schulter und erschrak. Dort, am äußersten Rand des matten Lichtscheins, stand zaghaft ein schlankes Mädchen mit dunklem, kurz geschnittenem Haar.

Jetzt, da der Mond nur gelegentlich zwischen den ziehenden Wolken hervorlugte und das Lager größtenteils vom Schein der einzigen Laterne drüben bei den Schwestern erleuchtet war, war es schwer, überhaupt etwas zu unterscheiden, trotzdem konnte Kahlan gut genug sehen, um zu erkennen, dass die weißlichen Augen des jungen Mädchens sie anstarrten – mit einem Blick, aus dem deutliches Erkennen sprach. Das Mädchen sah sie, Kahlan.

»Bitte …«, setzte das Mädchen an. Kahlan legte einen Finger an die Lippen, aus Angst, die Schwestern könnten es hören. Wie der Mann seinerzeit im Gasthaus, so nahm auch jetzt das Mädchen Kahlan nicht nur wahr, sondern erinnerte sich an sie. Kahlan war verblüfft und gleichzeitig ängstlich besorgt, dem Mädchen könnte das Gleiche widerfahren wie dem Besitzer des Gasthauses.

»Bitte«, wiederholte das Mädchen in leisem Flüsterton,

»könnte ich vielleicht was zu essen kriegen? Ich hab solchen Hunger.«

Kahlan warf einen Blick zu den Schwestern hinüber. Alle drei waren in ein Gespräch vertieft. Sie langte in ihre Satteltasche in dem Gepäckberg nahe bei ihren Füßen und zog einen Streifen getrocknetes Wildbret hervor. Dann legte sie den Finger abermals an ihre Lippen und gab dem Mädchen das Fleisch. Es nickte zum Zeichen, dass es verstanden hatte, und machte keinen einzigen Laut. Das Fleisch gierig mit beiden Händen entgegennehmend, biss sie sofort hinein und riss mit den Zähnen ein Stück heraus.

»Und jetzt verschwinde«, flüsterte Kahlan, »bevor sie dich sehen. Beeil dich.«

Das Mädchen sah hoch zu Kahlan, dann an ihr vorbei. Ihre Augen weiteten sich; ihre Kaubewegung stockte.

»Sieh einer an«, erklang eine bedrohliche Stimme hinter Kahlans Schulter, »wenn da nicht unser kleines Maultier gekommen ist, um uns zu bestehlen.«

»Bitte, die Kleine war doch nur hungrig«, sagte Kahlan in der Hoffnung, Schwester Ulicias Zorn zu besänftigen, ehe er voll entflammte. »Sie hat um einen Bissen zu essen gebettelt; sie hat nichts gestohlen. Ich hab ihr von meiner Ration gegeben, nicht von euren.«

Jetzt gesellten sich auch die beiden anderen zu Schwester Ulicia, sodass sie wie drei nebeneinander aufgereihte Geier wirkten. Schwester Armina hielt die Laterne in die Höhe, um besser sehen zu können. Die drei sahen aus, als hätten sie die Absicht, dem Mädchen das Fleisch von den Knochen zu reißen.

»Wahrscheinlich wollte sie nur abwarten, bis wir uns schlafen legen«, sagte Schwester Ulicia und beugte sich näher, »um uns dann die Kehle durchzuschneiden.«

Ein kupferfarbenes Augenpaar leuchtete im Schein der Lampe auf, als das verängstigte Mädchen zu ihnen hochblickte.

»Ich hab nicht auf der Lauer gelegen. Ich hatte Hunger. Ich dachte, ich könnte vielleicht was zu essen bekommen, das ist alles. Ich hab gefragt, ich hab nichts gestohlen.«

Das Mädchen erinnerte Kahlan ein wenig an die Kleine im Wirtshaus, das kleine Mädchen, das Kahlan zu beschützen versprochen hatte, das kleine Mädchen, das Schwester Ulicia auf so brutale Weise ermordet hatte. Die entsetzliche Angst der Kleinen verfolgte Kahlan nachts noch immer, kurz vor dem Einschlafen. Ihr Unvermögen, ihr Schutzversprechen einzulösen, brannte ihr noch immer heiß auf der Seele. Auch wenn der Kleinen Kahlans Worte nicht lange genug in Erinnerung geblieben waren, um sie wirklich zu begreifen, hasste Kahlan sich dafür, dass sie ein solches Versprechen gegeben hatte, ohne es einzulösen.

Dieses Mädchen war etwas älter und ein wenig größer. Auch in seinen Augen konnte Kahlan so etwas wie ein stummes Begreifen des wahren Ausmaßes der Gefahr erkennen, der es sich gegenübersah. In seinen kupferfarbenen Augen lag so etwas wie ahnungsvolle Vorsicht. Trotz alledem war die Kleine noch ein Mädchen.

Unvermittelt versetzte Schwester Armina dem Mädchen einen Schlag, der es herumwirbelte und zu Boden warf. Sofort warf sich die Schwester auf die Kleine. Ihren Kopf mit den Armen schützend, versuchte das Mädchen nach Kräften, eine Entschuldigung für ihre Bettelei nach Essen vorzubringen, während Schwester Armina zwischen den einzelnen Schlägen ihre Kleider abtastete.

Als sie sich schließlich wieder aufrichtete, hatte sie ein Messer in der Hand, das Kahlan vorher nicht bemerkt hatte. Damit fuchtelte sie im Schein der Laterne herum, ehe sie es Schwester Ulicia vor die Füße warf. »Wie du gesagt hast, wahrscheinlich wollte sie uns die Kehlen durchschneiden, sobald wir uns schlafen gelegt hätten.«

»Ich wollte niemandem etwas tun!«, stieß das Mädchen hervor, als Schwester Ulicia ihren Eichenstab hob.

Kahlan, die nur zu gut wusste, was jetzt kam, warf sich beschützend über das verängstigte Mädchen.

Schwester Ulicias Stab sauste hernieder und landete infolgedessen auf Kahlans Rücken, unmittelbar oberhalb der Stelle, wo sie schon einmal getroffen worden war. Das krachende Geräusch von Eichenholz auf Knochen ließ das Mädchen zusammenzucken. Der Schlag entlockte Kahlan keinen Jubelschrei. Mit letzter Kraft schob sie das junge Mädchen in dem Versuch, sie weiterhin vor Schaden zu bewahren, ein Stück von den Schwestern fort.

»Lasst sie in Ruhe!«, bat Kahlan. »Sie ist doch noch ein Kind! Sie ist hungrig, das ist alles! Sie kann euch doch nichts tun!«

Von Panik ergriffen, klammerte sich das Mädchen mit ihren spindeldürren Armen um Kahlans Hals, als wäre sie die letzte rettende Wurzel am Rande eines steilen Abhangs. Hätte Kahlan in diesem Augenblick die Schwestern töten können, sie hätte nicht gezögert, doch stattdessen konnte sie nicht mehr tun, als sich schützend vor das Mädchen zu stellen. Sie wusste, sobald sie versuchte, sich gegen sie zur Wehr zu setzen, würden die Schwestern sie fortzerren, um sich an ihr zu rächen, und dann würde sie sie gar nicht mehr beschützen können. Es war das Äußerste, was sie für das Mädchen tun konnte.

Wieder landete Schwester Ulicias Hieb auf ihrem Rücken. Kahlan biss die Zähne gegen den Schmerz zusammen, während das Weibsstück einen Schlag seines Eichenstabes nach dem anderen auf ihren Rücken niedergehen ließ.

»Lass das Gör los!«, brüllte Schwester Ulicia, während sie auf Kahlan einprügelte.

Das Mädchen wimmerte vor Entsetzen.

»Schon gut!«, brachte Kahlan mühsam zwischen keuchenden Atemzügen hervor. »Ich werde dich beschützen. Versprochen.«

Das junge Mädchen flüsterte ihr ein leises »Danke« ins Ohr.

»Wie kannst du es wagen …«

»Wenn Ihr unbedingt jemanden umbringen wollt«, schrie Kahlan Schwester Ulicia an, »dann tötet mich, aber lasst sie in Ruhe! Sie ist doch keine Gefahr für Euch.«

Genau das schien Schwester Ulicia zu bezwecken; ächzend vor Anstrengung schlug sie wie in einem Anfall von Raserei wieder und wieder zu. Die Schmerzen hatten Kahlan bereits halb benommen gemacht, dennoch weigerte sie sich, sich von der Stelle zu rühren und der Schwester so eine Möglichkeit zu geben, an das Mädchen heranzukommen.

Kreischend vor Angst – nicht etwa, weil die Schwester ihr etwas antun könnte, sondern aus Angst, was sie Kahlan antat –, verbarg sich das junge Mädchen im Schutz von Kahlans Körper. Mit einem widerlichen Geräusch prallte der Stab gegen Kahlans Hinterkopf. Fast hätte sie das Bewusstsein verloren, trotzdem weigerte sie sich noch immer standhaft, das junge Mädchen freizugeben. Blut verklebte ihr das Haar zu einer verfilzten Masse, lief ihr über das Gesicht.

Und dann zerbrach der Stab auf Kahlans Rücken. Das größere Stück wirbelte hinaus in die Nacht. In ihrem blindwütigen Zorn stand Schwester Ulicia keuchend da, einen nutzlosen Stummel in der Hand. Kahlan erwartete, sie würde sie nun töten, aber irgendwie war ihr das längst egal. Sie hatte keine Möglichkeit zu fliehen, hatte keine Zukunft mehr. Wenn sie nicht einmal mehr um das Leben eines unschuldigen jungen Mädchens kämpfen konnte, hatte das Leben für sie jeden Sinn verloren.

»Ulicia!«, raunte Armina dieser leise zu und packte sie am Handgelenk. »Die Kleine kann sie sehen – genau wie dieser Kerl im Wirtshaus.«

Schwester Ulicia, von dem Gedanken sichtlich aufgeschreckt, musterte ihre Begleiterin mit starrer Miene.

Schwester Armina beschwor sie mit eindringlichem Blick. »Wir müssen herausfinden, was hier geschieht.«

Schwester Cecilia, das Gesicht verzerrt zu einem verdrießlichen Funkeln, weil sie Schwester Arminas Bemerkung nicht mitbekommen hatte, trat näher und pflanzte sich vor Kahlan auf. »Wie kannst du es wagen, dich einer Schwester zu widersetzen! Wir werden dem Gör bei lebendigem Leib die Haut abziehen und dich zwingen, dem Spektakel zuzusehen, um dir eine Lektion zu erteilen.«

»Schwester?«, fragte das Mädchen. »Ihr seid alle Schwestern?«

Auf einmal schien die Nacht unglaublich still. Kahlans Welt drehte sich, sodass ihr übel wurde. Mit jedem Atemzug war ihr, als drehten sich Messer zwischen ihren Rippen. Ihr Gesicht war von den schmerzhaften Schlägen tränenüberströmt. Obwohl sie nicht zu zittern aufhören konnte, weigerte sie sich noch immer, das Mädchen loszulassen.

Schwester Ulicia warf den abgebrochenen Stummel des Eichenstabes fort. »Ja, wir sind Schwestern. Und?«, fragte sie voller Argwohn.

»Tovi hat mir aufgetragen, nach euch Ausschau zu halten, aber ich finde, ihr seht gar nicht aus wie Tovis Schwestern.«

Alles erstarrte.

»Tovi?«, fragte Schwester Ulicia vorsichtig nach.

Das Mädchen nickte, lugte dann hinter Kahlans Schulter hervor. »Das ist eine ältere Frau. Ziemlich dick, dicker als ihr alle, und eigentlich sieht sie gar nicht aus, als wär sie eure Schwester. Jedenfalls trug sie mir auf, nach ihren Schwestern Ausschau zu halten. Sie sagte, ihr wärt zu dritt und hättet noch eine andere Frau bei euch.«

»Und warum sollte ein junges Mädchen wie du sich bereit erklären, zu tun, worum Tovi es gebeten hat?«

Das Mädchen strich sich das dunkle Haar aus dem Gesicht. Nach anfänglichem Zögern antwortete sie. »Sie hält meinen Großvater gefangen. Sie hat gesagt, wenn ich nicht mache, was sie sagt, würde sie ihn töten.«

Ein Lächeln ging über Ulicias Gesicht – ein Lächeln, wie sich Kahlan das einer Schlange vorstellte. »Sieh an. Schätze, du kennst Tovi also tatsächlich. Und wo ist sie nun?«

Kahlan stemmte sich mit einem Arm hoch. Das Mädchen wies hinüber zur Landzunge. »Dort. Sie ist in einem Raum voller alter Bücher. Sie hat mich gezwungen, ihr zu zeigen, wo die Bücher aufbewahrt werden.«

Schwester Ulicia und die beiden anderen wechselten einen Blick. »Womöglich hat sie die zentrale Stätte in Caska schon gefunden.«

Schwester Armina gluckste erleichtert auf und versetzte Schwester Cecilia leutselig einen Klaps auf die Schulter, die die Geste erwiderte.

»Wie weit ist es bis dorthin?«, wollte Schwester Ulicia plötzlich voller Ungeduld wissen.

»Wenn wir gleich morgen früh bei Tagesanbruch aufbrechen, werdet ihr noch zwei, wenn nicht drei volle Tage brauchen.«

Schwester Ulicia spähte einen Augenblick lang in die Dunkelheit. »Zwei oder drei Tage …« Sie wandte sich wieder um. »Wie heißt du?«

»Jillian.«

Schwester Ulicia versetzte Kahlan einen Tritt in die Seite; der unerwartete Stoß wälzte sie von dem Mädchen herunter. »Na schön, Jillian, du kannst dir Kahlans Bettzeug nehmen, sie wird es nicht benötigen. Zur Strafe wird sie die ganze Nacht stehen.«

»Bitte«, sagte Jillian und legte Kahlan eine Hand auf den Arm, »wenn sie nicht gewesen wäre, hättet ihr jetzt niemanden mehr, der euch zu Tovis Aufenthaltsort führen könnte. Bitte bestraft sie nicht. Sie hat euch doch einen Gefallen getan.«

Schwester Ulicia dachte einen Moment lang nach. »Ich sag dir was, Jillian. Da du dich so tapfer für unsere unbotmäßige Sklavin eingesetzt hast, werde ich dich darüber wachen lassen, dass sie sich die ganze Nacht über nicht hinsetzt. Sollte sie trotzdem ungehorsam sein, werde ich ihr eine Tracht Prügel verpassen, dass sie für den Rest ihres Lebens unter Schmerzen hinken wird. Es liegt in deiner Hand, das zu verhindern, indem du dafür sorgst, dass sie die ganze Nacht über stehen bleibt. Was hältst du davon?«

Jillian schluckte, sagte aber nichts.

Schwester Ulicia lächelte verschlagen. »Gut.« Sie wandte sich zu den anderen beiden herum. »Kommt jetzt. Legen wir uns ein wenig schlafen.«

Kaum hatten sie sich entfernt, legte Kahlan dem zu ihren Füßen kauernden Mädchen zärtlich eine Hand auf den Kopf und sagte leise, damit die Schwestern sie nicht hören konnten: »Freut mich, deine Bekanntschaft zu machen, Jillian.«

Jillian sah lächelnd zu ihr hoch und antwortete, ebenfalls im Flüsterton: »Danke, dass du mich beschützt hast. Du hast dein Versprechen gehalten.« Behutsam ergriff sie Kahlans Hand und drückte sie einen Augenblick lang an ihre Wange. »Du bist der mutigste Mensch, dem ich je begegnet bin – außer Richard.«

»Richard?«

»Richard Rahl. Er war auch schon hier. Da hat er meinen Großvater gerettet, aber jetzt …«

Jillian ließ den Satz unbeendet und wich Kahlans Blick aus. Kahlan strich ihr zärtlich über den Kopf, in der Hoffnung, ihren Kummer über ihren Großvater ein wenig zu besänftigen. Sie deutete mit dem Kinn.

»Geh zu den Satteltaschen dort, Jillian, und nimm dir etwas zu essen.« Kahlan zitterte vor Schmerzen und hätte sich sehr gerne hingelegt, aber sie wusste, dass Schwester Ulicia keine leere Drohung ausgesprochen hatte. »Und bitte, wenn du danach vielleicht … einfach die Nacht über bei mir sitzen könntest? Heute Nacht könnte ich eine Freundin gebrauchen.«

Lächelnd sah Jillian zu ihr hoch. Kahlan wurde ganz warm ums Herz, als sie in dieses offene Lächeln blickte.

»Morgen früh kommt noch jemand, dann hast du noch einen zweiten Freund.« Als Kahlan darauf kurz fragend die Stirn runzelte, deutete Jillian in den Himmel. »Ich hab einen Raben, er heißt Lokey. Sobald es Tag ist, wird er kommen und uns mit ein paar seiner Kunststücke unterhalten.«

Die Vorstellung, einen Raben zum Freund zu haben, entlockte Kahlan ein Lächeln.

Das Mädchen drückte ihre Hand. »Ich werd dich heute Nacht nicht allein lassen, Kahlan. Versprochen.«

So quälend die Schmerzen auch waren, die sie litt, so trostlos ihre Zukunft auch sein mochte, Kahlan freute sich. Jillian lebte. Soeben hatte sie ihre erste Schlacht gewonnen, und dieser Triumph versetzte sie in Hochstimmung.

24

Ein Lächeln auf den Lippen, schritt Richard zwischen den versammelten Soldaten hindurch und quittierte nickend ihre Grüße. Auch wenn ihm nicht nach Lächeln zumute war, so befürchtete er, die Männer könnten es womöglich missverstehen, wenn er darauf verzichtete. In ihren Augen stand hoffnungsfrohe Erwartung, während sie ihm zusahen, wie er sich einen Weg durch ihre Mitte bahnte. Nicht wenige standen schweigend, eine Faust auf dem Herz, und das war nicht nur ein militärischer Gruß, sondern auch ein Zeichen ihres Stolzes. Richard brachte es nicht über sich, diesen Männern auch nur ansatzweise die grauenhaften Dinge zu erklären, die Shota ihm gezeigt hatte, also lächelte er so freundlich wie nur irgend möglich.

Jenseits des Feldlagers zuckten Blitze über den Horizont. Trotz der Geräusche des Lagerlebens, des Lärms der Tausende von Männern und Pferden, des Klingens der Schmiedehämmer, der Rufe beim Abladen der Vorräte und der Ausgabe der Lebensmittel und der mit lauter Stimme erteilten Befehle, war das unheilvolle Donnergrollen nicht zu überhören, das unmittelbar nach den Blitzen über die Azrith-Ebene heranrollte. Düstere Schatten am Unterrand der bedrohlich aussehenden Gewitterwolken kündeten von der noch immer anwachsenden Last, die sich dort angesammelt hatte. Ab und zu rissen auffrischende Böen die stehende, feuchte Luft aus ihrer Regungslosigkeit und ließen Flaggen und Wimpel flatternd Haltung annehmen. Doch ebenso schnell, wie er aufgekommen war, legte sich der Wind auch wieder, beinahe wie eine Vorhut, die zurückprescht, um dem heraufziehenden Sturm Meldung zu erstatten.

Trotz allem schien niemand sich für das bedrohliche Geschehen am Himmel zu interessieren. Alle wollten sie nur einen Blick auf Richard erhaschen, wie er sich einen Weg durch das Feldlager bahnte. Es hatte einmal eine Zeit gegeben, da war genau diese Armee absolut entschlossen gewesen, ihn zu beseitigen oder doch wenigstens aus dem Verkehr zu ziehen. Doch das war, bevor Richard zum Lord Rahl geworden war.

Kaum hatte er dieses verantwortungsvolle Amt übernommen, hatte er diesen Männern die Chance gegeben, zum Symbol einer lohnenden Sache zu werden, statt ihre Waffen im Dienste der Tyrannei zu präsentieren. Nicht wenige waren diesem Angebot mit offener Ablehnung begegnet, hatten sich stattdessen zu den Zielen der Imperialen Ordnung bekannt und waren in der erklärten Absicht, die bloße Idee auszumerzen, ein jeder habe das Recht auf ein selbstbestimmtes Leben, mit wahlloser Brutalität über das Land hinweggefegt.

Die Übrigen aber, tatsächlich sogar die meisten, hatten Richards Aufforderung nicht nur aufgegriffen, sondern mit offenen Armen und jener Art überschäumender Begeisterung willkommen geheißen – wie dies nur Männer können, die unter Tyrannei gelebt haben. Diese Männer, die ersten seit Generationen, denen eine echte Chance auf Freiheit geboten wurde, hatten wahrhaftig begriffen, was dies für ihr Leben bedeutete, und nun klammerten sie sich hartnäckig an diese Chance auf ein Leben in einer Welt, die Richard ihnen als möglich aufgezeigt hatte. Es gab kein größeres, kein bedeutsameres Geschenk, das diese Männer im Gegenzug ihren Familien und Verwandten machen konnten, als diese Chance auf ein freies, selbstbestimmtes Leben. Nicht wenige hatten für dieses noble Ziel bereits ihr Leben gelassen.

Wie auch die Mord-Siths folgten diese Männer ihm jetzt aus freien Stücken, nicht weil man sie dazu gezwungen hatte. Der Titel »Lord Rahl« hatte für sie eine völlig neue, früher nie gekannte Bedeutung gewonnen.

Augenblicklich aber sahen sich diese Männer dem geschärften Stahl gegenüber, mit dessen Hilfe ein Glauben erzwungen werden sollte, der ihren Angehörigen ebendieses Recht auf ein selbstbestimmtes Leben verweigerte. Auch wenn Richard die Tapferkeit dieser Männer nicht bezweifelte, so wusste er doch, dass sie sich in einer offenen Feldschlacht gegen diese gewaltige Übermacht der Invasoren von der Imperialen Ordnung niemals würden behaupten können. An diesem Tag der Tage musste er seine Rolle als Lord Rahl ausfüllen. Wenn es eine Chance auf eine lebenswerte Zukunft geben sollte, musste Richard ein Lord Rahl im reinsten Sinne sein, ein Lord Rahl, dem vor allem das Schicksal seiner Untertanen am Herzen lag. Er musste sie dazu bringen, dass sie zu der gleichen Einsicht gelangten wie er.

Verna, die mit hastigen Schritten neben ihm herlief, verstärkte den Druck auf seinen Arm und beugte sich ein Stück zu ihm hinüber. »Du kannst dir gar nicht vorstellen, welch erhebendes Gefühl es für diese Männer ist, dich vor der Schlacht zu sehen, die ihnen jetzt bevorsteht, jene Schlacht, die schon seit Tausenden von Jahren in den Prophezeiungen geweissagt wurde. Du kannst es dir nicht vorstellen.«

Richard bezweifelte eher, dass die Männer sich vorstellen konnten, was er in wenigen Augenblicken von ihnen verlangen würde.

Er blickte kurz in Vernas lächelndes Gesicht. »Ich weiß, Prälatin.« Die Truppen waren zur Abwehr der Bedrohung durch die Imperiale Ordnung ständig weiter nach Süden vorgerückt, deshalb hatte der Ritt vom Palast des Volkes bis hierher, wo sie sie endlich eingeholt hatten, diesmal um einiges länger gedauert als bei seinem letzten Besuch bei den Streitkräften. War die Imperiale Ordnung erst einmal nach Norden abgeschwenkt, um in D'Hara einzumarschieren, war diese Armee das allerletzte Bollwerk gegen sie. Diese Männer waren die letzte Hoffnung des d'haranischen Reiches; das war ihre Bestimmung, ihre Pflicht.

Und Richard wusste jenseits allen Zweifels, dass sie diese Schlacht verlieren würden.

Daher war es jetzt seine Aufgabe, sie von der Gewissheit ihrer bevorstehenden Niederlage und ihres sicheren Todes zu überzeugen.

Cara und Nicci gingen so dicht hinter ihm, dass sie ihm fast in die Fersen traten, was nach seinem Empfinden für seine Sicherheit nicht unbedingt vonnöten war, gleichwohl war ihm klar, dass die beiden wahrscheinlich nicht bereit waren, ihm in diesem Punkt zu vertrauen. Als er über die Schulter sah, blickte er in Niccis angespanntes Lächeln.

Er fragte sich, wie sie wohl reagieren würde, wenn sie erfuhr, was er den Soldaten in wenigen Augenblicken sagen würde. Wahrscheinlich mit Verständnis; von allen, die gleich hören würden, was er zu sagen hatte, war sie vermutlich der einzige Mensch, der ihn verstehen würde; tatsächlich zählte er sogar darauf. Ihr Verständnis, ihre Unterstützung, war mitunter das Einzige, was ihn noch aufrechterhielt. Es hatte Zeiten gegeben, da war er kurz davor gewesen, alles hinzuschmeißen, und einzig Nicci hatte ihm die Kraft zum Weitermachen gegeben.

Cara hingegen würde das, was er zu sagen hatte, geradezu mit Begeisterung aufnehmen, wenn auch aus ganz anderen Gründen.

Trotz ihrer wie üblich grimmig entschlossenen Miene, so als müsste sie die ganze Armee eigenhändig niedermachen, falls diese Richard plötzlich die Treue kündigte und sich auf ihn stürzte, sagte ihm ihr nervöses Nesteln am Saum ihres roten Lederanzugs, dass sie es kaum erwarten konnte, endlich General Meiffert – Benjamin – wiederzusehen. Seit ihrem letzten Besuch bei den Truppen hatte sie ihre Zurückhaltung, was das Zeigen ihrer Gefühle für den gut aussehenden d'haranischen General betraf, teilweise abgelegt. Er hatte den Verdacht, dass Nicci daran nicht ganz schuldlos war.

Plötzlich ließ ein Donnerschlag den Boden erzittern, und Richard beugte sich leicht zu Verna hinüber. »Eure Schwestern werden ebenfalls zugegen sein?«

Verna nickte. »Ja. Ich habe Botenläufer ausgesandt, um ihnen auszurichten, dass du sie zusammen mit all den Offizieren hier sehen möchtest. Einige befinden sich auf längeren Erkundungsgängen, aber die Übrigen werden anwesend sein.«

»Lord Rahl.« General Meiffert schlug sich mit der Faust aufs Herz.

Richard deutete eine Verbeugung an. »General. Freut mich, Euch wohlauf zu sehen. Eure Männer sind wie stets in hervorragender Verfassung.«

»Danke, Lord Rahl.« Schon jetzt konnte er seine blauen Augen kaum von Cara lassen. Er verneigte sich von der Hüfte an aufwärts. »Herrin Cara.«

Cara schaffte es tatsächlich zu lächeln. »Welch ein freudiger Anblick für meine Augen, Benjamin.«

Wäre Richard wegen der Umstände, die ihn hergeführt hatten, nicht so besorgt gewesen, hätte er seine helle Freude daran gehabt, die beiden einander so in die Augen schauen zu sehen. Genau so, erinnerte er sich, hatte er Kahlan angesehen, mit dem gleichen Glücksgefühl.

Hauptmann Zimmer, dessen ausgeformte Lederrüstung seinen stattlichen Körperbau noch betonte, stand nicht weit hinter dem General. Einige der anderen Offiziere, in ähnlichen, wenn auch weniger schlichten Uniformen, warteten unweit in einer Gruppe, während die meisten sich unter den Zeltplanen versammelt hatten. Die in ernste Gespräche vertieften, in Gruppen zusammenstehenden Soldaten verstummten und wandten sich um, um den Lord Rahl zu sehen, den Führer des d'haranischen Reiches. Richard hatte keine Zeit für Nettigkeiten und kam sofort zur Sache. Schließlich verstummten auch die gewöhnlichen Soldaten, die sich überall ringsum versammelt hatten, und verfolgten schweigend das Geschehen.

»Sind sämtliche Offiziere und höheren Dienstgrade anwesend, General?«, erkundigte er sich.

Der Offizier nickte. »Jawohl, Lord Rahl. Zumindest alle, die sich derzeit im Lager aufhalten. Einige von ihnen befinden sich auf längeren Patrouillengängen. Wären wir früher über Euer Eintreffen und Eure Wünsche unterrichtet worden, hätte ich sie zurückbeordert, aber so wie die Dinge derzeit liegen, wird es einige Zeit dauern, sie zurückzuholen. Wenn Ihr es wünscht, werde ich sie sofort davon in Kenntnis setzen, dass sie sich hierher zurückbegeben sollen.«

Richard kam dem mit einer Handbewegung zuvor. »Nein, das wird nicht nötig sein. Es genügt, wenn die meisten hier versammelt sind. Alle anderen können später informiert werden.«

Im Feldlager befanden sich bei Weitem zu viele Soldaten, als dass alle Richard hätten hören und verstehen können. Er beabsichtigte, in aller Ausführlichkeit zu den Offizieren und höheren Dienstgraden zu sprechen, und seine Erklärung dann von diesen an ihre Untergebenen weitergeben zu lassen. Für diesen Zweck war eine ausreichende Anzahl Offiziere anwesend.

Mit einer beiläufigen, aber erkennbar gebieterischen Geste machte der General den Soldaten, die den Kommandobereich umringten, um dem großen Ereignis beizuwohnen, ein Zeichen, woraufhin diese sich augenblicklich wieder an ihre Arbeit zurückbegaben, während ihre Kommandeure über ihr Schicksal unterrichtet wurden.

Dann lud General Meiffert Richard und seine Begleiterinnen mit einer Armbewegung ein, unter das Schutzdach zu treten. Richard warf noch einen kurzen Blick in den Himmel und befand, die Chancen waren gut, dass es bald ernsthaft zu regnen anfangen würde. Mittlerweile drängten sich Hunderte von Männern unter die Persenning. In Erwiderung ihres vereinten, gedämpften zackigen Saluts, tippte Richard selber mit der Faust auf sein Herz.

»Ich stehe heute hier«, begann er, während er seinen Blick über die ihm entgegenblickenden Gesichter schweifen ließ, »um eine überaus ernste Angelegenheit zu besprechen – die bevorstehende letzte Schlacht gegen die vorrückende Armee der Imperialen Ordnung.

Über das, was ich hier zu sagen habe, darf nicht die geringste Unklarheit bestehen. Jeder von euch muss begreifen, was auf dem Spiel steht, was ich von euch verlange und aus welchem Grund. Es geht um unser aller Überleben; ich werde euch nichts vorenthalten und ehrlich und nach bestem Vermögen auf alles antworten, was ihr wissen wollt. Bitte zögert nicht, Fragen zu stellen, Einwände vorzubringen oder auch, in bestimmten Punkten, dem zu widersprechen, was ich euch nun als meinen Entschluss darlegen werde. Ich weiß euer gesammeltes Wissen und eure Fähigkeiten sehr zu schätzen und habe größtes Vertrauen in euer Können und eure Erfahrung.

Gleichwohl bin ich gezwungen, Dinge abzuwägen und in Betracht zu ziehen, die außerhalb eurer Kenntnis liegen, und habe nach sorgfältigem Abwägen aller Einzelheiten einen Entschluss gefasst. Ich kann durchaus verstehen, wenn ihr meine Argumentation, in Ermangelung dieser Informationen, möglicherweise nicht in vollem Umfang nachvollziehen könnt, also werde ich mich bemühen, sie so gut wie möglich zu erläutern – trotzdem: Meine Entscheidung steht nicht zur Diskussion.«

Richards Stimme bekam einen Unterton absoluter Entschlossenheit. »Ihr werdet meinen Befehlen Folge leisten.«

Die Männer wechselten Blicke untereinander. Einen derart strikten Befehl hatte Richard ihnen noch nie erteilt.

Seine Worte mit Bedacht wählend, begann Richard in der Stille des Nachmittags langsam auf und ab zu gehen. Schließlich erfasste er die Menge der vor ihm Versammelten mit einer Armbewegung.

»Was beschäftigt euch als Soldaten, als kommandoführende Offiziere, am meisten?«

Nach einem Augenblick verwirrten Schweigens ergriff ein etwas seitlich stehender Offizier das Wort. »Nun, ich nehme an, am meisten denken wir alle darüber nach, wovon Ihr gerade eben gesprochen habt, Lord Rahl: die letzte, alles entscheidende Schlacht.«

»Richtig, die letzte Schlacht«, wiederholte Richard. Er blieb stehen und wandte sich zu den Männern herum. »So stellen wir es uns alle normalerweise vor: dass alles auf diesen einen alles entscheidenden Augenblick zuläuft, den Gipfel aller Mühen, und dass es zu einer letzten großen Schlacht kommen wird, in der alles entschieden wird – wer gewinnt und wer verliert, wer herrscht und wer dient, wer überlebt und wer stirbt. Genauso denkt auch Jagang.«

»Wenn nicht, wäre er wohl kaum ihr Anführer«, warf ein älterer Offizier ein. Vereinzeltes Gelächter ging durch die Reihen der versammelten Männer.

»Wohl wahr«, rief Richard mit ernster Stimme. »Und besonders im Falle Kaiser Jagangs. Es ist sein erklärtes Ziel, seine Sache bis zu dieser letzten Schlacht voranzutreiben und uns in der darauf folgenden Auseinandersetzung ein für alle Mal zu vernichten. Er ist ein überaus intelligenter Gegner, der uns dazu gebracht hat, uns ganz auf diese letzte Schlacht zu konzentrieren. Seine Strategie scheint aufzugehen.«

Das Gelächter war erstorben. Eine gewisse Beklemmung hatte sich unter den Männern breitgemacht, weil Richard diesem Mann so viel Anerkennung zollte. Offiziere ihres Schlages mochten es nicht, wenn man ihrem Gegner ein zu hohes Maß an Überlegenheit zubilligte, da es ihren eigenen Männern dann womöglich im Kampf gegen ihn an Mut gebrach.

Doch Richard hatte nicht die Absicht, Jagangs Gefährlichkeit kleinzureden, sie als geringer darzustellen, als sie tatsächlich war. Im Gegenteil: Er wollte diesen Männern einen unverfälschten Blick auf die Schwierigkeit der Aufgabe, auf das wahre Ausmaß der Bedrohung, ermöglichen, die sie erwartete.

»Jagang ist ein fanatischer Anhänger eines Spiels, das Ja'La dh Jin genannt wird.« Als er einige Männer nicken sah, wusste Richard, dass sie zumindest ein wenig mit diesem Spiel vertraut waren. »Er besitzt seine eigene Ja'La-Mannschaft; ganz so, wie die Glaubensgemeinschaft der Ordnung ihre eigene Armee besitzt. Wenn er seine Mannschaft in ein Spiel schickt, ist es sein vorrangiges und einziges Ziel, dieses eine Spiel zu gewinnen. Zu diesem Zweck hat er die körperlich größten, eindrucksvollsten Spieler für seine Mannschaft rekrutieren lassen. Im Gegensatz zu manchen anderen betrachtet er es nicht bloß als Spiel, als Wettkampf, ist es nicht nur seine Absicht, jedes Ja'La-Spiel zu gewinnen, vielmehr will er seinem Gegner eine vernichtende Niederlage beibringen.

Einmal ergab es sich, dass Jagangs Mannschaft verlor. Seine Reaktion bestand nicht etwa darin, es beim nächsten Mal mit größerem Einsatz zu versuchen, seine Spieler besser vorzubereiten und einzustimmen, damit sie es beim nächsten Mal besser machten. Nein, er besorgte sich kurzerhand andere Spieler und stellte eine Mannschaft aus den größten, kräftigsten und schnellsten Männern zusammen. Übersetzt bedeutet Ja'La dh Jin übrigens ›Spiel des Lebens‹.

Ganz zu Anfang, als er noch damit befasst war, all die verschiedenen Königreiche und Länder der Alten Welt zu einer einzigen Nation zu vereinen, kam es gelegentlich vor, dass Jagang eine Schlacht verlor. Mittlerweile jedoch hat er diese Lektionen des Lebens gelernt. Er legte sich die größte, niederträchtigste Armee zu, die er bekommen konnte, und vereinigte die gesamte Alte Welt unter dem Banner des Ordens der Imperialen Ordnung. Als Jagang auf Geheiß der Glaubensgemeinschaft der Ordnung in den Krieg zog, sorgte er dafür, dass ihm die nötigen Mittel bereitgestellt wurden, wodurch gewährleistet war, dass ihm eine Armee von ausreichender Größe für diese Aufgabe zur Verfügung stand. Nicht anders würdet auch ihr vorgehen.

Doch noch immer passierte es gelegentlich, dass Jagang Schlachten verlor. Und wieder lernte er dazu. Er reagierte, indem er auf seine Mittel zurückgriff und dafür sorgte, dass ihm noch mehr Männer zur Verfügung standen. Auf diese Weise kam er dem Ziel, den Krieg im Namen der Imperialen Ordnung zu gewinnen, ganz allmählich immer näher – mit dem Ergebnis, dass er heute über eine überwältigende Streitmacht verfügt, die jeden Widerstand zu brechen vermag. Er kann sich seines Sieges absolut gewiss sein. Demzufolge sieht er der letzten Schlacht mit Freuden entgegen.

Zudem ist Jagang ein Traumwandler, ein Mann mit Fähigkeiten, die ihm kraft einer uralten Magie vererbt worden sind. Eines dieser Talente machte er sich zunutze, um in den Verstand anderer einzudringen, nicht nur, um Wissen zu erlangen, sondern auch, um die Betreffenden zu beherrschen. Wie euch bekannt sein wird, kontrolliert er heute eine ganze Reihe mit der Gabe Gesegneter, darunter auch Schwestern des Lichts und der Finsternis, was ihm die Herrschaft über beide Kräfte, die des Stahls und die der Magie, verleiht.«

»Lord Rahl«, unterbrach einer der älteren Offiziere Richards Rede. »Ihr tut unsere Soldaten ein wenig vorschnell ab. Der größte Teil unserer Armee besteht aus d'haranischen Truppen, und die Übrigen wurden von uns sorgfältig ausgebildet. Diese Männer wissen, was auf dem Spiel steht, es sind keine unfertigen Rekruten, sondern erfahrene Soldaten, die wissen, wie man kämpft. Außerdem haben wir Verna und ihre Schwestern auf unserer Seite, die ihr Können längst unter Beweis gestellt haben. Mit diesen kampferprobten Soldaten und den Schwestern des Lichts haben wir das Recht auf unserer Seite.«

»Die Imperiale Ordnung ist nicht schon allein deshalb dazu bestimmt zu verlieren, weil sie böse ist. Gewiss, letztendlich wird das Böse an sich selbst zugrunde gehen, für unser Leben aber und das Leben derer, die wir beschützen, ist das nur ein schwacher Trost. Das Böse vermag die Menschheit trotzdem tausend Jahre zu beherrschen, ja sogar zweitausend oder mehr, ehe es schließlich an seinem eigenen Gift eingeht.«

Richard nahm sein Hin-und-Her-Wandern wieder auf und sprach mit großer Leidenschaft. »Zugegeben, es gibt Augenblicke in der Geschichte, da sich die Dinge ohne die tapferen Bemühungen einiger weniger so oder so hätten entwickeln können. Genau darauf zähle ich. Der Zeitpunkt ist gekommen, an dem darüber entschieden wird, wie unsere Zukunft aussehen wird. Dies ist der Zeitpunkt, da wir tun müssen, was getan werden muss, wenn wir und unsere Kinder eine Zukunft haben wollen – so schmerzlich es auch sein mag. Unsere Zukunft, die Zukunft der Freiheit, hängt von uns selbst und unserem Handeln ab, und davon, ob uns dabei Erfolg beschieden ist oder nicht.«

»Lord Rahl«, beteuerte der ältere Offizier im Tonfall ruhiger Selbstgewissheit, »die Männer sind sich darüber im Klaren, dass wir mit dem Rücken zur Wand stehen. Sie werden ihr Bestes geben, falls Ihr das meint.«

Richard merkte, dass die Männer nicht recht verstanden, worauf er hinauswollte. Er unterbrach sich, wandte den Männern das Gesicht zu und verschränkte die Hände hinter dem Rücken. In einem entlegenen Winkel seines Verstandes konnte er bereits das gespenstische Bild jenes blutigen Endes sehen, das Shota ihm vor Augen geführt hatte. Es war wie ein Gewicht, das ihn in die Tiefe hinabzuziehen versuchte.

Schließlich fuhr er fort. »Ich habe immer davon gesprochen, dass ich uns nicht in eine letzte, alles entscheidende Schlacht gegen die Imperiale Ordnung führen kann, da wir in diesem Fall verlieren würden. Seit ich das letzte Mal bei euch Männern war, sind Dinge geschehen, die mich in dieser Überzeugung noch bestärkt haben.«

Das unzufriedene Murren stand dem Donnergrollen in der düsteren nachmittäglichen Luft in nichts nach. Doch ehe sie ihre Einwände vorbringen oder ihn dazu bringen konnten, vom Thema abzuschweifen, sprach Richard weiter.

»Sehr bald schon wird die Armee der Imperialen Ordnung auf ihrem Vormarsch gegen den Palast des Volkes von Süden her nach D'Hara einmarschieren. Ihr werdet nach Süden marschieren, um ihr die Stirn zu bieten. Das wissen sie, und nichts anderes erwarten sie, denn genau das ist ihr Plan. Wir marschieren sozusagen auf Geheiß Jagangs, der unsere Taktik bestimmt und uns in eine Schlacht hineinlockt, die wir, wie er sehr wohl weiß, nicht gewinnen können, und die er nicht verlieren kann.«

Stimmen des Protests wurden laut, die lautstark anführten, die Zukunft sei schließlich nicht vorherbestimmt, und sie hätten durchaus eine Chance, sich zu behaupten.

Richard hob eine Hand, um die Stimmen zum Schweigen zu bringen. »Mag sein, dass die Zukunft nicht vorherbestimmt ist, dennoch ist die Wirklichkeit, wie sie nun mal ist. Als Soldaten plant ihr eure Taktik nicht aufgrund irgendwelcher Wunschvorstellungen, sondern aufgrund dessen, was ihr sicher wisst.

Selbst wenn es uns wie durch ein Wunder gelingen sollte, diese sich so bedrohlich abzeichnende Schlacht zu gewinnen, würde dieser Sieg sich letztendlich als nicht ausschlaggebend erweisen. Letztendlich wäre es nichts weiter als eine Schlacht, in der wir uns den Sieg teuer erkauft hätten, während die Imperiale Ordnung uns einfach in kürzester Zeit erneut mit einer noch größeren Streitmacht angreifen würde. Selbst wenn wir die bevorstehende Schlacht gewinnen würden – was, das könnt ihr mir glauben, völlig ausgeschlossen ist –, würden wir schon wenig später gezwungen sein, eine weitere Schlacht gegen eine noch größere Armee zu schlagen, und kurz darauf die nächste.

Und warum? Weil wir in jedem Kampf gegen sie ungeheure Verluste erleiden und immer mehr geschwächt würden. Wir verfügen kaum über Reserven, auf die wir zurückgreifen können, während Jagang, sobald er einen entsprechenden Bedarf anmeldet, mit einem niemals abreißenden Strom nahezu unbegrenzter Verstärkungen versorgt wird, der ihn letztendlich immer stärker werden lässt.

Letztendlich würden wir aus einem sehr einfachen Grund verlieren: Kein Krieg wurde je aus der Verteidigung gewonnen. Es ist möglich, eine Verteidigungsschlacht zu gewinnen, nicht aber einen Verteidigungskrieg.«

Ein Offizier wollte wissen: »Was schlagt Ihr also vor? Dass wir um Frieden betteln sollen?«

Richard tat den Gedanken mit einer beiläufigen, wenn auch gereizten Handbewegung ab. »Irgendwelchen Friedensbedingungen würde der Orden niemals zustimmen. Vor langer Zeit, ganz zu Anfang, hätten sie unsere Kapitulation vielleicht angenommen, uns erlaubt, uns zu unterwerfen und ihnen die Stiefel zu küssen, uns gestattet, die Ketten der Sklaverei anzulegen, aber jetzt nicht mehr. Jetzt haben sie nur noch ein Ziel: den Sieg, und dafür wollen sie uns kräftig bluten lassen. Aber was wäre auch der Unterschied? Das Endergebnis wäre in beiden Fällen gleich: die Ermordung und Unterwerfung von uns allen und unserem Volk. Auf welche Weise wir verlieren, ist weitgehend unerheblich. Im Endeffekt sind Kapitulation und Niederlage dasselbe. So oder so wäre alles verloren.«

»Was … also dann?«, stammelte der Offizier mit erregter Stimme. »Weiterkämpfen, bis wir am Ende entweder getötet werden oder in Gefangenschaft geraten?«

Die Soldaten starrten den rotgesichtigen Offizier an, der gesprochen hatte. Diese Männer kämpften schon seit geraumer Zeit gegen die Imperiale Ordnung; was sie jetzt hörten, war alles andere als neu für sie. Trotzdem blieb ihnen keine andere Wahl, als gegen die Invasoren zu kämpfen. Es war ihre Pflicht. Es war die einzige Möglichkeit, die sie kannten.

Richard wandte sich um und betrachtete Cara. Wie sie dort stand, in ihrem roten Lederanzug, die Füße leicht gespreizt, die Hände hinter dem Rücken verschränkt, erweckte sie den Eindruck, als könnte sie es ganz allein mit dem Orden aufnehmen.

Richard wies auf die Frau neben Cara. »Nicci hier stand einst in ihren Diensten.« Als er die Männer untereinander tuscheln hörte, mitten unter ihnen befinde sich eine Feindin, setzte er hinzu: »So, wie ihr alle einst in den Diensten der Tyrannei standet, als ihr noch unter Darken Rahl dientet, und einige von euch sogar noch unter dessen Vater, Panis Rahl. Ihr hattet gar keine andere Wahl. Darken Rahl war es vollkommen gleichgültig, welche Pläne ihr für euer Leben hattet, das Einzige, was ihn interessierte, war, dass ihr seine Befehle befolgt. Vor die Wahl gestellt, habt ihr euch jetzt für unsere Sache entschieden. Und das Gleiche gilt für Nicci.

Mit den Soldaten der Imperialen Ordnung dagegen verhält es sich anders. Ihr habt gekämpft, weil man euch unter Androhung von Gewalt oder gar Tod dazu gezwungen hatte. Sie dagegen kämpfen, weil sie an etwas glauben. Sie gieren nach Krieg. Sie wollen Teil dieser kriegerischen Anstrengungen sein.

Da sie selbst bei Jagang war, verfügt Nicci über ein Wissen aus allererster Hand. Sie hat Dinge gesehen, die möglicherweise dazu beitragen werden, das Ganze für euch ins richtige Licht zu rücken.«

Er wandte sich um zu Nicci. Mit ihrer glatten, hellen Haut und dem über ihre Schultern fallenden blonden Haar glich sie ein wenig einer Statue. Da war nichts an ihrem Gesicht oder ihrer Figur, das er verändert hätte, hätte er eine Statue von ihr anfertigen sollen. Sie war ein Sinnbild der Schönheit, und doch hatte sie Gräuel gesehen, die jedes Vorstellungsvermögen sprengten.

»Nicci, würdest du jetzt bitte diesen Männern erklären, was sie im Falle einer Gefangennahme durch die Imperiale Ordnung erwartet.«

Richard hatte keine Ahnung, was sie sagen würde oder was sie überhaupt wusste, aber vor allem dank Jebras Bericht wusste er, dass man in der Imperialen Ordnung für das Leben nur Verachtung übrig hatte.

»Die Truppen der Imperialen Ordnung töten ihre Gefangenen nicht auf der Stelle.« Mit tödlicher Ruhe glitt Nicci einen Schritt näher an die ihr entgegenstarrenden Männer heran, wo sie an Richards Seite abwartete, bis die Stille beinahe unerträglich wurde und sie sich der ungeteilten Aufmerksamkeit jedes einzelnen der vor ihr stehenden Soldaten gewiss sein konnte. »Zunächst«, erklärte sie, »wird jeder Gefangene kastriert.«

Ein kollektives Stöhnen erhob sich unter den versammelten Soldaten.

»Anschließend, nachdem sie unerträgliche Qualen und Demütigungen erlitten haben, werden die noch Lebenden der Folter unterzogen. Wer auch diese überlebt, wird schließlich auf die eine oder andere Art brutal hingerichtet.

Wer sich dagegen dem Orden ohne Kampf ergibt, dem bleibt diese Behandlung erspart. Das ist die Absicht, die sich hinter der Grausamkeit gegenüber den Gefangenen verbirgt – ein möglicher Gegner soll mit Angst und Schrecken erfüllt werden, damit er sich kampflos ergibt. Die Behandlung der Zivilisten in den eroberten Städten ist nicht minder grausam und erfolgt mit demselben Hintergedanken. Mit dem Erfolg, dass zahllose Städte kampflos an den Orden gefallen sind.

Ihr Männer liefert diesen Leuten bereits seit Langem einen harten Kampf; euch bliebe nichts von alledem erspart. Sobald ihr von Jagangs Truppen gefangen genommen werdet, gibt es für euch keine Hoffnung mehr. Man wird alles daransetzen, dass ihr euch von ganzem Herzen wünscht, niemals geboren worden zu sein. Der Tod wird eure einzige Erlösung sein.

Nicht dass es eine Rolle spielte. Das Leben unter der Imperialen Ordnung unterscheidet sich nur unwesentlich vom Warten auf den Tod durch die Hand der Ordenstruppen. Das Leben unter der Herrschaft des Ordens ist selbst ein langsamer, zermürbender Tod; nur währt er länger, denn das Elend zieht sich über viele Jahre hin.

Gut geht es nur denen, denen das Leben und alles Gute verhasst ist. Tatsächlich begünstigt und ermutigt der Orden all jene, die die guten Dinge im Leben hassen. Schließlich gründen sich ihre Lehren auf einen erbitterten Hass auf alles Gute. Das Umfeld, das solche Glaubensüberzeugungen schaffen, ist geprägt von allumfassendem Elend. Die Hasser ergötzen sich am Elend anderer, denn das Gute erregt ihren Zorn. Würdet ihr gefangen genommen, wären diese Hasser eure Herren.«

Wie betäubt standen die Männer da, schweigend. Und in dieser Stille vernahm Richard das sachte Trommeln des Regens auf der über ihren Köpfen gespannten Zeltplane. Das Unwetter kam näher und würde sie bald erreicht haben.

Beiläufig sprach Nicci in die Stille hinein. »Die gerösteten Hoden ihrer Feinde gelten bei den Soldaten der Imperialen Ordnung als überaus begehrte Leckerbissen. Nach einer Schlacht durchstreifen Schlachtengänger das Schlachtfeld auf der Suche nach Beute und jedem noch lebenden Gegner, um ihn kastrieren zu können. Diese kostbaren, blutigen, von lebenden Feinden eingesammelten Kostbarkeiten sind bei den berauschten Feiern nach einem Sieg überaus gefragt, glauben die Soldaten doch, dass diese Köstlichkeiten ihnen Kraft und Männlichkeit verleihen. Anschließend widmen sie sich den weiblichen Gefangenen.«

Richard kniff sich mit Daumen und Zeigefinger in den Nasenrücken. »Und weiter?«

Nicci warf ihm einen erstaunten Blick zu. »Ist das noch nicht genug?«

Richard seufzte schwer und ließ seine Hände fallen. »Schätze ja.«

Er wandte sich wieder um zu den Soldaten. »Die schlichte Wahrheit ist: Es besteht nicht die geringste Aussicht, dass ihr die bevorstehende Schlacht gewinnen könnt.«

Richard holte tief Luft, ehe er sich überwand, das Unaussprechliche zu sagen, das, weshalb er hergekommen war.

»Und aus diesem Grund wird es keine letzte Schlacht geben. Wir werden nicht gegen Kaiser Jagang und seine Armee der Imperialen Ordnung kämpfen. Als Lord Rahl und Anführer des d'haranischen Reiches weigere ich mich, diesen Akt sinnloser Selbstvernichtung zuzulassen. Vielmehr bin ich hier, um die Auflösung unserer Armee zu veranlassen. Es wird keine letzte, alles entscheidende Schlacht geben. Die Neue Welt wird Jagang kampflos in die Hände fallen.«

Richard konnte sehen, wie manch einem der Offiziere die Tränen in die Augen traten.

25

Richards Worte trafen sie wie ein Schlag ins Gesicht.

Wütend rief ein Offizier: »Wozu sollen wir dann überhaupt kämpfen?« Mit ausholender Geste wies er auf seine Kameraden. »Seit Jahren schon kämpfen wir in diesem Krieg. Viele unserer Kameraden weilen nicht mehr unter uns, weil sie ihr Leben für den Erhalt unserer Sache, für das Überleben unserer Angehörigen geopfert haben. Wenn wir ohnehin keine Chance haben, wenn wir sowieso am Ende verlieren werden, wozu haben wir uns dann überhaupt die Mühe gemacht zu kämpfen? Ja, warum sollten wir uns die Mühe machen, diesen Kampf fortzusetzen?«

Ein bitteres Lächeln ging über Richards Gesicht. »Genau das ist die Absicht.«

»Was für eine Absicht?«, knurrte der Soldat.

»Wenn die Menschen keine Chance sehen, zu triumphieren und einen Sieg zu erringen, wenn sie sich stattdessen nur Tod und Vernichtung gegenübersehen, dann wird ihnen mit der Zeit jeglicher Kampfeswillen abhandenkommen. Sind sie einmal zu der Einsicht gelangt, dass sie keine Chance haben, ihre Glaubensüberzeugungen weiter zu verbreiten, und droht ihnen bei dem fortgesetzten Versuch, dies zu tun, nichts als der Tod, wird sich nach und nach der Wunsch in ihnen regen, von diesem Krieg endgültig Abstand zu nehmen.«

Sofern das überhaupt möglich war, wurde der Mann noch

aufgebrachter, wie eine ganze Reihe anderer Offiziere auch. »Mit anderen Worten, Ihr wollt uns weismachen, wir sollen diesen Krieg einfach vergessen? Dass wir gegen den Willen der Imperialen Ordnung nicht gewinnen können und es aus diesem Grund auch nichts gibt, wofür es sich zu kämpfen lohnt?«

Richard verschränkte die Hände hinter seinem Rücken, reckte entschlossen sein Kinn empor und wartete ab, bis er sich der Aufmerksamkeit aller gewiss sein konnte.

»Mitnichten. Was ich meine, ist, dass ihr den Menschen aus der Alten Welt dieses Gefühl geben sollt.«

Verwirrt runzelten die Männer die Stirn und begannen, untereinander fragend zu tuscheln. Sie verstummten jedoch schnell, als Richard fortfuhr.

»Jagang ist im Begriff, seine Armee hierher, auf d'haranischen Boden zu führen. Er will, dass wir uns ihm im Kampf stellen. Warum wohl? Weil er glaubt, uns besiegen zu können – und ich glaube, in diesem Punkt hat er recht. Und zwar nicht etwa, weil es euch Soldaten an Tapferkeit mangelt, an guter Ausbildung, Stärke oder Kampfgeschick, sondern schlicht und einfach, weil ich um die Unerschöpflichkeit seiner Mittel weiß. Ich habe eine Zeit lang unten in der Alten Welt gelebt, ich weiß, wie ungeheuer groß dieses Gebiet ist. Und weil ich die Alte Welt bereist habe, habe ich eine gewisse Vorstellung davon, wie viele Menschen dort leben, über welch ungeheure Mengen an Vieh, Getreide und andere Güter sie verfügen. Diese Menschen verfügen über Mittel, wie ihr sie euch nicht einmal ansatzweise vorzustellen vermögt.

Jagang hat eine gewaltige Streitmacht aus barbarischen Kriegern zusammengezogen, die ihren Glaubensüberzeugungen sklavisch ergeben sind. Sie beabsichtigen, alles und jeden zu vernichten, der sich ihnen in den Weg stellt. Es gelüstet sie geradezu danach, Helden der Eroberung zu sein und ihren Glauben zu verbreiten. Man hat Jagang alles zur Verfügung gestellt, was er nach seiner Erfahrung dafür benötigt, und es dann verdoppelt – und um ganz sicherzugehen, hat er es selbst anschließend ein weiteres Mal verdoppelt.

Jagang ist keineswegs ein Anhänger der verschrobenen moralischen Denkweise, man dürfe sich bei der Führung eines Krieges nicht aufwendigerer Mittel bedienen als der Gegner – was einer Art künstlich erzeugter Fairness im Kampf um Leben und Tod gleichkäme. An einer gleichberechtigten Auseinandersetzung ist ihm nicht gelegen – warum auch? Sein ausschließliches Ziel ist unsere Unterwerfung; das ist seine Aufgabe.«

Richard beugte den Oberkörper vor und tippte sich mit dem Zeigefinger an die Schläfe. »Denkt nach! Seid ihr der Vorstellung einer traditionellen Entscheidungsschlacht so sehr verhaftet, dass ihr deren Zweck völlig aus dem Blick verloren habt? Stellt ihr die Tradition des ›so wurde es schon immer gemacht‹ etwa über den bezweckten Sinn? Der alleinige Zweck einer solchen Schlacht besteht darin, sich gegen einen Feind zu behaupten und den Streitfall ein für alle Mal zu entscheiden. Der Begriff der Entscheidungsschlacht hat letztendlich zu dem Glauben geführt, eine Entscheidung sei nur durch sie herbeizuführen, denn schließlich wurde es schon immer so gemacht.

Hört auf, ohne Sinn und Verstand an dieser Vorstellung festzuhalten. Hört auf, euch von Althergebrachtem blenden zu lassen. Hört auf, euch aus purer Gewohnheit selbst ins Grab zu stürzen. Denkt nach – denkt wirklich darüber nach –, wie wir unsere Aufgabe erfüllen können.«

»Wollt Ihr etwa andeuten, Ihr wisst eine bessere Methode, gegen diese Leute zu kämpfen?«, fragte ein junger Offizier. Wie die meisten Männer machte er einen ehrlich verwirrten Eindruck.

Richard atmete tief durch und bemühte sich, seine Aufgebrachtheit in den Griff zu bekommen. Dann senkte er die

Stimme und blickte, während er fortfuhr, mitten unter die nüchternen Gesichter.

»Allerdings. Anstatt das Erwartete zu tun und uns in eine Entscheidungsschlacht zu stürzen, verfolge ich kein anderes Ziel als die Vernichtung dieser Männer. Schließlich ist dies der ursprüngliche Zweck einer großen Entscheidungsschlacht. Ist dieses Ziel nicht durch eine solche Schlacht zu erreichen, dann müssen wir eben eine andere Möglichkeit finden.

Anders als die, die für die Glaubensüberzeugungen der Imperialen Ordnung kämpfen, verspürt keiner von uns das Bedürfnis, sich mit einem ruhmreichen Sieg auf dem Feld der Ehre zu brüsten. Ruhm ist auf diese Weise nicht zu erlangen. Es gibt nur Sieg oder Niederlage. Eine Niederlage bedeutet ein neues Zeitalter der Finsternis; ein Sieg dagegen bietet die Möglichkeit auf ein Leben in Freiheit. Die Zivilisation steht auf des Messers Schneide. So einfach liegen die Dinge.

In einem solchen Überlebenskampf, in einem um das nackte Überleben geführten Kampf gegen Männer, die von dem Wunsch getrieben sind, uns umzubringen, weil wir ihrer Meinung nach kein Existenzrecht haben, gibt es kein klar definiertes Schlachtfeld. Eine solche Auseinandersetzung ist kein Kampf um ein bisschen Land, kein Krieg um ein Stück Wiese, sondern sie hat ihre Grundlage in der geistigen Haltung der Menschen, in den Ideen, die ihren Handlungen zugrunde liegen. Mit einem Sieg auf einem Schlachtfeld wäre unseren Angehörigen keineswegs besser gedient; ihnen ist nur damit gedient, wenn wir aus diesem Wettstreit der Ideen als Sieger hervorgehen.«

Schließlich meldete sich General Meiffert per Handzeichen zu Wort. »Wenn wir uns ihnen nicht im Kampf stellen, Lord Rahl, wie sollen wir Eurer Ansicht nach dieses Ziel erreichen gegen einen Feind, dessen zahlenmäßige Überlegenheit ihn, wie Ihr soeben geschildert habt, praktisch unbesiegbar macht?

Denn auch wenn es ihre Glaubensüberzeugungen sind, die sie zu ihrem Tun verleiten, so sind es doch ihre Schwerter, mit denen wir fertigwerden müssen.«

Nicht wenige Männer nickten, froh, dass ihr General die Frage gestellt hatte, die ihnen allen im Kopf herumging. Zugleich war es die Frage, auf die Richard gewartet hatte. Indem er ihr Weltbild durcheinandergeworfen hatte, hatte er ihnen die Hoffnung auf einen Sieg in einer traditionellen Feldschlacht genommen, nun musste er ihnen zeigen, wie sie diesen Krieg gewinnen konnten.

Als das Trommeln des Regens auf der Zeltplane über ihren Köpfen immer lauter wurde, ließ Richard, die Hände hinter dem Rücken verschränkt, den Blick forschend über die ihm erwartungsvoll entgegenstarrenden Gesichter schweifen. »Ihr müsst der Donner und Blitz der Freiheit sein. Ihr müsst die Rache sein, die über dieses Volk der barbarischen Ideen kommt, das nicht nur zugelassen hat, dass das Böse Einzug in ihre Herzen fand, sondern es auch noch gebilligt und befürwortet hat.

Wir müssen diesen Krieg auf unsere Weise kämpfen, müssen diesen Krieg als das führen, was er tatsächlich ist – nicht ein Krieg von Armeen auf dem Schlachtfeld, die als Stellvertreter für Ideen auftreten, sondern ein Krieg um die Zukunft der Menschheit.

In diesem Sinne ist es ein Krieg, in den die Alte Welt mit absoluter Entschlossenheit zieht, dem sich ein jeder auf ihrer Seite mit Leib und Seele verschrieben hat. Sie treten voller Leidenschaft für ihre Sache ein. Sie glauben an das, was sie tun. Sie meinen, das Recht auf ihrer Seite zu haben, halten ihr Tun für moralisch, glauben, den Willen des Schöpfers zu erfüllen, und dass es demnach ihr gutes Recht sei, nach Belieben jeden umzubringen, um so die Lebensweise der gesamten Menschheit zu bestimmen.

Sie alle bringen ihren Besitz, ihre Arbeit, ihren Reichtum und ihr Leben in diesen Kampf ein. Es ist das ganze Volk, nicht bloß die Armee, das uns unterjochen und zwingen will, uns ihren Glaubensüberzeugungen zu beugen. Diese Menschen wollen, dass wir, wie sie, zu Sklaven ihres Glaubens werden. Sie ermutigen ihre Armee, unschuldige Menschen hier in der Neuen Welt zu überfallen, um uns ihre Glaubensüberzeugungen aufzuzwingen. Sie wollen, dass wir, als Anhänger desselben Glaubens wie sie, unser Leben diesem Glauben opfern und ihrem Willen entsprechend gestalten. Sie wollen bestimmen, was unsere Kinder glauben sollen – wenn nötig, mit Gewalt.

All diese Menschen, die von den Methoden des Ordens überzeugt sind, die ihren Beitrag leisten, die Ermutigung und Unterstützung geben, die dafür beten, dass ihre Soldaten uns vernichtend schlagen, sind Teil ihrer kriegerischen Bemühungen. Jeder Einzelne von ihnen leistet seinen Beitrag zu ihrer Sache. In dieser Hinsicht sind sie nicht weniger der Feind als die Soldaten, die in ihrem Auftrag ihre Schwerter erheben. Sie sind es, die einen niemals abreißenden Strom junger Männer unter Waffen stellen und ihnen alles Übrige mitgeben, was sie brauchen, um gegen uns vorzugehen, von Lebensmitteln bis hin zu Trost und moralischer Unterstützung.«

Richard wies nach Süden. »Im Grunde sind diese Menschen, die den Krieg erst möglich machen, vielleicht der größere Feind, denn jeder von ihnen ist eine schweigende Unterstützung, jemand, der uns aus der Ferne Unheil wünscht, der sich entschieden hat zu hassen und der festen Überzeugung ist, es werde für ihn keine Folgen haben, wenn er uns seinen Willen aufzwingt.

Als Lohn für ihre Unterstützung fließt die Kriegsbeute zu ihnen zurück; Sklaven werden zurückgeschickt, um für sie zu arbeiten, Blut und Tränen werden vergossen, um ihrer Forderung nach dem rechten Glauben Nachdruck zu verleihen.

Diese Menschen haben eine bewusste Entscheidung getroffen: für ihren Glauben, für die Überzeugung, ein Recht auf unser Leben zu haben und alles tun zu dürfen, was nötig ist, um uns zu unterwerfen. Diese von ihnen getroffenen Entscheidungen dürfen nicht folgenlos bleiben, erst recht nicht, wenn sie mit ihrem Entschluss das Leben anderer ruinieren, die ihnen kein Leid zugefügt haben.«

Richard breitete die Hände aus. »Wie aber ist das zu erreichen?«

Er ballte seine Hände zu Fäusten. »Indem wir den Krieg in die Heime derer tragen, die ihn fördern und befürworten. Es kann nicht sein, dass immer nur das Leben unserer Freunde, unserer Familien und Angehörigen in den blutigen, von den Menschen aus der Alten Welt befeuerten Hexenkessel geworfen wird – jetzt muss es auch das ihre sein.

Sie betrachten diesen Krieg als einen Kampf um die Zukunft der Menschheit – ich bin entschlossen, alles zu tun, dass er genau das wird. Ich will, dass sie voll und ganz begreifen, welche Folgen es hat, wenn sie ausziehen, um uns – aus welchem Grund auch immer – zu ermorden und zu unterjochen.

Vom heutigen Tag an werden wir einen echten Krieg führen, einen totalen Krieg, einen Krieg ohne Gnade und Erbarmen. Wir werden uns nicht länger irgendwelche unsinnigen Regeln auferlegen, was ›fair‹ ist und was nicht. Unser einziges Ziel wird sein zu gewinnen. Für uns, für unsere Angehörigen und unsere Freiheit ist das die einzige Möglichkeit zu überleben. Moralisch ist allein unser Sieg. Ich will, dass die Unterstützer der Imperialen Ordnung den Preis für ihre Aggression bezahlen – und zwar mit ihrem Besitz, ihrer Zukunft und mit ihrem nackten Leben.

Die Zeit ist gekommen, mit nichts als kaltem, finsterem Zorn in unseren Herzen Jagd auf diese Menschen zu machen.«

Er reckte eine Faust in den Himmel. »Zerschmettert ihre Gebeine zu Blut und Staub!«

Einen Moment lang herrschte Stille, als alle wie ein Mann Luft holten, um Augenblicke darauf in donnernden Jubel auszubrechen, so als hätten sie alle insgeheim gewusst, dass nicht die geringste Chance auf einen Sieg bestand, sie alle letztendlich zu Tod und Untergang verdammt wären, und plötzlich hätte ihnen jemand aufgezeigt, dass es doch noch Hoffnung gab. Endlich hatten sie wieder eine reale Chance, ihre Heime und ihre Angehörigen zu retten, und damit ihre Zukunft.

Einen Augenblick lang unterließ es Richard, den tosenden Jubel zu unterbrechen, doch dann bat er mit erhobener Hand um Ruhe und fuhr fort.

»Die Armee der Imperialen Ordnung hat die volle Unterstützung der Menschen in ihrer Heimat. Jeder Soldat des Ordens kann sich der Unterstützung seiner Familie, Freunde und Nachbarn gewiss sein. Nichtsdestoweniger sind die Ordensmänner auf Nachrichten aus der Heimat angewiesen. Ich möchte, dass die Soldaten der Imperialen Ordnung nichts als einen Aufschrei des Entsetzens vernehmen; sie sollen wissen, dass ihre Heime geplündert, ihre Städte und Ortschaften dem Erdboden gleichgemacht, ihre Geschäfte und Ernten vernichtet werden und ihre Angehörigen vor dem Nichts stehen.

Der Orden predigt, das Leben in dieser Welt sei nichts als Drangsal. Macht, dass es dazu wird. Streift die dünne Schicht der Zivilisation ab, die ihnen so zuwider ist.«

Richard sah zu Verna und den Frauen in ihrer Begleitung, allesamt Schwestern des Lichts. »Nichts ist ihnen so verhasst wie Magie; macht, dass sie grauenhafte Angst davor bekommen. Sie glauben, wer Magie besitzt, muss vernichtet werden; macht, dass sie sich wünschen, nie wieder unseren Zorn zu erregen. Ihr Ziel ist die Eroberung; macht, dass sie keinen anderen Wunsch mehr haben als bedingungslose Kapitulation.«

Ein Blitz zerriss den düsteren nachmittäglichen Himmel, und der windgepeitschte Regen begann, auf die Zeltplane über ihren Köpfen zu prasseln. Als der letzte krachende Donnerschlag verklungen war, richtete Richard seine Aufmerksamkeit wieder auf die Männer und fuhr fort.

»Für die Erreichung unseres Ziels bedarf es eines präzise abgestimmten Plans, der jede Facette der Gefahr umfasst. Zu diesem Zweck muss sich ein Teil unserer Streitmacht dem wichtigen Ziel der Verfolgung und Vernichtung ihrer Nachschubkolonnen widmen. Diese Kolonnen sind für das Überleben der Imperialen Ordnung von entscheidender Bedeutung. Durch sie erhalten sie nicht nur die nötigen Verstärkungen, sondern mit diesen Kolonnen gelangt auch ein steter Strom von Vorräten zu ihren Truppen, den diese dringend zum Überleben brauchen. Sicher, die Truppen der Imperialen Ordnung plündern auf ihrem Vormarsch, doch für ihre Versorgung reicht das bei Weitem nicht aus. Ihre ungeheure Größe macht sie auch angreifbar. Also müssen wir ihnen diesen Nachschub vorenthalten, den sie benötigen, um hier in solch gewaltigen Massen zu überleben, müssen wir diese lebensnotwendige Nabelschnur kappen. Tot ist tot, auch wenn die Soldaten der Imperialen Ordnung am Hunger sterben. Jeder Ordenssoldat, der verhungert, ist einer weniger, um den wir uns sorgen müssen. Das allein zählt für uns.

Das wird auch die von Süden her nachrückenden Rekruten verwundbarer machen, da sie sich weder bereits mit erfahrenen Kämpfern vereint haben noch in großer Zahl auftreten. Sie sind schlecht ausgebildet und wenig mehr als jugendliche Schläger, die ausgezogen sind, um zu vergewaltigen und zu rauben. Metzelt sie nieder, ehe sie in den Norden gelangen und eine Chance haben, es zu tun. Das Anwerben frischer Rekruten wird umso schwieriger, je mehr von ihnen bereits im eigenen Land getötet werden, ehe sie überhaupt Gelegenheit erhalten, hilflose Fremde abzuschlachten. Noch besser ist es, wenn es sich um noch kleine Einheiten handelt, die gerade erst in ihren heimatlichen Dörfern zusammengezogen werden. Tragt den Krieg zu ihnen, tötet sie, ehe sie Gelegenheit haben, ihn zu uns zu tragen. Haben diese jungen Männer erst begriffen, dass sie durch ihre freiwillige Meldung zum Kriegsdienst niemals zu Helden werden, ihnen niemals Kriegsbeute oder junge weibliche Gefangene in die Hände fallen werden, haben sie erst begriffen, dass sie nicht einmal weit kommen werden, ehe sich ihnen Soldaten entgegenstellen, die nicht auf die erwartete Weise kämpfen und sich nicht gegen eine unfassbare Übermacht in eine aussichtslose Entscheidungsschlacht stürzen, wird ihre Begeisterung, in den Kampf zu ziehen, rasch abkühlen. Wenn nicht, dann sterben eben auch sie, und zwar noch ehe sie überhaupt Gelegenheit haben, sich der Armee im Norden anzuschließen. Der Anblick der Leichen dieser künftigen Helden, die auf der Schwelle ihres eigenen Hauses verfaulen, wird uns helfen, den Kampfgeist der Menschen in der Alten Welt zu brechen.«

Ehe er fortfuhr, ließ Richard seinen Blick forschend über die aufmerksamen Gesichter schweifen. »An diesem Ort, mit dem heutigen Tag, ist die Idee einer letzten, entscheidenden Schlacht endgültig gestorben. Ab heute werden wir uns in nichts auflösen. Nach dem heutigen Tag wird es keine Armee des d'haranischen Reiches mehr geben, welche die Imperiale Ordnung in eine Entscheidungsschlacht verwickeln und vernichten kann. Schließlich wollen sie das nur, um unser Volk seines Schutzes zu berauben, damit es nackt und verwundbar zurückbleibt. Das werden wir nicht zulassen. Ab heute werden wir diesen Krieg auf eine ungekannte Weise führen – auf unsere Weise, die auf kalter Überlegung fußt und die den sicheren Sieg verspricht.

Ich will, dass jeder in der Alten Welt euch fürchtet, als wärt ihr Racheengel. Beginnend mit dem heutigen Tag, werdet ihr das Phantom der d'haranischen Legionen sein.

Niemand wird wissen, wo ihr seid, niemand wird wissen, wann oder wo ihr als Nächstes zuschlagen werdet. Trotzdem möchte ich, dass jeder in der Alten Welt jenseits allen Zweifels weiß, dass ihr sie verfolgen werdet, dass ihr zuschlagen werdet, als wäre die Unterwelt selbst im Begriff, sich aufzutun und sie zu verschlingen. Ich will, dass sie die Phantomlegionen der d'haranischen Armee fürchten wie den Tod.

Sie sehnen den Tod herbei, um in die ewige Herrlichkeit des Lebens nach dem Tod eingehen zu können … erfüllt ihnen diesen Wunsch.«

Einer der Männer weiter hinten räusperte sich und ergriff das Wort. »Lord Rahl, dort unten werden aber auch unschuldige Menschen umkommen.«

»Natürlich solltet ihr es, wann immer möglich, vermeiden, unschuldigen Menschen Schaden zuzufügen, gleichwohl ist das nicht unser vorrangiges Ziel. Unser Ziel ist es, den Krieg zu beenden, und um das zu erreichen, müssen wir diesen Leuten die Fähigkeit zur Kriegsführung nehmen. Das ist unsere Pflicht als Soldaten.

Tatsächlich kenne ich Menschen in der Alten Welt, die sich bereits gegen die Imperiale Ordnung erhoben haben und uns in diesem Kampf zur Seite stehen. Ein einfacher Hufschmied namens Victor und seine Männer in Altur'Rang zum Beispiel haben das Fanal der Freiheit in der Alten Welt entzündet und kämpfen bereits auf unserer Seite. Wo immer ihr auf diese Menschen stoßt, die sich nach Freiheit sehnen, solltet ihr sie bestärken und euch ihrer Unterstützung versichern. Sie sind bereit, ihre Städte und Orte in Flammen aufgehen zu sehen, sofern diese Feuersbrünste nur das Ungeziefer vernichten, das sich so munter über ihr Leben hermacht.

Aber was immer ihr auch tut, ihr dürft niemals vergessen,

dass es euer Ziel ist, die Imperiale Ordnung daran zu hindern, uns zu töten, und zu diesem Zweck müssen wir ihren Kampfeswillen brechen. Um dies zu erreichen, müssen wir den Krieg zu ihnen tragen.

Sosehr mich der Verlust unschuldiger Menschenleben betrübt, dieser Verlust ist eine unmittelbare Folge des unsittlichen Tuns der Imperialen Ordnung. Wir sind nicht verpflichtet, unser Leben aufzuopfern, um zu verhindern, dass Unschuldigen auf ihrer Seite Leid geschieht. In dieser Auseinandersetzung, die wir nicht verschuldet haben, können wir keine Verantwortung für ihr Leben übernehmen.

Gleichwohl haben wir jedes Recht, unser Existenzrecht zu verteidigen. Lasst euch nichts anderes einreden, von niemandem. Die Gefahr muss beseitigt werden; alles andere wäre nichts weiter als lautes Pfeifen auf dem Weg ins eigene Grab.«

Ernst und schweigend standen die Männer unter der sich wölbenden Zeltplane, die sie vor dem kräftigen Regenguss schützte. Niemand hatte irgendwelche Einwände vorzubringen; lange Zeit hatten sie auf verlorenem Posten gekämpft, hatten sie Tausende sterben sehen. Sie begriffen, dass es keine andere Möglichkeit gab.

Richard machte Hauptmann Zimmer ein Zeichen, einem jungen Mann mit energischem Kinn und kräftigem Nacken, der ruhig mit vor der enormen Brust verschränkten Armen dagestanden und in völlige Konzentration versunken Richards Worten gelauscht hatte. Er war zum Anführer der Spezialeinheiten ernannt worden, nachdem Kahlan Hauptmann Meiffert zum Oberbefehlshaber der d'haranischen Streitkräfte befördert hatte; sie war es auch, die Richard von der hervorragenden Arbeit berichtet hatte, die Hauptmann Zimmer und seine Männern leisteten, dass sie erfahren waren und unter Druck sachlich blieben, unermüdlich und furchtlos waren und beim Töten von kalter Effektivität. Was die meisten

Soldaten erbleichen ließ, entlockte ihnen nur ein müdes Lächeln.

»Hauptmann Zimmer, im Zuge unserer neuen abgestimmten Vorgehensweise habe ich einen Sonderauftrag für Euch.«

Ein strahlendes Lächeln ging über das Gesicht des Mannes, als er seine Arme sinken ließ und seine Haltung straffte. »Lord Rahl?«

»Unsere vorrangige Aufgabe muss es sein, jeden auszuschalten, der die Lehren der Imperialen Ordnung predigt. Diese Personen sind der Quell des Hasses, der Ursprung jener verdorbenen Glaubensüberzeugungen, die das Leben vergiften.

Die Glaubensgemeinschaft der Ordnung hat es sich zum Ziel gesetzt, die gesamte Menschheit zu erobern, mit der Absicht, alle Menschen ihren rigorosen Lehren zu unterwerfen. Sie treten für die Ermordung aller ein, die sich ihren Glaubensüberzeugungen widersetzen. Das Gedankengut dieser Männer ist der Funke, an dem sich das allgemeine Morden entzündet. Ohne diese Lehren wären sie nicht hier und würden Menschen töten.

Der Orden ist wie eine Natter, die nur dank ihrer Glaubensüberzeugungen, ihrer Vorstellungen, ihrer Lehren existiert. Ihr Einfluss reicht vom Herzen der Alten Welt bis hierher. Deshalb wird es von diesem Augenblick an Eure Aufgabe sein, diese Schlange zu enthaupten. Tötet jeden Mann, der die Glaubensüberzeugungen des Ordens predigt. Wenn irgendwo irgendjemand eine Predigt hält, wünsche ich seine Leiche schon am nächsten Morgen an einem sehr öffentlichen Ort zu sehen, und vor allem soll jedem klar sein, dass er keines natürlichen Todes gestorben ist. Jeder soll sich darüber im Klaren sein, dass die Verbreitung der Glaubensüberzeugungen des Ordens der Bitte um einen raschen Tod gleichkommt.

Wie Ihr dabei vorgeht, ist unerheblich, aber töten müssen wir sie. Wenn sie tot sind, können sie ihr Gift nicht mehr verbreiten und in anderen die Begeisterung wecken, uns umzubringen. Das ist Eure Aufgabe. Tötet sie. Je weniger Zeit Ihr für das Töten eines Mannes aufwendet, desto schneller könnt Ihr Euch dem nächsten zuwenden.

Aber bedenkt bitte, dass die Hohepriester der Glaubensgemeinschaft der Ordnung mit der Gabe gesegnet sind. Aber auch wenn Ihr Vorsicht walten lassen müsst und Euch stets bewusst sein muss, dass diese Männer Zauberer sind, solltet Ihr bedenken, dass selbst diese Zauberer ein Herz besitzen, welches das Blut durch ihre Adern pumpt. Ein Pfeil wird sie ebenso gewiss töten wie jeden anderen.

Ich weiß es, denn vor noch nicht allzu langer Zeit wäre mir ein überraschend auf mein Lager abgeschossener Pfeil beinahe selbst zum Verhängnis geworden.« Richard wies auf die beiden hinter ihm stehenden Frauen. »Ich hatte das Glück, dass Cara und Nicci hier zugegen waren und mir das Leben gerettet haben. Was ich sagen will, ist, diese Männer sind trotz ihrer magischen Kräfte verwundbar. Es steht durchaus in eurer Macht, sie auszuschalten.

Wie oft habe ich euch Männer sagen hören, ihr wärt der Stahl gegen den Stahl, damit ich die Magie gegen die Magie sein kann? Dieser Maxime liegt die fundamentale Wahrheit zugrunde, dass die mit der Gabe Gesegneten ebenso sterblich und denselben Risiken ausgesetzt sind wie alle Menschen.

Ich weiß, Ihr und Eure Männer werdet Mittel und Wege finden, diese Leute auszuschalten. Ich will, dass jeder, der den Hass der Glaubensüberzeugungen des Ordens predigt, die Erfahrung macht, dass dies den sicheren Tod zur Folge hat. Es darf kein Zweifel an der unabwendbaren Tatsache bestehen, dass sie ihrem Schicksal nicht nur deshalb entgehen werden, weil sie mit der Gabe gesegnet sind. Ihr und Eure Männer werdet die Botschafter dieser Wahrheit sein.

Denn letztendlich geht es hierbei um Wirklichkeit und Illusion, um eine Auseinandersetzung darüber, welche dieser Auffassungen der Menschheit dienlich ist. Sie predigen die falsche Vorstellung vom Glauben an Dinge, die nicht wirklich sind, von Fantasiegebilden und den Königreichen in anderen Welten, von Strafen und Belohnungen lange nach dem Tod. Und sie töten, um Menschen gewaltsam diesem Glauben zu unterwerfen.

Dagegen steht die Wirklichkeit unseres Versprechens, dass es Folgen haben wird, uns Schaden zuzufügen, eines Versprechens, das unbedingt eingelöst werden muss. Dieses Versprechen muss sich als glaubwürdig erweisen, denn versagen wir in diesem Kampf, wird die Menschheit in ein langes, dunkles Zeitalter abgleiten.«

Richard ließ den Blick über die schweigenden Männer schweifen und sprach mit ruhiger Stimme und in einem Tonfall, der für jeden verständlich war. »Ich zähle auf die Erfahrung und das Urteil von euch allen, damit wir erreichen, was wir erreichen müssen. Sobald ihr etwas seht, was ihnen eurer Meinung nach von Nutzen ist, zerstört es. Versucht jemand, sich euch in den Weg zu stellen, tötet ihn. Ich will, dass ihre Ernten, Heime und Städte niedergebrannt werden. Vom heutigen Tag an will ich die gesamte Alte Welt in Flammen sehen. Ich möchte, dass kein Stein auf dem anderen bleibt. Die Alte Welt soll einen solchen Ruin erleiden, dass ihr die Fähigkeit abhandenkommt, in mörderischer Absicht über andere herzufallen. Ihr Kampfeswillen muss gebrochen, ihre Lebensgeister vernichtet werden.

Ich bin zuversichtlich, ihr Männer werdet Mittel und Wege finden, dies alles zu vollbringen. Lasst euch durch das, was ich euch heute sage, nicht einschränken. Überlegt, was für sie von besonderem Wert sein und uns ein lohnendes Ziel bieten könnte. Überlegt, wie sich eure neuen Befehle am besten in die Tat umsetzen lassen.«

Er beobachtete die Augen der Männer, die soeben aufgefordert wurden, etwas zu tun, was sie niemals für ihre Bestimmung gehalten hätten. »Es wird keine Entscheidungsschlacht mit der Imperialen Ordnung geben. Wir denken nicht daran, ihnen so entgegenzutreten, wie sie dies wünschen. Stattdessen werden wir sie bis ins Grab hinein verfolgen.«

Die versammelten Offiziere schlugen sich wie ein Mann die Faust aufs Herz.

Richard wandte sich erneut an Hauptmann Zimmer. »Jetzt kennt Ihr meinen Befehl, soweit es Euren Sonderauftrag betrifft. Seid skrupellos. Jedes andere Vorgehen wäre gegenüber diesen Männern untauglich. Macht kurzen Prozess mit ihnen und zeigt kein Erbarmen.«

Hauptmann Zimmer richtete sich zu seiner vollen Größe auf. »Ich danke Euch, Lord Rahl, dass Ihr mir erlaubt, die Welt von diesen Hasspredigern zu befreien.«

»Da wäre noch etwas, um das ich Euch und Eure Männer bitten möchte.«

»Lord Rahl?«

»Bringt mir ihre Ohren.«

Ein Lächeln umspielte seine Lippen, als er mit einem Faustschlag auf sein Herz salutierte. »Es wird für sie weder ein Entkommen noch Erbarmen geben, Lord Rahl. Ich werde Euch den Beweis bringen.«

In Gedanken bereits bei ihren neuen Aufgaben, begannen die Offiziere Vorschläge, sowohl die Ziele selbst als auch Methoden zu ihrer Zerstörung betreffend, vorzubringen. Dabei belebte eine Begeisterung ihre Mienen, so als hätten sie sich bereits mit dem Gedanken abgefunden gehabt, dass sie keine andere Wahl mehr hatten, als sich von einem unerbittlichen Gegner zermürben zu lassen, dass ihre unter dieser Last erschlafften Gesichter von Falten zerfurcht waren. Jetzt konnte Richard frischen Lebenswillen in ihnen erkennen, die Begeisterung darüber, dass es eine Lösung gab und ein Ende absehbar war.

Die unterschiedlichsten Vorschläge wurden vorgebracht: Felder könnten versalzen, Wasservorräte mit verwesenden, von Krankheiten befallenen Kadavern und Leichen vergiftet, Dämme zerstört, Obstgärten niedergerissen, Viehherden abgeschlachtet und Mühlen abgefackelt werden. Von einigen dieser Vorschläge riet Nicci ab, indem sie darlegte, weshalb sie nicht funktionieren oder einen zu großen Aufwand erfordern würden, und schlug stattdessen Alternativen vor. Andere Ideen entwickelte sie weiter, um ihre Wirkung noch verheerender zu machen.

Richard hörte so manches, was ihn ebenso mit Abscheu erfüllte wie das Wissen, dass er der Architekt eines solchen Chaos war, doch dann dachte er an seine Vision von Kahlan, die Shota ihm eingegeben hatte, an seine Vision dieses Schreckens sowie anderer, die für unzählige Menschen längst Wirklichkeit waren, und verspürte ein Gefühl der Zufriedenheit darüber, dass sie endlich auf eine Weise zurückschlagen würden, die diesem Grauen ein Ende zu bereiten versprach. Schließlich hatte sich die Imperiale Ordnung das alles selbst zuzuschreiben.

»Zeit ist von entscheidender Bedeutung«, erklärte Richard den versammelten Offizieren und Schwestern. »Mit jedem Tag, der verstreicht, erobert der Orden weitere Städte, unterjocht, foltert, vergewaltigt und ermordet er mehr Menschen.«

»Da gebe ich Euch recht«, sagte General Meiffert. »Ein Fußmarsch nach Süden kommt nicht infrage.«

»So ist es«, bestätigte Richard. »Ich möchte, dass ihr schnell reitet und hart zuschlagt. Die Imperiale Ordnung verfügt über eine gewaltige Streitmacht, und wohin sie sich in der Neuen Welt auch wendet, fallen die Ortschaften ihrer Zerstörungswut anheim. Andererseits macht ihre Größe sie schwerfällig; ein Marsch quer über Land kostet sie enorme Zeit. Jagang hat ihre

Langsamkeit zur Taktik gemacht, denn jede Stadt entlang seiner Marschroute durchleidet eine quälende Phase des Wartens, während der sich ihre Bewohner in den schillerndsten Farben ausmalen können, welches Schicksal ihnen bevorsteht, wodurch sie sich immer mehr in ihre Angst hineinsteigern, bis diese schließlich unerträglich wird.

Tatsächlich sind wir insoweit im Vorteil, dass wir, wenn wir Kavallerie einsetzen und die Einheiten klein und beweglich halten, blitzschnell Ort für Ort zuschlagen können. Auf keinen Fall dürfen wir uns in diese ungeheure Vergeudung an Mensch und Material hineinziehen lassen. Wir müssen schlicht so viel wie irgend möglich zerstören und anschließend gleich zum nächsten Ziel weiterziehen. Wir müssen jeden in der Alten Welt diese Angst spüren lassen, ihn spüren lassen, dass er vor unserer Vergeltung nirgendwo sicher ist.«

Ein bärtiger Offizier wies zum Feldlager hinüber. »Aber wir verfügen nicht über genügend Pferde, um die gesamte Armee in eine berittene Truppe umzuwandeln.«

»Dann müsst ihr eben rasch Pferde für alle Männer auftreiben«, warf Cara ein. »Beschafft sie euch, wo immer ihr könnt.«

Der Offizier kratzte sich den Bart, während er es sich durch den Kopf gehen ließ. Dann lächelte er Cara an. »Seid unbesorgt, es wird sich schon ein Weg finden.«

Ein anderer meldete sich zu Wort. »Ich kenne eine Reihe von Orten in D'Hara, wo Pferde gezüchtet werden. Ich denke, es sollte kein Problem sein, die erforderliche Anzahl in vergleichsweise kurzer Zeit zusammenzubekommen.« Auf Richards anerkennendes Nicken schlug er sich sofort die Faust aufs Herz. »Ich werde mich augenblicklich darum kümmern«, sagte er, ehe er sich aufmachte und draußen im Regen verschwand.

Kaum war der Offizier an ihnen vorübergeeilt, wandte sich Richard an General Meiffert: »Die Armee muss in kleinere

Einheiten aufgespalten werden. Auf keinen Fall darf sie als große Streitmacht zusammenbleiben.«

Der General, den Blick in die Ferne gerichtet, dachte nach. »Wir werden sie in eine Reihe von Kommandoeinheiten aufteilen, die wir sofort Richtung Süden in Marsch setzen. Sie werden sich nicht nur selbst versorgen, sondern überhaupt in jeder Hinsicht sich selbst behelfen müssen. Vor allem müssen sie unabhängig von einer ihre Einsätze in allen Einzelheiten planenden oder sie sonst mit irgendetwas versorgenden Befehlsstruktur operieren.«

»Irgendeine Form des Nachrichtenaustauschs werden wir einrichten müssen«, gab einer der älteren Offiziere zu bedenken, »aber Ihr habt recht, ich denke, es wird gar nicht möglich sein, alle aufeinander abzustimmen. Den einzelnen Abteilungen muss man klare Anweisungen geben, sie anschließend aber ihre Arbeit machen lassen. Schließlich bietet die Alte Welt mehr als genug Angriffsziele.«

»Am besten, sie halten überhaupt keine Verbindung untereinander«, entschied Nicci. Als eine Reihe von Offizieren sie daraufhin verwundert anstarrte, führte sie dies näher aus. »Jeder Bote, der abgefangen wird, würde gefoltert werden; für diese Aufgabe besitzt der Orden Experten, und wer immer diesen Leuten in die Hände fällt, wird preisgeben, was er weiß. Wenn alle Einheiten untereinander Verbindung halten, können alle verraten werden. Aber wenn ein abgefangener Bote den Standort der anderen Einheiten gar nicht kennt, kann er dieses Wissen auch nicht preisgeben.«

»Klingt vernünftig«, gab Richard ihr recht.

»Lord Rahl«, gab General Meiffert zu bedenken, »wenn wir unsere gesamte Armee ohne den Widerstand einer gegnerischen Streitmacht auf die Alte Welt loslassen, wird das beispiellose Zerstörungen zur Folge haben. Mit diesem Ziel entsandt, noch dazu als reine Kavallerie, werden unsere Männer die Alte

Welt … nun, in einem bis dato ungekannten Maß in Trümmer legen.«

Offenbar beabsichtigte er, Richard eine letzte Möglichkeit einzuräumen, es sich noch anders zu überlegen, deutlich zu machen, dass er nicht bereit war, sein Gespür für ihr eigentliches Ziel auf ihre Kosten aus den Augen zu verlieren. Doch Richard scheute die dahinter verborgene Frage keineswegs, vielmehr holte er tief Luft und verschränkte die Hände hinter seinem Rücken.

»Wisst Ihr, Benjamin, ich kann mich noch gut an eine Zeit erinnern, da mir bei der bloßen Erwähnung d'haranischer Soldaten ganz bange ums Herz wurde.«

Mit einem Nicken bekundeten die in der Nähe stehenden Männer ihr Bedauern über den Verlust dieser Schneidigkeit.

»Indem er uns in eine Entscheidungsschlacht hineinzieht, die wir unmöglich gewinnen können«, erklärte Richard ihnen, »ist es Jagang gelungen, die d'haranischen Soldaten schwach und verwundbar erscheinen zu lassen. Man fürchtet uns nicht mehr. Und weil sie uns nun als schwach betrachten, glauben sie, nach Belieben mit uns umspringen zu können.

In meinen Augen ist dies unsere letzte Chance, den Krieg noch zu gewinnen. Wenn wir sie ungenutzt verstreichen lassen, sind wir verloren.

Ich will unter keinen Umständen, dass diese Chance vertan wird. Niemand darf verschont werden. Ein Bote nach dem anderen soll Jagang davon in Kenntnis setzen, dass die gesamte Alte Welt in Flammen steht. Sie sollen denken, die Unterwelt selbst habe sich aufgetan, um sie zu verschlingen.

Ich will, dass die Menschen schon bei dem Gedanken, dass Vergeltung übende d'haranische Soldaten Jagd auf sie machen, gelähmt vor Angst zu zittern beginnen. Ich will, dass jeder, Mann, Frau oder Kind, in der Alten Welt die gespenstischen Legionen aus dem Norden fürchten lernt. Jeder in der Alten

Welt soll die Imperiale Ordnung dafür hassen, dass sie solches Leid über sie gebracht hat, bis sich dort ein Aufschrei zur Beendigung des Krieges erhebt.

Das ist alles, was ich zu sagen habe, meine Herren. Ich denke, wir haben keine Zeit zu verlieren, also packen wir es an.«

Erfüllt von frischer Entschlossenheit, defilierten die Männer in einer Reihe an Richard vorbei, salutierten und bedankten sich bei ihm mit dem Versprechen, die ihnen zugedachte Aufgabe zu erledigen. Richard sah ihnen nach, wie sie mit eiligen Schritten in den Regen hinaus und zu ihren Untergebenen hasteten.

»Lord Rahl«, sagte General Meiffert und trat näher, »ich möchte nur, dass Ihr wisst, Ihr werdet uns selbst dann in die bevorstehende Schlacht führen, wenn Ihr nicht persönlich bei uns seid. Es mag vielleicht nicht die von allen erwartete große Feldschlacht sein, gleichwohl habt Ihr den Männern etwas gegeben, was sie ohne Euch nicht besitzen würden. Wenn Euer Plan funktioniert, wird es Eure Führerschaft gewesen sein, die in diesem Krieg die Wende gebracht hat.«

Richard betrachtete den Regen, der in einem Perlenschnurvorhang aus Wasser vom Rand der Zeltplane herabtropfte. Allmählich verwandelte sich der Boden unter den Stiefeln der in alle Himmelsrichtungen davoneilenden Soldaten in Morast, ein Anblick, der Richard sofort wieder die Vision in Erinnerung rief, als er selbst, ein Messer an der Kehle, im Schlamm gekniet hatte, die Hände hinter dem Rücken gefesselt. Im Geiste konnte er Kahlan mit schriller Stimme seinen Namen rufen hören. Er musste schlucken, um das ungebetene Entsetzen zu unterdrücken, das in seinem Innern hochkam. Das Geräusch von Kahlans Schreien schmerzte ihn bis auf den Grund seiner Seele.

Verna kam herbei und trat neben den General. »Er hat recht,

Richard. Mir behagt die Vorstellung auch nicht, außer den Soldaten noch andere Personen in diese Auseinandersetzung hineinzuziehen, trotzdem hast du in allem recht, was du sagst. Sie sind es, die für dieses Grauen verantwortlich sind. Es geht um das Überleben der zivilisierten Welt, und in diesem Sinne haben sie sich selbst zum Teil des Kampfes gemacht. Es gibt keinen anderen Weg. Die Schwestern werden tun, worum du sie gebeten hast, darauf hast du mein Wort als Prälatin.«

Richard hatte schon befürchtet, sie würde sich seinem Plan verweigern, umso dankbarer war er ihr jetzt, dass sie es nicht getan hatte, und schloss sie wortlos in seine Arme.

Er war stets der Überzeugung gewesen, wer auf seiner Seite kämpfte, müsse nicht nur wissen, wofür sie kämpften, sondern würde den Kampf auch unabhängig von seiner Person und nur für sich selbst führen. Jetzt war er sicher, dass die Soldaten wahrhaft begriffen hatten, was auf dem Spiel stand, und sie nicht nur aus Pflichterfüllung, sondern auch für sich selbst kämpfen würden.

Verna hielt Richard auf Armeslänge von sich und sah ihm in die Augen. »Was ist?«

Richard schüttelte den Kopf. »Ich bin nur all die grauenhaften Dinge leid, die den Menschen widerfahren. Ich will nur noch, dass dieser Albtraum endet.«

Verna ließ ihn ein verhaltenes Lächeln sehen. »Du hast uns den Weg aufgezeigt, wie das geschehen kann, Richard.«

»Welche Rolle gedenkt Ihr dabei zu übernehmen, Lord Rahl?«, erkundigte sich der General, als Richard sich von Verna löste. »Das heißt, sofern Ihr mir die Frage gestattet.«

Seufzend richtete Richard seine Gedanken wieder auf die anstehenden Dinge, bis seine Vision ganz langsam wieder verblasste. »Ich fürchte, es gibt ein ernsthaftes Problem mit der Magie. Die Armee der Imperialen Ordnung ist nur eine der Gefahren, mit denen wir fertigwerden müssen.«

General Meiffert runzelte fragend die Stirn. »Welcher Art ist das Problem?«

Richard fühlte sich außerstande, die ganze Geschichte noch einmal zu erklären, also machte er es kurz und brachte es gleich auf den Punkt. »Die Frau, die Euch zum General ernannte, ist verschollen. Sie befindet sich in der Gewalt einer Gruppe von Schwestern der Finsternis.«

Der General schien völlig konsterniert. »Mich zum General ernannt?« Die Augen zusammengekniffen, versuchte er, die Nebel seiner Erinnerung zu durchdringen. »Ich kann mich gar nicht erinnern …«

»Das alles hängt mit dem Problem zusammen, das sich um die Magie entwickelt hat.«

Der General und Verna wechselten einen Blick.

»Sie war Lord Rahls Gemahlin«, erklärte Cara. »Und sie war es auch, die Euch, Benjamin, zum General ernannte.« Sein Gesichtsausdruck wechselte zu blankem Erstaunen. Sie legte ihm eine Hand auf die Schulter und fügte achselzuckend hinzu: »Das ist eine lange Geschichte für eine andere Gelegenheit. Niemand außer Lord Rahl erinnert sich an sie. Das alles hängt mit einem Bann namens Feuerkette zusammen.«

»Feuerkette?« Vernas Misstrauen wuchs. »Und welche Schwestern überhaupt?«

»Schwester Ulicia und seine anderen Ausbilderinnen«, sagte Nicci. »Sie sind auf einen uralten Bann gestoßen, den sie dann in Kraft gesetzt haben.«

Verna musterte sie mit kühlem Blick. »Schätze, Ihr wisst nur zu gut, was für einen Ärger diese Frauen bedeuten, schließlich wart Ihr ja selbst eine von ihnen.«

»Das ist richtig«, erwiderte Nicci matt, »und Ihr habt Richard entführt und ihn zum Palast der Propheten verschleppt. Hättet Ihr es nicht getan, hätte er die große Barriere nicht zerstört, und die Imperiale Ordnung stünde jetzt in der Alten

Welt, nicht in der Neuen. Und wo Ihr schon beim Verteilen von Schuldzuweisungen seid, hättet Ihr Richard gar nicht erst gefangen genommen und durch die Barriere wieder zurück in die Alte Welt gebracht, wären die Schwestern der Finsternis ihm nicht einmal begegnet.«

Verna presste die Lippen aufeinander. Richard kannte diesen Gesichtsausdruck und ahnte, was jetzt kommen würde.

»Also gut«, sagte er mit gesenkter Stimme, ehe die beiden eine Chance hatten, richtig loszulegen. »Wir alle haben damals getan, was wir tun mussten und was wir für das Beste hielten. Auch ich habe meinen Anteil an Fehlern gemacht. Aber wir können nur die Zukunft gestalten, nicht die Vergangenheit.«

Verna verzog den Mund zu einer Miene, die besagte, dass sie nichts lieber täte, als den Streit fortzusetzen, war dann aber klug genug, sich noch anders zu besinnen. »Du hast ja recht.«

»Selbstverständlich hat er das«, ereiferte sich Cara. »Er ist der Lord Rahl.«

Gegen ihren Willen musste Verna schmunzeln. »Ja, ich schätze, das ist er wirklich, Cara. Er ist gekommen, um die Prophezeiungen zu erfüllen, auch wenn es niemals seine Absicht war.«

»Nein«, widersprach Richard, »ich bin gekommen, um zu helfen, uns selbst zu retten. Diese Geschichte ist noch lange nicht vorbei, außerdem haben die Prophezeiungen in dem Fall, auf den Ihr anspielt, eine ganz andere Bedeutung.«

Im Nu war Vernas Argwohn erneut geweckt. »Und zwar welche?«

»Mir fehlt die Zeit, um näher darauf einzugehen. Ich muss unbedingt zurück und feststellen, ob Zedd und die anderen schon etwas in Erfahrung gebracht haben.«

»Ihr meint, wie Eure Gemahlin wiederzufinden wäre, Lord Rahl?«

»So ist es, General. Aber die Situation verschlimmert sich zusehends; andere Dinge geschehen. Es gibt nämlich ein grundlegendes Problem mit der Magie.«

»Und das wäre?«, hakte Verna nach.

Richard sah ihr forschend in die Augen. »Die Chimären haben die Welt des Lebens verunreinigt. Dadurch wurde die Magie beeinträchtigt, Teile von ihr sind bereits versiegt. Niemand vermag zu sagen, wann weitere Bereiche ausfallen werden oder wie bald das geschehen könnte. Deshalb müssen wir zurück, um zu sehen, was – wenn überhaupt – in dieser Angelegenheit unternommen werden kann. Ann und Nathan sind ebenfalls dort; zusammen mit Zedd arbeiten sie daran, Antworten zu finden.«

Ehe Verna Gelegenheit fand, ihn mit einem ganzen Schwall von Fragen zu bestürmen, wandte Richard seine Aufmerksamkeit wieder dem General zu. »Ein Letztes noch. Jetzt, da es keine Armee mehr gibt, die sich ihnen in den Weg stellen könnte, wird Jagang ganz sicher versuchen, den Palast des Volkes zu erobern.«

General Meiffert kratzte sich am Kopf und dachte nach. »Vermutlich.« Er blickte auf. »Aber der Palast steht hoch oben auf einem gewaltigen Felsplateau, das nur über zwei Wege zu erreichen ist: über die schmale Straße mit der Zugbrücke oder durch die großen Innentore. Sobald diese verschlossen sind, ist ein Angriff auf diesem Weg unmöglich, und die Straße ist für einen bewaffneten Überfall praktisch nicht zu gebrauchen.« Er überlegte kurz.

»Trotzdem«, fuhr der General dann fort, »um ganz sicherzugehen, würde ich dazu raten, einige unserer besten Männer als Verstärkung in den Palast zu schicken. Jetzt, da wir alle Richtung Süden marschieren, wird Generalkommandant Trimack und seine Erste Rotte der Armee der Imperialen Ordnung ganz allein gegenüberstehen müssen. Trotzdem, ein Angriff auf den

Palast?« Skeptisch wiegte er den Kopf. »Der Palast gilt als uneinnehmbar.«

»Jagang hat mit der Gabe Gesegnete in seinen Reihen«, erinnerte ihn Cara. »Und vergesst nicht, Lord Rahl, diese Schwestern haben es damals, als alles begann, schon einmal geschafft, in den Palast einzudringen. Oder sollte Euch das bereits entfallen sein?«

Ehe Richard etwas erwidern konnte, packte Verna ihn beim Arm, drehte ihn zu sich um und musterte ihn mit düsterer Miene. »Warum sollten diese Schwestern diesen Bann in Kraft setzen, von dem du gesprochen hast, diesen Feuerkettenbann?«

»Um Kahlan aus dem Gedächtnis der Menschen zu tilgen.«

»Aber warum sollte ihnen daran gelegen sein, so etwas zu tun?«

Richard seufzte. »Schwester Ulicia wollte Kahlan in den Palast einschmuggeln, um auf diese Weise die Kästchen der Ordnung stehlen zu können. Ursprünglich war der Feuerkettenbann zu dem Zweck geschaffen worden, Menschen praktisch unsichtbar zu machen. Und jetzt, nachdem er ausgelöst worden ist, erinnert sich niemand mehr an sie; kein Mensch erinnert sich daran, dass sie einfach in den Palast hineinspaziert ist und die Kästchen aus dem Garten des Lebens gestohlen hat.«

»Die Kästchen gestohlen …« Vernas Gesichtsausdruck war eine Mischung aus Verständnislosigkeit und Staunen. »Aber wozu in aller Welt?«

»Schwester Ulicia hat sie ins Spiel gebracht«, sagte Nicci.

»Gütiger Schöpfer«, entfuhr es Verna, während sie sich mit der Hand vor die Stirn schlug. »Ich werde einige Schwestern mit einer abschreckenden Warnung dort zurücklassen.«

»Es wäre vielleicht am besten, wenn Ihr selbst eine von ihnen wärt«, sagte Richard, während er aus dem Fenster blickte und sah, dass der Wind mächtig aufgefrischt war und den Regen jetzt mitunter fast waagerecht durch die Luft peitschte. »Unter keinen Umständen dürfen wir es so weit kommen lassen, dass der Palast fällt. Schwere Verwüstungen unten in der Alten Welt zu verursachen ist für die Schwestern eine vergleichsweise harmlose Zauberei. Verglichen damit, ist die Verteidigung des Palasts gegen Jagangs Horden und seine mit der Gabe Gesegneten womöglich eine erheblich größere Herausforderung.«

»Vielleicht habt Ihr recht«, räumte sie ein und strich sich eine vom Wind verwehte Strähne ihres lockigen Haars aus dem Gesicht.

»In der Zwischenzeit werde ich sehen, was ich tun kann, um Schwester Ulicia und ihre Schwestern der Finsternis aufzuhalten.« Richards Blick wanderte zu Nicci und Cara und schließlich hinaus zu all den Männern, die in Ausführung ihrer neuen Mission mit eiligen Schritten durch den Regen liefen. »Ich muss unbedingt zurück.«

General Meiffert schlug sich die Faust aufs Herz. »Wir werden der Stahl gegen den Stahl sein, Lord Rahl, damit Ihr die Magie gegen die Magie sein könnt.«

Verna, Tränen in den Augen, berührte Richard kurz an der Wange. »Pass gut auf dich auf, Richard. Wir alle brauchen dich.«

Er nickte und bedachte sie mit einem warmen Lächeln, in das er mehr legte, als Worte jemals hätten sagen können.

General Meiffert legte einen Arm um Caras Hüfte. »Darf ich Euch zu den Pferden begleiten?«

Auf überaus weibliche Art sah Cara lächelnd zu ihm hoch. »Ich denke, das wäre mir sehr recht.«

Die Köpfe tief zwischen die Schultern gezogen, hasteten sie hinaus in den strömenden Regen. Nicci schlug die Kapuze ihres Umhangs über, dabei fiel ihr Blick auf Richard, und sie runzelte argwöhnisch die Stirn.

»Wie bist du eigentlich auf diese Idee von den ›Phantomlegionen‹ gekommen?«

Er legte ihr eine Hand ins Kreuz und drängte sie weiter, hinein in den strömenden Regenschauer. »Shota brachte mich darauf, als sie sagte, ich müsse endlich aufhören, irgendwelchen Phantomen hinterherzujagen.«

Sie legte ihm sachte den Arm um die Schultern, während sie zu den Pferden hinüberliefen. »Was du getan hast, war genau richtig, Richard.«

Der kummervolle Blick in seinen Augen war ihr offenbar nicht entgangen.

26

Rachel gähnte. Sofort kam Violet scheinbar aus dem Nichts herangerauscht und versetzte ihr eine schallende Ohrfeige, fest genug, um sie von dem Felsen kippen zu lassen, auf dem sie gesessen hatte.

Benommen stemmte sich Rachel mit einem Arm hoch. Die andere Hand behutsam an ihre Wange gelegt, wartete sie, dass der betäubende Schmerz nachließ, wartete sie, dass ihre Umgebung sich allmählich wieder aus dem Nebel schälte. Zufrieden machte sich Violet wieder an ihre Arbeit.

Von dem anhaltenden Schlafmangel war Rachel so angeschlagen, dass sie nicht richtig aufgepasst hatte und Violets Hieb sie völlig unvorbereitet hatte treffen können. Das schmerzhafte Prickeln trieb ihr die Tränen in die Augen, gleichwohl war sie klug genug, den Mund zu halten und nicht zu zeigen, dass sie Schmerzen hatte.

»Zu gähnen ist bestenfalls unhöflich, im schlimmsten Fall aber ein Zeichen mangelnden Respekts.« Violets plumpes Gesicht linste über ihre Schulter. »Wenn du dich nicht benimmst, nehme ich das nächste Mal die Peitsche.«

»Ja, Königin Violet«, antwortete Rachel mit kleinlauter Stimme. Sie wusste nur zu gut, dass Violet keine leeren Drohungen machte.

Sie war so ungeheuer müde, dass sie kaum noch die Augen offen halten konnte. War sie früher Violets »Gespielin« gewesen, so schien sie jetzt nicht mehr als das Ziel ihrer Misshandlungen zu sein.

Mittlerweile war Violets Denken einzig von dem Wunsch nach Rache erfüllt. Nachts ließ sie einen Apparat aus Eisen in Rachels Mund anbringen. Es war eine grauenhafte Prozedur. Rachel wurde gezwungen, ihre Zunge in eine schnabelähnliche, aus zwei flachen, geriffelten Eisenplatten bestehende Klemme zu stecken, dann wurden die beiden Backen so fest miteinander verschraubt, dass sie ihre Zunge fest umschlossen.

Jedwede Form des Widerstandes, das hatte Rachel leidvoll erfahren müssen, trug ihr eine Tracht Prügel ein, woraufhin ihr die Wachen den Mund aufstemmten, um ihre Zunge anschließend unter Zuhilfenahme von schmerzhaft zupackenden Zangen in der Klemme zu platzieren. Letztendlich behielten sie stets die Oberhand, schließlich konnte sie ihre Zunge nicht irgendwo verstecken. War die Klemme erst an ihrer Zunge befestigt, wurde ihr Kopf mit der eisernen Maske, ebenfalls ein Teil des Apparats, fest umschlossen, um ihrer Zunge jegliche Beweglichkeit zu nehmen.

Saß die Maske erst auf dem Gesicht, war es Rachel unmöglich zu sprechen. Selbst das Schlucken fiel ihr schwer. Anschließend wurde sie von Violet mit der Bemerkung, nun könne sie am eigenen Leib erfahren, was für ein Gefühl es sei, stumm zu sein und Schmerzen zu leiden, über Nacht in ihre alte Eisenkiste gesperrt.

Und wie es schmerzte. Die ganze Nacht über in ihrem Eisenkäfig eingesperrt zu sein, die Zunge festgeschraubt in dieser entsetzlichen Schelle, hatte sie fast um den Verstand gebracht. Anfangs hatte sie, nahezu von Sinnen vor Angst, weil sie sich eingesperrt und allein fühlte, außerstande war, sich zu befreien oder wenigstens diesen schmerzhaften Apparat herunterzureißen, stundenlang geschrien. Doch Violet hatte nur hämisch gelacht und eine schwere Decke über die Kiste geworfen, um

Rachels Geschrei zu ersticken. Das Greinen und Schreien hatte den Schmerz der Eisenklemme, die ihre Zunge festhielt, nur noch verschlimmert und diese in einen blutigen Klumpen verwandelt.

Was sie aber letztendlich bewog, ihre Tränen und ihr Geschrei einzustellen, war Violet selbst, die plötzlich ihr Gesicht ganz nah vor das winzige Fenster schob und ihr erklärte, wenn sie nicht still wäre, würde sie Sechs befehlen, ihr die Zunge vollends herauszuschneiden. Ihr war augenblicklich klar gewesen, dass Sechs nicht zögern würde, wenn Violet sie darum bat.

Also stellte sie ihr Gebrüll ein und hörte auf, Theater zu machen. Stattdessen rollte sie sich in ihrem winzigen eisernen Gefängnis ganz klein zusammen und versuchte, sich die Dinge in Erinnerung zu rufen, die Chase ihr beigebracht hatte. Das war es auch, was sie zu guter Letzt wieder hatte zur Ruhe kommen lassen.

Chase hatte ihr nämlich geraten, sich in Gedanken nicht mit ihrer jeweiligen misslichen Lage zu befassen, sondern auf einen Augenblick zu lauern, wenn sie sich daraus befreien konnte. Er hatte ihr beigebracht, das Verhaltensmuster der Menschen zu beobachten und auf einen Moment der Unachtsamkeit zu warten. Und genau das tat sie. Nacht für Nacht lag sie, ohne je ein Auge zuzutun, in ihrer eisernen Kiste und harrte darauf, dass es endlich Morgen wurde, die Männer sie aus der Kiste zogen und ihr für den Tag diesen scheußlichen Apparat abnahmen.

Weil ihre Zunge wund und vernarbt war, konnte sie kaum noch Nahrung zu sich nehmen – nicht dass man ihr viel zu essen gegeben hätte. Jeden Morgen nach dem Abnehmen der Schelle spürte sie mehrere Stunden lang ein schmerzhaftes Pochen in der Zunge. Auch ihre Kieferknochen schmerzten, schließlich hatte der Apparat ihren Mund die ganze Nacht über sperrangelweit offen gehalten. Sie hatte Schmerzen beim Essen, und wenn sie sich doch einmal überwand, schmeckte alles nach altem schmutzigem Metall. Da auch das Sprechen wehtat, redete sie nur, wenn sie von Violet etwas gefragt wurde. Die wiederum setzte, sobald sie merkte, dass Rachel das Sprechen bewusst vermied, mitunter ein verächtliches Lächeln auf und nannte sie kleines Stummerchen.

Ein weiteres Mal in der Gewalt einer so abgrundtief boshaften Person zu sein hatte sie völlig entmutigt, zudem verspürte sie eine nie gekannte Trauer über den Verlust von Chase. Sie schaffte es einfach nicht, die Erinnerung an seine brutale Verwundung aus ihren Gedanken zu verbannen, und grämte sich unendlich seinetwegen. Ihr Kummer, das Elend und das völlige Alleingelassensein erschienen ihr unerträglich. Wenn Violet nicht gerade Zeichenunterricht nahm oder irgendwelche Bediensteten herumkommandierte, sich mit Essen vollstopfte, Geschmeide anprobierte oder sich bei einer Kleideranprobe vergnügte, vertrieb sie sich die Zeit damit, Rachel zu quälen. Um ihre Erinnerung an den Feuerstab aufzufrischen, mit dem sie Violet einst bedroht hatte, packte sie Rachel manchmal am Handgelenk und legte ihr ein winziges weiß glühendes Kohlestück auf den Arm, aber was Violet ihr auch antat, am allerschlimmsten war ihre Trauer um Chase. Jetzt, da Chase nicht mehr war, spielte es fast schon keine Rolle mehr, was mit ihr geschah.

Violet hatte offenbar beschlossen, ihr den größten Teil der Schuld am Verlust ihrer Zunge zuzuschreiben, weshalb sie sie für all die Dinge, die Rachel ihr einst angetan hatte, »disziplinieren« müsse, wie sie es nannte. Sie hatte ihr erklärt, es werde wohl eine Weile dauern, bis Rachel es verdient habe, dass man ihr diese schwerwiegenden Vergehen sowie ihre Flucht aus dem Schloss verzieh. Violet betrachtete ihre Flucht als ungehörige Zurückweisung ihrer, wie sie es nannte, »Großzügigkeit« gegenüber einem nichtsnutzigen Waisenkind. Nicht selten ließ sie sich endlos und in aller Ausführlichkeit über all die Mühen aus, die sie selbst und ihre Mutter Rachel zuliebe auf sich geladen hätten, nur um hinterher mit ansehen zu müssen, dass sie sich als undankbares verlottertes Gör entpuppte.

Als Violet es nach einer Weile leid wurde, sie zu quälen, schloss Rachel daraus, dass ihre Hinrichtung unmittelbar bevorstand. Mehrfach schon hatte sie Violet die Tötung von »schwerer Verbrechen« beschuldigter Gefangenen anordnen hören. Es musste nur jemand in ausreichend großem Maß ihr Missfallen erregen oder in Sechs' Augen eine Gefahr für die Krone darstellen, und schon ordnete Violet seine Hinrichtung an. Hatte die betreffende Person überdies den verhängnisvollen Fehler begangen, Violets Autorität und Herrschaft offen infrage zu stellen, gab sie den Wächtern für gewöhnlich Anweisung, diese lange hinauszuzögern und überaus schmerzhaft zu gestalten. Manchmal ging sie sogar hin, um zuzuschauen und sich zu vergewissern, dass dies auch wirklich geschah.

Rachel erinnerte sich noch an die Zeit, als Königin Milena die Hinrichtungen anordnete und Violet mit dem Zuschauen begann. Rachel, die sie als ihre Spielgefährtin zwangsläufig begleiten musste, hatte vor diesem schauderhaften Anblick stets die Augen abwenden müssen. Violet dagegen nie.

Sechs hatte ein verzweigtes System eingerichtet, das es den Menschen ermöglichte, unerkannt die Namen von Personen zu melden, die sich despektierlich über die Königin äußerten, und Violet klargemacht, dass die Personen, die diese heimlichen Denunziationen abgaben, für ihre Ergebenheit belohnt werden müssten. Violet war mit Geldzuwendungen für die Namen von Verrätern nicht knauserig.

Seit jener Zeit, als Rachel schon einmal in ihrer Gewalt gewesen war, hatte Violet eine neue Vorliebe für das Bereiten von Schmerz entwickelt, da Schmerz, so Sechs' diesbezüglicher Kommentar, ein ausgezeichneter Lehrmeister sei. Vor allem die Vorstellung, absolute Gewalt über das Leben anderer zu haben und Menschen auf ein bloßes Wort von ihr leiden lassen zu können, hatte es Violet angetan.

Darüber hinaus hatte sie einen überspitzten Argwohn gegen absolut jeden entwickelt – mit Ausnahme von Sechs natürlich, die für sie zur einzigen wirklich verlässlichen Vertrauensperson geworden war. Gegenüber den meisten ihrer »treuen Untertanen«, die sie nicht selten als nichtswürdiges Geschmeiß bezeichnete, hegte Violet größtes Misstrauen. Rachel erinnerte sich noch gut, dass Violet früher auch sie oft so genannt hatte.

Trotz der von allgemeiner Verunsicherung und wohlbegründeter Angst vor Königin Milena geprägten Atmosphäre war damals, als Rachel zum ersten Mal im Schloss gelebt hatte, gelegentlich noch gescherzt und gelacht worden.

Jetzt dagegen verfielen alle, wann immer Königin Violet oder Sechs in der Nähe waren, in ängstlich zitterndes Schweigen. Niemandem aus dem Reinigungspersonal, keiner der Wäscherinnen oder Näherinnen, keinem der Köche oder Soldaten kam jemals ein Lächeln oder gar ein Lachen über die Lippen. Alle schienen in beständiger Angst zu leben, während sie beflissen ihrer Arbeit nachgingen. Stets war die Atmosphäre im Schloss von der Angst erfüllt, dass jeder jederzeit auf jeden mit dem Finger zeigen konnte. Alle gaben sich allergrößte Mühe, offen ihren Respekt für die Königin zu zeigen, vor allem in Gegenwart ihrer grimmigen Beraterin. Die Menschen schienen Sechs ebenso zu fürchten wie Violet. Lächelte Sechs das ihr eigene, seltsam leere, schlangengleiche Lächeln, trat den Menschen der Schweiß auf die Stirn, und sie erstarrten auf der Stelle mit entsetzt geweiteten Augen, nur um erleichtert aufzuatmen, sobald sie wieder außer Sicht geschwebt war.

»Genau hier«, sagte Sechs.

»Genau hier *was?*«, fragte Violet, während sie an einer Brotstange herumnagte.

Rachel ermahnte sich, künftig besser achtzugeben und

machte es sich wieder auf dem Felsen bequem, auf dem sie gesessen hatte. Die Ohrfeige hatte sie sich selbst zuzuschreiben, immerhin hatte sie aus Langeweile nicht richtig aufgepasst.

Nein, das ist nicht wahr, schalt sie sich selbst. Chase hatte ihr ins Gewissen geredet, niemals für einen anderen die Schuld zu übernehmen.

Chase. Sie brauchte nur an ihn zu denken, und schon sank ihr das Herz. Wenn sie vor lauter Trauer nicht zu weinen anfangen wollte, musste sie sich mit etwas anderem befassen. Violet ließ ihr praktisch nichts durchgehen, was sie nicht ausdrücklich vorab erlaubt hatte, und das galt auch fürs Weinen.

»Genau hier«, wiederholte Sechs im Tonfall überstrapazierter Geduld. Als Violet sie daraufhin nur anstarrte, ließ Sechs ihren langen Finger über die von der Fackel beschienene Felswand wandern. »Was fehlt?«

Unabhängig von dem folgenden Frage- und Antwortspiel staunte Rachel immer wieder, wie gut Violet in Wahrheit zeichnen konnte. Sämtliche Höhlenwände, vom Eingang bis hinten durch zu der Stelle, an der sie jetzt arbeiteten, waren mit Zeichnungen bedeckt, die auf jeder verfügbaren freien Fläche angebracht waren. An manchen Stellen wirkten sie wie in kleine, zwischen älteren Zeichnungen übrig gebliebene Freiflächen gezwängt. Einige Zeichnungen waren von außerordentlicher Qualität und in der Ausführung so detailliert, dass sie sogar Schattierungen aufwiesen. Die meisten waren jedoch einfache Strichzeichnungen von Gerippen, Feldfrüchten, Schlangen oder anderen Tieren. Es gab Darstellungen von Personen, die aus Bechern mit Totenschädeln und gekreuzten Knochen darauf tranken. An anderer Stelle sah man eine Frau, die ganz aus dünnen Zweigen zu bestehen schien, aus einem brennenden Haus stürzen; auch die Frau war über und über von Flammen umhüllt. Dann wieder sah man einen Mann ganz in der Nähe eines sinkenden Bootes auf dem Wasser treiben. In einer anderen Szene hatte sich eine Schlange in den Knöchel eines Mannes verbissen. Auch Bilder von Särgen und Gräbern jeglicher Art waren überall an den Wänden zu erkennen. Aber eins war allen Bildern gemeinsam: Es waren ausnahmslos Darstellungen grauenhafter Dinge.

Aber in der ganzen Höhle gab es nicht eine einzige Zeichnung, deren Komplexität auch nur annäherungsweise an das Gebilde heranreichte, das Violet zeichnete.

Die anderen Bilder enthielten nur selten lebensgroße Darstellungen von Menschen, und wenn doch, fanden sich dort nur selten zusätzliche Details, wie zum Beispiel auf sie herabstürzende Felsbrocken oder Pferde, die ihre Reiter in den Staub trampelten. Die meisten Bilder zeigten ganz ähnliche Dinge, maßen aber bestenfalls ein paar Handspannen in der Breite. Violets Zeichnung dagegen erstreckte sich bereits jetzt über eine Dutzende Fuß breite, vom Boden bis zur Höhe ihrer ausgestreckten Arme reichende Fläche und schien immer tiefer in die Höhle hineinzuwachsen. Sie hatte das ganze Bild eigenhändig gezeichnet, wenn auch natürlich unter Sechs' ständiger Anleitung.

Was Rachel jedoch am meisten beunruhigte, war, dass Violet, nachdem sie bereits eine ganze Weile an der Zeichnung gearbeitet und Sterne und Formeln, Diagramme und seltsam verschlungene Symbole eingearbeitet hatte, im Zentrum des Ganzen die Umrisse einer menschlichen Gestalt eingezeichnet hatte.

Diese Gestalt war Richard.

Violets Zeichnung unterschied sich von allen anderen in der Höhle, die im Vergleich zu ihrer primitiv und unfertig wirkten. Sämtliche anderen Darstellungen hatten unverfängliche, deutlich erkennbare Dinge zum Gegenstand, Gewitterwolken etwa, mit schrägen Strichen für den Regen darunter, einen Zähne bleckenden Wolf oder einen Mann, der sich im

Zurücksinken an die Brust fasst. Außer den Figuren selbst war bis auf ein paar simple Attribute auf der Felswand kaum etwas zu sehen. Violets Zeichnung dagegen war über und über mit Details versehen, die gänzlich anderer Natur waren. Man sah Zahlen und Skizzen, Worte in fremden Sprachen, einige davon entlang der Linien von Diagrammen, sorgfältig platzierte Zahlen an den Berührungspunkten der Winkelschenkel und, über die gesamte Illustration verstreut, merkwürdige geometrische Symbole. Wann immer Violet eines dieser Symbole einzeichnete, stand Sechs hochkonzentriert daneben, erteilte ihr für jede einzelne Linie mit leiser Stimme Anweisungen und korrigierte sie bisweilen auch, wenn Violet schon kurz davor war, die Kreide aufzusetzen, um zu verhindern, dass sie die nächste Linie an der verkehrten Stelle oder in der falschen Reihenfolge auf die Felswand aufbrachte. Einmal wurde Sechs nervös und riss Violets Handgelenk im letzten Moment noch zurück, ehe sie die Kreide auf die Felswand setzen konnte, nur um Violets Hand anschließend mit einem erleichterten Seufzer zu führen und ihr zu helfen, den richtigen Anfang zu finden.

Im Gegensatz zu den übrigen Zeichnungen in der Höhle war Violets in unterschiedlichen Farben ausgeführt. Die anderen Zeichnungen entlang der gesamten Strecke bis tief in die Höhle hinein, wo Violets begann, waren einfache Kreidezeichnungen. In ihrer dagegen waren an einer Stelle grüne Bäume zu sehen, an einer anderen blaues Wasser, sowie eine gelbe Sonne und rote Wolken. Einige der skizzenhaften Illustrationen waren ganz in Weiß gehalten, andere dagegen waren bunt, farblich aber sehr durchdacht gestaltet.

Und anders als bei allen anderen Zeichnungen konnte Rachel, wenn sie sich beim Verlassen der Höhle umdrehte, bestimmte Einzelheiten der Zeichnung im Dunkeln leuchten sehen. Es war jedoch nicht die Kreide selbst, die diesen Lichteffekt bewirkte, da dieselbe Kreide an anderen Stellen der Zeichnung nicht im Dunkeln leuchtete.

Eine Partie eines Sinnbildes leuchtete sogar bei völliger Finsternis; ein seltsam aussehendes Gesicht, das inmitten eines ansonsten vollkommen dunklen, gänzlich aus komplizierten Mustern bestehenden Gebildes erstrahlte. Kam die Fackel in seine Nähe, war das Gesicht selbst nicht zu erkennen, das dann nur ein chaotisches Geflecht aus Linien zu sein schien. Rachel vermochte nie wirklich zu unterscheiden, welche Teile des Gebildes das Gesicht ausmachten, und doch strahlte es ihr im Dunkeln entgegen, folgten ihr seine Augen und schauten ihr hinterher, wann immer sie die Höhle verließ.

Was ihr aber wirklich eine Gänsehaut bereitete, war die Darstellung Richards. Sein schwarzer Anzug war detailgetreu wiedergegeben, exakt so, wie Rachel ihn in Erinnerung hatte. Nicht einmal die rätselhaften Symbole fehlten, die den Saum seiner Jacke zierten. In ihren Anweisungen hatte Sechs sehr genau darauf geachtet, wie Violet dieses Muster wiedergab. In Violets Darstellung trug Richard außerdem den fließenden Umhang, der aussah, als wäre er aus Gold gesponnen. In ihrer Darstellung sah es allerdings fast so aus, als befände er sich unter Wasser. Zudem war er von wellenförmigen farbigen Schlieren umgeben, die Sechs als »Auras« bezeichnet hatte. Zwischen jeder dieser Farben und Richard waren komplizierte Formeln und Muster zu erkennen, zwischengeschaltete Elemente zwischen seiner Person und seinem Wesen, die miteinander verbunden werden würden, um eine vermittelnde Barriere zu bilden. Was das bedeutete, war Rachel nicht recht klar, es war allerdings nicht zu übersehen, dass Violet großen Wert darauf legte.

Auf diesen Teil, die Elemente der vermittelnden Barriere, schien Sechs besonders stolz zu sein; manchmal stand sie lange davor und starrte einfach nur darauf.

In diesem Bild war Richard mit dem Schwert der Wahrheit dargestellt, es war jedoch nur undeutlich wiedergegeben, so als hätte er es bei sich und auch wieder nicht. In Violets Darstellung – Richard hielt es so, dass es quer über seiner Brust lag – schien es fast Teil seiner Person zu sein, und doch war es so undeutlich wiedergegeben, dass Rachel nicht mit Gewissheit zu entscheiden vermochte, ob es wirklich so aussehen sollte, als halte er es in den Händen. Diese Art der Darstellung hatte Violet außerordentliche Sorgfalt abverlangt; Sechs hatte sie sie mehrmals wiederholen lassen, weil sie, wie sie es nannte, zu »wesenhaft« sei.

Rachel fand den Einfall, Richard in der Zeichnung mit dem Schwert darzustellen, etwas verwirrend, denn immerhin war doch jetzt Samuel im Besitz von Richards Schwert. Dennoch erschien es ihr irgendwie nur richtig, Richard mit dem Schwert darzustellen, und vielleicht sah Sechs es ja ebenso.

Violet trat einen Schritt zurück, neigte den Kopf zur Seite und begutachtete ihr Werk. Sechs stand da wie gebannt und starrte darauf, als wäre sie allein in der Höhle. Zögernd streckte sie die Hand vor und strich sachte über die Linien rings um Richard.

»Wie lange noch, bis wir die endgültige Verbindung der Elemente durchführen?«, fragte Violet.

Während Sechs mit den Fingern langsam und mit Bedacht die Linien nachzeichnete, reagierten einige der dazwischengeschalteten Elemente sofort auf ihre Berührung, indem sie funkelnd im trüben Licht aufleuchteten.

»Bald«, antwortete sie mit leiser Stimme. »Bald.«

27

»Lord Rahl!«

Richard drehte sich gerade noch rechtzeitig um, um Berdine in vollem Tempo auf sich zustürzen zu sehen. Arme und Beine um ihn geschlungen, prallte sie so schwungvoll gegen seine Brust, dass ihm die Luft aus der Lunge gepresst und ihr einzelner langer Zopf lockig braunen Haars um seinen Kopf geschleudert wurde. Er taumelte einen Schritt zurück, bekam sie mit beiden Armen zu fassen und konnte mit knapper Not verhindern, dass sie zu Boden fiel. So wie sie ihre Arme und Beine um ihn geschlungen hatte, schien sie seiner Hilfe allerdings gar nicht zu bedürfen.

Selten hatte er ein Flughörnchen einen gelungeneren Sprung hinlegen sehen, sodass er trotz der zahlreichen Sorgen, die ihm auf der Seele lagen, gar nicht anders konnte, als über Berdines Überschwang zu schmunzeln. Wer hätte gedacht, dass es eine Mord-Sith jemals schaffen würde, wieder spontan wie ein junges Mädchen ihre Freude zu zeigen.

Sie fasste ihn bei den Schultern, lehnte sich, die Beine um seine Taille geschlungen, zurück und sah ihm grinsend ins Gesicht – bis ihr Blick Caras missbilligende Miene erfasste. »Mich mag er immer noch am liebsten – das spüre ich.«

Cara verdrehte bloß die Augen.

Er legte die Hände auf Berdines Taille, hob sie kurz an und setzte sie dann auf dem Boden ab. Sie war kleiner als die meisten

Mord-Siths, die er kannte, dabei sinnlicher und lebenslustiger. Richard war schon immer der Ansicht gewesen, dass sich in ihr eine arglose Sinnlichkeit auf ziemlich entwaffnende Weise mit einem zu allen Schandtaten bereiten spielerischen Wesen vereinte. Gleichzeitig aber war ihr, wie allen Mord-Siths, eine ebenso aufbrausende wie skrupellose Brutalität eigen, die sich dicht unter der schillernden Oberfläche ihrer kindlichen Arglosigkeit verbarg. Auch sie war Richard voller Leidenschaft und Offenheit zugetan, wenn auch auf eine unverstellte, naive Weise.

»Bei Eurem Anblick wird mir ganz warm ums Herz, Berdine. Wie ist es Euch ergangen?«

Sie sah ihn verwundert an. »Ich bin eine Mord-Sith, Lord Rahl. Was glaubt Ihr wohl, wie es mir ergangen ist?«

»Nun, vermutlich habt Ihr so viel Ärger gemacht wie immer«, raunte er ihr in vertraulichem Ton zu.

Sie lächelte, erfreut über seine Bemerkung. »Wir haben gehört, Ihr wärt zuvor schon einmal hier gewesen, aber da habe ich Euch knapp verpasst. Das ist in letzter Zeit nun schon das zweite Mal. Ich wollte Euch nicht noch einmal einfach wieder gehen lassen, ohne Euch zu sehen. Wir haben so viel miteinander zu besprechen, dass ich gar nicht weiß, wo ich anfangen soll.«

Richard blickte den breiten Korridor entlang, die weite Fläche stark geäderten goldenen Marmorbodens, der, mit einer schwarzen Granitumrandung abgesetzt, zu einem rautenförmigen Muster angeordnet war, und sah eine Traube von Soldaten in forschem Tempo auf sie zuhalten. Hoch über ihren Köpfen trommelte der Dauerregen auf die Oberlichter, durch die mattes graues Licht hereinfiel. Irgendwie schaffte es das trübe Licht, sich zu bündeln und strahlend hell von den polierten Brustharnischen der Soldaten zurückgeworfen zu werden.

Außer den Schwertern und Langmessern, die sie ohnehin mit sich führten, trugen sie alle sichelförmige, in den Gürtel eingehakte Streitäxte. Einige der Soldaten waren überdies mit Armbrüsten bewaffnet, die sie schussbereit im Anschlag hielten. Diese Männer, zu denen die anderen reichlich Abstand hielten, trugen schwarze Handschuhe, und ihre Armbrüste waren mit tödlich aussehenden, rot gefiederten Pfeilen bestückt.

Menschen jeder Herkunft drängten sich in den Hallen, von den hier lebenden und arbeitenden bis hin zu denen, die gekommen waren, um Waren zu tauschen oder feilzubieten. Sie alle machten den anrückenden Soldaten weiträumig Platz, während sie gleichzeitig Richard beobachteten, wenn auch sehr darauf bedacht, den Anschein zu erwecken, als täten sie es nicht. Sobald Richard ihren Blicken begegnete und sie beim Herüberschauen ertappte, neigten einige von ihnen kurz das Haupt, während andere sofort auf ein Knie hinuntersanken. Mit einem Lächeln versuchte er, ihnen die Befangenheit zu nehmen.

Es war, zumindest in den letzten Jahren, nur selten vorgekommen, dass der Lord Rahl sich in seinem Zuhause aufhielt, daher konnte Richard kaum erwarten, keine neugierigen Blicke in seine Richtung zu ernten, zumal er in seinem schwarzen Kriegszaubereranzug mit dem goldenen Umhang kaum zu übersehen war. Trotzdem brachte er es noch immer nicht über sich, diesen Ort als sein Zuhause zu betrachten – das in seinem Herzen immer noch in den Wäldern Kernlands lag. Er war unter hoch aufragenden Bäumen, nicht vornehmen Marmorsäulen aufgewachsen.

Generalkommandant Trimack von der Ersten Rotte im Palast des Volkes blieb zackig stehen und salutierte mit einem Faustschlag gegen den geformten Lederharnisch über seiner Brust. Kaum hatte das Dutzend Männer in seiner Begleitung ebenfalls salutiert, erstarb das leise metallische Klirren der Ausrüstungen. Diese Männer, die ständig in den Hallen patrouillierten und jeden Passanten einer genauen Überprüfung unterzogen, bildeten die persönliche Leibgarde des Lord Rahl, wann immer er im Palast weilte. Nachdem sie Cara einer kurzen Musterung unterzogen hatten, warfen sie einen abschätzenden Blick auf die an Richards Seite stehende Nicci. Diese Männer waren der Ring aus Stahl, der alles Unheil von Lord Rahl fernhielt; sie dienten deshalb in der Ersten Rotte, weil sie zu den fähigsten und treuesten d'haranischen Soldaten gehörten.

Nach seinem Salut verneigte sich der Kommandant kurz vor Cara und anschließend vor Richard. »Lord Rahl, wir sind erfreut, Euch endlich wieder zu Hause zu sehen.«

»Ich fürchte, General, mein Aufenthalt wird nur von kurzer Dauer sein. Ich kann nicht bleiben.« Richard wies auf Cara und Nicci. »Wir sind in einer dringenden Angelegenheit unterwegs und müssen sofort wieder fort.«

General Trimack, der aufrichtig enttäuscht, wenn auch nicht übermäßig überrascht wirkte, seufzte. Dann schien ihm ein Gedanke zu kommen, und seine Miene hellte sich ein wenig auf. »Habt Ihr eigentlich die Frau gefunden – Eure Gemahlin –, die oben im Garten des Lebens war und die Statuette zurückgelassen hat, die Ihr dort gefunden habt?«

Die Erinnerung an Kahlan versetzte Richard einen kummervollen Stich. Schuldgefühle plagten ihn, weil er nicht alles unternommen hatte, um sie zu finden. Wie konnte er sich nur von anderen Dingen abhalten lassen, Kahlan wiederzufinden? Was konnte so wichtig sein, dass es ihn von der Suche nach ihr abhielt? Er versuchte nicht an die Vision zu denken, die Shota ihm eingegeben hatte. Fast schien es, als hätte er die Suche nach der Person, die ihm am meisten bedeutete, wegen der sich überstürzenden Ereignisse hintangestellt. Auch wenn er wusste, dass es sich in Wahrheit nicht so verhielt, dass er sich gar nicht dagegen wehren konnte, musste er unbedingt zur Burg der Zauberer zurück und alles daransetzen, sie wiederzufinden.

Selbst wenn er sich mit anderen Dingen befasste, ging sie ihm niemals wirklich aus dem Kopf. Wieder und wieder hatte er versucht dahinterzukommen, wohin Schwester Ulicia sie wohl verschleppt haben mochte. Wohin würden sie sich wenden, jetzt, da sie im Besitz der Kästchen der Ordnung waren – oder doch zumindest zwei von ihnen? Was mochten sie im Schilde führen? Wenn es ihm gelang, das herauszufinden, konnte er sich vielleicht auf ihre Fährte setzen.

Zudem fiel ihm ein, dass sie ja noch immer *Das Buch der Gezählten Schatten* brauchten, um das richtige Kästchen der Ordnung zu öffnen, es war also durchaus möglich, dass sie, wenn er einfach nur lange genug an einem Ort ausharrte, zu ihm kommen mussten, da dieses Buch mittlerweile nur noch in seinem Gedächtnis existierte. Im Grunde war die Situation ganz einfach: Wenn sie nicht raten und damit einen verhängnisvollen Irrtum riskieren wollten, musste *Das Buch der Gezählten Schatten* her, um das richtige Kästchen zu öffnen – und er konnte sich nicht vorstellen, dass sie das Risiko eingehen und ihre Chance auf Unsterblichkeit aufs Spiel setzen würden. Um die Lösung für das Öffnen des richtigen Kästchens zu finden, mussten sie unbedingt den Schlüssel haben, und den besaß allein er. Kahlan war Teil des Schlüssels, der zu dieser Lösung führte, trotzdem benötigten sie noch immer etwas, das allein er besaß.

Ihm fiel nur eine einzige Methode ein, sie wiederzufinden, und die bestand darin, so viel wie irgend möglich über den Feuerkettenbann und die Kästchen der Ordnung in Erfahrung zu bringen. Irgendwo in diesem Durcheinander verbarg sich vielleicht auch der Schlüssel zu der Frage, was die Schwestern als Nächstes tun würden. Die Schriften, die er zu diesem Zweck studieren musste, sowie die Menschen, die sich am besten mit ihnen auskannten und über die größte Erfahrung in diesen Dingen verfügten, befanden sich auf der Burg – also musste er dorthin zurück.

Richard blickte in die erwartungsfrohen Augen des Generals. »Noch nicht, fürchte ich. Wir suchen immer noch nach ihr, aber danke der Nachfrage.«

»Tut mir leid, das zu hören, Lord Rahl.« Der General ließ den Blick über die sich durch die Halle schiebende Menschenmenge schweifen. »Ich nehme doch an, diesmal steckt Ihr während Eures Aufenthalts nicht wieder in jeder Menge Schwierigkeiten?«

Jetzt war es an Richard zu seufzen. Wo sollte er nur beginnen?

»In gewisser Weise doch.«

»Die Armee der Imperialen Ordnung setzt ihren Vormarsch gegen D'Hara fort?«, vermutete der General.

Richard nickte. »Ich fürchte ja. Um es gleich auf den Punkt zu bringen, General, ich habe unseren Truppen Befehl gegeben, Kaiser Jagangs Armee nicht in eine Feldschlacht zu verwickeln, da sie aufgrund ihrer zahlenmäßigen Unterlegenheit vollkommen chancenlos wären. Es würde nur ein sinnloses Gemetzel geben, und am Ende hätte Jagang die Neue Welt trotzdem für sich allein.«

General Trimack kratzte sich an einer Narbe, die auf der geröteten Haut seines Unterkiefers weiß hervorstach. »Welche andere Möglichkeit haben wir, Lord Rahl, als uns dem Feind in einer Schlacht zu stellen?«

Seine ruhig vorgetragenen, schlichten Worte klangen ein wenig nach einem Ratschlag, nach aus Erfahrung geborener Vorsicht sowie einer Hoffnung, die jeden Moment in Verzweiflung umzuschlagen drohte. Einen Augenblick lang lauschte Richard auf das kathedralenähnliche Rascheln der Schritte der sich unablässig über den Steinfußboden der Hallen schiebenden Menge.

»Ich habe unserer Streitmacht Befehl gegeben, sich augenblicklich in Marsch zu setzen und die Alte Welt mit einer Welle der Vernichtung zu überziehen.« Er richtete seinen funkelnden

Blick wieder auf den General. »Diese Leute wollen Krieg; und ich bin fest entschlossen, ihnen diesen Wunsch in den Rachen zu stopfen und zuzusehen, wie sie daran ersticken.«

Die verblüffende Neuigkeit bewirkte, dass einigen der Soldaten der Unterkiefer herunterklappte. Generalkommandant Trimack starrte ihn verdutzt einen Augenblick lang an, ehe er mit einem Finger über die Narbe strich und ein verschmitzter Zug seiner anfänglichen Überraschung zum Trotz anzeigte, dass er Gefallen an der Vorstellung zu finden begann.

»Schätze, damit fällt es der Ersten Rotte zu, die Bastarde aus dem Palast fernzuhalten.«

Richard bemerkte die Entschlossenheit im Blick des Mannes. »Was meint Ihr, werdet Ihr das schaffen?«

Ein schiefes Grinsen verzog die Mundwinkel des Generals. »Meine bescheidenen Fähigkeiten bedeuten schwerlich die oberste Grenze der Sicherheit hier im Palast. Eure Vorfahren haben dieses Bauwerk erklärtermaßen auf diese Art errichtet, um zu verhindern, dass es eingenommen werden kann.« Er erfasste die hoch aufragenden Säulen, Mauern und Galerien rings um sie her mit einer Handbewegung. »Von den natürlichen Befestigungen einmal abgesehen, ist dieses Bauwerk mit Kräften versehen, die jeden mit der Gabe gesegneten Feind seiner Kräfte berauben.«

Richard wusste, dass der Palast in Form eines Bannes errichtet worden war, der die Kräfte eines jeden sich darin aufhaltenden Rahl verstärkte, während er die jeder anderen mit der Gabe gesegneten Person minderte. Das Gebäude selbst war in Gestalt eines Emblems angelegt worden, dessen Form und generelle Bedeutung Richard im Großen und Ganzen bekannt waren. Das Leitmotiv der Stärke, das dem gesamten Bauplan innewohnte, war für ihn deutlich zu erkennen.

Leider schwächte dieser Bann auch die mit der Gabe Gesegneten auf seiner Seite, wie zum Beispiel Verna, auf deren Hilfe er bei der Sicherung des Palasts jedoch dringend angewiesen war – was ihnen durch besagte Schwächung, die auch die Schwestern in ihrer Begleitung betraf, erheblich erschwert wurde. Allerdings würden die Angreifer mit dem gleichen Problem zu kämpfen haben, was vermutlich eine Art Ausgleich schuf.

»Ich werde außer den Verstärkungen auch einige Schwestern mit ihrer Prälatin Verna hierherbeordern.«

General Trimack nickte. »Ich kenne die Frau. Wenn sie gut aufgelegt ist, kann sie recht halsstarrig sein, und wenn nicht, unerträglich. Ich schätze mich glücklich, sie auf unserer Seite zu wissen, Lord Rahl, und nicht auf der unserer Gegner.«

Richard musste lächeln. Der General kannte Verna offenbar tatsächlich.

»Ich komme zurück, sobald ich kann, General. In der Zwischenzeit zähle ich bei der Sicherung des Palasts ganz auf Euch.«

»Man wird die großen Innentore versiegeln müssen.«

»Tut, was immer Ihr für erforderlich haltet, General.«

»Die großen Tore sind mit den gleichen Kräften versehen wie der übrige Palast, sie sind also keine Schwachstelle, an der sich ein Angriff anbietet. Das einzige Problem beim Verschließen der Tore ist, dass dadurch auch dem Handel ein Riegel vorgeschoben wird, der das Herzblut des Palasts bildet … zumindest in Friedenszeiten.«

Richard betrachtete die Menschenmengen, die sich durch die Passage und oben über die Galerien schoben. »Angesichts dessen, was uns bevorsteht, wird im Palast ohnehin kein Handel möglich sein. Die Azrith-Ebene wird unpassierbar sein – wie übrigens die ganze Neue Welt. Es wird überall zu Störungen des Handels kommen. Macht Euch auf eine lange Belagerung gefasst.«

Der General zuckte die Achseln. »Das haben feindliche Armeen auch in früheren Zeiten schon versucht und sich dort draußen in der Hoffnung festgesetzt, uns aushungern zu können. Aber das ist nicht möglich. Draußen in der Azrith-Ebene werden sie zuerst verhungern. Werdet Ihr wieder zurückkommen, um uns bei der Verteidigung des Palasts zur Seite zu stehen?«

Richard wischte sich mit der Hand über den Mund. »Ich weiß noch nicht, wann es mir möglich sein wird zurückzukehren, aber wenn ich kann, werde ich es tun, versprochen. Jetzt muss ich mich erst einmal mit dieser neuen Situation befassen.

Wir werden versuchen, den Orden zu vernichten, indem wir ihm das Herz herausschneiden, anstatt ihn dort zu bekämpfen, wo er am stärksten ist.«

»Und wenn er den Palast in der Zwischenzeit belagert und Ihr umkehren müsst? Wie wollt Ihr wieder in den Palast hineingelangen?«

»Nun, da ich keinen Drachen habe, werde ich wohl kaum einfliegen können.« Als der General ihn darauf nur ausdruckslos anstarrte, fuhr er nach einem Räuspern fort: »Wenn es sein muss, kann ich auf dieselbe Art hineingelangen wie heute, mithilfe von Magie – durch die Sliph.«

Der General machte nicht den Anschein, als hätte er verstanden, nahm Richards Äußerung aber ohne weitere Fragen hin.

»Ich befinde mich gerade auf dem Weg dorthin, General. Wenn Ihr wollt, könnt Ihr mich begleiten und sie Euch mit eigenen Augen ansehen.«

Er schien über die Aufforderung, Richard zu begleiten, irgendwie erleichtert, wenigstens konnte er so wieder der Erfüllung seiner Aufgabe, den Lord Rahl zu beschützen, nachgehen. Richard nahm Berdines Arm und führte sie den Korridor entlang, während die Soldaten ausschwärmten und einen schützenden Ring um sie bildeten.

Da Berdine um einiges kleiner war als Richard, musste er sich ein wenig zu ihr hinabbeugen, um sich verständlich zu machen, ohne die Stimme zu heben. »Es gibt ein paar Dinge, die ich wissen muss. Habt Ihr inzwischen an der Übersetzung von Kolos Tagebuch weitergearbeitet?«

Sie griente wie ein junges Mädchen, das jede Menge Tratsch zu berichten weiß. »Das will ich meinen. Allerdings hat Kolo ein paar Dinge niedergeschrieben, die mich zwangen, meine Nachforschungen auch noch auf andere Schriften auszuweiten – um besser verstehen zu können, wie alles zueinanderpasst.« Sie beugte sich näher. »Damals haben sich Dinge zugetragen, die uns zuvor, als wir gemeinsam daran gearbeitet haben, noch gar nicht bewusst waren. Wir haben damals kaum die Oberfläche angekratzt.«

Richard nahm nicht an, dass sie auch nur halbwegs im Bilde war. »Haben diese Dinge vielleicht etwas mit dem Obersten Zauberer Baraccus zu tun?«

Unvermittelt blieb Berdine stehen und starrte ihn an. »Woher wisst Ihr das?«

28

Richard langte nach hinten, fasste Berdine beim Arm und zog sie hinter sich her. »Das erkläre ich Euch später, wenn ich mehr Zeit habe. Was hat Kolo denn nun in seinem Tagebuch über Baraccus geschrieben?«

»Also, Kolos Aufzeichnungen geben nur einen Teil der Geschichte wieder. Er macht lediglich ein paar Andeutungen über die Geschehnisse damals, also habe ich, sozusagen um die Lücken zu füllen, damit angefangen, die Bücher in Euren verbotenen Privatbibliotheken zu studieren.«

Es erfüllte ihn immer wieder mit Erstaunen, dass er auf einmal Zutritt zu solchen verbotenen Bibliotheken hatte. Nicht einmal ansatzweise vermochte er sich den Wissensreichtum vorzustellen, der in all diesen alten Schriften enthalten war.

»Und welche Art von Büchern?«

»Nun, eine der Bibliotheken liegt auf dem Weg, nicht in den der Öffentlichkeit zugänglichen Bereichen, sondern weiter hinten, in den Privatgemächern des Palasts – an Orten, zu denen so gut wie niemand Zutritt hat. Ich werde sie Euch zeigen. Zum Teil geht es dabei um Orte, die als zentrale Lagerstätten bezeichnet werden.«

Nicci, die an seiner anderen Seite Schritt zu halten versuchte, streckte den Kopf vor. »Nathan erzählte mir, er habe einiges über solche Orte gelesen, die zentrale Lagerstätten genannt werden.«

»Was zum Beispiel?«, fragte Richard.

Nicci strich sich ihr blondes Haar aus dem Gesicht. »Bei den zentralen Lagerstätten handelt es sich um streng geheime Bibliotheken. Damals, irgendwann zu Zeiten des Großen Krieges oder kurz danach, wurden diese zentralen Lagerstätten als sichere, geschützte und verborgene Orte zur Aufbewahrung all jener Schriften angelegt, die man für zu gefährlich hielt, um sie – außer für eine klar umgrenzte kleine Gruppe auserwählter Personen – der Öffentlichkeit zugänglich zu machen. Nach Nathans Einschätzung gibt es etwa ein halbes Dutzend davon.«

»Stimmt«, bestätigte Berdine. Sie sah sich um, um sich zu vergewissern, dass keiner der ihnen folgenden Soldaten nahe genug war, um mitzuhören. »Lord Rahl, ich habe einen Hinweis gefunden, aus dem hervorgeht, dass zumindest einige dieser Lagerstätten mit dem Namen eines Lord Rahl aus den Prophezeiungen gekennzeichnet worden sind.«

Richard blieb stehen. »Was soll das heißen? Hat man seinen Namen auf einen Grabstein gesetzt?«

Berdine zog erstaunt die Brauen hoch. »Ja, genau. Dort hieß es, diese Stätten, diese Bibliotheken, würden bei den Gebeinen aufbewahrt. Nach allem, was man aus den Prophezeiungen wusste, nahm man an, dass ein künftiger Lord Rahl darauf angewiesen sein würde, die dort eingelagerten Bücher zu finden, weshalb man in zumindest einem der von mir erwähnten gefundenen Fälle seinen Namen auf einem, wie es dort hieß, Grabstein verzeichnet hat.«

»In Caska.«

Berdine schnippte mit den Fingern und zeigte dann auf ihn. »Genau so hieß der Ort, den ich erwähnt gefunden habe. Woher habt Ihr das gewusst?«

»Ich war dort. Mein Name ist auf dem dortigen Friedhof auf einem großen Grabmal verzeichnet.«

»Ihr wart dort? Aber warum? Wonach habt Ihr gesucht? Und was habt Ihr gefunden?«

»Ein Buch mit dem Titel *Feuerkette,* das mir geholfen hat zu beweisen, was meiner Gemahlin zugestoßen ist.«

Berdine warf einen Blick zu Cara und Nicci hinüber, ehe sie Richard wieder ansah. »Seit einiger Zeit schon höre ich ständig Gerüchte, Ihr hättet eine Gemahlin. Anfangs dachte ich noch, es wäre nichts weiter als unsinniges Gerede. Dann ist es also wirklich wahr?«

Richard holte tief Luft, während er, umringt von Gardisten und beobachtet von Scharen von Passanten, mit forschen Schritten den Flur entlangeilte. Er fühlte sich außerstande, Berdine zu erklären, dass sie und Kahlan sich kannten und tatsächlich längere Zeit miteinander verbracht hatten, daher sagte er einfach: »Ja, ist es.«

»Was hat das alles nur zu bedeuten, Lord Rahl?«

Richard tat die Frage mit einer Handbewegung ab. »Das ist eine lange Geschichte, und im Augenblick habe ich nicht die Zeit, sie zu erzählen. Was haben diese zentralen Lagerstätten nur an sich, das Euch so in Aufregung versetzt?«

»Na ja«, meinte Berdine und beugte sich erneut zu ihm, während sie noch immer durch den breiten Korridor eilten, »Ihr erinnert Euch doch, dass Baraccus nach seiner Rückkehr vom Tempel der vier Winde Selbstmord beging?«

Richard sah zu ihr herüber. »Allerdings.«

»Dieser Selbstmord hatte noch einen anderen Hintergrund.«

»Einen anderen Hintergrund? Und welchen?«

Berdine gelangte zu einem Seitenkorridor, der von zwei mit Lanzen bewaffneten Soldaten bewacht wurde. Noch während sie Richard und sein Gefolge genau musterten, schlugen sie sich mit der Faust aufs Herz und traten beiseite. Berdine zog einen der eisenbeschlagenen Türflügel auf, dessen polierte Oberfläche das überaus fein gearbeitete Relief eines Innenhofgartens zierte. Der schmalere, mit kostbarem Mahagoni getäfelte Flur jenseits der Tür war menschenleer. Es war der Eingang zu den Privatgemächern des Palasts.

»Was genau, habe ich noch nicht herausfinden können, aber ich vermute, dass Baraccus während seines Aufenthalts im Tempel der vier Winde irgendetwas getan hat.« Berdine sah sich nach ihm um, um sich zu vergewissern, dass er aufmerksam zuhörte. »Irgendetwas Großes, etwas sehr Bedeutsames.«

Nickend folgte Richard Berdine durch den menschenleeren Flur. »Irgendwie hat Baraccus bei seinem Besuch im Tempel der vier Winde dafür gesorgt, dass ich mit subtraktiver Magie geboren würde.«

Diesmal war es Nicci, die ihn beim Arm fasste, ihn mit einem Ruck zu sich herumwirbelte und zwang, stehen zu bleiben. »Was! Wie kommst du bloß auf diese Idee?«

Verständnislos betrachtete er ihr schockiertes Gesicht. »Das hat Shota mir erzählt.«

»Und woher sollte Shota so etwas wissen?«

Richard zuckte die Achseln. »Ihr wisst doch, wie Hexen sind, sie sehen Dinge im Strom der Zeit. Zum Teil habe ich es mir aus den mir bekannten Stücken der Geschichte zusammengereimt.«

Nicci schien alles andere als überzeugt. »Warum in aller Welt sollte Baraccus so etwas tun? Shota versucht dir weiszumachen, dieser Zauberer aus grauer Vorzeit sei einfach so, aus heiterem Himmel, in die Unterwelt gegangen, und als er dort war, dachte er … ja, was eigentlich? Wo er einmal dort war, könnte er doch dafür sorgen, dass ein Bursche namens Richard Rahl, wenn er dreitausend Jahre später geboren wird, gleich mit subtraktiver Magie geboren würde?«

Richard sah sie an. »Ein bisschen komplizierter ist es schon, Nicci. Ich bin mir ziemlich sicher, dass es als eine Art Gegenmaßnahme gegen etwas gedacht war, was ein anderer Zauberer bei einem früheren Aufenthalt dort getan hatte. Dieser andere Zauberer war Lothain. Erinnert Ihr Euch an ihn, Berdine?«

»Selbstverständlich.«

»Lothain war ein Spion.«

Berdine erschrak. »Den gleichen Gedanken hatte auch Kolo – dass er von Anfang an ein Spion gewesen sein muss, den man dort eingeschmuggelt hatte, um auf eine Gelegenheit zum Losschlagen zu lauern. Kolo war nicht der Meinung, dass Lothain einfach nur den Verstand verloren hatte, wie allgemein angenommen wurde. Die allgemein anerkannte Geschichte damals lautete etwa so: Die ungeheure Belastung und Gefährlichkeit seiner Arbeit hatte Lothain zugesetzt, woraufhin er einfach den Verstand verlor. Kolo hat nie großen Wert darauf gelegt, anderen von seiner Theorie zu erzählen, denn er war der Meinung, dass man ihm sowieso nicht glauben würde – und natürlich auch, weil sich die Auffassung durchzusetzen begann, Baraccus sei der Spion.«

Die Stirn nachdenklich in Falten gelegt, setzte sich Richard wieder in Bewegung. »Baraccus! Das ist doch verrückt!«

»Der Meinung war Kolo auch.«

»Was soll denn dieser Zauberer Lothain überhaupt verbrochen haben?«, fragte Nicci mit einigem Nachdruck in der Stimme, um ihn wieder zum eigentlichen Thema zurückzubringen und die Ernsthaftigkeit ihrer Frage zu unterstreichen.

Einen Moment lang schaute Richard in ihre blauen Augen und sah dort nicht nur Nicci, sondern die mächtige Hexenmeisterin, die sie in Wahrheit war. Wahrscheinlich war sie eine der mächtigsten Hexenmeisterinnen, die jemals geboren worden waren, und zudem eine Macht, mit der man rechnen musste.

Aber vor allem hatte gerade Nicci es verdient, die Wahrheit zu erfahren. Nicht dass er sie ihr zu verschweigen versucht hätte – er hatte einfach noch nicht die Zeit gefunden, mit ihr darüber zu sprechen. Im Grunde hätte er ihr gerne längst davon erzählt, um ihre Meinung zu der ganzen Angelegenheit zu hören, vor allem aber über die Geheimbibliothek, die Baraccus unterhalten hatte, sowie über das für Richard bestimmte Buch, mit dem er seine Frau dorthin geschickt hatte, um es dort sicher zu verwahren – bis zu dem Tag, da wieder ein Kriegszauberer in die Welt hineingeboren werden würde, um sich ihrer Sache anzunehmen.

Er seufzte. Es war einfach noch keine Zeit dafür gewesen. Sosehr er sich wünschte, ihr alles zu berichten, wollte er ihr erst dann die ganze Geschichte erzählen, wenn er sie mitsamt den Fragen, die er dazu hatte, mit ihr besprechen konnte, daher beschloss er, die meisten Einzelheiten erst einmal fortzulassen und sich auf das Notwendigste zu beschränken.

»Lothain war ein Spion im Auftrag der Streitmächte aus der Alten Welt. Möglicherweise ahnte er bereits, dass sie nicht imstande waren, den Krieg zu gewinnen, möglich auch, dass er einfach eine zusätzliche Vorsichtsmaßnahme treffen wollte. Wie auch immer, als er den Tempel der vier Winde aufsuchte, legte er den Grundstein dafür, dass ihre Sache irgendwann wieder hochkommen würde. Zumindest tat er etwas, um dafür zu sorgen, dass wieder ein Traumwandler in die Welt hineingeboren würde.

Baraccus, außerstande, die Sabotage rückgängig zu machen, tat das Zweitbeste. Er sorgte dafür, dass ein Gegenmittel in die Welt hineingeboren würde: meine Wenigkeit.«

Nicci, sprachlos, konnte ihn nur anstarren.

Richard wandte sich wieder an Berdine. »Aber was hat die Geschichte über Baraccus nun mit diesen zentralen Lagerstätten zu tun?«

Berdine blickte abermals hinter sich, um zu sehen, wie nahe die Soldaten waren. »In seinem Tagebuch schreibt Kolo, in einer Gruppe einflussreicher Leute sei das Gerücht umgegangen, Baraccus sei möglicherweise ein Verräter gewesen, der, wenn dies zutreffe, bei seinem Aufenthalt im Tempel etwas überaus Unheilvolles getan haben könnte.«

Ungläubig schüttelte Richard den Kopf. »Wessen haben diese Leute ihn denn verdächtigt?«

Berdine zuckte die Achseln. »Das habe ich noch nicht herausfinden können. Das alles ist sehr geheim. Damals gingen alle sehr vorsichtig damit um. Niemand wollte sich eine Blöße geben und irgendwelche Behauptungen aufstellen oder Baraccus des Verrats bezichtigen, um nicht die falschen Leute zu verärgern. Immerhin wurde er noch immer von vielen verehrt, auch von Kolo.

Es könnte sogar sein, dass man ihm gar nichts Konkretes vorwarf, sondern ihn nur verdächtigte, etwas getan zu haben. Vergesst nicht, dass bis zu dem Tag, als Ihr dort wart, seit Baraccus kein Mensch jemals wieder den Tempel der vier Winde hatte aufsuchen können. Offenbar fürchteten sie sich auch vor dieser Frau, Magda Searus. Ihr wisst schon, die später zur Konfessorin gemacht wurde.«

»Ja, ich erinnere mich«, sagte Richard. »Trotzdem scheint es merkwürdig, dass etwas, das angeblich ein derart zerstörerisches Potenzial besaß, in der Öffentlichkeit nicht bekannter war.«

»Nein«, sagte Berdine im Flüsterton, fast als befürchtete sie, die Geister aus der Vergangenheit könnten sie hören. »Das ist es ja gerade. Man befürchtete, es könnte, falls das Volk ihren Verdacht bemerkte, zu einer Panik oder Ähnlichem kommen – dazu, dass die Menschen sich aufgaben. Vergesst nicht, der Krieg war noch immer im Gange, und es war noch immer fraglich, ob sie überhaupt überleben oder gar triumphieren würden. Es herrschte eine allgemeine Sorge um die Moral des Volkes, während man den Kampf fortsetzte und gleichzeitig nach einem Weg suchte, den Krieg siegreich zu beenden. Und ausgerechnet in dieser Situation sorgte sich dieser kleine Kreis hochrangiger Persönlichkeiten, Baraccus könnte etwas überaus Unheilvolles im Tempel der vier Winde getan haben, das im Grunde niemals hätte geschehen dürfen.«

In einer hilflosen Geste warf Richard die Hände in die Luft. »Aber was?«

Berdines Gesicht verzog sich zu einem erbitterten Ausdruck. »Ich weiß es wirklich nicht. Kolo macht darüber nur Andeutungen. Er glaubte an Baraccus. Außerdem war er verärgert, weil diese Leute taten, was immer sie taten, er jedoch nicht in der Lage war, mit ihnen darüber zu sprechen. Er gehörte nicht zu denen, die an den Hebeln der Macht saßen, er war ja nicht einmal ein hochrangiger Zauberer.

Es gibt jedoch eine Passage, eine Erwähnung in seinem Tagebuch, bei der ich beim Lesen eine Gänsehaut bekam. Ob es dabei um den Disput um Baraccus ging oder nicht, kann ich nicht sagen – ich meine, ich könnte nicht den Finger auf eine spezielle Stelle legen, um diese Verbindung herzustellen, jedenfalls nicht, um …«

»Was stand denn nun in dieser Passage?«

Neben Richard beugten sich jetzt auch Nicci und Cara ein Stück weiter vor.

Berdine seufzte schwer. »Na ja, er ließ sich in seinem Tagebuch über das schlechte Wetter aus und wie leid die Menschen den ewigen Regen seien, und dann machte er ganz beiläufig eine Bemerkung, er sei völlig außer sich, weil er aus seinen Quellen erfahren habe, man habe fünf Kopien ›jenes Buches angefertigt, das niemals hätte kopiert werden sollen‹.«

Richard horchte auf – und bekam eine Gänsehaut.

»Nicht lange danach«, fuhr Berdine fort, »kam er in seinem Eintrag erneut auf besagte zentrale Lagerstätten zu sprechen.«

»Demnach glaubt Ihr … was? Dass diese Leute die Kopien,

die sie niemals hätten anfertigen dürfen, an diesen zentralen Lagerstätten versteckt haben?«

Ein Lächeln auf den Lippen, tippte Berdine sich mit dem Finger an die Schläfe. »Endlich fangt Ihr an, dieselben Fragen zu stellen, die ich mir auch schon die ganze Zeit stelle.«

»Und er erwähnt nirgendwo, welches Buch diese Leute kopiert haben?«, fragte Nicci. »Nicht einmal andeutungsweise?«

Berdine schüttelte den Kopf. »Genau das ist der Punkt, bei dem ich eine Gänsehaut bekam. Dort stand mehr, als aus seinen bloßen Worten hervorging.«

»Was soll das nun wieder heißen?«, fragte Nicci ungehalten.

»Ihr wisst doch, wenn man ewig an der Übersetzung von jemandes Schriften arbeitet, ist man irgendwann in der Lage, seine Stimmung einzuschätzen, zu erkennen, was der Betreffende meint, wie sein Gedankengang verläuft, auch wenn er es nicht ausdrücklich niedergeschrieben hat. Nun« – sie zog ihren braunen Zopf über ihre Schulter und wickelte dessen Ende um ihren Finger –, »anhand seiner Formulierung konnte ich erkennen, dass er sich sogar davor fürchtete, den Namen eines Buches niederzuschreiben, das so geheim und bedeutend war, dass es niemals kopiert werden durfte. Schon mit der Erwähnung in seinem Tagebuch hatte er sich offenbar auf sehr dünnes Eis gewagt.«

Richard fand, dass sie zweifellos ein gutes Argument vorbrachte.

Berdine blieb vor einer hohen, schwarz gestrichenen Eisentür stehen. »Dies ist die Stelle, wo ich die Bücher fand, in denen davon die Rede ist, diese zentralen Lagerstätten befänden sich bei den Gebeinen – was immer damit gemeint sein mag.«

»Die Bibliothek, die ich gefunden habe, befand sich in unterirdischen Katakomben«, sagte Richard.

Berdine runzelte die Stirn und dachte nach. »Das könnte einiges erklären.«

»Nathan erzählte mir«, sagte Nicci mit gesenkter Stimme, während ihr Blick zwischen Richard und Berdine hin und her wanderte, »seiner Meinung nach müsse es unter dem Palast der Propheten Katakomben gegeben haben, und der Palast selbst sei nur errichtet worden, um das zu verbergen, was unter ihm begraben liegt.«

Die Soldaten blieben zögernd stehen und sammelten sich ein kurzes Stück weiter hinten im Flur in einer kleinen Traube. Richard fiel auf, dass Berdine sie keinen Moment aus den Augen ließ.

»Warum wartet Ihr mit Euren Leuten nicht hier draußen?«, rief sie nach hinten zu General Trimack. »Ich muss kurz in diese Bibliothek und Lord Rahl einige Schriften zeigen. Ich denke, vielleicht solltet Ihr den Korridor bewachen und aufpassen, dass niemand heimlich hier herumschleicht.«

Der General nickte und ging daran, seinen Männern Befehl zu geben, auf der gesamten Länge des Flures Posten aufzustellen. Unterdessen zog Berdine einen Schlüssel aus dem oberen Teil ihres Anzugs.

»Dort drinnen habe ich ein Buch gefunden, das mir Albträume bereitet.«

Sie sah sich um zu Richard, dann schloss sie die Tür auf.

Nicci brachte ihren Mund ganz dicht an Richards Ohr. »Der Raum ist mit Schilden gesichert«, sagte sie mit vor Misstrauen angespannter Stimme.

»Aber sie ist nicht mit der Gabe gesegnet«, erwiderte Richard leise. »Sie kann die Schilde nicht passieren. Wenn er tatsächlich mit Schilden gesichert ist, wie will sie dann hineingelangen?«

Kaum hatte sie den Schlüssel wieder aus dem Schloss gezogen, fuchtelte Berdine, die sie hatte miteinander tuscheln hören, damit hin und her. »Na, mit dem Schlüssel. Ich wusste, wo Darken Rahl ihn aufbewahrte.«

Erstaunt wandte sich Nicci um zu Richard. »Soeben hat der Schlüssel die Schilde außer Kraft gesetzt. So etwas habe ich noch nie zuvor gesehen.«

»Offenbar hat man es so eingerichtet, um vertrauenswürdigen Gehilfen oder Gelehrten, die nicht mit der Gabe gesegnet sind, den Zutritt zu ermöglichen«, vermutete Richard. Er wandte sich wieder zu Berdine herum, die sich bereits an dem schweren Riegel der Tür zu schaffen machte.

»Übrigens, habt Ihr sonst noch etwas über diesen Baraccus in Erfahrung bringen können?«

»Nicht viel«, sagte sie mit einem Blick über die Schulter. »Außer dass Magda Searus, die Frau, die erste Konfessorin wurde, einst mit ihm verheiratet war.«

Richard konnte sie nur anstarren. »Woher weiß sie diese Dinge nur?«, murmelte er bei sich.

»Was denn?«, fragte Berdine.

»Ach nichts«, sagte er und machte eine wegwerfende Handbewegung, ehe er zur Tür wies. »Und was habt Ihr da drinnen nun gefunden?«

»Etwas, das mit den Äußerungen Kolos in Zusammenhang steht.«

»Also mit seinen Bemerkungen über dieses Buch, das nicht kopiert werden durfte.«

Berdine bedachte Richard nur mit einem schlauen Lächeln, wobei sie den Schlüssel in einer Tasche im Oberteil ihres Anzugs verschwinden ließ, dann drückte sie die schwere schwarze Tür auf.

29

Drinnen beleuchteten drei große, fast die gesamte hintere Wand einnehmende Fenster den Raum mit trübem, spätnachmittäglichem Licht. Regen prasselte gegen das Glas und lief in verschlungenen Rinnsalen daran herab. Die Wände des kleinen Raumes waren mit Bücherregalen aus Färbereiche verkleidet, und nur genau in der Mitte des Raumes gab es genügend Platz für einen schlichten Eichentisch, der wiederum gerade groß genug war für die vier Holzstühle, einen an jeder Seite. Mitten auf dem Tisch stand eine ungewöhnliche vierstrahlige Lampe, die jedem der leeren Plätze aus einem silbernen Reflektor sein eigenes Licht spendete.

Mit einem Schwenk ihres Armes schickte Nicci einen Funken ihrer Gabe in die vier Dochte. Die Flammen loderten auf und verliehen dem Raum eine warme, gemütliche Atmosphäre. Richard fiel auf, dass ihr das Entzünden der Lampen keine Mühe zu bereiten schien, obwohl der Palast die Kräfte aller außer denen der Rahls schwächte.

Berdine trat an eines der Regale rechts neben der Tür. »Ganz in der Nähe jener Textstelle in Kolos Tagebuch, wo von dem Buch die Rede ist, das unter keinen Umständen kopiert werden darf, gibt es einen Hinweis, der möglicherweise so zu deuten ist, dass die Männer, die Baraccus misstrauten, dieselben waren, die auch die Kopien angefertigt hatten. Zumindest denke ich, dass er das gemeint haben könnte, sicher bin ich mir aber nicht.

Er bezeichnet sie als die ›Dummköpfe aus *Yanklees abenteuerliche Erzählungen*‹.«

Nicci wirbelte herum zu Berdine. »*Yanklees abenteuerliche Erzählungen!*«

Richard blickte von einer Frau zur anderen und fragte: »Was, bitte, sind *Yanklees abenteuerliche Erzählungen?*«

»Ein Buch«, antwortete Berdine.

Richard sah Nicci fragend an, woraufhin diese sich ereiferte. »Es ist mehr als bloß ein Buch, Richard. *Yanklees abenteuerliche Erzählungen* ist ein Buch der Prophezeiungen, ein sehr, sehr merkwürdiges Buch der Prophezeiungen übrigens. Seine Entstehung wird auf sieben Jahrhunderte vor dem Großen Krieg datiert. In den Gewölbekellern des Palastes der Propheten existierte eine Abschrift, eine Merkwürdigkeit, mit der sich jede Schwester im Zuge ihrer Ausbildung über Prophezeiungen beschäftigt hat.«

Richard ließ den Blick über die in den Regalen aufgereihten Bücher wandern. »Und was war daran so merkwürdig?«

»Es ist ein Buch der Prophezeiungen, das aus nichts als Tratsch und Hörensagen besteht.«

Richard wandte sich wieder zu ihr herum. »Ich verstehe nicht.«

»Na ja«, sagte Nicci und zögerte kurz, um die richtigen Worte zu finden, »man betrachtete seinen Inhalt nicht gerade als Prophezeiung künftiger Ereignisse. Vielmehr war man der Meinung, es enthalte sozusagen Prophezeiungen über künftigen … Tratsch.«

Seufzend rieb Richard seine müden Augen, ehe er wieder zu Nicci aufsah. »Wollt Ihr damit etwa sagen, dieser Yanklee hat Weissagungen über Klatsch zu Papier gebracht?« Als Nicci darauf nickte, konnte er nur noch fragen: »Aber warum?«

Nicci beugte sich ein wenig näher. »Genau das ist die Frage, auf die alle eine Antwort wissen wollten.«

Richard schüttelte den Kopf, so als versuchte er, sich von den gedanklichen Spinnweben zu befreien.

»Es gibt viele Dinge, die geheim sind, musst du wissen« – Nicci wies auf Berdine –, »und das gilt auch für diese Geschichte mit dem Buch, das angeblich niemals kopiert werden durfte. Solche Geheimnisse bleiben oft deswegen geheim, weil die Menschen sie mit ins Grab nehmen. Aus diesem Grund ist es uns beim Studium historischer Aufzeichnungen oft unmöglich, bestimmte Rätsel zu lösen – über sie sind einfach keine Informationen erhältlich.

Manchmal jedoch kursieren winzige pikante Details, Dinge, die irgendwelche Leute zufällig gesehen oder aufgeschnappt haben, und diese Menschen fangen dann an, über diese Dinge zu tratschen. Im Palast der Propheten gab es Schwestern, die fest davon überzeugt waren, dieses prophetische Buch über Tratsch enthalte Anspielungen darauf, als was sich diese künftigen Geheimnisse entpuppen würden.«

Richard machte ein erstauntes Gesicht. »Soll das heißen, diese Schwestern haben im Prinzip irgendwelches Gerede belauscht, mit dem Ziel, vielleicht irgendetwas aufzuschnappen?«

Nicci nickte. »So in etwa. Du musst wissen, dass einige wenige Schwestern dieses schlichte Bändchen für eine der bedeutsamsten prophetischen Schriften hielten, die überhaupt existieren. Es wurde unter strengen Sicherheitsvorkehrungen aufbewahrt und durfte, anders als manch anderes prophetische Buch, niemals, nicht einmal zu Studienzwecken, aus den Gewölbekellern entfernt werden.

Es gab Schwestern, die dem Studium dieses scheinbar so albernen Buches einen Großteil ihrer Freizeit gewidmet haben. Da die Menschen sich normalerweise nicht die Mühe machen, Tratsch aufzuzeichnen, nimmt man an, dass *Yanklees abenteuerliche Erzählungen* das einzige Buch seiner Art ist – die einzige schriftlich festgehaltene Schilderung von Klatsch, auch wenn dieser noch gar nicht stattgefunden hat. Diese Schwestern glaubten, es gebe Ereignisse, die anders als mithilfe dieses Buches, das zeitlich ja vor ihnen liegt, weder aufgedeckt noch untersucht werden können. Im Wesentlichen waren sie im Glauben, heimlich hinter vorgehaltener Hand verbreiteten Tratsch über Dinge, über geheime Dinge, zu belauschen, die sich erst noch ereignen würden. Sie glaubten, *Yanklees abenteuerliche Erzählungen* enthalte wertvolle Hinweise auf Geheimnisse, die niemandem sonst bekannt waren und an die man auf andere Art nicht herankommen konnte.«

Richard presste seine Fingerspitzen an die Stirn und versuchte das alles zu begreifen. »Eben sagtet Ihr, es habe Schwestern gegeben, die sich ganz dem Studium dieses Buches gewidmet hätten. Wisst Ihr vielleicht auch, wer diese Schwestern waren?«

Nicci nickte langsam. »Nun, Schwester Ulicia zum Beispiel.«

»Na großartig«, murmelte Richard.

Berdine öffnete die Glastür eines der Bücherschränke, zog einen Band aus dem Regal und wandte sich wieder um, um Richard und Nicci den Einband zu zeigen.

Der Titel lautete *Yanklees abenteuerliche Erzählungen.*

»Als ich beim Lesen in Kolos Tagebuch auf die Formulierung ›Dummköpfe aus *Yanklees abenteuerlichen Erzählungen*‹ stieß, klang das so merkwürdig, dass ich es mir fast zwangsläufig einprägen musste. Wisst Ihr, was ich meine? Dann, eines Tages, ich befand mich gerade in diesem Zimmer und war mit Nachforschungen beschäftigt, sprang mir der Titel ins Auge. Mir war gar nicht klar, dass es, wie Ihr sagtet, ein Buch der Prophezeiungen war, Nicci.«

Nicci zog die Schultern hoch. »Manche Bücher der Prophezeiungen sind nicht gleich als solche zu erkennen – erst recht nicht von jemandem, der nicht in diesen Dingen ausgebildet ist.

Dem äußeren Schein nach können wichtige Schriften manchmal einfach nur langweilige Aufzeichnungen oder wie im Fall von *Yanklees abenteuerliche Erzählungen* nichts weiter als banaler Unsinn sein.«

Berdine wies zu den Bücherschränken, die die Wände des kleinen Raumes säumten. »Außer dass sich in diesem Raum schwerlich irgendwelche Banalitäten befinden würden.«

»Gutes Argument«, warf Richard ein.

Berdine lächelte, zufrieden, dass er die Nützlichkeit ihrer Argumentation erkannt hatte. Sie legte das Buch auf den Tisch, der den Mittelpunkt der winzigen Bibliothek einnahm, klappte behutsam den Einband auf und blätterte in den spröden Seiten, bis sie die gewünschte Stelle gefunden hatte. Nacheinander sah sie zu beiden hoch.

»Da Kolo dieses Buch erwähnt hatte, dachte ich, dass ich es lesen sollte. Es war wirklich langweilig, fast wäre ich darüber eingeschlafen. Es schien überhaupt nichts von Bedeutung zu enthalten, bis ich auf das hier stieß.« Sie tippte mit dem Finger auf eine Seite. »Ich war sofort hellwach.«

Richard verdrehte den Kopf, um die Worte über ihrem Finger lesen zu können. Es kostete ihn einige Augenblicke angestrengten Nachdenkens, bis sich ihm die Bedeutung der auf Hoch-D'Haran verfassten Textstelle erschloss. Sich an der Schläfe kratzend, übersetzte er laut.

»›Das Kopieren des Schlüssels, der nie kopiert werden durfte, wird die sich stets einmischenden Dummköpfe mit solcher Nervosität erfüllen, dass sie vor Angst über ihr Tun erzittern werden und den Schatten des Schlüssels zwischen die Gebeine fallen lassen, auf dass nie offenbar werde, dass nur ein einziger Schlüssel jemals korrekt geschnitten wurde.‹«

Richard sträubten sich die Nackenhaare.

Cara verschränkte die Arme vor der Brust. »Mit anderen Worten: Eurer Meinung nach bekamen sie es, als sie endlich zur Tat schritten und die Kopien anfertigten, mit der Angst und fertigten alle Kopien bis auf eine als billige Fälschungen an?«

Richard war in Gedanken noch immer bei der Formulierung »den Schatten des Schlüssels zwischen die Gebeine fallen lassen …«. Er sah hoch zu Berdine. »Sie an den zentralen Lagerstätten verstecken. Sie bei den Gebeinen begraben.«

Ein Lächeln spielte über Berdines Lippen. »Es tut so gut, dass Ihr wieder hier seid, Lord Rahl. Ihr und ich, wir sind uns im Denken so ähnlich. Ich habe Euch sehr vermisst. Ich bin auf so viele solcher Dinge gestoßen, die ich mit Euch durchgehen möchte.«

Richard legte ihr behutsam einen Arm um die Schultern, zum Zeichen, dass er ganz ähnlich empfand, auch ohne es ausdrücklich zu sagen.

Berdine blätterte im Buch ein paar Seiten weiter und machte schließlich an einer Stelle halt, auf der kein Text zu sehen war. »So wie hier, an dieser Stelle, scheinen in einer Reihe von Schriften ganze Textpassagen zu fehlen.«

»Prophezeiungen«, sagte Nicci. »Das ist Teil des Feuerkettenbanns, den die Schwestern der Finsternis bei Richards Gemahlin angewendet haben. Der Bann hat auch die Prophezeiungen gelöscht, die in Zusammenhang mit ihrer Existenz stehen.«

Berdine ließ sich Niccis Bemerkung durch den Kopf gehen. »Das wird alles sicherlich noch erschweren, denn dadurch werden uns eine Menge brauchbarer Hinweise vorenthalten, die von Nutzen sein könnten. Verna meinte auch, dass in den Büchern der Prophezeiung Textpassagen fehlen, wusste aber nicht, warum.«

Nicci ließ den Blick über die Bücherschränke wandern. »Zeigt mir alle Bücher, von denen Ihr sicher wisst, dass darin Teile des Textes fehlen.«

Niccis plötzliches Misstrauen verwunderte Richard.

Berdine öffnete mehrere der Glastüren und zog einige Bände hervor, die sie Nicci einen nach dem anderen reichte. Die überflog kurz die Titel und legte sie dann beiseite, auf den Tisch. »Prophezeiungen«, betonte sie noch einmal, während sie das letzte Buch, das Berdine ihr eben erst gereicht hatte, auf den Stapel warf.

»Worauf wollt Ihr hinaus?«, fragte Richard.

Statt ihm zu antworten, sah sie zu Berdine. »Gibt es noch mehr Schriften, in denen Text fehlt?«

Berdine nickte. »Ja, eine.«

Nach einem kurzen Blick zu Richard schob sie eine Bücherreihe aus dem Weg und zog ganz hinten in einem Schrank ein Paneel zur Seite. Das kleine fehlende Wandstück dahinter gab den Blick auf eine vergoldete Mauernische mit einem kleinen Buch darin frei, das auf einem grünen Samtkissen mit Goldrand ruhte. Der Ledereinband schien einmal rot gewesen zu sein, war jetzt aber so verblichen und abgegriffen, dass die wenigen verblassten Farbstellen seine einstige Pracht nur anzudeuten vermochten. Es war ein zierliches, wunderschönes Buch, das teils wegen seiner geringen Ausmaße, teils wegen der kunstvoll verzierten Lederarbeit bestach.

»Ich habe Lord Rahl – damit meine ich Darken Rahl – früher beim Übersetzen von Büchern auf Hoch-D'Haran geholfen«, erläuterte Berdine. »Dies war einer der Räume, in denen er seine privaten Schriften studierte – daher wusste ich auch, wo der Schlüssel zu finden war und dass dieses kleine Geheimfach hinter dem Bücherschrank existierte. Ich dachte wirklich, es könnte vielleicht von Nutzen sein.«

»Und, war es das?«, fragte Richard.

»Das dachte ich, aber jetzt fürchte ich, dass dem nicht so ist. Auch hier fehlt Text. Nur dass in diesem Buch nicht, wie in den anderen Büchern hier, da und dort bestimmte Passagen oder ganze Abschnitte fehlen, vielmehr steht in diesem Buch kein einziges Wort mehr. Es besteht nur noch aus leeren Seiten.«

Nicci war noch argwöhnischer geworden. »Lasst mal sehen.«

Berdine reichte ihr das kleine Bändchen. »Ich sage es Euch, es ist vollkommen leer. Überzeugt Euch selbst. Es ist vollkommen unbrauchbar.«

Nicci klappte den uralten, abgegriffenen Ledereinband auf und überflog die erste Seite. Dabei glitt ihr Finger wie beim Lesen über das Papier. Sie blätterte weiter und studierte die nächste Seite, dann noch eine und schließlich wiederholte sie die Prozedur.

»Bei den gütigen Seelen«, hauchte sie, während sie zu lesen schien.

»Was ist denn?«, wollte Richard wissen.

Berdine stellte sich auf die Zehenspitzen und linste über den Rand des Buches. »Gar nichts ist. Seht selbst – die Seiten sind unbeschrieben.«

»Nein, sind sie nicht«, murmelte Nicci beim Lesen. »Dies ist ein Buch der Magie.«

Sie sah auf. »Unbeschrieben scheint es nur für jemanden zu sein, der nicht mit der Gabe gesegnet ist. Und wenn er es wäre, müsste sie im Falle dieses besonderen Werkes recht stark ausgeprägt sein, um es lesen zu können. Es ist ein überaus bedeutsames Werk.«

Berdine kräuselte verständnislos die Nase. »Was?«

»Bücher der Magie sind gefährlich, manche sogar außerordentlich gefährlich; einige wenige aber, so wie dieses, sind noch gefährlicher.« Nicci fuchtelte mit dem Buch vor dem Gesicht der Mord-Sith herum. »Und dieses hier ist weit mehr als nur außerordentlich gefährlich.

Für gewöhnlich werden solche Bücher, als eine Art Schutz, auf irgendeine Art mit Schilden gesichert. Erachtet man sie für ausreichend gefährlich, werden sie zusätzlich mit Bannen gesichert, die den Text so schnell wieder aus dem Gedächtnis einer Person löschen, dass diese sich nicht einmal mehr daran erinnert, ihn gesehen zu haben, was sie wiederum glauben lässt, die Seiten seien unbeschrieben. Eine nicht mit der Gabe gesegnete Person ist schlicht außerstande, die Worte eines Buches der Magie lange genug im Gedächtnis zu speichern. Obwohl man die Worte in diesem Buch sieht, vergisst man so schnell, sie gelesen zu haben, dass einem gar nicht der Gedanke kommt, auf den Seiten könnte etwas stehen – die Worte werden aus dem Gedächtnis getilgt, ehe man sie überhaupt bewusst wahrnimmt.

Dieser spezielle Bann liefert teilweise die Grundlage für die Idee des Feuerkettenbanns. Die Zauberer aus alter Zeit – die sich solcher Banne des Öfteren zum Schutz der Schriften, an denen sie gerade arbeiteten, bedienten – begannen sich schließlich zu fragen, ob so etwas nicht auch mit einem Menschen möglich wäre, mit anderen Worten, ihn praktisch ebenso verschwinden zu lassen wie scheinbar den Text in einigen Werken der Magie.«

Sie machte eine unbestimmte Handbewegung, als ihre Aufmerksamkeit wieder mehr und mehr von dem Buch in Anspruch genommen wurde. »Sobald eine Seele im Spiel ist, wird die Sache natürlich komplizierter, als es sich in Worte fassen lässt.«

Richard war schon vor langer Zeit zu der Erkenntnis gelangt, dass er *Das Buch der Gezählten Schatten* nur deshalb hatte auswendig lernen können, weil er die Gabe besaß. Wäre es nicht so gewesen, hatte ihm Zedd damals erklärt, hätte er die Worte gar nicht lange genug in seinem Gedächtnis speichern können, um auch nur eins von ihnen zu behalten.

»Und worum geht es nun in diesem Buch?«, fragte er.

Endlich löste Nicci ihren Blick von den Seiten und sah auf. »Wir haben es hier mit einem Buch mit magischen Anleitungen zu tun.«

»Ich weiß, das sagtest du bereits«, erwiderte er geduldig. »Aber Anleitungen wofür?«

Nicci ließ den Blick noch einmal prüfend über die Seite wandern und musste schlucken, ehe sie ihm erneut in die Augen sah. »Meiner Meinung nach handelt es sich um das Originalhandbuch mit den Anleitungen für das Ins-Spiel-Bringen der Kästchen der Ordnung.«

Wieder spürte Richard, wie ihm eine Gänsehaut die Arme und Beine hinaufkroch.

Vorsichtig nahm er das Buch aus Niccis Händen entgegen, und tatsächlich, es war alles andere als unbeschrieben. Jede einzelne Seite war eng mit winzigen handschriftlichen Worten, Diagrammen, Tabellen und Formeln bedeckt.

»Es ist auf Hoch-D'Haran.« Er sah hoch zu Nicci. »Willst du etwa behaupten, du kannst Hoch-D'Haran lesen?«

»Selbstverständlich.«

Richard und Berdine wechselten einen Blick.

Gleich auf den ersten Blick hatte er erkannt, dass das Buch von äußerster Komplexität war. Er hatte Hoch-D'Haran gelernt, doch im Falle dieses Buches reichte das bestenfalls zu einem notdürftigen Verständnis.

»Die Sprache ist erheblich wissenschaftlicher als das Hoch-D'Haran, das ich zu lesen gewohnt bin«, meinte er, während er die Seiten überflog.

Nicci beugte sich zu ihm und zeigte mit dem Finger auf eine Stelle auf der Seite, auf die er gerade starrte. »Das hier sind ausschließlich Querverweise zu Formeln, die bei den Beschwörungen benötigt werden. Für ein umfassendes Verständnis ist die Kenntnis dieser Formeln und Banne unerlässlich.«

Richard: »Und, bist du mit ihnen vertraut?«

Sie verzog den Mund, während sie sich mit gerunzelter Stirn über die Seite beugte. »Das weiß ich nicht. Ich müsste mich eingehend damit befassen, um zu wissen, ob ich beim Übersetzen eine Hilfe sein könnte.«

Berdine stellte sich erneut auf die Zehenspitzen und linste in das Buch, so als wollte sie nachsehen, ob sich ihr die Worte jetzt vielleicht offenbarten. »Wieso könnt Ihr das nicht jetzt gleich feststellen? Ich meine, entweder Ihr könnt es lesen und verstehen oder eben nicht.«

Nicci fuhr sich mit den Fingern einer Hand durch ihr blondes Haar und holte tief Luft. »Mit Büchern der Magie ist das nicht ganz so einfach. Es ist ein bisschen so wie beim Lösen komplizierter mathematischer Gleichungen. Unter Umständen kennt man die Zahlen und glaubt zunächst zu wissen, worum es geht und dass man die Gleichungen auflösen kann, wenn man dann aber auf in der Gleichung verborgene unbekannte Symbole stößt – Symbole, die sich auf unbekannte Dinge beziehen –, wird die ganze Gleichung mehr oder weniger unlösbar. Es genügt eben nicht, nur ein paar Zahlen zu kennen. Man muss die Bedeutung jedes einzelnen Elements genau kennen oder zumindest wissen, wie man die dadurch ausgedrückten Mengen oder Werte erschließen kann.

Im Großen und Ganzen verhält es sich hier ebenso, obwohl ich es vereinfacht habe, damit Ihr versteht, was ich meine. Wir haben es hier nicht nur mit Symbolen zu tun, sondern mit längst nicht mehr gebräuchlichen Querverweisen auf Banne, was das Verständnis zusätzlich erschwert. Dass es auf Hoch-D'Haran ist, macht die Sache noch komplizierter, da die Worte und ihre Bedeutungen in dieser Sprache sich mit der Zeit gewandelt haben. Hinzu kommt, dass der Text in einer veralteten Geheimsprache abgefasst ist.«

Richard fasste sie am Arm, um ihre Aufmerksamkeit auf sich zu lenken. »Das ist wichtig, Nicci. Meinst du, du kannst es schaffen?«

Zögernd schaute sie auf das Buch. »Es wird einige Zeit dauern, bis ich mit meiner Übersetzung so weit bin, dass ich dir sagen kann, ob ich eine Chance habe, mit Erfolg daran zu arbeiten.«

Richard nahm ihr das schmale Bändchen aus der Hand, klappte es zu und gab es ihr zurück. »Dann solltest du es besser mitnehmen. Sobald wir mehr Zeit haben, kannst du dich damit beschäftigen und sehen, ob du es verstehst.«

Argwöhnisch runzelte sie die Stirn. »Warum? Was hast du vor?«

»Begreifst du nicht, Nicci? Das könnte die Lösung sein, nach der wir suchen. Wenn es dir gelingt, es zu übersetzen und zu verstehen, was darin steht, könnte das hier drin enthaltene Wissen uns eine Möglichkeit an die Hand geben, dem entgegenzuwirken, was immer Schwester Ulicia getan hat, es ins Gegenteil zu kehren oder aufzuheben. Wir könnten womöglich die Kästchen der Ordnung aus dem Spiel nehmen.«

Sachte strich Nicci mit dem Daumen über den Einband des schmalen Buches. »Das mag ganz logisch klingen, Richard, aber zu wissen, wie etwas getan wird, bedeutet noch lange nicht, dass man es auch ungeschehen machen kann.«

»So als würde man versuchen, die eigene Schwangerschaft rückgängig zu machen?«, fragte Cara.

Nicci konnte sich ein Schmunzeln nicht verkneifen. »Ja, so in etwa.«

Caras überraschender Vergleich ließ ihn schlagartig wieder an Kahlan denken und an die Zeit, als sie schwanger war. Damals hatte ihr eine Gruppe brutaler Schläger aufgelauert und sie fast totgeprügelt. Sie hatte sein Kind verloren; ihre Schwangerschaft war zu Ende gewesen, ehe er überhaupt davon erfahren hatte.

Bei der Erinnerung an das Bild der schwer verletzten Kahlan hätten ihm fast die Knie nachgegeben. Er hatte große Mühe, den scheußlichen Gedanken wieder in das Dunkel zurückzuverbannen, aus dem er so unvermittelt aufgetaucht war.

Ein sorgenvolles Zucken ging über Niccis Stirn, offenbar weil sie ihm seine inneren Qualen am Gesicht angesehen hatte, er ignorierte es jedoch und sagte: »Ich muss dich hoffentlich nicht daran erinnern, wie wichtig das ist.«

Einen Moment lang fixierte sie ihn mit ihrem Blick, als wollte sie ihm sagen, dass das unmöglich sei, sie ihm aber seine Bitte auf keinen Fall abschlagen wolle. Schließlich presste sie entschlossen ihre Lippen aufeinander und nickte.

»Ich werde mein Bestes tun, Richard.«

Dann hellte sich ihre Miene plötzlich auf. Sie schlug das Buch ganz am Ende auf und blätterte hastig das letzte Blatt zurück. Einen Augenblick lang stand sie gedankenversunken da, den Blick nachdenklich auf die letzte Seite gerichtet.

»Das ist interessant«, murmelte sie.

»Was denn?«, fragte Richard.

Sie sah von dem Text auf, den sie gerade las. »Mitunter wird am Ende eines Buches der Magie der letzte, unbedingt erforderliche Schritt weggelassen, sozusagen als Vorsichtsmaßnahme gegen unbefugten Gebrauch. Wäre das hier der Fall, ließe sich die Abfolge der speziellen erforderlichen Handlungen womöglich noch unterbrechen, selbst wenn die Kästchen bereits im Spiel wären. Verstehst du, was ich meine? Magische Schriften werden, sofern sie gefährlich genug sind, manchmal absichtlich unvollständig gelassen, sodass noch eine zusätzliche Ergänzung erforderlich ist.«

»Was zum Beispiel?«

»Keine Ahnung. Das versuche ich ja gerade herauszufinden.« Sie hob einen Finger. »Lass mich eben noch ein wenig an dieser Stelle hier weiterlesen ...«

Augenblicke darauf blickte sie auf und tippte mit dem Finger auf die Seite. »Ja, ich hatte recht. Es gibt hier einen Hinweis, demzufolge für den Gebrauch des Buches unbedingt der Schlüssel benutzt werden muss. Ohne diesen Schlüssel wird alles bis dahin Erwirkte nicht nur unnütz sein, sondern fatale Auswirkungen haben. Hier steht ausdrücklich, dass jeder mit diesem Buch eingeleitete Vorgang innerhalb eines Jahres mithilfe des Schlüssels zum Abschluss gebracht werden muss.«

»Mithilfe des Schlüssels«, echote Richard mit ausdrucksloser Stimme.

Er sah zu Berdine.

»›Und sie werden zittern vor Angst über ihr Tun und den Schatten des Schlüssels zwischen die Gebeine fallen lassen‹«, zitierte sie aus *Yanklees abenteuerliche Erzählungen*. »Meint Ihr, das könnte vielleicht der Schlüssel sein, von dem in diesem Text die Rede ist?«

In den dunklen Randzonen seines Unterbewusstseins regte sich etwas. Dann auf einmal zündete der Funke der Erkenntnis, und Richard begriff.

Blitzartig überlief es ihn eiskalt am ganzen Körper, und aus seinen Armen und Beinen wich jegliches Gefühl.

»Bei den gütigen Seelen …«, murmelte er leise.

Nicci sah ihn stirnrunzelnd an. »Was ist denn, Richard? Du bist ja kreidebleich geworden.«

Er hatte Mühe, seine Stimme unter Kontrolle zu bekommen. Schließlich hörte er sich sagen: »Ich muss sofort zurück zu Zedd.«

Nicci legte ihm ihre Hand auf den Arm. »Was ist denn los?«

»Ich denke, ich weiß, was der Schlüssel ist.«

Auf einmal raste sein Herz, und er fing an zu keuchen. Alles, was er stets als sicher vorausgesetzt hatte, wurde auf den Kopf gestellt und die einzelnen Teile auseinandergerissen. Es war, als bekäme er keine Luft mehr.

Und sie werden zittern vor Angst über ihr Tun und den Schatten des Schlüssels zwischen die Gebeine fallen lassen.

»Ja, und was glaubst du nun, ist …«

»Das erkläre ich Euch, sobald wir dort sind. Wir müssen los – auf der Stelle.«

Besorgt ließ Nicci das Buch in eine Tasche des schwarzen Rocks ihres Kleides gleiten. »Ich werde mein Bestes tun, Richard. Ich werde dieses Rätsel lösen – versprochen.«

Er nickte geistesabwesend, während sich die Gedanken in seinem Kopf bei dem Versuch, die einzelnen Teile zu einem Ganzen zu fügen, überschlugen, und als er sich schließlich zu bewegen begann, war es, als beobachtete er sich selbst dabei.

Er fasste Berdine am Arm. »Baraccus hatte ein geheimes Versteck, eine Bibliothek. Ihr müsst für mich herausfinden, wo es sich befand.«

Berdine quittierte seine eindringliche Bitte mit einem Nicken. »Geht in Ordnung, Lord Rahl. Ich werde sehen, was ich in Erfahrung bringen kann. Ich werde mein Bestes tun.«

Sie sah auf die weiß hervortretenden Knöchel seiner Hand, die ihren Arm gepackt hielt, bis er schließlich merkte, dass er ihr vermutlich wehtat und sie losließ.

»Danke, Berdine. Ich weiß, ich kann mich auf Euch verlassen.« Die anderen starrten ihn an. »Ich muss sofort zurück zu Zedd. Ich muss ihn so schnell wie möglich sprechen. Ich muss wissen, wo er es gefunden hat.«

»Gefunden, was denn?« Die Hand auf seine Brust gepresst, hielt Nicci ihn zurück, ehe er durch die Tür schlüpfen konnte. »Was ist denn nur so wichtig, Richard, dass …«

»Hör zu, ich werde alles erklären, sobald wir wieder dort sind«, fiel er ihr ins Wort. »Aber jetzt muss ich erst einmal nachdenken.«

Nicci und Cara wechselten einen besorgten Blick. »Also gut, Richard. Aber beruhige dich. Wir werden schon früh genug wieder in der Burg der Zauberer sein.«

Er krallte eine Hand in Caras roten Lederanzug und bugsierte sie vor sich durch die Tür. »Bringt uns zurück zur Sliph – auf dem schnellsten Weg.«

Cara, jetzt ganz geschäftsmäßig, ließ ihren Strafer in die Hand schnellen. »Gut, dann kommt.«

Ohne in seiner Bewegung innezuhalten, wandte er sich um zu Berdine. »Ihr müsst für mich unbedingt alles über diesen Baraccus in Erfahrung bringen, wirklich alles!«

Berdine eilte ihm hinterher, dicht gefolgt von Nicci. »Werde ich, Lord Rahl.«

Er zeigte mit dem Finger auf sie. »Verna wird in Kürze hierher zurückkehren. Richtet ihr aus, ich hätte gesagt, dass sie Euch unbedingt helfen soll. Lasst Euch auch von den Schwestern helfen. Wenn es sein muss, geht jede Schrift in der gesamten Bibliothek durch, aber findet alles über diesen Baraccus heraus – wo er geboren wurde, wo er aufwuchs, was er mochte und was nicht. Er war damals Oberster Zauberer, es sollte also einiges über ihn aufzutreiben sein. Ich will wissen, wer ihm die Haare schnitt, wer seine Kleidung nähte, was seine Lieblingsfarbe war. Alles, ganz gleich wie banal es Euch erscheinen mag. Und wo Ihr schon dabei seid, seht zu, ob Ihr noch irgendwas über die Umtriebe dieser Dummköpfe aus *Yanklees abenteuerliche Erzählungen* in Erfahrung bringen könnt.«

»Seid unbesorgt, Lord Rahl, wenn es Informationen über sie gibt, werde ich sie mir beschaffen. Ich werde all das herausfinden und Euch dann bei Eurer Rückkehr Bericht erstatten.«

Er ergriff Niccis Hand, um sicherzugehen, dass sie nicht zurückblieb, dann wandte er sich an Cara. »So beeilt Euch doch.«

Berdine, den Strafer in der Hand, eilte ihnen hinterher und sicherte nach hinten ab. Die aufblitzenden Reflexionen auf den polierten Rüstungen und Waffen, das leise Klirren der Ausrüstung, als die Soldaten die Verfolgung aufnahmen, als wäre der Hüter höchstselbst hinter Lord Rahl her, all das bekam

Richard nur am Rande mit. Während seine Gedanken ebenso schnell rasten wie seine Füße, gelangte er zu dem Schluss, dass er sich am besten zuerst noch einmal nach Caska begab.

Doch dann – je länger er über die Idee nachdachte und sich die Einzelteile des Rätsels wieder zu einem Ganzen zu fügen begannen – besann er sich anders. Mithilfe der Sliph würde er von der Burg der Zauberer aus im Handumdrehen nach Caska reisen können, zudem war der Besuch bei Zedd viel dringender.

Noch während sie durch das Labyrinth aus Hallen, Zimmern und Korridoren hasteten, vernahm Richard von fern das Schlagen der Glocke, das die Menschen zur Andacht für den Lord Rahl rief, und er fragte sich, ob sie alle schon bald vor dem Hüter der Unterwelt niederknien und ihre Andacht an ihn richten würden.

30

Unvermittelt stand Sechs auf und begab sich mit drei großen Schritten wortlos hinüber zu der Höhlenwand, auf der Violets ausufernde Zeichnung prangte. Vorsichtig presste sie ihre knochige Hand auf die mit Kreide gezeichneten Symbole, die Violet dort schon vor Tagen aufgebracht hatte, denn diese hatten plötzlich zu leuchten begonnen – die gelbe Kreide in gelbem Licht, die rote in rotem und die blaue in blauem. Wie Licht, das von einer sich kräuselnden Wasseroberfläche zurückgeworfen wurde, schillerte der gespenstische Lichterglanz der aufflackernden Farben über die Höhlenwände.

Rachel sah kurz zu Violet, die auf einem niedrigen, mit purpurnen Quasten verzierten Hocker saß, den sie sich schon vor Tagen von ihr hatte hereintragen lassen. Gelangweilt pulte die Königin mit dem Fingernagel an dem abblätternden Gestein der Felswand hinter sich. Rachel war schon seit einer Weile dazu übergegangen, sie als Höhlenkönigin zu betrachten, da sie dort mehr und mehr ihrer Zeit verbrachte.

Violet hatte beim Zeichnen nicht auf einem Felsen sitzen mögen. So ein schmutziger alter Stein, hatte sie erklärt, mochte mehr als gut genug für Rachel sein, aber wohl kaum für eine Königin. Sechs hatte nicht das mindeste Interesse an dem Hocker gezeigt; offenbar gingen ihr bedeutsamere Dinge im Kopf herum als irgendwelche Sitzpolster. Violet jedoch war es leid geworden zu warten, während Sechs über ebendiese bedeutsamen Dinge nachgrübelte, also hatte sie sich den schweren Hocker von Rachel in die Höhle schleppen lassen.

Und nun hockte die Königin der Höhle im flackernden Schein der Fackeln und leuchtenden Symbole auf ihrem quastenverzierten Plüschhocker und wartete darauf, dass ihre Beraterin sie in der Frage beriet, was denn unbedingt als Nächstes zu geschehen habe.

»Er ist bereits auf dem Weg hierher«, zischelte Sechs. »Er ist durch die Leere wieder auf dem Weg hierher.«

Rachel war sich darüber im Klaren, dass sie in Wahrheit gar nicht zu Violet sprach, sondern mit sich selbst. Die Königin hätte ebenso gut gar nicht vorhanden sein können.

Violet hob kurz den Kopf, machte aber nicht den Eindruck, als wäre sie geneigt, sich die Mühe zu machen und sich zu erheben, solange Sechs sie nicht von der Notwendigkeit weiterer Zeichnungen überzeugt hatte. Gleichwohl war unverkennbar ihr Interesse geweckt. Immerhin war es das, was sie gewollt hatte, hatte sie sich überhaupt nur aus diesem Grund die Mühe gemacht, diese komplizierten Zeichnungen tief unten in einer klammen, verdreckten Höhle anzufertigen, wo sie doch ebenso gut hätte Kleider oder Geschmeide anprobieren oder prunkvolle Feste besuchen können, um sich von den Gästen dort als jugendliche Königin umschmeicheln zu lassen.

Sechs schien in einer ganz eigenen Welt gefangen, als ihre Hände über die Zeichnung hinwegglitten. Sie presste ihr Gesicht mit der Seite gegen den Fels und streckte gleichzeitig einen Arm nach hinten.

»Kommt her, mein Kind.«

Ein Ausdruck des Missfallens ging über Violets plumpe Züge. »›Meine Königin‹ wolltet Ihr wohl sagen.«

Entweder hatte Sechs sie nicht gehört oder sie verspürte keine Neigung, sich zu korrigieren. »So beeilt Euch schon. Es ist an der Zeit, mit den Verbindungen zu beginnen.«

Violet stand auf. »Jetzt? Es ist doch schon lange nach Mittag. Ich verhungere.«

Sechs, die mit der Wange über die Zeichnung von Richard strich wie ein Katze, die ihren Kopf an jemandes Beinen reibt, schien sich nicht im Mindesten für das Mittagessen zu interessieren. Stattdessen winkte sie Violet mit einer ungeduldigen Bewegung ihrer langen Finger zu sich. »Es muss jetzt sein. Beeilt Euch. Eine so seltene Gelegenheit dürfen wir nicht ungenutzt verstreichen lassen. Verbindungen, wie wir sie benötigen, brauchen ihre Zeit, und es lässt sich unmöglich sagen, wie viel uns davon zur Verfügung steht.«

»Wieso haben wir dann nicht schon früher damit angefangen, als es …«

»Es muss jetzt begonnen werden, solange er sich in der Leere befindet.« Sechs machte eine scharfe, kratzende Bewegung in der Luft. »Es ist leichter, ihm die Augen auszukratzen, solange er nichts sieht«, erklärte sie mit ihrer zischelnden Stimme.

»Ich verstehe nicht, wieso …«

»Der Weg ist der Weg. Wollt Ihr es nun oder nicht?«

Mit dem Lösen ihrer verschränkten Arme lockerte sich auch Violets trotzige Haltung. Ihr Gesichtsausdruck nahm einen düsteren Zug an. »Doch, ich will.«

Über Sechs' Gesicht huschte ein schiefes Lächeln. »Dann lasst es beginnen. Ihr müsst jetzt die Verbindungen herstellen.«

Plötzlich, mit einer Miene der Entschlossenheit, nahm Violet die bunten Kreidestücke von einem kleinen Vorsprung in der Felswand hinter ihrem königlichen Hocker und gesellte sich zu Sechs, die bereits mit ihrem langen Finger ungeduldig auf das Gestein tippte.

»Beginnt beim Zeichen für den Dolch, so wie ich es Euch beigebracht habe und Ihr es geübt habt, um sicherzustellen, dass das von Euch Erwirkte mit dem Herstellen der Verbindung bereit ist, rasch und sicher zu schneiden.«

»Ja, ja, ich weiß schon«, sagte Violet und setzte die Spitze der gelben Kreide beherzt auf eines der sorgfältig ausgeführten leuchtenden Symbole, ein Stück seitlich von Richard.

Sofort packte Sechs ihr Handgelenk und zog ihre Hand zurück, gerade so weit, dass sich die Kreide wieder ein Stück vom Fels entfernte, bewegte Violets Handgelenk dann ein paar Zoll weit zur Seite und ließ sie die Kreide erneut auf dem Symbol ansetzen, allerdings am nächsten Scheitelpunkt eines Gebildes, dessen äußere Umgrenzungslinie aus Dutzenden von Punkten bestand.

»Ich habe Euch doch erklärt«, erläuterte Sechs mit bemühter Höflichkeit, während sie Violet half, die Linie zu beginnen, »dass ein Fehler an dieser Stelle uns bis in alle Ewigkeit verfolgen würde.«

»Weiß ich doch – ich hatte bloß den falschen Scheitelpunkt erwischt«, schnaubte Violet pikiert. »Jetzt hab ich's jedenfalls.«

Sechs, den Blick auf die Zeichnung geheftet, ohne die Königin weiter zu beachten, nickte bestätigend, während sie zusah, wie die Kreide über das Gestein zu schaben begann.

»Jetzt wechselt zu Rot«, drängte sie mit gesenkter Stimme, kaum hatte Violet die Kreide ein paar Zoll weit über die leere Fläche bewegt.

Widerspruchslos und ohne zu zögern, tauschte Violet die gelbe Kreide gegen die rote aus und begann, sie in einem Winkel zu der gelben Linie zu bewegen, die sie bereits eingezeichnet hatte. Nachdem sie die Hälfte der noch verbliebenen Strecke bis zu der Darstellung von Richard zurückgelegt hatte, hielt sie, ohne dazu aufgefordert werden zu müssen, inne und wechselte zur blauen Kreide.

Schließlich zögerte sie doch und sah hoch zu Sechs. »Das ist der Knotenpunkt? Richtig?«

Sechs hatte bereits angefangen zu nicken. »Ja, das ist richtig«, murmelte sie, sichtlich zufrieden mit dem, was sie sah.

»So ist es recht, führt sie hinten herum und dann schließt die erste Ligatur ab.«

Am Ende der roten Linie zeichnete Violet einen blauen Kreis, ehe sie die freie Fläche auf der glatten, dunklen Felswand durchquerte. Als die blaue Kreide schließlich einen der Punkte des nächsten Symbols erreichte, ging sie noch einmal zum Ausgangspunkt zurück und zeichnete eine Linie ein, die den Kreis mit Richard verband. Die von Violet soeben vervollständigte Dreiergruppe von Linien begann zu leuchten; ein Lichtstrahl ließ den blauen Kreis aufleuchten, als wäre er ein Signalfeuer, das durch ein Fenster im dunklen Gestein erstrahlte.

Unvermittelt hob Sechs eine Hand und gebot ihr Einhalt, ehe sie die Kreide am nächsten Punkt der Abfolge aufsetzen konnte.

»Was ist denn?«, wollte Violet wissen.

»Irgendetwas … ist nicht so, wie es sein sollte …«

Sechs presste ihr Gesicht mit der Seite auf die Zeichnung, legte ihre Wange diesmal aber genau über Richards Gesicht.

»Ganz und gar nicht so, wie es sein sollte …«

Richard sog einen weiteren silbrigen, ekstatischen Atemzug in seine Lunge, nur dass er sich jetzt, da das Gefühl von seinen Sorgen überlagert wurde, nicht ganz als die pure Verzückung erwies, die er normalerweise in der Sliph verspürte.

Im selben Moment wurde ihm klar, dass ihn auf seinen Reisen durch die Sliph eigentlich immer etwas zutiefst bekümmerte; schließlich bewog ihn stets irgendein Ärger, überhaupt erst in der Sliph zu reisen. Trotzdem, so wie jetzt hatte es sich noch nie angefühlt. Es war weniger ein Angstgefühl als vielmehr ein Gefühl einer allumfassenden und doch ungreifbaren Schwere düsterer Vorahnung. Mit jedem Atemzug setzte ihm diese Phantomlast mehr zu.

So etwas wie normales Sehen war im Innern der Sliph nicht möglich, wie es auch kein wirkliches Zeitgefühl oder ein Gespür für oben und unten gab. Trotzdem gab es etwas, was dem sehr nahekam, man sah Farben und gelegentlich auch unscharfe Formen, die kurz vor einem auftauchten, nur um gleich darauf nicht minder plötzlich wieder zu verschwinden. Es gab sogar eine visuelle Wahrnehmung des Phänomens der bewusstseinsverändernden Geschwindigkeit, die ihm das Gefühl gab, nicht viel mehr zu sein als ein von einem kräftigen Bogen abgeschnellter Pfeil. Gleichzeitig hatte man das Gefühl, vollkommen regungslos in der dichten Leere der Sliph zu schweben. Die Verbindung dieser beiden widersprüchlichen Empfindungen ließ die Erfahrung zu einer berauschenden Mixtur geraten, die seinem Bedürfnis, sie getrennt voneinander zu betrachten, zuwiderlief.

Während er in der quecksilbrigen Essenz der Sliph dahinraste, begann er, seine Angstgefühle mehr und mehr außer Acht zu lassen. Dann plötzlich spürte er eine zarte Berührung auf seiner Haut, so als hätte ihn etwas gestreift, ein verstohlener Druck, den er augenblicklich als ein auf seinen Reisen in der Sliph noch nie gespürtes Gefühl identifizierte. Ein ahnungsvolles Kribbeln durchflutete ihn.

Doch Vorahnung, dämmerte ihm plötzlich, war körperlich nicht so spürbar wie die Berührung.

Während er, gefangen in der endlosen silbrigen Leere, dahinschwebte, versuchte er die Wahrnehmung, von etwas gestreift worden zu sein, von allem anderen abzusondern. Richard spürte die friedliche Abgeschiedenheit der Sliph, die ihn umgab, ihn umschmeichelte und ihn von dem schrecklichen, ungestümen, rasend schnellen Dahinhasten absonderte, das im Übrigen den Eindruck erweckte, als könnte es einen Menschen glatt in Stücke reißen. Er hatte noch immer das sichere Gefühl, dass der Balsam gelassener Heiterkeit ihm die Angst nahm, die Flüssigkeit, in der er trieb, in seine Lunge zu saugen.

Aber da war auch noch eine andere Empfindung, obschon er dieses besorgniserregende Gefühl noch nicht klar genug von allen anderen trennen konnte, um es einzuordnen.

Mit der wachsenden Gewissheit stellte sich jedoch die Überzeugung ein, dass irgendetwas nicht stimmte – auf beängstigende Weise nicht stimmte. Die Erkenntnis war umso verstörender, als er nicht begreifen konnte, woher er wusste, dass etwas nicht ganz so war, wie es sein sollte. Er bemühte sich zu verstehen, woher der Gedanke rührte.

Der Auslöser, entschied er, konnte nur diese verstohlene Berührung gewesen sein. Er überlegte kurz, ob er es sich vielleicht eingebildet haben konnte, verwarf den Gedanken aber wieder. Das Gefühl war echt gewesen.

Fast schien es, als wäre er einem furchtbaren verderblichen Einfluss ausgesetzt – so als läge man an einem wunderschönen Tag auf einer warmen, sonnenbeschienenen Wiese, umgeben von einer Vielfalt von Farben und dem betörenden Duft wilder Blumen, und schaute zu, wie die wattegleichen Wolken gemächlich an einem strahlend blauen Himmel dahinziehen, und plötzlich steigt einem der erste schwache Hauch eines verwesenden Kadavers in die Nase, während man gleichzeitig gewahrt, dass das leise Geräusch, das man die ganze Zeit schon vernommen hatte, das Gesumme von Fliegen ist.

Was einem normalerweise, während man in der silbrigen Stille der Sliph dahinschoss, wie eine Spanne völliger Zeitlosigkeit erschien, hatte begonnen, sich zu einer quälend angestrengten Schussfahrt zu dehnen.

Während Cara seine rechte Hand bereits mit eisernem Griff gepackt hielt, klammerte sich Nicci jetzt noch fester an seine Linke. Ihr fordernder Klammergriff verriet ihm, dass sie ebenfalls etwas gespürt hatte. Er hätte sie gerne danach gefragt, doch in der Sliph war es unmöglich, miteinander zu sprechen.

Richard öffnete die Augen ein Stück weiter und versuchte seine Umgebung genauer zu erfassen, doch abgesehen von den schimmernden Balken aus blauem, rotem und gelbem Licht, die durch das Dunkel stachen, in dem sie dahinschossen, war in dieser lautlosen, trüben Welt wenig zu erkennen. Dem Empfinden nach bewegten sich die Lichtbalken nicht mehr so wie zuvor. Allerdings war es in der Sliph schwierig, solche Dinge zu entscheiden, da eine direkte Wahrnehmung nicht möglich war und das Geschehen sich nur vage ahnen ließ.

Da draußen, vor ihm, war irgendetwas, erkannte er jetzt, etwas, das mit fließenden Bewegungen durch das silbrige Dunkel manövrierte. Zunächst ähnelte es einer Ansammlung länglicher, schlanker Blütenblätter, die im Begriff waren, sich aufblühend zu öffnen. Im Näherkommen sah er jedoch, dass dieses Etwas eher einer Vielzahl von Tentakeln glich, langen, sich in Wellen bewegenden und verjüngenden Armen, die sich fächerartig von einem zentralen Körper ausbreiteten, den er aus irgendeinem Grund noch nicht recht erkennen konnte.

Der Anblick war umso verwirrender, als er so wenig nachvollziehbar war. Während es immer näher kam, verdichtete sich sein Eindruck, dass sich dieses Etwas, was immer es sein mochte, aus einem geordneten, wogenden, aus Glassegmenten bestehenden Gebilde zusammensetzte. Hinter den durchsichtigen, sich nach allen Seiten ausbreitenden Armen konnte er die schimmernden Balken aus Farbe und Licht erkennen.

Es war das Seltsamste, das er je gesehen hatte. Sosehr er sich bemühte, er wurde einfach nicht klug daraus. Es war, als wäre es da und doch auch nicht.

Und dann durchflutete ihn die Erkenntnis mit einem eiskalten Gefühl der Angst.

Im selben Moment zog Nicci so fest an seiner Hand, dass sie ihm um ein Haar den Arm ausgekugelt hätte. Der Ruck musste ihn irgendwie nach hinten gerissen haben, denn auf einmal schwebte Cara, die noch immer seine andere Hand umklammert hielt, wie im freien Fall an ihm vorbei.

Nicci hatte ihn gerade noch rechtzeitig zurückgerissen.

Jetzt wusste Richard auch, was dieses Etwas war.

Es war die Bestie.

Schlagartig wurde das Gefühl, sich in unmittelbarer Gegenwart des Bösen zu befinden, so übermächtig, dass es ihn mit einer alles erstickenden Panik umfing. Während sie einer flüchtigen Vision gleich an ihm vorüberzog, drehte sich die Bestie; die glasigen Tentakel fächerten sich auf, reckten sich in seine Richtung und versuchten, nach ihm zu greifen.

Ein erneuter scharfer Ruck von Nicci, und er wurde aus dem sternenförmigen Geflecht aus Tentakeln herausgezogen, das sich bereits vor ihm aufgefächert hatte. Augenblicklich versuchte das Etwas, sich erneut um ihn zu schließen.

Richard löste seine Hand mit einem Ruck aus Caras Griff und zog sein Messer. Sofort krallte sich ihre nunmehr freie Hand in sein Hemd, um ihn nur ja nicht zu verlieren.

Er tat sein Möglichstes, hackte immer wieder auf die nach ihm greifenden Arme ein, die ihn in ihre tödliche Umklammerung zu ziehen versuchten, doch schon nach kürzester Zeit wurde ihm klar, dass ein Messerkampf in der Sliph praktisch ein Ding der Unmöglichkeit war. Die Umgebung war viel zu dickflüssig, als dass er auch nur annähernd mit der nötigen Schnelligkeit hätte zuschlagen können. Es war, als versuchte man, in Honig zu manövrieren. Er wechselte seine Taktik und wartete stattdessen ab, bis die Arme sich um ihn zusammenzogen, wartete, bis das, was immer sich im glasigen Zentrum befand, sich ihm näherte.

Als es so weit war, zielte er mit seiner Klinge auf das denkende Zentrum der durchsichtigen Bedrohung. Doch statt von der Klinge durchbohrt zu werden, schien das Wesen sich um Richards Messer zu beulen und diesem mühelos auszuweichen.

Dann attackierte es erneut, mit einem so plötzlichen, zielgerichteten Ungestüm, dass Richard es spüren konnte. Das Wesen bewegte sich mit einer fließenden Eleganz, die von der flüssigen Welt, die sie umgab, völlig unbeeinträchtigt schien.

Auf der einen Seite erblickte Richard die schimmernde Silhouette Caras, die, immer noch in sein Hemd gekrallt, mit ihrer freien Hand die Bestie anzugreifen versuchte. Auf seiner anderen Seite, das wusste er, versuchte Nicci, Magie zu wirken. Doch offenbar schien ihre Magie in der Umgebung der Sliph nicht zu funktionieren.

Ein Tentakel der Bestie wickelte sich mehrfach um Richards Arm, ein anderer legte sich peitschenschnell um Caras. Mit der anderen Hand packte sie sein Handgelenk. Die Bestie bemächtigte sich auch ihres anderen Arms und trennte die beiden mühelos voneinander. Augenblicke später war Cara verschwunden. In dem trüben Dunkel konnte Richard nicht mehr erkennen, wo sie sich befand, ob sie vielleicht noch in der Nähe war. Schlimmer, er wusste nicht einmal, ob sie wohlauf war oder sich in der Gewalt der Bestie befand.

Als sich immer mehr der wellenartigen, durchsichtigen Arme aus dem Dunkel schälten und sich um sie ringelten, zog Nicci ihn mit ihrem schützenden Arm fester an sich und hielt ihn fest. Es war, als ob man sich in einem Nest voller Schlangen verhedderte, die sich, hatten sie erst einmal Kontakt, schlängelnd und mit großer Kraft immer fester zusammenzogen. Einer der Arme schnürte sich so fest um Richards Bein, dass er glaubte, er werde ihm das Fleisch von den Knochen reißen.

Obwohl er Nicci nicht im üblichen Sinne hören konnte, gewahrte er ihre gedämpften wütenden Schreie, während sie sich dieses Wesens zu erwehren versuchte, das sie mit seinen Armen umschlungen hatte. Ein seltsames Zucken aus lautlosen Blitzen umhüllte Nicci, die offenbar ihre Kraft einzusetzen versuchte, was gegen die Bestie jedoch ohne Wirkung blieb.

Den Schmerz ignorierend, den ihm die glasigen Tentakel zufügten, stach Richard immer wieder auf sie ein und stieß seine Klinge in die wulstigen, teilweise nur halbwirklichen Arme. Entschlossen und mit zielgerichtetem Zorn schlug er mit seinem Messer um sich, bis es ihm gelang, tatsächlich einige Arme von dem inneren Kern des Wesens abzutrennen. Einmal abgetrennt, fielen sie unter wildem Schlängeln in die sie umgebende Leere, als versänken sie in der bodenlosen Tiefe eines Meeres.

Es schien aussichtslos. Immer mehr dieser schlängelnden Tentakel langten aus der Dunkelheit nach ihm. Es war, als befände man sich auf dem Grund einer dunklen, mit wütenden Nattern angefüllten Grube. Unter Aufbietung all seiner Kräfte kämpfte Richard weiter, schnitt, stieß zu, schlug um sich, bis seine Arme vor Anstrengung zu schmerzen begannen. Nicci rang einhändig mit den mächtigen Tentakeln, während sich ihr anderer Arm noch immer weigerte, ihn loszulassen. Die Art, wie sie sich krümmte und verdrehte, verriet ihm, dass sie fürchterliche Qualen litt. Er ließ von den ringelnden Armen ab, die sich um ihn gelegt hatten, und hackte mit seiner ganzen Wut auf die Arme der Bestie ein, die Nicci bei dem Versuch, sie von ihm zu trennen, solche Schmerzen bereiteten.

Doch dann gab es einen heftigen Ruck, und sie wurde von ihm fortgerissen.

Auf einmal war Richard allein – mitten im Nirgendwo mit einem glasigen, schlüpfrigen Wesen von ungeheurer Kraft, das ihn in seinen Mittelpunkt zu ziehen versuchte, aus dem bereits knurrende, schnappende und klackende Laute hervordrangen.

Es war unmöglich, sich eines solchen Wesens zu erwehren, sich gegen diese ungeheure Kraft zu behaupten und seinem vielarmigen Griff zu entkommen. Immer mehr dieser Arme legten sich peitschenartig um ihn, um ihn einzufangen.

Schließlich, bevor auch noch sein Arm umhüllt wurde, stieß er sein Messer unter Aufbietung seiner ganzen Körperkraft in die Kernmasse des Wesens, das er nicht einmal klar erkennen konnte.

Und stieß auf harten Widerstand. Die Bestie heulte auf – mit einem Geräusch, das ihm in den Ohren schmerzte. Die Arme lockerten sich ein wenig – nicht genug, um ihn vollends freizugeben, aber gerade so viel, dass er sich mit einer kräftigen Körperdrehung aus dem Griff des Wesens winden konnte. Im Nu schoss er davon wie ein Kürbiskern, den man mit nassen Fingern zusammenpresst, und befreite sich aus der tödlichen Umklammerung.

Schwimmend versuchte sich Richard zu entfernen, den um sich peitschenden, durchsichtigen, nach ihm schnappenden Armen irgendwie zu entkommen, aber die Bestie war schneller und kräftiger als er und absolut unermüdlich.

»Hier!«, drängte Sechs und klopfte ungeduldig mit den Knöcheln auf die Mitte eines Emblems.

Sofort lief Violet zu der Stelle hinüber, zu der ihre Beraterin sie scheuchte. Mit fixen, sicheren Bewegungen führte sie ihre Hand, während sie sich mit dem Handrücken den Schweiß erst aus dem Gesicht und schließlich mit den Fingern aus den Augen wischte. So beflissen und schnell hatte Rachel sie noch nie arbeiten sehen.

Sie hatte zwar keinen Schimmer, was vorging, dennoch war offensichtlich, dass irgendetwas nicht so lief, wie Sechs erwartet hatte. Sie befand sich in einem Zustand, der bedenklich zwischen Panik und Zorn schwankte. So oder so, Rachel bekam eine Heidenangst.

Während Violet mit geschwinden Bewegungen Verbindungen herstellte, die Kreide wechselte und sich von einem Punkt zum anderen bewegte, ging Sechs wieder dazu über, mit leiser Stimme ihre Beschwörungen zu sprechen. Der ätzende Klang ihrer gemurmelten Worte schien sich ihr glatt in die Seele einzubrennen. Sie konnte zwar weder einzelne Worte unterscheiden noch deren Bedeutung verstehen, doch wurden sie mit einer Boshaftigkeit vorgetragen, dass sie große Angst bekam.

Ihr Blick ging zum fernen Höhleneingang, aber da es draußen dunkel war, war dort nicht das Geringste zu erkennen. Sie wäre gern geflohen, traute sich aber nicht. Sie wusste, wenn sie Sechs oder Violet zwang zu unterbrechen, was immer sie gerade taten, um ihr hinterherzulaufen, würde das sehr üble Folgen für sie haben.

Chase hatte ihr beigebracht, solche spontane Regungen, wie er es nannte, zu zügeln und stattdessen die Augen offen zu halten, ob sich nicht eine echte Möglichkeit ergab. Er hatte ihr eingeschärft, solange sie nicht gerade in Lebensgefahr schwebte, nur dann zu handeln, wenn sie einen wohlüberlegten, genau durchdachten Plan hatte. Auf keinen Fall aber sollte sie aus lauter Angst etwas Unbedachtes tun, sondern sich ihr Vorgehen genau überlegen, um ihre Erfolgsaussichten zu verbessern.

Obwohl die beiden überaus beschäftigt schienen, wusste Rachel, dass sie in ihrem gehetzten Zustand auf jede Unbotmäßigkeit ihrerseits mit Jähzorn und hemmungsloser Brutalität reagieren würden. Es war nicht der richtige Moment; einfach aufzuspringen und wegzulaufen war kein guter Plan, und das wusste sie.

Während Rachel still und ruhig dasaß und sich nach Kräften unsichtbar zu machen versuchte, tippte Sechs behutsam mit den Knöcheln ihrer geballten Faust auf mehrere der aufleuchtenden Knotenpunkte in den von Violet bereits eingezeichneten Verbindungen. Die einzelnen strahlend leuchtenden Kreise erloschen mit einem tiefen, knurrenden Geräusch, das Rachel einen Schauder über den Rücken jagte. Die Höhle schien von dem Auf und Ab der rhythmischen Beschwörungen Sechs' widerzuhallen.

Die mit beherzten, schwungvollem Strichen zeichnende

Violet warf einen Blick zur Seite, um zu überprüfen, wie weit Sechs inzwischen war. Sechs, die ein Leuchtzeichen nach dem anderen löschte, bemerkte ihren Blick, worauf sich Violet, wie in Trance, mit dem Zeichnen noch mehr beeilte. Bei jeder Linie, die Violet mit hastigen Bewegungen auf die Felswand warf, gab die Kreide ein klackendes Geräusch von sich, ein Laut, der dem Rhythmus von Sechs' Beschwörungen entsprach.

Rings um die Darstellung Richards tippte Sechs mit den Knöcheln ihrer Faust auf bestimmte Punkte in den Verbindungen, die Violet in stundenlanger ununterbrochener Arbeit dort eingezeichnet hatte, und wirkte dazu einen Zauber, indem sie in einem sich hebenden und senkenden Singsang gesprochene Verse murmelte. Als Rachel schon glaubte, Violet könnte jeden Augenblick vor Erschöpfung zusammenbrechen, steigerte sie sich, davon weit entfernt, in einen fieberhaften Wahn hinein und versuchte mit aller Kraft, Sechs stets ein Stück voraus zu sein. Trotz des ungeheuren Tempos, in dem ihre Hände über die Felswand flogen, schien jede Linie, die Violet einzeichnete, korrekt zu sein, schien jeder Kreuzungspunkt präzise und genau getroffen. Offenbar zahlte sich jetzt aus, dass Sechs sie das Zeichnen der Symbole endlos hatte üben lassen.

Mittlerweile war die Darstellung Richards fast vollständig von einem Geflecht aus Symbolen und Verbindungslinien umgeben.

Mit einem seltsamen, laut hervorgestoßenen Wort, um sich über dem Geheul des Windes Gehör zu verschaffen, löschte Sechs das letzte Lichtzeichen um die Figur Richards. Abrupt flaute der Wind ab. Kleine Laubstückchen und andere Partikel trudelten in der plötzlich stillen Luft zu Boden.

Sechs hielt in ihren Beschwörungen inne. Ein fragendes Zucken ging über ihre Stirn. Schließlich legte sie ihre Fingerspitzen auf mehrere Symbole, als wollte sie deren Puls fühlen. Funkelndes, farbiges Licht flackerte durch die Höhle.

»Jetzt hat sie ihn«, sagte sie leise bei sich.

Violet hielt inne, schluckte und hielt den Atem an. »Was?«

»Vom Apogäum bis zum unteren Scheitelpunkt.« Sie warf der verschreckten Violet einen giftigen Blick zu. »Nun macht schon.«

Ohne Zögern wandte Violet sich wieder der Felswand zu, streckte die Hand aus und zog von einem der zentralen Elemente über Richards Kopf mehrere verschlungene Linien nach unten.

Sechs hob eine Hand. »Haltet Euch bereit, aber berührt die Hauptbeschwörungspunkte erst, wenn ich es sage.«

Violet nickte. Auf die Fingerspitzen gestützt, beugte sich Sechs über die Darstellung Richards und verdrehte die Augen. Dann hauchte sie, unter den Augen von Rachel und Violet, mit leisem Murmeln etliche seltsame Worte.

31

Nicci durchstieß die silbrige Oberfläche der Sliph. Kaum war ihr die bleierne Flüssigkeit schwer aus Haaren und Gesicht geronnen, schälten sich mit explosionsartiger Plötzlichkeit Farben und Licht aus dem stillen, sanften Dunkel.

Atme.

Unter Aufbietung ihrer gesamten Körperkraft presste Nicci die silbrige Flüssigkeit aus ihrer Lunge.

Atme.

Dann, plötzlich, gewann ihr Verlangen Oberhand über ihre Furcht, und sie nahm keuchend einen verzweifelten Atemzug. Es brannte, als ob man ätzende Dämpfe in seine Lunge saugte.

Der Raum drehte sich ihr vor Augen, dass ihr übel wurde. Nicci erblickte ein rotes Etwas. Abermals keuchend, quälte sie sich mit steifen Bewegungen vorwärts, bis sie endlich den Rand erreicht hatte, einen Arm über die Ummauerung der Sliph werfen und sich oben halten konnte. Panik drohte sie zu überwältigen.

Eine Hand packte ihren Arm. Nicci schaffte es, ihr Bündel hochzuhieven und über die Mauer zu schieben. Dann langte eine zweite Hand nach unten und half ihr, sich so weit hinaufzuziehen, dass sie beide Arme über die Ummauerung der Sliph legen konnte. Das rote Etwas, das sie gesehen hatte, war Cara.

»Wo ist Lord Rahl?«

Verständnislos blinzelnd sah Nicci in die stechend blauen Augen der Mord-Sith. Sie hatte gar nicht gewusst, dass Blau so stechend sein konnte. Entkräftet schloss sie die Augen und schüttelte den Kopf, während sie weiterhin versuchte, die Geschehnisse, ihre Verwirrung und den hallenden Klang von Caras Stimme, die ihr durch Mark und Bein gegangen war, aus ihrem Kopf zu bekommen.

»Richard …«

Ächzend vor Anstrengung hievte Cara ihren schweren, kraftlosen Körper nach oben, bis sie ihren Oberkörper aus dem Brunnen gezogen hatte. Unfähig, einen wesentlicheren Beitrag zu ihrer eigenen Rettung zu leisten, ließ Nicci, die sich fühlte wie eine Überlebende nach erlittenem Schiffbruch in stürmischer See, sich über die Mauerkrone gleiten. Cara stützte ein Knie auf dem Boden ab und fing sie auf, ehe ihr erschlaffter Körper auf den Steinfußboden schlagen konnte.

Kaum hatte Cara sie auf den steinernen Boden gleiten lassen, nahm Nicci ihre ganze Kraft zusammen und stemmte sich mit zitternden Armen hoch, schien aber nicht ihre gewohnten Kräfte aufbieten zu können. Es war ein beängstigendes Gefühl, ihren Körper nicht zwingen zu können, ihr zu gehorchen. Unter beträchtlichen Mühen schaffte sie es schließlich, sich aufzurichten und sich schwer gegen die Ummauerung des Brunnens der Sliph sacken zu lassen. Immer noch keuchend, versuchte sie wieder zu Atem zu kommen. Ihr tat noch immer alles weh. Einen Augenblick lang kauerte sie zusammengesunken vor der Steinmauer und versuchte, wieder zu Kräften zu kommen.

Cara packte sie am Kragen ihres Kleides und rüttelte sie. »Nicci – wo ist Lord Rahl?«

Blinzelnd blickte Nicci um sich und versuchte sich einen Reim auf alles zu machen. Ihre ungeheuren Schmerzen erinnerten sie an eine Situation, als Jagang sie verprügelt hatte und der Schmerz im Laufe seines Wutausbruches erst allmählich durch den Nebel ihres verwirrten, halb benommenen Zustands zu ihr durchgedrungen war. Diesmal jedoch hatte der Kaiser nichts damit zu tun, dieser Schmerz rührte von irgendetwas her, das in der Sliph geschehen war. Das Reisen war noch nie so schmerzhaft, eine solche Tortur gewesen.

»Wo ist Lord Rahl?«

Das laute Echo des durch den Raum hallenden Schreis ließ Nicci zusammenzucken. Trotz ihrer schmerzenden, wunden Kehle schluckte sie.

»Ich weiß es nicht.« Die Ellbogen auf die Knie gestützt, fuhr sie sich mit den Fingern durchs Haar und ließ ihren hämmernden Kopf in beide Hände sinken. »Bei den gütigen Seelen, ich habe keine Ahnung.«

Als Cara sich daraufhin so schwungvoll über die Brunnenumrandung lehnte, dass Nicci sie schon fast hinüberkippen sah, streckte sie instinktiv die Hand nach dem Bein der Mord-Sith aus. Sie war sich sicher, dass sie hineinfallen würde, was dann aber doch nicht geschah.

»Sliph!« Caras Ruf hallte in dem uralten, staubtrockenen Gemäuer wider. Nicci konnte ihre Aufgeregtheit gut verstehen, wusste aber, dass sie mit ihrem Ungestüm nichts erreichen würde.

Sie ignorierte den brennenden Schmerz in ihren Gelenken und kam unsicher wieder auf die Beine. Allmählich ließ das Gefühl, dass sich alles um sie drehte, ein wenig nach. Sie sah die quecksilbrigen Umrisse des Gesichts der Sliph ein Stück weit aus dem Brunnen auftauchen, sah, wie ihre Gesichtszüge in der glänzenden Oberfläche Gestalt annahmen. Sie sah zu ihnen hoch.

»Wo ist Lord Rahl?«, herrschte Cara sie an.

Die Sliph zog es vor, Caras Frage zu ignorieren, und spähte stattdessen hinüber zu Nicci.

»Das darfst du niemals tun, wenn du in mir bist.« Leise hallte ihre gespenstische Stimme durch den Brunnenraum.

»Du meinst die Magie?«, riet Nicci.

»Mir bereitet es große Schwierigkeiten, solche Kräfte zu ertragen, wenn sie in mir entfesselt werden. Für dich und jeden aber, der zur selben Zeit reist wie du, könnte es weitaus schlimmere Folgen haben. Solange du reist, darfst du auf keinen Fall von deinen Talenten Gebrauch machen. Dir wird zumindest übel davon werden, aber es könnte leicht noch weit schlimmere Folgen haben. Es ist für alle sehr gefährlich.«

»In dem Punkt hat sie recht«, raunte ihr Cara vertraulich zu. »Als Ihr damit anfingt, hatte ich so gewaltige Schmerzen, als würde ich mit dem Strafer berührt. Meine Beine wollen mir immer noch nicht wieder recht gehorchen.«

»Meine auch nicht«, räumte Nicci ein. »Aber ich konnte Richard ja schlecht der Bestie überlassen, ohne wenigstens den Versuch zu unternehmen, ihn zu beschützen, oder?«

Das Unbehagen, auch nur andeutungsweise den Eindruck erweckt zu haben, sie hätte womöglich nicht alles getan, um Richard zu beschützen, ließ Cara den Kopf schütteln. »Ich hätte noch weit Schlimmeres in Kauf genommen, um Lord Rahl zu beschützen. Ihr habt genau das Richtige getan – was die Sliph sagt, interessiert mich nicht.«

»Mich auch nicht«, sagte Nicci. Im Augenblick galt ihre Sorge jedoch nicht ihr selbst oder Cara. Sie wandte sich zur Sliph herum. »Wo ist Richard? Was ist ihm zugestoßen? Wo ist er?«

»Ich darf nichts …«

Cara war mit ihrer Geduld am Ende – wenn sie je welche besessen hatte. Sie stürzte sich auf die Sliph, als hätte sie die Absicht, ihr ihre silbrige Kehle zuzudrücken. »Wo er ist, will ich wissen!«

Das Gesicht entschwand außer Reichweite. Nicci bekam Caras Anzug zu fassen und riss sie zurück, bis sie wieder neben ihr auf dem Steinfußboden stand. Ihr wutentbranntes Gesicht war beinahe so tiefrot wie ihr Lederanzug.

»Sliph, das ist ungemein wichtig«, versuchte Nicci einen vernünftigen Ton anzuschlagen. »Als wir angegriffen wurden, war Richard noch bei uns – Lord Rahl, dein Herr. Deswegen musste ich Gebrauch von meiner Kraft machen. Ich wollte ihn doch nur beschützen. Diese Bestie ist überaus gefährlich.«

Das makellose silbrige Gesicht bekam einen ängstlich besorgten Zug. »Ich weiß. Sie hat mir wehgetan.«

Verwundert hielt Nicci inne. »Die Bestie hat dir wehgetan?«

Die Sliph nickte. Widerspiegelungen des Raumes krümmten sich und glitten als wellige Formen über die glatten Konturen des strengen silbrigen Gesichts. Staunend verfolgte Nicci, wie sich am unteren Augenlid der Sliph silbrig glänzende Tränen bildeten und über die glänzende Oberfläche ihrer Wangen kullerten.

»Es war schmerzhaft. Sie wollte nicht reisen.« Die silbrige Stirn kräuselte sich zu einem Ausdruck, der an erlittene Qualen überdeckende Empörung erinnerte. »Sie hatte kein Recht, mich auf diese Weise zu missbrauchen. Sie hat mir wehgetan.«

Nicci und Cara wechselten einen Blick.

Cara mochte überrascht aussehen, aber Mitgefühl drückte ihr Gesicht nicht gerade aus. Vielmehr hatte Niccis Sorge um Richard in diesem Moment Vorrang vor allen anderen Erwägungen.

»Tut mir leid, Sliph«, sagte Nicci, »aber …«

»Ich will endlich wissen, wo er ist«, knurrte Cara. »Sag uns einfach, wo Lord Rahl sich befindet.«

Die Sliph zögerte. »Er reist nicht mehr.«

»Wo ist er dann?«, fragte Cara noch einmal.

Die Stimme der Sliph bekam etwas Kühles, Abweisendes. »Ich gebe niemals Informationen über Dritte preis, die in mir gewesen sind.«

»Er ist nicht einfach irgendein Reisender!«, platzte Cara wutentbrannt heraus. »Er ist der Lord Rahl!«

Als die Sliph sich daraufhin zum rückwärtigen Rand ihres Brunnens zurückzog, hob Nicci warnend eine Hand und bat Cara, sich ein wenig zurückzuhalten und einen Moment still zu sein. »Als wir zusammen reisten, wurden wir von etwas Bösem attackiert. Wie du sehr wohl weißt.« Auch wenn sie wusste, dass ihr das nicht eben überzeugend gelang, versuchte Nicci, den bedrohlichen Ton in ihrer Stimme ein wenig abzumildern. Ihre aufsteigende panische Angst um Richard machte jeden klaren Gedanken nahezu unmöglich – das und Jebras eindringliche Warnung, Richard nur nicht aus den Augen zu lassen, nicht einmal für einen Moment. »Sliph, dieses bösartige Wesen hatte es auf deinen Herrn abgesehen, auf Richard. Wir sind Richards Freunde – wie du sehr wohl weißt. Er braucht unsere Hilfe.«

»Lord Rahl könnte verletzt sein«, setzte Cara hinzu.

Mit einem Nicken bestätigte Nicci Caras Bemerkung. »Wir müssen unbedingt zu ihm.«

Quälende Stille senkte sich über den Raum. Nicci hatte sich noch immer nicht daran gewöhnt, wieder zurück zu sein, hatte immer noch beträchtliche Mühe, den quälenden Schmerz zu unterdrücken, der sich durch ihren Körper zog, während sie gleichzeitig fieberhaft überlegte, was sie jetzt tun sollten.

»Wir müssen unbedingt zu Richard«, wiederholte sie erneut.

Das silbrige Gesicht reckte sich ein wenig höher, sodass ein Hals aus silbriger Flüssigkeit aus dem Brunnen zum Vorschein kam. Die Sliph musterte Nicci fragend.

»Ihr möchtet reisen?«

Nicci konnte ihren Zorn mit knapper Not noch zügeln. »Ja, ganz recht. Wir möchten reisen.«

Cara griff Niccis Stichwort auf und wies mit einer Handbewegung in den Brunnen. »Genau, wir wollen reisen.«

»Solange ich in dir bin, werde ich auch nicht wieder von

meiner Magie Gebrauch machen, versprochen.« Nicci winkte die Sliph ein wenig näher heran. »Wir möchten reisen – und zwar sofort. Jetzt gleich.«

Die Miene der Sliph hellte sich auf, als wäre aller Zwist vergessen. »Es wird euch ein Vergnügen sein.« Sie schien erpicht, sie zufriedenzustellen. »Kommt, wir werden reisen.«

Nicci stützte ein Knie auf die Mauerkrone, eine Anstrengung, die ihr sofort einen stechenden Schmerz im Oberschenkel bescherte. Doch sie ignorierte den glühend heißen Schmerz, der ihr durch Muskeln und Gelenke schoss, und kletterte mit einiger Mühe auf die breite Ummauerung. Sie war erleichtert, dass sie endlich einen Weg gefunden hatten, die Sliph zu bewegen, auf ihre Wünsche einzugehen – wenn sie ihnen schon nicht Richards Aufenthaltsort verriet, so würde sie sie wenigstens hinbringen.

»Ja, wir werden reisen«, sagte Nicci, die noch immer kämpfen musste, um wieder zu Atem zu kommen.

Die Sliph bildete einen Arm aus, legte ihn um Niccis Hüfte und half ihr, sich vollends heraufzuziehen. »Dann kommt. Wohin möchtet Ihr reisen?«

»Dorthin, wo Lord Rahl ist.« Cara kletterte neben Nicci auf die Mauer. »Bring uns dorthin«, sagte sie und zwang sich der Sliph zuliebe zu einem Lächeln, »und es wird uns ein Vergnügen sein.«

Die Sliph hielt inne und musterte sie verwundert. Der Arm wurde zurückgezogen und verschmolz wieder mit der schwappenden Oberfläche. Auf einmal wirkte das silbrige Gesicht abweisend.

»Es ist mir nicht erlaubt, Informationen über die in mir Reisenden preiszugeben.«

Vor Wut ballte Nicci die Fäuste. »Er ist nicht irgendein Reisender! Er ist dein Herr, und er steckt in Schwierigkeiten! Er ist unser Freund! Du musst uns zu ihm bringen.«

Das spiegelnde Gesicht der Sliph wich zurück. »Das kann ich unmöglich tun.«

Einen Augenblick lang verharrten Nicci und Cara schweigend; sie wussten nicht mehr weiter, wussten kein Mittel mehr, wie sie die Sliph noch zur Mitarbeit überreden konnten. Nicci hätte schreien und in Tränen ausbrechen können, hätte am liebsten eine gewaltige Menge von Magie freigesetzt, um die Sliph zu kochen und auf diese Weise zum Reden zu bringen.

»Wenn du uns nicht hilfst«, sagte sie schließlich im Tonfall bemühter Ruhe, »wirst du schlimmere Schmerzen erleiden als durch die Bestie. Dafür werde ich sorgen. Zwing mich bitte nicht dazu. Wir wissen, dass du Richard beschützen willst. Genau das Gleiche versuchen wir auch.«

Einer silbernen Statue gleich, starrte die Sliph schweigend geradeaus, so als versuchte sie, die Drohung abzuwägen.

Cara presste ihre Finger an die Schläfen. »Es ist, als würde man versuchen, mit einer Wand zu reden«, murmelte sie.

Nicci bedachte die Sliph mit einem zornigen Funkeln. »Du wirst uns jetzt zu deinem Herrn bringen. Das ist ein Befehl.«

»Du solltest besser tun, was sie sagt«, setzte Cara hinzu, »oder du kriegst es mit mir zu tun.«

Um ihrer Drohung Nachdruck zu verleihen, ließ die Mord-Sith ihren Strafer in die Hand schnellen.

Doch kaum war dies geschehen, erstarrte sie urplötzlich und starrte auf die Waffe. Alles Blut war aus ihrem Gesicht gewichen, selbst ihre Hände hoben sich weiß gegen das rote Leder ihres Anzugs ab.

Nicci beugte sich zu ihr und legte ihr eine Hand auf die Schulter. »Was ist denn?«

Endlich kam Bewegung in Caras starren, offenen Mund. »Er ist erloschen.«

»Wovon redet Ihr?«

Ungezügelte Panik stand in Caras blauen Augen. »Mein Strafer liegt wie tot in meiner Hand. Ich kann ihn nicht mehr fühlen.«

Obwohl das erschrockene Entsetzen im Tonfall der Mord-Sith nicht zu überhören war, wusste Nicci nicht, woher es rührte. Dass der Strafer ihr keine Schmerzen bereitete, schien ihr schwerlich ein Grund zur Panik. Gleichwohl hatte dieses blanke Entsetzen etwas Ansteckendes.

»Hat das irgendetwas zu bedeuten?«, fragte Nicci, obwohl sie die Antwort fürchtete.

Die Sliph verfolgte die Szene von der anderen Seite des Brunnens aus.

»Der Strafer erhält seine Kraft durch unsere Bande zu Lord Rahl – über seine Gabe.« Wie zum Beweis hielt sie ihr die Waffe vors Gesicht. »Ist der Strafer tot, dann gilt das Gleiche für Lord Rahl.«

»Hört zu, Cara, wenn es sein muss, werde ich von meiner Kraft Gebrauch machen, um die Sliph zu zwingen, uns zu ihm zu bringen. Trotzdem solltet Ihr keine vorschnellen Schlüsse ziehen. Wir können doch gar nicht wissen …«

»Er ist nicht mehr da.«

»Wo ist er nicht?«

»Nirgendwo.« Cara starrte noch immer auf die Waffe, die sie in ihren zitternden Fingern hielt. »Ich kann die Bande nicht mehr spüren.« Sie hob den Kopf und sah Nicci aus ihren klaren blauen Augen an. »Normalerweise verraten die Bande uns jederzeit Lord Rahls ungefähren Aufenthaltsort; aber jetzt kann ich ihn nicht mehr spüren. Er ist … nirgendwo.«

Eine Woge von Übelkeit überkam Nicci. Auf einmal fühlte sie sich vollkommen kraftlos. Ein taubes Gefühl breitete sich in ihren Fingern und Zehen aus.

Sie wandte sich wieder herum zur Sliph.

Doch die war nicht mehr da.

Nicci lehnte sich über die Ummauerung und spähte in den Brunnen hinab. Tief unten erblickte sie einen matten silbrigen Schimmer in der Dunkelheit, kurz bevor er endgültig erlosch und nichts als Schwärze zurückblieb.

Sie wandte sich wieder um zu Cara, krallte ihre Hand in die Schulter ihres Lederanzugs und sprang, Cara hinter sich herziehend, von der Ummauerung herunter.

»Kommt. Ich kenne jemanden, der uns sagen kann, wo Richard ist.«

32

Cara neben sich, hastete Nicci den von Fackeln beleuchteten Flur entlang, lief über kunstvoll gemusterte, ihre Schritte dämpfende Teppiche, vorbei an Zimmern, in denen Öllampen das nur spärlich vorhandene Mobiliar in warmes Licht tauchten. Die Burg der Zauberer, nahezu ebenso gewaltig wie der Berg, der ihr unter seinen unerschütterlichen steinernen Schultern Schutz bot, wirkte verlassen und unheimlich. Nicci hatte mehrere Jahrzehnte in dem unter dem Namen Palast der Propheten bekannten Gebäudekomplex verbracht, der in mancher Hinsicht an die Burg der Zauberer erinnerte, nur dass dort ein reges Treiben von Hunderten von Menschen jeglicher Art geherrscht hatte, die ausnahmslos dort lebten, angefangen bei der Prälatin bis hin zu den jungen Burschen, die sich um die Ställe kümmerten. Auch das war ein Ort der Zauberer gewesen – Zauberer, die noch in der Ausbildung waren, jedenfalls. Die Burg existierte zum Wohle der Menschheit, und doch stand sie jetzt stumm und verlassen von allen, die ihr hätten Leben einhauchen können. Wenn es einen Ort gab, von dem man behaupten konnte, dass er verlassen wirkte, dann ganz gewiss das gewaltige Bauwerk der Burg der Zauberer.

Getrieben von ihrer Treue und Liebe zu Richard, von der Angst, ihm könnte das Allerschlimmste zugestoßen sein, gab Cara ihr Äußerstes. Nicci, die von der Angst getrieben war, womöglich gar seinen Tod in Betracht ziehen zu müssen, rannte nicht minder schnell, so als wollte sie ihm um jeden Preis zuvorkommen. Und doch durfte sie diesen Gedanken eigentlich nicht denken, denn sonst wäre sie vor Verzweiflung zusammengebrochen. Eine Welt ohne Richard war in ihren Augen eine tote Welt.

Das Geräusch ihrer Schritte hallte durch die Burg wie das gespenstische Geflüster der längst verstorbenen Seelen derer, die einst in diesen Hallen gewandelt waren, einst diese Stufen erklommen hatten, hier an diesem Ort gelacht, geliebt und gelebt hatten. Am Ende der dritten Treppenflucht führte Nicci, deren Beine mittlerweile von der übermenschlichen Anstrengung schmerzten, sie in eine breite Passage. Als sie an den in einem freundlichen, rötlich braunen Kirschton gehaltenen Pfeilern vorüberkam, welche die ausgedehnten, bunten, bleiverglasten Flächen unterteilten, gab sie Cara mit einer Handbewegung zu verstehen, dass sie im nächsten Seitengang nach rechts abbiegen würden.

Endlich im Labyrinth kleinerer Flure angekommen, durch das man in ihre Wohnquartiere gelangte, erspähte Nicci in der Ferne Zedd, der ihnen, dicht gefolgt von Rikka, bereits entgegengeeilt kam. Einen finsteren Ausdruck im Gesicht, blieb der alte Zauberer stehen und wartete, bis sie das letzte Stück des Weges zurückgelegt hatten.

»Was ist los?«, fragte er. Offenbar hatte er ihren Mienen bereits angesehen, dass irgendetwas schiefgegangen war.

»Wo ist Lord Rahl?«, verlangte Rikka zu wissen, kaum war sie hinter ihm stehen geblieben.

Nicci kannte den ängstlich sorgenvollen Blick in ihren Augen nur zu gut. Es war derselbe Ausdruck, den auch Cara im Gesicht trug, seit sie festgestellt hatte, dass ihr Strafer nicht mehr funktionierte. Ein kurzer Blick nach unten zeigte ihr, dass Rikka, genau wie Cara, ihren Strafer mit der geballten Faust umklammert hielt, so fest, dass deren Knöchel weiß hervortraten. Nur waren die Talismane ihrer Verbundenheit mit Lord Rahl jetzt erloschen.

»Wo ist mein Enkelsohn?«, fragte Zedd zurück. »Wieso ist er nicht bei euch?«

In seiner Frage schwang ein Vorwurf mit, so als wollte er sie an Niccis Versprechen erinnern, und an die Warnung, die Jebra ihnen vor ihrem Aufbruch mit auf den Weg gegeben hatte.

»Zedd«, begann Nicci, »das wissen wir nicht genau.«

Fragend neigte der Zauberer seinen Kopf mit den unordentlich nach allen Seiten abstehenden Haaren zur Seite. Der Blick, mit dem er sie dabei bedachte, war eindeutig der des Zauberers, der die Oberhand über den besorgten Großvater gewann.

»Kommt mir jetzt nicht mit Ausflüchten, Kind.«

Wäre die Lage nicht so todernst gewesen, hätte Nicci ihm ob dieser Bezeichnung wahrscheinlich ins Gesicht gelacht.

»Wir befanden uns alle zusammen in der Sliph und waren auf dem Weg zurück in die Burg der Zauberer«, erklärte Nicci, »als wir irgendwo unterwegs – wenn man in der Sliph reist, lässt sich nie genau sagen, wo man sich gerade befindet – plötzlich von der Bestie angegriffen wurden.«

Einen fragenden Ausdruck im Gesicht, sah Zedd kurz zu Cara. »Von der Bestie?«

Cara nickte bestätigend.

»Und weiter, was geschah dann?«

»Das weiß ich nicht.« In einer hilflosen Geste, weil sie nicht die richtigen Worte fand, um das Erlebnis zu beschreiben, breitete Nicci die Arme aus. »Wir haben noch versucht, uns gegen sie zu wehren. Sie hatte überall diese schlangengleichen Arme. Wir haben noch gegen sie gekämpft, und als ich dann versuchte, mein Han gegen sie zu benutzen …«

»In der Sliph?«

»Ja, nur hat es wenig genützt, eigentlich gar nichts. Ich habe eben alles versucht, was mir in den Sinn kam. Schließlich riss die Bestie mich und Cara von Richard los. In der Dunkelheit war es unmöglich, ihn wiederzufinden. Wir haben alles versucht, konnten aber überhaupt nichts erkennen – wir hatten uns ja selbst schon aus den Augen verloren. Wie ich bereits sagte, in der Sliph ist es unmöglich zu bestimmen, wo man sich gerade befindet. Man sieht nichts und hört nicht einmal wirklich etwas. Es ist ein ziemlich verwirrender und letztlich leerer Ort. Sosehr wir uns auch bemühten, Richard war nirgends zu finden.«

Zedd schien mit jedem Augenblick ärgerlicher zu werden. »Und wieso seid ihr dann hier, anstatt in der Sliph nach ihm zu suchen?«

»Die Sliph hat uns ausgespien«, mischte Cara sich ein. »Und auf einmal waren wir wieder hier, in der Burg der Zauberer. Nicci und ich, wir haben beide, jede auf ihre Art, versucht, Lord Rahl zu finden, aber da war … nichts. Weder die Bestie noch Lord Rahl. Anschließend hat die Sliph uns hier abgesetzt, was ja ohnehin unser Ziel gewesen war, bevor wir angegriffen wurden.«

»Und was habt ihr dann hier oben verloren?«, wiederholte er seine Frage in drohendem Tonfall. »Wieso seid ihr nicht längst wieder in der Sliph und sucht ihn, oder besser noch, bringt sie dazu, euch zu verraten, wo er sich befindet?«

Niccis Blick fiel auf seine geballten Fäuste; sie wusste nur zu gut, wie er sich fühlte. Sachte fasste sie ihn am Arm.

»Die Sliph hat sich geweigert, uns seinen Aufenthaltsort zu verraten. Glaubt mir, wir haben es versucht. Vielleicht kann man sie irgendwie dazu zwingen, das weiß ich nicht, aber ich glaube, ich weiß eine bessere Möglichkeit – jemand, der uns verraten könnte, wo Richard ist: Jebra.«

Zedd überlegte, die schmalen Lippen aufeinandergepresst. »Es wäre einen Versuch wert«, entschied er zu guter Letzt, »aber seid euch darüber im Klaren, dass sich die Gute seid eurer Abreise in einer ziemlich üblen Verfassung befindet. Sie ist in ihren besten Augenblicken zutiefst schwermütig, dann wieder befindet sie sich im eisernen Griff eines hysterieähnlichen Zustandes. Wir haben natürlich versucht, sie ruhigzustellen, allerdings ohne Erfolg. Ich fürchte, nach allem, was sie durchgemacht hat, ist es für sie nur umso erschreckender, auf einmal wieder mit diesen außergewöhnlichen Visionen konfrontiert zu werden. Offenbar bereitet es ihr große Schwierigkeiten, sich wieder mit ihnen auseinandersetzen zu müssen, und ganz besonders mit dieser einen.

Also haben wir sie schließlich ins Bett verfrachtet, in der Hoffnung, dass sie, sobald sie mit ein wenig Ruhe wieder zu Kräften gekommen ist, diese verwirrenden Visionen besser verarbeiten kann. Immerhin befindet sie sich nicht in derselben Verfassung wie Königin Cyrilla; sie bemüht sich nach Kräften, nicht dem gleichen Wahnsinn zu verfallen. Sie weiß, dass sie uns helfen muss, aber im Augenblick überwiegt ihre Niedergeschlagenheit einfach noch ihren gesunden Menschenverstand. Im Übrigen bin ich sicher, dass ihr Unvermögen zum Teil auf ihre völlige Erschöpfung zurückgeht. Trotzdem sind wir zuversichtlich, dass sie, sobald sie ein wenig zur Ruhe gekommen ist, dem, was sie uns bereits erzählt hat, noch das ein oder andere hinzufügen kann.«

»Was hat sie überhaupt gesagt?«, erkundigte sich Nicci, in der Hoffnung, durch die Antwort einen ersten Hinweis zu erhalten.

Einen Moment lang sah Zedd ihr forschend in die Augen. »Nun ja, sie sagte, ihr würdet ohne Richard zurückkommen.«

Nicci sah ihn unverwandt an. »Und was ist mit ihm passiert?«

Zedd senkte den Blick. »Das ist der Teil, den wir noch aus ihr herauszubekommen versuchen.«

Jetzt mischte sich auch Rikka ein. »Mein Strafer ist erloschen; ich kann die Bande nicht mehr spüren, und ebenso wenig Lord Rahl. Was, wenn er tot ist?«

Zedd wandte sich ein Stück herum und hob beschwichtigend die Hand, als wollte er sie bitten, sich wieder zu beruhigen. »Wir sollten keine voreiligen Schlüsse ziehen. Dafür könnte es jede Menge Erklärungen geben.«

Seine These schien Cara nicht zu ermutigen. »Zum Beispiel?«

Zedd richtete seine haselnussbraunen Augen auf sie und betrachtete die Mord-Sith einen Moment lang, während er sich seine Antwort überlegte. »Das weiß ich nicht, Cara. Ich weiß es einfach nicht. Seit Jebra mir sagte, er werde nicht mit euch zurückkehren, bin ich in Gedanken alle Möglichkeiten durchgegangen. Es gibt unzählige Alternativen, aber im Augenblick so gut wie nichts Handfestes, das uns einen Ansatzpunkt liefern würde. Doch wir werden nichts unversucht lassen, so viel kann ich euch versprechen.«

Nicci schluckte den Kloß hinunter, der ihr die Kehle zu verstopfen drohte. »Jebra ist im Augenblick unsere beste Chance, herauszufinden, wo Richard sich befindet. Wenn es uns gelingt, ihr das zu entlocken, können wir etwas unternehmen. Und wenn wir etwas unternehmen können, haben wir auch eine Chance, ihm zu helfen.«

»Wenn er dann noch lebt«, bemerkte Rikka.

Nicci biss die Zähne aufeinander und bedachte sie mit einem zornigen Funkeln. »Er lebt.«

Rikka musste schlucken. »Ich wollte doch nur sagen …«

»Nicci hat recht«, beharrte Cara. »Wir reden hier immerhin über Lord Rahl. Er lebt.« Eine Träne lief ihr über die Wange. »Er lebt.«

»Nichtsdestoweniger«, fuhr der Zauberer mit bedrückter Stimme fort, »müssen wir vorbereitet sein, sollte es zum Schlimmsten kommen.« Als er den Ausdruck auf Caras Gesicht bemerkte, zeigte er ihr ein dünnes Lächeln. »Es offen auszusprechen bedeutet nicht, dass es auch so kommen muss. Was ist, das ist. Ich will damit nur sagen, dass wir auf alle Eventualitäten gefasst sein müssen, weiter nichts. Alles andere wäre unklug. Zudem würde Richard sich ebenso verhalten, wenn er einen von uns verloren hätte, und genau so würde er sich unser Verhalten wünschen, falls ihm etwas zugestoßen wäre. Würdet ihr nicht auch davon ausgehen, dass er weiterkämpfen würde, wenn euch etwas zustieße? Wir können die Dinge, mit denen wir konfrontiert werden, nicht einfach ignorieren. Richard würde sich wünschen, dass wir weiterkämpfen, dass wir unser Schicksal selbst in die Hand nehmen.«

Vielleicht mehr als jemals zuvor hatte Nicci in diesem Augenblick das Gefühl, den Obersten Zauberer sprechen zu hören. Jetzt verstand sie auch, von wem Richard seine bemerkenswerte Entschlossenheit hatte.

Cara funkelte ihn zornig an. »Ihr redet über ihn, als wäre er schon tot. Aber das ist er nicht.«

Zedd schenkte ihr ein Lächeln und pflichtete ihr mit einem Nicken bei; es geriet allerdings nicht sonderlich überzeugend.

»Ich muss unbedingt mit Jebra sprechen«, sagte Nicci. »Im Augenblick ist das unser bester Ansatzpunkt. Hat sie sonst noch etwas über ihre Vision gesagt?«

Zedd seufzte. »Nicht viel. Ihre letzte Vision liegt schon Jahre zurück, und diese kam nicht nur völlig überraschend, sondern war offenbar auch noch von überwältigender Grauenhaftigkeit. Allmählich habe ich die Befürchtung, dass der Grund für ihr zeitweiliges Ausbleiben jeglicher Visionen mit dem zu tun hat, was Richard über das schleichende Versagen der Magie sagte. Wenn das zutrifft, spricht es Bände, dass sich trotz ihrer nachlassenden Fähigkeiten ausgerechnet diese durchgesetzt hat. Selbst in den Phasen, in denen sie bei Bewusstsein und klarem Verstand war, schien ihre Fähigkeit, die Vision mitsamt allen darin vorkommenden Geschehnissen in vollem Umfang zu erfassen, bruchstückhaft und unvollständig.«

»Vielleicht können wir ihr ja helfen, alles wieder zusammenzusetzen«, schlug Nicci so behutsam wie möglich vor, obwohl sie im Grunde absolut entschlossen war, die Frau notfalls zu zwingen zu tun, was man von ihr verlangte.

Zedd dagegen hielt das offenbar nicht für eine erfolgversprechende Idee, trotzdem schien er seine Kräfte lieber in den Versuch investieren zu wollen, als sich in das Unvorstellbare zu fügen.

»Hier entlang«, sagte er, machte schwungvoll kehrt und eilte los, den schwach beleuchteten Flur entlang.

Flankiert von Nicci und den beiden Mord-Siths, klopfte Zedd leise an die eher kleine, oben abgerundete Mahagonitür, deren Fächer Schnitzereien von kunstvoll verschlungenen Ranken und dichtem Blattwerk zierten. Während er auf Antwort wartete, sagte er zu Rikka: »Geht und holt Nathan. Sagt ihm, es sei wichtig und dass er packen soll. Er wird schnellstmöglich aufbrechen müssen.«

Während Rikka durch den Flur davoneilte, klopfte Zedd erneut, ein wenig lauter diesmal. Als wieder keine Reaktion erfolgte, sah er über seine Schulter zu Nicci und fragte, am Aufschlag seines einfachen Gewandes nestelnd: »Habt Ihr auch dieses … merkwürdige Gefühl?«

Nicci ging ein solches Chaos aberwitziger Gedanken durch den Kopf, dass sie gar nicht darauf geachtet hatte; schließlich befanden sie sich in der Burg der Zauberer. Überall gab es Alarmsysteme, die sie vor unerwünschten Besuchern schützen sollten.

Sie schob die Gedanken beiseite, als ihre Wahrnehmung in einen Zustand erhöhter Bewusstheit überging.

»Jetzt, da Ihr es erwähnt, da ist tatsächlich etwas, das sich … merkwürdig anfühlt.«

»Merkwürdig? Inwiefern?«, fragte Cara und ließ ihren Strafer erneut in die Hand schnellen. Einen winzigen Augenblick lang wirkte sie verblüfft, ehe plötzliche Einsicht ihrer Verwunderung ein Ende machte.

Behutsam löste Nicci die Hand des Zauberers vom Hebel, ehe dieser die Tür öffnen konnte. »Es ist doch niemand bei ihr, oder? Tom oder Friedrich vielleicht?«

Zedd sah sie stirnrunzelnd an. »Nicht dass ich wüsste. Die beiden machen draußen ihre Runde. Ich wachte gerade an Jebras Krankenbett, als ich euer Kommen spürte. Sie schlief tief und fest. Ich wollte in der Nähe sein, für den Fall, dass sie aufwachte und mir mehr über ihre Vision erzählen konnte. Anschließend ließ ich sie allein und kam her, um euch zu empfangen, in der Hoffnung, sie hätte sich, was Richard anbetrifft, vielleicht getäuscht. Ann und Nathan sind bereits zu Bett gegangen, es könnte also vermutlich auch einer von den beiden sein.«

Nicci, das magische Empfindungsvermögen jetzt in höchster Alarmbereitschaft, schüttelte den Kopf. »Es ist keiner von beiden. Sondern irgendetwas anderes.«

Den Blick starr in die Ferne gerichtet, etwa so, wie man auf einen Laut horcht, dachte Zedd angestrengt darüber nach, doch Nicci wusste, dass er eigentlich gar nicht auf verräterische Geräusche lauschte. Vielmehr tat er dasselbe wie sie; er versuchte mithilfe seiner Gabe zu erkunden, was ihren anderen Sinnen verborgen blieb, versuchte die Gegenwart von Leben zu spüren. Doch soweit Nicci es spüren konnte, befanden sich nur drei Personen in unmittelbarer Nähe; sie selbst, Zedd und Cara, sowie, ein wenig schwächer auf der anderen Seite der Tür, Jebra.

Aber da war auch noch etwas anderes, obwohl das Gefühl keinen rechten Sinn ergab. Es war eine Anwesenheit, allerdings nicht die Art der Wahrnehmung, die sie gehabt hätte, hätte eine weitere Person dort hinter der Tür gelauert.

Trotzdem war ihr, als hätte sie erst vor Kurzem eine ganz ähnliche Wahrnehmung empfangen. Die Stirn angestrengt in Falten gelegt, versuchte sie sich zu erinnern.

»Ich habe in dem gesamten Bereich hier zusätzliche Alarmsysteme anbringen lassen«, erklärte ihr Zedd.

Nicci nickte. »Ich weiß; ich habe sie gespürt.«

»Es ist völlig ausgeschlossen, dass jemand sie passiert haben könnte. Das hätte ich bemerkt. Verdammt, nicht einmal eine Maus könnte durch die Fallen schlüpfen, die ich angebracht habe.«

»Könnte es vielleicht damit zusammenhängen, was Lord Rahl uns erzählt hat?«, frage Cara mit gesenkter Stimme. »Ich meine, dass mit der Magie womöglich etwas nicht stimmt? Könnte es nicht sein, dass mit Eurer Gabe etwas nicht stimmt und Ihr deswegen diese Wahrnehmungen empfangt?«

Zedd warf ihr einen verdrießlichen Blick zu. »Wollt Ihr damit sagen, Ihr glaubt, unsere Gabe ist … was? Verwirrt?«

Cara zuckte die Achseln, führte ihre Idee dann aber näher aus. »Viel weiß ich nicht über Magie, aber vielleicht ist es ja das, was mit meinem Strafer nicht stimmt. Vielleicht ist das schon alles. Lord Rahl hat ziemlich nachdrücklich darauf beharrt zu wissen, dass die Magie beeinträchtigt ist. Vielleicht gilt das in gleichem Maße für das Wahrnehmungsvermögen Eurer Gabe. Womöglich war der Schluss, den ich daraus gezogen habe, vollkommen falsch, und es liegt tatsächlich alles nur an dieser Beeinträchtigung.«

Zedd schnaubte verärgert, er fand die Idee ganz offensichtlich lächerlich. Zum Beweis wies er mit ausgestrecktem Arm auf die Öllampen auf den Tischchen gleich neben der Tür, die daraufhin augenblicklich erloschen. »Also, so weit funktioniert meine Kraft noch, was bedeutet, dass sie funktioniert«, entschied er mit leiser Stimme. Mit einem beherzten Blick auf Nicci legte er seine Hand wieder auf den Hebel. »Macht euch auf alles gefasst.«

»Augenblick noch«, rief Nicci.

Zedd sah über seine Schulter. Sein Gesichtsausdruck war in dem trüben Licht schlecht zu erkennen, nicht aber seine Augen. In ihnen erkannte sie etwas, das sie an Richards erinnerte.

»Was ist denn?«, fragte er unwirsch.

»Mir ist gerade etwas eingefallen, was mir schon seit einiger Zeit zu denken gibt.«

Die Finger aneinandergelegt, versuchte sie sich rasch die Einzelheiten in Erinnerung zu rufen. Schließlich sprach sie und fuchtelte dabei mit dem Finger. »Als die Bestie uns auf unserer Reise in der Sliph attackierte, spürte ich etwas Merkwürdiges. Zunächst habe ich dem keine Bedeutung beigemessen, da der Aufenthalt in der Sliph von vornherein so sonderbar ist, dass man schwer unterscheiden kann, ob eine Wahrnehmung dort bedeutsam oder sogar gänzlich außergewöhnlich ist. Ganz alltägliche Gefühle erscheinen einem dort manchmal fantastisch, ja geradezu übernatürlich. Man weiß einfach nie, ob das nur an der Konzentration der unvertrauten Wahrnehmungen liegt oder vielleicht an etwas ganz anderem.«

»Wann genau hattet Ihr diese Wahrnehmung?«, hakte Zedd nach. Plötzlich schien er sich brennend für ihre Ausführungen zu interessieren. »Die ganze Reise über oder nur zu einem bestimmten Zeitpunkt?«

»Nein, wie ich schon sagte, es war gleich nachdem die Bestie uns attackiert hatte.«

»Ein bisschen genauer, bitte. Denkt nach. War es, als die Bestie angriff? War es vielleicht, als sie Richard packte? Oder eher, als sie Euch zu greifen versuchte?«

Die Fingerspitzen an die Schläfe gepresst, schloss sie fest ihre Augen und versuchte verzweifelt, sich präzise zu erinnern.

»Nein … nein, es war, nachdem ich von Richard fortgerissen wurde. Nicht unmittelbar danach, sondern kurze Zeit später.«

»In welcher Reihenfolge haben sich diese Vorfälle ereignet?«

»Nun, die Bestie griff an, dann haben wir uns gegen sie gewehrt. Ich machte Gebrauch von meiner Gabe, allerdings ohne dass es etwas genutzt hätte. Dann tat die Bestie mir weh, und Richard durchtrennte mit seinem Messer einige der Tentakel, womit er mich davor bewahrte, zerquetscht zu werden.

Kurz darauf riss die Bestie Cara von ihm los, und nicht viel später auch mich. Da ist es passiert – nicht unmittelbar danach, aber wenige Augenblicke später. Ich erinnere mich so genau, weil ich gerade wie von Sinnen nach Richard suchte, als ich diese merkwürdige Wahrnehmung spürte.«

Nicci sah zu dem Zauberer hoch. »Die Sache ist die, unmittelbar nachdem ich diese Wahrnehmung hatte, konnte ich die Anwesenheit der Bestie nicht mehr spüren. Ich habe es versucht, ich habe Richard zu finden versucht, aber es war unmöglich. Als die Sliph uns dann zurück zur Burg der Zauberer jagte, klang das Gefühl so rasch ab, dass ich es ganz vergessen habe.«

»Wie hat es sich denn angefühlt – diese Wahrnehmung?«

Nicci gestikulierte. »Genau so wie das, was sich hinter dieser Tür befindet.«

Zedd starrte sie einen Moment lang an. »Es fühlt sich genau so an? Etwa wie eine Art … summender Energiestrom?«

Nicci nickte. »Wie eine magische Entladung, für die es jedoch keinerlei Anlass gibt.«

»Magie scheint sich oft vollkommen grundlos zu entfalten«, warf Cara ein. »Was ist daran so merkwürdig?«

Zedd schüttelte den Kopf. »Magie entfaltet sich nicht einfach so, ohne einen bestimmten Zweck. Magie besitzt kein Bewusstsein, diese Empfindung dagegen ahmt in gewisser Weise ebendiese bewusste Zielgerichtetheit nach.«

»Genau«, bestätigte Nicci. »Genau das war auch mein Eindruck. Es fühlte sich deswegen so sonderbar an, weil Magie mit einer derartigen Ausrichtung nicht völlig absichtslos sein kann. Es handelt sich hier um eine beherrschende Kraft, die ihre charakteristischen steuernden Präsenzfelder selbst erzeugt, allerdings ohne dass für den Vorgang Leben erforderlich wäre.«

Zedd straffte sich. »Das ist eine sehr treffende Beschreibung dessen, was auch ich spüre.« Argwöhnisch musterte er die Tür. »Ich denke, wir sollten näher rangehen; möglicherweise können wir es dann deutlicher spüren und herausfinden, um was es sich handelt. Wenn wir nahe genug herankommen, lässt es sich vielleicht sogar analysieren.« Er warf den beiden einen Blick zu. »Aber auf jeden Fall sollten wir Vorsicht walten lassen, was meint ihr?«

Die drei drängten sich dicht aneinander, als der Zauberer behutsam den Hebel umlegte und die Tür langsam aufdrückte. Obwohl die Tür einen Spaltbreit geöffnet war, war Niccis Wahrnehmung nicht ausgeprägter als zuvor, als sie noch geschlossen war. Zedd steckte kurz seinen Kopf hinein und stieß sie dann vollends auf. Im Zimmer herrschte völlige Dunkelheit; nur das trübe Licht vom Flur ließ einige Umrisse und Schatten der darin befindlichen Gegenstände erkennen.

An der fernen Wand zu ihrer Linken konnte Nicci einen leeren Stuhl ausmachen, über dessen Lehne eine säuberlich gefaltete Steppdecke drapiert war. Unweit der Tür stand auf derselben Zimmerseite ein niedriger runder Tisch mit einer nicht brennenden Lampe darauf. Das Bett jenseits des Tisches war leer. Die zerknüllten Laken waren seitlich aus dem Bett geschoben worden und bildeten am Fußboden ein unordentliches Knäuel. Wie Zedd und Cara, so ließ auch Nicci den Blick durch den Raum schweifen, doch Jebra war nirgends zu sehen. Falls sie sich an einer anderen Stelle des Zimmers befand, war es zu dunkel, um sie zu erkennen. Jetzt, da die sonderbare Empfindung im Zimmer stärker ausgeprägt war, war Niccis geistige Wahrnehmung nicht sehr hilfreich.

Zedd schickte ein kurzes Aufflackern seines Han in die Lampe, doch da ihr Docht heruntergedreht war, reichte das Licht nicht aus, um die tiefen Schatten in den Ecken oder hinter dem Kleiderschrank auf der anderen Seite des Zimmers zu vertreiben. Von Jebra war noch immer nichts zu sehen.

Nicci hatte sich von allen Sinneseindrücken frei gemacht und konzentrierte sich stattdessen ganz auf die von ihrem Han beherrschte Wahrnehmung. Mit einem Schritt war sie an Zedd vorbei, dann blieb sie angespannt und vollkommen reglos mitten im Zimmer stehen und lauschte. Mithilfe ihrer Gabe versuchte sie sich dem Gefühl einer weiteren, irgendwo im Dunkeln lauernden Anwesenheit zu öffnen, doch da war nichts.

Eine kaum merkliche Brise ließ die Vorhänge rascheln. Beide aus kleinen Glasscheiben bestehenden Türflügel waren auf einen kleinen Balkon geöffnet. Von dem Balkon vor ihrem eigenen ganz in der Nähe gelegenen Zimmer wusste Nicci, dass auch dieser auf die lichtlose Stadt tief unten am Fuß des Berges blickte.

Oben auf der Balkonbrüstung verdeckte eine dunkle Silhouette die dahinterliegende mondlichtbeschienene Landschaft.

Hinter Niccis Rücken drehte Zedd den Docht der Öllampe hoch. Als das Licht aufflammte, sah Nicci, dass die Gestalt dort draußen auf dem Balkon Jebra war, die barfuß mit dem Rücken zu ihnen auf der mächtigen Steinbrüstung stand.

»Bei den gütigen Seelen«, entfuhr es Cara flüsternd, »sie wird doch nicht etwa springen!«

»Jebra«, rief Zedd mit leiser, bedachtsamer Stimme, »wir sind gekommen, um Euch zu besuchen.«

Falls Jebra ihn gehört hatte, ließ sie es sich durch nichts anmerken. Nicci glaubte allerdings nicht, dass sie außer dem gespenstischen Wispern der Magie überhaupt etwas hörte. Sie konnte die schwachen Wogen jener fremdartigen Kraft an sich vorbeirauschen fühlen, die sich summend auf die Seherin zubewegten. Diese stand bewegungslos wie eine Statue auf der Brüstung und schaute mit starrem Blick über die tief unten liegende Stadt Aydindril hinweg. Eine sanfte Brise zauste ihr kurz geschnittenes Haar.

Obwohl der Balkon das Tal unten überblickte, befand er sich, wie Nicci wusste, nicht unmittelbar über der Außenmauer der Burg. Trotzdem hatte Jebra bis hinunter in einen der inneren Burghöfe, auf die Gehwege, die Mauergänge oder Schieferdächer des Bergfrieds einen Sturz von mehreren Hundert Fuß vor sich. Angesichts einer solchen Fallhöhe war es unerheblich, dass sie im Falle eines Sturzes oder Sprungs nicht direkt den steilen Berghang hinabstürzen würde; ein Aufprall auf den Mauern des Bergfrieds tief unten würde sie ebenso gewiss zerschmettern.

»Sterne«, sprach Jebra plötzlich mit leiser, dünner Stimme in die weite Leere vor ihr.

Zedd packte Niccis Arm, zog sie zu sich heran und brachte seinen Mund ganz nah an ihr Ohr. »Ich glaube, da sucht jemand nach denselben Antworten wie wir. Und dieser Jemand ist im Begriff, in ihren Verstand einzudringen. Das ist es auch, was wir fühlen, es ist ein Dieb, ein Gedankendieb.«

»Jagang«, entfuhr es Cara tonlos.

Nicci wusste, das war die logische Vermutung. Jetzt, da die Bande zu Richard irgendwie gekappt waren, wäre Jagang theoretisch dazu imstande. Solange Richard nicht die Rolle des Lord Rahl ausfüllte, waren sie plötzlich alle für den Traumwandler anfällig.

Ein scheußliches Kribbeln eiskalter Angst kroch durch Niccis Körper, als sie sich erinnerte, wie Jagang einst von ihrem Verstand, ihrem Willen, Besitz ergriffen hatte. Ohne den Lord Rahl waren die Bande zerrissen, die sie davor bewahrten. Wenn der Kaiser durch die Nacht streifte, bestand durchaus die Möglichkeit, dass er ihre Schutzlosigkeit bemerkte und jeden Augenblick, ohne Vorwarnung und unbemerkt in Gestalt des Traumwandlers direkt in ihren Verstand eindringen und sich mit ihren Gedanken schmücken konnte.

Aber Nicci kannte Jagang. Sie wusste, wie es sich anfühlte, wenn er vom Verstand eines Menschen Besitz ergriff, schließlich hatte er genau das bei ihr getan. Er hatte sich ihres Verstandes bemächtigt, sie kontrolliert und mittels dieser schrecklichen Anwesenheit beherrscht. Das hier war anders.

»Nein«, sagte sie, »Jagang ist es nicht. Was ich spüre, ist etwas anderes.«

»Wie könnt Ihr dessen so sicher sein?«, flüsterte Zedd.

Endlich löste Nicci ihren Blick von Jebra und sah den verdrießlich dreinblickenden Zauberer an.

»Nun, zum einen«, antwortete sie ebenso leise, »würdet Ihr gar nichts spüren, wenn es tatsächlich Jagang wäre. Der Traumwandler hinterlässt keine Spuren; es ist unmöglich festzustellen, ob er gerade zugegen ist oder nicht. Das hier ist etwas völlig anderes.«

Zedd strich über sein säuberlich rasiertes Kinn. »Trotzdem, irgendwie kommt es mir bekannt vor«, murmelte er bei sich.

»Sterne«, sprach Jebra erneut in die Nacht jenseits des Balkons. Als Zedd sich anschickte, durch die beiden offen stehenden Türflügel ins Freie zu treten, fasste Nicci ihn beim Arm und hielt ihn zurück. »Wartet noch«, raunte sie ihm zu.

»Sterne, die auf Erde fallen«, deklamierte Jebra mit gespenstischer Stimme.

Nicci und Zedd wechselten einen Blick.

»Sterne im Gras«, fuhr Jebra im selben leblosen Tonfall fort.

Zedds Körper straffte sich. »Bei den gütigen Seelen. Jetzt weiß ich, was es ist.«

Nicci beugte sich näher. »Die Anwesenheit?«

Der Zauberer nickte langsam. »Es ist das Gefühl, das man in Gegenwart einer Hexe spürt, die ihre Macht ausübt.«

Jebra breitete ihre Arme aus.

»Sie springt!«, schrie Nicci, als Jebra langsam nach vorn zu kippen begann, hinaus in die Nacht.

33

Richard hustete einmal kräftig.

Das unfreiwillige Zusammenziehen seines Körpers war so ungemein schmerzhaft, dass er schlagartig das Bewusstsein wiedererlangte. Er hörte sich selbst den Versuch eines Stöhnens unternehmen, wenngleich ohne Erfolg, denn ihm fehlte der Atem, um den entsprechenden Laut hervorzubringen. Das Wiedererwachen seines Bewusstseins ging mit einem sich immer mehr steigernden, konfusen und panischen Erstickungsgefühl einher, so als wäre er im Begriff zu ertrinken.

Der nächste Hustenanfall ließ ihn vor Schmerz zusammenzucken. Sich eng zusammengerollt am Boden windend, die Arme fest auf seinen Leib gepresst, um einen weiteren dieser krampfartigen Hustenanfälle zu unterdrücken, versuchte er, seinen Schmerz herauszubrüllen.

»Atme.«

Richard blickte in die Richtung, in der er die gespenstische Stimme vermutete.

»Atme.«

Er wusste weder, wo er sich befand, noch interessierte es ihn in diesem Augenblick sonderlich. Was zählte, war allein die drohende Gefahr des Erstickens. Doch er wollte unter allen Umständen vermeiden zu atmen. Dieses Gefühl war von so bedrückender Abscheulichkeit, dass es ihm in seiner Fantasie nicht nur jede Kraft raubte, sondern übermächtig wurde. Sogar der Tod schien der Fortdauer dieses Gefühls vorzuziehen. Er konnte es nicht länger ertragen.

»*Atme.*«

Er ignorierte die entrückte, seidenweiche Stimme und wanderte in Gedanken zurück zu einer Zeit, als er einen ähnlichen Schmerz empfunden hatte. Damals hatte Denna ihn vollkommen hilflos in Ketten gelegt; er war ihr völlig ausgeliefert, während sie ihm Schmerzen zufügte, bis er unter den unablässigen Folterqualen zu fantasieren anfing.

Gleichzeitig aber hatte sie ihn gelehrt, Schmerzen zu ertragen. Im Geiste sah er sie vor sich, wie sie dastand und ihn abwartend beobachtete, ob er den letzten Schritt tun würde, über die Schwelle des Todes hinweg. In ihrer Gegenwart war es mehrfach zu Situationen gekommen, da er den Grat des fernen dunklen Hügels bereits überschritten hatte und sich schon auf dem Abstieg auf der anderen Seite befand.

Wann immer dies geschah, war Denna augenblicklich zur Stelle, presste ihren Mund auf seinen und hauchte ihm gewaltsam wieder Leben ein. Damals hatte sie nicht nur die absolute Kontrolle über sein Leben, sondern auch über seinen Tod gehabt. Sie hatte ihm alles genommen; nicht einmal sein eigener Tod gehörte noch ihm, er war längst in ihren Besitz übergegangen.

Jetzt beobachtete sie ihn wieder. Ihr silbriges Gesicht schob sich ganz dicht heran und schien abzuwarten, wie er sich verhalten würde. Er fragte sich, ob es ihm wohl gestattet war zu sterben oder ob sie wie damals den Mund auf seinen pressen würde, um …

»*Atme.*«

Verwirrt blinzelte Richard sie an. Wie eine silberne Statue hatte Denna wahrlich nicht ausgesehen.

»Du musst atmen«, forderte die seidige Stimme ihn auf. »Tust du es nicht, wirst du sterben.«

Entgeistert starrte Richard in das wunderschöne, vom kühlen Mondschein in sanfte Helligkeit getauchte Gesicht. Er versuchte, ein wenig mehr Luft in seine Lunge zu ziehen.

Und presste die Augen zusammen. »Tut weh«, stieß er, alle Luft wieder herauspressend, kaum hörbar hervor.

»Du musst. Es bedeutet Leben.«

Leben. Er wusste gar nicht, ob er überhaupt leben wollte. Er war so erschöpft, so müde. Der Tod hatte etwas so Verlockendes. Keine Schmerzen mehr, keine Verzweiflung, keine Einsamkeit mehr und auch keine Tränen. Und endlich Schluss mit der quälenden Sorge um Kahlan.

Kahlan.

»Atme.«

Wenn er starb, wer würde ihr dann helfen?

Er atmete tiefer ein, sog die Luft gewaltsam tief in seine Lunge, trotz des brennend heißen Schmerzes, den ihm das bescherte. Dabei versuchte er, an Kahlans Lächeln statt an den Schmerz zu denken.

Wieder nahm er einen Atemzug, noch tiefer diesmal.

Eine silbrige Hand glitt behutsam über seine Schulter, als wollte sie ihn in seinem quälenden Überlebenskampf trösten.

»Atme.«

Nickend ballte Richard die Fäuste und sog japsend das kalte Feuer der Nachtluft in seine Lunge.

Er hustete eine dünne, rote Flüssigkeit und Klumpen metallisch schmeckenden Bluts hervor. Dann nahm er abermals einen Atemzug, der ihm die Kraft gab, noch etwas mehr der seine Lunge verätzenden Flüssigkeit hervorzuhusten. Anschließend blieb er lange Zeit erschöpft auf der Seite liegen, abwechselnd nach Atem ringend oder Flüssigkeit hervorhustend.

Als sein Atem wieder ruhiger, wenn auch noch immer stockend ging, wälzte er sich auf den Rücken und schloss die Augen, in der Hoffnung, das Drehen würde damit enden. Doch das machte es nur noch schlimmer, denn zu dem Kreisen kam jetzt auch noch eine rollende, stampfende Bewegung hinzu. Der Magen drehte sich ihm um, und er war kurz davor, sich zu übergeben.

Er schlug die Augen auf und starrte im Dunkeln hinauf in die Blätter über seinem Kopf; in dem Baldachin aus Zweigen waren hauptsächlich Ahornblätter zu erkennen. Es tat gut, die Blätter – Sendboten des Vertrauten – zu betrachten. Jetzt konnte er im Mondschein auch noch andere Baumarten ausmachen. Um sich von Schmerz und Übelkeit abzulenken, zwang er sich, alle Bäume zu benennen, die er sehen konnte. Da waren eine kleine Gruppe herzförmiger Lindenblätter sowie, ein gutes Stück darüber, ein oder zwei Zweige, die aussahen, als könnte es sich um Mastbaumkiefern handeln. Zu den Seiten hin gab es, etwas weiter entfernt, einige Eichengruppen, dazu ein paar Fichten und Balsamtannen. In der unmittelbaren Umgebung standen jedoch hauptsächlich Ahornbäume. Bei jedem Atemzug konnte er das unverwechselbare leise Wispern von Pappeln hören.

Deutlich spürte er, dass außer dem Schmerz, den er mit seiner Atemnot in Verbindung brachte, noch etwas anderes mit ihm nicht stimmte, etwas sehr viel Grundsätzlicheres, Elementareres.

Es war keine Verletzung im üblichen Sinne, trotzdem war er sich bewusst, dass irgendetwas entsetzlich aus dem Lot geraten war. Er versuchte, seine Wahrnehmung zu analysieren, vermochte sie aber nicht genau zu benennen. Es war ein hohles, von Verzweiflung durchdrungenes Gefühl innerer Leere, das mit keiner vertrauten Empfindung seines Lebens zu vergleichen war, wie etwa seinem Bedürfnis, Kahlan wiederzufinden, oder seinen Überlegungen vor der Entsendung der d'haranischen Armee in die Alte Welt. Die besorgniserregenden Dinge, die Shota ihm erzählt hatte, kamen ihm in den Sinn, aber das war es ebenso wenig.

Vielmehr war es ein Gefühl einer verstörenden inneren Leere, wie er sie, dessen war er sich sicher, nie zuvor empfunden hatte. Deswegen fiel es ihm auch so schwer, sie zu analysieren: Der Zustand war ihm völlig neu.

Ihm war, als wäre er nicht mehr er selbst.

Shotas Geschichte kam ihm in den Sinn, die Geschichte von Baraccus und dem Buch, das dieser geschrieben hatte: *Die geheimnisvollen Kräfte eines Kriegszauberers.* Er überlegte, ob seine innere Stimme ihm anzudeuten versuchte, dass ihm ein Buch wie dieses in einer solchen Situation vielleicht helfen könnte, und musste sich gestehen, dass das Problem dem Empfinden nach tatsächlich mit seiner Gabe in Zusammenhang zu stehen schien.

Das Nachdenken über das Buch bewirkte, dass seine Gedanken zu Shotas Bemerkungen über seine Mutter abschweiften, die damals angeblich nicht als Einzige in den Flammen umgekommen war. Zedd hatte immer wieder betont, er habe die verkohlten Überreste des Hauses durchsucht, ohne jedoch die Gebeine einer anderen Person zu finden. Wie war das möglich? Einer von beiden, Shota oder Zedd, musste sich irren, aber aus irgendeinem Grund mochte er das nicht recht glauben.

Irgendwo, in einem verborgenen Winkel seines Verstandes, regte sich die Antwort, doch sosehr er sich auch bemühte, er vermochte sie nicht an die Oberfläche zu holen.

Auf einmal verspürte er einen Stich der Einsamkeit über den Verlust seiner Mutter, ein Gefühl, das ihn sein Leben lang von Zeit zu Zeit heimgesucht hatte. Er fragte sich, was sie wohl zu alldem sagen würde, was ihm widerfahren war. Immerhin war ihr die Chance verwehrt worden, ihn aufwachsen, ihn als erwachsenen Mann zu sehen. Sie hatte ihn nur als kleinen Jungen gekannt.

Eins war gewiss: Sie hätte Kahlan sofort in ihr Herz geschlossen. Seinetwegen wäre sie überglücklich und stolz gewesen, eine Schwiegertochter wie Kahlan zu haben. Sie hatte ihm stets ein gutes Leben gewünscht, und ein besseres Leben als eines an Kahlans Seite war nicht vorstellbar.

Jetzt würde ihm kein Leben an Kahlans Seite mehr vergönnt sein.

Nun, wenigstens lebte er noch; mehr war nach Lage der Dinge im Moment nicht zu erwarten. Zumindest konnte er noch immer für die Verwirklichung seiner Träume kämpfen. Nur Tote hatten keine Träume mehr.

Richard wälzte sich auf den Rücken und ließ die Luft kühlend über seine geschundenen Muskeln streichen, um wieder zu Kräften zu kommen, wieder klar denken zu können und seine Fassung wiederzuerlangen. Er war so geschwächt, dass er sich kaum von der Stelle rühren konnte, also versuchte er es gar nicht erst, sondern konzentrierte sich, solange er hier lag und sich erholte, stattdessen auf das, was vorgefallen war, und versuchte es in Gedanken zu ordnen.

Als sie angegriffen wurden, hatte er sich zusammen mit Nicci und Cara auf dem Weg zurück zur Burg der Zauberer befunden – und es war zweifellos ein Angriff der Bestie gewesen, das hatte er an ihrer Aura des Bösen deutlich gespürt. Sie hatte sich in einer ihm bis dahin unbekannten Gestalt gezeigt, allerdings lag es in ihrer Natur, die unterschiedlichsten Gestalten anzunehmen. Das einzig Verlässliche war, dass sie weiter auf ihn Jagd machen würde, bis sie ihn getötet hätte.

Er erinnerte sich, dass er gegen sie gekämpft hatte, und fasste sich mit der Hand an die Stelle seines Beins, wo die Tentakel zugedrückt hatten, bis er glaubte, das Fleisch würde ihm von den Knochen gerissen. Sein Oberschenkel war geschwollen und reagierte empfindlich auf jede Berührung, wies aber zum Glück keine offene Wunde auf. Und als Nicci versucht hatte, ihre Kraft zu gebrauchen, erinnerte er sich, sich gewünscht zu haben, sie würde damit aufhören, da die Sliph wie eine Art Leiter funktionierte, sodass ein Teil der gegen die Bestie entfesselten Kraft durch ihn hindurchgeschossen war. Bei einer anderen Beschaffenheit der Sliph hätte Niccis Magie ihn wahrscheinlich sogar töten können. Der Bestie jedenfalls hatte sie nichts anzuhaben vermocht – jedenfalls nicht genug, um sie von ihrem Tun abzuhalten. Offenbar war sie ebenfalls, zumindest in gewissem Maße, durch die Sliph geschützt gewesen.

Er erinnerte sich, dass Cara von ihm losgerissen und Nicci gewaltsam von ihm getrennt wurde und die Bestie ihn in Stücke zu reißen versuchte – ehe er sich unvermittelt losreißen konnte.

Und dann war etwas passiert, was er sich nicht erklären konnte.

Als er von der Bestie getrennt wurde, war ein Ruck durch seinen Körper gegangen, ein völlig unbekanntes, schmerzhaftes Gefühl, das ihn bis in den Kern seines Wesens getroffen hatte. Es war eindeutig anders gewesen als die durch Niccis Kraft hervorgerufenen Schmerzen – oder jede andere magische Kraft, die er je gespürt hatte.

Magie.

Kaum hatte er den Gedanken formuliert, wurde ihm klar, dass er recht hatte; es musste irgendeine Art Magie gewesen sein.

Und obwohl es die Berührung eines noch nie gekannten Zaubers war, erkannte er, dass es eine magische Berührung gewesen sein musste. Obwohl er sich längst von der Bestie losgerissen hatte – er wusste in diesem Moment nicht einmal, wo sie sich befand –, war dies der Augenblick gewesen, in dem sich alles verändert hatte.

Denn in diesem Moment hatte er wegen der überaus schmerzhaften, durch die Entladung dieser seltsamen Kraft hervorgerufenen Berührung nach Luft geschnappt, sodass die Essenz der Sliph von Neuem seine Lunge gefüllt hatte – ein Atemzug, der ihn in schockartige Panik versetzt hatte.

Richard erinnerte sich an ein ähnliches Erlebnis aus seiner

Jugendzeit. Zusammen mit mehreren anderen Jungen war er auf den Grund eines Teiches getaucht, um zu sehen, wer die meisten Kieselsteine nach oben holen konnte. Nachdem sie den ganzen Nachmittag über geschwommen und immer wieder von über den See ragenden Ästen in den kleinen, aber tiefen Tümpel gesprungen waren, war dessen Grund derart aufgewühlt, dass Richard in dem trüben Wasser die Orientierung verlor. Bereits völlig außer Atem, stieß er sich den Kopf an einem Ast. Aufgrund seines Orientierungsverlusts nahm er an, er habe die Wasseroberfläche bereits durchbrochen und sich an einem der tief über das Ufer des Teiches hängenden Äste gestoßen. Dem war aber nicht so, vielmehr befand sich der Ast noch unter der Oberfläche. Ehe er merkte, was tatsächlich passiert war, hatte er das schlammige Wasser bereits in seine Lunge gesogen.

Damals hatte er sich dicht unter der Oberfläche befunden, unweit des Ufers und in der Nähe seiner Freunde. Es war eine abscheuliche Erfahrung gewesen, aber das Ganze war rasch vorbei gewesen, und kurze Zeit darauf hatte er sich bereits wieder erholt und seine Lektion gelernt. Künftig würde er etwas mehr Respekt vor Wasser haben.

Doch als ihn das Gefühl des Ertrinkens plötzlich in der Sliph überkam, gab es dort weder eine Oberfläche noch ein Ufer, noch war irgendwo Hilfe zur Stelle. In der Sliph war so etwas noch nie passiert. Es gab keinen Ort, an den er hatte fliehen, keine Oberfläche, zu der er hätte auftauchen, niemanden, der ihm hätte helfen können.

Er sah im Mondschein hinüber. Die Sliph war ganz in der Nähe und beobachtete ihn. Erst jetzt gewahrte er, dass sie nicht, wie sonst, in ihrem Brunnen war; vielmehr befanden sie sich auf dem Trockenen, an einer nur mit spärlichem Baumbewuchs bestandenen Stelle. Bis auf die natürlichen Geräusche war es vollkommen still, und auch die Gerüche waren ausschließlich die des Waldes.

Unter dem Laub, den Kiefernnadeln, der Waldstreu und den Wurzeln ertastete Richard einen unebenen Steinboden. Dessen grob verfugte Zwischenräume waren breit, breiter als ein Finger. Es waren erkennbar nicht die schmalen Fugen eines nach allen Regeln der Handwerkskunst errichteten Palasts, gleichwohl stammten sie zweifellos von Menschenhand.

Auch lugte das silbrige Gesicht der Sliph nicht etwa aus dem Innern ihres Brunnens hervor, sondern ragte ein wenig über einer eher kleinen, unregelmäßigen Öffnung in dem uralten Steinfußboden empor. Scharfkantige Trümmer dieses Steinfußbodens lagen verstreut im trockenen Laub und dem Durcheinander aus Zweigen, so als wären sie von unten herausgebrochen worden – als hätte die Sliph sich gewaltsam einen Weg ins Freie gebahnt.

Richard richtete sich auf. »Sliph, ist alles in Ordnung mit dir?«

»Ja, Herr.«

»Weißt du, was passiert ist? Mir war, als würde ich ertrinken.«

»So war es auch.«

Im Mondschein starrte Richard das Gesicht an. »Aber wie ist das möglich? Was ist schiefgegangen?«

»Du besitzt nicht die erforderliche Magie, um zu reisen.« Verwirrt kniff Richard die Augen zusammen. »Das verstehe ich nicht. Ich bin doch zuvor schon viele Male gereist.«

»Zuvor hattest du, was erforderlich war.«

»Und jetzt nicht mehr?«

Die Sliph betrachtete ihn einen Moment lang. »Nein, jetzt nicht mehr«, bestätigte sie.

Richard meinte eine Halluzination zu haben. »Aber ich besitze beide Seiten der Gabe. Also kann ich auch reisen.«

Behutsam streckte die Sliph eine Hand vor und betastete sein Gesicht, ehe sie sie zu seiner Brust hinuntergleiten ließ, wo sie einen Augenblick innehielt, um sie sachte gegen ihn zu drücken. Anschließend verschwand ihr Arm wieder in dem dunklen Loch im Steinboden.

»Du besitzt nicht die erforderliche Magie.«

»Das sagtest du bereits. Aber das ergibt keinen Sinn. Ich bin doch schon gereist.«

»Während du gereist bist, hast du verloren, was erforderlich war.«

Richards Augen weiteten sich entsetzt. »Willst du etwa behaupten, ich hätte eine Seite der Gabe verloren?«

»Nein, ich behaupte, du besitzt die Gabe nicht. Du besitzt überhaupt keine Magie. Du darfst nicht reisen.«

Bruchstücke wirrer Gedanken schossen ihm durch den Kopf, während er zu begreifen versuchte, wie so etwas möglich war. Schließlich überkam ihn eine entsetzliche Erkenntnis. Konnte es sein, dass die durch die Chimären verursachte Beeinträchtigung dafür verantwortlich war? Dass sie seine Magie, ohne dass er es gemerkt hatte, aufgehoben und schließlich vollends vernichtet hatten? Sie ohne sein Wissen hatten verkommen lassen, bis sie schließlich vollends versiegt war?

Nur erklärte das nicht die Empfindung, die er in der Sliph gespürt hatte, unmittelbar nachdem er sich aus dem Griff der Bestie hatte befreien können und zu ertrinken begonnen hatte – das unvermittelte Gefühl, eine rätselhafte und tückische Magie greife in seinem verwundbarsten Moment nach ihm und streife ihn.

Richard blickte sich um, sah aber nichts als Bäume, Bäume, die so dicht standen, dass man im Mondschein nicht zwischen ihnen hindurchsehen konnte. Als ehemaligem Waldführer war ihm das Gefühl verhasst, nicht zu wissen, wo er sich befand.

»Wo sind wir überhaupt? Wie sind wir hierhergekommen?«

»Als es passierte, als dir abhandenkam, was erforderlich ist, um zu reisen, musste ich dich hierherbringen.«

»Und wo, bitte, ist ›hier‹?«

»Es tut mir leid, aber das weiß ich nicht genau.«

»Wie in aller Welt kannst du mich hierherbringen, ohne zu wissen, wo du bist? Du weißt doch sonst immer, wo du dich befindest und wo die Orte liegen, zu denen du reisen kannst.«

»Wie ich dir bereits sagte, war ich noch nie an diesem Ort. Dieser Ort ist ein Notausgang. Ich wusste natürlich von seiner Existenz, trotzdem war ich noch nie zuvor hier. Es hat auch noch nie einen Notfall in mir gegeben.

Diese entsetzliche Bestie hat mir wehgetan. Ich hatte größte Mühe, euch alle am Leben zu erhalten. Und dann war da noch etwas anderes, das sich in mich eingeschlichen hatte. Ich konnte nichts dagegen machen; wie die Bestie ist es ohne meine Erlaubnis in mich eingedrungen und hat mich verletzt.«

Damit bestätigte sich seine Einschätzung der Geschehnisse; unmittelbar nachdem die Bestie die Gewalt über ihn verloren hatte, hatte irgendetwas anderes, eine Art Kraft, nach ihm gegriffen und ihn mit ihrer Macht berührt.

»Tut mir leid, dass du verletzt wurdest, Sliph. Und was wurde aus der Bestie?«

»Gleich nachdem diese andere Macht in mich eingedrungen war, gab es die Bestie nicht mehr.«

»Mit anderen Worten, diese Macht hat die Bestie vernichtet?«

»Nein. Die Macht hat die Bestie nicht berührt. Sie hat nur dich mit ihrer ganzen Kraft berührt. Nachdem das geschehen war, besaßest du nicht mehr, was erforderlich ist, um zu reisen. Anschließend suchte die Bestie noch ein wenig in mir, ehe sie schließlich verschwand. Ich konnte dich nicht länger in mir behalten, also musste ich den nächsten Notausgang finden.«

»Was ist mit Nicci und Cara? Sind sie verletzt? Sind sie in Sicherheit?«

»Auch sie haben den Schmerz dessen gespürt, was mir widerfahren ist, und eine von ihnen hat versucht, in mir ihre Kraft zu benutzen – was verboten ist. Nachdem ich dich hierhergebracht hatte, brachte ich sie zur Burg der Zauberer, ihrem gewünschten Reiseziel. Der, die in mir ihre Kraft benutzt hatte, erklärte ich, wie gefährlich dies sei und dass man es nicht tun dürfe.«

»Ja, ich glaube, ich verstehe«, sagte er. »Für mich war es auch sehr schmerzhaft. Sind die beiden schwer verletzt?«

»Sie sind auf der Burg der Zauberer und in Sicherheit.«

»Demnach müssten wir uns irgendwo zwischen dem Palast des Volkes und der Burg der Zauberer befinden«, sagte Richard halb zu sich selbst.

»Nein.«

Er wandte sich um und starrte in das silbrige Gesicht. »Aber wir waren doch auf dem Weg vom Palast zur Burg der Zauberer. Wenn du mich irgendwo herausgelassen hast, dann müsste dieser Ort, dieser Notausgang, irgendwo zwischen Palast und Burg liegen.«

»Auch wenn mir dieser Ort unbekannt ist, so kenne ich doch seine ungefähre Lage. Wir sind an einem Ort, der sich ein wenig mehr als auf halber Strecke zwischen den Midlands und der Burg, aber noch jenseits von Agaden befindet. Fast in der Wildnis.«

Richard war, als wäre die Welt plötzlich mit einem Ruck stehen geblieben und er wäre von seinem ursprünglichen Aufenthaltsort geschleudert worden. »Aber … aber das ist viel, sehr viel weiter vom Palast des Volkes entfernt als die Burg der Zauberer. Wieso hast du mich nicht zum nächstmöglichen Ort gebracht – zur Burg?«

»So funktioniere ich nicht. Was dir vielleicht wie die kürzeste Entfernung zwischen zwei Punkten erscheint, ist für mich nicht die kürzeste Strecke. Ich bin an vielen Orten gleichzeitig.«

Richard beugte sich zur Sliph hinüber. »Wie soll das möglich sein?«

»Du stehst mit einem Fuß auf einem dunklen Felsen und mit dem anderen auf einem, der ein wenig heller ist. Du stehst an zwei Orten gleichzeitig.«

Richard seufzte. »Schätze, ich verstehe, was du meinst.«

»Ich reise auf eine Art, die sich von deiner Art zu reisen unterscheidet. Dieser Ort hier war für mich der nächstliegende Ort, auch wenn er sich für dich auf halber Strecke durch die gesamten Midlands befindet. Ich musste dich in deine Welt zurückbringen, damit du atmen konntest.

Du besaßest nicht mehr, was erforderlich ist, um zu reisen. Deine Lunge war von mir erfüllt. Für jemanden, der nicht die Gabe besitzt, ist es giftig, mich einzuatmen, es ist sein sicherer Tod. Aber da du bereits in mir warst und mich eingeatmet hattest, gab es eine kurze Zeitspanne, während der du eine Verwandlung durchmachtest, daher war es für dich nicht sofort tödlich, mich in dir zu haben, doch kurz darauf wärst du gestorben. Ich wusste, es würde nicht lange dauern, bis du sterben würdest, und dachte, ich sollte alles in meiner Macht Stehende tun, um dich zu retten und dich an einen Ort zu bringen, wo du in deine Welt zurückkehren und dich hoffentlich wieder erholen konntest.«

Eine ganze Weile starrte Richard in das silbrige Gesicht; schließlich schenkte er ihr ein Lächeln. »Ich danke dir, Sliph. Du hast mir das Leben gerettet. Du hast alles genau richtig gemacht. Du hast ein gutes Werk getan.«

»Du bist mein Herr. Ich würde alles für dich tun.«

»Dein Herr. Ein Herr, der nicht mehr reisen kann.«

»Für mich ist das ebenso rätselhaft wie für dich.«

Richard versuchte, es zu durchdenken, klug daraus zu werden, aber jetzt, da jeder Atemzug nach dem knapp verhinderten Tod durch Ertrinken in der Sliph einen überaus schmerzhaften Druck in seiner Brust erzeugte, hatte er Mühe, seinen Verstand zu zwingen, sich aufs Denken zu konzentrieren.

Er stützte seine Unterarme auf die Knie. »Ich nehme an, du hast keine Möglichkeit, mich in die Burg der Zauberer zurückzubringen?«

»Aber ja, Herr. Wenn du reisen möchtest, kann ich dich dorthin bringen.«

Schlagartig saß Richard kerzengerade. »Tatsächlich? Und wie?«

»Du musst nur die erforderliche Magie wiedererlangen, dann kann ich dich mitnehmen. Dann werden wir reisen. Es wird dir ein Vergnügen sein.«

Die erforderliche Magie wiedererlangen. Er wusste nicht einmal, wie er die Magie benutzen sollte, die er besaß – oder einst besessen hatte –, noch konnte er sich vorstellen, was mit seiner Gabe passiert war, geschweige denn, wie er sie jemals wiedererlangen sollte. Es hatte immer wieder Augenblicke gegeben, da er sie hatte los sein wollen, doch jetzt, da es tatsächlich passiert war, konnte er an nichts anderes mehr denken, als sie zurückzugewinnen.

Offenbar hatte die Bestie ihn in der Sliph im selben Moment verloren, da ihn auch seine Gabe im Stich gelassen hatte, sein Verlust der Gabe hatte also auch etwas Tröstliches: Mit der Bestie war ihm allem Anschein nach auch ein Problem abhandengekommen, das er derzeit zu gewärtigen hatte – schließlich war die Gabe ebenjener magische Mechanismus, über den sich die Bestie auf ihn eingestimmt, mit dessen Hilfe sie Jagd auf ihn gemacht hatte. Angeblich strebte Magie stets nach Ausgewogenheit; vielleicht war das ja die Entschädigung für ihren Verlust.

Richard fuhr sich mit den Fingern durchs Haar. »Wenigstens haben Nicci und Cara es geschafft und sind in Sicherheit.« Er blickte hoch zur Sliph. »Bist du auch sicher, dass es ihnen gut geht?«

»Ja, Herr. Sie sind in Sicherheit. Ich habe sie zur Burg der Zauberer gebracht, ihrem gewünschten Reiseziel. Sie besaßen, was erforderlich war, um reisen zu können.«

»Und du hast ihnen auch gesagt, wo ich bin; du hast ihnen erklärt, was passiert ist.«

Seine Bemerkung, dem Klang nach eher Feststellung als Frage, schien sie zu überraschen. »Nein, Herr. Ich würde niemals preisgeben, was ich mit einem anderen mache.«

»Na großartig«, murmelte er. Er hatte Mühe, seiner Verärgerung Herr zu werden. »Aber mir hast du doch von anderen erzählt.«

»Du bist mein Herr. Mit dir mache ich Dinge, die ich mit keinem anderen machen würde.«

»Es sind meine Freunde, Sliph. Wahrscheinlich sind sie außer sich vor Sorge um mich. Du musst ihnen sagen, was sie wissen müssen.«

Der silbrige Kopf neigte sich in seine Richtung. »Es ist mir nicht erlaubt, dich zu verraten, Herr. Das würde ich niemals tun.«

»Es wäre kein Verrat. Du hast mein Wort darauf, es ist in Ordnung, ihnen zu erzählen, was passiert ist.«

Die Sliph machte den Eindruck, als sei dies so ungefähr die seltsamste Bitte, die man je an sie gerichtet hatte. »Du willst, dass ich anderen von uns erzähle, Herr, davon, was wir tun, wenn wir zusammen sind?«

»Versuch doch mich zu verstehen, Sliph. Du bist keine Hure mehr.«

»Aber die Menschen bedienen sich meiner zu ihrem Vergnügen.«

»Das ist nicht dasselbe. Hör zu, vor langer Zeit haben Zauberer deine Persönlichkeit verändert, haben verändert, was du warst.«

Die Sliph nickte ernst. »Ich weiß, Herr. Ich erinnere mich. Schließlich war ich es, der dies widerfahren ist.«

»Aber jetzt hast du dich gewandelt. Es ist nicht mehr wie früher, diese beiden Situationen kann man nicht gleichsetzen. Sie sind verschieden.«

»Es ist meine Pflicht, anderen in dieser Eigenschaft zu dienen. Meine Natur steckt immer noch in mir.«

»Aber einige von uns, die sich deiner bedienen, wissen deine Hilfe überaus zu schätzen.«

»Ich wurde schon immer sehr geschätzt für das, was ich tue.«

»Aber du tust nicht mehr dasselbe wie früher.« Er hätte nur zu gerne auf dieses alberne Geplänkel verzichtet; er hatte im Moment wichtigere Sorgen. »Sliph, wenn du mit uns eine Reise machst, hilfst du nicht selten dabei, Menschenleben zu retten. Als du mit uns zum Palast des Volkes gereist bist, hast du mir geholfen, den Krieg zu beenden. Was du tust, ist gut.«

»Wenn du es sagst, Herr. Aber du musst verstehen, dass die, die mich geschaffen haben, mich so geschaffen haben, wie ich bin. Aus dem, was ich einst war, haben sie mich zu dem gemacht, was ich jetzt bin. Ich kann nicht anders sein, als ich bin. Ich kann mir ebenso wenig wünschen, anders zu sein, wie du, allein dadurch, dass du es dir wünschst, reisen könntest.«

Richard seufzte. »Nein, vermutlich nicht.«

Er zerbrach ein paar kleine Zweige und dachte darüber nach. Schließlich wechselte er einen Blick mit dem wunderschönen Gesicht, das ihn beobachtete und das an jedem seiner Worte hing, und sagte mit leiser Stimme: »Es gibt Augenblicke, da hat man keine andere Möglichkeit, als anderen zu vertrauen. Dies ist ein solcher Augenblick.«

Irgendetwas an seinen Worten verfehlte nicht seine Wirkung. Das wunderschöne, flüssig silbrige Gesicht kam ein wenig näher.

»Du bist derjenige, welcher«, vertraute ihm die Sliph mit leiser Stimme an.

»Derjenige, welcher? Und wer bin ich nun?«

»Du bist der, von dem Baraccus zu mir meinte, er werde kommen.«

Die feinen Härchen in seinem Nacken stellten sich auf.

»Du kanntest Baraccus?«

»Er war einst mein Herr, so wie jetzt du.«

»Natürlich«, sagte Richard leise bei sich. »Er war damals Oberster Zauberer.«

»Er war es, der darauf bestanden hat, ich sollte die Notelemente bekommen, die ich ja dann glücklicherweise zu deiner Rettung anwenden konnte. Auf sein Geheiß wurde auch dieser Notausgang angelegt. Hätte er diese Dinge nicht angeordnet, wärst du getötet worden. Er war sehr vorausschauend.«

»Kann man wohl sagen«, gab Richard ihr recht, während er sie mit großen Augen musterte. »Du sagtest eben, Baraccus habe dir etwas über den erzählt, der kommen würde?«

Die Sliph nickte. »Er war sehr freundlich zu mir. Seine Frau konnte mich nicht ausstehen, aber Baraccus war immer freundlich zu mir.«

»Du kanntest auch seine Frau?«

»Magda.«

»Warum sollte sie dich nicht ausstehen können?«

»Weil Baraccus freundlich zu mir war. Und weil ich ihn ihr fortgenommen habe.«

»Du meinst, du hast ihn fortgebracht, als er reisen wollte?«

»Natürlich. Wenn ich ihm dann versprach, es werde ihm ein Vergnügen sein, verschränkte sie meist die Arme und sah mich durchdringend an.«

Er konnte sich ein verstohlenes Lächeln nicht verkneifen. »Sie war halt eifersüchtig.«

»Sie liebte ihn und wollte nicht, dass er sie verlässt. Wenn ich dann nach unserer Reise mit ihm zurückkehrte, stand sie oft schon da und wartete auf ihn. Er lächelte immer, wenn er sie erblickte, und sie erwiderte sein Lächeln.«

»Und was hat Baraccus nun über mich gesagt?«

»Er erklärte mir dasselbe, was auch du mir gerade erklärt hast: Es gibt Augenblicke, da hat man keine andere Möglichkeit, als anderen zu vertrauen. Das waren seine Worte, so wie es eben deine waren. Er sagte, eines Tages werde ein anderer Herr exakt dieselben Worte zu mir sagen und anschließend exakt dieselben Worte hinzufügen, wie soeben du: ›Dies ist ein solcher Augenblick.‹

Er erklärte mir, wenn ein Meister diese Worte zu mir spreche, bedeutete dies, dass er der Richtige sei und ich ihm dann einige Dinge erklären solle.«

Richard konnte deutlich spüren, wie sich jedes einzelne Härchen an den Armen aufstellte.

»Du hast Magda Searus irgendwohin gebracht, hab ich recht?«

»Ja, Herr. Danach habe ich Baraccus nicht mehr wiedergesehen. Zuvor jedoch, als er mir erklärte, eines Tages werde jemand diese Worte sprechen, trug er mir auf, diesem eine Nachricht auszurichten.«

»Er hat eine Nachricht hinterlassen?« Als sie daraufhin nickte, machte er eine ungeduldige Handbewegung. »Und, wie lautete sie?«

»›Es tut mir leid, Richard. Ich kenne die Antworten nicht, die dich retten würden. Wüsste ich sie, glaube mir, ich würde sie dir nur zu gerne geben. Aber ich sehe das Gute in dir. Ich glaube an dich. Du hast alles, was du brauchst, um erfolgreich zu sein. Manchmal wirst du an dir zweifeln. Gib nicht auf. Denke immer daran, ich glaube an dich. Ich weiß, du kannst dein Ziel erreichen. Es gibt nicht viele wie dich, Richard. Glaube an dich. Und wisse, ich bin überzeugt, dass du derjenige bist, der dies vollbringen kann.‹«

Richard saß da wie versteinert. Wieder und wieder hallten die Worte durch seinen Kopf. Sie erschienen ihm seltsam vertraut.

»Fast dieselben Worte habe ich schon einmal gehört.«

Die Sliph glitt ein wenig näher, während ihre Züge einen angespannten Zug annahmen. »Tatsächlich?«

Er konzentrierte sich, während er sich die Worte noch einmal durch den Kopf gehen ließ und sich in Erinnerung zu rufen versuchte …

Und dann fiel es ihm wieder ein. Es war gewesen, kurz nachdem Shota ihm von Baraccus erzählt hatte. Unmittelbar vor ihrem Aufbruch hatte sie genau diese Worte zu ihm gesagt. Und irgendetwas an diesen von Shota gesprochenen Worten hatte eine verschwommene Erinnerung geweckt.

»Es war Shota, die Hexe«, meinte er schließlich, die Stirn nachdenklich in Falten gelegt. »Sie war es, die diese Worte zu mir sagte.«

Die Sliph zog sich zurück. »Es tut mir leid, Herr. Aber du hast die Prüfung nicht bestanden.«

Richard sah zu ihr hoch. »Welche Prüfung?«

»Die Prüfung, die Baraccus dir auferlegt hat. Es tut mir leid, aber du hast bei seiner Prüfung versagt. Mehr kann ich dir nicht sagen.«

Ohne ein weiteres Wort verschwand die Sliph unvermittelt in dem tiefschwarzen Loch im Steinfußboden.

Richard warf sich bäuchlings auf den Boden und beugte sich in das Loch hinab. »Nein! Warte doch! Geh nicht fort!«

Aus dem leeren, dunklen Schaft hallte ihm seine eigene Stimme entgegen.

Die Sliph war verschwunden, und ohne seine Gabe hatte er keine Möglichkeit, sie zurückzurufen.

34

Nicci hörte ein leises Klopfen an der Tür. Zedd blickte auf, erhob sich jedoch nicht. Cara, die die Hände hinter dem Rücken verschränkt hatte und aus dem Fenster schaute, sah über die Schulter. Nicci stand der Tür am nächsten und öffnete. Die kleine Flamme der Lampe auf dem Tisch schaffte es kaum, die Dunkelheit aus dem Zimmer zu vertreiben, doch spielte der warme Schein über das Gesicht des Propheten.

»Was ist los?«, fragte Nathan mit tiefer Stimme in den Raum. Er warf einen misstrauischen Blick in die Runde. »Rikka wollte nicht mit mehr herausrücken, als dass du und Cara zurück seid und Zedd mich sofort sehen will.«

»So ist es«, antwortete Zedd. »Komm rein.«

Nathan blickte sich in dem düsteren Zimmer um und trat ein. »Wo ist Richard?«

Nicci schluckte. »Er hat es nicht mit uns zurückgeschafft.«

»Nicht zurückgeschafft?« Er zögerte und bemerkte nun Niccis düsteren Blick. »Bei den gütigen Seelen …«

Zedd, der neben Jebra beim Bett saß, schaute nicht auf. Jebra war bewusstlos. Jedes Mal, wenn sie versuchten, ihr die Augen zu schließen, öffneten sie sich wieder. Schließlich hatten sie es aufgegeben, und nun starrte Jebra an die Decke.

Das gebrochene Bein hatte Zedd bereits versorgt. Jebra hatte Glück gehabt, weil Cara nicht nur schnell, sondern auch stark war, denn deshalb hatte sie ihren Knöchel noch packen können, während sie ohnmächtig vom Balkon kippte. Doch die Bewegung hatte die Seherin unter den Balkon schwingen lassen, und Jebras Bein war gegen eine Strebe gekracht und gebrochen. Nicci vermutete, dass die Frau seit dem Sturz bewusstlos war.

Es war ein übler Bruch. Zedd hatte sich sofort nach der Verletzung an die Arbeit gemacht, doch wegen des ungewöhnlichen Zustands, in dem sich Jebra befand, konnte er den Knochen nicht sofort heilen. Er hatte ihn nur gerichtet und geschient, und zuletzt hatte er die weitere Heilung mit seiner Gabe in Gang gebracht. Wenn sie aufwachte, könnte er sein Werk fortsetzen. Falls sie aufwachte. Nicci hatte da ihre Zweifel.

Das gebrochene Bein war, wie Nicci wusste, Jebras geringstes Problem. Obwohl sie alles versucht hatten, war es ihnen nicht gelungen, sie aus dem Zustand der Starre zu wecken. Zedd hatte es versucht. Nicci hatte es ebenfalls versucht, hatte sogar subtraktive Magie zu Hilfe genommen. Zedd war zunächst dagegen gewesen, aber als Nicci ihm verdeutlichte, welche Wahl ihnen blieb, hatte er widerwillig zugestimmt.

Leider hatte selbst das nichts genutzt. Jebras Geist war ihnen nicht zugänglich. Welche Magie die andere Hexe auch eingesetzt haben mochte, es gelang ihnen nicht, den Bann zu brechen. Allerdings glaubte Nicci nicht, dass bei der Magie die Unumkehrbarkeit beabsichtigt gewesen war. Wenn sie ihr auf die Spur kämen, konnten sie vermutlich etwas unternehmen, allerdings blieb ihnen das Wesen des Zaubers bis dato nicht erkennbar.

Nathan beugte sich vor und legte der Bewusstlosen zwei Finger an die Schläfe. Daraufhin richtete er sich wieder auf und schüttelte nur hilflos den Kopf, als Zedd ihn fragend anblickte.

Derartiges hatte Nicci nie zuvor erlebt. Zedd hingegen hatte sich das Kinn gerieben und gegrübelt. Ihm komme das Ganze seltsam bekannt vor, hatte er gemurmelt. Was genau, vermochte er jedoch nicht zu sagen; er war mit seiner Weisheit am Ende.

Zedd wollte es schlichtweg nicht einfallen, woher dieses Gefühl rührte, einer Magie dieser Art bereits begegnet zu sein.

Schließlich war er, wie er ihnen in Erinnerung rief, der Oberste Zauberer, und er hatte einen großen Teil seines Lebens damit verbracht, solche Phänomene zu studieren. Eigentlich, so glaubte er, müsste er dieses Netz, in das Jebra eingesponnen war, identifizieren können. Nicci wusste, alles wäre viel einfacher gewesen, wenn Jebra bei Bewusstsein gewesen wäre, aber Zedd wollte sein Scheitern damit nicht entschuldigen.

Nicci hörte Aufruhr auf dem Gang. Nathan steckte den Kopf zur Tür hinaus und schaute nach.

»Was ist los?«, rief eine Stimme aus einiger Entfernung. Es war Ann, die begleitet von Rikka herbeirannte. An der Tür angelangt, fragte sie: »Was gibt es?«

Als sie atemlos das Zimmer betrat, legte Nathan ihr eine seiner großen Hände auf die Schulter. »Richard ist etwas zugestoßen.«

»Und mein Strafer funktioniert nicht mehr«, sagte Cara und hielt die Waffe in die Höhe. »Unsere Bande zu Lord Rahl sind unterbrochen. Wir fühlen ihn nicht mehr.«

»Gütiger Schöpfer«, flüsterte Ann, musterte jeden der Anwesenden eindringlich und schlug dann die Augen nieder.

Zedd deutete auf die Frau, die in dem Bett vor ihm lag. »Worin die Kraft, welche diese Hexe ausübt, auch bestehen mag, Jebra ist dadurch in Bewusstlosigkeit gefallen. Wir können sie daraus nicht wecken. Obwohl mir klar ist, dass es sich um die Magie einer Hexe handelt, will mir einfach nicht einleuchten, wie es ihr gelungen ist, ein solches Netz aus der Ferne zu wirken. Meinen Erfahrungen nach bleiben sie nicht nur gern für sich, sondern sind außerdem zu solchen Dingen nicht in der Lage. Das übersteigt ihre Fähigkeiten.«

»Was macht dich so sicher, dass es sich um eine Hexe handelt?«, wollte Ann wissen.

Zedd stieß einen tiefen Seufzer aus, während er ernsthaft über die Frage nachdachte. »Mit Hexen habe ich oft genug zu tun gehabt. Wenn eine Katze mal mit ausgefahrenen Krallen nach dir geschlagen hat, vergisst du so leicht nicht, wie sich das anfühlt. Zwar kann ich nicht genau sagen, wer es war, aber ich bin mir ansonsten ganz sicher. Es war eine Hexe.«

Nicci verschränkte die Arme. »Ich meine, wir wissen recht gut, wer diese Hexe ist: Sechs. Und vergesst eins nicht: Nur weil Ihr die Handschrift einer Hexe erkennt, bedeutet es nicht, dass ihrer Kraft die gleichen Grenzen gesetzt sind wie anderen. Schließlich würde auch jemand, der Eure Kraft als die eines Zauberers deutet, nichts über Eure Grenzen oder Euer wirkliches Potenzial wissen.«

»Stimmt nun auch wieder«, räumte Zedd seufzend ein.

Nathan wechselte das Thema. »Hat Jebra Euch von ihrer Vision erzählt? Irgendetwas?«

Zedd blickte Nicci an. »Nun, nicht, bis der Bann sie erfasste. Kurz bevor sie in diesen Zustand verfallen ist, deklamierte sie: ›Sterne. Sterne, die auf die Erde fallen. Sterne im Gras.‹«

»Sterne …« Nathan wiederholte das Wort, während er in dem kleinen Zimmer hin und her schritt. Er tippte sich mit den Fingern einer Hand ans Kinn, während die andere den Ellbogen stützte. Schließlich wandte er sich an Zedd. »Ich fürchte, eine solche Prophezeiung sagt mir gar nichts. Vermutlich hat sie nur ein Bruchstück herausbringen können. In dem Falle wäre es leicht möglich, dass ich damit überhaupt nicht weiterkomme.«

Nicci verlor langsam den Mut. Sie hatte so sehr gehofft, der Prophet werde einen Sinn hinter der Prophezeiung entdecken.

Ann kratzte sich den Nasenrücken und suchte nach Worten. »Demnach wäre es möglich, dass wir …«, sie räusperte sich,

»... dass wir Richard verloren haben. Dass diese Hexe ihn getötet hat.«

Angriffslustig trat Cara einen Schritt vor. »Lord Rahl ist nicht tot.«

Im anschließenden Schweigen erhob sich Zedd von seinem Stuhl. Er warf Cara einen warnenden Blick zu, ehe er zu Ann sagte: »Ich glaube es auch nicht.«

Ann sah von der erregten Cara zu Zedd. »Warum sie es nicht glaubt, ist mir klar. Und warum du nicht?«

Er deutete auf Jebra. »Weil diese Frau hier in diesem Bett liegt.«

Ann runzelte die Stirn. »Worauf willst du hinaus?«

»Tja, in Jebras erster Vision seit Jahren ging es um Richard.«

»Das stimmt«, warf Nicci ein. »Ihre Vision handelte davon, was ihm widerfahren sollte. Sie hatte mir gesagt, ich dürfe ihn nicht allein lassen, nicht für einen einzigen Augenblick.«

Ann zog eine Augenbraue hoch. »Und trotzdem hast du es getan.«

Nicci setzte sich über die Kränkung hinweg. »Ja. Nicht mit Absicht, sondern wegen der Bestie. Die Bestie war ein unvorhersehbarer Zwischenfall, ein zufälliges Ereignis.«

Da Ann daraufhin noch verblüffter dreinschaute, erklärte Zedd ihr die Sache. »Unserer Ansicht nach war es der Plan dieser Hexe, Richard mit ihrer Kraft zu berühren. Aber die Bestie mischte sich genau im falschen Moment ein und machte ihr einen Strich durch den wunderbaren Plan.«

Die Furchen auf Anns Stirn vertieften sich. »Inwiefern?«

»Der Bestie wegen hat sie Richard nicht erwischt«, meinte Nicci. »Und der Bestie wegen hat sie Richard in der Sliph verloren, ebenso wie wir. Jetzt hat sie ein Problem. Sie muss ihn finden.«

»Im Grunde geht es ihr und uns haargenau um das Gleiche«, sagte Zedd. »Sie ist hergekommen, oder zumindest hat sie ihre

Kraft hergeschickt, um von der Seherin zu erfahren, wo er sein wird.«

»Sie hat nach einer Prophezeiung gesucht?«, fragte Ann. »Hexen sehen die Dinge im Strom der Zeit. Warum brauchte sie die Seherin?«

Zedd breitete die Hände aus. »Ja, sie können manches sehen, aber – und Nathan wird dir das besser erklären können – sie sehen nicht genau das, was sie sehen wollen, wenn sie es sehen wollen.«

Nathan nickte zustimmend. »Bei Prophezeiungen spielt stets das Element des Zufalls eine Rolle. Sie kommen, wenn sie wollen, nicht wenn du es wünschst. Vielleicht kannten die Zauberer in grauer Vorzeit die Schlüssel dafür, wie man Prophezeiungen nach Belieben rufen kann, allerdings haben sie dieses Wissen, falls sie es denn besaßen, nicht überliefert. Nur selten kann man sich bei Prophezeiungen das Ereignis aussuchen, das man sehen möchte.«

Zedd hob den Zeigefinger, um seiner Meinung Nachdruck zu verleihen. »Sechs hat vermutlich mithilfe ihrer eigenen Fähigkeiten oder durch ihren Zauber gesehen, dass Jebra eine Vision hatte, in der sich enthüllte, was Richard als Nächstes widerfahren und wo er sich aufhalten wird; daher ist sie in Jebras Gedanken eingedrungen und hat die Antwort gestohlen.«

»Deswegen können wir Jebra nicht wecken, glaube ich«, meinte Nicci. »Bestimmt will Sechs verhindern, dass jemand erfährt, was sie weiß. Jebra hat nur wenige Worte laut ausgesprochen, doch Sechs hat, da möchte ich wetten, die gesamte Vision aus Jebras Gedanken gezogen. Daraufhin hat Sechs die Seherin dazu gebracht, von dem Balkon zu springen; nach dem Selbstmord hätte sie ihre Vision niemandem mehr mitteilen können. Damit scheiterte sie zwar, aber wegen des Zaubers blieb Jebra bewusstlos – Ohnmacht ist viel einfacher zu bewerkstelligen, als aus der Ferne zu töten, und es dient dem Zweck ebenso gut.«

Nathan hatte, während er zuhörte, die Stirn immer stärker gerunzelt. Er rief sich das Geschehen noch einmal vor Augen. »Du meinst also, in dieser Prophezeiung habe Jebra enthüllt, Richard werde Sterne finden, die auf die Erde gefallen sind? Und er hält sich an einem Ort auf, an dem Sterne im Gras liegen? Also quasi an einer Stelle, wo Meteoriten gefunden werden?«

Zedd legte die Hände in den Nacken und nickte. »So scheint es jedenfalls.«

Nathan starrte ins Leere, während er nachdachte und dabei gelegentlich vor sich hin nickte. Ann wirkte kaum überzeugt.

»Richard würde demnach noch leben und diese Hexe, Sechs, hätte ihn irgendwie verzaubert?«, fragte die ehemalige Prälatin.

Nicci nickte entschieden. »Zu dem Schluss sind Zedd und ich gelangt.«

Ann beugte sich zu ihrem früheren Schützling vor. »Zu welchem Zweck? Ich kann mir Gründe vorstellen, aus denen Sechs Richard ermorden möchte, warum hingegen sollte sie sich seiner bemächtigen wollen?«

Nicci wich dem unnachgiebigen Blick nicht aus. »Sechs hat schon die Hexe, die hier lebte, unter ihre Kontrolle gebracht – Shota. Wozu? Nun, was hat Sechs benutzt? Shotas Gefährten Samuel«, beantwortete sie ihre Frage selbst. »Und Samuel hat jetzt das Schwert der Wahrheit, das er schon einmal getragen hat.«

Ann sah aus, als hätte sie jetzt den Faden vollständig verloren. »Was hat nun das wieder mit der Geschichte zu tun?«

»Wozu hat Samuel das Schwert benutzt? Was hat er gestohlen?«, fragte Nicci.

Die einstmalige Prälatin riss die Augen auf. »Ein Kästchen der Ordnung.«

»Von einer Schwester der Finsternis«, fügte Nicci hinzu, »mit der Hilfe des Schwertes der Wahrheit.«

Aufgeregt blickte Ann hinüber zu Zedd. »Aber wieso will diese Sechs unbedingt Richard?«

Zedd sah zu Boden und rieb sich mit den Fingerspitzen die gerunzelte Stirn. »Um das richtige Kästchen der Ordnung zu öffnen, braucht man ein sehr wichtiges Buch. Ich denke, ihr beiden dürftet damit ziemlich vertraut sein.«

Nathan klappte die Kinnlade nach unten, als er begriff.

»*Das Buch der Gezählten Schatten*«, hauchte Ann.

Zedd nickte. »Das einzige Exemplar, das es noch gibt, existiert in Richards Kopf. Er hat das Original verbrannt, nachdem er es auswendig gelernt hatte.«

»Wir müssen ihn als Erstes finden«, entschied Ann.

Zedd grunzte spöttisch über diese Äußerung und zog verächtlich eine Augenbraue hoch, als wäre er ohne ihre Hilfe nie auf diesen Gedanken gekommen.

»Wir haben ein vordringlicheres Problem«, wandte Nicci ein.

Cara fuchtelte auf der anderen Seite des Zimmers mit ihrem Strafer. »Solange wir Lord Rahl nicht finden, existieren die Bande nicht mehr.«

»Ohne die Bande«, meinte Nicci, »sind wir auf Gedeih und Verderb dem Traumwandler ausgeliefert.«

Die Erkenntnis traf Ann wie ein Donnerschlag.

»Wir müssen sofort etwas unternehmen«, sagte Zedd. »Die Bedrohung ist ernst, und wir haben wenig Zeit. Wenn wir nicht handeln, kann dieser Krieg jeden Augenblick für uns verloren sein.«

»Worauf willst du hinaus?«, fragte Nathan argwöhnisch.

Zedd blickte dem Propheten in die düstere Miene. »Du musst Lord Rahl werden. Wir dürfen es nicht riskieren, unser Volk noch länger ohne die Bande zu lassen. Danach musst du sofort zum Palast des Volkes aufbrechen.«

Nathan stand wortlos und grimmig da. Mit seinen langen weißen Haaren gab er eine beeindruckende Figur ab. Beim Gedanken, dass jemand anderer Richards Platz als Lord Rahl einnehmen könnte, wurde Nicci schwer ums Herz.

Die Alternative bedeutete allerdings, dem Traumwandler den verheerenden Zugang zu ihren Gedanken zu gewähren. Wie das war, wusste sie nur allzu gut. Die Bande zu Richard hatten ihr nicht nur das Leben gerettet, sondern durch sie erst hatte sie die Freude am Leben kennengelernt. Das ging weit über das hinaus, was das Volk von D'Hara gewöhnlich tat, nämlich das Gesetz des Lord Rahl lediglich formal anzuerkennen; vielmehr handelte es sich um eine tiefere Bindung an Richard als Mann. Ihn hatte sie quasi vom ersten Moment an geliebt, als sie den Funken des Lebens in seinen grauen Augen gesehen hatte. Richard hatte ihr gezeigt, wie sie wieder leben konnte, und darüber hinaus, wie man liebte.

Sie schluckte den Schmerz hinunter, denn er würde niemals der ihre sein – und schlimmer noch, sein Herz gehörte einer anderen, einer, an die sich Nicci nicht einmal erinnern konnte. Herrlich wäre es gewesen, wenn Nicci sich Kahlans entsinnen könnte und eine kluge, liebevolle und wunderschöne Frau vor Augen hätte, denn dann hätte sie sich für Richard freuen können. Dass er ein Phantom liebte, machte alles nur schwieriger.

»Ich verstehe«, sagte Nathan schließlich.

Ann erweckte den Eindruck, dass sie tausend Einwände hatte, einen für jedes Lebensjahr des Propheten, doch gelang es ihr, diese für sich zu behalten, da sie natürlich die Folgen abzusehen vermochte, die damit verbunden wären, keinen Lord Rahl zu haben.

»Die d'haranische Armee ist nicht weit vom Palast entfernt«, meinte Nathan. »Schon bald wird sie sich Jagangs Horden zu stellen haben. Ich glaube, Ihr habt recht – ich würde unserer Sache am besten dienen, wenn ich dort wäre.«

Nicci hatte es bislang niemandem erzählt. Sie räusperte sich, damit ihr die Stimme nicht versagen würde. »Richard hat zur Armee gesprochen. Deshalb ist er nach D'Hara gegangen. Er hat den Männern erklärt, sie dürften bei einem Kampf gegen die Imperiale Ordnung nicht auf einen Sieg hoffen.«

Anns Gesicht färbte sich puterrot. »Was erwartet er denn von ihnen! Wenn sie nicht gegen die Ordnung kämpfen, was dann?«

»Sie sollen die Alte Welt in Schutt und Asche legen«, stieß Nicci mit grimmiger Entschlossenheit hervor.

Zedd, Nathan und Ann starrten sie wortlos an.

»Er hat ihnen *was* gesagt?«, hakte Zedd ungläubig nach.

»Es ist die einzige Möglichkeit«, fuhr Nicci fort. »Wir dürfen nicht hoffen, ihre Armee zu vernichten. Richard möchte, dass die d'haranische Armee stattdessen die Kampfmoral des Feindes untergräbt. Darin besteht unsere einzige Chance.«

»Bei den gütigen Seelen«, flüsterte Zedd und wandte sich ab. Er trat ans Fenster und starrte hinaus in die Nacht. Als er sich wieder zum Raum umdrehte, standen ihm die Tränen in den Augen.

»In dieser Lage war ich auch schon einmal. Ich musste unserer Seite den Befehl erteilen, Dinge zu tun, die erledigt werden mussten.« Er schüttelte den Kopf. »Der arme Junge. Ich fürchte, er hat recht. Ich hätte selbst drauf kommen können, nur wollte ich wohl nicht. Manchmal braucht man den Mut, einsam und allein die notwendigen Entscheidungen zu fällen.«

Cara ging vor Nathan auf ein Knie. Sie neigte den Kopf.

»Herrscher Rahl, führe uns. Herrscher Rahl, lehre uns. Herrscher Rahl, beschütze uns. In deinem Licht gedeihen wir. In deiner Gnade finden wir Schutz. Deine Weisheit erfüllt uns mit Demut. . Wir leben nur, um zu dienen. Unser Leben gehört dir.«

Zedd beugte ebenfalls das Knie, und Rikka folgte seinem

Beispiel. Nicci gesellte sich zu ihnen, und am Ende schloss sich Ann ihnen ebenfalls an, wenn auch etwas widerwillig.

»Herrscher Rahl, führe uns«, sagten sie im Chor. »Herrscher Rahl, lehre uns. Herrscher Rahl, beschütze uns. In deinem Licht gedeihen wir. In deiner Gnade finden wir Schutz. Deine Weisheit erfüllt uns mit Demut. Wir leben nur, um zu dienen. Unser Leben gehört Dir.«

Nathan ragte schweigend über ihnen auf, hatte die Hände gefaltet und betrachtete die gesenkten Köpfe. Er sah durchaus wie ein Lord Rahl aus. Nach dem Gebet erhoben sich alle wieder, innerlich aufgewühlt, und keiner brauchte auszusprechen, was das, was sie gerade getan hatten, tatsächlich bedeutete: dass Richard nicht mehr der Lord Rahl war.

»Es ist vollbracht«, stellte Cara fest. Sie prüfte ihre schlanke rote Waffe und starrte sie mit feuchten Augen an. »Mein Strafer lebt.« Sie lächelte traurig. »Die Bande bestehen wieder. Ganz D'Hara wird sie erkennen und wissen, dass wir einen Lord Rahl haben.«

Nathan atmete tief durch. »Zumindest eine Sache, die für uns in die Waagschale fällt.«

»Nathan«, wandte sich Zedd an den Propheten, »du musst sofort nach D'Hara aufbrechen. An den größeren Pässen liegen imperiale Truppen und suchen einen Weg durch die Hintertür. Ich werde dir zeigen, wie du sie umgehen kannst.

Es wäre das Beste, wenn ein Lord Rahl, Hüter der Bande, denjenigen beisteht, die sich nun allein im Palast aufhalten.«

»Und Jagangs Armee?«, fragte Ann besorgt, nachdem Nathan zustimmend genickt hatte. »Was, glaubt ihr, wird Jagang tun, wenn er feststellt, dass sich die d'haranische Armee vor seinen Augen in Luft aufgelöst hatte, ehe er sie in seiner Faust zerquetschen konnte?«

Zedd zuckte mit den Schultern. »Er wird den Palast des Volkes belagern. Verna und einige ihrer Schwestern werden bei der Verteidigung helfen, doch der Palast des Volkes ist in Gestalt einer Bannform gebaut, welche die Kräfte eines Rahls verstärkt und die anderer mindert. Verna und die Schwestern werden nicht mit ganzer Macht zuschlagen können. Im Augenblick ist Nathan unser einziger Rahl, der bei der Verteidigung des Palastes und seiner Bewohner helfen kann.«

»Deshalb sollte Nathan auch sofort zum Palast aufbrechen«, meinte Nicci.

»Noch heute Nacht«, ergänzte Zedd.

Nathan blickte von Zedd zu Nicci. »Schon verstanden. Ich werde mein Bestes geben. Hoffentlich wird Richard eines Tages in der Lage sein, seinen Platz wieder von mir zu übernehmen.«

Bei diesen Worten wurde Nicci wenigstens ein kleines bisschen leichter ums Herz.

»Für dieses Ziel werden wir mit ganzem Einsatz arbeiten«, versicherte ihm Zedd.

»Verlasst Euch drauf«, stimmte Nicci zu.

Cara zeigte mit ihrem Strafer auf den Propheten. »Und lasst Euch nicht in den Sinn kommen, die Position behalten zu wollen. Der Platz gehört Lord Rahl.«

Nathan zog eine Augenbraue hoch. »Der Lord Rahl bin jetzt ich.«

Cara verzog das Gesicht. »Ihr wisst schon, was ich meine.«

Nathan lächelte schwach.

Ann pikte Nathan mit dem Finger in die Rippen. »Und halte dich mit hochfliegenden Einfällen zurück, *Lord Rahl.* Ich begleite dich und sorge dafür, dass du dich nicht in Schwierigkeiten bringst.«

Nathan zog die Schultern hoch. »Vermutlich braucht der Lord Rahl eine Dienerin. Du wirst wohl genügen.«

35

Eine Ewigkeit lang hatte Richard auf einem uralten kalten Steinboden tief in einem einsamen Wald gelegen, hatte hinunter in den schwarzen Abgrund gestarrt und nicht gewusst, was er tun sollte. Plötzlich setzte er sich auf. Er hatte nach der Sliph gerufen, bis er heiser war, doch keine Antwort erhalten. Die Sliph blieb verschwunden.

Richard stützte die Ellbogen auf die Knie, ließ den Kopf hängen und verschränkte die Hände im Nacken. Ihn beschlich das Gefühl, sich verirrt zu haben und nicht zu wissen, was er nun anfangen solle. Wie oft seit seinem Aufbruch aus den Wäldern Kernlands hatte er sich so gefühlt und geglaubt, er sei am Ende? Stets hatte er einen Ausweg gefunden. Ob es ihm auch diesmal wieder gelang, wusste er allerdings nicht.

Während Richard aufgewachsen war, hatte er nichts davon geahnt, mit der Gabe geboren zu sein. Er hatte nichts, rein gar nichts über Magie gewusst. Nachdem er die Gabe entdeckt hatte, wollte er sie nicht. Er wollte sie loswerden, wie eine Krankheit, die man erbt. Eigentlich wollte er nur er selbst sein. Doch schließlich hatte er den Wert seiner Fähigkeiten eingesehen und verstanden, dass sie eben ein Teil seiner selbst waren. Oft hatten sie nicht nur ihm, sondern auch Kahlan und vielen anderen Weggefährten das Leben gerettet. Seine Gabe gehörte zu ihm und konnte ebenso wenig wie seine Lunge oder sein Herz von ihm getrennt werden.

Jetzt allerdings hatte er sie irgendwie verloren.

Als die Sliph ihm erklärt hatte, er verfüge nicht mehr über die Magie, die zum Reisen notwendig sei, hatte er es kaum für möglich gehalten, dass seine Gabe tatsächlich verschwunden sein könnte. Er betrachtete es als magisches Versagen, als eine Art Anomalie. Damals, als er sie noch loswerden wollte, hatte er die Erfahrung gemacht, dass es einfach unmöglich war.

Trotzdem stimmte es, selbst wenn es ihm unbegreiflich war. Denn mit seiner Gabe zusammen hatte er die Erinnerung an *Das Buch der Gezählten Schatten* verloren. Es kam ihm vor, als hätte er es niemals auswendig gelernt.

Das Buch der Gezählten Schatten war ein Buch der Magie gewesen. Man brauchte die Gabe, um es lesen und um sich hinterher auch nur an ein einziges Wort des Textes erinnern zu können. Ohne die Gabe konnte Richard keine Bücher der Magie lesen, oder genauer gesagt, er konnte sich nicht lange genug der Wörter entsinnen, um zu wissen, dass er überhaupt etwas gelesen hatte. Ohne die Gabe erschienen Bücher der Magie wie unbeschrieben.

Und die Erinnerung an *Das Buch der Gezählten Schatten* war erloschen.

So war er an einer Prüfung gescheitert, von der er gar nichts gewusst hatte. Und er hatte auch keine Ahnung, worin diese Prüfung bestanden hatte. Jedenfalls hatte er versagt.

Er vermochte sich einfach nicht vorzustellen, wie diese Worte eine Prüfung von Baraccus gewesen waren. Wie konnten sie ihn prüfen? Prüfen auf was? Er konnte nicht erkennen, von welcher Art Prüfung die Sliph gesprochen haben mochte, daher erschloss sich ihm zwangsläufig nicht, wieso er durchgefallen war.

Wenn nur Zedd da wäre und ihm helfen könnte, oder Nicci oder Nathan – irgendjemand. Er hielt inne und fragte sich, wie oft er sich schon Antworten, Hilfe und Rettung gewünscht hatte. Nie war dieser Wunsch erfüllt worden. Wünsche wurden nie erfüllt.

Aber auf diese Weise verschwendete er seine kostbare Zeit nur mit Selbstmitleid. Stattdessen sollte er gezielt überlegen und nicht in der Hoffnung herumsitzen, dass jemand komme und ihm das Denken abnehme.

Er lehnte sich an den Stein und blickte hinauf ins Blätterdach, hinter dem die Sterne funkelten. Lächelnd verspottete er sich, indem er sich sagte, eine Sternschnuppe werde ihm vielleicht seinen Wunsch erfüllen. Schließlich verdrängte er alle Gedanken an Wünsche und deren Erfüllung und richtete seine Aufmerksamkeit auf die Aufgabe, die es zu bewältigen galt.

Hundertmal ging er das Gespräch im Kopf durch, und dennoch ergab es keinen Sinn. Baraccus hatte ihm durch die Botschaft, die er bei der Sliph hinterlassen hatte, mitgeteilt, dass er die Antworten, die Richard retten würden, nicht kannte. Trotzdem war Baraccus der Überzeugung, Richard habe alles, was er brauche, um erfolgreich zu sein. Baraccus hatte Richard gesagt, er solle an sich selbst glauben, und wollte ihn wissen lassen, dass er, Baraccus, an ihn glaubte, obwohl er nicht ausdrücklich Richards Namen erwähnt hatte.

Die Nachricht, überlegte Richard, war für denjenigen bestimmt gewesen, der mit der subtraktiven Seite der Gabe geboren wurde. Baraccus hatte dafür gesorgt, dass diese aus dem Tempel der vier Winde freigesetzt wurde, aber er wusste weder, wer es sein würde, noch welchen Namen derjenige tragen würde. Zumindest ging Richard davon aus. Baraccus hatte zwar die direkte Anrede gewählt, jedoch ohne Namen, was durchaus mehr Sinn ergab. Die Nachricht war deutlich genug ohne den Namen der Person, die sie am Ende hören würde. Dadurch klang die Botschaft so, als wäre sie an diese Person gerichtet.

Nur, inwiefern war das eine Prüfung? Und wie konnte Richard daran scheitern?

Er seufzte niedergeschlagen. Hatte die Sliph möglicherweise von Baraccus eine bestimmte Macht erhalten, so wie die Macht, die er ihr gegeben hatte, um in einem Notfall zu handeln? Konnte sie deshalb erkennen, ob Richard besaß, was zum Erfolg notwendig war? War sie deshalb zu der Einsicht gelangt, dass Richards Fähigkeiten nicht ausreichten?

Die Quelle. Während er zu den Sternen schaute, dachte Richard darüber nach. Er hatte der Sliph gesagt, er habe die Worte von Shota gehört, und dann plötzlich hatte sie sich von ihm abgewandt.

Kannte die Sliph Shota? Vielleicht hätte Richard in Baraccus' Augen keine Verbindung zu einer Hexe haben sollen. Das konnte der Grund sein, aus dem Richard gescheitert war – weil er die Sache nicht selbst und ganz allein erledigt hatte. Er verzog das Gesicht. Es fiel ihm schwer, sich vorzustellen, Baraccus habe etwas dagegen, dass Richard die Lösung mit anderen zusammen suchte.

Er ging die Worte noch einmal im Kopf durch.

Es tut mir leid, Richard. Ich kenne die Antworten nicht, die dich retten würden. Wüsste ich sie, glaube mir, ich würde sie dir nur zu gerne geben. Aber ich sehe das Gute in dir. Ich glaube an dich. Du hast alles, was du brauchst, um erfolgreich zu sein. Manchmal wirst du an dir zweifeln. Gib nicht auf. Denke immer daran, ich glaube an dich. Ich weiß, du kannst dein Ziel erreichen. Es gibt nicht viele wie dich, Richard. Glaube an dich.

Und wisse, ich bin überzeugt, dass du derjenige bist, der dies vollbringen kann.

Das war, der Sliph zufolge, die Nachricht von Baraccus. Allerdings, so erinnerte sich Richard, hatte Shota ihm diese Worte vor nicht allzu langer Zeit ebenfalls gesagt, als sie sich zum letzten Mal vor ihrem Aufbruch gesehen hatten.

Richard glaubte nicht an Zufälle, und in diesem Fall schon gar nicht. Shota hatte nicht rein zufällig wortwörtlich das Gleiche sagen können, was Baraccus der Sliph als Botschaft für ihn mitgegeben hatte. Dazu war es zu lang, zu ausführlich und überhaupt viel zu einmalig.

Wenn es also kein Zufall war – und daran hegte Richard keinen Zweifel –, warum benutzte Shota dann exakt dieselben Worte wie Baraccus? Bestand darin die Botschaft? Wollte sie ihm etwas mitteilen? Ihn warnen?

Falls die Hexe ihm helfen wollte, warum hatte sie ihn nicht vor der Prüfung gewarnt? Sie hätte ihm ja nicht die Antwort verraten müssen, doch zumindest hätte sie ihm sagen können, um welche Art Prüfung es sich handelte. Zedd hatte oft gesagt, eine Hexe sage dir nie das, was du willst, und füge stets etwas hinzu, das du gar nicht wissen möchtest. Hatte es damit zu tun? Er bezweifelte es, da sie ihm an diesem Tag viele schreckliche Dinge gesagt hatte – Dinge, die ihm schließlich bei der Entscheidung geholfen hatten, was mit der Armee zu geschehen habe, wenn er sie nicht in eine letzte Schlacht gegen Jagang schickte.

Die Ausdrücke in der Botschaft waren unverwechselbar, und das ließ ihm keine Ruhe: *Antworten, die dich retten würden; nur zu gerne geben; sehe das Gute in dir; du hast alles, was du brauchst, um erfolgreich zu sein; denke immer daran, ich glaube an dich.* Die Sprache hatte einen gewissen ungewöhnlichen Rhythmus. Der Unterschied fiel nicht besonders stark auf, dennoch klang es ein wenig eigenartig, fast wie ein Kind, und doch auf einfache Weise sehr förmlich. Richard seufzte. Es wollte ihm schlicht nicht in den Sinn kommen, aber die Sprache dieser Botschaft hatte einen unverkennbaren Ton.

Als er begriff, durchfuhr es ihn heiß und kalt.

Er erinnerte sich, warum diese Worte so beunruhigend vertraut geklungen hatten, als Shota sie sagte. Weil er sie nämlich schon einmal gehört hatte.

Es waren die gleichen Worte, die das Irrlicht zu ihm gesagt hatte, am Abend des Tages, an dem Richard Kahlan kennengelernt hatte.

Sie lagerten unter einer Launenfichte. Kahlan fragte ihn, ob er sich vor Zauberei fürchte, und nachdem sie mit seiner Antwort zufrieden war, hatte sie eine kleine runde Flasche hervorgeholt, in der sich das Irrlicht befand. Das Irrlicht, Shar, hatte Kahlan über die Grenze geführt, würde aber nun bald sterben. Fern von ihrem Zuhause und getrennt von ihresgleichen hielt es nicht lange durch. Für eine erneute Überquerung der Grenze fehlte ihm die Kraft.

Richard fiel wieder ein, dass Kahlan gesagt hatte: *»Shar hat ihr Leben geopfert, um mir zu helfen, weil sonst unter anderem auch alle ihrer Art zugrunde gehen, wenn Darken Rahl Erfolg hat.«*

Das Irrlicht war der Erste gewesen, der ihn darauf aufmerksam gemacht hatte, dass Darken Rahl ihn verfolgte. Shar hatte Richard gewarnt, er würde gefasst und getötet werden, wenn er davonliefe. Richard hatte sich bei dem Irrlicht bedankt, weil es Kahlan geholfen hatte. Er erklärte Shar, Kahlan habe sein Leben verlängert, da sie ihn vor einer großen Dummheit bewahrt habe. Sein Leben sei außerdem durch sie reicher geworden, und nochmals bedankte er sich, weil Shar seine Freundin sicher über die Grenze gebracht hatte.

Shar hatte ihm daraufhin gesagt, sie glaube an ihn und hatte all das andere hinzugefügt, was Baraccus ihm durch die Sliph hatte mitteilen lassen. Zu dem Zeitpunkt hatte er die eigentümliche Sprechweise als Charakteristikum der Irrlichter aufgefasst – und womöglich stimmte das sogar, aber Baraccus musste die gleichen Worte aus einem bestimmten Grund benutzt haben.

Und das galt auch für Shota, die ihn – entweder absichtlich oder in unschuldiger Unkenntnis der Quelle – an das erinnern wollte, was Shar gesagt hatte. Vermutlich hatte sie den tatsächlichen Grund nicht gekannt, weshalb sie die Worte exakt so formulierte, doch durch ihre Gabe sollten sie ihn zum Nachdenken bringen. Und dazu, sich zu entsinnen. Wahrscheinlich hatte er das Gesagte nur wegen der schrecklichen Vision, in der er gesehen hatte, wie Kahlan bei seiner Hinrichtung zuschaute, nicht mit dem Irrlicht in Verbindung gebracht. Diese Vision hatte alles andere überdeckt.

Richard lauschte den Geräuschen im nächtlichen Wald, den zirpenden Käfern, dem raschelnden Laub und einer fernen Spottdrossel. Schließlich dämmerte es ihm.

Shar hatte ihn beim Namen genannt, ohne vorgestellt zu werden. Vielleicht hatte das Irrlicht den Namen einfach gehört, als es noch in der kleinen Flasche in Kahlans Tasche steckte.

Oder es hatte ihn schon gekannt.

Richard riss die Augen auf, als ihm noch etwas einfiel. Er hatte das Irrlicht gefragt, warum Darken Rahl versuche, ihn zu töten, ob es sei, weil er Kahlan helfe, oder ob es andere Gründe gebe.

Shar hatte sich ihm genähert und gefragt: »*Andere Gründe? Geheimnisse vielleicht?*«

Geheimnisse.

Richard sprang auf und stieß einen Schrei aus, als er mit einem Paukenschlag begriff.

Er drückte sich die Fäuste an die Schläfen und vermochte einen weiteren Schrei nicht zu unterdrücken.

»Ich habe es begriffen! Bei den gütigen Seelen, ich habe es verstanden!«

Geheimnisse.

Richard hatte immer gedacht, das Irrlicht wisse über den Zahn Bescheid, den Richard unter dem Hemd versteckt hielt, aber darum ging es gar nicht. Mit dem Zahn hatte es nichts zu tun. Shar hatte mit ihrer Frage auf etwas ganz anderes abgezielt. Sie hatte ihm die erste Chance geboten, jenes geheime Buch zu finden, das Baraccus für ihn versteckt hatte.

Doch der Zeitpunkt war zu früh gewählt. Richard war noch nicht bereit gewesen.

Richard hatte schon damals Baraccus' Prüfung nicht bestanden. Zum ersten Mal in dieser Nacht mit dem Irrlicht. Baraccus hatte vermutlich keinerlei Möglichkeit zu erfahren, wann Richard bereit sein würde. Er musste ihn von Zeit zu Zeit erneut prüfen. Shota hatte es ihm erklärt: Nur weil Baraccus dafür gesorgt hatte, dass Richard mit der Gabe geboren wurde, musste Richard deswegen nicht immer das Richtige tun.

Baraccus hatte ihm seinen freien Willen gelassen, und im Laufe der Zeit prüfte er den mit der Gabe Geborenen wieder, ob dieser inzwischen gelernt habe, das zu tun, was getan werden musste. Richard fragte sich, wie häufig er schon Umständen auf seinem Weg begegnet war, bei denen Baraccus die Finger im Spiel gehabt hatte. Im Augenblick würde er darauf jedoch keine Antwort finden.

Zumindest wusste er nun, dass er die Prüfung bereits zum zweiten Mal nicht bestanden hatte. Die Sliph war seine zweite Chance, die Wiederholung und ein Nachfassen, ob Richard dazugelernt hatte. Nachdem er Gelegenheit gehabt hatte zu erfahren, wer er wirklich war.

Geheimnisse.

Richard kam es vor, als würde sein Kopf explodieren, mit solcher Wucht stellte sich das Begreifen ein. Alle Gefühle, zu denen er fähig war, mischten sich in einem gewaltigen Aufruhr in seinem Bauch, wo es vor Aufregung und Angst heftig zu grummeln begann.

Er warf sich auf den Steinboden und beugte sich über den Rand.

»Sliph! Komm zurück! Ich weiß, was Baraccus gemeint hat! Ich habe verstanden! Sliph!«

Nur wenige Zoll von ihm entfernt erhob sich flüssiges Metall ins kühle silbrige Mondlicht und formte sich zum makellosen Antlitz der Sliph. In dem Anblick von unglaublicher

Schönheit spiegelten sich fließend und verzerrt die schwankenden Bäume und sein eigenes Gesicht.

Die Sliph lächelte milde. »Möchtest du deine Antwort berichtigen, Meister?«

Richard hätte das Quecksilbergesicht am liebsten geküsst. »Ja.«

Die Sliph legte den Kopf schief. »Was willst du mir anvertrauen, Meister?«

»Ein Irrlicht hat es zu mir gesagt. Nicht nur Shota.« Richard versuchte, alles auf einmal herauszubekommen, ehe die Sliph wieder das Urteil fällen konnte, dass er nicht bestanden habe. »Shota war die zweite. Es war ein Irrlicht, von dem ich diese Worte zuerst gehört habe – die Worte, die auch Baraccus gesprochen hat. Das Irrlicht. Daran wollte mich Baraccus erinnern – an das Irrlicht.«

Richard erwartete fast, silberne Arme würden sich um seinen Hals schlingen und ihn heranziehen. »Noch etwas, Meister?«, flüsterte die Sliph.

»Ja. Mit der Nachricht wollte Baraccus mich darauf hinweisen, dass das, was er für mich dagelassen hat – für mich allein –, bei den Irrlichtern versteckt ist.«

Die Sliph schob sich dichter heran und verzog den Mund zu einem wissenden Lächeln. Ihr Blick sog ihn in sich auf. Zum ersten Mal bewegten sich ihre Lippen zu ihren Worten, und in ihrem gehauchten Wispern schwang Kapitulation mit. »Du hast die Prüfung bestanden, Meister. Ich bin zufrieden.«

»Nun, für alles gibt es ein erstes Mal«, sagte Richard.

Die Sliph lachte klar und heiter wie das Mondlicht.

»Kennst du den Ort, wo die Irrlichter leben, Meister?«

Richard schüttelte den Kopf. »Nein, aber Kahlan hat mir ein wenig darüber erzählt, über die Heimat der Irrlichter. Kahlan ist meine Frau. Sie ist auch schon mit dir gereist und war zufrieden, doch du erinnerst dich nicht an sie, weil sie von bösen Menschen gefangen genommen wurde. Die haben einen Zauber beschworen, durch den Kahlan von allen vergessen wird – so in der Art dessen, was man dir angetan hat. Ich möchte sie finden, ehe diese bösen Menschen allen wehtun.

Genau darum dreht sich alles. Genau deshalb hat Baraccus mir etwas hinterlassen – etwas, um mir bei meinen Bemühungen zu helfen.«

»Ich verstehe. Ich freue mich für dich, Meister.«

»Jedenfalls hat mir Kahlan von dem Ort erzählt, an dem die Irrlichter leben. Dort sei es wunderschön.«

»Auch Baraccus hat mir das gesagt.«

»Kahlan sagte, man könne die Irrlichter tagsüber nicht sehen, nur nachts. Ich nehme an, weil ihre Lichter zu schwach sind.

Und sie seien wie Sterne, wie Sterne, die vom Himmel gefallen sind. Sie sagte, es sehe aus, als würden Sterne im Gras liegen.«

Die Sliph nickte aufgeregt. »Ich freue mich, dass du zufrieden bist, Meister.«

»Kannst du dorthin gelangen? An den Ort der Irrlichter – wo die Sterne vom Himmel gefallen sind?«

»Selbst wenn du in mir reisen könntest, wäre ich nicht in der Lage dazu, leider«, sagte die Sliph. »Baraccus hat dieses Notfallportal aus einem bestimmten Grund gebaut. Er wollte nicht, dass ich zum Heim der Irrlichter reisen kann, weil niemand wissen sollte, dass er dort gewesen ist. Es sollte auch kein Ziel werden, sondern ein ferner, geheimer Ort bleiben, an dem Sterne vom Himmel gefallen sind.

Baraccus hat mir erzählt, dieses Portal sei nicht weit von den Irrlichtern entfernt, aber näher kann ich dich nicht zu ihnen bringen. Ich sollte niemandem einen Hinweis auf die Existenz dieses Ortes geben, selbst meinen zukünftigen Meistern nicht. Auf diese Weise wollte er dich schützen. Darum konnte ich deinen Freunden nicht verraten, wo du bist. Diese Heimlichkeit war mit den richtigen Worten von der richtigen Person verbunden. Doch bedeutet dieser Schutz eben nicht nur Schutz, sondern er verhindert auch, dass deine Freunde dir helfen können. Dadurch bist du gezwungen, für dich selbst zu denken. Und Denken sei das, von dem Baraccus behauptete, es würde den Schlüssel für dich drehen.«

Richard schwindelte angesichts dessen, was er nun erfuhr. Er beugte sich vor und suchte nach einer Bestätigung dessen, was er schon wusste. »Du hast Baraccus' Frau hergebracht, nicht wahr? Und sie hatte etwas bei sich.«

»Ja. An diesen Ort habe ich Magda gebracht, nachdem ich Meister Baraccus zum letzten Mal gesehen hatte. Sie erneuerte den Stein, ehe sie zurückkehrte. Da habe ich auch sie zum letzten Mal gesehen. Seitdem war niemand mehr hier.

Du hast die Prüfung bestanden, Meister. Hier beginnt der Weg zu der geheimen Bibliothek, die Baraccus dir hinterlassen hat.«

36

Vorsichtig stieg Kahlan durch den Schutt der alten Gebäude, die im Laufe der Jahrtausende zunächst zerbröckelt, schließlich eingestürzt und in großen Teilen den steilen Hügel hinuntergerutscht waren. Staubige Ziegel und Steine lagen überall auf der trockenen, fauligen Erde des Hangs. Im Dunkeln konnte man da leicht stolpern und fallen, und der Weg nach unten war lang. Jillian, eine schemenhafte und geschmeidige Gestalt, kletterte so mühelos über die Haufen wie eine Bergziege. Schwester Ulicia, die vor Kahlan ging, und die beiden anderen Schwestern hinter ihr schnauften und keuchten beim Abstieg vor Anstrengung. Sosehr die Schwestern auch vorankommen wollten, sie wurden langsam müde. Immer wieder verloren sie den Halt, glitten aus und wären mehr als nur einmal ums Haar die Felswand hinabgestürzt.

Kahlan hätte es für angeraten gehalten, das Tageslicht abzuwarten und erst dann die Kraxelei durch die Ruinen der Stadt Caska fortzusetzen. Allerdings würde sie sich nicht erdreisten, ihnen diesen Rat zu erteilen. Die Schwestern taten, was immer sie wollten, und daran vermochte Kahlan nichts zu ändern. Letztlich würde jeder Vorschlag, den sie machte, doch nur zu Prügeln führen, einfach nur, weil sie sich einmischte.

Insgeheim hätte sich Kahlan gefreut, wenn eine der Schwestern gestürzt wäre und sich den Hals gebrochen hätte, aber die verbliebenen zwei würden ihr nicht weniger Ungemach bereiten als drei. Was das betraf, genügte schon eine Schwester, um ihr das Leben zum qualvollen Albtraum zu machen. Also kraxelte sie weiter und behielt jegliche Bemerkung darüber, wie weise es war, einen solchen Abstieg im Mondlicht vorzunehmen, für sich.

Da Jillians Pfad so tückisch war, hatten sie die Pferde am Anfang des Gebirgsausläufers zurücklassen müssen. Einige Gegenstände wollten die Schwestern jedoch nicht aus den Augen und schon gar nicht bei den Tieren lassen, und deshalb zwangen sie Kahlan, sie zu schultern, zusammen mit so viel vom restlichen Gepäck, wie sie tragen konnte. Es war zermürbend, die schwere Last über den abschüssigen Weg zu schleppen. Jillian hätte ihr gern geholfen, doch die Schwestern verboten es und sagten, Kahlan sei eine Sklavin und für Sklavenarbeit bestimmt. Jillian solle sich, so fügten sie hinzu, darum kümmern, sie zu Tovi zu führen. Kahlan gab Jillian mit den Augen einen Wink, sich den Wünschen der Schwestern zu beugen und loszugehen. Im Stillen mahnte sie sich, diese Arbeit würde sie nur stärken, während die Schwestern, die alle Anstrengungen nach Möglichkeit scheuten, nur geschwächt würden.

Kahlan wollte stark bleiben. Irgendwann würde sie ihre Kraft brauchen. Dennoch war es ein langer Tag gewesen, und ihre Kräfte ließen nach.

Wenigstens näherten sie sich dem Ende der ermüdenden, überstürzten Reise. Schon bald wären die Schwestern wieder vereint, und dann würden sie sich vielleicht ein wenig niederlassen, weniger angespannt und nicht so leicht zu verärgern sein. Während Kahlan sich auf ein oder zwei Tage Pause freute, beunruhigte sie gleichzeitig, was damit verbunden sein würde.

Die Schwestern hatten ihr deutlich zu verstehen gegeben, dass dies das Ende der Reise sein würde, das Ende ihres Kampfes und der Beginn einer neuen Epoche. Kahlan hatte keine Ahnung, was das bedeutete, trotzdem beschlich sie große

Sorge. Die Schwestern redeten oft darüber, dass die Belohnung, die sie erwartete, in greifbare Nähe gerückt war. Mehr als einmal hatte Schwester Ulicia auf die Ungeduld der anderen reagiert mit: »Es dauert ja nicht mehr lange.«

Kahlan konnte sich nicht vorstellen, wie ihr Plan aussah und welches große Ereignis bevorstand, aber mit Sicherheit hing es mit den Kästchen zusammen, die sie auf dem Rücken trug – Lord Rahls Kästchen. Die beiden Schwestern, die hinter ihr gingen, behielten sie aufmerksam im Auge. Letzte Nacht hatte Kahlan ein Gespräch mit angehört, demzufolge sie, sobald sie Tovi und das dritte Kästchen erreichten, mit den Vorbereitungen beginnen würden.

Kahlan seufzte erleichtert, als sie die letzte Höhe des steilen Hangs hinter sich gebracht hatten und vor dem Fundament einer zerfallenden Mauer standen. An manchen Stellen war die Mauer unterspült. Kahlan warf einen letzten Blick auf die Ebene tief unter ihnen, ehe sie Jillian durch eine der düsteren Lücken folgte. Während sie unter den Resten der Mauer durchging, stellte Kahlan fest, dass diese so dick war wie ein kleines Haus. Wer auch immer eine derartige Mauer errichtet hatte, musste große Angst vor Angreifern gehabt haben.

Auf der anderen Seite wurde der steile Pfad ebener und führte sie zwischen dicht stehenden Gebäuden hindurch. Viele Häuser nahe am Rand waren eingestürzt oder standen kurz davor. Die massive Mauer hatte einen Großteil des Gerölls ferngehalten, doch an manchen Stellen waren zerfallende Gebäude über die Kante gerutscht. Im Laufe der Zeit waren Ziegel, Steinblöcke und Mörtel durch die Gräben fortgespült worden.

Bald erreichten sie eine schmale Straße, an der die Häuser in besserem Zustand erhalten waren. Den äußeren Ring hatte die größte Wucht der Unwetter getroffen, und dementsprechend hatte er am meisten gelitten. Nun ging es aus den Gebäuden hervor auf einen Friedhof. Im Mondlicht bot er einen gespenstischen Anblick. Hier und dort erhoben sich Statuen wie Phantome unter den Toten.

Auf dem Weg zwischen den Gräbern hindurch sah Kahlan, dass die Gebäude weiter oben wie ein Teppich über der gewellten Landschaft lagen. Im klaren Himmel entdeckte sie Jillians Raben, Lokey. Das Mädchen hatte die Schwestern nicht darauf aufmerksam gemacht, weil sie vielleicht hoffte, sie würden ihn für einen wilden Vogel halten, aber wenn Kahlan zu Jillian hinüberschaute, gab sie ihr manchmal mit den Augen ein Zeichen, in die Höhe zu blicken. Lokey führte Flugkunststücke vor, die bei Jillian, wenn die Schwestern nicht hinsahen, ein Lächeln hervorriefen. Offensichtlich genoss das Mädchen jeden noch so kleinen Anlass, sich ein wenig zu freuen, hatten sie und ihr Großvater doch wegen der Schwestern solches Elend über sich ergehen lassen müssen. Als Schwester Armina den Raben bemerkte und ihn als Aasfresser bezeichnete, der ihnen durch die trostlose Landschaft folgte, berichtigte Kahlan sie nicht.

»Wie weit noch?«, fragte Schwester Ulicia und blieb zwischen Grabsteinen stehen. Aus irgendeinem Grund meinte Kahlan, in ihrer Stimme Misstrauen gegenüber Jillian mitschwingen zu hören.

Jillian zeigte nach vorn. »Nicht weit. Dort oben, durch das Gebäude. Dort liegt der Gang zu den Toten.«

Schwester Cecilia schnaubte. »Gang zu den Toten. Tovi hatte schon immer einen Sinn fürs Dramatische.«

Schwester Armina zuckte die Schultern. »Klingt doch ganz angemessen.«

»Also weiter.« Schwester Ulicia bedeutete dem Mädchen, den Weg fortzusetzen.

Jillian ging augenblicklich weiter und führte sie aus dem Labyrinth des Friedhofs in die leere Stadt. Kahlan erschien es, als habe alles – jede Mauer, jedes Dach, jede Straße und überhaupt alles – die gleiche Farbe von Staub und Tod, obwohl das im

Mondschein schwer zu sagen war. Zwischen den Gebäuden herrschte eine geisterhafte Stille. Kahlan hatte das Gefühl, durch das riesige Skelett einer Stadt zu laufen, von dem man Fleisch und Leben entfernt hatte, bis nur bröckelnde Gebeine zurückgeblieben waren.

Auf einer breiten Straße, die den verzierten Steinmauern an den Seiten zufolge einst einen prachtvollen Anblick geboten haben musste, schlich Jillian wie ein Schatten durch die Bogen vor einem der größeren Gebäude. Im Inneren konnte man kaum die Hand vor Augen sehen. Kahlan hörte, wie die Füße des Mädchens Mörtel zermalmten. Die Schwestern schienen das Mosaik am Boden nicht zu bemerken. Wo das Mondlicht hinfiel, erkannte Kahlan verblichene Steinchen, die ein Bild von Bäumen, Wegen und einer Friedhofsmauer bildeten. Sogar Menschen waren zu sehen.

Irgendwann traten sie aus dem Gebäude auf einen weiteren Friedhof. Ohne den Schritt zu verlangsamen, führte Jillian sie durch den Ort der Toten, an Hügeln vorbei, auf denen knorrige Olivenbäume wuchsen, und an Gräbern, auf denen wilde Blumen wuchsen. Schließlich blieb sie vor einem Grabstein neben einem schwarzen Loch im Boden stehen.

»Wir sollen in dieses Rattenloch steigen?«, fragte Schwester Armina.

»Wenn Ihr denn zu Tovi wollt.« Jillian nahm sich eine Laterne, die auf einem Stein stand, und ging weiter, nachdem eine der Schwestern das Licht angezündet hatte.

So folgten sie Jillian eine schmale Treppe nach unten. Die uralten Steinstufen waren ausgetreten und unregelmäßig. Kahlan musste, da sie so schwer bepackt war, beim Abstieg arg aufpassen. Die Schwestern hielten die flackernden Flammen vor sich, damit sie sehen konnten. Bei den Treppenabsätzen drehten sie sich mit den Stufen und stiegen tiefer in das Reich der Gräber hinab.

Unten öffneten sich breitere Gänge, die aus dem massiven, doch weichen Fels geschlagen waren. Überall in den Felswänden gab es Nischen. Kahlan fiel auf, dass sich darin stets Knochen befanden.

»Achtet auf eure Köpfe«, warnte Jillian, als sie durch eine Seitentür trat.

Sie duckten sich und betraten hinter ihr einen Raum mit einer Decke, die nicht höher war als die Oberkante der Tür. Wo sich Gänge kreuzten, wählte Jillian den Weg, ohne zu zögern, als folgte sie einer Spur, die auf den Boden gemalt war. Kahlan bemerkte einige Fußabdrücke im Staub und auch Fährten, die in abzweigende Gänge führten. Sie waren groß und konnten nicht von den kleinen Füßen des Mädchens stammen.

Schließlich mündete der enge Gang in einer großen Kammer. Sie zogen an einer endlosen Reihe von Räumen vorbei, in denen Knochen ordentlich gestapelt waren. Andere, schmale Räume wiesen Nischen auf, in denen sich Gebeine häuften, als wäre einst der Platz für all die Toten ausgegangen.

Einige Räume waren nur mit Schädeln gefüllt, deren Zahl, wie Kahlan schätzte, in die Tausende gehen musste. Sie waren in großen Wandvertiefungen abgelegt, und jeder Kopf blickte nach außen. Jede dieser Nischen war bis obenhin vollgestapelt. Kahlan betrachtete die leeren Augenhöhlen, die sie anstarrten. Sie rief sich in Erinnerung, dass diese Schädel einst lebendigen Menschen gehört hatten, die geatmet und gedacht, Angst und Sehnsüchte empfunden hatten. Das gemahnte sie daran, wie wertvoll und kurz das Leben war – und wie wichtig, denn hatte man es einmal verloren, war der Mensch für immer ausgelöscht. Und es erinnerte sie daran, warum sie ihr Leben zurückhaben wollte.

Jillian, das fühlte Kahlan, bildete für sie eine Verbindung zur Welt, zu dem, was sie war. Als Jillian sie sehen konnte und sie nicht wieder sofort vergaß, fühlte sich Kahlan ein wenig lebendiger, als sei sie wirklich jemand und als habe ihr Leben eine Bedeutung.

Sie kamen durch Räume, in denen Beinknochen in bestimmten Nischen aufgehäuft waren und Armknochen in anderen. Lange Steinbehälter, die aus dem Fels gehauen waren, säumten die Seitenwände. Sie enthielten kleine Knochen, die dort fein säuberlich abgelegt waren.

Kahlan wunderte sich über die Weise, wie die Skelette nach verschiedenen Knochen aufgeteilt waren. Gewiss wäre es respektvoller gewesen, die Gebeine jedes Verschiedenen zusammen zu belassen. Möglicherweise mangelte es jedoch an Platz, denn auf diese Art konnte man viel mehr Tote unterbringen. Vielleicht kostete es einfach zu viel Mühe, für jede Leiche oder jede Familie eine Nische zu hauen, wenn es so viele Tote zu bestatten gab. Es konnte ja sein, dass eine große Seuche die Mehrheit der Bevölkerung dahingerafft hatte und deswegen auf solchen Luxus verzichtet werden musste.

Schon die Stadt hatte innerhalb der Mauern eng gewirkt. Platz musste stets stark gefragt gewesen sein. Wenn die Menschen und ihre Toten innerhalb der Mauern bleiben sollten, waren die Lebenden gezwungen, Einschränkungen in Kauf zu nehmen.

Das Problem erschien Kahlan seltsam, denn um die Stadt herum erstreckte sich das Land von Horizont zu Horizont. In kriegerischen Zeiten hatte man vielleicht auf sentimentale Überlegungen bezüglich der Toten verzichtet, weil die Lebenden selbstredend vorgingen. Dieser Ausläufer des Hochplateaus war der am besten zu verteidigende Ort in dieser Gegend. Zwar standen Teile der Mauern bereits auf der Kante des Abgrunds, aber nach hinten hätte man die Stadt immer wieder vergrößern können. Vermutlich war es zu schwierig, eine solch massive Stadtmauer zu erweitern.

Es konnte allerdings auch sein, dass die Menschen, die hier

einst gelebt hatten, ihren Toten nicht die gleichen Gefühle wie andere Leute entgegenbrachten. Denn schließlich, was bedeuteten Knochen schon? Das Leben war aus ihnen gewichen. Der Mensch, der sie einst besessen hatte, existierte nicht mehr. Das Leben, darauf kam es an, und diese Welt endeten mit dem Tod.

Dennoch hingen die Bewohner an den Gebeinen, bedachte man all die Schwierigkeiten, die mit der Anlage einer solchen unterirdischen Stadt verbunden waren. Kahlan entgingen auch die verblassten, einstmals prächtig bemalten Steinmetzarbeiten um die Nischen nicht. Nein, die Menschen hatten für ihre Toten gesorgt und um ihre Entschlafenen getrauert.

Ob sich, wenn sie starb, jemand daran erinnern würde, wer sie gewesen war, oder einfach nur an ihre Person, an Kahlan, die gelebt und das Leben geliebt hatte? Diese Gebeine riefen eine eigenartige Eifersucht wach. Freunde und Familien, die die Gebeine hier unten bestattet hatten, kannten die betreffende Person, betrauerten sie und betteten diese Talismane der Geliebten auf eine Weise zur Ruhe, dass man sich ihrer noch lange entsinnen würde.

Was war wohl mit den Bewohnern dieses Ortes geschehen, den Lebenden, die diese Gebeine bestattet hatten? Wer hatte sie begraben? Denn schließlich zeigten die leeren Gebäude, dass niemand mehr übrig war. Außer Jillian. Wie Kahlan erfahren hatte, gehörte Jillian zu einer kleinen Gruppe Nomaden, die von Zeit zu Zeit hier vorbeikamen.

Plötzlich erreichten sie einen Teil des Ganges, der den Eindruck machte, eingestürzt zu sein. Der Boden war mit Schutt übersät. Schwester Armina packte das Mädchen am Arm. »Dieser Ausflug durch die Katakomben wird langsam lächerlich. Du solltest lieber keinen Unfug mit uns treiben.«

Jillian zeigte nach vorn. »Aber wir sind fast da. Kommt, und Ihr werdet es sehen.«

»Also schön«, meinte Ulicia, »weiter.«

Jillian trat um eine große Steinscheibe herum, die anscheinend einst die Öffnung dahinter verschlossen hatte. Auf dem Boden sah man tiefe Spuren, wo man den Stein zur Seite gezogen und den Eingang zum folgenden Gang geöffnet hatte. Als Jillian hineinging, sah Kahlan, wie ihre Laterne eine Kammer erhellte, deren Wände mit aus dem Fels gehauenen Regalen überzogen waren. In diesen Regalen türmten sich Bücher. Das Leder der meisten Buchrücken war verblasst, aber früher hatten sie wohl in Rot und Blau geleuchtet, in Hellgrün und Gold und vielen anderen Farben.

Die Schwestern staunten über die vielen Bücher. Unvermittelt besserte sich ihre Laune. Schwester Armina stieß einen Pfiff aus und schaute sich die Regale an. Schwester Cecilia lachte erfreut auf. Sogar Schwester Ulicia brachte ein Lächeln zustande, während sie mit den Fingern über die verstaubten Buchrücken strich.

»Hier entlang«, sagte Jillian.

Guter Dinge folgten sie dem Mädchen durch mehrere enge Räume, die ebenfalls mit Büchern vollgestopft waren. Jillian führte sie durch ein Gewirr von Gängen, die aus dem weichen Fels geschlagen waren, tiefer in die unterirdische Bibliothek. Die Schwestern versuchten im Vorübergehen, die Titel zu lesen, während sie hinter Jillian und Kahlan herschlurften. Das Licht der Laterne fiel in dunkle Räume und enthüllte immer mehr Bücher.

»Verflucht sei das Licht«, flüsterte Schwester Ulicia entzückt. »Wir haben die Stätte in Caska gefunden. Hier wird das Buch sein. Ich wette, Tovi hat schon danach gesucht.«

»Ich wette, sie hat es sogar schon gefunden«, erwiderte Schwester Cecilia aufgeregt.

Schwester Ulicia grinste. »Ich habe so das Gefühl, Ihr habt recht.«

Durch einen Gang mit Tonnengewölbe, welches mit dem Gemälde eines Weingartens verziert und vor langer Zeit zu geisterhaftem Schein verblasst war, bogen sie um eine Ecke und erreichten eine zweiflügelige Tür. Diese Tür, in die Weinranken und Laub geschnitzt waren, verlieh dem Eingang etwas Pracht, obwohl die Tür nicht besonders breit war.

»Ich spüre Tovi dahinter – endlich«, sagte Schwester Cecilia und seufzte erleichtert.

»Heute Nacht sollten wir mit den Ritualen beginnen«, sprudelte es aus Schwester Armina hervor.

Schwester Ulicia nickte und legte die Hand auf den bronzenen Türgriff. »Wenn Tovi das Buch gefunden hat – und ich bin mir dessen sicher –, dann sehe ich keinen Grund, warum wir jetzt, da wir alle drei Kästchen zusammenhaben, nicht sofort anfangen sollten.« Sie lächelte entrückt. »Je eher der Hüter aus seinem Gefängnis befreit ist, desto früher erhalten wir unsere Belohnung.«

Kahlan fragte sich, ob sie die Schwestern irgendwie an der Ausführung ihres Planes noch hindern konnte. Wenn sie vollendeten, was immer sie vorhatten, gäbe es kein Zurück mehr – für niemanden. Sie dachte an die Kästchen, die sie trug, und fragte sich, was geschehen würde, falls sie eines davon zerschmetterte, während die Schwestern ihr Wiedersehen mit Tovi feierten. Vielleicht hatte sie sogar genug Zeit, beide zu zerstören.

Damit würde sie den ganzen Zorn der Schwestern auf sich ziehen; vermutlich würde sie dabei den Tod finden. Allerdings war Kahlan längst zu der Einsicht gelangt, dass sie sowieso sterben musste, wenn die Schwestern Erfolg hatten.

Schwester Armina beugte sich vor. »Und als Erstes sollten wir eine offene Rechnung begleichen.« Sie schnitt eine giftige Miene. »Nur allzu gut erinnere ich mich, als uns dieser überhebliche Rohling zu den Zelten geschickt hat. Was er seinen

Soldaten erlaubt hat, mit uns anzustellen, werde ich niemals vergessen.«

Schwester Ulicias Augen funkelten mörderisch. »Oh, diese Rechnung zu begleichen wird uns allen Freude bereiten.« Ein bösartiges Grinsen breitete sich um ihren Mund aus. Sie drehte den Bronzegriff. »Dann wollen wir mal.«

37

Schwester Ulicia stieß die Türflügel auf und marschierte in den stockfinsteren Raum dahinter. »Tovi? Was machst du hier im Dunkeln? Schläfst du?« Verärgerung schwang in ihrer Stimme mit. »Wach auf, wir sind es. Wir haben es endlich geschafft.«

Da die Schwestern immer noch die Flammen auf den Handflächen trugen, gab es gerade genug Licht, um die Fackeln in den Halterungen an den Wänden zu erkennen, mehr jedoch nicht. Ihre Flammen schickten die Schwestern zu den kalten Fackeln, die sich mit einem heißen Zischen entzündeten. Nach und nach durchflutete Licht den Raum, der nicht besonders groß war. Auch hier waren Regale aus dem strohfarbenen Fels gehauen.

Auf der anderen Seite des Raums stand ein schwerer Tisch aus Eisen und Holz. In dem hohen verzierten Stuhl dahinter saß ein stämmiger Mann, der sie, das Kinn auf den Daumen gestützt, beobachtete.

Es war der böseste Mann, den Kahlan je gesehen hatte.

Die drei Schwestern erstarrten und rissen die Augen auf, aus denen Verwirrung, Unglauben und Schreck sprachen.

Der kräftig gebaute Mann hockte seelenruhig hinter dem Tisch und betrachtete die drei Schwestern. Dass er nicht sprach, sich nicht regte und überhaupt keine Eile zu haben schien, erhöhte nur die spürbare Gefährlichkeit, die von ihm ausging. Außer dem Knistern der Flammen war nichts zu hören.

Dieser Mann mit seinen dicken muskulösen Armen und dem Stiernacken stellte die Verkörperung reiner Bedrohlichkeit dar. Er trug kein Hemd, nur eine Lammfellweste, die den Blick auf die kräftigen Schultern und die enorme Brust freigab. Silberbänder umspannten die Oberarmmuskeln. An jedem der dicken Finger trug er einen Ring aus Gold oder Silber. Von der kahl geschorenen Kopfhaut spiegelte der Fackelschein wider. Kahlan konnte sich den Mann nicht mit Haaren vorstellen; das hätte das Einschüchternde seiner Erscheinung gemindert. Ein Goldring im linken Nasenflügel hielt eine Kette, die bis zu einem weiteren Ring im linken Ohr reichte. Abgesehen von den zwei Zoll langen Zöpfen des Schnurrbarts, die von den grinsenden Mundwinkeln herabhingen, war er glatt rasiert; ein weiterer Zopf wuchs in der Mitte des Kinns.

So erschreckend, so Angst einflößend und so unbarmherzig dieser Mann aussah, waren doch erst die Augen der wahre Albtraum. Sie enthielten überhaupt kein Weiß. Stattdessen waren sie mit trüben Formen durchzogen, die sich in ständiger Bewegung befanden. Trotzdem zweifelte Kahlan nicht daran, dass sein Blick auf ihr ruhte. Sein Starren gab ihr das Gefühl, nackt zu sein. Sie fürchtete, ihre Knie könnten unter der aufziehenden Panik nachgeben.

Als er den grimmigen Blick zu den Schwestern weiterschweifen ließ, streckte Kahlan die Hand aus, ohne hinzuschauen, und zog Jillian schützend in ihren Arm. Sie spürte, wie das Mädchen zitterte. Allerdings schien Jillian keineswegs überrascht zu sein, den Mann hier vorzufinden.

Kahlan verstand nicht, warum die Schwestern schwiegen und nicht handelten. Angesichts der unverhüllten Drohung, die der Mann darstellte, hätte sie erwartet, dass er längst in Flammen aufgegangen wäre, einfach nur, um kein Risiko einzugehen. Die Schwestern hatten bisher nie Scheu gezeigt, jeden zu töten, der ihnen auch nur das geringste Ungemach bereiten könnte. Und dieser Mann bedeutete mehr als Ungemach. Er sah aus, als könnte er ihre Köpfe in einer Faust zermalmen. Sein Blick verkündete, dass er an solche Dinge durchaus gewöhnt war.

Hinter Kahlan traten zwei stämmige Kerle aus den dunklen Ecken und schlossen die Flügeltür. Auch sie sahen grimmig aus und trugen wilde Tätowierungen im Gesicht. Die kräftigen Muskeln waren schweißnass und rußig, als würden die Männer sich nie den Rauch der öligen Feuer abwaschen. Als sie an Kahlan vorbeigingen und die Tür schlossen, roch sie den scharfen säuerlichen Schweiß durch das brennende Pech.

Diese beiden schienen auf jede Möglichkeit vorbereitet zu sein. Vor der Brust kreuzten sich schwere und mit Nieten beschlagene Lederriemen, in denen alle möglichen Messer steckten. Äxte und Streitkolben hingen an ihren Waffengurten und glitzerten im Fackelschein. Auch die Gesichter waren mit Metallstacheln besetzt: in den Ohren, den Augenbrauen und dem Nasenrücken. Fast sah es aus, als hätte man ihnen Nägel durch diese Teile des Gesichts geschlagen. Zudem waren sie ebenfalls kahl geschoren. Diese zwei Männer wirkten nicht vollends menschlich – und schon gar nicht zivilisiert, sondern eher wie die absichtliche Verfremdung von Menschen, die von Stahl und Ruß lebten und aus tierischen Teilen bestanden.

Obwohl sie Kurzschwerter trugen, zogen sie diese nicht. Die Schwestern flößten ihnen offensichtlich keinerlei Angst ein.

»Kaiser Jagang …« Schwester Ulicia versagte vor Schreck die Stimme.

Kaiser Jagang!

Der Schock, den diese beiden Wörter auslösten, fuhr Kahlan bis in die Tiefen ihrer Seele.

Irgendetwas an ihrer Vorstellung von diesem Mann, die sich gebildet hatte, indem sie seine Armee aus der Ferne und einige der Orte, wo sie gewütet hatte, aus der Nähe sah, ließ Kahlan ihn mehr fürchten als die Schwestern. Im Gegensatz zu ihnen fügte seine Männlichkeit der Bedrohlichkeit, die er verkörperte, eine fremdartige Dimension hinzu.

Soweit sie sich erinnern konnte, hatten sie alles getan, um sich von Jagang fernzuhalten, und nun saß er hier genau vor ihnen. Er wirkte gelassen, wie ein Mann, der alles in der Hand hatte. Sorgen schienen ihn nicht zu bedrücken. Nicht einmal die Schwestern der Finsternis beunruhigten ihn.

Diese Begegnung fand nicht zufällig statt, daran zweifelte Kahlan nicht. Man hatte sie herbeigeführt.

Ein Großteil der Angst vor Jagang rührte von den Gesprächen der Schwestern her, die Kahlan mit angehört hatte. Sie waren diesem Mann so gut wie nur eben möglich ausgewichen. Doch gab es da noch etwas, das viel tiefer reichte, einen düsteren Schrecken, der in ihrer Seele wurzelte, fast wie eine Erinnerung, die sie nicht greifen konnte und die sich nur als dunkler Schatten offenbarte.

Kahlan warf einen verstohlenen Blick auf die Schwestern, die wie erstarrt dastanden. Ihre Gesichter waren aschfahl geworden.

Schwester Ulicia trug ihr blaues Kleid, das sie für das Wiedersehen mit Tovi angelegt hatte. Der Stoff war nun staubig, nicht nur vom Aufstieg zu diesem Plateau, sondern auch vom Abstieg in sein Innerstes. Schwester Armina trug ein Kleid mit weißen Rüschen an den Ärmeln und am tiefen Halsausschnitt. Unter diesen Umständen, in einer staubigen Gruft und vor diesen boshaften Untieren, wirkten die Rüschen fast lächerlich. Schwester Cecilia, die älter und sonst außerordentlich beherrscht war, sah mit ihrem grauen Lockenhaar so aus, als würde sie im nächsten Moment das Reich des Wahnsinns betreten.

Jagang beobachtete die drei Schwestern aus seinen trüben Augen. Er genoss den Moment, erfreute sich an ihrem Entsetzen. Falls sie imstande gewesen wären, in dieser Situation etwas zu unternehmen, hätten sie es längst getan.

Schwester Armina fuhr sich mit der Zunge über die Lippen. »Exzellenz«, brachte sie gezwungen hervor. Erbärmlich, dachte Kahlan angesichts dieses Versuchs, respektvoll zu grüßen, denn es klang nach Panik und nicht nach Achtung.

»Exzellenz«, fiel Schwester Cecilia ein, kaum fester.

Kahlan hatte die Schwestern bei raren Gelegenheiten vorsichtig erlebt, manchmal sogar wachsam, aber nie ängstlich. Dermaßen eingeschüchtert hätte sie sich die drei niemals vorstellen können. Stets wirkten sie, als hätten sie alles in der Hand. Und nun war diese gewohnte Überheblichkeit wie weggeblasen!

Alle drei Schwestern verneigten sich tief, mit ruckartigen Bewegungen wie Marionetten.

Nachdem sie sich wieder aufgerichtet hatten, schluckte Schwester Ulicia verängstigt. Doch ihre Neugier und das unerträgliche Schweigen brachten sie dazu, das Wort zu ergreifen.

»Exzellenz, wieso seid Ihr hier?«

Der sanfte, unschuldig weibliche Ton ließ Jagangs boshaftes Starren in ein Grinsen übergehen.

»Ulicia, Ulicia, Ulicia …« Er seufzte tief. »Deine Dummheit hat wirklich monströse Ausmaße.«

Alle drei Frauen gingen auf ein Knie, als wären sie von einer unsichtbaren Faust getroffen. Ihren Kehlen entrang sich leises Wimmern.

»Bitte, Exzellenz, wir wollten nicht …«

»Ich weiß genau, was ihr wolltet. Ich weiß alles, was sich in euren Köpfen befindet, bis zur letzten schmutzigen Einzelheit.«

So erschüttert hatte Kahlan Ulicia nie zuvor gesehen. »Exzellenz … ich verstehe nicht …«

»Natürlich nicht«, sagte er. »Deshalb kniet ihr jetzt vor mir und nicht ich vor euch, wie es euch lieber wäre, nicht wahr, Armina?«

Als sein Blick auf Schwester Armina fiel, stieß sie einen unterdrückten Schrei aus. Blut troff aus ihren Ohren und rann über das schneeweiße Fleisch ihres Halses. Abgesehen von dem leichten Zittern rührte sie sich nicht.

Jillian klammerte sich an Kahlan. Sie zog die Kleine fester an sich heran und versuchte, sie zu trösten, obwohl das im Angesicht eines solchen Mannes eine aussichtslose Aufgabe war.

»Ihr habt also Tovi?«, fragte Schwester Ulicia, die mit der Wendung, welche die Ereignisse genommen hatten, noch immer nicht zurechtkam.

»Tovi!« Jagang lachte barsch. »Tovi! Tovi ist schon lange, lange tot.«

Schwester Ulicia starrte ihn entsetzt an. »Sie ist tot?«

Er machte eine wegwerfende Geste. »Wurde von einem höchst untreuen und verräterischen Freund ins Leben nach dem Tode geschickt. Mir scheint, der Hüter der Unterwelt dürfte höchst verärgert über Tovis Scheitern sein. Ihr habt die ganze Ewigkeit, um seine Wut zu erforschen.« Das Grinsen kehrte zurück, während er die Frauen anblickte. »Aber erst, nachdem ich in diesem Leben mit euch fertig bin.«

Schwester Ulicia neigte den Kopf. »Gewiss, Exzellenz.«

Kahlan bemerkte, dass Schwester Armina sich eingenässt hatte. Schwester Cecilia erweckte den Eindruck, sie würde im nächsten Moment in Tränen ausbrechen – oder zu schreien beginnen.

»Exzellenz«, wagte sich Schwester Ulicia vor, »wie könnt Ihr … ich meine, bei unseren Banden.«

»Eure Bande!« Jagang brüllte abermals vor Lachen und schlug auf den Tisch. »Ach, eure Bande zu Lord Rahl. Eure anrührende Treue zum Lord Rahl, die euch vor meinen Fähigkeiten als Traumwandler ›schützt‹.«

Kahlan verlor den Mut, als sie hörte, dass die Schwestern in einem Bündnis mit dem Lord Rahl standen. Aus irgendeinem Grunde hatte sie mehr von diesem Unbekannten gehalten. Ihren Irrtum einzusehen war schmerzlich.

»›Wir sind es doch nicht, die Lord Rahl angreifen‹«, sagte nun Jagang mit Fistelstimme und rang die Hände, während er höhnisch Ulicia nachahmte. »›Jagang hat es auf ihn abgesehen und will ihn vernichten, nicht wir. Wir werden einst über die Macht der Ordnung gebieten, und dann gewähren wir Richard Rahl, was nur in unserer Macht zu gewähren steht. Das reicht, um unsere Bande zu erhalten und uns vor dem Traumwandler zu schützen.‹«

Das weibische Nachahmen war zu Ende. »Eure Treue und Ergebenheit zu Lord Rahl sind wahrlich ergreifend.«

Dann krachte seine Faust auf den Tisch. Sein Gesicht schwoll vor Zorn rot an. »Glaubt ihr dummen Weiber tatsächlich, diese Bande zu Lord Rahl könnten euch vor Schaden bewahren?«

Kahlan erinnerte sich an ein Gespräch der Schwestern, die sich über das Gleiche unterhalten hatten, und schon damals hatte sie nichts verstanden. Warum sollte Richard Rahl irgendetwas mit diesen bösartigen Frauen zu schaffen haben und sogar einen Pakt mit ihnen eingehen? Konnte das ernsthaft stimmen? War er möglicherweise keinen Deut besser als sie?

Eines ergab jedoch gar keinen Sinn. Wenn sie sich ihm verschworen hatten, warum stahlen sie dann die Kästchen aus seinem Palast?

»Aber die Magie der Bande …« Schwester Ulicia versagte nach und nach die Stimme.

Jagang erhob sich. Den Schwestern stockte der Atem, und ihr Zittern wurde heftiger. Kahlan glaubte, wenn sie gekonnt hätten, wären sie wenigstens noch einen Schritt und vermutlich viel weiter zurückgewichen.

Er schüttelte den Kopf, als könnte er solche Dummheit

nicht fassen. »Ulicia, ich war in deinem Verstand und habe alles mit angesehen. Ich war an jenem Tag vor Jahren dabei, als du das Komplott gegen Richard Rahl vorgeschlagen hast. Ich muss zugeben, eigentlich habe ich nicht geglaubt, dass ihr es ernst meintet. Wie konntet ihr so dumm sein und denken, durch eine solche Vereinbarung würdet ihr eure Freiheit von mir gewinnen?«

»Aber es hätte gelingen können.«

»Nein. Es hätte niemals gelingen können. Das Ganze war bloß eine Idee, der es an jeglicher Vernunft mangelte. Ihr wolltet es einfach glauben.«

»Ihr seid in unseren Verstand eingedrungen? An jenem Tag?«, fragte Schwester Cecilia. »Warum habt Ihr uns dann in dem Glauben gelassen, wir wären erfolgreich?«

Er richtete den düsteren Blick auf sie. »Erinnerst du dich nicht mehr, was ich dir ganz am Anfang gesagt habe, an dem Tag, an dem ihr zum ersten Mal vor mir standet? Kontrolle, habe ich gesagt, ist wichtiger als Töten. Natürlich hätte ich euch sechs umbringen können, aber was hätte es mir genützt? Solange ihr unter meinem Einfluss steht, bedeutet ihr für mich keine Bedrohung und seid auf vielerlei Weise von Nutzen.

Nein, natürlich erinnerst du dich nicht, denn stattdessen hast du dich für schlau genug gehalten, um mich mit dieser verdrehten und jeglicher Logik entbehrenden Vorstellung von den Banden austricksen zu können. Für zu schlau, um überlistet zu werden, und doch steht ihr jetzt wieder vor mir. Und dabei hatte ich euch die ganze Zeit in der Gewalt.«

»Und trotzdem … habt Ihr uns einfach nach Belieben gewähren lassen.«

Jagang zuckte mit den Schultern und trat um den Tisch. »Ich hätte euch jederzeit aufhalten können, wann immer ich wollte. Ich wusste, ihr steht unter meinem Einfluss. Aber was hätte ich dabei gewonnen? Noch einige Schwestern der Finsternis mehr, und von denen hatte ich schon genug – wenngleich ihre Anzahl inzwischen stark geschwunden ist.« Er beugte sich zu ihnen hinunter. »Euresgleichen hat den Drang, gern für die Glaubensgemeinschaft der Ordnung das Leben mit dem Tode zu tauschen.

Ihr hingegen«, sagte Jagang und richtete sich auf, »wart viel interessanter. Mit euch hatte ich Schwestern der Finsternis, die Pläne verfolgten.« Er tippte sich mit dem dicken Zeigefinger an die Schläfe. »Abwegige Pläne und das Wissen, sie in die Tat umzusetzen.

Ein Leben lang habt ihr in den Gewölben unter dem Palast der Propheten Wissen angehäuft, aus Tausenden von Büchern, die es nun nicht mehr gibt. Mochten eure Pläne manchmal noch so unvernünftig sein – bedenkt nur eure gegenwärtige Lage –, so wart ihr doch im Besitz des im Laufe von Jahrzehnten erlernten Wissens, und natürlich bedeutete es nicht, dass nicht manche eurer Pläne durchführbar gewesen wären.«

»Ihr habt unsere Pläne also immer gekannt? Von dem Tag an mit Richard Rahl?«

Jagang funkelte Schwester Ulicia an. »Gewiss kannte ich sie. Ich wusste in dem Moment davon, in dem ihr sie ausgeheckt habt.« Er senkte die Stimme bedrohlich. »Ihr habt gedacht, ich könne mich nur in die Träume der Menschen schleichen. Ein Irrtum. Ihr habt geglaubt, ich wäre nicht da, wenn ihr wach seid. War ich aber. Wenn ich einmal in deinen Kopf eingedrungen bin, Ulicia, bin ich immer da.

Was du auch denkst und wann, ich bin Zeuge. Bei jedem noch so kleinen schmutzigen Gedanken. Bei jeder Handlung, bei jedem schändlichen Wunsch. So, als ob du es laut ausgesprochen hättest. Nur weil ich dich nicht auf meine Gegenwart aufmerksam gemacht habe, hast du dummerweise geglaubt, ich sei nicht da. Aber ich war da.« Er drohte ihr mit dem Finger. »Oh, Ulicia, ich war da.

Als ihr Richard Rahl von eurem Plan erzählt habt, als ihr ihm Treue schwören wolltet im Austausch gegen jemanden, dem er sein Herz geschenkt hatte, nun, da konnte ich kaum glauben, dass ihr tatsächlich gedacht habt, es könne funktionieren.«

Aus irgendeinem Grunde erfüllte es Kahlan mit Traurigkeit, als sie hörte, Richard Rahl habe jemandem sein Herz geschenkt. Seit jenem Tag, an dem sie in seinem wunderschönen Garten gewesen war, spürte sie eine tiefe Verbundenheit zu ihm, und wenn es sich auch nur um die gemeinsame Liebe zur Natur handelte, zu allem, was wuchs, zur Welt des Lebens. Nun erfuhr sie, dass er mit den Schwestern der Finsternis im Bunde stand und jemandem sein Herz geschenkt hatte. Wieder fühlte sie sich wie ein vergessener Niemand. Was hatte sie sich nur gedacht?

»Aber … aber«, stammelte Schwester Ulicia. »Der Plan hat funktioniert …«

Jagang schüttelte den Kopf. »Treue zu euren Bedingungen, Treue, obwohl ihr weiter an seiner Vernichtung arbeiten wolltet, obwohl ihr euch für alles einsetzen wolltet, gegen das er steht, Treue, obwohl ihr weiterhin an dem Schwur gegenüber dem Hüter der Unterwelt festgehalten habt, Treue, die aus euren wählerischen, selbstsüchtigen Wünschen entstand. Genau das sind sie. Wünsche. Wünsche verwandeln Sehnsüchte nicht einfach in Wirklichkeit, nur weil man es will.«

Kahlan war zumindest ein wenig erleichtert, dass die Schwestern die Vernichtung des Lord Rahl weiterhin verfolgten. Vielleicht war er doch kein ernsthafter Verbündeter der Schwestern. Möglicherweise wurde er einfach, wie Kahlan selbst, gegen seinen Willen ausgenutzt.

»Ich meine, wenn ihr euren Glauben schon aus der leeren Luft gegriffen habt, Ulicia, warum habt ihr euch nicht Ärger erspart und euch eingeredet, ihr könntet euch mit reiner Willenskraft gegen einen Traumwandler zur Wehr setzen? Das wäre ein ebenso wirksamer Schild gewesen.«

Er schüttelte den Kopf. »Ach, Ulicia. Wie grausam von dem Wesen des Seins, dass es euch diese unvernünftigen Sehnsüchte nicht gewährt hat.«

Während er fortfuhr, breitete er die Arme aus. »Und erstaunlicherweise glaubten auch die anderen Schwestern daran. Ich weiß es, ich war schließlich auch in ihren Gedanken und schaute zu, wie sie voller Übermut annahmen, sich meinen Fähigkeiten entzogen zu haben, weil du behauptest hast, du könntest die Bande zum Lord Rahl mit deinen eigenen Vorstellungen von Treue schmieden.«

»Aber Ihr habt es uns gestattet«, wandte Schwester Ulicia ein, die ihr Erstaunen noch immer nicht überwunden hatte. »Warum seid Ihr damals nicht gegen uns vorgegangen?«

Jagang zuckte mit den Schultern. »Ich habe genug Schwestern unter meiner Kontrolle. Es war eine interessante Gelegenheit. Ich lerne viel aus dem Wissen, über das andere verfügen. Solches Wissen verleiht eine Macht, die man auf andere Weise nicht erlangen kann.

Also entschied ich abzuwarten, was ihr mit euren Mitteln erreichen könntet und was ihr für mich in Erfahrung bringen würdet. Jederzeit hätte ich mein kleines Experiment beenden können. Manchmal habt ihr mich in arge Versuchung geführt, zum Beispiel vor nicht allzu langer Zeit, als Armina sagte: ›Es wäre mir ein Vergnügen, Jagang aufzuknüpfen und mich nach Lust und Laune an ihm zu vergehen.‹«

Er runzelte die Stirn. »Erinnerst du dich daran, Armina? Gräme dich nicht, wenn du es vergessen hast. Ich werde dich von Zeit zu Zeit daran erinnern, um dein Gedächtnis aufzufrischen.«

Schwester Armina hob die Hand, als wolle sie ihn anflehen. »Ich, ich wollte nur …«

Er starrte sie böse an, bis sie in Schweigen verfiel, unfähig, eine Entschuldigung vorzubringen.

Dann fuhr er fort: »Ja, ich war dabei. Ja, ich habe alles gesehen. Ja, ich hätte euch zu jedem beliebigen Zeitpunkt außer Gefecht setzen können. Doch im Gegensatz zu euch, Ulicia, bin ich geduldig. Mit Geduld kann man Berge versetzen – oder sie umgehen oder darüber hinwegklettern.«

»Aber Ihr hättet Euch Richard Rahl greifen können, als wir ihm unsere Bedingungen genannt haben. Oder später in seinem Lager.«

»Ihr hättet ihn auch in seinem Lager haben können. Ihr habt ihn mit einem Bann gefangen und hattet ihn am Boden. Da hättet ihr ihm den Todesstoß versetzen können. Warum habt ihr es nicht getan? Weil ihr einen größeren Plan verfolgt habt, also habt ihr ihn verschont und geglaubt, die Bande zu ihm seien euer Schutz, während ihr wichtigeren Zielen nachgelaufen seid.«

»Aber Ihr braucht ihn nicht«, hakte sie nach. »Ihr hättet ihn erledigen können.«

»Ach, Menschen zu töten ist gewiss als Strafe sehr nützlich, doch ist oft das vorteilhafter, was man mit ihnen anfangen kann, solange sie leben. Zum Beispiel ihr drei. Der Tod stellt für euch keine große Strafe dar, vielmehr bekommt ihr die Belohnung im Leben danach, sofern ihr dem Schöpfer in diesem gute Dienste geleistet habt. Ihr drei werdet das Licht des Schöpfers jedoch nicht erblicken. Welchen Nutzen bringt mir das ein? Solange ihr jedoch noch lebt, kann ich euch leiden lassen.« Er beugte sich vor. »Stimmt ihr dem zu?«

»Ja, Exzellenz«, brachte Schwester Ulicia unter Mühen hervor, während ihr erste Blutstropfen aus den Ohren rannen.

»Eure Pläne haben mir zum Teil gefallen«, sagte er und richtete sich auf. »Sie dienten meinen eigenen Zwecken – zum Beispiel die Sache mit den Kästchen der Ordnung. Warum sollte ich Richard Rahl töten; ich kann doch viel mehr tun, als ihn einfach nur umzubringen. Ich will ihn lebendig, damit er unvorstellbare Qualen erleidet.

Als ich ihn an jenem Tag in seinem Lager leben ließ, so wie auch ihr, als ihr den Feuerkettenbann beschworen habt, wusste ich, dass ich die Gelegenheit bekommen würde, ihm alles zu nehmen. Da ich in euren Gedanken war, war ich vor dem Feuerkettenbann ebenso geschützt wie ihr.

Nun, mit all dem, was ihr mir geliefert habt, kann ich Richard Rahl seine Macht nehmen, sein Land, sein Volk, seine Freunde, seine Anverwandten. Im Namen der Glaubensgemeinschaft der Ordnung nehme ich ihm alles.«

Jagang ballte die Hand zur Faust und biss die Zähne zusammen. »Weil er sich unserer rechtmäßigen Sache widersetzt hat, beabsichtige ich ihn bis auf den Grund seiner Seele zu zermalmen, und dann, wenn ich alles aus ihm herausgewrungen habe, bereite ich ihm jede Art von Schmerzen, die es auf dieser Welt gibt. Ich werde die Flamme seiner Seele zum Erlöschen bringen. Und ihr habt mich dazu in die Lage versetzt.«

Schwester Ulicia nickte unter Tränen und erkannte, dass alles für sie verloren war. Sie schien sich ihrem neuen Herrn zu unterwerfen.

»Exzellenz, wir können nichts ohne das Buch vollbringen, dessentwegen wir gekommen sind.«

Jagang nahm ein Buch vom Tisch und hielt es in die Höhe. »*Das Buch der Gezählten Schatten*. Deswegen seid ihr hier. Ich habe mich ein wenig danach umgesehen, während ich auf euch gewartet habe.«

Er ließ das Buch auf den Tisch knallen. »Außerordentlich selten. Dieses Exemplar gehört zu den wenigen Abschriften, die eigentlich niemals angefertigt werden sollten, und deshalb wurde es hier versteckt. Natürlich war ich in euren Gedanken dabei, als ihr dies erfahren habt.

Ihr habt sogar das Mittel mitgebracht, um seine Echtheit zu bestätigen.« Sein verstörender Blick suchte Kahlan. »Und ihr habt ihr einen Halsring um den Hals gelegt, durch den ich Einfluss auf sie nehmen kann.« Er lächelte Schwester Ulicia herablassend an. »Versteht ihr, durch euch kann ich jede Bewegung von ihr kontrollieren – genauso leicht wie ihr.«

Kahlans Hoffnung auf eine Gelegenheit zur Flucht löste sich in nichts auf. Wenn die Schwestern schon grausame Herrinnen waren, so stellte dieser Mann etwas noch Schlimmeres dar. Obwohl Kahlan seine Absichten noch nicht kannte, gab sie sich keinen Illusionen hin.

Eine dunkle Ahnung stieg in ihr auf. Aus einem bestimmten Grund war sie für die Schwestern und nun auch für Jagang von großem Wert. Wie konnte sie das Mittel sein, um die Echtheit eines alten Buches zu verifizieren, das seit Tausenden von Jahren in einem Versteck gelegen hatte? Stets hatte man ihr gesagt, sie sei ein Niemand, eine Sklavin, nicht mehr. Die Schwestern hatten sie belogen, dämmerte ihr. Sie hatten ihr das nur eingeredet. Stattdessen war sie ausgesprochen wichtig für sie alle.

Jagang deutete auf die arme Jillian. »Außer dem Ring habe ich ein weiteres Mittel, um Kahlan davon zu überzeugen, zu tun, was man ihr sagt. Sag mir, Kleines, hast du schon einmal bei einem Mann gelegen?«

Jillian drängte sich an Kahlan. »Ihr habt versprochen, meinen Großvater freizulassen. Wenn ich tue, was Ihr verlangt, und die Schwestern herführe, würdet Ihr ihn und die anderen entlassen. Das habe ich getan.«

»Ja. Und sogar sehr überzeugend. Ich war die ganze Zeit dabei und habe mir deine Vorstellung angeschaut. Du hast jede meiner Anweisungen befolgt.« Seine Stimme wurde so bedrohlich wie sein Blick. »Jetzt beantworte meine Frage, oder dein Großvater und die anderen werden bis morgen Futter für die Aasfresser sein. Hast du schon einmal bei einem Mann gelegen?«

»Ich weiß nicht genau, was Ihr meint«, antwortete sie schüchtern.

»Verstehe. Also, wenn Kahlan nicht alles tut, was ich ihr sage, werde ich dich meinen Soldaten zum Vergnügen überlassen. Von jungen Dingern, die bisher nicht wissen, was sie für ein Verlangen haben, können sie gar nicht genug bekommen.«

Jillians Finger krallten sich in Kahlans Hemd. Sie drängte ihr Gesicht an Kahlans Arm und unterdrückte ein Schluchzen. Kahlan legte ihr die Hand auf die Schulter und versuchte sie zu trösten, versuchte ihr die Gewissheit zu geben, dass ihr nichts Böses widerfahren würde, solange sie sich irgendwie dagegen wehren konnte.

»Ihr habt mich«, sagte Kahlan. »Lasst sie in Ruhe.«

»Tovi hat das dritte Kästchen«, warf Schwester Ulicia ein. Sie wollte Zeit schinden, erkannte Kahlan, und sich bei Jagang einschmeicheln.

Der starrte sie an. »Es wurde ihr gestohlen.«

»Gestohlen? Also … ich kann Euch helfen, es zu finden.«

Jagang lehnte sich an den Tisch und verschränkte die kräftigen Arme. »Ulicia, wann wirst du endlich begreifen, dass ich nicht nur vor dir stehe, sondern auch in deinen Gedanken bin? Ich weiß alles, was du denkst. Trotzdem heckst du wieder deine Pläne aus. Sie sind recht originell. Und was du für grandiose Pläne entworfen hast«, sagte er mit einem zufriedenen Seufzer und trat auf sie zu. »Du hast sie weiter vorangetrieben, als ich dir je zugetraut hätte.«

In seiner Stimme schwang ein Unterton mit, bei dem es Kahlan kalt den Rücken hinunterlief. »Und nun schau, was mir meine Geduld am Ende eingebracht hat«, fuhr er fort, wandte sich an Kahlan und starrte sie aus trüben schwarzen Augen an. »Möchtest du wissen, warum ich euch frei herumziehen ließ, wie ihr es wolltet? Hier ist die Antwort. Indem ich euch gewähren ließ, Ulicia, habe ich die größte Beute eingefahren.«

Jetzt wusste Kahlan, dass sie richtig lag. Aus irgendeinem Grund war sie von Wert. Wenn sie nur gewusst hätte, weshalb. Und wer sie wirklich war.

Sie konnte nichts tun, außer Jagang zuzuschauen, wie er näher kam. Flucht war ausgeschlossen. Falls sie daran gedacht hätte. Allerdings spürte sie einen Schmerz, der ihr den Rücken hinunterschoss, in den Beinen brannte und jeden Schritt unmöglich machte. Der Halsring verursachte diese schmerzvolle Lähmung, das wusste sie, weil die Schwestern das Gleiche schon vorher bei ihr angewendet hatten. Er wusste es natürlich ebenfalls, denn er war in ihren Gedanken gewesen und hatte alles gesehen. An seiner erbarmungslosen Miene konnte sie ablesen, dass er diesmal für den Schmerz verantwortlich war.

Jagang streckte die Hand aus und strich mit den dicken Fingern durch Kahlans Haar. Sie wollte diese Berührung nicht, konnte sie jedoch nicht verhindern. Er schien alle anderen Anwesenden im Raum zu vergessen und schaute nur sie an.

»Ja, Ulicia, ihr habt mir die größte Beute eingebracht. Ihr habt Kahlan Amnell zu mir geführt.«

Amnell. Nun kannte sie ihren Familiennamen. Sie hatte ein kurzes Zögern nach ihrem Namen gespürt, so als hätte man eigentlich einen Titel hinzufügen müssen.

Jagang beugte sich vor und setzte ein abscheuliches Lächeln auf, über dessen Bedeutung sie nicht nachdenken mochte. Kahlan wich aus eigenem Willen nicht zurück, obwohl sie eigentlich keine andere Wahl hatte. Jagang drängte seinen starken muskelbepackten Körper gegen sie. Es fühlte sich an, als würde sich ein Stier bei ihr anlehnen.

Mit einem Finger zog der Mann das Haar vom Hals zurück. Er legte den Mund an ihr Ohr, und seine Stoppeln kratzten über ihre Wange.

»Aber Kahlan weiß nicht, wer sie ist, weiß nicht einmal, warum sie eine so große Beute ist.«

Zum ersten Mal wünschte sich Kahlan, unsichtbar zu sein, damit dieser Mann sie nicht sehen konnte, so wie alle außer den Schwestern und Jillian. Sie wollte nicht, dass dieser Mann sie erkannte. Seine Nähe war ihr unerträglich.

»Du machst dir nicht die geringste Vorstellung davon«, flüsterte er ihr eindringlich ins Ohr, mit einer Stimme, die sie mit Entsetzen erfüllte, »wie ungemein unangenehm dies für dich werden wird.

Du bist meine Geduld wert, du warst all das wert, was ich mir von Ulicia bieten lassen musste. Wir werden uns näherkommen, du und ich, sehr nahe. Wenn du glaubst, ich beabsichtige, mir das Schlimmste für Lord Rahl aufzuheben, dann hast du noch keine Ahnung, was ich mit dir vorhabe, meine Süße.«

Nie zuvor hatte sich Kahlan so allein gefühlt, so hilflos. Gegen ihren Willen rann eine Träne über ihre Wange, doch das Schluchzen konnte sie zurückhalten.

38

Nachdem sich Jagang von Kahlan abgewendet hatte und sie nicht länger anblickte, gestattete sich Kahlan immerhin zu schlucken. Es erfüllte sie mit stiller Erleichterung, dass er sie nicht mehr mit den Händen anfasste, selbst wenn es sich nur um das Haar gehandelt hatte. Hilflos zitterte sie voller Furcht, weil er ihr so nah gekommen war. Seinen vielsagenden Blick hatte sie sehr wohl verstanden. Er konnte ihr antun, was immer er wollte, sie befand sich vollständig in seiner Gewalt.

Nein. Noch befand sich Luft in ihrer Lunge. Sie durfte sich solcher Verzweiflung nicht hingeben. Sie durfte sich nicht als hilflos betrachten.

Nachdenken musste sie, anstatt sich von Panik verzehren zu lassen. Panik brachte sie nicht voran. Vielleicht stellte es sich als wahr heraus, dass sie keine Kontrolle über ihr Leben besaß, doch wäre sie seinem Willen ausgeliefert, wenn sie sich blindlings von ihrer Panik lenken ließ. Genau das wollte er von ihr.

Auf der anderen Seite des Raums, an dem schweren Tisch, zog Jagang das Buch zu sich heran. Er schlug den Einbanddeckel auf, stützte sich mit beiden Händen auf den Tisch und betrachtete schweigend die Seite. Die runden Schultern und der muskulöse Nacken erinnerten eher an einen Stier als an einen Menschen. Die Kleidung, die er trug, diente ebenfalls dazu, den Eindruck seiner nicht menschlichen Erscheinung zu verstärken. Er und seine Männer gaben sich offenbar alle Mühe, die Hülle aus edelsten Menschheitsidealen abzustreifen und sich dafür den Anschein animalischer Niedertracht zu geben. Der Hang zu dieser untergeordneten Existenzform enthüllte eine grundlegende Dimension ihrer Gefährlichkeit: Sie strebten nicht danach, Menschen zu sein, sondern etwas Niederes.

Hinter ihr, nahe der Tür, standen die zwei riesigen Kerle schweigend Wache, die Beine leicht gegrätscht und die Hände hinter dem Rücken verschränkt. Kahlan legte Jillian die Hand auf die Schulter, als das Mädchen sie wegen dieser Männer ängstlich anschaute, die ihr von Zeit zu Zeit finstere Blicke zuwarfen.

Die beiden Wachen sahen Kahlan nicht. Zumindest ging sie davon aus. Sie hatte die beiden beobachtet, doch außer Jillian schielten sie nur gelegentlich zu den Schwestern, wenn auch ohne viel Interesse. Sobald sich Jagang an Kahlan wandte, wirkten sie ein wenig verwirrt. Sie sagten nichts, aber Kahlan wusste schon, für sie musste es den Eindruck machen, ihr Anführer spreche mit sich selbst. Wie alle anderen außer Jillian, den Schwestern und Jagang, Letzterer durch seine Verbindung zu den Schwestern, hatten die Wachen Kahlan bereits wieder vergessen, ehe die zwei sie richtig wahrgenommen hatten. Am liebsten wäre sie auch für Jagang so unsichtbar gewesen.

»Wie steht es mit Eurer Armee, Exzellenz?«, fragte Schwester Ulicia, die offensichtlich weiterhin versuchte, Zeit zu gewinnen, indem sie ihn in ein Gespräch verwickelte. Auch sie musste sich anstrengen, nicht der Panik zu verfallen.

Jagang blickte über die Schulter und grinste verschlagen. »Sie ist nah.«

Verwundert blinzelte Schwester Ulicia. »Nahe?«

Er nickte und grinste weiter. »Gleich hinterm Horizont im Norden, oben in D'Hara.«

»Im Norden – in D'Hara?!«, platzte es aus Schwester Armina heraus. »Aber das ist nicht möglich, Exzellenz.«

Er zog eine Augenbraue hoch und genoss unverkennbar ihre Überraschung.

»Man muss Euch falsche Berichte über ihren Standort überbracht haben«, fuhr Schwester Armina fort und klang, als wolle sie sich beim Kaiser lieb Kind machen. Sie fuhr sich mit der Zunge über die Lippen. »Ich meine nur, Exzellenz, wir, also, wir haben sie längst passiert. Sie sind noch in den Midlands auf dem Weg nach Süden und versuchen die dazwischenliegenden Berge zu umgehen. Sie können noch nicht …«

Ihre zitternden Worte erstarben, als habe Jagangs Blick sie allen Mutes beraubt, sogar des Mutes zu sprechen, bis von ihr nur eine leere Hülle des Entsetzens blieb.

»O doch, gerade sind sie um die Berge hier unten gekommen und nach Norden in Richtung D'Hara abgeschwenkt«, erwiderte Jagang. »Seht ihr, ich habe euer Denken so beeinflusst, dass ihr dorthin gegangen seid, wo ich euch haben wollte und wann. Es war meine Absicht, euch in Sicherheit zu wiegen und in dem Glauben zu lassen, ihr würdet wissen, wo ich sei. Ihr habt mein Wispern nicht einmal gehört, doch genau dieses Wispern hat euch unbemerkt geführt.«

»Aber wir haben Eure Soldaten gesehen«, wandte Schwester Cecilia ein. »Wir haben sie gesehen und sie umschlichen. Danach haben wir sie weit hinter uns zurückgelassen.«

»Ihr habt nur gesehen, was ich euch vorgespiegelt habe«, entgegnete Jagang und tat ihre Bemerkung mit einer Handbewegung ab. »Ihr habt gedacht, ihr würdet den Weg einschlagen, den ihr gehen wollt, stattdessen wart ihr dorthin unterwegs, wohin ich euch führte – zu mir und meiner Hauptarmee.

Ich habe euch ein paar Abteilungen meiner Nachhut vorbeigeschickt, dann an einigen Einheiten, die nach Süden in die anderen Gebiete der Midlands zogen. Damit habe ich euch glauben lassen, was ihr glauben solltet: Ihr solltet euch sicher fühlen, während meine Armee nach meinen Plänen vorrückte.

Unsere Soldaten sind sehr viel schneller marschiert, als ihr dachtet. Ich möchte diesen Krieg beenden, und dieses Ziel scheint mir in greifbare Nähe gerückt zu sein, daher habe ich meine Taktik dementsprechend angepasst. Für gewöhnlich lasse ich meine Armee nicht in solchen Gewaltmärschen voranziehen, denn das kostet doch nur eine Menge Männer, zermürbt die Truppe und bringt nichts ein, doch nun ist das Ziel in Sicht gekommen, und das rechtfertigt die Verluste. Außerdem dienen sie dem Orden und nicht der Orden ihnen.«

»Ich verstehe«, antwortete Armina kleinlaut. Die neuen Einzelheiten über die Täuschung und ihre Misere entmutigten sie nur noch mehr.

»So, es gibt Arbeit zu erledigen.«

Die drei Schwestern sprangen vor, als hätte man an unsichtbaren Leinen um ihre Hälse gezerrt. »Ja, Exzellenz«, sagten sie wie aus einem Mund. Offensichtlich hatte Jagang einen stillen Befehl geknurrt, den nur sie hören konnten, vermutlich, um sie daran zu erinnern, dass er bei ihnen war, in ihrem Kopf.

Kahlan fiel ein, dass er sie selbst zwar über den Ring um ihren Hals kontrollieren konnte, nämlich über die Gedanken der Schwestern, aber offensichtlich nicht ohne diesen Umweg. Da er gegen sie lediglich schwachen Hass empfand, wollte er sie wohl lieber durch Angst lähmen und sie auf diese Weise vom Denken abhalten – in Ergänzung zu dem Halsring und den Schwestern. Immerhin wäre er, solange er sich in den Gedanken der Schwestern aufhielt, nicht in ihren.

Natürlich konnte sie das nicht mit Bestimmtheit sagen. Schließlich hatten sich die Schwestern zu der gleichen Annahme verleiten lassen – dass der Traumwandler eben ihre Gedanken nicht überwachte. Und wiewohl sie die Möglichkeit nicht ausschließen konnte, glaubte sie einfach nicht, dass er sich gleichzeitig in ihrem Kopf befand. Nicht zuletzt deswegen, weil er sie ganz anders behandelte als die drei. Sie waren treulose Gefangene, Kahlan hingegen eine Kriegsbeute.

Er hatte sie aus einem bestimmten Grund getäuscht. Im Wesentlichen wollte er sie aushorchen. Sie hatten Pläne ausgeheckt, und die wollte er heimlich ausspionieren und zu seinem eigenen Vorteil nutzen. Kahlan hatte, soweit er wusste, nichts anderes im Sinn, als den Schwestern zu entfliehen. Darüber hinaus hatte sie keine Pläne. Sie erinnerte sich nicht einmal mehr, wer sie eigentlich war. Dementsprechend gab es in ihren Gedanken für Jagang wenig zu belauschen. Es war zwar nicht zu übersehen, dass sie nicht seine Gefangene sein und ihr eigenes Leben zurückhaben wollte. Darüber hinaus aber lohnte es sich nicht, Kahlan auszuspionieren, zumindest noch nicht, nicht, ehe sie zu denken begann, anstatt blinder Panik zu verfallen.

Nur wenn er tatsächlich nicht in ihre Gedanken eindrang, aus welchem Grunde nicht? Er war ein Traumwandler, ein Mann mit solcher Macht, dass die Schwestern ihn hatten meiden wollen – erfolglos zwar, eben genau wegen seiner Macht und seiner Fähigkeiten. Kahlan wollte er unbedingt und betrachtete sie als seine große Beute, wie er es genannt hatte. Wäre er in ihrem Kopf gewesen, hätte er sie mit der gleichen unsichtbaren Leine kontrollieren können wie die Schwestern und hätte seine Fähigkeit nicht durch die drei hindurch ausüben müssen. Er erschien Kahlan nicht wie ein Mann, der sich mit indirekter Einflussnahme zufriedengab, solange er nicht darauf angewiesen war. Also würde er die Schwestern nicht benötigen, wenn er selbst in Kahlans Gedanken eindringen konnte.

Welchen Sinn hatte es, sich nicht in ihrem Kopf zu zeigen, wenn er es könnte? Und ausschlaggebender noch, wenn sie für ihn so wichtig war, würde er nicht direkte Kontrolle über sie ausüben wollen?

Da musste etwas dahinterstecken. Sie hatte entschieden den Eindruck, dass er sich hütete, manche Dinge auszusprechen.

»Das ist es also«, sagte er zu den Schwestern. »*Das Buch der Gezählten Schatten.* Deswegen seid ihr hergekommen. Ich möchte unverzüglich anfangen.«

»Aber Exzellenz«, erwiderte Schwester Ulicia, bestürzt über die bloße Idee, »wir haben nicht alle Kästchen. Man braucht sämtliche drei.«

»Nein, braucht man nicht. Man muss nur dieses Buch benutzen, um herauszufinden, ob eines dieser beiden dasjenige ist, welches notwendig ist. Falls das fehlende das eine wäre, das uns oder alles Existierende zerstören würde, warum sollten wir es brauchen?«

Schwester Ulicia weckte den Anschein, als habe sie sehr gute Gründe, weshalb sie es trotzdem benötigten, mochte offenbar aber nicht streiten.

»Gut«, sagte sie und suchte nach Worten. »Das könnte natürlich stimmen. Schließlich hatten wir noch keine Gelegenheit, *Das Buch der Gezählten Schatten* zu studieren, daher sind wir uns nicht sicher. Die anderen Quellen könnten sich irren. Deshalb sind wir in der Tat hergekommen. Wir brauchten dieses Buch. Ihr könntet recht haben, Exzellenz, vielleicht ist das dritte Kästchen wirklich nicht notwendig.«

Schwester Ulicia glaubte nicht, was sie sagte, wie Kahlan nicht umhinkam zu bemerken. Jagang schien sich an ihrem Zweifel wenig zu stören.

»Und hier wartet es auf uns.« Er deutete auf das Buch. »Nachdem ihr es studiert habt, wisst ihr, welches Kästchen welches ist und welches wir brauchen. Falls diese beiden die falschen sind, taucht das dritte vielleicht wie aus heiterem Himmel auf.«

Die Schwestern zögerten, sich dieser Meinung anzuschließen, allerdings wollten sie es auch nicht auf eine Konfrontation ankommen lassen.

Immerhin räumte Schwester Ulicia nach einem Blick zu den

anderen ein, wie sinnvoll dieser Vorschlag sei. »Wir haben das Buch bislang nicht zu Gesicht bekommen, daher müssen wir … daraus lernen, so viel wir können. Ich denke, Ihr habt recht, Exzellenz. Das Buch zu studieren wäre hilfreich.«

Jagang deutete mit dem Kopf in Richtung des Buches auf dem Tisch. »Dann fangt an.«

Die Schwestern traten näher, beugten sich über den dicken Band und betrachteten ehrfürchtig den Gegenstand, nach dem sie so lange gesucht hatten. Schweigend lasen sie, während Jagang sowohl sie als auch das Buch im Auge behielt.

»Exzellenz«, sagte Schwester Ulicia nach nur einem flüchtigen Blick, »es scheint, wir können nicht einfach so … anfangen, wie Ihr es ausgedrückt habt.«

»Warum nicht?«

»Nun, seht hier.« Sie tippte auf die Seite. »Gleich hier zu Beginn wird angeführt, was wir zuvor durchaus berechtigt ansprachen, dass es nämlich Sicherheitsvorkehrungen gibt. Es heißt, man braucht …«

Sie blickte über die Schulter zu Kahlan und verstummte.

»Nun ja«, fuhr sie fort, »hier steht gleich zu Anfang: *›Die Überprüfung der Richtigkeit der Worte des Buches der Gezählten Schatten, so sie gesprochen werden von einem anderen als jenem, der über die Kästchen gebietet, kann nur gewährleistet werden durch den Einsatz eines …‹* Exzellenz, seht selbst, was dort steht.«

Ohne Frage vermied die Frau, das Betreffende in Kahlans Gegenwart laut auszusprechen. Jagang las ebenfalls leise.

»Ja und?«, entgegnete er. »Sie werden durch denjenigen gesprochen, der über die Kästchen gebietet. Durch euch lese ich sie. Ich gebiete jetzt über die Kästchen.«

Schwester Ulicia räusperte sich. »Exzellenz, ich will ganz ehrlich sein …«

»Ich lese deine Gedanken. Es wäre unmöglich für dich, nicht ehrlich zu sein. Ich weiß, du zweifelst an der Durchführbarkeit meiner Idee, möchtest das aber nicht laut zum Ausdruck bringen. Wie dir klar ist, würde ich sofort merken, wenn du mich täuschen wolltest.«

»Jawohl, Exzellenz.« Sie deutete auf das Buch. »Aber versteht Ihr, es ist eine sehr technische Angelegenheit.«

»Was?«

»Die Überprüfung, Exzellenz. Bei diesem Buch handelt es sich um eine Anleitung für die Durchführung außerordentlich komplexer Handlungen. Nicht nur außerordentlich komplexer, sondern zudem gefährlicher Handlungen – für uns alle. Aus diesem Grund sollte man den Anweisungen strikt Folge leisten. Keinesfalls darf man sich über so etwas leichtfertig hinwegsetzen. Nichts darf man als gegeben voraussetzen. Der Inhalt dieses Buches ist aus gutem Grund überaus präzise. Man muss über jedes Wort nachdenken, über jeden Satz, über jede Formulierung. Jede Möglichkeit sollte bedacht werden. Unser Leben hängt von größter Umsicht ab.«

»Was ist daran so technisch? Es heißt einfach nur: ›Überprüfung, so sie gesprochen werden von einem anderen.‹ Sie werden nicht von einem anderen gesprochen, wir lesen sie einfach direkt ab.«

»Darum geht es gerade, Exzellenz. Wir lesen es eben nicht direkt ab.«

Jagang stieg die Zornesröte ins Gesicht. »Was machen wir dann hier?«

Schwester Ulicia schnappte nach Luft, als drückte ihr eine unsichtbare Hand die Kehle zu. »Exzellenz, Ihr gebietet über die Kästchen. Aber Ihr lest eigentlich nicht *Das Buch der Gezählten Schatten.*«

Er lehnte sich bedrohlich zu ihr vor. »Was lese ich stattdessen?«

»Eine Abschrift«, sagte sie.

Er zögerte. »Und?«

»Und in diesem Fall lest Ihr, rein technisch ausgedrückt, eben nicht *Das Buch der Gezählten Schatten*. Ihr lest eine Abschrift. Im Wesentlichen lest Ihr etwas, das ein anderer gesprochen hat.«

Er runzelte die Stirn. »Und wer liest es?«

»Derjenige, der die Abschrift angefertigt hat.«

Jagang richtete sich auf, und auf seinem Gesicht drückte sich Begreifen aus. »Ja, das ist nicht das Original. In gewisser Weise höre ich es von dem, der die Abschrift angefertigt hat.« Er kratzte sich die Stoppeln. »Es muss überprüft werden.«

»Genau, Exzellenz«, antwortete Schwester Ulicia sichtlich erleichtert.

Jagang blickte über die Schulter zu Kahlan. »Komm her.«

Kahlan beeilte sich, dem Befehl Folge zu leisten; einen Kampf, der nur mit Schmerzen für sie endete, während Jagang leicht den Sieg davontragen würde, wollte sie nicht riskieren. Jillian wich ihr nicht von der Seite; sie wollte wohl nicht allein bei den zwei finsteren Wachen stehen bleiben.

Jagang packte Kahlans Hals mit seinen Pranken. Er drückte sie nach vorn und beugte sie über das Buch.

»Sieh dir das an, und sag mir, ob es echt ist.«

Nachdem er sie losgelassen hatte, spürte Kahlan noch den Griff seiner kräftigen Finger am Hals. Sie widerstand dem Drang, sich das pochende Fleisch zu reiben, und langte stattdessen nach dem Buch.

Wie sollte sie die Authentizität eines Buches beurteilen, das sie nie zuvor gesehen hatte? Sie hatte keine Ahnung, wodurch sich die Echtheit bestätigen ließe. Allerdings, dessen war sie sicher, würde sich Jagang mit einer solchen Entschuldigung nicht zufriedengeben. Ihn interessierte nur die Antwort und nicht, dass sie die Antwort nicht kannte.

So entschied sie, zumindest einen Versuch zu wagen, und blätterte die Seiten durch. Dabei gab sie sich den Anschein, sich große Mühe zu geben, obwohl sie vor sich nur leere Seiten sah.

»Tut mir leid«, sagte sie schließlich. Ihr fiel nichts anderes ein, als bei der Wahrheit zu bleiben. »Die Seiten sind leer. Hier kann ich nichts auf seine Echtheit überprüfen.«

»Sie kann die Worte nicht lesen, Exzellenz«, murmelte Schwester Ulicia, als würde sie das kaum überraschen. »Es ist ein Buch der Magie. Um es zu lesen, sind bestimmte intakte Verbindungen spezieller Arten von Han notwendig.«

Jagang betrachtete den Halsring. »Intakt.« Misstrauisch blickte er ihr in die Augen. »Vielleicht lügt sie. Es könnte doch sein, sie will uns gar nicht sagen, was sie sieht.«

Kahlan fragte sich, ob sie damit die Bestätigung hatte, dass er nicht in ihre Gedanken eindrang, oder ob er sie aus irgendeinem Grund immer noch täuschte. Zu diesem Zeitpunkt erschien ihr eine solche Verschleierung wenig sinnvoll. Schließlich waren die Kästchen und das Buch der eigentliche Grund für die Täuschung der Schwestern gewesen. Er hatte die Heimlichkeit nur deshalb verwandt, um sie hierher zu diesem Buch zu locken.

Abrupt packte Jagang die kleine Jillian am Haar. Die stieß einen schrillen Schrei aus. Offensichtlich tat er ihr weh. Sie gab ihr Bestes, sich nicht gegen ihn zu wehren, sonst hätte er ihr womöglich das Haar samt Kopfhaut ausgerissen.

»Ich werde dem Mädchen ein Auge ausstechen«, drohte Jagang. »Dann frage ich dich erneut, ob das Buch echt ist oder nicht. Wenn ich keine Antwort erhalte, aus welchem Grund auch immer, steche ich ihr das zweite aus. Daraufhin frage ich dich ein letztes Mal, und solltest du mir die Antwort wieder verweigern, reiße ich ihr das Herz aus dem Leib. Was sagst du dazu?«

Die Schwestern standen stumm dabei, schauten zu und machten keinerlei Anstalten, sich einzumischen. Jagang zog ein

Messer aus der Scheide an seinem Gürtel. Jillian keuchte entsetzt, als er sie herumriss und den Arm quer über ihre Kehle legte. Sie konnte sich nicht rühren. Jagang hielt das Messer gefährlich dicht an ihr Gesicht.

»Lasst mich das Buch sehen«, sagte Kahlan in der Hoffnung, die Tragödie noch verhindern zu können.

Mit Daumen und einem freien Finger der Hand, die das Messer hielt, packte er das Buch und reichte es ihr. Kahlan blätterte es erneut durch, vergewisserte sich, ob sie nicht doch auf einer Seite etwas lesen konnte, aber da war nichts. Jede Seite war leer. Kahlan sah nichts und hatte keine Möglichkeit zu entscheiden, ob es echt war oder nicht.

Sie schlug es zu und strich über den Einband. Was sollte sie nur tun? Sie hatte keine Ahnung, worauf sie achten könnte. Nun drehte sie das Buch um und musterte die hintere Seite des Einbands und den Büttenrand. Dann wandte sie sich den Goldprägebuchstaben auf dem Rücken zu.

Jillian stieß einen abgewürgten Schrei aus, da Jagang fester zupackte und sie vom Boden hob. Er setzte dem Mädchen die Messerspitze ans rechte Auge. Jillian blinzelte, unfähig, sich von der Bedrohung abzuwenden, und ihre Wimpern strichen über die Klinge.

»Zeit, blind zu werden«, knurrte Jagang.

»Es ist eine Fälschung«, sagte Kahlan.

Er sah auf. »Wie?«

Kahlan hielt ihm das Buch hin. »Dieses Buch ist nicht echt. Es ist eine Fälschung.«

Schwester Ulicia trat einen Schritt vor. »Woher willst du das wissen?« Es verwirrte sie offensichtlich, dass Kahlan ein Buch zur Fälschung erklärte, ohne ein einziges Wort daraus lesen zu können.

Kahlan beachtete sie nicht. Stattdessen sah sie dem Traumwandler unverwandt in die albtraumhaften Augen. Trübe Formen wallten wie Gewitterwolken über einen nächtlichen Horizont. Sie musste ihre gesamte Willenskraft aufbieten, um seinem Blick nicht auszuweichen.

»Bist du sicher?«, fragte Jagang.

»Ja«, sagte sie und legte alle Überzeugungskraft, die sie aufbringen konnte, in die Worte. »Eine Fälschung.«

Vollkommen auf Kahlan konzentriert, ließ Jagang Jillian los. Das Mädchen floh hinter Kahlan und suchte Schutz.

Jagang beobachtete Kahlans Augen. »Woher weißt du, dass es nicht *Das Buch der Gezählten Schatten* ist?«

Kahlan, die ihm das Buch immer noch entgegenhielt, drehte es, damit er den Rücken sehen konnte. »Ihr sucht nach *Das Buch der Gezählten Schatten*. Hier steht: *Das Buch des Gezählten Schattens*.«

Sein Starren wurde unerträglich. »Wie?«

»Ihr habt mich gefragt, wie ich es als Fälschung erkannt habe. So. Hier steht: *des Gezählten Schattens*. Nicht: *der Gezählten Schatten*. Deshalb ist es eine Fälschung.«

Schwester Cecilia wischte sich das Gesicht. Schwester Armina verdrehte die Augen.

Schwester Ulicia hingegen betrachtete das Buch stirnrunzelnd und las den Rücken selbst. »Sie hat recht.«

»Ja und?« Jagang warf die Hände in die Luft. »Das Wort ›Schatten‹ steht also nur im Singular statt im Plural. Und nun?«

»Ganz einfach«, antwortete Kahlan. »Eins ist richtig, eins ist es nicht.«

»Ganz einfach?«, fragte er. »Das hältst du für einfach?«

»Wie viel einfacher soll es denn noch werden?«

»Es hat möglicherweise nichts zu bedeuten«, sagte Schwester Cecilia und beeilte sich, ihrem übel gelaunten Gebieter zur Seite zu stehen. »Singular, Plural, welchen Unterschied macht das schon aus? Es ist nur der Einband; was drin steht, ist wichtig.«

»Es könnte nur ein Fehler sein«, sagte Jagang. »Vielleicht hat der Buchbinder ihn begangen. Das Buch wird doch vermutlich von jemand anderem gebunden worden sein, deshalb kann der Text selbst durchaus echt sein.«

»Das ist richtig«, stimmte Schwester Armina zu, die dem Kaiser nicht widersprechen wollte. »Der Buchbinder hat den Fehler gemacht, nicht der Schreiber. Höchstwahrscheinlich handelte es sich nicht um die gleiche Person. Der Buchbinder war gewiss ein dummer Kerl. Der Schreiber hingegen muss mit der Gabe gesegnet gewesen sein. Was in dem Buch steht, ist das Entscheidende. Und das muss richtig sein, nicht der Einband. Ohne Zweifel handelt es sich bloß um den törichten Irrtum eines Handwerkers, der nichts zu bedeuten hat.«

»Wir haben sie aus einem bestimmten Grund mitgebracht«, gemahnte Schwester Ulicia die beiden flüsternd. »Es ist gleichgültig, wie einfach es zu sein scheint. Das Buch selbst warnt, es vor allem anderen unter diesen Umständen durch sie auf seine Echtheit überprüfen zu lassen.«

»Die Angelegenheit ist äußerst gefährlich. Eine solche Antwort ist zu ungenau«, meinte Schwester Cecilia.

Schwester Ulicia neigte der Frau den Kopf zu. »Und wenn ein gedungener Meuchler mit dem Messer auf dich zugeht, ist die Klinge dann zu ungenau, um auf die Gefahr aufmerksam zu werden?«

Schwester Cecilia wirkte nicht belustigt. »Diese Sache ist zu komplex, um anhand einer solchen Kleinigkeit entschieden zu werden.«

»Ach?« Schwester Ulicia bedachte die andere Frau mit einem herablassenden Blick. »Und wo steht geschrieben, die Überprüfung auf Echtheit müsse komplex sein? Es heißt lediglich, sie müsse von ihr durchgeführt werden. Von uns hat den Fehler niemand bemerkt. Sie jedoch schon. Damit hat sie der Anweisung Genüge getan.«

Schwester Cecilia betrachtete die Frau, die bislang ihre Anführerin gewesen war, von oben herab. Jetzt mussten sie sich ihr nicht mehr beugen, mussten ihr nicht mehr zu Gefallen sein.

»Das hat überhaupt nichts zu bedeuten«, sagte Jagang, der Kahlan weiterhin anstarrte. Diese hielt seinem Blick stand. »Woher soll sie wissen, dass es eine Fälschung ist? Sie will doch nur ihren Hals retten.«

Kahlan zuckte die Schultern. »Wenn Ihr das glauben mögt, bitte. Oder zweifelt Ihr vielleicht nur deshalb nicht, weil Ihr glauben *wollt*, dass es sich um eine authentische Abschrift handelt?« Sie zog eine Augenbraue hoch. »Und nicht, weil es eine ist.«

Jagang schnappte ihr das Buch aus der Hand und wandte sich wieder den Schwestern zu.

»Wir müssen uns den Inhalt genau anschauen. Das ist entscheidend, wenn man das richtige Kästchen finden und öffnen will.«

»Exzellenz«, begann Schwester Ulicia, »es gibt vielleicht keine Möglichkeit festzustellen, ob das Geschriebene …«

Jagang warf das Buch auf den Tisch und schnitt ihr das Wort ab. »Ihr drei werdet alles genau durchgehen. Sucht nach weiteren Hinweisen, die für eine Fälschung sprechen.«

Schwester Ulicia räusperte sich. »Das können wir gern versuchen …«

»Sofort!« Seine dröhnende Stimme hallte im Raum wider. »Oder möchtet ihr zu den Zelten und meine Männer beglücken? Welche Art Dienst ihr leistet, liegt ganz bei euch. Trefft eine Wahl.«

Die drei Schwestern eilten zum Tisch. Sie beugten sich über das Buch und begannen, aufmerksam darin zu lesen. Jagang drängte sich zwischen Ulicia und Cecilia, wollte offensichtlich überwachen, was sie lasen, und sicherstellen, dass ihnen nichts entging.

39

Nachdem sich Kahlan vergewissert hatte, dass die vier beschäftigt waren, scheuchte sie Jillian still in eine der Ecken.

»Hör mir genau zu und tu exakt das, was ich dir sage«, erklärte sie mit gedämpfter Stimme, damit Jagang und die Schwestern es nicht mitbekamen.

Jillian runzelte die Stirn.

»Ich muss etwas in Erfahrung bringen. Dazu gehe ich zu den beiden Wachen …«

»Was!«

Kahlan legte ihr die Hand auf den Mund und zischte: »Still!«

Jillian schaute zu den Wächtern, weil sie befürchtete, die könnten sich ihr zuwenden. Das war jedoch nicht der Fall.

Zufrieden, dass Jillian verstanden hatte, nahm Kahlan ihre Hand zurück. »Ich habe den Verdacht, diese drei Zauberinnen könnten mich mit einem Bann belegt haben. Deshalb erinnere ich mich nicht mehr daran, wer ich bin. Fast niemand außer ihnen und Jagang kann sich erinnern, mich je gesehen zu haben. Beinahe keiner. Mir ist schleierhaft, wieso du es kannst. Außerdem haben sie mir diesen Ring um den Hals gelegt, mit dem sie mir Schmerzen zufügen können. Also, ich glaube, die Wachen können mich nicht sehen, ich muss es jedoch ganz sicher wissen. Du bleibst hier stehen. Schau nicht zu mir hin und tu nichts, was ihr Misstrauen erregen könnte.«

»Aber …«

Kahlan legte ihr den Zeigefinger auf den Mund. »Hör mir zu. Tu, was ich sage.«

Schließlich nickte Jillian.

Ohne abzuwarten, ob das Mädchen seine Meinung ändern würde und weitere Einwände erhob, vergewisserte sich Kahlan, dass Jagang und die Schwestern noch in ihre Lektüre vertieft waren. Sie bewegte sich so leise sie konnte; die Wachen mochten sie nicht wahrnehmen, aber falls Jagang oder eine der Schwestern sie hörten, war die Gelegenheit dahin.

Die beiden Wachen starrten geradeaus und beobachteten ihren Kaiser. Gelegentlich sah der eine auf Jillians Seite zu dem Mädchen. Kahlan konnte ihm vom Gesicht ablesen, was er dachte: Er hoffte, Jagang würde sie ihm überlassen. Kahlan stellte sich vor, dass solche Belohnungen zu den Vorzügen gehörten, die man erwarb, wenn man sich die Vertrauensstellung als persönliche Leibwache des Kaisers erarbeitet hatte. Jillian hatte keine Ahnung, welches Schicksal ihr da blühte. Kahlan musste der Unausweichlichkeit, mit der sich die Ereignisse entwickelten, eine andere Richtung geben.

Sie bemühte sich, den Wachen nicht die Sicht auf die vier Leute am Tisch zu versperren. Obwohl sich die beiden Männer nicht lange genug an sie erinnern konnten, um sie wahrzunehmen, wollte sie nicht herausfinden, was geschähe, wenn sie ihren Herrn und Meister nicht mehr sehen konnten. Die zwei waren argwöhnische Kerle, die gewiss mit überdurchschnittlichen Fähigkeiten ausgestattet waren, und es ließ sich nicht sagen, wie leicht sie sich von kleinstem Ärger aufscheuchen ließen. Kahlan beabsichtigte allerdings, großen Ärger zu veranstalten – jedoch erst, wenn sie dazu bereit war.

Nun, da sie genau vor dem einen stand, fiel ihr auf, dass sie ihm nur bis zur Schulter reichte und ihm gar nicht die Sicht versperren konnte. Vorsichtig berührte sie den Metallstab, den der Kerl durch die Nase trug. Der Mann verzog das Gesicht und kratzte sich beiläufig, packte jedoch nicht ihre Hand.

Zufrieden damit zog Kahlan eines der Messer aus dem Ledergurt über der Brust. Als die Klinge langsam zum Vorschein kam, bewegte sie die Waffe sehr gleichmäßig, ohne Druck auf Scheide oder Riemen auszuüben. Die Wache bemerkte nichts, selbst als Kahlan die Waffe ganz herausgezogen hatte.

Eine Waffe in der Hand zu halten, das fühlte sich ungemein gut an. Es erinnerte sie an das Wirtshaus zum Weißen Ross, wo die Schwestern die Wirtsleute ermordet hatten. Da hatte sie sich ein schweres Hackmesser gegriffen, um sie daran zu hindern, der Tochter ein Leid zuzufügen.

Und eine noch tiefere Befriedigung erfüllte sie, denn eine Waffe stellte ein Mittel dar, das eigene Leben zu kontrollieren und sich zu schützen. Eine Waffe bedeutete Unabhängigkeit von der Gnade böser Menschen, die kein Gesetz achteten, bedeutete, nicht länger Stärkeren, die mit ihrer Macht Schwächere drangsalierten, hilflos ausgesetzt zu sein.

Kahlan ließ das Messer in ihrer Hand kreisen, jonglierte es durch die Finger und schaute den Reflexen des Fackelscheins zu. Sie packte den Griff und betrachtete kurz die gut geschliffene blitzblanke Klinge.

Die Waffe bedeutete Erlösung. Wenn schon nicht für sie, dann wenigstens für Jillian.

Kahlan riss sich aus diesen Gedanken los und schob das Messer rasch in ihren Stiefel. Sie warf einen Blick auf Jillian, die sich still verhielt. Allerdings machte sie große Augen. Kahlan wandte sich erneut ihrer Aufgabe zu und zog vorsichtig ein zweites Messer aus einer Scheide am Brustgurt. Diese Klinge war ein wenig dünner und besser ausbalanciert. Wie schon die erste, so schob sie auch diese Waffe in ihren Stiefel und achtete sorgsam darauf, dass sie hinter ihren Knöchel zu sitzen kam. Dann stieß sie die Spitze in den Absatz. In dieser behelfsmäßigen Scheide konnte sich das Messer nicht bewegen und beim Gehen keine Verletzungen verursachen.

So leise wie nur möglich schlich Kahlan rasch zu der verängstigten Jillian zurück. Die Schwestern und ihr Gebieter hatten sich in eine angeregte Auseinandersetzung über den Belang der Stellung von Gestirnen, des Wetters und der Jahreszeiten für die Bildung und Konzentration der Kraft verstrickt, die man für bestimmte Bannsprüche brauchte. Die Schwestern erklärten die Bedeutung mancher Abschnitte. Jagang dagegen stellte ständig Fragen und bezweifelte andauernd ihre Annahmen.

Kahlan verwunderte es, wie bewandert der Mann war. Nicht selten äußerten die Schwestern, dass er über einige Themen, die mit den Kästchen der Ordnung zusammenhingen, besser Bescheid wusste als sie. Jagang wirkte kaum wie jemand, der aus Büchern gewonnenes Wissen schätzte, aber da hatte sich Kahlan wohl geirrt. Während sie das meiste, worüber sich die vier unterhielten, nicht verstand, war Jagang offensichtlich höchst belesen und konnte sich gescheit mit ihnen unterhalten – insbesondere über jene Themen, die den Frauen zufolge nur in seltenen Büchern nachgelesen werden konnten.

Er war nicht nur ein Untier. Er war viel schlimmer. Er war ein kluges Untier.

»Gut«, flüsterte Kahlan. »Hör mir genau zu. Wir haben nicht viel Zeit.«

Jillian hatte die Augen immer noch aufgerissen. »Wie hast du das gemacht?«

»Ich hatte recht, sie können mich nicht sehen.«

»Dieses Messer so zu wirbeln, meine ich.«

Kahlan zuckte die Schultern, überging die Frage, die sie nicht beantworten konnte, und wandte sich wichtigeren Angelegenheiten zu. »Pass auf, ich muss dich hier hinausschaffen. Das ist vielleicht unsere einzige Möglichkeit.«

Jillian entsetzte dieser Gedanke. »Aber wenn ich fliehe, wird er meinen Großvater umbringen und die anderen wahrscheinlich auch. Ich kann nicht fort.«

»Genau dadurch übt er Macht über dich aus. Die Wahrheit ist jedoch: Er wird euch alle vermutlich sowieso töten. Mach dir eins klar: Dies ist vielleicht deine einzige Chance, jemals deine Freiheit zurückzuerlangen.«

»Bist du dir da sicher? Wie kann ich das Leben meines Großvaters nur wegen deiner Vermutungen aufs Spiel setzen?«

Kahlan holte tief Luft. Lieber hätte sie es nicht erklären müssen. »Ich habe keine Zeit, es hübsch zu formulieren und dich freundlich zu überreden. Daher werde ich dir die nackte Wahrheit präsentieren müssen, und zwar sofort. Also sperr die Ohren auf.

Ich weiß, wie diese Männer sind. Was sie jungen Frauen wie dir und mir antun, habe ich mit eigenen Augen gesehen. Ich habe die nackten geschundenen Leiber der Toten gesehen, die die Soldaten der Imperialen Ordnung liegen ließen, nachdem sie mit den Armen fertig waren, habe die Gräben gesehen, in die sie wie Abfall hineingeworfen wurden.

Wenn du nicht fliehst, wird es dir sehr, sehr übel ergehen, im günstigsten Fall. Du wirst den Rest deines kurzen Lebens als Sklavin verbringen und den Soldaten bei ihren krankhaften Vergnügungen zu Diensten sein, wie du es dir nicht vorzustellen vermagst. Ständig wirst du zwischen Schrecken und Schluchzen pendeln. Und das ist noch die bessere Aussicht. Du lebst zwar, aber du wirst dir jeden einzelnen Augenblick den Tod wünschen. Im schlimmsten Fall bringen sie dich um, wenn Jagang weiterzieht.

Einerlei, es wäre töricht zu glauben, er werde dich gehen lassen. Gleichgültig, ob du fliehst oder bleibst, er lässt deinen Großvater und die anderen vielleicht am Leben, nur weil er sich nicht die Mühe machen will, sie zu ermorden. Jagang hat Wichtigeres im Sinn.

Du selbst bist nur Beutegut ohne großen Wert für ihn. Möglicherweise überlässt er dich den beiden Wachen als Lohn für ihren Dienst. So ziehen sich Männer wie Jagang unbarmherzige Bestien heran, die ihnen treu ergeben sind – indem sie ihnen schmackhafte Brocken wie dich hinwerfen. Hast du eine Vorstellung davon, was sie mit dir anstellen werden – bevor sie dir die Kehle aufschlitzen? Ja?«

Jillian schwieg einen Augenblick erschüttert. Sie schluckte, ehe sie antwortete. »Ich weiß, was Jagang meinte, vorhin, als er fragte, ob ich schon bei einem Mann gelegen habe – ich habe nur so getan, als hätte ich keine Ahnung. Ich weiß auch, was es bedeutet, wenn er mich seinen Soldaten überlässt und dass sie sich über ein junges Ding wie mich freuen würden. Ich kenne ihre Gelüste.

Meine Familie hat mich davor gewarnt, wie gefährlich Fremde dieser Sorte sind. Meine Mutter hat es mir erklärt. Ich glaube, alles hat sie mir trotzdem nicht erzählt, damit ich keine Albträume bekomme. Das, was du weißt, würde mir bestimmt Albträume bereiten. Vorhin habe ich meine Dummheit nur gespielt, damit er nicht erfährt, wie viel Angst ich vor ihm habe.«

Kahlan konnte sich ein Lächeln nicht verkneifen. »Das war schlau, sehr schlau.«

Jillians Lippen zitterten, und sie musste die Tränen unterdrücken, da sie nun einsah, welches Schicksal sie erwartete. »Hast du einen Plan?«

»Ja. Du hast lange Beine, trotzdem wirst du ihnen wohl nicht davonrennen können. Es gibt jedoch eine andere Möglichkeit, bei der wir ausnutzen, was du weißt und sie nicht. Du hast gesagt, sobald man einmal falsch abbiegt, könne man sich in diesem Labyrinth von Gängen und Räumen verirren und nie den Rückweg finden. Mit einem kleinen Vorsprung kannst du sie also in diesen verwinkelten Tunneln abhängen. So riesig wie diese Anlage ist, werden dich vermutlich nicht einmal die Schwestern mit ihren Kräften aufstöbern, und Jagang wird sicherlich keine Zeit mit dir verschwenden.«

Sie wirkte immer noch skeptisch. »Aber ich …«

»Jillian, es ist deine einzige Chance. Ich möchte nicht, dass dir etwas Schreckliches zustößt. Das wird unweigerlich geschehen, solltest du bleiben. Ergreife also diese Chance, denn du musst fort von hier. Mehr kann ich nicht für dich tun.«

Entsetzen breitete sich auf Jillians Miene aus. »Du meinst … du kommst nicht mit?«

Kahlan presste die Lippen aufeinander und schüttelte den Kopf. Sie tippte an den Halsring. »Damit können sie mich an der Flucht hindern. Es ist ein magischer Gegenstand. Mich würden sie sofort finden. Aber ich glaube, vorher kann ich sie lange genug aufhalten, um ein wenig Zeit für dich zu schinden.«

»Dann werden sie dir wehtun oder dich sogar umbringen, weil du mir geholfen hast.«

»Schmerz werden sie mir so oder so zufügen – Jagang hat mir bereits das Schlimmste versprochen, das er sich nur vorzustellen vermag. Übler kann es ja nicht werden. Töten werden sie mich allerdings vorerst nicht. Sie brauchen mich noch.

Ich helfe dir zu fliehen, und damit Schluss. Mein Entschluss steht fest. Es ist meine Wahl. Es ist das Einzige, was ich tun kann, die einzige Wahl, die ich treffen kann. Wenn ich dir helfe, wird mein eigenes Leben, gleichgültig, was mit mir geschieht, einen Sinn bekommen. Zumindest habe ich mich gewehrt und diesen einen Sieg über sie davongetragen.«

Jillian blickte sie an. »Du bist so tapfer wie der Lord Rahl.«

Kahlan runzelte die Stirn. »Meinst du Richard Rahl? Kennst du ihn?«

Jillian nickte. »Er hat mir auch geholfen.«

Kahlan schüttelte verwundert den Kopf. »Für jemanden, der

hier draußen in der Einöde lebt, hast du aber schon eine Menge wichtiger Menschen kennengelernt. Was hat er hier gemacht?«

»Er ist von den Toten zurückgekehrt.«

Kahlan riss die Augen auf. »Wie bitte?«

»Na, nicht richtig von den Toten. Zumindest hat er mir das so gesagt. Aber er stieg aus dem Brunnen der Toten im Friedhof, genau wie es in den Erzählungen heißt. Ich bin die Priesterin der Knochen. Als solche bin ich seine Dienerin, eine Traumwirkerin. Er ist mein Herr. Es hat schon viele Priesterinnen der Knochen gegeben, doch nie hat er sie aufgesucht. Ich hatte keine Ahnung, dass er ausgerechnet zu meinen Lebzeiten zurückkehren würde.

Er kam auch wegen der Bücher. Bei der Suche danach hat er diesen Ort gefunden – ich wusste überhaupt nichts von seiner Existenz. Keiner von meinen Leuten kannte ihn. Nicht einmal mein Großvater kannte diesen Hort der Knochen.

Richard suchte nach einem Buch, mit dessen Hilfe er jemanden finden wollte, der ihm sehr wichtig ist. Das Buch hieß *Feuerkette*. Nachdem er diesen Ort entdeckt und mich heruntergeholt hatte, fand ich das Buch. Er war ganz aufgeregt. Ich habe mich sehr gefreut, dass gerade ich ihm helfen konnte.

Seit ich das erste Mal mit ihm hier unten war, habe ich alles erkundet, jede Biegung und jeden Tunnel und jeden Raum. Hoffentlich kehrt Richard eines Tages zurück, wie er es versprochen hat, dann kann ich ihm das Ganze zeigen. Ich wäre so glücklich, wenn er stolz auf mich wäre.«

Kahlan sah das Verlangen in Jillians Augen, diesen Mann zufriedenzustellen und etwas Wichtiges für ihn zu erledigen, damit er ihre Bemühungen und ihre Fähigkeiten anerkannte. Kahlan brannten tausend Fragen auf der Seele, aber sie hatte keine Zeit. Einer konnte sie allerdings nicht widerstehen.

»Wie ist er denn so?«

»Herrscher Rahl hat mir das Leben gerettet. Ich habe noch

nie einen Menschen wie ihn kennengelernt.« Jillian lächelte entrückt. »Er war, also, ich weiß nicht ...« Sie fand die passenden Worte nicht.

»Ich verstehe schon«, sagte Kahlan, als sie den verträumten Blick in den kupferfarbenen Augen sah.

»Er hat mich vor diesen Soldaten gerettet, die Jagang auf die Suche nach diesen Büchern ausgeschickt hatte. Ich hatte solche Angst, dass dieser Kerl mir die Kehle durchschneiden würde, aber Richard hat ihn umgebracht. Dann hat er mich in den Armen gehalten und mich getröstet.« Sie blickte auf und riss sich aus ihren Erinnerungen. »Und meinen Großvater hat er auch gerettet. Na ja, eigentlich nicht Richard, sondern das war die Frau in seiner Begleitung.«

»Eine Frau?«

Jillian nickte. »Nicci. Sie behauptete, eine Zauberin zu sein. Eine so wunderschöne Frau. Ich konnte den Blick überhaupt nicht von ihr losreißen. Wie eine Gütige Seele stand sie vor mir, das Haar wie Sonnenstrahlen und Augen wie der Himmel.«

Kahlan seufzte. Warum sollte ein solcher Mann keine Frau haben? Nachdem sie nun von ihr gehört und sich diese Frage einmal gestellt hatte, war es ihr unverständlich, wieso sie überhaupt je etwas anderes gedacht haben konnte.

Sie wusste nicht, weshalb, aber ihr war zumute, als habe sie gerade eine unausgesprochene Hoffnung oder auch nur eine unbegreifliche Sehnsucht nach etwas auserlesen Kostbarem verloren, das sich hinter dem schwarzen Vorhang verbarg, den man vor ihre Vergangenheit gezogen hatte.

Sie musste den Blick von Jillian abwenden, sonst hätte sie wegen der aussichtslosen Lage, in der sie festsaß, die Fassung verloren. Ausweichend schaute sie über die Schulter, vorgeblich um nachzusehen, ob der Kaiser und die Schwestern noch beschäftigt waren, und wischte sich eine einsame Träne von der Wange.

Die Schwestern hatten sich weiter in ihre Debatte über Einzelheiten des Buchs vertieft. Immer wieder verlangte Jagang zu wissen, wie sie sicher sein konnten, dass bestimmte Abschnitte richtig waren.

Als Kahlan wieder nach vorn sah, starrte Jillian sie an. »Aber sie war nicht so schön wie du.«

Kahlan lächelte. »Feingefühl gehört wohl zu den unvermeidlichen Eigenschaften einer Priesterin der Knochen.«

»Nein«, erwiderte Jillian, plötzlich besorgt, dass Kahlan ihr nicht glauben wollte. »Ehrlich. Du hast so etwas an dir.«

Kahlan zog die Stirn hoch. »Was meinst du damit?«

Jillians Nase kräuselte sich, während sie nach den richtigen Worten suchte. »Ich weiß nicht, wie ich es beschreiben soll. Du bist sehr schön und klug und weißt immer, was du zu tun hast. Bloß ist da noch etwas. Du bist ...«

Kahlan fragte sich, ob dies eine Verbindung zu der Person sein konnte, die sie wirklich war. Lange hatte sie jemanden gesucht, der sie sehen und sich an sie erinnern und ihr vielleicht einen Hinweis geben konnte.

»Wie denn?«

»Ich weiß nicht. Irgendwie edel.«

»Edel?«

Jillian nickte. »Du erinnerst mich ein bisschen an Lord Rahl. Er hat mir, ohne zu zögern, das Leben gerettet, genauso wie du es vorhast. Aber nicht nur das. Ich kann es einfach nicht in Worte fassen. Er hatte so etwas an sich ... und bei dir ist es ebenso.«

»Gut. Zumindest habe ich dann eine Sache mit ihm gemeinsam, weil ich in Kürze auch dein Leben retten werde.«

Kahlan holte tief Luft und blickte erneut nach hinten. Die anderen stritten sich immer noch. Sie wandte sich wieder Jillian zu.

»Ich glaube, jetzt ist der richtige Zeitpunkt.«

»Aber ich mache mir trotzdem Gedanken wegen meines Großvaters …«

Kahlan blickte dem Mädchen einen Moment in die Augen.

»Hör mir zu, Jillian. Du kämpfst um dein Leben. Es ist das einzige Leben, das dir jemals vergönnt sein wird. Nur weil du bleibst, werden sie keine Gnade walten lassen. Ich weiß, dein Großvater würde sich wünschen, dass du diese Chance ergreifst.«

Jillian nickte. »Natürlich hast du recht. Lord Rahl hat mir fast das Gleiche über den Wert meines Lebens gesagt.«

Aus irgendeinem Grund heiterte dies Kahlan auf und brachte sie zum Lächeln. Letzteres verging ihr allerdings schnell, als sie wieder an die Aufgabe dachte, die vor ihr lag. Es war ihr unmöglich einzuschätzen, ob Jagang und die Schwestern bald fertig wären oder noch den Rest der Nacht benötigen würden, trotzdem durfte sie sich diese Gelegenheit nicht entgehen lassen.

»Wir müssen es jetzt durchziehen, ehe ich die Nerven verliere. Du tust exakt das, was ich sage.«

»Ja«, gab Jillian zurück.

»Ich gehe folgendermaßen vor: Du bleibst hier. Ich schleiche mich zu den beiden Wachen und töte sie.«

Jillian quollen die Augen über. »Was machst du?«

»Sie töten.«

»Wie denn? Du bist bloß eine Frau, und sie sind groß. Und zu zweit.«

»Es ist nicht schwierig, wenn man nur weiß, wie.«

»Schneidest du ihnen die Kehlen durch?«, riet Jillian.

»Nein. Das würde zu viel Lärm machen. Außerdem würde mir das nicht bei beiden gleichzeitig gelingen. Deshalb hole ich mir noch zwei Messer von ihnen, stelle mich hinter sie und steche ihnen die Klingen … hier hinein.«

Kahlan pikte mit dem Zeigefinger in Jillians Rücken, genau

in das weiche Fleisch über den Nieren. Selbst bei dem leichten Stoß stöhnte das Mädchen vor Schmerz, so empfindlich war die Stelle.

»Jemanden in die Nieren zu stechen ist so schmerzhaft, dass der Getroffene nicht mehr schreien kann.«

»Das meinst du nicht ernst. Bestimmt schreien sie.«

Kahlan schüttelte den Kopf. »Der Schmerz ist so stark, dass sich die Kehle verkrampft. Der Schrei bleibt in der Lunge stecken. Das ist unsere Chance. Ehe sie zusammenbrechen und sterbend auf dem Boden landen, sind wir schon durch die Tür hinaus. Das muss leise und gleichzeitig schnell vonstattengehen. Vermutlich haben wir nur einen Augenblick Zeit, bis wir entdeckt werden, aber mehr brauchen wir nicht, damit du verschwinden kannst.

Du bleibst jetzt hier stehen. Sobald ich die Wachen erstochen habe, eilst du zur Tür, so schnell du kannst, jedoch ohne jeglichen Laut. Ich warte an der Tür auf dich.«

Jillian keuchte vor lauter Angst. In den Augen standen ihr Tränen. »Aber ich möchte, dass du mitkommst.«

Kahlan umarmte das Mädchen.

»Ich weiß. Doch mehr als dies kann ich nicht tun, um dich zu beschützen, Jillian. Allerdings glaube ich, es wird genügen, um zu fliehen.«

Jillian wischte sich die Augen. »Was werden sie dir antun?«

»Mach du dir nur Sorgen darum, wie du verschwindest. Wenn ich eine Chance zur Flucht bekomme, werde ich sie nutzen, versprochen. Sag Lokey, er soll nach mir Ausschau halten, für den Fall, dass ich es schaffe.«

»Ja, gut.«

Gewiss weckte Kahlan damit falsche Hoffnungen. Sie legte Jillian die Hand auf die Schulter und blickte ein letztes Mal zu den vieren am Tisch. Das geschah gerade zum rechten Zeitpunkt.

Denn in diesem Moment schaute sich Jagang nach Kahlan um. Sie stand schweigend neben Jillian, beobachtete ihn und die Schwestern bei der Arbeit, als hätte sie das die ganze Zeit getan, und schien sich geduldig in ihr Schicksal gefügt zu haben. Er wandte sich wieder dem hitzigen Wortgefecht zwischen Schwester Ulicia und Schwester Cecilia zu. Schwester Ulicia gab sich einmal mehr so stur wie ein Maultier, Schwester Cecilia versuchte hingegen, Jagang zu besänftigen, indem sie ihm ganz nach dem Mund redete.

Nachdem Kahlan sicher war, dass Jagangs Aufmerksamkeit wieder vollständig den Schwestern galt, machte sie sich unverzüglich zu den Wachen auf. Der eine Mann beäugte Jillian mit zunehmend unverhohlener Gier. Kahlan zog ihm ein langes Messer aus dem Waffengurt. Sofort darauf wiederholte sie das bei dem zweiten Mann.

Sodann stellte sie sich hinter die beiden, schaute rasch zu den Schwestern und Jagang, die sich weiterhin miteinander beschäftigten, und warf Jillian einen Blick zu. Das Mädchen wischte sich die Hände an den Hüften ab und nickte.

Kahlan zog der Wache zu ihrer Linken ein Messer aus einer Scheide, die ihm an der Seite hing. Die Klinge nahm sie quer zwischen die Zähne.

Ohne weitere Zeit zu vergeuden, musterte sie den unteren Rücken der Wachen und suchte die Stelle, die sie treffen musste. Bei dem linken Mann wählte sie die rechte Seite, bei dem rechten die linke, weil sie so den geringsten Abstand zu überbrücken hatte und mit ganzer Kraft zustechen konnte.

Nun sah sie zwischen den beiden hin und her und vergewisserte sich, dass sie mit den Messern auf die richtigen Punkte zielte. Wenn sie nicht traf, würde das tödliche Folgen haben, allerdings nicht unbedingt für die Männer. Jillian und sie selbst würden den Preis für den Fehler zahlen. Die Klingen mussten beim ersten Stich sitzen.

Kahlan holte tief Luft, hielt sie kurz in der Lunge, ehe sie ausatmete und diese Kraft in den Stoß legte. Mit voller Wucht rammte sie jedem Mann ein Messer bis zum Heft in den Rücken.

Beide Wachen erstarrten im Schock.

Kahlan hatte bereits wieder Luft geholt. Diesmal presste sie den Atem so schnell sie konnte wieder heraus und nutzte ihre beträchtliche Kraft, um die Messer hin und her zu reißen – auf diese Weise würden die Klingen die Nieren der Männer regelrecht aufschlitzen.

Die zwei standen steif und verdreht da und wölbten den Rücken unter den unerträglichen Schmerzen. Ihre Augen traten hervor, ihr Mund ging auf, doch gaben sie keinen Laut von sich. Tödlich getroffen waren sie nicht fähig, einen letzten Atemzug zu tun oder einen Schrei auszustoßen.

Als Kahlan aufsah, war Jillian bereits unterwegs. Kahlan drehte sich rasch um und öffnete einen der schmalen Türflügel. Sie wollte den Verfolgern nicht den Weg frei machen, indem sie beide aufzog.

Das Mädchen war da. Die Knie der Männer gaben nach. Kahlan legte Jillian die Hand zwischen die Schultern und schob sie durch die Tür in den Gang hinaus.

Nun nahm sie das Messer aus dem Mund. »Lauf. Bleib auf gar keinen Fall stehen.«

Jillian nickte. Sie rannte davon, als wäre ihr der Hüter persönlich auf den Fersen.

Kahlan wollte sich umdrehen und die Tür schließen, doch in diesem Moment schlugen die Wachen auf den Boden.

Erschrocken fuhren vier Köpfe herum. Kahlan zog die Tür zu und rannte ebenfalls los, als hätte sich der Hüter gezeigt und wäre auch ihr auf den Fersen.

Jillian war bereits ein gutes Stück vorangekommen, bis zu einer Stelle, an der mehrere Gänge in verschiedene Richtungen abzweigten. Das Mädchen hielt an und sah zu Kahlan zurück.

Sie wechselten kurz einen Blick, der alles sagte, was zu sagen war, und dann verschwand Jillian in einem der Gänge. Dort hinten herrschte solche Dunkelheit, dass Kahlan nicht sicher war, welchen Jillian gewählt hatte.

Hinter ihr explodierte splitternd Holz, als hätte jemand die Flügeltür gesprengt. Plötzlich fiel Fackelschein in den Gang und tauchte Kahlan in Licht. Augenblicklich blieb sie stehen und drehte sich um. Sie packte das Messer an der Spitze. Im Raum sah sie Schemen auf die Tür zulaufen.

Mit aller Kraft holte sie aus und warf das Messer, obwohl noch niemand in der Tür aufgetaucht war.

Es war Schwester Cecilia, die, außer sich vor Wut, zuerst herausdrängte. Das Messer traf sie in die Brust. Kahlan hatte gehofft, Jagang würde der Erste sein, doch geglaubt hatte sie daran nicht, und deshalb hatte sie entsprechend gezielt. Die Klinge hatte Schwester Cecilia das Herz durchbohrt.

Die Schwester ging wie ein Sack zu Boden. Kahlan drehte sich um und stürmte los. Noch im Umdrehen sah sie, wie ihre anderen Verfolger über die Leiche stolperten.

Kahlan rannte wie nie zuvor in ihrem Leben. An der ersten Ecke bog sie nach links ab. Sie wusste nicht, welcher Richtung Jillian gefolgt war, doch sie konnte das Mädchen nirgendwo entdecken. Es war verschwunden.

Unvermittelt breitete sich Heiterkeit in Kahlan aus, dazu die Erregung des Erfolgs. Es hatte geklappt. Sie hatte ihr Versprechen Jillian und sich selbst gegenüber gehalten. Zumindest hatte sie ihnen diesen einen Schlag versetzt.

Sie kicherte über ihren Sieg, während sie wie eine Wahnsinnige rannte. Sie hatte nicht nur zwei Wachen, sondern auch Schwester Cecilia erwischt. Die Erinnerung an den Schmerz, den diese Frau ihr zugefügt hatte, und an die Befriedigung, die die Schwester dabei empfunden hatte, stieg in ihr auf, und Kahlan genoss ihre Rache.

Nachdem Jillian nun verschwunden war, keimte jedoch auch Angst in ihr und wuchs schnell an. Sie wusste, ihr selbst würde die Flucht nicht gelingen. Sie konnte nur rennen, immer wieder sporadisch abbiegen und auf das Ende warten.

Und das traf sie mit einem überwältigenden Schmerzschock. So, dachte sie, musste es sich für die beiden Wachen angefühlt haben.

Sie wusste, sie landete auf dem Boden, doch sie spürte es nicht.

Und dann fühlte es sich an, als würde die Decke und mit ihr die gesamte Stadt über ihr zusammenbrechen.

Die Welt wurde schwarz wie ein Grab.

40

Außer Atem erreichte Richard die Hügelkuppe. Inzwischen verließen ihn langsam die Kräfte. Unterwegs hatte er sich nicht die Zeit genommen, ausreichend zu essen, und nun zahlte er den Preis dafür. Seine Beine fühlten sich an wie Blei. Sein Magen rumorte vor Hunger. Er war schwach und hätte sich am liebsten hingelegt, doch das konnte er im Augenblick nicht, nicht jetzt, dem Ziel so nahe. Nicht, wenn so viel auf dem Spiel stand.

Er hatte Nüsse und ein paar Handvoll Heidelbeeren gegessen, die er pflückte, wann immer sie am Weg entlang wuchsen, doch hatte er keine Umwege gemacht, um mehr zu finden. Damit wollte er keine Zeit verschwenden.

Wenigstens hatte er sein Bündel bei sich, und gestern Nacht hatte er bei Sonnenuntergang seine Angelschnur in einen kleinen See gehängt. Dann hatte er trockenes Holz gesammelt und Feuer gemacht. Darauf briet er drei Forellen. Vor Hunger war er versucht gewesen, sie roh zu verspeisen, aber Fisch garte rasch, und so hatte er gewartet.

Da er sich nicht länger als notwendig aufhalten wollte, hatte er auf der Reise von der Stelle, wo ihn die Sliph abgesetzt hatte, bis hierher nur wenig geschlafen. Je eher er das Buch von Baraccus in die Hand bekam, desto besser. Es wartete bereits seit dreitausend Jahren auf ihn. Er wollte nicht noch eine Nacht länger warten. Dabei kreisten seine Gedanken darum, ob er seine momentanen Probleme hätte vermeiden können, wenn er klüger gewesen wäre und das Buch früher entdeckt hätte. Hoffentlich würde er mit seiner Hilfe Kahlan finden und vielleicht sogar eine Möglichkeit, den verunreinigten Feuerkettenbann ungeschehen zu machen.

Als bester Plan erschien es ihm, das Buch möglichst bald zu finden; dann konnte er schon mit dem Lesen beginnen, während er aß. Später würde er sich Gedanken über Schlaf und die Rückkehr zur Burg machen.

Die Burg lag weit entfernt. Wo genau sich Richard befand, wusste er nicht, allerdings musste dieser Ort ein gutes Stück südlich von Agaden in einem offensichtlich unbewohnten Gebiet liegen, sodass es ihm Sorgen bereitete, wie er Pferde auftreiben würde. Ein Problem nach dem anderen, mahnte er sich dann, immer nur eins zur gleichen Zeit.

So schwierig der Aufstieg an dem steilen Felshang im Dunkeln sein mochte, er konnte sich nicht überwinden, eine Rast einzulegen, da er seinem Ziel so nah war. Außerdem wollte er die Irrlichter sehen, was nur des Nachts möglich war, und aus diesem Grund wartete er nicht bis zum nächsten Morgen, weil er dann herumsitzen müsste, bis es wieder dunkel werden würde.

Schließlich oben angelangt, verschaffte sich Richard einen Überblick über die Gegend, um sich zu orientieren. Oberhalb des steilen Hangs wurde das Gelände flacher und ging in einen Wald weit auseinanderstehender Eichen über. Der leichte Wind, der tagsüber geweht hatte, war schon vor Stunden bei Sonnenuntergang eingeschlafen, jetzt rührte sich kein Hauch mehr. Die Stille lastete schwer auf Richard. Aus unersichtlichem Grund waren die nächtlichen Geräusche von kleinen Tieren oder Insekten, wie sie im ausgedehnten Tiefland in seinem Rücken typisch waren, am Ende des langen Aufstiegs verstummt.

Im Mondlicht erkannte Richard sofort, dass mit den Bäumen etwas nicht stimmte. Sie schienen alle abgestorben zu sein. Die dicken Stämme waren knorrig und verdreht. Die Rinde fiel in Streifen ab. Die hängenden Äste sahen aus wie Krallen, die nur darauf lauerten, nach demjenigen zu greifen, der es wagte, diesen Ort zu betreten.

Richard hatte seine ganze Aufmerksamkeit auf den Weg und den Aufstieg gerichtet, doch plötzlich wurde seine Wachsamkeit geweckt, und er lauschte nach Geräuschen in der unheimlichen Stille. Vorsichtig schlich er unter die Bäume, so leise wie möglich. Das war schwieriger als gedacht, da der Boden mit trockenen Ästen und Laub übersät war. Die Zweige über ihm warfen groteske Schatten im Mondlicht, und die Luft fühlte sich so kalt an, dass ihm ein Schauer über den Rücken lief.

Beim nächsten Schritt zerbrach unter seinem Fuß etwas mit eigenartig knochigem Krachen. In all den vielen Jahren in den Wäldern hatte Richard nie ein derartiges Geräusch gehört.

Er erstarrte, lauschte, wartete. Seine Gedanken überschlugen sich, während er sich zu erinnern versuchte, was ein solches Geräusch hervorbrachte. Doch sosehr er sich auch bemühte, er konnte es nicht einordnen. Da er nichts weiter hörte und keine Bewegung bemerkte, zog er langsam den Fuß von dem, was geknackt hatte, zurück.

Nachdem er in jede Richtung gespäht und jeden Schatten überprüft hatte, hockte er sich hin und schaute sich an, worauf er getreten war. Vorsichtig fegte er das modernde Laub zur Seite.

Halb vergraben im Waldboden und vom Alter gedunkelt starrte ihn ein menschlicher Schädel an. Mit seinem Gewicht hatte Richard die Schädeldecke zermalmt. Die Augenhöhlen, die ihn anzublicken schienen, waren jedoch unbeschädigt.

Richard suchte den Boden ab und entdeckte weitere Wölbungen unter dem Laub. Er sah auch noch mehr Schädel, die nicht vom Unrat des Waldes verdeckt wurden. Von seinem Standpunkt aus konnte er mindestens ein Dutzend verblichene Köpfe sehen, die zumindest teilweise frei lagen, und weitere rundliche Formen unter dem Laub. Als er zwischen den Blättern suchte, stieß er auf den Rest des Gerippes, das zu dem Kopf gehörte, auf den er getreten war.

Langsam erhob er sich und schlich weiter, wobei er den Boden, die knorrigen Stämme und die Äste über sich genau musterte. Er sah niemanden und hörte nichts.

Dabei wusste er nicht, wonach er Ausschau hielt, allerdings fielen ihm die Schädel überall ins Auge. Die Skelette lagen verstreut, nicht beieinander, als wären die Menschen nicht zusammen oder in Gruppen gestorben. Mit wenigen Ausnahmen hatten hier offensichtlich Einzelne den Tod gefunden. Gewiss mochte man die Leichen hier abgelegt haben; das konnte er nicht feststellen. An einigen Stellen häuften sich Schädel, aber möglicherweise handelte es sich um Zufall – hier war jemand einfach neben einem bereits dort liegenden Toten gestorben.

Richard bückte sich immer wieder, um den einen oder anderen Schädel zu begutachten, sowohl welche, die offen lagen, als auch unter Laub und Zweigen versteckte. Zunächst dachte er, hier habe wohl ein Kampf stattgefunden, allerdings meinte er, soweit das im Mondlicht zu erkennen war, dass die Menschen nicht zur gleichen Zeit gestorben waren. Manche Gebeine waren noch intakt, andere hingegen schon halb vermodert. Wieder andere schienen so alt zu sein, dass sie bei Berührung in Staub zerfallen würden. Der Ort erinnerte an einen Friedhof, auf dem die Toten über der Erde und nicht darunter bestattet worden waren.

Noch etwas fiel ihm auf: Die Toten waren nicht von Aasfressern behelligt worden. Richard hatte in seiner Zeit als Waldführer viele Kadaver gesehen. Stets hatten sich daran Tiere zu schaffen gemacht. Diese Toten, so drängte sich der Eindruck auf, waren im Laufe der Zeit schlicht vermodert, die Knochen lagen da, wie die betreffende Person zu Boden gegangen war, auf der Seite, mit ausgebreiteten Armen oder mit dem Gesicht nach unten. Keiner war wie bei einer Bestattung aufgebahrt worden, mit ordentlich über der Brust verschränkten oder neben dem Oberkörper drapierten Armen, sondern sie schienen einfach tot umgefallen zu sein. Dieser Umstand war jedoch weniger auffällig als die Tatsache, dass die Toten nicht von Raubtieren angerührt worden waren.

Während Richard endlos durch den Eichenwald wanderte, fragte er sich, ob dieser jemals enden würde. In einer mondlosen Nacht oder selbst an einem wolkenverhangenen Tag hätte man sich an diesem Ort leicht verirrt. Überall sah es gleich aus. Die Bäume standen in regelmäßigen Abständen, und außer Mond und Sternen gab es nichts, das bei der Orientierung half.

Richard kam es so vor, als zöge er die halbe Nacht durch den Wald der Toten. Dabei war er sicher, der Richtung zu folgen, die ihm die Sliph vorgegeben hatte. Die Sliph hatte jedoch nicht gewusst, was er finden würde; sie hatte ihm lediglich die Anweisungen übermittelt, die sie von Baraccus und zudem vor dreitausend Jahren erhalten hatte. Die Landschaft konnte sich seitdem enorm verändert haben. Die Gerippe wirkten keineswegs so alt. Möglicherweise lagen hier Gebeine, die Jahrtausende alt waren, doch mussten die inzwischen zu Staub zerfallen sein.

Der Wald wurde dunkler, und schließlich gelangte Richard unter die schwarzen Schatten von riesigen Kiefern, deren Stämme dicht an dicht standen und beinahe so umfangreich waren wie sein Haus daheim in den Wäldern Kernlands. Es war, als stünde er einer Wand aus Bergen gegenüber, die in den Himmel ragten. Die Stämme hatten bis zu der Höhe, wo sie ineinanderliefen und nicht mehr voneinander zu unterscheiden waren, keine Äste, dort oben jedoch verdeckten die Zweige den

Himmel vollständig. Unten am Boden bildeten die gewaltigen Bäume ein düsteres, verschlungenes Labyrinth.

Richard blieb stehen und überlegte, wie er weitergehen sollte, da er die Hand nicht mehr vor Augen sah und keiner geraden Linie folgen konnte.

Und genau in diesem Moment hörte er das Wispern.

Er legte den Kopf schief, lauschte und versuchte, die Worte zu verstehen. Das gelang ihm nicht, also trat er vorsichtig in die Finsternis und setzte die nächsten Schritte erst, nachdem sich seine Augen an die Dunkelheit gewöhnt hatten. Bald konnte er die Schemen der Bäume vor sich ausmachen und bewegte sich wieder voran, tiefer in die engen Schluchten zwischen den Stämmen der Riesenkiefern.

»Kehr um«, wisperte es.

»Wer spricht da?«, flüsterte er zur Antwort.

»Kehr um«, sagte eine matte kleine Stimme, »oder geselle dich auf ewig zu den Gebeinen jener, die vor dir kamen.«

»Ich bin hier, um mit den Irrlichtern zu sprechen«, erwiderte Richard.

»Dann bist du vergeblich gekommen. Kehre augenblicklich um«, wurde nun mit mehr Nachdruck verlangt.

Richard verglich den Klang der Stimme mit seiner Erinnerung an das Irrlicht. Gewisse Ähnlichkeiten ließen sich nicht leugnen.

»Bitte, kommt doch heraus, damit ich mit euch sprechen kann.«

Schweigen umgab ihn. Richard ging ein Dutzend Schritte in die Dunkelheit.

»Letzte Warnung«, ertönte die unheimliche Stimme. »Kehr um!«

»Ich habe einen weiten Weg zurückgelegt. Bevor ich nicht mit den Irrlichtern gesprochen habe, werde ich nicht gehen. Es ist wichtig.«

»Nicht für uns.«

Richard stand da, eine Hand auf der Hüfte, und überlegte, wie er sich nun verhalten sollte. Einen klaren Kopf hatte er nicht gerade. Seine Erschöpfung behinderte das Denken.

»Doch, es ist auch wichtig für euch.«

»Wieso?«

»Ich bin hier, um zu holen, was Baraccus für mich hinterlassen hat.«

»Das wollten auch die, an denen du vorbeigegangen bist.«

»Hört mal, es ist wirklich wichtig. Euer Leben hängt letztendlich auch davon ab. In diesem Kampf gibt es keine unbeteiligten Zuschauer. Dieser Sturm wird über alle hereinbrechen.«

»Die Geschichten über den Schatz sind Lügen. Hier gibt es nichts.«

»Schatz? Nein, ihr begreift nicht. Darum geht es überhaupt nicht. Ihr versteht mich falsch. Die Aufgaben, die mir Baraccus gestellt hat, habe ich erfüllt, deshalb bin ich hier. Ich bin Richard Rahl und mit Kahlan Amnell verheiratet, der Mutter Konfessor.«

»Wir kennen diese Person nicht, von der du sprichst. Kehr um zu ihr, solange du noch kannst.«

»Nein, das ist ja das Problem. Es geht nicht. Ich suche nach ihr.« Niedergeschlagen strich sich Richard das Haar zurück. Er wusste nicht, wie viel Zeit er hatte, um das zu sagen, was er sagen musste, oder wie viel er auslassen sollte, um den Irrlichtern klarzumachen, warum er hier war – und sie zu überreden, ihm zu helfen.

»Früher habt ihr sie gekannt. Gegen Kahlan wurde Magie eingesetzt, damit jeder sie vergisst. Ihr habt sie auch gekannt, nur wie bei den anderen, so ist sie auch aus eurer Erinnerung gelöscht. Kahlan kam immer zu euch. Als Mutter Konfessor kämpfte sie für den Schutz eures Landes und hielt andere von euch fern.

Sie hat mir vom wunderschönen Land der Irrlichter erzählt. Von den weiten Feldern inmitten uralter Wälder. Auch war sie bei euch, wenn ihr euch in der Dämmerung zum Tanz im Gras und zwischen den Wildblumen versammelt habt.

Viele Nächte lang hat sie auf dem Rücken im Gras gelegen, und die Irrlichter versammelten sich um sie und erzählten ihr von den Dingen, die ihr mit dem Menschen gemein habt: von Träumen und Hoffnung und Liebe.

Bitte, die Irrlichter kannten sie. Sie war eure Freundin.«

Plötzlich sah Richard, wie ein winziges Licht hinter einem Baum hervorkam. »Kehr um, oder deine Knochen werden dort bei den anderen Schatzsuchern verrotten, und niemand wird je erfahren, was aus dir geworden ist.«

»Wenn ich Gold brauche, arbeite ich. An einem Schatz bin ich nicht interessiert.«

Der kleine Funken wich zurück. »Nicht jeder Schatz besteht aus Gold.«

Während das Irrlicht davonflog, spielten seine kreisenden Lichtstrahlen über die Stämme der Bäume.

»Ich habe Shar gekannt«, rief Richard.

Das Licht verharrte, hörte auf, sich zu drehen.

Einen Augenblick lang hing der Funken in der Ferne und erhellte schwach die versammelten Könige des Waldes, die Wache standen und behüteten, was hinter ihnen lag.

»Du bist nicht wegen der Legenden über den Schatz hier?«

»Nein.«

»Was weißt du über den Namen, den du gesagt hast?«

»Ich habe Shar kennengelernt, nachdem sie die Grenze durchquert hatte. Shar wollte helfen, die Bedrohung durch Darken Rahl zu beenden. Deshalb überquerte sie die Grenze, um nach mir zu suchen, damit ich in diesem Kampf ebenfalls helfen konnte. Vor ihrem Tod hat Shar mir gesagt, dass ich, falls ich jemals die Hilfe der Irrlichter brauche, nur ihren Namen sagen müsse, und dann würdet ihr mir helfen, denn kein Feind könne diesen Namen wissen.«

Richard zeigte nach hinten zum Wald der toten Eichen, wo die Gebeine der Vergessenen moderten. »Ich habe so das Gefühl, keiner von denen da kannte ihren Namen oder den eines anderen Irrlichts.«

Gemächlich kam das Licht durch die Bäume zurück und blieb nicht weit von Richard entfernt stehen. Er spürte die sanft glühenden Strahlen, die über sein Gesicht glitten. Fast fühlten sie sich an wie die leise Berührung eines Spinnennetzes.

Richard trat einen Schritt näher. »Ich habe vor ihrem Tod mit Shar gesprochen. Sie sagte, länger könne sie nicht fern von ihresgleichen leben, und ihr fehle die Kraft, in ihre Heimat zurückzukehren.

Bei ihr habe ich Baraccus' Prüfung zum ersten Mal gehört. Sie glaube an mich, hat sie gesagt, sie glaube, ich habe in mir, was ich brauche, um erfolgreich zu sein. Das war eine Botschaft von ihm. Sie hat mich nach Geheimnissen gefragt.«

Das winzige Lichtchen nahm eine warme rosa Farbe an und drehte sich schweigend einen Augenblick lang.

»Hast du die Prüfung bestanden?«

»Nein«, gestand Richard. »Es war zu früh für mich. Erst später habe ich alles begriffen. Aber die Sliph hat gesagt, ich habe die Prüfung jetzt bestanden.«

»Wie heißt du?«

»Ich wuchs unter dem Namen Richard Cypher auf. Später erfuhr ich, dass ich Richard Rahl bin. Außerdem gab man mir weitere Namen: der Sucher, der Bringer des Todes, Richard mit dem Zorn, der Kiesel im Teich und *Caharin*. Kannst du mit diesen Namen etwas anfangen?«

»Kannst du etwas mit dem Namen Ghazi anfangen?«

»Ghazi?« Richard dachte kurz nach. »Nein. Sollte ich?«

»Es heißt ›Feuer‹. Ghazi hat diesen Namen aufgrund einer

Prophezeiung erhalten. Wenn du der Richtige wärest, würdest du diesen Namen kennen.«

»Tut mir leid, nein. Allerdings kann ich dir sagen, dass ich nicht viel von Prophezeiungen halte.«

»Tut mir auch sehr leid, aber dieses Land wird vom Elend heimgesucht. Die Irrlichter leben in einer Zeit des Leids. Wir können dir nicht helfen. Du solltest jetzt gehen.«

Das Irrlicht flog abermals davon und kreiste um sich selbst, während es zwischen die aufragenden Bäume schwebte.

Richard trat einen Schritt vor. »Shar hat gesagt, wenn ich die Hilfe der Irrlichter bräuchte, würdet ihr mir beistehen! Ich brauche eure Hilfe!«

Wieder verharrte der kleine Lichtpunkt. So, wie es reglos in der Luft hing, hatte Richard den Eindruck, es denke nach. Einen Moment darauf drehte es sich wieder und strahlte schimmerndes Licht aus. Es kam den halben Weg zurück.

Dann sagte das Irrlicht einen Namen, den Richard seit vielen Jahren nicht mehr gehört hatte.

Sein Blut erstarrte.

»Und kannst du mit *diesem* Namen etwas anfangen?«, fragte das Irrlicht.

»Woher kennst du den Namen meiner Mutter?«, flüsterte Richard.

Das Irrlicht kam langsam näher. »Vor vielen, vielen Jahreszeiten ging Ghazi durch eine dunkle Grenze, um ihr zu helfen, um ihr von ihrem Sohn zu erzählen, um ihr vieles zu berichten, das sie erfahren musste, vieles, das ihr Sohn wissen musste. Ghazi kehrte nicht zurück.«

Richard starrte sie mit großen Augen an. »Was macht ihr Irrlichter am Tag? Wenn es hell ist?«

Das Irrlicht, ein silberner Funken, kreiste langsam und warf Lichtstrahlen auf Richards Gesicht. »Wir gehen dorthin, wo es dunkel ist. Im Licht sind wir nicht gern.«

»Tut euch Feuer weh?«

Die Lichtstrahlen verblassten. »Feuer kann uns töten.«

»Bei den gütigen Seelen …«, entfuhr es Richard.

Das Schimmern nahm an Stärke zu. Das Irrlicht kam näher und schien sein Gesicht zu studieren. »Was denn?«

»Wie lautete die Prophezeiung über Ghazi?«, fragte Richard. Das Kreisen des Lichts hörte auf. »Die Prophezeiung handelte von Ghazis Tod. Es hieß, er solle im Feuer sterben.«

Richard schloss kurz die Augen. »Vor vielen Jahreszeiten, als ich noch ein Kind war, starb meine Mutter im Feuer.«

Das Irrlicht blieb still.

»Tut mir leid«, sagte Richard leise, während Shotas Worte in seinem Kopf widerhallten. »Ich glaube, Ghazi ist in unserem Haus gestorben. Es begann zu brennen. Nachdem meine Mutter mich und meinen Bruder in Sicherheit gebracht hatte, ging sie noch einmal hinein, um etwas zu holen – wir haben nie erfahren, was. Vermutlich hat sie der Rauch vergiftet. Sie kam nicht mehr heraus. Ich habe sie nie wieder gesehen. Sie starb in den Flammen.

Möglicherweise ging sie hinein, um Ghazi zu holen. Ich glaube, meine Mutter und Ghazi sind zusammen in diesem Feuer gestorben, ohne dass er seine Aufgabe erfüllen konnte.«

Das Irrlicht sah ihn anscheinend eine Weile lang an. »Mein Beileid für das, was deiner Mutter zugestoßen ist. Nach all der Zeit kommen dir immer noch die Tränen.«

Richard fehlten die Worte; er nickte nur.

Nun drehte sich das Irrlicht wieder schneller. »Unter dem Namen Richard Cypher kennen wir dich bei uns. Komm, Richard Cypher, und wir erzählen dir, welche Nachricht Ghazi deiner Mutter überbringen wollte.«

41

Richard folgte dem funkelnden Lichtpunkt in den alten Wald, einen Ort des Friedens und der Ruhe. So große Bäume hatte er nie in seinem Leben gesehen. War es nicht eigenartig, dass so winzige Wesen unter solchen Baumriesen lebten?

Richard erschien es, als würden sie stundenlang gehen, aber vielleicht lag es nur daran, dass er so erschöpft war. Schließlich traten sie zwischen den Bäumen hervor auf eine weite Lichtung, und Richard mochte seinen Augen kaum trauen. Es war genau so, wie Kahlan es beschrieben hatte. Auf der Wiese funkelten Hunderte von Irrlichtern, die zwischen hohen Grashalmen und Wildblumen schwebten. Im Vergleich mit den Sternen im Gras wirkten die Sternhaufen oben, die durch die Lücke in den hoch aufragenden Kiefern zu sehen waren, leblos und tot.

Wie wunderschön dieser Anblick auch sein mochte, Richard wurde schwer ums Herz, denn die Szene erinnerte ihn an Kahlan, an den Tag, an dem er sie kennengelernt hatte, an dem sie ihn Shar vorgestellt hatte, an dem sie ihm von den Irrlichtern erzählt hatte. Kahlan und die Irrlichter waren für ihn auf ewig untrennbar miteinander verbunden.

Und jetzt, nach all der Zeit, hatte er erfahren, dass seine Mutter ins brennende Haus zurückgelaufen war, um ein Irrlicht zu retten. Sie war nicht allein gestorben.

Alles nur, weil vor Tausenden von Jahren ein Mann in einen Tempel gegangen war und etwas getan hatte, aufgrund dessen

Richard mit beiden Seiten der Gabe geboren worden war, der Gabe, über die er, wie die Sliph gesagt hatte, nun nicht mehr verfügte.

Als Richard ins Gras trat, kamen einige Irrlichter näher geflogen und betrachteten neugierig den Fremden. Sie leuchteten mal heller, mal dunkler, als würden sie miteinander kommunizieren.

»Wie heißt du?«, fragte Richard das Irrlicht, das ihn geführt hatte.

»Ich heiße Tam.«

Richard schaute den Irrlichtern zu, die sich näherten, an ihm hinaufschwebten und dann davonschossen.

»Unsere Zahl nimmt ab«, berichtete Tam. »Das ist nie zuvor vorgekommen. Wir leben in einer Zeit des Leids und kennen nicht einmal die Ursache dafür.«

»Die Ursache ist einer der Gründe, weshalb ich hier bin«, erwiderte Richard. »Ich hoffe, Hilfe zu finden, damit ich aufhalten kann, was immer die Krankheit der Irrlichter verursacht. Wenn ich keinen Erfolg habe, werdet ihr alle vom Antlitz der Welt verschwinden.«

Tam dachte schweigend darüber nach. Andere, die Richards Worte vernommen hatten, stoben davon und sanken an dunklen Stellen ins Gras, als suchten sie nach einem stillen Ort, an dem sie weinen konnten. Manche hingegen kamen näher.

»Viele hier kannten Ghazi«, sagte Tam. »Sie vermissen ihn. Kannst du uns erzählen, was er sagte, ehe sein Leben endete? So, wie du es von Shar berichtet hast?«

»Tut mir leid, Tam, aber Ghazi habe ich nicht kennengelernt. Ich wusste nicht einmal, dass er meine Mutter besuchte. Ghazi und meine Mutter müssen gestorben sein, ehe er die Chance erhielt, uns den Anlass seines Besuches zu erzählen.«

Richard fragte sich, ob es möglicherweise einen Zusammenhang mit dem Feuer gab.

Viele Irrlichter wurden matter, als wären sie enttäuscht darüber, dass er ihnen Ghazis letzte Worte nicht übermitteln konnte.

Richard erinnerte sich daran, warum er hier war, und wandte sich an seinen Führer.

»Bitte, Tam, ich bin aus einem wichtigen Grund hier. Wie ich schon gesagt habe, kann ich vielleicht helfen, das Leid der Irrlichter zu beenden. Baraccus hat bei euch etwas für mich hinterlassen. Seine Bibliothek befindet sich hier. Er hat seine Frau mit einem Buch für mich geschickt.«

»Magda«, sagte eines der Irrlichter, die ihn umschwebten. Richard war nicht sicher, welches sprach, aber es klang entschieden weiblicher als Tam.

»Das stimmt.«

»Es geschah lange vor unserer Zeit«, fuhr sie fort, »aber Baraccus' Worte wurden uns überliefert. Noch immer bewahren wir das Geheimnis, welches er uns anvertraut hat. Ich bin Jass. Komm. Tam und ich zeigen es dir.«

Tam und Jass führten Richard durch das zarte Gras auf die Baumriesen zu seiner Linken zu. Unter den Bäumen, abseits der offenen Wiese, betraten sie wieder eine Welt der Dunkelheit. Doch die beiden Irrlichter gaben genug Licht, damit er den Weg erkennen konnte.

»Wie weit ist es?«, fragte Richard.

»Nicht weit«, antwortete Jass.

»Der Ort liegt innerhalb unseres Reiches«, erklärte Tam, »ein Ort, den wir bewachen und beschützen können. Im Laufe der Jahrtausende fiel der Same von Legenden auf den fruchtbaren Boden der wenigen Tatsachen, wurde von Wünschen gewässert und wuchs und gedieh. Am Ende brachte er reiche Frucht an Gerüchten hervor, die sich mit dem Winde des Gewispers verbreiteten – es hieß, wir bewahrten einen sagenhaften Goldschatz. Nichts vermochte die Gläubigen zu überzeugen, dass es eine Erfindung war. Der Wahrheit fehlt der Glanz des Goldes für diese Menschen. Ihr Traum, unverdienten Reichtum zu ernten, war zu stark, und so opferten sie lieber das, was ihnen wirklich teuer war, als die Wahrheit über diesen leeren Glauben anzunehmen.«

»Was wir verstecken, ist kein Schatz«, sagte Jass, »sondern ein Versprechen, das uns Vorfahren gegeben haben.«

»Es ist schon eine Art Schatz«, erklärte Richard ihnen. »Jedenfalls für die richtige Person.«

Was die Irrlichter als nicht weit bezeichneten, erschien Richard doch als anständige Strecke. Es wurde immer anstrengender, einen Fuß vor den anderen zu setzen. Sein Magen knurrte vor Hunger, während sie durch den stillen Wald zogen.

Mitternacht musste längst vorüber sein, als die Bäume endeten und Richard ein Tal erblickte, das sich unter ihm im silbrigen Mondschein ausbreitete. Dichter Wald bedeckte den Boden und erstreckte sich wie eine Matte aus Bäumen an den Hängen hinauf. Von dieser Stelle, an der er stand, konnte er nicht nur die ganze Länge des Tals überblicken, sondern auch die unvergessliche Schönheit all dessen genießen, das er stets so geliebt hatte. Er sehnte sich danach, dieses Land zu erkunden und durch die Wälder zu streifen – doch nur zusammen mit Kahlan. Ohne sie war Schönheit nur ein Wort. Ohne Kahlans Lächeln war die Welt leer und tot.

»Dies ist der Ort der Bibliothek, die Meister Baraccus uns zu hüten auftrug«, sagte Tam.

Richard schaute sich um. Er sah Farne, Schlingpflanzen, die sich aus der Dunkelheit oben herunterwanden, und die gigantischen Stämme der Kiefern.

»Wo?«, fragte er. »Ich sehe keine Gebäude.«

»Hier«, sagte Jass und schwebte zu einem kleinen Felsen, auf dem sie sich niederließ. »Hier drunter liegt die Bibliothek.«

Richard kratzte sich den Kopf. Der Ort erschien ihm eigentümlich gewählt für eine Bibliothek. Dann jedoch erinnerte er sich an den Eingang der Bibliothek in Caska, der sich unter einem Grabstein befunden hatte. In diesem Licht ergab es durchaus Sinn. Ein Gebäude wäre längst entdeckt und ausgeraubt worden.

Er bückte sich, legte die Schulter in eine Wölbung im Fels und drückte. Um eine solch riesige Steinscheibe zu bewegen, fehlte ihm bestimmt die Kraft, dennoch legte er sein ganzes Gewicht gegen den Fels. Langsam begann sich der Stein zur Seite zu drehen.

Die Irrlichter schwebten heran und schauten sich mit Richard an, was sich unter dem Fels befand. Der Stein hatte auf einer kleinen, sorgfältig geglätteten Einfassung gelegen. Es gab weder ein Loch noch eine Treppe, die nach unten führten.

Richard kniete nieder und packte in das, was sich unter dem Stein und innerhalb der Einfassung befand. Es war weich und trocken.

»Das ist nur Sand.«

»Ja«, meinte Jass. »Als Magda kam, folgte sie den Anweisungen ihres Gemahls und füllte mithilfe von Magie den Hohlraum.«

Richard mochte es kaum glauben. »Mit Sand?«

»Ja«, erwiderte Jass.

»Wie viel Sand?«, wollte Richard wissen. Er hatte wenig Lust, ein sandgefülltes Loch leer zu graben, wie klein es auch sein mochte.

»Siehst du den kleinen Fluss da unten?«, fragte Jass.

Richard schaute in das mondbeschienene Tal hinunter. Dort sah er die glitzernde Oberfläche von Wasser, das zwischen Sandbänken hindurchfloss.

»Ja.«

»Wie uns überliefert wurde«, fuhr Jass fort, »brachte Magda einen mächtigen Zauber von Baraccus mit. Damit erzeugte sie einen Wirbelwind, der den Sand vom Flussufer heraufwehte, in dieses Loch sinken ließ und den Raum auffüllte, um die Bücher zu beschützen.«

»Zu beschützen?«, hakte Richard nach. »Wovor?«

»Vor jedem, der bis hierher vordringen würde. Der Sand soll jeden zurückhalten, der sich das holen will, was sich dort unten befindet.«

»Also, wenn es genug Sand ist, würde der jemanden sicherlich aufhalten.« Argwöhnisch blickte Richard die beiden Irrlichter an, die sich langsam im Mondlicht drehten. »Wie viel Sand ist es denn?«

Tam schwebte über die Kante des Abhangs hinaus. »Siehst du den Vorsprung dort unten?«

Richard beugte sich vorsichtig über die Kante und spähte hinunter. Bis zu dem schmalen Felsgesims mussten es mehrere Hundert Fuß sein.

»Ja.«

»Auf der Höhe befinden sich die Räume der Bibliothek.«

»Die Bibliothek ist unter so viel Sand vergraben – dort unten?«

»Ja«, antwortete Tam.

Richard war sprachlos. Mit dem Sand musste man einen ganzen Palast füllen können. »Wie soll ich das ausgraben? Dafür brauche ich ja ewig.«

Tam kehrte zurück und schwebte dicht vor seinem Gesicht. »Mag sein. Aber Baraccus sagte, wenn du der eine seiest, würdest du wissen, was du zu tun hast.«

»Wenn ich der eine bin?« Entmutigung befiel ihn mit einem Gewicht, als hätte sich der ganze Berg Sand über ihn ergossen. »Warum muss immer ich der eine sein?«

Tam drehte sich einen Moment lang. »Das wissen wir auch nicht.«

Richard stöhnte vor Enttäuschung – so nah dem Ziel und

doch so weit entfernt. »Wenn ich der eine bin, warum konnte er mir nicht einfach eine Nachricht hinterlassen, damit ich weiß, was ich zu tun habe?«

Tam und Jass schwiegen einen Augenblick, als würden sie nachdenken.

»Nun, es wurde noch etwas überliefert«, sagte Jass schließlich.

»Und zwar?«

»Baraccus sagte, die Irrlichter müssen diesen Ort viele Zeitalter lang bewachen, doch wenn der Sand der Zeit schließlich durchgerieselt wäre, würde der eine, für den das Buch bestimmt ist, hierherkommen und es sich holen.« Jass drehte sich näher heran. »Hilft dir das, Richard Cypher?«

Richard rieb sich mit den Händen das Gesicht. Warum konnte Baraccus ihm nicht einfach mitteilen, wie er die *Geheimnisse der Kraft eines Kriegszauberers* fand? Vielleicht dachte der Zauberer, dass der Mann, der das Buch bekommen sollte, seine Kräfte bereits bis zu dem Punkt entwickelt haben musste, an dem der Sand kein Hindernis mehr für ihn darstellte. Oder er hatte geglaubt, Richard müsse wissen, wie man einen magischen Wirbelwind erzeugt, der den Sand aus dem Loch heraussaugte. Falls das stimmte, war Richard nicht der eine. Er wusste nicht, wie er seine Kräfte anwenden konnte, und er verfügte nicht mehr über seine Gabe, seit er in der Sliph gewesen war.

Soweit es Richard betraf, war der Sand der Zeit bereits durchgelaufen. Die Schwestern der Finsternis hatten die Kästchen der Ordnung ins Spiel gebracht; die Chimären hatten die Welt des Lebens verunreinigt und mit der Zerstörung der Magie begonnen, was vermutlich das große Elend war, unter dem die Irrlichter litten; und die Armee der Imperialen Ordnung wütete ungehindert in der Neuen Welt. Ihn persönlich hatte Kahlans Entführung getroffen, und nun stand Kahlan unter dem Einfluss des Feuerkettenbanns und brauchte dringend seine Hilfe.

Während er hier stand und wartete, bis der Sand der Zeit durchgerieselt wäre.

Richard nahm die Hände vom Gesicht und runzelte die Stirn. Er beugte sich über den Rand der Steilwand und schaute hinunter zum Sims. Der Sand der Zeit.

Er blickte nach links und musterte den Fels. Dort entdeckte er nichts, was ihm hilfreich hätte sein können, doch rechts gewahrte er einen Weg, an dem er hinabsteigen könnte. Er nahm sein Bündel ab, stellte es auf den Boden, suchte seine kleine Schippe heraus und steckte sie hastig zusammen.

»›Wenn der Sand der Zeit schließlich durchgerieselt wäre, würde der eine, für den das Buch bestimmt ist, hierherkommen und es sich holen.‹«, zitierte er. »Habt ihr das gesagt?«

»Ja«, meinte Jass. »Das haben wir gesagt.«

Richard schaute erneut in die Tiefe. »Ich muss dort hinunter, zu dem Sims«, erklärte er den Irrlichtern.

»Wir kommen mit und leuchten dir«, bot Tam an.

Richard verschwendete keine Zeit und kletterte über die Felskante. Der Abstieg erwies sich als so schwer, wie er ihn eingeschätzt hatte, doch dauerte es nicht lange, und bald schon stand er auf dem schmalen Sims weit unter der Stelle, wo er den Felsen aus dem Weg gewälzt hatte.

Er suchte in der Felswand und stieß die Schippe hinein, bis er entdeckte, wonach er Ausschau gehalten hatte. Sofort begann er zu graben und zu schaufeln und stocherte Steine heraus, die so fest saßen, dass es im schwachen Licht, das der Mond und die beiden Irrlichter spendeten, kaum zu entscheiden war, ob es sich tatsächlich um das handelte, was er dachte. Als der Fels sich lockerte, stieg seine Zuversicht. Je mehr Bruchstücke er hervorholte, desto leichter fiel ihm die weitere Arbeit.

Bei den größeren Steinen musste er vorsichtig zu Werke gehen; ein falscher Schritt, und er könnte ausrutschen und von dem schmalen Sims fallen. Manche der Brocken in dem zunehmend größeren Loch konnte er nicht anheben, also wälzte er sie aus der Öffnung heraus. Glücklicherweise konnte er das Gestein unter den meisten lösen und die schwereren herausrollen. Er stand neben dem Loch und ließ die Felsen und Steine an sich vorbei in die Tiefe fallen, schaute ihnen zu, wie sie lautlos durch die Nachtluft sausten, bis sie tief unten in den Wald krachten.

Plötzlich durchstieß die Schaufel weichen Grund; der Rest des Felspfropfens löste sich knirschend, und Bruchstücke brachen wie ein Wasserfall hervor. Richard musste rasch zur Seite ausweichen. Grollend und rumpelnd folgte der Sand, der zunächst in weitem Bogen über den Rand hinausschoss, ehe er in einer Säule nach unten fiel.

Richard stand mit Herzklopfen da, überrascht von der Wucht, mit der sich der Sand unvermittelt aus der nun freien Öffnung ergoss, und drückte sich mit dem Rücken an die Felswand. Die beiden Irrlichter drehten sich und schauten sich das verblüffende Schauspiel an. Eines von ihnen – Richard war allerdings nicht sicher, welches – folgte dem Sandstrahl nach unten und kehrte schließlich zurück.

Es schien ewig zu dauern, doch endlich verringerte sich der Strom zu einem Rinnsal.

Ohne weitere Zeit zu vergeuden, stieg Richard in das Loch. »Kommt«, rief er den Irrlichtern zu. »Ich brauche Licht.«

Die beiden Irrlichter kamen seiner Bitte nach, flogen über seine Schultern hinweg und drangen als Erste in die Höhle ein. Nun, da es in der Kammer hell wurde, richtete Richard sich auf, klopfte sich den Sand von der Kleidung und schaute sich die Regale voller Bücher an. Der Gedanke, dass er nach Magda Searus, der Urmutter Konfessor, der Erste war, der diesen Ort betrat, ließ ihn schaudern.

Das erinnerte ihn an Kahlan, die er finden musste, also begann er unverzüglich mit der Suche. Es schien eine eher einfache Bibliothek zu sein. Auf der anderen Seite des Raums führte eine Tür tiefer in den Berg. Er sah Schatten weiterer Türen und eine Wendeltreppe. Zwar war der meiste Sand durch das Loch hinausgerieselt, doch die Reste bedeckten noch die gesamte Einrichtung mit einer dünnen Schicht. Es würde einige Zeit dauern, sauber zu machen und festzustellen, was es hier wirklich zu finden gab.

Rechts allerdings lag auf einem Steinsockel an der Wand ein Buch für sich allein. Richard hob es hoch und blies Sand und Staub vom Einband.

Der Titel lautete *Geheimnisse der Kraft eines Kriegszauberers.*

Sanft glitten seine Finger über die goldenen Buchstaben, und er begann die Worte zu lesen, die für ihn bestimmt waren.

Die Erkenntnis, dass ein Kriegszauberer, der Oberste Zauberer Baraccus selbst, dieses Buch für denjenigen verfasst hatte, der mit den Kräften geboren wurde, die er aus dem Tempel der vier Winde entlassen hatte, erfüllte Richard mit Ehrgeiz. Richard hatte endlich den Schatz gefunden, den Baraccus ihm hinterlassen hatte.

Je ein Irrlicht schwebte über jeder Schulter und schaute ihm zu, während er respektvoll das Buch anstarrte, das die Antworten auf seine Fragen enthielt und ihm endlich helfen würde, seine Gabe zu meistern.

Richard schlug mit klopfendem Herzen den Einband auf, um zu erfahren, was Baraccus ihm mitteilen wollte.

Die erste Seite war leer.

Richard schlug die nächsten Seiten auf, doch sie waren alle leer. Er blätterte das ganze Buch durch, doch außer den Wörtern auf dem Einband war das Papier vollständig leer!

Richard rieb sich die Schläfen zwischen Daumen und Finger. Er hatte das Gefühl, er müsse sich übergeben.

»Könnt ihr etwas sehen?«

»Nein«, antwortete Jass. »Leider nein.«

»Ich sehe nicht einmal Spuren von Schrift«, fügte Tam hinzu.

In diesem Augenblick begriff Richard, worin das Problem bestand. Sein Mut sank.

Geheimnisse der Kraft eines Kriegszauberers war ein Lehrbuch für eine bestimmte Form der Gabe. Das Buch erforderte Magie. Aus irgendeinem Grund war Richard der Zugriff auf seine Gabe verwehrt worden. Ohne diese Hilfe würde er sich nicht merken können, was immer in diesem Buch stand. Er würde die Wörter vergessen, ehe er sich erinnerte, sie gelesen zu haben.

So, wie er sich auch nicht mehr an ein einziges Wort aus dem *Buch der Gezählten Schatten* erinnerte, entfiel ihm der Inhalt von *Geheimnisse der Kraft eines Kriegszauberers* sofort nach dem Lesen. Ohne die Gabe würden die Seiten für ihn immer leer bleiben.

Ehe er nicht herausbekommen hätte, was mit seiner Gabe nicht stimmte, würde er das Buch nicht lesen können.

»Ich werde es mitnehmen«, verkündete Richard den Irrlichtern.

»Genau das hat Baraccus gesagt, Richard Cypher«, sagte Tam.

Richard fragte sich, ob Baraccus auch über diese widrigen Begleitumstände Bescheid gewusst hatte. Gleichwie, Richard hatte keine Zeit, lange darüber nachzudenken. Er kroch durch das Loch und stieg an der Felswand wieder nach oben.

Der Fels ragte über die Öffnung der Bibliothek, bemerkte er bei einem Blick zurück, vermutlich, damit Wasser den Stopfen nicht im Laufe der Zeit auswaschen oder in die Kammer eindringen konnte. Der Sand musste trocken bleiben, um die Bücher zu schützen und damit er herausrieseln konnte. Richard entschied, dass die Bibliothek im Augenblick recht sicher vor Regen war.

Oben angekommen, verstaute er das wertvolle Buch in seinem Bündel. In der Steineinfassung, in der sich zuvor Sand befunden hatte, führte jetzt eine Wendeltreppe in die Dunkelheit. Um sicherzugehen, dass niemand die geheimen Bücher entdeckte, schob er den großen Felsen unter großer Anstrengung wieder an Ort und Stelle.

Keuchend und völlig erschöpft schwang er sich schließlich sein Bündel auf den Rücken. Tausend Gedanken gingen ihm durch den Kopf. Auf dem Rückweg durch den dunklen Wald sprach Richard wenig mit den Irrlichtern, bedankte sich aber ausdrücklich für ihre Hilfe.

Als sie die Wiese erreichten, bewunderte er den Anblick der Irrlichter, die durch Gras und Blumen schwebten. Manche kreisten zu zweit in einem verwirrenden Tanz umeinander. Er fragte sich, wie viel mehr Irrlichter es gegeben hatte, als Kahlan hier gewesen war.

Er vermisste Kahlan so sehr, dass sich ihm ein Kloß im Hals bildete. Sie war seine Welt. Und diese ganze Welt schien ihm in so vielerlei Hinsicht zu entgleiten.

»Ich muss aufbrechen«, sagte er zu Tam und Jass. »Hoffentlich kann ich das, was ich gefunden habe, einsetzen, um das Leiden der Irrlichter und aller anderen zu beenden.«

»Kommst du eines Tages zurück?«, fragte Jass.

Richard dachte an die verborgene Bibliothek und nickte. »Ja. Und ich hoffe, Kahlan mitzubringen, an die ihr euch dann vielleicht wieder erinnern werdet. Ich weiß, sie würde sich sehr freuen, euch zu sehen.«

»Wenn wir uns an sie erinnern«, meinte Jass, »werden wir uns ebenfalls freuen.«

Richard wagte es nicht, seine Stimme erneut auf die Probe zu stellen, nickte nur und ging los.

Tam geleitete ihn durch den uralten Wald und zeigte ihm den Weg. Am Rand der riesigen Bäume hielt das Irrlicht an.

»Baraccus war weise, dich auszuwählen, Richard Cypher. Ich

glaube an dich. Du hast alles, was du brauchst, um erfolgreich zu sein. Ich wünsche dir alles Gute.«

Richard lächelte traurig. Wenn er nur so sicher sein könnte. Er verfügte nicht mehr über seine Gabe – selbst wenn er sie noch in sich trug –, und er hatte keine Ahnung, wie er zum Erfolg gelangen sollte. Möglicherweise konnte Zedd ihm helfen.

»Danke, Tam. Du und die Irrlichter, ihr habt das, was Baraccus bei euch hinterlegt hat, gut gehütet. Ich werde mein Bestes geben, um euch und die übrigen Unschuldigen zu beschützen, die von Gefahr bedroht sind.«

»Wenn du scheiterst, Richard Cypher, wird es gewiss nicht daran liegen, dass du dich nicht genug angestrengt hättest. Falls du jemals wieder unsere Hilfe brauchst, sag einfach, wie Shar es dir erklärt hat, einen unserer Namen, und wir werden unser Möglichstes tun.«

Richard nickte, ging los und drehte sich noch einmal um. Das Irrlicht kreiste einen Moment lang rosafarben und verschwand dann zwischen den Bäumen. Plötzlich fühlte er sich schrecklich verlassen, so ganz allein im Mondlicht.

Die toten Eichen schienen sich ewig auszudehnen. Er trabte benommen dahin. Ruhe und Essen brauchte er, doch wollte er zunächst diesen eigenartigen Wald hinter sich bringen. Zwischen den Wurzeln sah er Knochen, als würden die Bäume versuchen, die Toten an ihren Busen zu drücken.

Irgendwo in diesem toten Wald, nachdem er endlos gewandert war und seinen sorgenvollen Gedanken nachgehangen hatte, spürte Richard unvermittelt eine Kühle in der Luft, die ihn schaudern ließ. Beim Luftholen schmerzte die scharfe Kälte in der Lunge.

Es kam ihm vor, als wäre er dem Winter geradewegs in die Klauen gelaufen.

Zwischen den Schädeln stand ein aufrechter Schemen. Beim zweiten Blick rann ihm erneut ein Schauer über den Rücken.

Dort stand eine große Frau mit schwarzem borstigem Haar. Sie trug eine pechschwarze Robe. Ihre Haut leuchtete blass wie der Mond, sodass ihr hageres Gesicht im Dunkeln zu schweben schien. Das ausgedörrte Fleisch spannte sich fest über die Knochen, wie man es sich bei einem Toten vorstellt, der einige Zeit in diesem verwunschenen Wald gelegen hat und auf die Würmer wartet.

Sie lächelte dünn und drohend und gehörte offensichtlich zu der Sorte Lebewesen, die denjenigen, für den sie keine Verwendung mehr hat, einfach hier unter den verwesenden Toten verrotten lässt.

Richard war so kalt, dass er sich nicht mehr rühren konnte. Er zitterte, schaffte es jedoch nicht, dem Einhalt zu gebieten. Weder Finger noch Zehen spürte er. Er wollte sich bewegen, fortrennen, aber seine Beine versagten ihm den Dienst.

Er hatte keine Gabe, die er hätte rufen können. Er hatte kein Schwert, das er ziehen konnte.

Angesichts des trügerischen Blicks aus diesen weißblauen Augen fühlte er sich vollkommen hilflos.

Richard fragte sich, ob sein Leben hier an diesem einsamen Ort enden würde, ob seine Leiche mit all den anderen anonymen Gebeinen verrotten und in Vergessenheit geraten würde, bei all diesen Menschen, die mit so hochtrabenden Träumen hergekommen waren.

Die Frau warf die Arme wie Rabenflügel in die Luft, und die Nacht verschluckte ihn.

42

Das verwirrende Murmeln von Stimmen sowohl aus der Nähe als auch der Ferne drang nur langsam und nach und nach zu Kahlan vor. In ihrer Benommenheit war sie sich jedoch ungewiss, ob es wirklich da war oder ob sie es sich nur einbildete. Einige der Gedanken, die endlos in ihrem Kopf kreisten, mussten Einbildung sein, gleichgültig, wie real sie wirkten. Ganz bestimmt lag sie nicht im einen Augenblick auf einer Blumenwiese zwischen Sternen und stand im nächsten in einer offenen Feldschlacht mit vertrockneten Soldatenleichen auf ausgemergelten Pferden, um dann im Folgenden auf einem roten Drachen durch die Wolken zu fliegen. Alles erschien wirklich, aber nein, das konnte nicht sein.

Letztlich gab es keine Drachen. Das waren nur Fabelwesen.

Doch falls sie tatsächlich Stimmen hörte, so konnte sie keine Worte unterscheiden. Es waren eher geisterhafte Laute, und jeder Ton ließ schmerzhaft etwas tief in ihr mitschwingen.

Schließlich war sie sich sicher, dass ihr Kopf in langsamem Rhythmus pochte, und jedes Mal, wenn der schmerzende Pulsschlag kam, fühlte es sich an, als würde ihr der Schädel unter dem Druck platzen. Sobald dieser nachließ, stellte sich Übelkeit ein, nur um sofort wieder verdrängt zu werden, sobald der quälende Druck von Neuem zunahm.

Sosehr sich Kahlan bemühte, sie konnte die schweren Lider nicht heben. Es hätte mehr Kraft erfordert, als sie im Moment aufbringen konnte. Außerdem fürchtete sie, es könne hell sein, und Licht hätte ihr wie lange Nadeln in die wehrlosen Augen gestochen.

Um die Schmerzen aus dem Kopf zu bekommen, öffnete Kahlan zaghaft die Augen, gerade genug, um vorsichtig in den Raum zu spähen. Sie befand sich in einer Art Behausung, die einem Zelt aus hellbrauner Leinwand ähnelte, doch falls es sich tatsächlich um ein Zelt handelte, hatte sie in ihrem Leben noch kein so großes gesehen. Schwere Teppiche hingen an einer Seite und schienen als Türen zu dienen.

Sie lag auf dicken Fellen, die nicht auf dem Boden, sondern auf einer kleinen Erhebung ausgebreitet waren. In der schwülheißen Luft schwitzte sie darauf. Wenigstens hatte man sie nicht zugedeckt. Ihr gegenüber stand ein Holzstuhl mit geschnitzter Lehne, dort jedoch saß niemand.

Mehrere Lampen waren im Raum verteilt, manche standen auf Truhen, andere hingen an Ketten. Allerdings gelang es ihnen nicht, die düstere Atmosphäre im Zelt zu vertreiben. Immerhin überdeckte der Geruch des brennenden Öls den schweren Geruch von Schweiß, Tieren und Dung. Erleichtert stellte Kahlan fest, dass das Licht ihr nicht, wie befürchtet, in den Augen schmerzte.

Eine der Schwestern schritt im trüben Schein hin und her wie ein Geist, der sein Grab nicht finden konnte.

Wirr und gedämpft drang Lärm von draußen durch die dicken Zeltwände und Teppiche herein. Es klang, als würde sie sich in einer stillen Zuflucht inmitten einer ganzen Stadt aufhalten. Kahlan hörte das Murmeln unzähliger Männer, dazu Hufgeklapper, das Rattern von Wagen, das Schreien von Maultieren und das metallische Klirren von Waffen und Rüstung. In der Ferne brüllten Männer Befehle, es wurde gelacht und geflucht, während näher bei ihr Geschichten erzählt wurden, die Kahlan kaum verstehen konnte.

Kahlan wusste, welche Armee da lärmte. Sie hatte schon einige Male aus der Ferne einen Blick darauf erhascht, war durch Orte gekommen, durch die sie marschiert war, und hatte jene gesehen, die von ihr gefoltert, vergewaltigt und ermordet worden waren.

Und Jagang war da. Sie bemerkte, dass er in ihre Richtung sah, gab vor, noch bewusstlos zu sein und atmete gleichmäßig, lag vollkommen still und schloss die Augen fast ganz. Da er offensichtlich glaubte, sie schlafe noch, ließ er seinen Blick zurück zu Ulicia schweifen, die weiter hin und her ging.

»So einfach kann es nicht sein«, beharrte Schwester Armina, die neben einem Tisch stand. Hochmütig reckte sie die Nase in die Luft.

Kahlan konnte die Umrisse eines Buches auf diesem Tisch ausmachen. Schwester Arminas lange Finger ruhten auf dem Ledereinband.

»Armina«, fragte Jagang ruhig, fast freundlich, »kannst du dir überhaupt vorstellen, wie unterhaltsam es für mich wäre, in den Gedanken einer lästigen Schwester zu sein, die ich meinen Männern überlassen habe?«

Die Frau erbleichte und wich einen Schritt bis zur Zeltwand zurück. »Nein, Exzellenz.«

»Dabei zu sein und ihre Pein mitzuerleben? Dabei zu sein, wie hilflos sie ist, wenn kräftige Hände ihr die Kleider vom Leib reißen, ihren Körper betatschen, sie auf den nackten Boden drücken, die Beine auseinanderzwingen, wenn Männer sie besteigen, für die sie nur eine lustvolle Unterhaltung darstellt? Männer, denen es an jeglichem Mitleid fehlt und die sich keinen Deut darum scheren, welche Qualen sie anrichten, wenn sie nach dem jagen, was sie wollen? Kannst du dir vorstellen, wie befriedigend es für mich wäre, gewissermaßen als Augenzeuge bei dieser wohlverdienten Bestrafung dabei zu sein?«

Voller Panik riss Schwester Armina die Augen auf und antwortete kaum vernehmlich: »Nein, Exzellenz.«

»Dann möchte ich mir jeden Widerspruch von dir verbitten, der nicht darauf beruht, was du meinst, sondern auf dem, was ich deiner Meinung nach hören möchte. Deine Speichelleckerei interessiert mich nicht. In meinem Bett magst du mir schmeicheln, wenn du glaubst, es würde dir meine Gunst einbringen, was jedoch nicht der Fall ist, aber in dieser Sache bin ich nur an der Wahrheit interessiert. Deine kriecherischen Einwände verhelfen uns auch nicht zum Erfolg. Nur die Wahrheit. Falls du etwas zu sagen hast, sag es, aber höre auf, ständig Ulicia zu unterbrechen, indem du ihre Meinung mit dem kritisierst, was ich deiner Ansicht nach hören möchte. Sonst landest du früher oder später wieder in den Zelten. Hast du mich verstanden?«

Schwester Armina senkte den Blick. »Ja, Exzellenz.«

Schwester Ulicia seufzte, als Jagang ihr seine Aufmerksamkeit zuwandte. Sie blieb stehen und deutete auf das Buch.

»Das Problem ist folgendes, Exzellenz: Wir haben keine Möglichkeit zu entscheiden, ob diese Abschrift authentisch ist oder nicht. Ich weiß, das wünscht Ihr von uns, und glaubt mir, wir haben es versucht. Aber die Wahrheit ist eben, dass wir nichts haben, was uns bei der Lösung dieses Problems helfen würde.«

Kahlan zog die Lider noch enger zusammen, als Schwester Ulicia auf sie zeigte. »Sie hat den Makel gefunden. Warum hat ihn keiner von uns entdeckt? Nur sie hat ihn bemerkt. Ohne sie wäre es uns vielleicht gar nicht aufgefallen, oder wenn, hätten wir es womöglich für unwichtig gehalten und nicht beachtet. Sie hat getan, was das Buch von ihr verlangt. Sie hat den Fehler gefunden. Ihrer Meinung nach ist es eine falsche Abschrift. Genau aus diesem Grund besteht das Buch darauf, sie zur Prüfung einzusetzen.

Einige von uns betrachten diesen Makel nicht als komplex genug, um der entscheidende Faktor zu sein, aber darum geht es nicht. Tatsache bleibt, sie muss die Echtheit bestätigen, und aufgrund eines Makels erklärte sie es zur falschen Abschrift. Das ist entscheidend. Wir müssen dieses Urteil annehmen.«

Jagang ließ sich die Worte durch den Kopf gehen, rieb sich mit der fleischigen Hand den bulligen Hals und schritt vor dem Tisch hin und her. Eine Weile lang starrte er das Buch an.

»Es gibt nur eine Möglichkeit sicherzugehen.« Er starrte nacheinander die Schwestern an. »Wir müssen andere Abschriften finden und dieses Buch damit vergleichen. Wenn alle oder auch nur einige den gleichen Fehler im Titel haben, ist dieser vermutlich bedeutungslos. Wenn jedoch alle außer einem diesen Makel haben, wäre dieses vermutlich die richtige Abschrift. Dann können wir die verschiedenen Fassungen des Textes vergleichen, und falls sich das ohne Fehler im Titel von den anderen unterscheidet, dürften wir das Richtige gefunden haben.«

»Exzellenz«, sagte Schwester Armina und neigte ehrerbietig den Kopf, »das ist eine hervorragende Idee. Falls wir die anderen entdecken und nur dieses einen Fehler hat, würde es ja meinen Standpunkt stützen, dass es sich bloß um den dummen Fehler eines Buchbinders handelt.«

Jagang starrte sie einen Moment lang an, ehe er den Augenkontakt abbrach und zu einer Truhe ging. Er öffnete den Deckel und nahm ein Buch heraus. Dieses warf er den Schwestern auf den Tisch.

Schwester Armina las den Titel. Selbst im trüben Licht der Öllampen sah Kahlan, wie ihr Gesicht einen dunkelroten Ton annahm.

»Das Buch des Gezählten Schattens«, flüsterte sie ungläubig.

»Schattens?«, fragte Schwester Ulicia ungläubig. »Nicht *Schatten?«*

»Nein«, antwortete Jagang. »Es ist *Das Buch des Gezählten Schattens*, genau wie das aus Caska.«

»Aber, aber«, stotterte Schwester Armina, »das verstehe ich nicht. Woher stammt diese Abschrift?«

Er lächelte herablassend. »Aus dem Palast der Propheten.«

Schwester Armina fiel vor Schreck die Kinnlade herab.

Schwester Ulicia runzelte die Stirn. »Wie bitte? Das ist unmöglich. Seid Ihr Euch sicher?«

»Ob ich mir sicher bin?« Er grunzte höhnisch. »O ja, da bin ich mir sicher. Versteht ihr, dieses Buch befindet sich bereits seit einiger Zeit in meinem Besitz. Es ist einer der Gründe, weshalb ich euch Närrinnen überhaupt erlaubt habe, eure Suche fortzusetzen. Ich brauchte die gleiche Frau, hinter der ihr her wart, um zu der Erkenntnis zu gelangen, ob ich es mit einer richtigen oder einer falschen Abschrift zu tun habe.

Die ganze Zeit, seit ich das Buch habe, ist mir der Singular ›des Schattens‹ niemals aufgefallen. Ich habe es einfach nicht bemerkt. Unsere bewusstlose Freundin dort drüben ist allerdings sofort darauf gestoßen.«

»Wie habt Ihr das Buch aus dem Palast der Propheten bekommen?«, fragte Schwester Ulicia. »Nach dem, was wir gehört haben, wurden diese Abschriften mit Knochen begraben, wie in Caska, in verborgenen Katakomben. Und diese Katakomben wurden nicht entdeckt, bevor der Palast zerstört wurde.«

Jagang lächelte vor sich hin, als müsste er einem Kind etwas erklären. »Du hältst dich für so schlau, Ulicia, weil du alles über die Kästchen herausbekommen hast, über das Buch, das man braucht, um sie zu öffnen, und über die Person, die den Text auf seine Echtheit überprüfen muss. Aber ich weiß bereits seit Jahrzehnten, worauf du erst kürzlich gestoßen bist.

Seit langer, langer Zeit dringe ich in die Gedanken anderer ein, um unserer Sache zu dienen. Du wärest überrascht, wenn du erführest, was mir alles zur Kenntnis gelangt ist. Während ihr Schwestern euch noch mit den Intrigen im Palast beschäftigt habt, mit den Rangeleien um die Macht auf eurer kleinen Insel, damit, dem Schöpfer oder dem Hüter den Hof zu machen, und damit, die Gunst des einen oder anderen im Tausch gegen ein Treueversprechen zu erlangen, habe ich daran gearbeitet, die Alte Welt für die Glaubensgemeinschaft der Ordnung zu einen. Denn sie ist das wahre Ziel des Schöpfers und somit das einzig rechtmäßige Ziel der Menschheit.

Während ihr junge Männer zu Zauberern ausgebildet habt, zeigte ich den gleichen jungen Männern das wahre Licht. Ohne dass die Schwestern es überhaupt bemerkten, widmeten sich viele dieser jungen Zauberer bereits der zukünftigen Erlösung der Menschheit, indem sie dem Orden beitraten. Sie verbrachten Jahrzehnte im Palast der Propheten, genau unter der Nase der Schwestern, während sie Brüder der Glaubensgemeinschaft der Ordnung waren. Und ich war in ihren Gedanken dabei, als sie in den Gewölben des Palastes die geheimen Bücher lasen.

Ich, der Traumwandler, leitete sie an und gab ihren Studien ein Ziel. Ich wusste, was gebraucht wurde, und ließ sie für mich suchen. Als Brüder des Ordens hatten sie schon vor langer Zeit den geheimen Eingang zu den Katakomben gefunden – er verbarg sich unter einem unbenutzten und lange vergessenen Lagerbereich im alten Teil der Stallungen. Sie ließen dieses Buch zusammen mit weiteren wertvollen Bänden verschwinden, und als ich schließlich am Palast eintraf, nachdem ich im Triumph die Alte Welt geeint hatte, übergaben sie mir die Bücher. Diese spezielle Abschrift befindet sich schon seit Jahrzehnten in meinem Besitz.

Was mir fehlte, war ein Weg durch die große Barriere, damit ich die Kästchen und das Mittel der Verifizierung in die Hand bekäme. Doch durch ihre Einmischung halfen mir die Schwestern, und ihre Handlungen endeten in der Vernichtung der Barriere.

Da der Palast der Propheten nun zerstört ist, fürchte ich, sind diese Katakomben und die Bücher darin für alle Zeiten verloren, aber diese jungen Männer haben die meisten von ihnen gelesen, und ich durch ihre Augen. Den Palast und die Katakomben gibt es nicht mehr, doch das Wissen, welches dort aufbewahrt wurde, konnte zum Teil überdauern. Denn von diesen jungen Brüdern leben viele noch und dienen uns in unserem Kampf.

Dann beobachtete ich euch dabei, wie ihr den Plan ausgebrütet habt, die Mutter Konfessor zu entführen, und ich erkannte, dass ich das ausnutzen könnte, um sie selbst in die Hand zu bekommen und sie für meine Zwecke einzusetzen. Daher ließ ich euch in dem Glauben, ihr würdet genau das tun, was ihr wolltet, während ihr eigentlich für mich gearbeitet habt. Jetzt habe ich das Buch und die Mutter Konfessor, von der das Buch sagt, sie müsse die Richtigkeit bestätigen.«

Beiden Schwestern stand der Mund offen.

Kahlan drehte sich der Kopf. Mutter Konfessor. Sie war die Mutter Konfessor.

Was in aller Welt war eine Mutter Konfessor?

Jagang zeigte den Schwestern ein gerissenes Lächeln. »Ihr habt euch aufs Beste zum Narren gemacht.«

»Ja, Exzellenz«, räumten beide kleinlaut ein.

»Und jetzt«, fuhr er fort, »haben wir zwei Exemplare von *Das Buch der Gezählten Schatten,* und beide weisen den gleichen Fehler auf – das Wort ›Schatten‹ steht im Singular, nicht im Plural.«

»Allerdings sind es nur zwei«, wandte Schwester Armina ein. »Wenn die anderen Exemplare nun den gleichen Fehler haben?«

»Das halte ich für ziemlich ausgeschlossen«, meinte Schwester Ulicia.

»Nun, in jedem Fall wären wir ein Stück weiter, oder?« Jagang zog eine Augenbraue fragend hoch. »Ich habe zwei, und sie haben den gleichen Fehler. Wir brauchen die übrigen, um die Theorie zu bestätigen, dass bei einem der Titel richtig geschrieben ist, mit ›der Gezählten Schatten‹. Daher müssen wir die Mutter Konfessor leben lassen, bis wir wissen, ob man aufgrund dieses Fehlers tatsächlich die authentische Abschrift bestätigen kann.«

»Und wenn alle Exemplare den gleichen Fehler haben, Exzellenz?«, fragte Schwester Armina.

»Dann wissen wir wenigstens, dass es sich nicht um die richtige Methode handelt, um *Das Buch der Gezählten Schatten* auf seine Echtheit zu überprüfen. Vielleicht müssen wir ihr Zugang zum Text selbst erlauben, damit sie ihre Überprüfung auf das gründen kann, was sie zurzeit nicht sieht.«

Schwester Armina hob die Hand. »Aber Exzellenz, ich weiß nicht einmal, ob das überhaupt möglich ist.«

Jagang antwortete nicht, sondern nahm ihr stattdessen das Buch ab und legte es neben das andere auf den Tisch. »Die Mutter Konfessor ist weiterhin wichtig für uns. Sie ist die Einzige, welche das richtige Exemplar bestätigen kann. Wir können nicht sicher sein, ob sie das bereits getan hat. Bislang hat sie ihr Urteil aufgrund nur einer einzigen Information gefällt. Deshalb brauchen wir sie lebendig.«

»Ja, Exzellenz«, sagte Schwester Armina.

»Ich glaube, sie wacht auf«, meinte Schwester Ulicia.

Kahlan hatte so gebannt gelauscht, dass sie die Augen nicht mehr richtig geschlossen hielt, als Schwester Ulicia in ihre Richtung sah. Die Schwester trat zu ihr und schaute sie an.

Die drei sollten nicht erfahren, dass Kahlan ihren Titel, Mutter Konfessor, gehört hatte. Sie reckte sich, als versuchte sie, dem Reich der Bewusstlosigkeit zu entfliehen, während sie sich ausmalte, was dieser Titel wohl bedeuten mochte.

»Wo sind wir?«, murmelte sie und ließ ihre Stimme verschlafen klingen.

»Das wirst du bestimmt schon bald erfahren.« Schwester Ulicia rüttelte Kahlan unsanft an der Schulter. »Und jetzt wach auf.«

»Was ist denn los? Möchtet Ihr etwas von mir, Schwester?« Kahlan rieb sich die Augen mit den Knöcheln und bemühte sich, einen benommenen Eindruck zu machen. »Wo sind wir?«

Schwester Ulicia hakte den Zeigefinger durch den Halsring und zog daran.

Ehe Schwester Ulicia ein weiteres Wort vorbringen konnte, packte Jagang sie am Arm und zerrte sie aus dem Weg. Mit den Fäusten packte er Kahlans Hemd am Kragen und hob sie von den Füßen.

»Du hast zwei meiner getreuen Wachen ermordet«, sagte er mit knirschenden Zähnen. »Du hast Schwester Cecilia umgebracht.« Der Zorn wallte in ihm auf, die Röte stieg ihm ins Gesicht. Er kniff die düsteren Augen zusammen. Es sah aus, als würden Blitze durch die wolkigen Schemen zucken. »Hast du dir eingebildet, ich würde dir das durchgehen lassen?«

»Das habe ich mir durchaus nicht eingebildet«, erwiderte Kahlan so ruhig wie möglich. Wie sie vermutet hatte, provozierte ihn ihre Ruhe noch mehr.

Er brüllte seine Wut heraus und schüttelte sie so heftig, dass es sich anfühlte, als wären die Muskeln an ihrem Hals gerissen. Offensichtlich war er ein Mann, der seinen Zorn schon beim geringsten Anlass nicht mehr unter Kontrolle halten konnte. Stand er kurz davor, sie zu töten?

Kahlan wollte nicht sterben, doch ein rascher Tod wäre vermutlich dem vorzuziehen, was er ihr in Aussicht gestellt hatte. Außerdem konnte sie ihn sowieso nicht daran hindern.

»Wenn du nicht geglaubt hast, damit durchzukommen, warum hast du es dann gewagt?«

»Welchen Unterschied bedeutet das schon?«, fragte Kahlan

gleichgültig, während er sie so weit in die Höhe gehoben hatte, dass ihre Stiefel ein gutes Stück vom Boden entfernt waren.

»Was redest du da?«

»Ihr habt mir bereits gesagt, Ihr würdet schlimmere Dinge mit mir anstellen, als ich je erlebt habe. Ich glaube Euch; denn das ist die einzige Art, wie Ihr Menschen für Euch gewinnen könnt: durch Drohungen und Gewalt. Weil Ihr so ein aufgeblasener Narr seid, habt Ihr den Fehler begangen und mir gesagt, ich könne mir nicht vorstellen, was Ihr mit mir vorhabt. Das war ein großer Fehler.«

»Fehler?« Er zog sie dichter zu sich heran. »Welcher Fehler?«

»Ihr habt einen taktischen Fehler begangen, *Kaiser*«, sagte Kahlan und betonte seinen Titel wie eine spöttische Beleidigung. Sie wollte ihn wütend machen, und sie hatte damit Erfolg.

Obwohl sie an seinen Fäusten hing, sprach Kahlan gefasst, ja distanziert. »Ihr habt mir zu verstehen gegeben, dass ich nichts zu verlieren habe, gleichgültig, was ich tue. Mit Euch kann man nicht vernünftig reden. Ihr habt gesagt, Ihr würdet mir das Schlimmste antun. Damit brauchte ich nicht mehr auf Eure Gnade zu hoffen. Und damit habt Ihr mir einen Trumpf in die Hand gespielt.

Durch diesen Fehler habe ich gewusst, dass ich nichts verliere, wenn ich Eure Wachen töte, denn mir blüht sowieso ein unvorstellbar schreckliches Schicksal. Und da konnte ich mich auch gleich an Schwester Cecilia rächen. Und Ihr seid längst nicht so klug, wie Ihr glaubt, sondern nur ein brutaler Rohling, der leicht zu übertölpeln ist.«

Er ließ Kahlan ein Stück tiefer sinken, bis sie den Boden wieder mit den Zehenspitzen erreichte.

»Du bist mir ja wirklich eine«, sagte er. Ein verschlagenes Lächeln vertrieb die Wut aus seinem Gesicht. »Ich werde es genießen, was ich mir für dich vorgenommen habe.«

»Da habe ich Euch Euren Fehler erklärt, und Ihr wiederholt ihn? Offensichtlich lernt Ihr nicht besonders schnell.«

Als er sie in die Höhe gehoben und ihr Gesicht zu seinem herangebracht hatte, waren seine Hände so damit beschäftigt gewesen, sie festzuhalten, dass Kahlan den unbeobachteten Moment nutzte und vorsichtig das Messer aus der Scheide an seinem Gürtel zog. Vor lauter Wut hatte er es nicht bemerkt.

Anstatt nach ihrer letzten Beleidigung erneut dem Zorn zu verfallen, lachte er schallend.

Kahlan hielt das Messer fest in der Hand.

Ohne Vorwarnung stach sie, so heftig sie konnte, auf ihn ein.

Sie hatte ihn unter den Rippen treffen und die Eingeweide aufschlitzen wollen, vielleicht bis zu seinem Herzen, falls sie es schaffte. Doch leider war sie in ihrer Bewegungsfreiheit eingeschränkt und erwischte nur die unterste Rippe, in der die Messerspitze stecken blieb.

Ehe sie Zeit bekam, die Klinge herauszuziehen und erneut zuzustechen, packte er sie am Handgelenk und verdrehte ihr den Arm. Dann schleuderte er sie herum, und ihr Rücken krachte gegen seine Brust. Noch bevor sie Gelegenheit bekam, etwas zu unternehmen, hatte er ihr das Messer aus der Hand gerungen. Er legte ihr den Arm um den Hals und drückte ihr die Luft ab. Sie spürte, wie seine Brust vor Wut bebte.

Noch gestand sie ihre Niederlage nicht ein, und ehe sie wegen Luftmangels ohnmächtig werden würde, nahm sie ihre ganze Kraft zusammen und trat ihm mit dem Stiefelabsatz gegen das Schienbein. Angesichts seines Schreis wusste sie, dass es schmerzte. Nun trieb sie ihm den Ellbogen hart in die frische Wunde. Er zuckte zusammen. Dann schlug sie ihm den Ellbogen mit Schwung unter das Kinn. Allerdings war er so groß und stark, dass sie ihn dadurch nicht außer Gefecht setzen konnte. Es war, als würde sie einen Stier boxen. Und wie ein Stier, so wurde auch Jagang immer wütender.

Er packte sie am Hemd, ehe sie ihm entwischen konnte. Seine Faust traf sie in den Bauch. Kahlan krümmte sich und bekam keine Luft mehr. Keuchend versuchte sie zu atmen, um den betäubenden Schmerz zu überwinden.

Sie ging auf die Knie, doch er griff ihr ins Haar und zog sie wieder auf die Beine.

Jagang grinste. Der Zorn war durch diesen unerwarteten, gefährlichen Kampf wie weggeblasen. So langsam begann er, das Spiel zu genießen.

»Warum bringt Ihr mich nicht einfach um?«, gelang es Kahlan hervorzustoßen, während er vor ihr stand und sie betrachtete.

»Dich umbringen? Warum sollte ich dich umbringen wollen? Dann wärest du einfach nur tot. Du sollst leben, damit ich dich leiden lassen kann.«

Die beiden Schwestern rührten keinen Finger, um ihren Gebieter zu zügeln. Kahlan wusste, er konnte ihr antun, was er wollte, und sie würden keinen Widerspruch erheben. Solange er seine Aufmerksamkeit Kahlan widmete, war er von ihnen abgelenkt. Bevor er jedoch erneut zuschlagen konnte, fiel helles Licht ins Zelt und erregte seine Aufmerksamkeit.

»Exzellenz«, sagte eine tiefe Stimme. Ein großer Kerl hielt den Teppich offen und wartete. Der Mann ähnelte den beiden Wachen, die sie getötet hatte. Vermutlich verfügte Jagang über unendlichen Nachschub.

»Was gibt es denn?«

»Wir sind bereit, das Lager abzubrechen, Exzellenz. Entschuldigt die Störung, aber ich sollte Euch Bescheid sagen, sobald es so weit ist. Ihr habt uns selbst zur Eile angehalten.«

Jagang ließ Kahlans Haar los. »Sehr gut, fangt an.«

Unerwartet fuhr er herum und schlug ihr mit dem Handrücken ins Gesicht. Sie taumelte zurück und ging zu Boden.

Während sie dalag und versuchte, sich wieder zu sammeln,

drückte er eine Hand auf die Wunde über seinen Rippen. Dann zog er sie zurück, um zu sehen, wie stark der Stich blutete. Er wischte sich die Hand an der Hose ab und hatte wohl entschieden, die Wunde sei nicht weiter schlimm und müsse nicht behandelt werden. Sein Körper war, soweit Kahlan es sehen konnte, von Narben überzogen, und die meisten deuteten auf wesentlich schwerere Verletzungen hin.

»Passt auf, dass sie nicht wieder auf dumme Gedanken kommt«, befahl er den Schwestern, während er zu dem Teppich eilte, den die Wache für ihn aufhielt.

Kahlan spürte, wie Feuer durch den Halsring lief und durch ihre Nerven bis hinunter zu den Zehen schoss. Der brennende Schmerz ließ sie unwillkürlich aufkeuchen.

Sie wollte vor Wut schreien, doch erneut durchfuhr der Schmerz ihren Körper. Es war ihr verhasst, wie die Schwestern den Halsring benutzten. Und sie hasste diese Qualen, denen sie wehrlos ausgesetzt war.

Schwester Ulicia trat näher und baute sich vor ihr auf. »Das war aber sehr töricht von dir, nicht wahr?«

Vor lauter Schmerzen konnte Kahlan nicht antworten. Wäre sie dazu in der Lage gewesen, hätte sie ihnen erzählt, es sei nicht töricht, sondern die Folgen wert gewesen.

Sie würde kämpfen, solange sie einen Atemzug tat. Wenn es sein musste, bis zum allerletzten.

43

Es wurde zum Abmarsch geblasen. Kahlan war fassungslos angesichts der hässlichen Massen, die sich schwerfällig in Bewegung setzten.

Schwester Ulicia, die Kahlans Reaktion auf die finsteren Kerle bemerkte, deutete mit dem Kopf auf die Soldaten und beugte sich zu Kahlan vor. »Ich kann mir vorstellen, wie du dich fühlst.«

Das bezweifelte Kahlan. Da sie jedoch sicher war, dass Jagang sich in den Gedanken der Schwestern aufhielt und darauf lauerte, was Kahlan in seiner Abwesenheit sagte, wollte sie nichts von sich preisgeben.

»Meine Gefühle sind wenig von Belang«, sagte sie zu den beiden Schwestern. »Er macht sowieso mit mir, was er will.« Sie betastete den Schnitt, den einer von Jagangs Ringen auf ihrer Wange hinterlassen hatte. Die Wunde blutete nicht mehr. »Das hat er mir deutlich zu verstehen gegeben.«

»Ja, vermutlich wird er das machen«, meinte Schwester Ulicia.

»Das macht er mit uns allen«, fügte Schwester Armina hinzu. »Ich kann unsere Dummheit noch gar nicht fassen.«

Jagang kehrte zurück, begleitet von einem Trupp Offiziere. Hinter ihnen führten Soldaten gesattelte Pferde. Weitere Männer holten Truhen, Stühle, Tische und kleinere Gegenstände aus dem Zelt des Kaisers und verstauten sie in Kisten auf den wartenden Wagen. Nachdem alles leer geräumt war, wurden die Leinen losgebunden, die Stangen entfernt und schließlich das Zelt zusammengelegt. In kurzer Zeit war von der riesigen Stadt mit dem Zelt des Kaisers in der Mitte nur ein leeres Feld geblieben.

Jagang gab einem Mann mit einem Wink zu verstehen, er solle Kahlan die Zügel eines Pferdes reichen. »Heute reitest du bei mir.«

Kahlan überlegte, was für den nächsten Tag vorgesehen war, behielt die Frage jedoch für sich. Es hörte sich an, als habe er Pläne mit ihr. Darüber wollte sie gar nicht nachdenken, denn sie fürchtete sich vor dem, was er für sie bereithielt.

Sie stellte einen Fuß in den Steigbügel, schwang sich in den Sattel, ließ den Blick über das Meer von Menschen schweifen und schätzte ab, ob sie eine Chance hatte, in die Freiheit zu gelangen. Vielleicht würde sie es an den Soldaten vorbeischaffen, denn außer den beiden Schwestern und Jagang konnte sich ja niemand lange genug an sie erinnern, um sie wahrzunehmen. Da draußen wäre sie so gut wie unsichtbar. Den Männern würde es erscheinen, als laufe ein reiterloses Pferd vorbei, und niemand würde sich freiwillig in den Weg stellen und niedertrampeln lassen.

Die Schwestern ließen sie nicht aus den Augen, stiegen ebenfalls auf und postierten sich jeweils an einer Seite von Kahlan, um jeden Fluchtversuch zu vereiteln. Mochte sie auch für die Soldaten unsichtbar sein, so konnten die Schwestern immer noch den Halsring einsetzen. Dazu brauchten sie nicht in der Nähe zu sein, das hatte sie bereits auf unangenehme Weise zu spüren bekommen. Ihre Beine schmerzten noch von dem, was die Schwestern ihr erst kürzlich angetan hatten. Insofern war es gut, dass sie reiten durfte, denn zu Fuß hätte sie es nicht weit geschafft.

Das Licht der Dämmerung glitzerte auf Millionen von Waffen und ließ die Armee wie eine flüssige Masse aussehen. Wie auf einem engen Floss aus Leibwachen des Kaisers, den Schwestern, Dienern und Sklaven trieben sie hinaus in den aufgebrachten Ozean, der sich dem nördlichen Horizont entgegen ergoss.

Die heiße Sonne ging zu ihrer Rechten auf. Kahlan bewegte sich zwischen den Schwestern und den Leibwachen des Kaisers inmitten der Menschenmasse nach Norden. Aus dem Sattel hatte sie einen guten Überblick. Immerhin brauchte sie das Gepäck der Schwestern nicht mehr zu schleppen.

Das anfängliche Geplauder der Soldaten ließ nach, als die monotonen Mühen des Marsches erste Wirkung zeigten. Reden wurde anstrengend. Bald schon schwitzte auch Kahlan in der Hitze. Männer, die schwere Gepäckstücke schleppten, trabten dahin und stierten vor sich auf den Boden. Wer stehen blieb, würde vermutlich einfach niedergetrampelt.

Den ganzen Tag über drängten sich Wagen durch die Armee, von denen aus Essen verteilt wurde. Bei anderen gab es Wasser. Rasch bildete sich eine Reihe von Männern, die sich von jedem Wagen Wasser ausschenken ließen.

Gegen Mittag traf ein Wagen in der Mitte der Gruppe um den Kaiser ein. An die Offiziere wurden warme Mahlzeiten ausgegeben. Die Schwestern reichten Kahlan das Gleiche, was alle anderen erhielten – Brotfladen, die um weiches Salzfleisch gewickelt waren. Zwar sprach der Geschmack Kahlan nicht sonderlich an, doch war sie ausgehungert und freute sich über das Essen.

Bei Einbruch der Nacht war die Truppe von dem anstrengenden Marsch erschöpft. Man hatte unterwegs gegessen und keine Rast eingelegt. Auf diese Weise hatten sie eine größere Distanz zurückgelegt, als Kahlan es bei einer Armee dieser Größenordnung für möglich gehalten hätte. Kahlan war über und über mit Staub bedeckt. Allerdings wusste sie nicht, ob ihr

Regen besser gefallen hätte, denn dann hätten sie das Problem mit dem Schlamm gehabt.

Überrascht entdeckte sie vor sich das Lager des Kaisers. Flaggen auf den Zelten flatterten im heißen Wind, als wollten sie den Kaiser willkommen heißen. Die Wagen mit der Ausrüstung mussten vorgefahren sein. Die Armee war so riesig und nahm so viel Platz ein, dass es Stunden, wenn nicht Tage dauern musste, bis alle die gleiche Stelle passiert hatten, daher brauchten die Wagen nicht einmal vor der Armee zu fahren. Es genügte, eine Gasse durch die Flut der Marschierenden zu öffnen und vor Einbruch der Dunkelheit das Lager aufzuschlagen, damit beim Eintreffen des Kaisers alles bereitstand.

Über mehreren Feuern wurde Fleisch an Spießen gebraten. Bei dem Duft lief Kahlan das Wasser im Mund zusammen. An anderen Feuern dampften Kessel an eisernen Gestellen. Sklaven eilten hin und her, trugen Ausrüstungsgegenstände, arbeiteten an Tischen, drehten die Spieße, rührten den Inhalt der Kessel um und fügten die Zutaten hinzu. Platten mit Brot, Fleisch und Obst wurden vorbereitet.

Jagang, der vor Kahlan geritten war, stieg vor seinem großen Zelt aus dem Sattel. Ein Mann eilte herbei und nahm ihm die Zügel ab. Als die Schwestern und Kahlan abstiegen, kamen weitere junge Männer und übernahmen ihre Pferde. Die Schwestern scheuchten Kahlan wie von einem stillen Befehl angewiesen hinter Jagang her. Sie traten durch den Zelteingang, dessen Vorhang ein muskulöser Soldat ohne Hemd aufhielt. Seine Haut war von Schweiß überzogen, vermutlich, weil er am Aufbau des Zeltes mitgewirkt hatte, und er roch säuerlich.

Im Inneren sah es genauso aus wie am Morgen vor ihrem Aufbruch. Man hätte meinen können, sie hätten den Ort gar nicht gewechselt. Die Lampen brannten bereits. Kahlan freute sich wieder über den Geruch des Öls. Eine Reihe Sklaven war mit der Vorbereitung des Mahls für den Kaiser beschäftigt, das auf dem Tisch serviert wurde.

Jagang drehte sich unvermittelt um, packte Schwester Ulicia am Haar und zerrte sie vorwärts. Die Schwester stieß vor Schmerz und Überraschung einen leisen Schrei aus, leistete jedoch keinen Widerstand. Die Sklaven schauten nur kurz herüber und wandten sich sofort wieder ihren Aufgaben zu, als hätten sie nichts bemerkt.

»Warum sieht sie niemand?«, fragte Jagang.

Kahlan wusste, was er meinte.

»Der Bann, Exzellenz. Der Feuerkettenbann.« Der Kaiser drückte Schwester Ulicia in eine unbeholfene, unbequeme Haltung, halb gebeugt. »Das war doch genau der Zweck des Banns – dass niemand sie sehen würde. Er wurde speziell geschaffen, um eine Person anscheinend verschwinden zu lassen. Ich glaube, ursprünglich wurde er für Spione gedacht, die nicht entdeckt werden sollten. Wir haben diesen Bann auch benutzt, um die Kästchen der Ordnung aus dem Palast des Volkes zu holen, ohne dabei bemerkt zu werden.«

Kahlan schlug das Herz bis zum Hals, als sie nun hörte, wie man sie ausgenutzt und wie man ihr Leben und Erinnerungen genommen hatte. In ihrer Kehle bildete sich ein Kloß. Den Schwestern war ihr wertvolles Leben vollkommen gleichgültig gewesen. Was gab diesen Frauen das Recht zu solchem Tun?

Bis vor Kurzem hatte sie sich für einen Niemand ohne Gedächtnis gehalten, für eine Sklavin der Schwestern. Vor nicht langer Zeit hatte sie erfahren, dass sie Kahlan Amnell hieß und die Mutter Konfessor war – was immer das bedeutete. Und jetzt hörte sie den Grund, warum sie weder ihren Namen noch ihren Titel gekannt hatte: weil die Schwestern sie mit einem Bann belegt hatten.

»So sollte der Bann eigentlich wirken«, sagte Jagang. »Aber

warum hat dieser Wirt sie gesehen? Und diese kleine Felsenratte in Caska?«

»Ich … ich weiß nicht«, stammelte Schwester Ulicia.

Er zog sie dichter an sich heran. Sie griff nach seinen Handgelenken, damit er ihr nicht das Haar ausriss, überlegte es sich dann jedoch, weil sie keinen Widerstand leisten wollte, und ließ die Arme baumeln.

»Darf ich die Frage noch einmal in klareren Worten stellen, damit auch ihr Dummköpfe sie versteht? Was habt ihr falsch gemacht?«

»Aber Exzellenz …«

»Ihr müsst etwas falsch gemacht haben, sonst hätten die beiden sie nicht sehen können!« Schwester Ulicia zitterte, doch antwortete sie nicht. »Du und Armina könnt sie sehen, weil ihr den Bann kontrolliert. Ich kann sie sehen, weil ich in euren Gedanken war und deshalb durch den gleichen Prozess geschützt bin. Aber niemand sonst kann sie sehen.«

Nach einer kleinen Pause fuhr er fort: »Ich frage noch einmal: Was habt ihr falsch gemacht?«

»Exzellenz, wir haben nichts falsch gemacht. Ich schwöre es.« Jagang winkte Armina mit dem Zeigefinger zu sich. Widerstandslos trippelte sie zu ihm.

»Möchtest du meine Frage beantworten und mir erklären, welchen Fehler ihr begangen habt? Oder soll ich dich mit Ulicia zu den Zelten schicken?«

Schwester Armina schluckte die Angst hinunter und breitete die Hände aus. »Exzellenz, wenn ich mir das durch ein Geständnis ersparen könnte, wäre ich sofort dazu bereit, aber Ulicia hat recht. Wir haben alles richtig gemacht.«

Schwester Ulicia rannen angesichts des Schmerzes die Tränen über die Wangen. Sie versuchte den Kopf zu schütteln. »Nein, Exzellenz – so dürft Ihr es Euch nicht vorstellen.«

»Was darf ich mir so nicht vorstellen?«

»Den Feuerkettenbann. Einmal in Gang gebracht, nimmt er seinen Lauf. Der Bann selbst erledigt die Arbeit. Er richtet sich selbst aus; wir haben ihn weder geführt noch kontrolliert. Genau genommen ist gar keine Einmischung möglich. Sobald er begonnen hat, durchläuft der Bann seine vorbestimmte Prozedur. Wir wissen nicht einmal, wie diese aussieht. In gewisser Hinsicht ähnelt er darin entworfener Magie. Wir würden es nicht wagen, daran herumzuspielen. Die Macht der Feuerkette ist jedoch wesentlich größer als alles, was wir lenken könnten – und wir haben keine Möglichkeit, diesen Bann zu verändern, selbst wenn wir wollten.«

»Sie hat wiederum recht, Exzellenz. Wir wussten, was mit dem Bann bewirkt werden und welches Ergebnis er erbringen soll, aber nicht, wie das im Einzelnen vor sich geht. Was sollten wir ändern? Uns genügte es, wenn er machte, wozu er erschaffen worden war. Daher hatten wir keinen Grund, ihn zu verändern, und aus diesem Grund können wir – bitte versteht das – keinen Fehler begangen haben.«

»Wir haben ihn nur ausgelöst«, beharrte Schwester Ulicia, der man die Tränen nun auch anhören konnte. »Wir haben die Prüfnetze durchlaufen lassen, um sicherzustellen, dass alles so ist, wie es sein soll, und dann haben wir ihn ausgelöst. Der Bann hat den Rest gemacht. Wir haben keine Ahnung, warum jemand sie hat sehen können. Das hat uns ebenfalls überrascht.«

Jagang wirkte nicht überzeugt. »Ihr müsst einen Fehler gemacht haben.«

»Nein, Exzellenz. Nicht einmal die Zauberer aus uralten Zeiten konnten den Bann steuern, nachdem er ausgelöst war. Schließlich wurde die Magie der Ordnung erschaffen, um sich mit dem Bann zu befassen, falls dieser jemals ausgelöst würde. Etwas Geringeres kann seine Richtung nicht beeinflussen.«

Kahlan spitzte die Ohren. Sie fragte sich, warum die Schwestern einen Bann benutzten, um die Kästchen der Ordnung zu stehlen, die eigentlich zum Einsatz gegen diesen Zauber gedacht waren. Vielleicht wollten sie nur sichergehen, dass niemand die Kästchen verwendete?

Endlich ließ Jagang Schwester Ulicia los und stieß sie mit einem angeekelten Grunzen zu Boden. Sie drückte die Hände auf den Kopf, um den Schmerz zu lindern.

Kaiser Jagang schritt hin und her und dachte über das Gesagte nach. Als jemand ins Zelt hereinschaute, hielt er inne und winkte. Mehrere Frauen mit Krügen traten ein und schenkten roten Wein in Becher auf dem Tisch. Knaben trugen Platten und Tabletts mit heißen dampfenden Speisen herein. Jagang schritt unablässig auf und ab und zollte den Sklaven, die ihre Arbeit erledigten, wenig Aufmerksamkeit.

Als der Tisch gedeckt war, ließ sich Jagang auf dem geschnitzten Stuhl nieder. Brütend betrachtete er die beiden Schwestern. Die Sklaven hatten sich hinter ihm aufgereiht, um ihm unverzüglich jeden Wunsch von den Lippen abzulesen.

Schließlich wandte er sich dem Essen zu, packte einen Schinken und riss eine Handvoll des heißen Fleisches ab. Mit einer Hand stopfte er sich Stücke davon in den Mund und starrte währenddessen unverwandt die Schwestern und Kahlan an, als denke er darüber nach, ob er sie leben oder sterben lassen sollte.

Nachdem er mit dem Schinken fertig war, zog er ein Messer aus dem Gürtel und schnitt sich eine Scheibe Braten ab. Er spießte das rote Fleisch auf, hielt es in die Höhe und wartete. Blut rann über die Klinge und über den Arm bis zum Ellbogen, den er auf den Tisch gestützt hatte.

Nun lächelte er Kahlan an. »Meinst du nicht auch, dass man das Messer besser so verwendet als auf die Weise, die du im Sinn hattest?«

Kahlan überlegte, ob sie schweigen sollte, konnte sich die Entgegnung jedoch nicht verkneifen. »Da sind wir sicherlich unterschiedlicher Meinung. Ich wünschte nur, ich hätte besser getroffen. Dann müssten wir uns jetzt nicht darüber unterhalten.«

Er lächelte in sich hinein. »Vielleicht.« Er trank einen Schluck Wein und riss dann mit den Zähnen ein Stück von dem Rindfleisch auf dem Messer ab.

Während er kaute und Kahlan beobachtete, sagte er: »Zieh dich aus.«

Kahlan blinzelte. »Wie bitte?«

»Zieh dich aus.« Er fuchtelte mit dem Messer. »Zieh alles aus.«

Kahlan biss die Zähne zusammen. »Nein. Wenn Ihr mich ausgezogen sehen wollt, müsste Ihr mir die Kleider schon selbst vom Leib reißen.«

Er zuckte die Schultern. »Das mache ich später, nur so zum Spaß, aber jetzt zieh dich aus.«

»Warum?«

Er zog eine Augenbraue hoch. »Weil ich es sage.«

»Nein«, wiederholte sie.

Mit seinen albtraumhaft schwarzen Augen sah er nur Schwester Ulicia an. »Erzähl Kahlan von unseren Folterzelten.«

»Exzellenz?«

»Erzähl ihr, welch reichen Erfahrungsschatz wir darin haben, jemanden von dem zu überzeugen, was wir wünschen. Erzähl ihr von unseren Foltermethoden.«

Ehe Schwester Ulicia antworten konnte, ergriff Kahlan das Wort. »Macht nur und foltert mich. Niemanden interessiert es, wenn Ihr wie eine alte Henne herumgackert. Ich bin sicher, lieber würdet Ihr mich leiden sehen – also macht schon.«

»Oh, Liebste, nicht du sollst gefoltert werden.« Er drehte einen Schenkel von einer gebratenen Gans und deutete auf eine junge Frau hinter sich. »Die Folter erwartet sie.«

Kahlan warf einen Blick auf die Frau, die plötzlich von Panik erfasst wurde, und sah dann stirnrunzelnd Jagang an. »Wie bitte?«

Er biss von der Gans ab. Fett lief über seine Finger. Er leckte es von einem seiner Ringe.

»Nun ja«, sagte er und zupfte an dem Fleisch, das von dem Schenkel hing. »Vielleicht sollte ich es dir selbst erklären. Verstehst du, wir haben diese Foltermethode, bei der der Inquisitor einen kleinen Schnitt im Bauch vornimmt.« Er drehte sich um und pikte der jungen Frau mit dem Gänseschenkel knapp unter dem Nabel in den Bauch. Auf dem nackten Fleisch blieb ein Fettfleck zurück. »Genau dort.«

Er wandte sich wieder nach vorn. »Dann drückt der Inquisitor eine Zange in den Bauch und sucht, bis er ein Stück vom Dünndarm erwischt. Es ist ziemlich glitschig da drin, und die Person, an der dies durchgeführt wird, liegt nicht gerade still, wenn du verstehst, was ich meine, daher dauert es für gewöhnlich eine Weile. Sobald der Inquisitor den Darm gepackt hat, zieht er ihn langsam ein paar Fuß heraus. Nicht sehr angenehm.«

Er beugte sich vor und nahm sich einen weiteren Streifen Schinken. »Wenn du nicht tust, was ich dir sage, gehen wir alle in die Folterzelte«, er deutete mit dem Stück Schinken nach links, »und werden uns diese Methode von unseren erfahrenen Inquisitoren bei dem Mädchen hinter mir zeigen lassen.«

Mit eisigem Blick sah er Kahlan an. »Nur weil du dich weigerst zu tun, was ich dir befehle. Du wirst das alles mit anschauen. Du wirst ihre Schreie hören, wie sie um ihr Leben fleht, du wirst sehen, wie sie blutet, wie ihre Eingeweide aus ihr herausgezogen werden. Nachdem der Mann ein paar Fuß herausgezogen hat, wickelt er den Darm um einen Stock wie Garn – damit das Durcheinander nicht zu groß wird. Danach wird er innehalten und mich anschauen.

Zu dem Zeitpunkt werde ich dich dann zum wiederholten Mal höflich fragen, das zu tun, was ich dir befohlen habe. Falls du dich erneut weigerst, werden wir weitere Gedärme aus ihrem zarten Bauch ziehen und sie auf den Stock wickeln, während wir ihren Schreien und ihren Todeswünschen lauschen. Das kann eine hübsche Weile dauern. Diese Folter verläuft ausgesprochen langsam und schmerzvoll.« Jagang schenkte Kahlan ein freundliches Lächeln. »Und dann, kurz vor dem Ende, wirst du ihr bei ihren Todeszuckungen zusehen.«

Kahlan blickte zu dem Mädchen. Es hatte sich nicht gerührt, war jedoch so weiß geworden wie der Zucker in der Schale auf dem Tisch.

Jagang kaute langsam und spülte den Bissen mit Wein hinunter. »Danach darfst du dir anschauen, wie wir ihren leblosen Körper auf den Totenkarren werfen, zu den anderen Leichen der Menschen, die wir befragt haben.

Anschließend werde ich Ulicia und Armina vor die Wahl stellen, entweder zu den Zelten geschickt zu werden, um meine Männer zu unterhalten, die recht lustvolle Begierden haben, oder sich auszudenken, wie sie dir mit dem Ring um den Hals schlimmere Schmerzen zufügen können, als du bisher erlebt hast. Allerdings müssen sie verhindern, dass du ohnmächtig wirst. Denn selbstverständlich sollst du alles spüren.«

Draußen dröhnte ohne Unterlass der Lärm der Armee, doch im Inneren des Zeltes herrschte Totenstille. Jagang säbelte sich eine weitere Scheibe von dem blutigen Rindfleisch ab und fuhr fort.

»Nachdem die Schwestern mit ihrer Fantasie am Ende sind – und ich glaube, angesichts dessen, was ihnen selbst blüht, werden sie durchaus erfinderisch sein –, werde ich dich persönlich halb totschlagen. Und dann reiße ich dir die Kleider vom Leib und lasse dich nackt vor mir stehen.«

Er fixierte sie mit seinen Albtraumaugen. »Du hast die Wahl, Schätzchen. So oder so wirst du am Ende meinem Befehl gehorchen und nackt vor mir stehen. Welcher Weg ist dir lieber? Entscheide rasch. Ich werde dich nicht noch einmal fragen.«

Kahlan hatte keine Wahl. Widerstand war zwecklos. Sie schluckte und begann unverzüglich, ihr Hemd aufzuknöpfen.

44

Jagang nahm eine Handvoll Pekannüsse aus einem Silberschälchen und warf sie sich in den Mund. Er grinste triumphierend, während er Kahlan beim Ausziehen zuschaute. Angesichts seiner selbstzufriedenen Miene fühlte sie sich umso verzweifelter und machtloser.

Bestimmt war sie rot geworden. Sie verweigerte sich seinem Befehl nicht länger. Schließlich musste sie gut abwägen, auf welche Kämpfe sie sich einließ, und diesen konnte sie nicht gewinnen. Dabei fragte sie sich, ob sie überhaupt noch einen gewinnen konnte. Starke Zweifel beschlichen sie. Für sie gab es keine Erlösung. Dies war ihr Leben, ihre Zukunft, alles, was das Schicksal für sie bereithielt. Sie hatte nichts, auf das sie sich freuen konnte, keinen Grund, etwas Gutes zu erwarten.

So ungezwungen wie möglich warf sie ihre Kleidung nach und nach auf einen Haufen und machte sich nicht die Mühe, sie zusammenzufalten. Danach stand sie zusammengekauert in der Totenstille und blickte Jagang nicht an, weil sie seine Häme nicht ertragen wollte. Dabei versuchte sie, sich das Zittern nicht anmerken zu lassen.

»Steh gerade«, sagte Jagang.

Kahlan befolgte den Befehl. Plötzlich fühlte sie sich erschöpft. Nicht körperlich erschöpft, sondern aller Anstrengung müde. Worum kämpfte sie eigentlich? Welches Leben hatte sie vor sich? Freiheit würde sie niemals erlangen, niemals Liebe erfahren, sich niemals sicher fühlen. Welche Chance auf ein wenig Glück hatte sie schon?

Keine.

In diesem Moment hätte sie sich am liebsten zusammengerollt und geweint – oder einfach zu atmen aufgehört. Alles war so hoffnungslos. Gegen seine Macht waren alle Bemühungen sinnlos.

Die Verlegenheit hatte sich verflüchtigt. Kahlan machte sich nichts mehr daraus, ob er sie anstarrte. Gewiss war er bald mit dem Essen fertig, und dann würde es nicht bei ein wenig Anschauen bleiben. Auch in dieser Hinsicht hatte sie keine Wahl. Sie hatte überhaupt keine Wahl. Ihr blieb nur eine leere Hülle von Leben. Ohne die Möglichkeit, sich selbst zu bestimmen, musste sie jede Demütigung über sich ergehen lassen, und was war das schon für ein Leben? Sie atmete, sie konnte sehen, fühlen, hören, schmecken und sogar denken, aber allem fehlte der Sinn.

»Als wir durchs Lager ritten, sind wir an ein paar großen Felsen vorbeigekommen«, sagte Jagang und lehnte sich in seinem Stuhl zurück. »Erinnerst du dich daran?«

Kahlan blickte ihn an, innerlich tot. Sie würde jede Aufgabe erfüllen wie eine gute Sklavin. Nun dachte sie über die Frage nach, die er ihr gestellt hatte; ja, die Felsen hatte sie bei ihrer Ankunft gesehen. Es war ein ziemliches Stück bis dorthin, aber sie erinnerte sich, wie der dunkle Fluss aus Männern diese Felsformation umspült hatte.

»Ja«, sagte sie teilnahmslos.

»Gut.« Er trank einen Schluck und stellte den Becher ab. »Du gehst zu diesen Felsen. Nicht in gerader Linie, sondern in einem Bogen.« Er zog eine Augenbraue hoch. »Du brauchst nicht rot zu werden, Schätzchen. Die Männer können dich nicht sehen, schon vergessen?«

Kahlan starrte ihn an. »Warum soll ich es dann machen?«

Er zuckte die Schultern. »Also, du hast meine zwei Wachen getötet. Ich brauche neue.«

»Draußen gibt es jede Menge Männer.«

Er lächelte. »Ja, aber die können dich nicht sehen. Ich möchte Männer, die dich sehen können.«

Kahlan begriff und fühlte sich unvermittelt wieder sehr nackt.

»Na, wie ich es mir vorstelle, gibt es keine bessere Art und Weise, Männer zu finden, die dich sehen können, als dich an ihnen vorbeispazieren zu lassen und ihnen alles zu zeigen, was du zu bieten hast.« Er betrachtete sie von oben bis unten, ehe sein Blick wieder ihre Augen suchte. »Glaub mir, wenn sie dich sehen können, werden sie es ganz bestimmt nicht für sich behalten. Sobald sie dich so erblicken, werden sie alles stehen und liegen lassen und sich dir aufs Freundlichste vorstellen.«

Er lachte schallend über seinen Scherz. Niemand sonst im Zelt wagte auch nur ein Lächeln, aber das störte ihn nicht. Schließlich verebbte sein Gelächter.

»Wir haben hier so viele Männer, da sollten doch einige darunter sein, die dich sehen können. Weitere ›Anomalien‹, wie Ulicia es bezeichnet hat.« Er deutete mit dem Kopf auf sie. »Dann haben wir ein paar Wachen, an denen du nicht vorbeischleichen kannst wie bei den anderen.

Verstehst du, Schätzchen, du hast einen taktischen Fehler gemacht. Du hättest dir den Trick für eine bessere Fluchtgelegenheit aufheben sollen. Diese Chance hast du vergeudet.«

Nein, vergeudet hatte sie die Gelegenheit nicht. Sie hatte Jillian das Leben gerettet. Kahlan wusste, für sie selbst bestand keine Aussicht, die Freiheit zurückzuerlangen, doch zumindest hatte sie dieses Geschenk Jillian machen können. Es würde ihr nichts einbringen, ihm das zu erklären, denn sie wollte ihm nicht widersprechen, solange er glaubte, einen Vorteil im Spiel mit ihr errungen zu haben.

Kahlan fiel kein Einwand ein, mit dem sie ihm diesen Plan ausreden könnte. Sie konnte nur hoffen, unsichtbar zu bleiben. Aber sie fühlte sich keineswegs unsichtbar. Im Gegenteil, sie fühlte sich, als könne sie jeder sehen, wenn sie nun das Zelt des Kaisers verließe. Sie spürte schon jetzt die lüsternen Blicke von Millionen Männern auf sich.

Jagang wies nach vorn. »Ulicia, Armina, ihr geht mit, aber haltet ein wenig Abstand. Falls einer der Männer sie sehen kann, soll er euch nicht bemerken, sonst würde er sich womöglich zurückhalten, und er würde uns vielleicht gar nicht auffallen. Jeder Mann, der sie sehen kann, soll unsere hübsche junge Dame ausgiebig bewundern können.«

Beide verneigten sich. »Jawohl, Exzellenz.«

Jagang legte sein freundliches Getue ab und zeigte sich bedrohlich. »Und nun los. Schlagt einen weiten Bogen durch das Lager bis zu dieser Felsformation, dann geht ihr über die andere Seite wieder zurück.«

Kahlan tappte über die weichen Teppiche zu dem Vorhang am Eingang. Sie spürte seinen höhnischen Blick im Rücken. Dann schob sie den Vorhang zur Seite und schlüpfte durch die Öffnung.

Draußen erstarrte sie vor Schreck, als sie das ausgedehnte Lager sah. Zitternd musste sie sich zu jedem Schritt zwingen und ging widerstrebend zwischen den muskelbepackten Rohlingen in der Umgebung des Kaisers hindurch. Tränen standen ihr in den Augen. Es war eine Demütigung, den Blicken der Männer vollkommen nackt ausgesetzt zu sein.

Am ersten Ring von Verteidigern blieb sie stehen und hatte zu viel Angst, um den Weg fortzusetzen. Am liebsten hätte sie vor Wut und Scham geschrien. Sie warf einen Blick über die Schulter.

Kaiser Jagang stand vor seinem Zelt und hatte das Haar der Frau gepackt, die zu foltern er gedroht hatte. Die Sklavin weinte hilflos.

Kahlan hatte Jillian das Leben gerettet. Sie entschloss sich dazu, sich auch für diese Frau zu opfern. Denn die war ebenfalls nur eine Sklavin, die in ihrem Leben keine Entscheidung treffen durfte. Nur Kahlan konnte ihr die fürchterlichen Qualen ersparen.

Sie wandte sich wieder dem Tumult des Lagers zu und ging weiter. Der Boden war rau, und sie musste aufpassen, wohin sie den Fuß setzte, nicht nur wegen Steinen und Bruchstücken von Ausrüstungsteilen, sondern ebenso wegen frischen Kots.

Ständig redete sie sich ein, keiner dieser Männer könne sie sehen. Sie blieb an der nächsten Verteidigungslinie stehen, wo große Kerle Wache hielten. Verstohlen blickte sie den Mann neben sich an, doch der bemerkte sie nicht, sondern schaute an ihr vorbei. Bislang hatte keiner sie gesehen! Sie blickte sich um; die Schwestern warteten, dass sie weiterging. Jagang hielt die Frau noch immer am Haar gepackt. Kahlan verstand und ging, ohne zu zögern, weiter.

In der Nähe entdeckte sie Pferde und überlegte einen Augenblick lang, zu ihnen hinzurennen. In Gedanken sah sie sich auf den Rücken eines der Tiere springen, davongaloppieren und dem Lager entkommen. Doch das war eine Wunschvorstellung. Die Schwestern würden sie mithilfe der Schmerzen, die sie ihr über den Halsring bereiten konnten, sofort niederstrecken. Darüber hinaus würde die Frau, die Jagang hielt, sterben. Er war nicht der Mann, der leere Drohungen aussprach. Nein, er würde die Folter schon allein deshalb anordnen, damit niemand glaubte, er stünde nicht zu seinem Wort.

Eine Flucht war unmöglich, aber die Vorstellung lenkte Kahlan von den Männern um sie herum ab, von den schmutzigen Händen, von denen sie den Blick nicht lösen konnte. Sie fühlte sich so verwundbar und ohne Schutz. Aus diesem Lager stach sie heraus wie eine alabasterweiße Seerosenblüte auf einer stinkenden Schlammfläche.

Sie ging schnell, denn je rascher sie ihren Kreis vollendet hatte, desto eher durfte sie in den Schutz des Zeltes zurückkehren. Der Gedanke war entsetzlich: Jagangs Zelt ein Schutz, dieser schreckliche Mann der Garant ihrer Sicherheit. Zumindest würde niemand sie mehr sehen, und mehr wollte sie im Augenblick gar nicht. Sie konzentrierte sich darauf. Geh zu diesen Felsen und dann wieder zurück. Je eher, desto besser.

Es sei denn, es gäbe in dieser Masse von Soldaten einen, der sie sehen konnte, was durchaus nicht unmöglich erschien. Diese Armee bestand aus Millionen. Die Chancen standen also nicht eben schlecht.

Was würde sie dann tun? Wieder warf sie einen Blick über die Schulter. Die Schwestern schienen auf der anderen Seite eines Flusses aus Männern zu stehen. Wenn nun einer sie packte, niederwarf oder fortzerrte? Endlich folgten die Schwestern ihr, aber sie waren weit zurück. Kahlan beunruhigte der Gedanke, ein Mann könnte sie sehen und begrapschen. Wenn es nun eine ganze Gruppe wäre? Würden die Schwestern in der Lage sein, den Pöbel von ihr fernzuhalten?

Immerhin konnten die Schwestern Magie anwenden. Bestimmt würden sie niemandem gestatten, sich an ihr zu vergehen.

Woher nahm sie diese Zuversicht?

Jagang. Er wollte sie für sich selbst. Ohne Frage war er nicht der Mann, der seinen Untergebenen seine Beute überließ. Er würde sie selbst nehmen wollen. Bei dem Gedanken, wie er auf ihr läge, durchlief es sie heiß und kalt.

Das unmittelbare Problem war allerdings nicht Jagang, sondern diese Männer. Mit einer geschickten Bewegung, aus dem Schwingen ihrer Arme heraus, damit die Schwestern nichts bemerkten, zog sie einem vorbeigehenden Soldaten ein Messer aus dem Gürtel. Der Mann schaute sich um, weil er etwas gespürt hatte. Obwohl er Kahlan kurz ansah, schweifte sein Blick weiter, und er setzte seine Unterhaltung fort.

Nun erreichte sie den Ring der gewöhnlicheren Soldaten. Sie tranken, lachten, spielten und erzählten sich am Feuer Geschichten. Pferde waren zwischen ihnen angepflockt. Überall standen Wagen. Manche Männer hatten einfache Zelte aufgebaut, andere kochten an den Feuern oder schliefen.

Auch sah sie Frauen, die in diese Zelte mitgenommen wurden. Keine wirkte fröhlich. Wenn eine wieder herauskam, schnappte sich der nächste Kerl sie und zog sie in ein anderes Zelt. Kahlan erinnerte sich daran, dass Jagang erwähnt hatte, er habe die Schwestern zur Strafe zu den Zelten geschickt. Mochte diese Behandlung noch so schrecklich sein, Kahlan verspürte kein Mitleid für sie. Wenn sich diese Männer hier mit ihnen vergnügten, war diese Bestrafung nach Kahlans Ansicht noch viel zu milde. Die Schwestern hatten weitaus Schlimmeres verdient.

Einer der Soldaten in der Nähe schaute zu ihr hoch. Kahlan bemerkte, dass sein Blick an ihr hängen blieb. Er sah sie. Sein Mund stand offen, und er konnte sein Glück gar nicht fassen, dass gerade ihm eine solche Frau gewissermaßen in die Arme gelaufen war.

Er erhob sich, doch ehe er ganz aufgestanden war, hatte Kahlan ihm bereits den Bauch aufgeschlitzt und bewegte sich weiter, als wäre nichts geschehen. Auf dem Gesicht des Mannes zeigte sich der Schock, und er versuchte, seine Gedärme zu halten, die aus dem Bauch glitten. Er sackte zusammen und grunzte panisch, was jedoch in dem allgemeinen Tumult niemand wahrnahm.

Kahlan verlangsamte nicht den Schritt, schaute nicht zurück. Sie ging weiter, ließ sich nicht aufhalten und rief sich ihre Aufgabe in Erinnerung: zu den Felsen gehen und wieder zurück zum Zelt. Einen Kreis drehen. Tu, was man dir gesagt hat.

Aus der Menge tauchte ein Mann auf und stürzte auf sie zu. Sie spannte die Muskeln an und nutzte seine Bewegung aus, um ihm das Messer unter die Rippen zu stoßen und seine lebenswichtigen Organe aufzuschlitzen. Er brach zusammen, und durch sein Gewicht wurde ihre Faust in die Wunde und in sein warmes Inneres gedrückt. Wie ein Sack Sand ging er zu Boden, ohne ein Wort, und Kahlan war sicher, sein Herz getroffen zu haben. Als Erinnerung an diese kurze Begegnung war ihre Hand nun von Blut überzogen wie von einem Handschuh.

Wo hatte sie diese Dinge nur gelernt? Sie schien ganz instinktiv zu handeln, wie aus einem Gefühl heraus, ohne die Notwendigkeit, darüber nachzudenken. Über sich selbst wusste sie nichts, aber sie konnte mit einer Waffe umgehen. Eigentlich sollte sie sich darüber freuen.

Auf dem Weg durch das Meer von Männern erreichte sie eine offene Insel inmitten des hektischen Treibens. Hier hatte man ein freies Feld gelassen, wo Mannschaften Ja'La spielten. Zu Hunderten hatten sich Soldaten darum versammelt und feuerten die eine oder die andere Mannschaft an. Das Spiel war eine gewalttätige Angelegenheit, in der die Sturmspitze der jeweiligen Mannschaft die härtesten Schläge vom Gegner auf sich nehmen musste. Als der eine blutüberströmt niederging, brach die Hälfte der Männer in Jubel aus.

»Na wunderbar«, meinte ein Mann zu ihrer Linken. »Scheint mir, eine hübsche Hure macht mir ihre Aufwartung.«

Während sie sich zu ihm umdrehte, packte ein anderer Mann sie von rechts am Handgelenk und entwand ihr das Messer. Sofort stürzten sich die beiden auf sie, begrapschten sie und zerrten sie von der Zuschauermenge des Ja'La-Spiels fort.

Kahlan wehrte sich, doch sie waren wesentlich stärker und hatten sie in einem unachtsamen Moment überrascht. Im Stillen verfluchte sie sich, weil sie nicht besser aufgepasst hatte. Niemand in der Umgebung bemerkte etwas. Die anderen konnten sie nicht sehen; für die war sie unsichtbar, doch nicht für diese zwei, die sie dicht an sich drängten und sie vor ihren Kameraden verbargen, damit sie nicht um ihre Beute kämpfen mussten. Genauso gut hätte sie mit den beiden allein sein können.

Einer schob ihr die Hand zwischen die Beine. Das raubte Kahlan den Atem. Während er sich vorbeugte, um sie weiter zu betatschen, bekam sie ihre Hand frei. Einen Moment später hatte sie den Arm herumgerissen und ihm mit dem Ellbogen die Nase gebrochen. Schreiend wich er zurück. Blut floss über Wangen und Augen. Der andere Mann lachte und hielt seine Gelegenheit für gekommen, sie für sich allein zu haben. Er zog sie in eine andere Richtung, packte ihre beiden Hände fest mit einer seiner kräftigen Pranken und erkundete mit der anderen seine Kriegsbeute.

Kahlan wehrte sich, doch er war zu groß und zu stark. Sie konnte sich nicht aus seinem Griff befreien.

»Na, du bist ja vielleicht ein Schätzchen«, raunte er ihr mit heiserer Stimme ins Ohr. »Was glaubst du denn – dass du deinen heiligen Pflichten gegenüber den Soldaten des Ordens entgehen kannst? Hältst du dich für etwas Besseres und willst nicht in den Zelten dienen? Nun, da irrst du dich aber. Hier ist mein Zelt, und es ist Zeit, deine Pflicht zu erfüllen.«

Kahlan wand sich hin und her und wollte ihn beißen, während er sie zu einem Zelt in der Nähe zerrte. Er versetzte ihr eine Ohrfeige. Der Hieb betäubte sie fast. Der Lärm des Lagers rückte in weite Ferne. Sie konnte ihren Muskeln nicht mehr befehlen, was sie tun sollten, sie konnte keinen Widerstand mehr gegen diesen schmierigen Soldaten leisten.

Plötzlich sah Kahlan das Gesicht von Schwester Ulicia. Nie zuvor hatte sie sich so über eine der Schwestern gefreut.

Die Schwester lenkte den Mann kurz von Kahlan ab, dann drückte sie ihm die Finger an die Schläfe. Endlich frei, sprang

Kahlan zur Seite. Der Soldat ging auf die Knie, umklammerte seinen Kopf und schrie vor Schmerzen.

»Steh auf«, befahl Schwester Ulicia ihm. »Oder es wird dir noch schlimmer ergehen.« Er erhob sich auf wackligen Beinen. »Du wirst dich sofort beim Zelt des Kaisers melden. Er braucht dich zum Dienst als Hilfswache.«

Der Mann war verblüfft. »Hilfswache?«

»Richtig. Du wirst für Seine Exzellenz diese lästige junge Dame beaufsichtigen.«

Der Mann warf Kahlan einen gefährlichen Blick zu. »Wird mir ein Vergnügen sein.«

»Vergnügen oder nicht, setz dich in Bewegung. Das ist ein Befehl von Kaiser Jagang persönlich.« Sie zeigte nach hinten. »Dort entlang.«

Der Soldat neigte den Kopf, da er offensichtlich Angst vor ihren magischen Fähigkeiten hatte. Er betrachtete die Schwester wachsam und mit unausgesprochener Abscheu. Bei diesen Männern stand die Gabe anscheinend nicht in hohem Ansehen.

»Dich sehe ich bald wieder«, versprach der Mann Kahlan, ehe er wie befohlen davontrabte.

Kahlan beobachtete Schwester Armina, die dem mit der gebrochenen Nase die gleichen Anweisungen gab. Sie sprach zu leise, als dass Kahlan sie durch das anfeuernde Gebrüll der Zuschauer hätte verstehen können, doch der Mann hörte sie offensichtlich recht gut, da er vor Furcht erstarrte, sich verneigte und dem anderen Soldaten nachlief.

Nun wandte sich Schwester Ulicia wieder Kahlan zu. »Tränen helfen dir auch nicht. Los, weiter.«

Kahlan widersprach nicht. Je eher die Sache vorüber war, desto besser. Sie schätzte sich glücklich, zwei der vier, die sie sehen konnten, getötet zu haben. Das Ja'La-Spiel hatte den Höhepunkt erreicht, und sie musste die aufgeregte Menge umgehen. Sie stellte sich auf die Zehenspitzen und hielt nach dem Felsen Ausschau; dann setzte sie ihren Weg fort.

Bei ihrer Rückkehr zu Jagangs Zelt hatten sie fünf Männer eingesammelt. Diese – darunter auch der mit der gebrochenen Nase – standen vor dem Zelt und erwarteten Befehle des Kaisers. Der Verwundete starrte sie böse an, als sie an ihm vorbeiging und von den beiden Schwestern ins Zelt geführt wurde.

Kahlan hatte sich, bald nachdem Schwester Ulicia sie gerettet hatte, wieder bewaffnet. Diesmal hatte sich Kahlan zwei Messer besorgt, für jede Hand eines. Sie hielt die Griffe in der Faust und die Klingen gegen die Unterarme gepresst, damit die Schwestern, die ihr in einigem Abstand folgten, nichts bemerkten.

Sechs Männer, die sie sehen konnten, hatte sie umgebracht, ohne dass es den Schwestern aufgefallen wäre. Das war nicht schwierig gewesen; die Soldaten betrachteten eine nackte Frau nicht als Gefahr. Womit sie einen tödlichen Irrtum begingen. Da sie keine Anstalten zu ihrer Verteidigung machten, hatte Kahlan sie problemlos abstechen können. In dem Lärm, dem Durcheinander, den Trinkgelagen und den Kämpfen im Lager bekamen die Schwestern nichts davon mit.

Der anderen hatte sie sich leider nicht entledigen können, weil entweder Schwester Ulicia oder Schwester Armina zu nah waren oder weil sie genau aufpassten und zu Kahlans Rettung herbeieilten, um dann den Soldaten ihre Abordnung als Hilfswachen mitzuteilen. Kahlan ließ die Messer zu Boden gleiten, damit die Schwestern keinen Verdacht schöpften. Wenn man unsichtbar war, stellte es keine Schwierigkeit dar, sich auf dem langen nervenaufreibenden Gang stets neue Waffen zu suchen.

Im Zelt warf Jagang Kahlan ihre Kleidung zu. »Zieh dich an.«

Sie hütete sich, diesen unerwarteten Befehl infrage zu stellen, sondern verschwendete keine Zeit und gehorchte. Unter seinen unentwegten, düsteren Blicken war es eine Erleichterung, endlich wieder bekleidet zu sein. Allerdings schien das seinem Interesse an dem, was er gesehen hatte, keinen Abbruch zu tun.

Schließlich wandte er sich den beiden Schwestern zu. »Ich habe unsere neuen Wachen in ihre Pflichten eingeführt.« Er lächelte auf eine Weise, die Armina und Ulicia vor Schreck erbleichen ließ. »Und da die nun einen Teil der Last von eurem Rücken nehmen, habt ihr den Rücken wieder frei, um euch in den Zelten auf ebenjenen zu legen und ganz andere Pflichten zu erfüllen.«

»Aber Exzellenz …«, erwiderte Schwester Armina mit zitternder Stimme, »wir haben Eure Befehle befolgt. Wir haben die Männer …«

»Glaubst du, nur weil ihr einmal getan habt, was ich euch sage, vergesse ich all die Jahre, in denen ihr Ränke gegen mich geschmiedet habt? Glaubst du, ich würde so rasch vergessen, wie ihr eure Pflichten anderen gegenüber vernachlässigt habt, euren Dienst für die Sache des Ordens, eure moralische Verantwortung, weltliches Verlangen zum Wohle anderer zu opfern?«

»So war es doch gar nicht, Exzellenz.« Schwester Armina rieb sich die Hände, als würde sie diese in Unschuld waschen, während sie nach rettenden Worten suchte. »Ja, wir waren selbstsüchtig, zugegeben, aber wir hatten niemals die Absicht, Euch direkt zu schaden.«

Er schnaubte lachend. »Meinst du, den Hüter der Unterwelt zu befreien würde mir nicht direkt schaden? Denkst du, es wäre nicht gegen mich, gegen den Orden, gegen den Schöpfer gerichtet, die Menschheit dem Hüter der Toten zu übergeben?«

Schwester Armina verstummte. Was sollte sie dagegen einwenden? Kahlan hatte die Schwestern stets als Schlangen betrachtet. Und nun wanden sie sich vor jemandem, dessen Haut zu dick war, um sie mit den Giftzähnen zu durchbohren.

Schwester Ulicia und Schwester Armina waren anziehende Frauen. Kahlan beschlich das Gefühl, dass ihr Aussehen es ihnen unter den Bestien der Armee nicht leichter machen würde.

»Ich habe die Kontrolle über die …«, Jagang unterbrach sich, denn beinahe hätte er ihren Titel ausgesprochen, »… über Kahlan, durch den Halsring und über eure Fähigkeiten. Ihr braucht nicht anwesend zu sein, damit ich die Kraft rufen kann, wenn ich sie brauche – ihr müsst nur leben. Ich werde den Männern sagen, sie dürften euch auf keinen Fall töten, während sie eure weiblichen Reize genießen.«

»Danke, Exzellenz«, brachte Schwester Ulicia kleinlaut hervor. Sie hatte die Hände in ihr Kleid gekrallt.

»So, draußen warten zwei Männer, die darüber Bescheid wissen, was mit euch zu geschehen hat. Geht mit ihnen.« Er grinste sie an wie der Tod selbst. »Ich wünsche eine angenehme Nacht, meine Damen. Das habt ihr verdient – und noch einiges mehr.«

Während sie das Zelt verließen, stand Kahlan in der Mitte und erwartete ein ähnliches Schicksal.

Jagang trat zu ihr heran. Kahlan dachte, sie müsse entweder vor Angst in Ohnmacht fallen oder sich vor Übelkeit übergeben bei dem Gedanken an das, was ihr nun bevorstand.

45

Kahlan starrte auf das Muster des Teppichs unter ihren Füßen. Sie wollte Jagang nicht trotzig in die schwarzen Augen blicken. Dieser Moment wäre für Tapferkeit falsch gewählt.

Auf dem langen Weg hierher, wenn sie gehen musste, während die Schwestern ritten, hatte sie sich stets eingeredet, diese Strapazen würden sie stärken für eine Zeit, in der sie Kraft brauchte. Genauso wollte sie nun ihre Entschlossenheit nicht für eine sinnlose Demonstration ihres Widerstands verschwenden. Es war reine Vergeudung, sich aufzulehnen, wenn man das, was nun folgen würde, doch nicht verhindern konnte.

Sie wollte ihren Zorn für den rechten Zeitpunkt aufbewahren.

Und dieser Zeitpunkt würde kommen. Das versprach sie sich. Selbst wenn sie sich dem Tod in die Arme werfen müsste, würde sie ihre Wut an jenen auslassen, die ihr und all den übrigen unschuldigen Opfern der Imperialen Ordnung dies angetan hatten.

Jagangs Stiefel tauchten in ihrem Blickfeld auf. Sie hielt den Atem an und erwartete, er würde sie packen. Was sie dann tun würde, wie sie ertragen würde, was er mit ihr anstellte, wusste sie nicht. Sie hob den Blick ein wenig, gerade bis zu dem Messer an seinem Gürtel. Seine Hand lag auf dem Knauf.

»Wir gehen aus«, sagte er.

Kahlan sah stirnrunzelnd auf. »Aus? Wozu?«

»Heute Nacht findet das Ja'La-dh-Jin-Turnier statt. Verschiedene Einheiten haben Mannschaften aufgestellt. Der heutige Abend ist dem Turnier gewidmet. Es stärkt den Mut der Männer, wenn der Kaiser ihnen beim Spiel zuschaut.

Außerdem haben sich aus dem eroberten Teil der Neuen Welt Männer versammelt, um die anderen Mannschaften herauszufordern. Für sie stellt es eine gute Gelegenheit dar, Teil des Ordens zu werden und sich in die neue Kultur einzufügen, die wir den Besiegten bringen.

Die besten Spieler werden manchmal zu Helden erkoren. Die Frauen streiten sich um solche Männer. Zu ihnen zählen zum Beispiel die Mitglieder meiner Mannschaft – Helden, die niemals verlieren. Nach den Spielen warten die Frauen scharenweise auf sie und sind nur allzu willig, die Beine für sie breitzumachen. Ja'La-Spieler können jede Frau haben.«

Kahlan entging nicht, dass Jagang, der Kaiser, als Mann von Autorität und Macht, ebenfalls jede Frau haben könnte – und sie doch vermutlich lieber mit Gewalt nehmen würde. Er bevorzugte das, was man ihm nicht anbot.

»Heute Abend spielen die Mannschaften die Rangfolge untereinander aus. Alle hoffen, eines Tages gegen meine Mannschaft um die höchsten Ehren kämpfen zu dürfen. Meine Mannschaft spielt ein- oder zweimal im Monat gegen die Besten der Besten. Jeder neue Herausforderer nährt sich von der Hoffnung, er könne die beste Mannschaft – die des Kaisers – besiegen und zu den neuen Siegern der Spiele gekrönt werden. Eine solche Mannschaft würden viele Belohnungen erwarten, nicht zuletzt die schönsten Frauen, die bislang nur Augen für meine Männer haben.«

Er genoss es anscheinend, ihr von den Gepflogenheiten dieser Frauen zu erzählen, als könnte er sie davon überzeugen, dass sie im tiefsten Herzen ebenso empfand. Eher würde sie sich jedoch die Pulsadern aufschneiden. Sie beachtete die versteckte Andeutung nicht und stellte ihm stattdessen eine Frage.

»Wenn Eure Mannschaft nicht antritt, warum wollt Ihr zuschauen? Gewiss will ein Mann wie Ihr seine erlauchte Gegenwart den Gläubigen nicht aus reiner Großzügigkeit zum Geschenk machen.«

Er sah sie verwundert an, als habe sie eine eigenartige Frage gestellt. »Natürlich will ich ihre Strategie beobachten, ihre Stärken und Schwächen kennenlernen, denn sie könnten ja irgendwann Gegner meiner Mannschaft sein.«

Nun lächelte er wieder hinterhältig. »Das tust du doch auch – diejenigen einschätzen, die deine Gegner sein könnten. Das brauchst du gar nicht zu leugnen. Ich sehe, wie du die Waffen anstarrst, die Einrichtung von Räumen, die Wache, wie du dich umschaust, welche Deckung und welche Fluchtwege es gibt. Du suchst ständig nach der richtigen Gelegenheit, bist immer wachsam und denkst fortwährend darüber nach, wie du die besiegen kannst, die dir im Weg stehen.

Ja'La dh Jin ist ganz ähnlich. Ein Strategiespiel.«

»Ich habe schon dabei zugeschaut und möchte behaupten, Strategie ist zweitrangig, denn in erster Linie geht es um Brutalität.«

»Nun ja, wenn man für Strategie nichts übrig hat«, sagte er grinsend, »wird man genießen, wie die Männer schwitzen, rackern und gegeneinander kämpfen. Das mögen die meisten Frauen an Ja'La. Männer erbauen sich an der Strategie, am Austeilen und Einstecken im Kampf, an der Gelegenheit, ihrer Mannschaft durch Anfeuern zum Sieg zu verhelfen und sich vorzustellen, zu diesen Männern zu gehören; Frauen gefallen die halb nackten Körper und schweißglänzenden Muskeln. Sie sehen gern die Stärksten siegen, träumen davon, von den Helden begehrt zu werden, und schmieden Pläne, wie sie zu diesen Männern vordringen können.«

»Klingt doch beides sinnlos. Entweder Brutalität oder bedeutungsloses Brunftgehabe.«

Er zuckte mit den Schultern. »In meiner Sprache heißt Ja'La dh Jin ›das Spiel des Lebens‹. Ist das Leben nicht ein Kampf – ein brutaler Wettbewerb? Ein Wettbewerb zwischen Männern und zwischen den Geschlechtern? Das Leben ist wie Ja'La ein gewalttätiges Ringen.«

Natürlich konnte das Leben brutal sein, doch beschrieb Gewalt nicht das Leben oder seinen Sinn in seiner Gänze, und die Geschlechter waren keine Rivalen, sondern sollten die Arbeit und die Freuden des Lebens teilen.

»Das gilt für diejenigen, die so sind wie Ihr«, sagte sie. »Das unterscheidet Euch und mich. Ich habe Gewalt stets als letztes Mittel angewandt, nur wenn ich mein Leben verteidigen musste – mein Existenzrecht. Ihr setzt Brutalität als Mittel ein, Eure Wünsche zu befriedigen, sogar die einfachsten Bedürfnisse, denn außer Gewalt habt Ihr nichts anzubieten – und das schließt Frauen mit ein. Ihr nehmt Euch, was Ihr nicht verdient habt.

›Ich bin besser‹, so lautet stets Eure Devise. Ihr schätzt den Wert des Lebens nicht. Deshalb müsst Ihr alles Gute zerstören – denn es zeigt Euch, dass Ihr nichts seid im Leben, beweist, wie Ihr Euer Dasein verschwendet.

Deshalb empfindet Ihr und Euresgleichen solchen Hass auf mich und jene, die so sind wie ich – weil *ich* besser bin als *Ihr*.«

»Was du äußerst, sind sündige Gedanken. Das eigene Leben für wichtig zu halten ist ein Verbrechen gegen den Schöpfer und gegen die Mitmenschen.«

Da sie ihn daraufhin nur anstarrte, zog er die Augenbrauen warnend hoch und beugte sich zu ihr vor. Er hielt ihr den dicken Zeigefinger mit einem erbeuteten Goldring vor die Nase, als wollte er einem selbstsüchtigen störrischen Kind, das kurz vor einer Tracht Prügel stand, eine Strafpredigt halten.

»Die Glaubensgemeinschaft des Ordens lehrt uns, besser zu sein als andere bedeutet lediglich, schlechter zu sein als die anderen.«

Angesichts dieser primitiven Ideologie fehlten Kahlan die Worte. Die Scheinheiligkeit dieser leeren Überzeugung gewährte ihr plötzlich Einsicht in den wahren Abgrund seines grausamen Wesens und in den unversöhnlichen Charakter des Ordens selbst. Eine solche Vorstellung unterminierte das Fundament, auf dem sie errichtet war, dass nämlich alles Leben aus sich selbst heraus ein Recht auf Existenz hatte, und wurde zu einer Rechtfertigung des Tötens im Namen des vom Orden selbst erfundenen Gemeinwohls.

Mit diesem einfach klingenden Rahmen einer irrationalen Lehre hatte er unwissentlich gerade alles enthüllt.

Das erklärte die Verderbtheit dieser Bewegung und die entscheidenden Gefühle, welche diese Ungeheuer von Männern dort draußen antrieben, die dazu bereit waren, jeden zu töten, der sich ihrem Glaubensbekenntnis nicht anschloss. Eine solche Überzeugung fürchtete die Zivilisation, pries Grausamkeit als Weg des Seins und erforderte Brutalität, um jegliches edle Ideengut und dessen Urheber zu vernichten. Eine solche Bewegung zog Diebe an, die sich für rechtschaffene Menschen halten wollten, und Mörder, die danach trachteten, die heilige Absolution für das von ihnen vergossene Blut unschuldiger Opfer zu erlangen.

Alle großen Werke wurden somit nicht mehr ihren Urhebern zugeschrieben, sondern stattdessen jenen, die sie nicht erarbeitet und nicht verdient hatten, gerade deshalb, weil sie es nicht erarbeitet und nicht verdient hatten. Diebstahl wurde höher bewertet als Leistung.

Damit wurde jegliche Unverwechselbarkeit des Einzelnen verbannt.

Gleichzeitig stellte es das beängstigend traurige Eingeständnis einer Schwäche angesichts des Lebens dar, eine Unfähigkeit, im Leben eine höhere Ebene zu erreichen als die eines primitiven Tieres, welches in ständiger Angst lebt, jemand anderes könnte stärker sein. Es war nicht nur die Zurückweisung alles Guten und der Unmut über Vollbringung von Leistungen, es war noch viel, viel schlimmer. Hier drückte sich der nagende Hass auf alles Gute aus, der aus dem inneren Unwillen erwachsen war, nach Dauerhaftem zu streben.

Wie jeder vernunftlose Glaube war er auch nicht umsetzbar. Um zu leben, musste man die Grundsätze dieses Glaubens missachten, denn sonst konnte man das Ziel der Herrschaft nicht erreichen, welche wiederum ein Verstoß gegen den Glauben darstellte, für den man kämpfte. Innerhalb des Ordens selbst, dem Fackelträger der erzwungenen Gleichheit, gab es keine Gleichheit. Ob nun ein Ja'La-Spieler, ein hervorragender Soldat oder ein Kaiser – die besten wurden nicht nur gebraucht, sondern hoch geehrt, in ihnen allen wuchs Hass, weil sie daran gescheitert waren, nach den eigenen Lehren zu leben, weil sie fürchteten, entlarvt zu werden. Anstatt sich für ihre Unfähigkeit zu bestrafen, dem heiligen Glauben zu gehorchen, indem sie die Gebote befolgten, erklärten sie alle Menschen für unwürdig und ließen ihren Selbsthass an den Sündenböcken aus: Sie gaben den Opfern die Schuld.

Am Ende ging es in dem Glauben doch nur um erfundene Göttlichkeit – gedankenlosen Unfug, der gebetsmühlenhaft aufgesagt wurde, um ihm Glaubwürdigkeit zu verleihen und ihn heilig klingen zu lassen.

»Ich habe schon einmal ein Ja'La-Spiel gesehen«, sagte Kahlan. Sie wandte sich von Jagang ab. »Nach mehr steht mir nicht der Sinn.«

Er packte sie am Oberarm und zog sie an sich. »Ich weiß, du bist ganz versessen darauf, das Bett mit mir zu teilen, aber das kann warten. Jetzt gehen wir zu den Ja'La-Spielen.«

Ein lüsternes Lächeln breitete sich auf seinem Gesicht aus und gewährte einen Einblick in seine verderbte Seele. »Wenn du dich schon nicht für Strategie und Wettbewerb interessierst, kannst du wenigstens das nackte Fleisch der Kämpfer genießen. Sicherlich wird das die Vorfreude auf das noch erhöhen, was heute Nacht stattfinden wird. Sei nicht so ungeduldig.«

Kahlan fühlte sich plötzlich töricht, weil sie Gründe suchte, sein Bett zu meiden. Aber das Ja'La-Spiel fand draußen zwischen den Männern statt, und dorthin wollte sie auf keinen Fall zurückkehren. Allerdings hatte sie keine Wahl. Sie verabscheute die Gegenwart dieser boshaften Menschen. Dann mahnte sie sich, ihre Gefühle im Zaum zu halten. Die Soldaten konnten sie schließlich nicht sehen.

Er zog sie in Richtung Eingang; widerstandslos ging sie mit. Es war nicht der richtige Zeitpunkt, sich zu wehren.

Draußen warteten die fünf Hilfswachen. Alle sahen, dass Kahlan angezogen war, doch keiner machte eine Bemerkung. Sie standen einfach da, bereit, jeden Befehl sofort auszuführen. Offensichtlich zeigten sie in Anwesenheit des Kaisers ihr bestes Benehmen, um einen guten Eindruck zu hinterlassen.

Kahlan vermutete, man durfte ruhig besser sein, wenn man der Kaiser war, und dieser Umstand würde ihn nicht schlechter machen als die anderen. Er kämpfte für eine Doktrin, von der er selbst und alle seine Männer ausgenommen waren. Diese Gedanken behielt Kahlan jedoch lieber für sich.

»Das sind deine neuen Wachen«, sagte Jagang zuckersüß zu ihr. »Ein Zwischenfall wie mit den anderen wird sich nicht wiederholen, denn diese können dich ja leider sehen.«

Die Männer wirkten ziemlich zufrieden mit sich selbst und mit der scheinbaren Harmlosigkeit der Frau, die sie bewachen sollten.

Kahlan musterte schnell, doch eingehend den ersten Mann, den die Schwestern rekrutiert hatten, den Kameraden desjenigen mit der gebrochenen Nase. Mit einem Blick prüfte sie seine Waffen, ein Messer und ein schlichtes Schwert, dessen Griff aus zwei Holzhälften bestand, die mit Draht umwickelt waren. So wie er sie trug, wirkte er wenig elegant. Nach diesem einen Blick wusste sie, dass es seine Werkzeuge waren, die er ohne Zweifel mit einer großen Schau von Tapferkeit benutzte, wenn es darum ging, unschuldige Frauen und Kinder niederzumetzeln. Allerdings bezweifelte sie, ob er sie je in einem Kampf Mann gegen Mann eingesetzt hatte. Er war ein Meuchelmörder, mehr nicht. Einschüchterung war seine Lieblingswaffe.

So selbstzufrieden, wie er lächelte, schien sie ihn kaum zu beeindrucken. Schließlich hatte er sie ganz allein schon fast in sein Zelt geschleppt. In seiner Fantasie hatten nur noch ein paar Schritte gefehlt, dann hätte er auf ihr gelegen.

»Dich«, sagte sie und zeigte zwischen seine Augen, »dich bringe ich zuerst um.«

Die Männer lachten. Sie blickte abschätzend von einem zum anderen, betrachtete ihre Waffen und brachte so möglichst viel über sie in Erfahrung.

Nun deutete sie auf die gebrochene Nase. »Du stirbst als Zweiter, nach ihm.«

»Was ist mit uns?«, fragte einer der restlichen drei und konnte dabei das Kichern nicht unterdrücken. »In welcher Reihenfolge bringst du uns um?«

Kahlan zuckte mit den Schultern. »Das wirst du schon erfahren, wenn ich dir die Kehle aufschlitze.«

Die Männer lachten. Jagang nicht.

»Ihr wäret gut beraten, sie ernst zu nehmen«, sagte der Kaiser. »Beim letzten Mal, als sie ein Messer in die Hand bekam, haben meine zwei getreuesten Wachen – weitaus bessere Soldaten als ihr – dran glauben müssen, außerdem eine Schwester der Finsternis. Die alle hat sie innerhalb kurzer Zeit selbst erledigt.«

Das Gelächter verstummte.

»Ich verlange höchste Wachsamkeit von euch«, knurrte Jagang leise, »oder ich reiße euch eigenhändig die Gedärme raus, sobald ich nur eine kleine Unaufmerksamkeit während eures Dienstes bemerke. Falls sie eurer Obhut entkommt, schicke ich euch in die Folterzelte und befehle, dass ihr einen Monat und einen Tag sterben sollt, während euer Fleisch schon bei lebendigem Leibe verrottet.«

Nun gab es keinen Zweifel mehr daran, wie ernst Jagang seinen Befehl meinte und wie wertvoll er seine Beute einschätzte.

Eine riesige Eskorte aus Hunderten, wenn nicht tausend der besten Männer aus dem innersten Kreis formierte sich um den Gebieter, während er zielstrebig von seinem Zelt losging. Die fünf Hilfswachen nahmen Kahlan, die neben Jagang ging, in die Mitte. Wie ein Keil aus Waffen und Rüstung marschierten sie in das Lager hinein. Kahlan vermutete, Jagang ergriff die ganz gewöhnlichen Vorsichtsmaßnahmen eines Anführers gegen Spione, doch insgeheim glaubte sie, dass mehr dahintersteckte.

Er war besser als jeder andere.

46

Als sie nach den Ja'La-Spielen ins Lager des Kaisers und sein großes Zelt zurückkehrten, war Kahlan äußerst mulmig zumute. Das rührte nicht nur daher, dass sie nun mit diesem Mann, bei dem man nie wusste, wie er reagieren würde, allein war und fast schon Panik litt wegen dem, was er mit ihr anzustellen beabsichtigte. Nein, es gesellte sich noch eine bedrohliche Unterströmung seiner Grausamkeit hinzu, die unter der Oberfläche brodelte. Sein Gesicht zeigte Röte, seine Bewegungen wirkten energischer, seine kurzen Bemerkungen waren schärfer und seine tintenschwarzen Augen funkelten. Durch das Zuschauen bei den Spielen war Jagang nun in eine noch gewalttätigere Stimmung versetzt. Die Darbietungen hatten ihn aufgepeitscht. Er war erregt – in jeglicher Hinsicht.

Bei einem der Spiele hatte er gespürt, dass eine Mannschaft nicht alles gab. Er war davon überzeugt gewesen, dass die Männer sich zurückhielten und nicht mit ganzer Kraft in den Kampf gingen.

Als sie verloren, ließ er sie noch auf dem Spielfeld alle hinrichten.

Die Menge hatte lauter gejubelt als bei den eher ermüdenden Spielen. Man hatte auch Jagang zugejubelt, weil er die Verlierer zum Tode verurteilte. Die folgenden Spiele waren von beträchtlich mehr Leidenschaft geprägt gewesen und fanden auf dem Boden statt, der noch vom Blut der Enthaupteten durchtränkt war. Beim Ja'La wurde gerannt und ausgewichen, der Mann mit dem schweren Ball – dem Broc – wurde geblockt oder gejagt, um ihm den Broc abzunehmen oder damit anzugreifen. Die Spieler fielen häufig oder wurden von den Beinen gerissen. In der Sommerhitze und ohne Hemden war ihre Haut bald nicht nur vom Schweiß glitschig, sondern auch vom Blut. Soweit Kahlan sehen konnte, waren auch die Frauen, die von den Seitenlinien aus zuschauten, vom Blut nicht abgestoßen. Eher schienen sie noch eifriger zu versuchen, die Aufmerksamkeit der Spieler zu erregen, welche die Menge jetzt mit ihren schnellen aggressiven Taktiken bis zur Verzückung aufheizten.

In den anderen Spielen nach dem mit den Hinrichtungen wurden die Verlierer, wenn sie sich wenigstens entschlossen präsentiert hatten, nicht getötet, sondern ausgepeitscht. Für diese Strafe wurde eine Peitsche benutzt, die aus mehreren verknoteten Seilen bestand. Jedes Seil hatte am Ende schwere Metallstücke. Die Spieler bekamen einen Hieb für jeden Punkt, den sie verloren hatten. Die meisten Mannschaften hatten einige Punkte verloren, doch schon ein einziger Hieb mit dieser Peitsche riss den Rücken bis aufs nackte Fleisch auf.

Die Menge hatte begeistert jeden Hieb mitgezählt, den die Spieler kniend in der Mitte des Feldes erhielten. Die Sieger tanzten oft am Rande des Feldes und jubelten den Zuschauern zu, während die Verlierer mit gesenkten Köpfen ihre Strafe in Empfang nahmen.

Bei diesem Schauspiel wurde Kahlan übel. Jagang hingegen wurde erregt.

Kahlan empfand Erleichterung, als es schließlich vorüber war, doch jetzt, zurück im Lager des Kaisers und kurz vor seinem Zelt, fraß die Angst sie förmlich auf. Jagang befand sich in einer Stimmung, die von Gewalt und Blut hervorgerufen war. Kahlan sah es an seinem Blick, dass man ihm nichts verwehren durfte.

Und was heute Nacht noch fehlte, war sie.

Während die Hilfswachen vor dem Zelt darüber instruiert wurden, welche Posten sie einnehmen sollten, entdeckte sie einen Mann, der durch das Lager rannte und dem eine kleine Gruppe folgte. Jagang unterbrach sich, als sich der Verteidigerring öffnete und den Mann sowie einige Offiziere durchließ. Atemlos kam der Läufer zum Halt und gab sich als Bote zu erkennen.

»Was gibt es denn?«, fragte Jagang und musterte das halbe Dutzend Männer höherer Ränge, die ihn begleiteten. Jagang ließ sich nicht gern stören, wenn er beschäftigt war.

Kahlan wusste, im Augenblick war er mit ihr beschäftigt und hing brütenden Gedanken über sie nach. Er wollte mit ihr ins Zelt, und zwar allein. Der Zeitpunkt war gekommen, und ungeduldig sah der Kaiser der Zweisamkeit entgegen.

Bislang hatte er sie nicht ein einziges Mal unsittlich berührt. Das sparte er sich auf. So wie jede Stadt, auf die seine Armee zumarschierte, in lähmender Angst auf den bevorstehenden Angriff harren musste, spürte sie den Würgegriff der übermächtigen Panik, während sie auf das Unausweichliche wartete. Sie versuchte, sich nicht auszumalen, was er mit ihr tun und wie es sich anfühlen würde, dennoch konnte sie an nichts anderes denken. Genauso wenig, wie sie ihr galoppierendes Herz bremsen konnte.

Der Bote überreichte eine Lederhülse. Mit einem hohlen Ploppen zog Jagang den Deckel ab und holte ein eingerolltes Stück Papier hervor, erbrach das Siegel, rollte den Brief auf und las im Licht der Fackeln, die den Eingang zum Zelt flankierten. Die Ringe an seinen Fingern glitzerten im Feuerschein.

Das Stirnrunzeln des Kaisers machte nach und nach einem Lächeln Platz. Schließlich lachte er laut und sah seine Offiziere an. »Die Armee des d'haranischen Reiches ist aus dem Felde geflohen. Kundschafter und Schwestern melden das Gleiche:

Die D'Haraner waren so erschrocken über die Aussicht, Jagang dem Gerechten und der Armee der Ordnung gegenübertreten zu müssen, dass sie von den Fahnen geflohen sind und sich in alle Richtungen verteilt haben. Dadurch haben sie bewiesen, was für ungläubige Feiglinge sie sind.

Die Streitkräfte des d'haranischen Reiches gibt es nicht mehr. Der Weg zum Palast des Volkes ist frei.«

Die Offiziere jubelten ihrem Kaiser zu. Alle hatten plötzlich hervorragende Laune. Jagang lobte seine Soldaten, weil sie geholfen hatten, den Feind in die Flucht zu schlagen.

Kahlan stand an der Seite, hörte zu, beobachtete Jagang, der das Papier schwenkte und vom bevorstehenden Ende des langen Krieges sprach. Langsam und vorsichtig hob sie ein Bein und langte nach dem Messer, das sie in ihrem rechten Stiefel versteckt hatte.

Sie bewegte sich so wenig wie möglich, um nicht Jagangs Aufmerksamkeit oder die der fünf Männer, die sie sehen konnten, auf sich zu lenken, und zog die Waffe aus dem Stiefel. Sobald sie das eine Messer herausgeholt hatte, wiederholte sie das Gleiche mit dem im anderen Stiefel.

Die Messer erfüllten sie mit neuer Entschlossenheit und verbannten die hilflose Angst vor dem, was die Nacht für sie bereithalten mochte. Jetzt verfügte sie über eine Möglichkeit, sich zu wehren. Zwar würde sie Jagang nicht aufhalten können, aber er würde sie nicht ohne Kampf bekommen.

Den Kopf bewegte sie nicht, nur die Augen, während sie sich einen Überblick darüber verschaffte, welcher Mann wo stand. Jagang war unglücklicherweise nicht in ihrer unmittelbaren Nähe. Er stand bei dem Boten und den Offizieren. Der Kaiser war beileibe kein Dummkopf. Wenn sie zu ihm träte, würde er sofort misstrauisch werden. Denn dazu wäre sie niemals freiwillig bereit. Außerdem wusste sie, dass er im Kampf sehr erfahren war. Er würde schon reagieren, ehe sie sich auf ihn werfen konnte. Allerdings hätte es ihr vermutlich nicht viel geholfen, dicht bei ihm zu sein.

Es gab bessere Ziele, bessere Erfolgsaussichten für einen Überraschungsangriff. Die fünf Hilfswachen warteten links neben ihr, die Offiziere ein wenig weiter rechts. Die Offiziere konnten sie nicht sehen. Dahinter lag das Lager voller Männer, die sie ebenfalls nicht sehen konnten. Aber es würde nur einen Moment dauern, bis die fünf reagierten.

Kahlan könnte viel Blut vergießen, doch vermutlich kaum entkommen.

Doch wenn sie nichts tat, würde sie sich widerstandslos der bevorstehenden Vergewaltigung fügen müssen.

Sie sammelte ihre Wut. Sie packte die Messer fester. Das war ihre Chance, gegen ihre Häscher zurückzuschlagen.

Mit einem geraden Stoß stach sie der Hilfswache, der sie als Erstes zu sterben versprochen hatte, das lange Messer mitten in die Brust. In einem trüben Winkel ihres Verstandes nahm sie seine Überraschung wahr, als er steif wurde.

Neben ihm riss der Mann mit der gebrochenen Nase die Augen auf und erstarrte ebenfalls schockiert. Kahlan nutzte das Messer in der Brust des ersten als Halt. Dann drehte sie sich um den Erstochenen. Aus dieser Bewegung heraus zog sie das Messer in der rechten Hand im Bogen hoch. Die Klinge schlitzte der gebrochenen Nase die Kehle auf. Binnen zwei Herzschlägen hatte sie beide getötet.

Der Erste ging zu Boden, und Kahlan stützte sich mit dem Stiefel bei ihm ab, um das Messer herauszuziehen und rückwärtszuspringen – auf die Offiziere zu. Beim dritten Schlag ihres Herzens erwischte sie einen der ranghöheren Soldaten wie bei einem Ja'La-Angriff. Während sie auf ihn zuflog, versenkte sie das Messer in ihrer Rechten tief in seinen Unterleib und schlitzte ihm die Bauchdecke auf.

Im selben Moment stach sie dem Mann daneben das andere

Messer in die Kehle. Auf ihn hatte sie es eigentlich abgesehen. Sie traf ihn mit solcher Wucht, dass die Klinge nicht nur die Kehle durchbohrte, sondern auch die Wirbelsäule und so durch den ganzen Hals ging. Der Kerl sank so unvermittelt in sich zusammen, dass Kahlan das Gleichgewicht verlor und mitgerissen wurde.

Ehe sie sich fangen oder das Messer herausziehen konnte, traf sie die Kraft des Halsrings wie ein Blitz.

Sofort warfen sich die drei anderen Hilfswachen auf sie und drückten sie mit dem Gesicht voran in den weichen Boden. Da der Ring ihre Arme betäubte und ihre Beine nicht mehr auf ihre Befehle reagierten, hatten die Männer keine Schwierigkeiten, sie zu entwaffnen.

Auf Jagangs Befehl hin zerrten sie Kahlan hoch. Sie keuchte, so anstrengend war der kurze Kampf gewesen. Ihr Herz klopfte heftig. Obwohl ihr die Flucht nicht gelungen war, fühlte sie sich nicht enttäuscht. Sie hatte von vornherein keine großen Aussichten gesehen. Sie hatte einige Offiziere töten wollen, und das hatte sie geschafft. Unzufrieden war sie allenfalls, weil sie gehofft hatte, ihre Wachen würden sie bei ihrer Ergreifung töten.

Jagang schickte die verwirrten Offiziere mit der Erklärung fort, hier habe sich Magie befreit. Er versicherte ihnen, alles fest im Griff zu haben. Diese Männer waren an Gewalt gewöhnt, und über den plötzlichen Tod zweier Kameraden, wenn auch durch unsichtbare Hand, setzten sie sich selbstbeherrscht hinweg, vor allem, weil auch das Benehmen des Kaisers keinen Anlass zur Beunruhigung gab.

Während sie das Lager des Kaisers verließen, riefen sie ein paar Soldaten herbei, um die Leichen zu beseitigen. Die Wachen, die hinzueilten und nachschauen wollten, was es mit dem Aufruhr auf sich hatte, waren entsetzt, dass es mitten im Lager zu solchen Morden gekommen war. Sie sahen Jagang an, um seine Laune einzuschätzen, und da er sich ganz ruhig gebärdete, trugen sie die vier Toten rasch fort.

Nachdem sie gegangen waren, wandte sich Jagang endlich Kahlan zu. »Du hast also bei den Spielen gut aufgepasst. Und wohl mehr auf die Strategie als auf die Muskeln geschaut.«

Kahlan sah ihren drei Wachen in die Augen. »Ich wollte nur mein Versprechen einlösen.«

Jagang holte tief Luft, als müsse er sich beherrschen, nicht selbst zum Mörder zu werden. »Du bist eine recht bemerkenswerte Frau – und eine ernst zu nehmende Gegnerin.«

»Ich bin die Bringerin des Todes«, erwiderte sie.

Er beobachtete, wie die vier Toten in die Nacht geschleppt wurden. »Die bist du.«

Nun wandte er seine Aufmerksamkeit den drei Männern zu, die Kahlan festhielten. »Gibt es einen Grund, weshalb ich euch nicht foltern lassen sollte?«

Den Männern, die sie gepackt hatten, fiel das selbstgefällige Grinsen aus dem Gesicht. Nervös blickten sie sich an.

»Aber Exzellenz«, sagte der eine. »Die beiden, die versagt haben, mussten mit dem Leben bezahlen. Wir drei haben sie festgehalten und nicht entkommen lassen.«

»Ich habe sie festgehalten«, entgegnete er und konnte seinen Zorn kaum bändigen. »Ich habe sie mit dem Ring um ihren Hals zur Strecke gebracht.« Schweigend überlegte er einen Moment und ließ seine Wut ein wenig abkühlen. »Aber ich heiße aus gutem Grund Jagang der Gerechte. Für den Moment schenke ich euch das Leben, doch lasst euch dies eine Lehre sein. Ich habe euch davor gewarnt, wie gefährlich sie ist. Vielleicht begreift ihr jetzt, was ich damit gemeint habe.«

»Ja, Exzellenz«, kam es wie aus einem Mund.

Jagang verschränkte die Hände hinter dem Rücken. »Lasst sie los.«

Er warf jedem Mann einen vernichtenden Blick zu, ehe er Kahlan am Arm nahm und sie zum Zelteingang führte. Sie war noch benommen vom Schock des Halsrings. Ihre Gelenke schmerzten, ihre Arme und Beine brannten.

Sie hatte sich vorher gefragt, ob Jagang die Wahrheit sagte, als er behauptete, den Ring auch benutzen zu können, ohne dass sich die Schwestern in unmittelbarer Nähe aufhielten. Nun hatte sie die Bestätigung. Ohne den Ring hätte sie die Chance gehabt zu fliehen; mit dem Ring nicht. Von nun an würde sie Jagangs Fähigkeiten nicht mehr unterschätzen. Immerhin wusste sie jetzt Bescheid. Manchmal war es schlimmer, in Ungewissheit darüber zu leben, was möglich war und was nicht.

»Heute Nacht werdet ihr vor meinem Zelt Wache halten. Wenn sie ohne mich herauskommt, solltet ihr sie euch lieber schnappen.«

»Ja, Exzellenz!«

Selbstgefällig wirkten sie nicht mehr, sondern wie das, was sie waren: Männer, die gerade um Haaresbreite ihrem Todesurteil entgangen waren.

Während sie ihre Posten einnahmen, warf Jagang Kahlan einen grimmigen Blick zu. »Beim letzten Mal hast du nur einen Spaziergang zwischen meinen Männern gemacht. Einen kurzen noch dazu. Du hast nur einen kleinen Teil meiner Armee gesehen. Morgen sollst du viel, viel mehr Männer zu Gesicht bekommen. Und viele dieser Männer werden dich sehen können.

Ich habe keine Ahnung, worin diese Anomalie besteht, von der Ulicia gesprochen hat, aber es spielt auch keine Rolle. Wichtig ist nur, dass ich, wie bei allem, versuchen werde, diesen Fehler zu meinem Vorteil zu nutzen. Ab morgen wirst du sehr gut bewacht sein. Du wirst durch die Armee reiten, und zwar wieder nackt. Auf die Weise werden wir eine ganze Reihe neuer Hilfswachen finden. Sicherlich wird es ein aufregender Tag.«

Kahlan widersprach nicht, denn das hätte ihr nichts eingebracht. Da er ihr alles so genau erklärte, wollte er wohl Unbehagen bei ihr erregen. Das war gewiss erst der Anfang der Demütigung.

Kaiser Jagang führte sie ins Zelt, als wäre sie von adligem Geblüt. Er verspottete sie nur, so viel war ihr klar. Während sie neben ihm ging, spürte sie, wie die Kraft des Rings sie langsam losließ. Immerhin konnte sie wieder Arme und Beine bewegen. Auch der Schmerz ließ nach.

Im Zelt war es dunkel, es brannten nur Kerzen. Der warme Schein verbreitete Heimeligkeit und Sicherheit, verlieh dem Raum fast eine heilige Atmosphäre. Was nun ganz und gar nicht zutraf.

Kahlan fühlte sich, als würde sie zu ihrer Hinrichtung geführt.

47

Die Sklaven, die einen kleinen Mitternachtsimbiss zusammengestellt hatten, wurden knurrend hinausgeschickt. Angesichts des Blicks in seinen Augen und nach den Schreien der sterbenden Männer draußen waren sie nur allzu glücklich, das Zelt verlassen zu können.

Er wartete, bis sie allein waren, dann lenkte Jagang Kahlan an dem Tisch mit Wein, Fleisch, Brot, Nüssen, Obst und Süßspeisen vorbei zu einem anderen Vorhang, hinter dem ein Schlafraum lag.

Dieser Raum war mit gepolsterten Platten abgeteilt, vermutlich um Lärm zu dämpfen. Die Wände waren dazu mit Fellen und Webstoffen verhängt. Das Abteil selbst schmückten auserlesene Teppiche, einige edle Möbel, Schränke mit Glastüren, die voller Bücher standen, und zierliche Lampen aus Gold und Silber. Das Bett, mit Pelz und Satin bezogen, hatte spiralförmige Pfosten aus dunklem Holz an jeder Ecke.

Kahlan verbarg die zitternden Hände hinter dem Rücken und schaute zu, wie Jagang seine Lammwollweste auszog. Er hängte sie über einen Stuhl an einem kleinen Schreibtisch. Brust und Rücken waren mit dunklem lockigem Haar bedeckt. In vielerlei Hinsicht erinnerte er sie an einen Bären. Jedenfalls hielt man ihn nicht für einen Mann, der in Satin schlief. Vermutlich wusste er solche Dinge gar nicht richtig zu schätzen, sondern betrachtete sie als Symbole seines Rangs. Sie nahm an, er habe vergessen, dass im Orden niemand besser sein durfte als der andere, und gewiss hatte er nie darüber nachgedacht, ob die Männer in ihren schmutzigen Zelten unter feinen Decken schliefen.

Jagang blickte sie an. »Frau, zieh dich aus. Oder soll ich dir die Kleider vom Leib reißen? Die Entscheidung liegt bei dir.«

»Ob ich mich selbst ausziehe oder Ihr das übernehmt, es bleibt eine Vergewaltigung.«

Er richtete sich auf und sah sie in der Stille des Zeltes an. Draußen war auch ins Lager eine gewisse Ruhe eingekehrt, gedämpfte Unterhaltungen verschmolzen zu einem fernen Summen. Die Männer waren vom langen Marsch des Tages und der Aufregung der Ja'La-Spiele erschöpft, und Jagang hatte befohlen, an den nächsten Tagen ebenso zu marschieren, bis sie den Palast des Volkes erreicht hätten. Daher schliefen die meisten Männer wahrscheinlich bereits.

Jagang allerdings hatte noch längst nicht zur Ruhe gefunden. Nach den Spielen hatte ihn Erregung erfasst, und nachdem sie die vier Männer getötet hatte, war er der Tobsucht nahe. Kahlan kümmerte es nicht. Wenn er sie bewusstlos schlug, brauchte sie wenigstens nicht wach zu erdulden, was er ihr antat.

»Du gehörst mir«, sagte er mit tiefer, bedrohlicher Stimme. »Du gehörst mir allein. Ganz allein. Ich kann mit dir tun, was immer ich will. Wenn ich dir die Kehle durchschneiden möchte, ist es deine Pflicht, für mich zu verbluten. Wenn ich dich diesen drei Männern überlasse, die dich sehen können, wirst du dich ihnen unterwerfen, ob du nun willst oder nicht.

Du gehörst mir. Dein Schicksal bestimme ich. Du hast keine Wahl. Keine. Alles, was mit dir geschieht, entscheide ich.«

»Es ist trotzdem Vergewaltigung.«

Mit drei Schritten hatte er den Raum durchquert und verabreichte ihr wütend eine Ohrfeige, die sie rücklings zu Boden warf. Er zog sie an den Haaren hoch und schleuderte sie aufs

Bett. Die Welt drehte sich um Kahlan, als sie durch die Luft flog. Einen der Pfosten verpasste sie nur um wenige Zoll.

»Natürlich ist es eine Vergewaltigung! Das will ich ja gerade! Und das steht dir jetzt bevor.«

Er stürmte wie ein zorniger Stier zum Bett. In seinen schwarzen Augen toste ein wilder Sturm von Formen. Ehe sie sichs versah, lag er auf ihr. Kahlan hatte sich einen Plan zurechtgelegt. Sie würde sich nicht wehren und ihm nicht die Befriedigung lassen, sie mit Gewalt genommen zu haben. Aber als er nun auf ihren Hüften saß, ging dieser Vorsatz in eben einer solchen Panik verloren, die sie hatte vermeiden wollen. Sie vergaß alles und bemühte sich verzweifelt, seine Hände fortzuschieben, doch in der Laune, in der er war, ließ er sich davon nicht aufhalten. Sie hatte nicht die Kraft, sich mit ihm zu messen. Er ohrfeigte sie nicht einmal. Mit einem Ruck riss er ihr das Hemd auf.

Kahlan wurde ruhig, als er innehielt, und ihre Brust hob und senkte sich mit ihrem heftigen Atem. Jagang starrte auf ihren Busen.

Sie nutzte die Stille, um die Fassung zurückzuerlangen. Gerade hatte sie vier dieser brutalen Rohlinge getötet. Sie würde es überstehen. Diese Sache war nichts im Vergleich mit dem Ring um ihren Hals, der ihr die Erinnerung stahl, ihre Persönlichkeit, ihr Leben und sie zur wehrlosen Sklavin der Schwestern und des Kaisers der Meuchelmörder machte.

Das war nichts. Sie würde ihm keinen törichten Widerstand leisten wie ein junges Mädchen, das die Hände eines groben Kerls wegschiebt. So würde sie nicht kämpfen. Nein. Sie wusste es besser. Ja, Angst hatte sie, aber sie ergab sich nicht der Panik. Sie hatte auch Angst gehabt, als sie die vier Soldaten umbrachte, doch hatte sie sich darüber hinweggesetzt und gehandelt.

Sie war besser als er. Er war bloß stärker. Haben konnte er sie nur mit Gewalt. Dieses Wissen gab ihr eine gewisse Macht über ihn, und das wusste er. Niemals würde er sie mit ihrem Einverständnis bekommen, denn sie war besser als er und hatte weitaus Besseres verdient. Eine Frau wie sie würde er niemals haben, außer durch Gewalt, denn er war ein schwacher, wertloser Mann.

»Ist Eure Beute zu Eurer Zufriedenheit, Exzellenz?«, spottete sie.

»O ja.« Jagang grinste fies. »Und jetzt zieh diese Hose aus.«

Da sie keine Bereitschaft erkennen ließ, sich zu fügen, machte er die Knöpfe einen nach dem anderen auf, als würde er eine Schatztruhe öffnen. Sie lag da, die Hände an den Seiten. Er zog ihr die Hose aus, warf sie auf den Boden und betrachtete ihren nun fast nackten Körper von oben bis unten.

Kahlan biss sich in die Wange, sonst hätte sie vor lauter Panik seine Hand weggestoßen, die über ihren weichen Schenkel nach oben strich. Sie musste gegen die Tränen ankämpfen. Alles hätte sie gegeben, wenn sie nicht hätte hier sein müssen, wenn sie der Gnade dieses Ungeheuers nicht ausgeliefert gewesen wäre.

»Und jetzt den Rest«, flüsterte er rau.

Sie sah, dass es ihn noch mehr erregt hatte, sie der Kleidung zu entledigen, daher nahm sie sich vor, so wenig verführerisch wie möglich zu wirken.

Er schaute zu, während sie seinen Befehl befolgte, saß auf der Bettkante und zog die Stiefel aus. Dann ließ er die Hosen herunter und strampelte sie von den Füßen. Kahlan wurde übel angesichts seiner Nacktheit, und sie überließ sich der Schwäche und wandte den Blick ab.

Würde sie nach diesem Erlebnis jemals wieder fähig sein, einen Mann zu lieben und sich von ihm berühren zu lassen? Nein, sie würde niemals die Gelegenheit erhalten, einen Mann zu lieben. Sie machte sich Gedanken über etwas, das niemals eintreten würde.

Unter Jagangs Gewicht bewegte sich das Bett, als er sich zu

ihr legte. Er starrte sie an und ließ seine Hand über ihren Bauch gleiten. Sie hatte eine grobe Berührung erwartet, ein raues Betatschen, doch stattdessen folgte eine verstohlene Zärtlichkeit, die zaghafte Erkundung einer Kostbarkeit. Allerdings glaubte sie nicht, dass diese Behutsamkeit lange andauern würde.

»Du bist etwas höchst Außergewöhnliches«, sagte er mit belegter Stimme, beinahe mehr zu sich selbst als an sie gewandt. »Dich durch die Augen anderer zu beobachten war nicht das Gleiche – das habe ich jetzt begriffen.«

Sein Ton hatte sich verändert. Die Wut war verflogen im Verlangen nach ihr. Er stand kurz davor, sich seiner ungehemmten Lust zu ergeben.

»Es ist überhaupt nicht das Gleiche … Ich wusste stets, wie außergewöhnlich du bist, aber jetzt, da ich dich sehe, wie du hier liegst … du bist ein besonderes Geschöpf. Einfach … etwas Besonderes.«

Kahlan fragte sich, was er damit meinte, er habe sie durch die Augen anderer wahrgenommen und ob er damit auf die Augen der Schwestern anspielte. Ein unerwarteter Gedanke brachte sie aus der Fassung: Er hatte sie beim Auskleiden beobachtet, wenn sie geglaubt hatte, nur die Schwestern seien anwesend. Diese Unverschämtheit erfüllte sie mit kalter Wut.

Er hatte sie beobachtet und diesen Abend geplant. Doch gleichzeitig hatte sie das Gefühl, er beziehe sich noch auf etwas anderes. Seine Worte trugen eine verborgene Bedeutung. Die Art, wie er sprach, warf die Frage auf, ob er das Leben meinte, das sie geführt hatte, bevor die Schwestern ihr alles genommen hatten. Sie war wütend, weil er sie durch die Schwestern beobachtet hatte, doch der Verdacht, er könne sie auch früher schon gesehen haben, ging ihr durch und durch.

Ohne Vorankündigung legte er sich auf sie. »Du kannst dir nicht vorstellen, wie lange ich auf diesen Augenblick gewartet habe.«

Ihr Atem und ihr Herzschlag hatten sich gerade ein wenig beruhigt. Jetzt ging alles so schnell. Wieder pochte ihr Herz unter den Rippen. Sie wollte ihn bremsen, wollte sich Zeit verschaffen, um sich überlegen zu können, wie sie es verhindern konnte. Als sie seine Haut auf ihrer spürte, konnte sie jedoch keinen klaren Gedanken mehr fassen. Ihr fiel nichts ein, wie sie ihn hätte aufhalten können. Sie erstarrte lediglich und dachte allein daran, dass sie es nicht wollte.

Nun fiel ihr wieder ein, was sie sich vorgenommen hatte. Sie war besser als er; und so würde sie sich verhalten.

Sie sagte nichts. Sie starrte an ihm vorbei zur Decke des in sanften Lampenschein getauchten Zeltes.

»Du kannst dir nicht vorstellen, wie sehr ich mich darauf gefreut habe«, sagte er plötzlich bedrohlicher.

Sie blickte ihm in die albtraumhaften Augen. »Ja, das kann ich nicht. Also bringt es schon hinter Euch und erspart mir diese Worte, die mir nichts bedeuten, weil ich keine Ahnung habe, wovon Ihr redet.«

Damit wandte sie den Blick wieder ab und starrte ins Leere. Sie wollte sich ihm gleichgültig präsentieren. Also ließ sie ihre Gedanken schweifen. Das war nicht leicht, während er sich an sie drängte, aber sie gab ihr Bestes, ihn einfach zu ignorieren. Die Befriedigung eines Kampfes, den sie nur verlieren konnte, wollte sie ihm nicht geben. Das Ja'La-Spiel schoss ihr durch den Kopf, nicht weil sie gern daran gedacht hätte, sondern weil die Erinnerung frisch genug war, um sie sich in allen Einzelheiten vor Augen zu rufen.

Unvermittelt schob er die Arme unter ihre Knie und drückte diese fast bis zur Brust nach oben. Sie bekam kaum mehr Luft. Die Hüftgelenke schmerzten, so wie er sie bog, aber sie unterdrückte den Schrei und wollte sich nicht von ihm beherrschen lassen, während er sie nahm.

»Wenn er es wüsste … Es würde ihn umbringen.«

Kahlan sah ihn an. Wegen seines Gewichts konnte sie kaum atmen. »Von wem sprecht Ihr?«

Vielleicht meinte er ihren Vater – einen Vater, an den sie sich nicht erinnerte. Vielleicht hatte sie einen Vater, der Kommandant in der Armee war, was auch erklären würde, warum sie so gut mit einem Messer kämpfen konnte. Auf wen sollte er sonst anspielen?

Sie hätte gern etwas gesagt, um ihn aus seiner Stimmung zu reißen, doch hielt sie es für besser, zu schweigen und Gleichgültigkeit vorzugeben.

Jagangs Mund befand sich an ihrem Ohr. Die rauen Bartstoppeln kratzten äußerst unangenehm an Hals und Wangen. Er atmete in kurzen Stößen. Langsam verlor er sich in der Begierde, mit der er bald über sie herfallen würde.

»Wenn du nur wüsstest … Es würde dich ebenfalls umbringen«, sagte er, offensichtlich tief befriedigt von diesem Gedanken.

Sie blieb stumm, noch verwirrter, und spürte eine zunehmende Unruhe, dachte, er würde nun seine Geilheit befriedigen. Doch er verharrte, hielt ihre Beine gespreizt und starrte sie an. Der lange haarige Körper drängte sich an sie und strahlte seine Wollust aus. Sein Gewicht machte ihr das Atmen fast unmöglich, aber sie wusste, es würde ihn nicht kümmern, ob sie sich darüber beschwerte.

Wenn er sich doch nur beeilen und es hinter sich bringen würde. Das Warten machte sie verrückt. Am liebsten hätte sie geschrien, doch das gestattete sie sich nicht. Sie hatte Angst vor dem Schmerz, den er ihr zufügen würde, vor der Dauer – und vor der ohne Frage in den folgenden Nächten stattfindenden Wiederholung. Hätte er sie nicht mit seinem Stiergewicht auf das Bett gedrückt, hätte sie gezittert.

»Nein«, sagte er zu sich selbst. »So will ich es nicht.«

Kahlan war verwirrt. Sie war nicht sicher, ob sie richtig gehört hatte.

Er ließ ihre Beine los, legte sie aufs Bett und drückte sich mit den Armen hoch. Sie wünschte sich, er würde nicht zwischen ihren Schenkeln liegen, dann hätte sie die Beine zusammenpressen können.

»Nein«, wiederholte er. »So nicht. Du willst nicht, aber es wäre dir nur lästig. Dir würde es nicht gefallen, aber mehr nicht.

Du sollst wissen, wer du bist, wenn ich es mache. Dann wirst du es mehr verabscheuen, als du je etwas in deinem Leben verabscheut hast. Ich möchte derjenige sein, der dir diese zwei Dinge antut. Deine Erinnerungen werde ich dir zurückgeben, während ich meinen Samen in dich ergieße. Diese Erinnerungen sollen dich verfolgen, solange du lebst, und ihn verfolgen, solange er lebt, sollen ihm ins Gedächtnis kommen, sobald er dich ansieht. Er soll dich dafür hassen, für das, was du für ihn geworden bist. Und er soll das Kind hassen, das Kind, das ich mit dir zeugen werde.

Und deshalb musst du zuerst alles erfahren. Wenn ich es jetzt mache, würdest du es nur dumpf ertragen und die exquisiten Qualen verderben, die es dir bereiten würde, wenn du alles weißt.«

»Dann erzählt es mir doch«, sagte sie und war beinahe bereit, die Vergewaltigung zu ertragen, um es zu hören.

Er lächelte fies. »Erzählen ist nicht so gut. Worte sind leer, haben keine Bedeutung und keine Gefühle. Du musst es spüren. Du musst dich selbst erinnern, wer du bist, du musst alles wissen, wenn es eine richtige Vergewaltigung werden soll … Und ich beabsichtige, dich so gemein zu schänden, wie du es nur ertragen kannst. Und dann wirst du einem Kind das Leben schenken, das er als stete Erinnerung und als Ungeheuer betrachten wird.«

Langsam schüttelte er den Kopf, überaus befriedigt hinsichtlich seines Vorhabens. »Dazu musst du dir vollkommen dessen bewusst werden, wer du bist, und danach wirst du begreifen, was dies alles für dich bedeutet, was es in dir anrührt, verletzt und für alle Zeit mit einem Makel behaftet.«

Abrupt stieg er von ihr herunter. Kahlan holte tief Luft, keuchte fast.

Er zeigte die Zähne und packte mit einer Pranke ihre rechte Brust. »Glaub nicht, du hättest es schon hinter dir, Schätzchen. Du wirst schön hierbleiben. Ich werde nur dafür sorgen, dass es für dich noch erheblich schlimmer werden wird, als es heute Nacht geworden wäre.« Er kicherte und quetschte ihre Brust. »Und auch für ihn.«

Kahlan vermochte sich nicht vorzustellen, wie es noch schlimmer werden konnte. Vielleicht glaubte er, eine Vergewaltigung erlege dem Opfer die Schuld auf. Das passte zu seiner Denkweise, zur Denkweise des Ordens: Das Opfer trug die Schuld.

Plötzlich stieß er sie aus dem Bett. Obwohl der Sturz von den weichen Teppichen gedämpft wurde, tat sie sich weh.

Er sah auf sie herab. »Du schläfst auf dem Boden, dort, neben dem Bett. Später hole ich dich zu mir.« Er grinste. »Wenn dein Erinnerungsvermögen zurückkehrt, wird es dich vernichten. Dann wirst du von mir bekommen, was du verdient hast und was nur ich dir geben kann, womit nur ich dein Leben ruinieren kann … und seines.«

Kahlan lag auf dem Boden, wagte sich nicht zu regen und fürchtete, er könnte seine Meinung ändern. Sie fühlte sich erleichtert, weil es heute Nacht nicht zum Äußersten kommen sollte.

Er beugte sich über die Bettkante und starrte sie aus seinen schrecklichen schwarzen Augen an. So unerwartet, dass sie aufschrie, schob er ihr die große Hand zwischen die Beine.

Grinsend sagte er: »Und wenn du glaubst, du könntest dich fortschleichen, oder ärger noch, mich im Schlaf umbringen, solltest du es dir lieber gleich aus dem Kopf schlagen. Das wird dir nicht gelingen. Und diesmal wird es dir die Zelte einbringen, doch später erst, nachdem ich alles für dich zerstört habe. Ich werde dafür sorgen, dass viele, viele Männer dort eindringen, wo jetzt meine Finger sind. Hast du verstanden?«

Kahlan nickte und spürte, wie ihr eine Träne über die Wange rann.

»Wenn du heute Nacht die Teppiche neben dem Bett verlässt, wird die Kraft des Halsrings dich aufhalten. Möchtest du das ausprobieren?«

Kahlan schüttelte nur den Kopf, weil sie befürchtete, ihre Stimme könnte versagen.

Er zog die Hand zurück. »Gut.«

Sie hörte, wie er sich auf die Seite drehte und ihr den Rücken zuwandte. Kahlan lag vollkommen still. Sie konnte kaum atmen. Eigentlich begriff sie gar nicht, was gerade geschehen war und was es zu bedeuten hatte. Aber sie fühlte sich einsamer als je zuvor in ihrem Leben – zumindest in dem Teil ihres Lebens, an den sie sich erinnern konnte.

Auf gewisse Weise wünschte sie fast, er hätte sie vergewaltigt. Dann würde sie jetzt nicht aus Angst vor dem, was er gesagt hatte, zittern und sich fragen, was er damit meinte. Nun würde sie jeden Morgen erwachen und nicht wissen, ob es der Tag wäre, an dem sie ihr Gedächtnis zurückerlangte. Denn das würde die Vergewaltigung schlimmer machen, alles schlimmer machen, viel schlimmer.

Kahlan glaubte ihm. So geil er auch auf sie gewesen war, und das hatte sie genau gespürt, hätte er nicht einfach aufgehört, wenn das, was er ihr erzählt hatte, nicht stimmen würde.

Auf einmal wollte sie gar nicht mehr wissen, wer sie war. Ihre Vergangenheit wurde zu einer Bedrohung für sie. Wenn sie ihr altes Leben kannte, konnte er ihr das Schlimmste antun. Unwissenheit hieß in diesem Fall Sicherheit.

Als sie zunächst seinen gleichmäßigen Atem und etwas später sein leises Schnarchen hörte, zog sie sich wieder an.

Obwohl es Sommer war, zitterte sie. Sie deckte sich mit einem Teppich zu und lag neben dem Bett. Ihn mit einem Fluchtversuch auf die Probe zu stellen, würde sie nicht wagen. Sie konnte nicht fliehen. Dies war ihr Leben.

Sie hoffte nur, der alte Teil ihres Lebens bliebe begraben und vergessen.

Falls sie sich je erinnerte, wer sie war, dann würde ihr Leben unendlich viel schlimmer werden. Das durfte sie nicht zulassen. Sie würde hinter dem dunklen Vorhang bleiben. Heute Nacht war sie zu einem anderen Menschen geworden, der sich von dem abspaltete, der sie gewesen war. Jene Person sollte für immer tot bleiben.

Wer mochte wohl der Mann sein, von dem Jagang gesprochen hatte? Sie fürchtete, was Jagang ihm antun würde und dass er ihn durch sie vernichten könnte.

Diese Gedanken verbannte sie aus ihrem Kopf. Das war ihr altes Ich. Diese Person gab es nicht mehr, und so würde es bleiben.

In ihrer Einsamkeit und Verzweiflung rollte sie sich zusammen und weinte sich still in den Schlaf.

48

Richard stolperte wie benommen vorwärts und betrachtete den Boden vor seinen Füßen, den der Mond erhellte. Durch diesen Dämmer konnte nur ein einziger Funken zu ihm vordringen.

Kahlan.

Er vermisste sie so sehr. Diesen ganzen Kampf hatte er satt. Er hatte es satt, zu streben und zu scheitern.

Sie wollte er zurückhaben. Sein Leben mit ihr. Er wollte sie in den Armen halten … einfach nur in den Armen halten.

Er dachte an die Zeit vor Jahren im Haus der Seelen, als er noch nicht gewusst hatte, dass sie die Mutter Konfessor war und sie sich wegen der bedrückenden Geheimnisse, die sie wahren musste, einsam und verlassen gefühlt hatte. Sie hatte ihn gebeten, sie einfach nur im Arm zu halten. Er erinnerte sich an den Schmerz, der in ihrer Stimme mitschwang, an den Schmerz, der nach Trost verlangte.

Jetzt würde er alles geben, wenn er sie trösten könnte.

»Halt«, zischte ihn jemand an. »Warte.«

Richard blieb stehen. Es fiel ihm schwer, Interesse dafür aufzubringen, was um ihn herum geschah, obwohl er wusste, dass er den Ereignissen seine Aufmerksamkeit zuwenden musste. An der Haltung der Frau konnte er ihre Anspannung ablesen; sie wirkte wie ein Raubvogel, der den Kopf schief legt und die Flügel leicht hebt.

Es gelang ihm nicht, die Lethargie abzuschütteln, die ihn

niederdrückte, damit er wieder klar denken konnte. Die Gebärde schien vor allem Aggressivität auszustrahlen, doch darunter spürte er einen Hauch Angst.

Schließlich brachte er zumindest so viel Konzentration auf, um sich einen Überblick zu verschaffen. Dann sah er im Mondlicht, was Sechs betrachtete: ein riesiges Lager, das sich über das ganze Tal ausbreitete. Jetzt, mitten in der Nacht, herrschte dort unten Ruhe. Und nun nahm, trotz der betäubend wirkenden Anwesenheit dieser Frau, seine Aufmerksamkeit zu.

Er hatte noch etwas bemerkt. Hinter dem Lager auf den Anhöhen dahinter sah er ein Schloss, das er zu erkennen glaubte.

»Komm weiter«, zischte Sechs ihm zu, während sie an ihm vorbeiglitt.

Richard trottete hinter ihr her und versank wieder in dem Dunst der Gleichgültigkeit, in dem er an nichts anderes denken konnte als an Kahlan.

Stundenlang zogen sie durch die nächtliche Landschaft. Sechs war so still wie eine Schlange, bewegte sich, hielt an, bewegte sich weiter, immer auf der Suche nach unscheinbaren Wegen durch den dichten Wald. Richard tröstete der Geruch von Springkraut und Tannen. Moos und Farne hellten seine Laune mit Kindheitserinnerungen auf.

Die Freude währte nicht lange. Bald gingen sie über gepflasterte Straßen an geschlossenen Läden und dunklen Häusern vorbei. Im Schatten standen Männer, jeweils paarweise und mit Piken bewaffnet. Richard fühlte sich, als würde das alles nur im Traum vor seinem inneren Auge vorbeiziehen. Halb glaubte er, sich den Wald bloß fest vorstellen zu müssen, damit dieser wieder erscheinen würde.

Er stellte sich Kahlan vor. Sie erschien nicht wieder.

Zwei Männer in blitzender Metallrüstung liefen aus einer Seitenstraße. Sie fielen vor Sechs auf die Knie und küssten den Saum ihres schwarzen Kleides. Sie verlangsamte kaum den

Schritt für ihr kriecherisches Flehen. Die beiden folgten ihnen durch die Straßen und wurden ihre Eskorte in der Dunkelheit der Nacht.

Er fühlte sich wie in einem Traum gefangen. Richard wusste, er sollte dagegen ankämpfen, aber er konnte sich nicht überwinden. Er achtete nur auf das, was Sechs ihm sagte. Von sich aus brachte er für nichts Interesse auf. Ihre dahinschwebende Gestalt verzauberte ihn, ihr Blick schlug ihn in Bann, ihre Stimme verhexte ihn. Da er seine Gabe nicht mehr hatte, füllte sie die Leere in seiner Seele.

Ihre Gegenwart ergänzte ihn irgendwie und gab ihm ein Ziel.

Die beiden Wachen klopften leise an ein Eisentor in einer großen Steinmauer. Eine kleinere Klappe über kleinen Schlitzen wurde geöffnet. Augen spähten heraus. Sie wurden größer, als sie den bleichen Schatten vor sich sahen. Richard hörte Männer auf der anderen Seite, die sich beeilten, den schweren Riegel aus der Halterung zu wuchten.

Das Tor ging auf, und Sechs schlüpfte mit Richard hindurch. Im Mondlicht sah er hohe Mauern, doch zollte er ihnen wenig Beachtung. Mehr faszinierte ihn die schlangengleiche Gestalt, die ihn durch die samtweiche Nacht führte.

Hinter dem großen Tor liefen Männer herum, öffneten weitere Türen, riefen Befehle und brachten Fackeln.

»Hier entlang«, sagte ein Mann und geleitete sie in ein Treppenhaus.

Sie stiegen in Wendeln hinab, immer tiefer. Richard fühlte sich, als würde er vom Schlund einer großen Steinbestie verschlungen. Solange Sechs ihn bei sich behielt, störte ihn das jedoch wenig. In einem der untersten Stockwerke führten die Männer sie durch einen feuchten Gang zu einem düsteren Ort. Heu lag auf dem schmutzigen Boden. Von irgendwo aus der Ferne hallte das Echo von Wassertropfen heran.

»So, wie Ihr es verlangt habt«, sagte eine der Wachen.

Die schwere Tür quietschte vor lauter Rost, als der Mann sie aufzog. Im Inneren zündete er mit der Fackel eine Kerze auf einem Tisch an.

»Dein Zimmer für die Nacht«, erklärte Sechs Richard. »Bald wird es hell. Dann komme ich zurück.«

»Ja, Herrin.«

Sie beugte sich leicht zu ihm vor, und ein dünnes Lächeln spielte über ihr blutleeres Gesicht. »Wie ich die Königin kenne, wird sie sofort anfangen wollen. Sie ist ein wenig ungeduldig, um nicht zu sagen impulsiv. Ohne Zweifel wird sie die großen Männer mit den Peitschen mitbringen. Nun, vermutlich wird der Morgen kaum vorüber sein, bis dir das Fleisch in Streifen vom Rücken hängt.«

Richard starrte sie an. Er konnte das nicht begreifen. »Herrin?«

»Die Königin ist nicht nur boshaft, sondern auch noch rachsüchtig. Und du wirst das Ziel ihrer Gehässigkeit sein. Doch sorge dich nicht; ich brauche dich lebendig. Du wirst zwar unerträgliche Schmerzen leiden, aber nicht sterben.«

Sie drehte sich mit Schwung um und rauschte zur Tür hinaus wie ein Schatten, der von der Dunkelheit verschluckt wird. Männer traten nach ihr hinaus. Die Tür schlug mit einem Knall zu. Richard hörte das Klicken eines Schlosses. Ehe er sichs versah, stand er plötzlich allein in der steinernen Zelle, verlassen, verloren, vergessen.

In der Stille schlich sich der Schrecken heran. Warum wollte ihm eine Königin Schmerzen bereiten? Warum brauchte Sechs ihn lebend?

Richard blinzelte. Während die Zeit verstrich, merkte er, dass sein Verstand wieder zu arbeiten begann. Anscheinend konnte er besser nachdenken, je weiter sich Sechs entfernte.

Nachdem die Männer mit den Fackeln hinausgegangen waren, brauchte er eine Weile, bis sich seine Augen an den Dämmerschein einer einzigen Kerze gewöhnt hatten. Er blickte sich in der steinernen Zelle um. Es gab nur einen Stuhl und einen Tisch. Der Boden bestand aus Stein. Die Wände bestanden aus Stein. Die Decke hatte dicke Balken.

Dann traf es ihn wie der Blitz.

Denna.

In diesen Raum hatte Denna ihn gebracht, als sie ihn gefangen genommen hatte. Er erkannte den Tisch. Denna hatte immer auf dem Stuhl gesessen. Er blickte auf, und dort sah er den großen Eisennagel, ganz so, wie er sich erinnerte.

Damals hatte man ihn mit eisernen Handschellen gefesselt. Denna hatte die Kette dazwischen über den Eisennagel gehängt. So hatte er dort gehangen, während Denna ihn mit ihrem Strafer folterte. Schreckliche Bilder der Nacht, in der Denna ihn gebrochen hatte, zogen vor seinem inneren Auge dahin. Der Nacht, von der sie glaubte, ihn gebrochen zu haben. Er hatte seinen Verstand geteilt. Dennoch entsann er sich der Dinge, die sie ihm in jener Nacht angetan hatte.

Und er erinnerte sich, was sie zu solcher Brutalität veranlasst hatte.

Dort hatte er gehangen, als Prinzessin Violet zum Zuschauen kam. Die Prinzessin hatte entschieden, bei der Folterung mitzumachen. Denna gab dem kleinen Ungeheuer ihren Strafer und zeigte Violet, wie man ihn bei Richard benutzen musste.

Er erinnerte sich, wie Violet damit geprahlt hatte, sie würde Kahlan vergewaltigen, foltern und schließlich töten lassen.

Richard hatte so heftig nach Violet getreten, dass er ihr den Kiefer zerschmetterte, wobei auch ihre Zunge abgetrennt worden war.

Genau in diesem Raum war das geschehen.

Richard lehnte sich an die Steinwand, glitt nach unten und

setzte sich. Er musste nachdenken und verstehen, was hier eigentlich vor sich ging.

Sein Bündel drückte im Rücken, also nahm er es ab und legte es sich auf den Schoß. Plötzlich fiel ihm etwas ein, und er durchsuchte das Bündel, schob seine Kriegszaubererkleidung und den Goldumhang beiseite, bis er das Buch von Baraccus fand. Das blätterte er durch. Die Seiten waren immer noch leer. Wenn er nur seine Gabe nicht verloren hätte, könnte er das Buch lesen! Wenn er nur wüsste, wie er seine Fähigkeiten einzusetzen hätte, wäre er in der Lage gewesen, sich aus eigener Kraft zu retten. Wenn.

Dann hatte er eine Idee. Er durfte nicht zulassen, dass sie das Buch fanden. Sechs verfügte über die Gabe, in einer bestimmten Form jedenfalls. Daher durfte sie es nicht zu Gesicht bekommen. Baraccus hatte es dreitausend Jahre lang versteckt. Es war nur für Richards Augen bestimmt. Solches Vertrauen durfte er nicht enttäuschen. Niemand sollte etwas von dem Buch erfahren.

Also stand er auf und durchsuchte den Raum nach einem geeigneten Versteck. Es gab keins. Der Raum war eine einfache Zelle aus Stein, ohne Nebenraum, ohne Nischen, ohne lockere Steine. Hier konnte man nichts verstecken.

Während Richard in der Mitte stand und nachdachte, schaute er hoch und sah den Eisennagel. Er ging einige Schritte und betrachtete die Balken. Einer der Balken verlief in verhältnismäßig kleinem Abstand parallel zur Wand. Wie bei den meisten anderen hatte das frisch geschlagene Holz Spalten bekommen, als es getrocknet war. Richard hatte einen Einfall.

Sofort zog er den Stuhl heran und stieg darauf, doch er war nicht hoch genug. Nun schob er den Stuhl zur Seite und zog den Tisch heran. Über den Stuhl stieg er auf den Tisch und erreichte den Eisennagel. Er zerrte daran, doch der Nagel saß fest. Aber er brauchte ihn, wenn er das Buch verstecken wollte.

Er schloss die Hände um den Nagel und sprang mit ganzer Kraft auf und ab. Endlich lockerte sich der Nagel. Schließlich gelang es Richard, ihn herauszuziehen.

Nun rückte Richard den Tisch in die dunkle Ecke und stieg hinauf. Er untersuchte den Balken und fand eine Stelle, wo der Spalt sich in Richtung Decke bis zu den Querbohlen zog. Dort rammte er den Nagel hinein und drückte, bis er gut hielt.

Nun holte er sein Bündel, das er in die enge Lücke zwischen Balken und Wand stopfte. Er presste es so flach er konnte und schob es am Balken entlang, bis er über dem Nagel eingeklemmt war. Daraufhin überprüfte er, ob es fest saß. Das Bündel bewegte sich nicht.

Zufrieden, dass er alles ihm Mögliche getan hatte, um das Buch und seine Kriegszaubererausrüstung zu verstecken, damit beides nicht in die falschen Hände geriete, legte er sich auf den kalten Steinboden an der gegenüberliegenden Wand und versuchte zu schlafen.

Angesichts dessen, was Sechs ihm für den nächsten Tag versprochen hatte, war das kein leichtes Unterfangen. Die Angst setzte ihm zu und ließ seine Gedanken rasen. Er brauchte Ruhe, das wusste er, dennoch fand er keine.

Immerhin war er erleichtert, dass Sechs nicht mehr in unmittelbarer Nähe war. Er hatte sein Zeitgefühl verloren, seit er bei den Irrlichtern gewesen war und Sechs ihm hinter den alten Bäumen aufgelauert hatte. Wenn sie bei ihm war, vermochte er weder eigenständig zu denken noch zu handeln. Sie saugte seinen gesamten Verstand auf.

Seinen gesamten Verstand.

Er erinnerte sich daran, wie er mit Denna in diesem Raum gewesen war. Sie hatte ihm gesagt, er würde ihr Schoßhündchen sein und sie würde seinen Willen brechen. Er hatte sich gesagt, er würde sie tun lassen, was sie wollte, doch ein Stück von seinem Ich retten, verstecken und niemandem erlauben, dort einzudringen, nicht einmal sich selbst, bis er diesen sicheren Hort brauchte, um wieder er selbst zu werden.

So musste er nun abermals vorgehen. Er würde Sechs nicht sein ganzen Denken überlassen, wie es nach seiner Gefangennahme geschehen war. Noch immer spürte er ihren Einfluss, ihren Willen, doch jetzt war sie nicht mehr so gegenwärtig. Im Vergleich zu vorher fühlte er sich frei und konnte denken. Konnte bis zu einem gewissen Grad entscheiden, was er wollte.

Und er wollte sich von dieser Hexe befreien.

Er erschuf einen Ort in seinem Kopf, wie er es vor langer Zeit in genau diesem Raum getan hatte. Dort verschloss er einen Teil seines Ichs, einen Teil seiner Kraft, fast so ähnlich, wie er sein Bündel verstaut hatte.

Da er nun wieder klar denken konnte und zudem einen Plan geschmiedet hatte, verspürte er neue Zuversicht. Selbst wenn er die Zähne der Hexe noch in seinem Fleisch fühlte, hatte sie die vollkommene Kontrolle über ihn verloren. Endlich kam er ein wenig zur Ruhe.

Dann dachte er an Kahlan. Die Erinnerung rief ein trauriges Lächeln hervor. Er bemühte sich, an die glücklichen Zeiten mit ihr zu denken, daran, wie es sich anfühlte, sie im Arm zu halten, mit ihr eine Nacht allein zu verbringen, wenn sie ihm zuhauchte, wie viel er ihr bedeutete.

Mit dem Gedanken an Kahlan dämmerte er langsam in den Schlaf hinüber.

49

Richard wurde abrupt aus dem Schlaf gerissen, als er hörte, dass die Tür aufgeschlossen wurde. Das Wecken war umso unsanfter, als er gerade von Kahlan geträumt hatte. Zwar konnte er sich an den Traum nicht erinnern, doch wusste er, dass sie stets darin vorkam. Er fühlte sich durchdrungen von ihrer Gegenwart, als wäre sie tatsächlich bei ihm gewesen, um ihm dann wieder genommen zu werden. Der Verlust selbst ihrer Traumgegenwart hinterließ kalte Leere und entmutigte Richard. Die Welt stellte sich in seinen Träumen so viel wunderbarer dar. Auch dann, wenn er sich nicht an sie erinnerte, versüßte sie sein Leben wie leise Musik aus der Ferne. Das genügte, um in ihm den Wunsch keimen zu lassen, nicht in die Welt des Wachseins zurückzukehren.

Richard wollte sich aufrichten und stellte fest, wie steif sein Körper war, weil er auf nacktem Steinboden geschlafen hatte. Er fühlte sich benommen und bezweifelte, dass er mehr als wenige Stunden geschlafen hatte. Als er die Wachen in seine steinerne Zelle strömen sah, erhob er sich taumelig und versuchte dabei, seine verspannten Muskeln zu recken.

Sechs rauschte in den Raum wie ein Wind des Unheils. Im Kontrast zu ihrem borstigen schwarzen Haar und der wallenden Robe wirkte die Haut gespenstisch. Sie richtete die blassblauen Augen auf ihn, als würde außer ihm nichts auf der Welt existieren. Der Blick lastete auf Richard mit dem Gewicht eines Gebirges. Die Gegenwart der Hexe zermürbte seinen Willen.

Er trieb in diesem Gefühl, das ihn zu überschwemmen drohte. Während sie näher trat, kämpfte er darum, den Kopf über dem dunklen Wasser zu halten, das seinen Willen verschlang. In einem tosenden Fluss rang er um sein Leben, doch die starke Strömung zog ihn nach unten.

»Komm mit, wir müssen in die Höhle. Wir haben nicht viel Zeit.«

Gern hätte er gefragt, was sie damit meinte, nicht viel Zeit zu haben – eine Frage, für die er jedoch glaubte, nicht genug Kraft aufbringen zu können –, daher fragte er stattdessen etwas anderes, das ihn genauso sehr bewegte.

»Wisst Ihr, wo Kahlan ist?«

Sechs blieb stehen und drehte sich halb zu ihm um. »Natürlich. Sie ist bei Jagang.«

Jagang. Richard war wie betäubt. Sechs erinnerte sich nicht nur an Kahlan, sie wusste sogar, wo sie sich aufhielt. An dem Schmerz, den diese Tatsache bei ihm auslöste, schien sie sich zu ergötzen.

Sie drehte sich wieder nach vorn und marschierte zur Tür. »Los jetzt. Rasch.«

Da stimmte etwas nicht. Er wusste zwar nicht, was, aber er spürte es in der Macht, die sie über ihn hatte. Sie hatte einen Bann der verführerischen Beeinflussung gegen ihn eingesetzt, wie eine weiche Leine von grausamer Stärke, und dennoch war es anders als zuvor. Er fühlte diesen Unterschied. In ihrer Haltung lag etwas Gequältes.

Das jedoch war es nicht, was ihn beunruhigte. Jagang hatte Kahlan. Die Frage, woher Sechs wusste, wer Kahlan war, kam ihm nicht einmal in den Sinn, weil die Bedeutung dieser Worte ihn niederschmetterte: *Sie ist bei Jagang.*

Hätte der Sog von Sechs Richard nicht mitgezogen, wäre er

auf dem Boden zusammengebrochen. Kahlan in Jagangs Händen war der schlimmste Albtraum für ihn. Blinde Panik stieg in ihm auf, während er der Hexe durch die verschlungenen düsteren Steingänge folgte. Er musste handeln und Kahlan helfen. Sie befand sich nicht nur in Gefangenschaft bei den Schwestern der Finsternis, sondern diese hatten sich zudem mit Richards und Kahlans ärgstem Feind verschworen.

Ein anderer Gedanke gewann die Oberhand – über die Sorge um Kahlan hinaus: Richard wusste, wo Jagang war. Der Kaiser marschierte nach D'Hara auf den Palast des Volkes zu. Und jetzt war Kahlan bei ihm.

Tief in Gedanken stellte er plötzlich fest, dass sie ins Freie getreten waren. Nun verstand er sofort, warum Sechs so aufgeregt war. Aus allen Richtungen strömten Soldaten auf den Hof. Es waren diejenigen, die er nachts zuvor in dem Lager gesehen hatte.

Sechs fluchte vor sich hin und suchte einen Weg, wie sie den Hof verlassen konnten. An jedem Eingang drängten sich Soldaten. Der Weg zurück zum Schloss und dem Steinraum war bereits von einer Mauer aus Männern versperrt.

Die grimmigen Kerle trugen zum Teil Rüstung, zum Teil Kettenhemden oder auch nur dunkles Leder. Nietenbeschlagene Riemen kreuzten sich auf ihrer Brust und hielten Taschen mit Ausrüstungsgegenständen oder Messer in Scheiden. An dicken Ledergürteln trugen sie Äxte, Streitkolben, Morgensterne oder Schwerter. Solch bedrohliche Männer hatte Richard nie gesehen. Die Wachen in ihren Kettenhemden waren nicht so töricht, diese Streitmacht aufhalten zu wollen, insbesondere nicht angesichts ihrer Zahl.

Richard zweifelte nicht, dass es sich bei den Soldaten um Männer der Imperialen Ordnung handelte.

»Laut Vereinbarung«, sagte ein muskelbepackter Kerl, der vor Sechs hintrat, »sind wir gekommen, um zu überprüfen, ob Tamarang treu zur Sache der Imperialen Ordnung steht.«

»Ja, gewiss«, sagte Sechs. »Aber … Ihr kommt beträchtlich eher, als es abgemacht war.«

Der Mann legte die eine Hand auf den Schwertknauf und musterte aus dunklen Augen die Anlage des Platzes. Richard bemerkte die hervorragende Qualität der Waffen und der Rüstung, und zudem fiel ihm auf, wie der Soldat sofort die Autorität an sich riss. War wohl der Kommandant.

»Wir sind gut vorangekommen«, sagte er. »Manche Städte unterwegs leisteten keinen Widerstand, deshalb sind wir schon vor dem Winter eingetroffen und nicht, wie beabsichtigt, danach.«

»Nun … ich heiße Euch im Namen der Königin willkommen«, sagte Sechs. »Ich, also, ich wollte gerade nach ihr schauen.«

Der Kommandant trug Schulterpanzer aus Leder und einen ebenfalls ledernen Brustharnisch, der mit Mustern verziert war. Die Rüstung hatte ihren Wert offensichtlich bereits bewiesen, angesichts der Schnitte und Kratzer, die von Waffen stammten. In seinem linken Ohr steckten Ringe, Tätowierungen in Schuppenform bedeckten die rechte Gesichtshälfte, sodass es aussah, als wäre er halb Mensch, halb Reptil.

»Der Orden kämpft für die Sache des Ordens. Tamarang ist nun Teil der Imperialen Ordnung. Ich gehe doch davon aus, dass sich alle freuen, nun dem Orden anzugehören.«

Stiefeltritte auf den Steinen übertönten den Gesang der Vögel, der mit Sonnenaufgang einsetzte. Weiterhin strömten Männer in den Hof und rückten bis zu Richard auf.

»Ja, gewiss«, antwortete Sechs dem Kommandanten. Langsam schien sie ihre Gelassenheit zurückzugewinnen. »Die Königin und ich vertrauen darauf, dass Ihr die getroffenen Vereinbarungen respektieren werdet: Das Schloss wird nicht von einem Angehörigen des Ordens betreten, und das Schloss selbst bleibt in der Hand Ihrer Majestät sowie ihrer Berater und Diener.«

Der Mann starrte ihr kurz in die Augen. »Spielt keine Rolle für mich. Das Schloss können wir sowieso nicht gebrauchen.« Er blinzelte, als erstaune es ihn, einem solchen Vorschlag zuzustimmen. Er warf sich in die Brust, und sein Feuer loderte wieder auf. »Aber gemäß unserer Vereinbarung ist der Rest von Tamarang nun eine Provinz der Imperialen Ordnung.«

Sechs neigte den Kopf. Sie hatte wieder das dünne Lächeln aufgesetzt. »Gemäß der Vereinbarung.«

Richard folgte dem Gespräch nur mit halbem Ohr. Er hatte den gelockerten Griff, in dem Sechs ihn hielt, genutzt, um sich ganz zu befreien. Ihre Ablenkung hatte er wie eine Eisenstange eingesetzt und die unsichtbaren Krallen aufgehebelt. So hatte er sich eine Lücke geschaffen, die genügte, damit sein Verstand hinausschlüpfen konnte.

Jetzt war es an der Zeit, etwas für sich und Kahlan zu tun.

Zwar hatte er seine Gabe und das Schwert der Wahrheit verloren, doch blieben ihm die Lektionen, die er durch die Waffe gelernt und die ihm vor allem das Leben erteilt hatte. Zudem erinnerte er sich an die Bedeutung der Symbole. Er kannte den Rhythmus des Tanzes mit dem Tod.

Mit einer Klinge wusste er immer noch umzugehen.

Er brauchte nur eine in die Hand zu bekommen.

Während Sechs und der Offizier darüber sprachen, welchen Bereich auf dem Gelände die Soldaten für sich beanspruchen durften und welchen sie meiden sollten und wo sie sich innerhalb der Stadt aufhalten könnten, schaute Richard nach hinten und sah die Schwerter mit Holzgriffen bei den Soldaten und das eines rangniedrigeren Offiziers ein wenig rechts hinter sich, welches mit einem Ledergriff ausgestattet war.

Er lächelte den Mann an, zog eine Kupfermünze aus der Tasche und ließ sie über die Finger wandern. Dann täuschte er Ungeschicklichkeit vor und ließ die Münze fallen. Er bückte sich, um sie aufzuheben, stützte die eine Hand auf den Boden, damit er das Gleichgewicht nicht verlor, und reckte sich nach der Münze. Während er diese aufhob, nahm er auch ein bisschen sandige Erde auf. Der Offizier hinter ihm beobachtete seinen Vorgesetzten, der mit Sechs redete, und blickte nur in Richards Richtung, als dieser die Münze vom Schmutz befreite und wieder in die Tasche steckte. Sechs war für den Soldaten wesentlich interessanter als dieser ungeschickte Niemand. Richard tat so, als würde er sich die Hände abwischen, doch eigentlich verteilte er die Erde auf beiden Handflächen.

Denn wenn es losginge, wollte er vermeiden, dass seine Finger vom Leder abrutschten.

Ohne sich umzudrehen, beugte er sich rückwärts zu dem rangniedrigeren Offizier hin. Der Mann hatte nur Augen für die berückende Gestalt von Sechs, die ein Netz knüpfte und den Männern sagte, was sie gern von ihnen wollte. Aus den Augenwinkeln starrte Richard auf den Griff der Waffe, die an der Hüfte des Mannes hing. Sie war besser gearbeitet als die meisten anderen.

Sechs und der Kommandant waren noch immer in ihre Unterhaltung vertieft; Richard drehte sich ein wenig und gab vor, sich zu recken. Im nächsten Moment hatte er das Schwert des rangniedrigen Offiziers aus der Scheide gezogen.

Mit einer Waffe in der Hand, einem Schwert, durchfluteten Richard sofort die Erinnerungen an die Fähigkeiten, die er in vielen Stunden der Übung erworben hatte. Die Lektionen mochten wohl teilweise aus anderweltlichen Quellen stammen, doch das Wissen selbst war nicht magisch. Es handelte sich um die Erfahrungen der zahllosen Sucher vor Richard. Und obwohl er deren einzigartige Waffe nicht führte, verfügte er weiterhin über das Wissen.

Der Offizier, der Richard offensichtlich bloß für einen Narren hielt, wollte ihm die Waffe wieder abnehmen. Richard drehte das Schwert und durchbohrte den Soldaten mit einem rückwärts geführten Stoß.

Die anderen Männer gerieten nun in Bewegung. In der kühlen Morgenluft wurden Schwerter gezogen. Große Kerle lösten riesige halbmondförmige Äxte, Streitkolben oder Morgensterne von den Gürteln.

Richard war plötzlich ganz in seinem Element. Der Dunst in seinem Kopf hatte sich aufgelöst. Dass er den Teil seines Verstandes, den er sicher abgetrennt hatte, so bald heranziehen musste – nun, damit hätte er nicht gerechnet. Doch der Augenblick war gekommen, und Richard durfte nicht zögern. Dies war seine Chance.

Er wusste, wo Kahlan war, und er musste zu ihr.

Diese Männer standen ihm im Weg.

Richard fuhr herum und trennte einen Arm ab, der eine Axt schwang. Der Schrei und das spritzende Blut ließen die Umstehenden zusammenzucken. In diesem Bruchteil eines Augenblicks machte Richard seinen nächsten Zug. Er erstach einen weiteren Mann, als dieser das Schwert hob. Der Gegner starb, ehe er ganz ausgeholt hatte. Richard wich den Waffen aus, die auf ihn niedergingen.

Obwohl überall um ihn herum Metall klirrte und Männer schrien, versenkte sich Richard in eine Welt der stillen Entschlossenheit. Er beherrschte die Lage. Die Männer glaubten vielleicht, sie stünden mit einer Armee gegen ihn, aber damit saßen sie gewissermaßen einer Illusion auf. Er kämpfte nicht gegen eine Armee, sondern gegen Einzelne. Sie dachten wie eine kollektive Masse, wie ein kollektives Element, und bewegten sich wie ein großer Hundertfüßler.

Das war ein Fehler, ein Fehler, den Richard gnadenlos ausnutzte. Während sie zögerten, das Handeln anderen überließen oder auf eine Blöße warteten, fuhr Richard durch sie hindurch und mähte sie nieder. Er ließ sie mit aller Kraft zuschlagen und zustoßen, während er durch den Ansturm des Stahls schwebte. Jedes Mal, wenn er einen Hieb austeilte, landete er einen Treffer. Jedes Mal, wenn er die Waffe schwenkte, folgte ein Schnitt. Es war, als würde er sich durch dichtes Buschwerk schlagen, dessen Äste nach ihm griffen.

Stets behielt Richard dabei sein Ziel im Auge. Er strebte auf eine Öffnung in der Mauer zu. Obwohl er angriff, mit Finten täuschte und verschlungene Umwege in Kauf nahm, hielt er immer auf dieses Tor zu, auf seine Freiheit. Er musste es erreichen, und dann konnte er zu Kahlan.

Wie eine Sichel fuhr er durch Männer, die ihm den Weg verstellten, und wirbelte an anderen vorbei. Ihn trieb nicht der Drang, möglichst viele zu töten, sondern sein Ziel zu erreichen, das offene Tor.

Befehle wurden gebrüllt, Soldaten schrien vor Wut oder Schmerz, und doch herrschte Stille in Richards Kopf. Diese Ruhe nutzte er für sich. Geschwind suchte er sich seine Opfer, und genauso geschwind machte er sie nieder. Er verschwendete keine Kraft mit Ausholen, dennoch setzte er seine Hiebe treffgenau. Dann sah er einen Anführer unter den Angreifern, einen Mann, der sich geschickter bewegte und an dem sich andere Männer im Kampf orientierten. Richard machte ihn nieder. Auf dem Weg zu dem Durchgang in der Mauer schlüpfte er durch die Lücken in ihrer Verteidigung und hieb und stach zu. In seinem unbarmherzigen Vorrücken erlaubte er sich keine Unterbrechung. Er gönnte dem Feind keine Atempause, sondern brach durch ihn hindurch. Ohne Gnade erschlug er jeden. Ob der Gegner ihm nun mit Angst oder Angriffslust begegnete, Richard brachte ihn zu Fall. Die Soldaten hatten erwartet, er würde sich durch ihre schiere Zahl und durch die Wucht ihrer Schlachtrufe einschüchtern lassen; Richard ließ das kalt. Er kannte kein Erbarmen.

Schließlich erreichte er die Tür, enthauptete den Mann links davon und dann den rechts. Endlich war der Weg frei von Soldaten der Imperialen Ordnung. Richard stürmte hindurch.

Und kam abrupt zum Stehen. Dahinter stand eine Mauer aus Bogenschützen, die mit aufgelegten Pfeilen auf Richard zielten. Die Männer mit Bogen und Armbrüsten bildeten einen Halbkreis. Er saß in der Falle. Gegen Hunderte von Pfeilen, die auf ihn gerichtet waren, und noch dazu aus solch kurzer Distanz, hatte er keine Chance.

Der Kommandant erschien in der Tür. »Höchst beeindruckend. So etwas habe ich noch nie gesehen.«

Der Mann klang tatsächlich verwundert, und trotzdem war es vorbei. Richard seufzte und warf sein Schwert zu Boden.

Der Kommandant trat vor und taxierte Richard stirnrunzelnd von oben bis unten. Hinter ihm erschien Sechs in der Öffnung der Mauer; gegen den Sonnenaufgang hob sie sich als schwarze Silhouette ab.

Der Kommandant verschränkte die muskulösen Arme vor der Brust. »Kannst du Ja'La dh Jin spielen?«

Richard hätte sich in diesem Moment keine eigenartigere Frage vorstellen können. Hinter der Mauer brüllten Schwerverletzte und flehten um Hilfe.

Richard wich vor dem Kommandanten nicht zurück. »Ja, ich beherrsche das Spiel des Lebens.«

Sein Gegenüber lächelte Richard an, weil er die Übersetzung von Ja'La dh Jin aus der Sprache des Kaisers benutzt hatte.

Der Kommandant wirkte wenig betroffen angesichts der Zahl von Männern, die Richard erschlagen hatte, lächelte vor sich hin und schüttelte verwundert den Kopf. Auch Richard machte sich wegen der Toten und Verwundeten keine Vorwürfe. Sie hatten sich dieser Eroberungsarmee angeschlossen, um zu plündern, Frauen zu schänden und Menschen zu ermorden, die ihnen nichts Böses angetan hatten, Menschen, deren einzige Sünde darin bestand, nicht dem Glauben des Ordens anzuhängen und ein selbstbestimmtes Leben in Freiheit führen zu wollen.

Sechs tauchte neben dem Kommandanten auf. »Ich weiß Eure Bemühungen zu schätzen, diesen äußerst gefährlichen Mann zu ergreifen. Er ist ein verurteilter Gefangener und fällt in meine Verantwortlichkeit. Seine Bestrafung wird unter persönlicher Aufsicht der Königin stattfinden.«

Der Kommandant blickte sie an. »Er hat gerade etliche meiner Männer getötet. Jetzt ist er mein Gefangener.«

Sechs erweckte den Eindruck, als würde sie im nächsten Moment Feuer speien. »Ich erlaube nicht …«

Hunderte Pfeile gingen in die Höhe und zielten auf die Frau. Die Hexe erstarrte und verstummte und schätzte die Bedrohung ein. Wie Richard kam sie zu dem Schluss, dass sie angesichts dieser Masse von Waffen, die auf einen Wink hin abgeschossen werden konnten, keine Chance hatte.

»Der Mann ist mein Gefangener«, sagte Sechs leise, doch mit fester Stimme zum Kommandanten. »Ich wollte ihn gerade zur Königin bringen, um …«

»Jetzt ist er mein Gefangener. Geht zurück ins Schloss. Der Hof gehört dem Orden. Hier gilt nicht länger das Wort der Königin – oder Eures. Der Mann gehört mir.«

»Aber ich …«

»Ihr dürft Euch entfernen. Oder wollt Ihr unsere Vereinbarung brechen? Dann würden wir euch alle niedermetzeln.«

Sechs ließ den Blick über die Hunderte von schussbereiten Männern schweifen. »Gewiss gilt unsere Vereinbarung, Kommandant.« Sie sah den Mann aus den blassblauen Augen an. »Ich habe mich bislang daran gehalten, und das werdet auch Ihr tun.«

Er tippte sich an den Kopf und verneigte sich leicht. »Sehr wohl. Jetzt überlasst uns bitte unseren Pflichten. Wie vereinbart, dürft Ihr mitsamt Euren Untergebenen tun und lassen, was Ihr möchtet, und meine Männer werden Euch oder die Diener im Schloss nicht behelligen.«

Mit einem letzten giftsprühenden Blick auf Richard drehte sie sich um und stapfte davon. Zusammen mit dem Kommandanten und seinen Männern schaute Richard der Hexe hinterher, die durch die Öffnung ging und den blutigen Pfad zwischen den Sterbenden und Toten hindurchmarschierte, wobei sie diese keines Blickes würdigte, sondern stur auf den Eingang des Schlosses zuhielt. Die Männer ließen sie ungehindert durch.

Der Kommandant wandte sich an Richard. »Wie heißt du?«

Richard wusste, er durfte seinen wahren Namen nicht nennen, nicht einmal den, unter dem er aufgewachsen war. Denn in dem Fall würde man den in ihm erkennen, der er tatsächlich war. Hastig dachte er nach, welchen anderen Namen er benutzen könnte. Da fiel ihm ein, wie Zedd sich stets nannte, wenn er seine Identität verschweigen wollte.

»Ich heiße Ruben Rybnik.«

»Nun, Ruben, ich werde dir die Wahl lassen. Wir können dich bei lebendigem Leib häuten, dich auf einen Pfahl spießen, dir den Bauch aufschlitzen und dich zuschauen lassen, wie die Aasfresser sich streitend an deinen Eingeweiden gütlich tun.«

Richard wusste, ein solches Schicksal brauchte er nicht zu erdulden, denn er konnte einfach die Bogenschützen angreifen, die ihn sofort töten würden. Aber er wollte nicht sterben. Tot konnte er Kahlan nicht helfen.

»Diese Aussicht gefällt mir nicht. Habt Ihr nichts anderes anzubieten?«

Ein verschlagenes Lächeln breitete sich auf dem Gesicht des Kommandanten aus, ganz wie es sich für die Hälfte mit der Schuppentätowierung geziemte. »Ja, in der Tat. Weißt du, in den verschiedenen Abteilungen der Armee gibt es Ja'La-Mannschaften. Unsere setzt sich aus meinen Männern zusammen, dazu aus den Besten, die uns bislang über den Weg gelaufen sind – Männern, die der Schöpfer mit einer außergewöhnlichen Gabe gesegnet hat.

Wie du dich durch all diese Männer gehauen hast und auf die Öffnung in der Mauer zugestrebt bist, als hättest du ein klares Ziel, das hat mich beeindruckt. Du hast dein Ziel nicht aus den Augen verloren, gleichgültig, was der Gegner dir entgegengeworfen hat … nun, du bist eine geborene Sturmspitze.«

»Eine gefährliche Position, die Sturmspitze.«

Achselzuckend erwiderte der Kommandant: »Das ist das Spiel des Lebens. Im Augenblick fehlt uns eine Sturmspitze. Die bisherige starb im letzten Spiel. Während er einem Block auswich, hat er einen Wurf nicht gesehen, und der Broc traf ihn mit voller Wucht in die Rippen. Die haben ihm die Lunge durchbohrt. Er ist elend zugrunde gegangen.«

»Klingt nicht gerade verlockend.«

Die Augen des Kommandanten glitzerten drohend. »Wenn es dir lieber ist, kannst du dich für die erste Wahl entscheiden und den Aasfressern zuschauen, wie sie deine Gedärme verspeisen.«

»Würde ich Gelegenheit erhalten, gegen die Mannschaft des Kaisers zu spielen?«

»Gegen die Mannschaft des Kaisers«, wiederholte der Kommandant. Er starrte Richard kurz an, weil es ihn interessierte, warum dieser eine solche Frage stellte. »Du möchtest es wirklich wissen, wie?« Schließlich nickte er. »Alle Ja'La-Mannschaften träumen davon, gegen die Mannschaft des Kaisers anzutreten. Wenn du dich als würdig erweist und uns hilfst, Turniere zu gewinnen, ja, dann bekommst du vielleicht eines Tages die Chance, gegen die Mannschaft des Kaisers anzutreten. Wenn du so lange überlebst.«

»Also gut, dann würde ich gern beitreten.«

Der Kommandant lächelte. »Möchtest du ein Held werden?

Geht es darum? Ein bejubelter Ja'La-Spieler? Ein berühmter Spieler?«

»Vielleicht.«

Daraufhin beugte sich der Kommandant vor. »Ich glaube, du träumst von den Frauen, die dir ein Sieg bescheren würde. Von den Blicken der Schönheiten. Vom Lächeln der holden Weiblichkeit.«

Richard dachte an Kahlans betörende blaue Augen und an ihr Lächeln.

»Ja, genau das habe ich im Sinn.«

»Im Sinn?« Der Mann lachte brüllend. »Nun, Ruben, das darfst du getrost vergessen. Du bist kein Spieler, der unserer Mannschaft freiwillig beitritt. Du bist ein Gefangener, und ein gefährlicher noch dazu. Wir treffen Vorkehrungen bei Spielern deiner Sorte. Du kommst in einen Käfig und wirst auf einem Wagen befördert. Zum Spiel oder zum Üben lässt man dich heraus, aber ansonsten wirst du eingesperrt wie ein wildes Tier. Während der Übungen musst du hart schuften, damit du lernst, dich in die Mannschaft einzufügen, um ihre Stärken und Schwächen kennenzulernen, denn schließlich bist du die Sturmspitze. Und trotzdem wirst du nicht allein stehen.«

Richard hatte keine andere Wahl. »Verstehe.«

Der Kommandant holte tief Luft und hakte die Daumen in den Waffengurt. »Gut. Wenn du anständig spielst, wenn du in jedem Spiel das Beste aus dir herausholst, werde ich dir erlauben, von den Frauen, die sich zu den Spielern legen möchten, eine auszusuchen.«

»Zu den Siegern«, berichtigte Richard.

»Zu den Siegern«, bestätigte der Kommandant und hob den Zeigefinger. »Wenn du jedoch nur einen falschen Schritt machst, bist du tot.«

»Abgemacht«, erwiderte Richard. »Ihr habt eine neue Sturmspitze.«

Der Kommandant winkte die anderen Offiziere heran. Sie nahmen Haltung an.

»Lasst den Wagen bringen – den mit der Eisenkiste – für unsere neue Sturmspitze. Wie gefährlich er ist, habt ihr gewiss schon gesehen. Behandelt ihn dementsprechend. Ich möchte seine Talente gegen unsere Gegner einsetzen.«

Ein Offizier musterte Richard von Kopf bis Fuß. »Es wäre schön, öfter als nur gelegentlich zu gewinnen.«

Der Kommandant nickte und gab Befehle aus. »Postiert Wachen nahe beim Schloss und in der Stadt, genug, damit die Bewohner von Tamarang keine Schwierigkeiten machen. Danach soll das Arbeitsvolk Stützpunkte für unsere Nachschubtrosse bauen. Zunächst müsst ihr eine Stelle finden, die groß genug ist. Sucht vor der Stadt am Fluss.

Der Sommer geht zu Ende. Ehe man sichs versieht, steht der Winter vor der Tür, und die Nachschubzüge werden lang sein und häufig eintreffen. Unsere Truppen in der Neuen Welt brauchen Vorräte für den bevorstehenden Winter.

Die Stadt Tamarang wird uns liefern, was wir für den Bau brauchen. Am Fluss gibt es einen Hafen, in dem Bauholz abgeladen werden kann; es muss also eine Straße gebaut werden, dazu Unterkünfte für die Männer, die dort einquartiert werden.«

Einer der Offiziere nickte. »Die Pläne liegen schon bereit.«

Richard ging davon aus, dass der Orden die Stadt Tamarang zur Arbeit an den Speicherhäusern heranziehen würde. Das hatte er schon früher beobachtet. Es war einfacher, mit Menschen auszukommen, die dem Orden beitreten wollten, als alles zu zerstören und dann neu aufbauen zu müssen.

»Ich werde sofort wieder mit unseren Truppen und diesem Nachschubtross aufbrechen«, erklärte der Kommandant den Offizieren. »Jagang will alle Männer haben, die er für den Angriff auf das d'haranische Reich bekommen kann.«

Das Oberhaupt des d'haranischen Reiches stand leise dabei und lauschte den Plänen für den entscheidenden Angriff auf die Menschen der Neuen Welt, für das Gemetzel an jenen, die an die Freiheit glaubten, für die Schlacht, von der Richard geglaubt hatte, es würde niemals dazu kommen.

50

Rachel erwachte, als sie hörte, wie Violet durch das Schlafzimmer tappte. Durch den kleinen Schlitz in der Eisenkiste konnte sie die hohen Fenster des Zimmers sehen. Obwohl die schweren königsblauen Vorhänge zugezogen waren, erkannte sie an dem Licht, das durch einen schmalen Spalt hereinfiel, dass es gerade erst dämmerte.

Für gewöhnlich war Königin Violet nicht so früh auf den Beinen.

Rachel lauschte und versuchte zu erkennen, was Violet machte. Sie vernahm ausgiebiges Gähnen und dann Geräusche, als würde sich die Höhlenkönigin anziehen.

Rachels Beine waren von der Nacht in der Kiste steif. Sie wollte hinaus und sich recken. Allerdings wagte sie es nicht, diesen Wunsch zu äußern. Wenigstens hatten sie ihr die Zungenklemme gestern Abend nicht angelegt; manchmal hatte Violet einfach keine Lust, sich darum zu kümmern.

Plötzlich machte es mehrmals BUMS, BUMS, BUMS, und Rachel wäre vor Schreck fast das Herz stehen geblieben. Violet schlug mit dem Absatz ihres Schuhs auf den Deckel.

»Aufwachen«, sagte Violet. »Der große Tag ist da. Ein Bote hat heute Nacht eine Nachricht unter der Tür durchgeschoben. Sechs ist zurückgekehrt – einige Stunden vor Anbruch der Dämmerung.«

Die Königin pfiff beim Ankleiden. Das allein war bereits

ungewöhnlich, weil die Königin sonst ihre Dienerinnen rief, um sich an- oder auszuziehen. Rachel hatte Violet selten pfeifen gehört. Offensichtlich hatte sie gute Laune, weil Sechs zurück war.

Rachel sank der Mut, denn sie wusste, was das verhieß.

Es fiel nur wenig Licht in die Schlafkiste, und es wurde noch dunkler, als Violets Augen vor dem Schlitz erschienen. »Sie hat Richard mitgebracht. Meine Banne haben gewirkt. Heute beginnt der schlimmste Tag seines Lebens. Dafür werde ich sorgen. Heute wird er anfangen, für seine Verbrechen an mir zu zahlen.«

Violets Gesicht verschwand. Die Königin kleidete sich weiter an, pfiff wieder und zog Strümpfe und Schnürstiefel über die Füße. Kurz darauf beugte sie sich abermals zu dem Schlitz vor.

»Ich lasse dich zuschauen, wie die Männer ihn auspeitschen.« Sie legte den Kopf schief. »Was sollst du sagen?«

In der Ecke der Kiste schluckte Rachel. »Danke, Königin Violet.«

Violet richtete sich kichernd auf. »Wenn die Sonne heute Abend untergeht, wird er kein Fleisch mehr auf dem Rücken haben.« Sie trat an den Schreibtisch in der Ecke und kehrte anschließend zur Kiste zurück. Rachel hörte, wie der Schlüssel im Schloss gedreht wurde. Mit einem Klicken schnappte es auf und schlug gegen die Eisentür. Violet zog die Haspe zurück. »Und das ist erst der Anfang von dem, was ich mit ihm anstelle. Ich …«

An der Tür wurde heftig geklopft. Jemand verlangte gedämpft, eingelassen zu werden: Sechs.

»Ich komme«, rief Violet durch das Zimmer.

Rachel schob sich näher an den Schlitz heran und sah, wie Violet rasch das Schloss wieder durch die Haspe schob. Sie wollte das Schloss wieder verriegeln, als Sechs erneut an die Tür pochte.

»Schon gut, schon gut«, sagte Violet, ließ das Schloss los und rannte durchs Zimmer. Sie drückte die Klinke der schweren Tür, die sofort aufgeschoben wurde. Sechs rauschte ins Zimmer, düster und bedrohlich wie eine Gewitterwolke.

»Ihr habt ihn, nicht wahr? Habt Ihr ihn dort eingesperrt, wo ich wollte?«, fragte Violet mit vor Aufregung bebender Stimme, während Sechs die große Tür schloss. »Wir können sofort mit der Bestrafung anfangen. Ich lasse die Wachen antreten …«

»Die Armee hat ihn übernommen.«

Rachel spähte vorsichtig durch den Schlitz hinaus. Sechs stand noch an der Tür. Die Königin hatte Rachel den Rücken zugewandt. Violet trug ein weißes Satinkleid. Sie schaute zu der Hexe auf.

»Wie bitte?«

»Heute Morgen noch vor Anbruch der Dämmerung sind Truppen der Imperialen Ordnung einmarschiert. Während ich mit Euch spreche, strömen sie weiter in den Schlosshof. Zu Tausenden oder sogar Zehntausenden – vielleicht sogar zu Hunderttausenden.«

Violet wirkte verwirrt, wollte nicht glauben, was sie da hörte, und suchte nach Worten. »Aber das ist unmöglich. In Eurer Nachricht stand, er sei eingesperrt, so wie ich es angeordnet hatte, in der Zelle, in der er mich verletzt hat.«

»Er ›war‹ dort eingesperrt. Wir sind mitten in der Nacht angekommen, und ich habe ihn Euren Wünschen entsprechend eingeschlossen. Dann habe ich Euch die Nachricht geschickt, mich um einige Angelegenheiten gekümmert und auf den Morgen gewartet.

Ich hatte ihn schon abgeholt und wollte ihn gerade zu Euch bringen, als wir auf die Soldaten der Besetzer stießen. Es handelt sich um eines dieser riesigen Vorabkommandos. Sie sind nicht hier, um zu töten und zu zerstören, sondern wollen in Tamarang einen Stützpunkt für weitere Nachschubzüge aus der

Alten Welt einrichten. Sie waren offen für mein Angebot, ihnen …«

»Was ist mit Richard?«

Sechs seufzte tief. »Es war zu spät. Ich konnte nichts daran ändern. Die Soldaten kamen aus allen Richtungen. Unsere Männer hatten keine Chance, sie aufzuhalten. Die es versuchten, wurden zur Seite gefegt. Ich hielt es für das Beste, mich selbst mit den Männern des Ordens zu befassen, um die Sicherheit für Euch und Eure Dienerschaft zu gewährleisten, solange ich noch Gelegenheit dazu hatte.

Während ich mich mit dem Kommandanten unterhielt und günstige Bedingungen im Tausch gegen Hilfe bei der Einrichtung von Nachschubrouten aushandelte, hatte Richard plötzlich ein Schwert in der Hand.«

Violet stemmte die Fäuste in die Hüften. »Was meint Ihr damit, er hatte ein Schwert in der Hand?« Mit zunehmender Wut wurde ihre Stimme schriller. »Ihr habt dafür gesorgt, dass er sein Schwert nicht mehr hat.«

»Nein, es war nicht das Schwert der Wahrheit. Ein anderes, ein ganz schlichtes Schwert. Er muss es einem Soldaten abgenommen haben, als niemand auf ihn achtete. Obwohl es eine einfache Waffe war, wusste er damit umzugehen. Plötzlich brach ein Kampf aus. Richard wütete wie der entfesselte Tod. Er hat Dutzende von imperialen Soldaten getötet. Der reinste Wahnsinn. Die Männer glaubten, sie wären in ein richtiges Gefecht verwickelt. Alle stürzten sich in den Kampf, ohne zu wissen, mit wem sie es überhaupt zu tun hatten. Binnen eines Augenblicks herrschte ein Durcheinander wie im Tollhaus.

Gegen diesen Tumult konnte auch ich nichts ausrichten. Es waren zu viele Männer, es ging zu gewalttätig zu. Um die Kontrolle zu erlangen, hätte ich einige Zeit gebraucht, aber die stand mir nicht zur Verfügung. Richard schaffte es durch die Mauer …«

»Er ist geflohen! Jetzt ist er geflohen!«

»Nein. Vor der Mauer warteten Hunderte von Bogenschützen. Er saß in der Falle und wurde gefangen genommen.«

Violet seufzte erleichtert. »Gut. Einen Augenblick dachte ich …«

»Nein, nicht gut. Der Kommandant wollte ihn nicht mehr freilassen. Weil Richard so viele seiner Männer getötet hat, wollte er ihn als Gefangenen behalten. Vermutlich werden sie ihn hinrichten. Den morgigen Tag wird er kaum erleben.

Im Schloss auf dem Weg nach hier oben habe ich aus dem Fenster gesehen und beobachtet, wie sie Richard in eine eiserne Kiste auf einem Wagen gesteckt haben. Sie haben ihn mit einer Kolonne Soldaten nach Norden geschickt.«

Violet blinzelte entrüstet. »Ihr habt ihn entkommen lassen? Ihr habt meine Beute von diesen Niemanden wegschleppen lassen?«

Plötzlich herrschte Stille, und Rachel sah den düsteren Blick von Sechs. In ihrem Beisein hatte die Hexe ihre Königin noch nie so angestarrt, und ihr kam der Gedanke, dass Violet ein wenig mehr Besonnenheit gut anstehen würde.

»Ich hatte keine andere Wahl«, sagte Sechs mit eiskalter Stimme. »Hunderte von Bogenschützen haben auf mich gezielt. Deshalb konnte ich keine andere Entscheidung treffen. Mir hat es selbst nicht gefallen, ihnen Richard zu überlassen. Schließlich habe ich eine Menge Arbeit hineingesteckt.«

»Ihr hättet es verhindern sollen! Ihr habt Eure Kräfte!«

»Die reichen nicht, um …«

»Ihr dumme Vettel! Ihr törichte, dumme, nichtsnutzige, schwachköpfige Eselin! Ich habe Euch eine wichtige Aufgabe anvertraut, und Ihr habt es verdorben! Ich werde Euch dafür auspeitschen lassen! Ihr seid nicht besser als meine anderen nichtsnutzigen Berater! Damit es Euch eine Lehre ist, werde ich Euch an Richards Stelle auspeitschen lassen!«

Rachel zuckte zusammen, als sie ein Geräusch wie eine Ohrfeige hörte. Violet ging zu Boden. Sie landete auf dem Allerwertesten.

»Wie könnt Ihr es wagen?«, fauchte Violet und hielt sich die Wange. »Dafür lasse ich Euch enthaupten. Wache! Wache, schnell!«

Fast noch im gleichen Augenblick klopfte es an der Flügeltür.

Sechs öffnete. Zwei Männer mit Piken sahen zur Königin, die auf dem Boden saß, und dann der Frau an der Tür in die blassblauen Augen.

»Wenn ihr noch einmal zu klopfen wagt«, zischte Sechs, »verspeise ich eure Leber roh zum Frühstück und spüle sie mit eurem Blut hinunter.«

Die beiden Männer wurden so bleich wie Sechs. »Entschuldigt die Umstände, Herrin«, sagte der eine. »Ja, entschuldigt bitte«, meinte der andere. Sie drehten sich um und verschwanden im Gang.

Vor Wut knurrend, packte Sechs Violet am Haar und zog sie auf die Beine. Die Hexe versetzte ihr einen Schlag, auf den hin die Jüngere rückwärts zu Boden taumelte und eine Blutspur auf dem Teppich hinterließ.

»Du undankbares kleines Balg. So langsam kann ich dich wirklich nicht mehr ertragen. Ich habe mir das lange genug angesehen. Von nun an wirst du deine Zunge im Zaum halten, oder ich reiße dir heraus, was ich dir zurückgegeben habe.«

Mit den langen knochigen Fingern griff sie Violet erneut ins Haar und zog sie hoch, dann stieß sie die Königin gegen die Wand. Rachel sah Violets Arme schlaff herabhängen. Sie machte keine Anstalten, sich zu wehren, als Sechs wieder und wieder zuschlug. Blut rann Violet aus Nase und Mund und spritzte an die Wand. Auf dem weißen Satinkleid breitete sich ein roter Fleck aus.

Als die hochgewachsene Hexe die Königin losließ, sank diese zu Boden und schluchzte hilflos.

»Sei ruhig!«, brüllte Sechs, deren Wut abermals anwuchs. »Steh auf! Steh sofort auf, oder du wirst dich nie wieder erheben!«

Violet kam mühsam auf die Beine, stand schließlich vor Sechs und blickte ihr in die Augen, in denen man nicht nur Tränen, sondern auch Entsetzen sah.

Die Jüngere reckte das Kinn vor. Sie vertrieb die Angst mit ihrer Entrüstung. »Wie könnt Ihr es wagen, Eure Königin auf solche Weise zu behandeln. Ich werde …«

»Königin?«, spottete Sechs. »Du warst immer nur eine Marionette von einer Königin. Und jetzt bist du nicht einmal mehr das. Du bist nicht mehr Königin. Noch in diesem Moment wirst du abdanken.

Denn jetzt bin ich die Königin. Keine wie du, kein aufgeblasenes Dummerchen, das sich wegen seiner übertriebenen Wutanfälle für wichtig hält, sondern eine richtige Königin. Mit richtiger Macht. Königin Sechs. Verstanden?«

Als Violet trotzig zu weinen begann, versetzte Sechs ihr eine weitere Ohrfeige. Erneut spritzte Blut auf das taubenblaue Muster auf der seidigen Tapete. Abermals machte Violet keine Anstalten, den Hieb der Hexe abzuwehren.

Sechs stemmte die Hände in die rundlichen Hüften und beugte sich zu Violet vor. »Ich habe gefragt, ob du verstanden hast?«

Violet, wegen des bedrohlichen Untertons in Sechs' Stimme der Panik nahe, nickte.

»Sag es!« Sechs schlug sie wieder. »Antworte deiner Königin anständig!«

Violet schluchzte lauter, als würde ihr das den Thron retten.

»Sag es, oder ich lasse dich bei lebendigem Leib kochen und an die Schweine verfüttern.«

»Ja … Königin Sechs.«

»Sehr gut«, zischte Sechs und lächelte giftig. Sie richtete sich auf. »Nun, wozu kann ich dich also noch gebrauchen?« Sie blickte an die Decke, legte den Zeigefinger ans Kinn und dachte nach. »Soll ich dich überhaupt leben lassen? Ja, ich weiß … du wirst die Hofkünstlerin. Ein unbedeutendes Mitglied meines Stabs. Mach deine Arbeit gut, dann bleibst du am Leben. Enttäusche mich, und du wirst gekocht und an die Schweine verfüttert. Verstanden?«

Violet nickte. »Ja, Königin Sechs.«

Sechs lächelte grimmig und stolz darüber, wie schnell sie Violet gefügig gemacht hatte. Sie packte die frühere Königin am Kragen.

»Jetzt müssen wir dringend etwas erledigen. Noch können wir unser Ziel erreichen.«

»Aber wie?«, greinte Violet. »Ohne Richard …«

»Ich habe ihm die Reißzähne gezogen. Seine Gabe gehört im Augenblick mir, und er wird davon abgeschnitten bleiben. Ich werde entscheiden, wann der rechte Zeitpunkt ist, sich mit ihm zu befassen.

Was den Rest betrifft, gibt es noch einen anderen Weg, der unglücklicherweise schwieriger ist. Ursprünglich habe ich Richard benutzt, weil manches dadurch weniger kompliziert war. Außerdem hast du still und ohne Klage deine Aufgaben erfüllt, während ich dich leitete. Nun wird es aufwendiger, denn nicht nur Richard, sondern auch einige andere Personen kommen ins Spiel, und deshalb müssen wir sofort anfangen.«

»Was für ein anderer Weg?«

Sechs schenkte ihr ein gekünsteltes Lächeln. »Du wirst einige Bilder für mich malen.« Sie öffnete die Tür mit einer Hand und zog Violet mit der anderen in den Gang. »Du musst eine Frau malen. Eine Frau mit einem eisernen Halsring.«

»Welche Frau meint Ihr?«, fragte Violet mit bebender Stimme.

Rachel konnte gerade noch sehen, wie Sechs im Gang nach der Türklinke griff. »Du erinnerst dich nicht an sie. Das macht es zwar aufwendiger, aber ich werde dir Anweisungen geben, wie du die Elemente hinbekommst, die ich brauche. Allerdings hattest du nie eine so schwierige Aufgabe zu bewältigen. Ich fürchte, das stellt nicht nur deine Begabung auf die Probe, sondern auch deine Kraft und deine Ausdauer. Wenn du nicht als Schweinefutter enden willst, streng dich also an. Verstanden?«

»Ja, Königin Sechs«, antwortete Violet tränenerstickt.

Damit schlug Sechs die Schlafzimmertür hinter sich zu.

In der plötzlichen Stille hielt Rachel die Luft an und fragte sich, ob man sich an sie erinnern würde. Sie wartete, doch schließlich musste sie ausatmen. Violet hatte zurzeit andere Probleme, als sich darum zu kümmern, Rachel aus der Kiste zu lassen.

Sie befürchtete, sterben zu müssen. Würde irgendwer sie befreien? Würde Sechs zurückkehren und Rachel umbringen? Letzten Endes hatte Rachel doch nur zu Violets Unterhaltung gedient. Für Sechs gab es keinen Grund mehr, dieses Spiel weiterzuspielen.

Denn Sechs hatte nun das Regiment übernommen.

Rachel kannte die meisten Bediensteten im Schloss. Keiner von denen würde Widerspruch erheben, wenn Sechs verkündete, dass sie nun die Königin sei. Alle hatten Angst vor Violet, weil sie gern Strafen und sogar Hinrichtungen anordnete, jedoch fürchtete man sich mehr vor Sechs, die Violets Launen unterstützte. Zudem schienen die Menschen, wenn Sechs ihnen etwas befahl, nichts anderes tun zu können als das, was sie ihnen aufgetragen hatte. Wer ihr Widerstand leistete, verschwand. Die Schweine, dachte Rachel, sahen wohlgenährt aus.

Rachel erinnerte sich daran, dass Violet keine Anstalten gemacht hatte, sich zu wehren, als Sechs sie geschlagen hatte.

Rachel wusste, Sechs war eine Hexe. Hexen konnten andere einfach vergessen lassen, wie man Widerstand leistete. Man tat schlicht, was die Hexe sagte, ob man nun wollte oder nicht. Wie die beiden Wachen. Die zwei Männer hatten die Königin blutend auf dem Boden gesehen, hatten ihren Hilferuf gehört und dennoch Sechs gehorcht, nicht Violet.

51

Eine Zeit lang saß Rachel in ihrer Eisenkiste, dachte nach, machte sich Sorgen und überlegte, was nun aus ihr werden würde.

Dann kam ihr ein Gedanke.

Vorsichtig und leise, obwohl sie allein im Zimmer und die Tür geschlossen war, drückte sie sich gegen die Klappe und schob ein Auge an den Schlitz. Zunächst schaute sie sich um, weil sie fürchtete, die Hexe könne sie irgendwie beobachten. Manchmal kam die Hexe nachts … in ihre Träume. Falls Sechs plötzlich wie aus dem Nichts im Raum gestanden hätte, wäre Rachel nicht einmal besonders erschrocken gewesen. Die Bediensteten munkelten viel über die Vorgänge im Schloss, die sich seit Ankunft dieser Frau ereigneten.

Aber das Zimmer war leer. Niemand war zu sehen, und schon gar keine Gestalt in schwarzer Robe.

Rachel schaute zum Schloss der Kiste. Sie starrte eine Weile dorthin, da sie kaum fassen konnte, was sie sah.

Das Schloss hing in der Lasche, war jedoch nicht abgeschlossen.

Rachel erinnerte sich, dass Violet es gerade zudrücken wollte, als Sechs an der Tür geklopft hatte, doch in der Eile hatte die frühere Königin es wohl nicht richtig zugemacht. Wenn Rachel den Bügel aus der Lasche schieben könnte, wäre sie frei und könnte aus der Kiste.

Sechs hatte Violet in die Höhle mitgenommen. Die beiden waren fort.

Rachel versuchte, die Hand durch den Schlitz zu schieben und das Schloss zu erreichen, doch es war zu weit entfernt. Sie brauchte einen Stock oder etwas Ähnliches. In ihrer Schlafkiste fand sie nichts. Wieso sollte hier auch ein Stock herumliegen? Draußen entdeckte sie vieles, was sie hätte gebrauchen können, leider aber eben draußen.

Solange der Bügel des Schlosses in dem Ring aus Stahl steckte, konnte Rachel die Klappe nicht öffnen. Genauso gut hätte das Schloss abgeschlossen sein können.

Entmutigt und aller Hoffnung beraubt, ließ sie sich wieder auf die Decke sinken. Sie vermisste Chase. Eine Zeit lang hatte sie ein Leben wie im Traum geführt. Sie hatte eine Familie gehabt, einen wundervollen Vater, der auf sie aufpasste und ihr so vieles beibrachte.

Gedankenverloren zupfte Rachel an dem derben Faden, mit dem der Rand der Decke gesäumt war. Chase wäre sicherlich enttäuscht gewesen, wenn er hätte sehen können, wie rasch sie aufgab und den Kopf hängen ließ, aber was sollte sie tun? In der Kiste fand sie nichts, was ihr half, das Schloss zu entfernen. Sie hatte ein Kleid und ihre Stiefel. Die Stiefel passten nicht durch den Schlitz. Außerdem hatte sie ihre Decke. Alles andere hatte ihr Violet weggenommen.

Während sie zupfte, zog sie mehr vom Saum auf. Rachel betrachtete den Faden, den sie um den Finger gewickelt hatte, und plötzlich kam ihr eine Idee.

Nun zog sie weiter, löste die Stiche und riss den Faden ab. Bald hatte sie den gesamten Saum gelöst und ein langes Stück Faden in der Hand. Den nahm sie doppelt und verzwirbelte ihn, bis er stärker wurde. Das wiederholte sie mehrmals und hatte eine steife Kordel. An das eine Ende machte sie eine Schlaufe und hockte sich wieder vor den Schlitz.

Sorgfältig schob sie die Kordel hinaus und versuchte sie über den Bügel zu bringen, um das Schloss aus der Lasche zu ziehen. Das war leichter gesagt als getan. Die Kordel war nicht schwer genug, um richtig zu zielen. Rachel probierte es auf mehrere Weisen aus, doch stets verfehlte sie das Schloss knapp. Die Schlaufe wollte sich einfach nicht über den Bügel ziehen lassen. Die Kordel war auch zu leicht, um sie zu werfen, doch gleichzeitig zu steif, sodass sie nie dort landete, wo Rachel es wollte.

Trotzdem gelang es ihr irgendwann, die Schlaufe über das Schloss zu stülpen. Allerdings lag sie nun so, dass sie den Bügel nicht aus der Lasche ziehen konnte.

Sie holte die Kordel wieder ein und feuchtete sie mit Spucke an. Die nasse Kordel war ein wenig schwerer, und nun konnte Rachel genauer zielen. Langsam begann ihre Hand zu schmerzen, da sie diese verdrehen musste, um mit der Kordel zu hantieren. Inzwischen schien sie sich den ganzen Morgen damit beschäftigt zu haben. Der verzwirbelte Faden wurde wieder trocken.

Erneut machte Rachel ihn im Mund nass. Wieder hockte sie vor dem Schlitz und unternahm den nächsten Versuch. Beim ersten Mal landete er über dem Schloss. Die Schlaufe befand sich nun direkt am Ende des Bügels.

Rachel erstarrte. So nah war sie ihrem Ziel bislang nie gekommen. Es war schwierig, die Hand durch den Schlitz zu stecken und trotzdem durch die verbliebene Lücke noch genug zu sehen. Jedoch konnte sie erkennen, dass sie, wenn sie nun zog, das Schloss nicht aus der Lasche bewegen würde.

Jetzt klebte die nasse Kordel an dem Bügel. Rachel hatte eine Idee. Vorsichtig drehte sie die Kordel zwischen Daumen und Zeigefinger. Da die Schnur am Metall klebte, rollte sie herum, bis die Schlaufe über das Ende fiel. Rachel blinzelte und schaute genau hin. Offensichtlich war die Kordel nun da, wo sie sein sollte. Rachel wagte sich kaum zu rühren, aus Angst, einen

Fehler zu machen und diese einmalige Gelegenheit nicht zum Erfolg zu bringen, weil sie möglicherweise nicht ausreichend nachgedacht hatte.

Chase hatte ihr stets gesagt, sie solle ihren Kopf gebrauchen – ihren Verstand, nannte er es – und dann aufgrund dieses Urteils handeln.

So wie es aussah, befand sich die Schlaufe nun also an der richtigen Stelle. Sobald sie zog, müsste die Kordel sich am Bügel verhaken. Rachels Herz klopfte. Plötzlich fiel ihr auf, dass sie schnaufte.

Sie hielt den Atem an und zog mit aller Vorsicht an der Kordel. Das flache Ende des Metalls blieb hängen. Wenn sie zu stark zerrte, würde die Schnur abrutschen.

Sie senkte die Finger und änderte den Winkel ein wenig, damit die Schlaufe über den Bügel ginge und nicht von ihm abglitt.

Die Kordel wurde stramm und bewegte sich in die richtige Richtung! Rachel mochte es kaum glauben. Gleichmäßig zog sie nach oben und den Bügel so durch die Lasche. Als dieser fast aus dem Metallring war, verfing sich das gekerbte Ende des Bügels in der Lasche. Rachel zerrte etwas stärker, nur ein bisschen, doch dadurch drehte sich das Schloss nun und ging nicht weiter nach oben. Sie fürchtete, zu stark zu ziehen. Dann würde die Kordel möglicherweise reißen.

Sie hatte den Faden mehrfach verzwirbelt und ihn für dick genug gehalten. Die Frage war, ob es wirklich reichte, wenn sie kräftig zog. Also ließ sie ein wenig los, wodurch das Schloss ein wenig herunterkam, zog rasch wieder nach und versuchte, den Bügel durch den Ring zu rütteln.

Plötzlich glitt das Schloss aus der Lasche und fiel. Es baumelte an der Kordel und schwang an Rachels Hand hin und her.

Rachel drückte, und knarrend öffnete sich die Klappe. Mit den Händen wischte sie sich die Tränen von den Wangen, die ihr vor Erleichterung kamen. Sie hatte sich befreit. Wenn Chase nur hätte sehen können, was sie geschafft hatte.

Nun musste sie aus dem Schloss fliehen, ehe Violet oder Sechs zurückkehrten. Rachel wusste nicht, ob Violet bemerkt hatte, dass sie das Schloss nicht richtig zugemacht hatte. Falls ihr das einfiel und sie es Sechs gegenüber erwähnte, würden sie bestimmt kommen.

Also eilte sie zu der großen Tür, dann aber fiel ihr noch etwas ein. Sie drehte um, lief zum Schreibtisch in der Ecke und zog den Deckel in die Position, in der Violet immer darauf schrieb, wenn sie notierte, wer bestraft und wer hingerichtet werden sollte. Im Anschluss ergriff sie den goldenen Knauf der mittleren Schublade und zog sie heraus. Sie stellte sie zur Seite, langte mit der Hand in die Öffnung und tastete herum. Schließlich fühlte sie etwas Metallisches.

Das holte sie heraus. Es war der Schlüssel. Violet hatte ihn noch nicht herausgenommen. Er befand sich noch dort, wo er des Nachts aufbewahrt wurde.

Erleichtert ließ Rachel den Schlüssel in einen ihrer Stiefel rutschen, schob die Schublade an ihren Platz und schloss den Deckel des Pultes.

An der Schlafkiste blieb sie stehen, machte die Klappe zu und steckte das Schloss durch die Lasche. Sie drückte das Schloss zu und zog einmal daran, um sich zu vergewissern, ob es wirklich geschlossen war – etwas, das Violet vergessen hatte. Wenn nun jemand ins Zimmer käme, würde er vermuten, dass Rachel noch in der Kiste saß. Mit ein bisschen Glück würden Sechs oder Violet nicht einmal nachschauen, und Rachel wäre längst über alle Berge, wenn ihre Flucht entdeckt wurde.

Sie rannte zu der Flügeltür, öffnete diese einen Spalt und spähte hinaus. Im Gang sah sie niemanden. Sie schlüpfte hinaus und schloss die Tür leise hinter sich.

Nachdem sie sich umgeschaut hatte, machte sie sich zur

Treppe auf und lief dann, so schnell sie konnte. Im nächsten Stockwerk betrat sie einen holzgetäfelten Gang ohne Fenster und eilte zu dem Raum, der abgeschlossen sein würde. Die Spiegellampen brannten noch. Sie wurden die ganze Nacht nicht gelöscht, falls die Königin in ihr Juwelenzimmer gehen wollte. Während sie durch den Gang eilte, hüpfte sie auf einem Bein, um den Schlüssel aus dem Stiefel zu holen.

An der betreffenden Tür blickte Rachel über die Schulter. In einiger Entfernung sah sie einen Mann, der den Gang entlangging. Einer von den Dienern. Rachel kannte ihn vom Sehen, wusste jedoch seinen Namen nicht.

»Herrin Rachel?«, fragte er stirnrunzelnd, als er sie erreichte.

Rachel nickte. »Ja, was gibt es?«

»Genau.« Er sah zur Tür. »Was gibt es?«

Chase hatte ihr beigebracht, Menschen, die unangenehme Fragen stellten, durch geschicktes Kontern selbst in Bedrängnis zu bringen. Auch hatte er ihr gezeigt, wie man einen Verdacht entkräftete, indem man dem anderen das Gefühl vermittelte, er führe selbst Ungutes im Schilde. Das hatten sie oft im Spiel geübt. Diesmal war es jedoch todernst.

Sie setzte ihre grimmigste Miene auf. Chase hatte ihr auch das gezeigt. Er hatte ihr gesagt, sie solle sich einfach vorstellen, ein Junge wolle sie küssen.

»Wie sieht es denn aus?«

Der Mann zog eine Augenbraue hoch. »Es sieht aus, als würdest du ins Juwelenzimmer der Königin gehen.«

»Willst du mir die Juwelen der Königin stehlen, die ich für sie holen soll? Hast du deshalb an der Ecke gelauert und gewartet, bis jemand ins Juwelenzimmer geschickt wird? Damit du sie rauben kannst?«

»Lauern – rauben – selbstverständlich nicht. Ich wollte nur wissen …«

»Du wolltest etwas wissen?« Rachel stemmte die Hände in die Hüften. »*Du* wolltest etwas wissen? Bist *du* der Wächter über die Juwelen? Warum gehst *du* nicht zu Königin Violet und fragst sie, was *du* wissen wolltest? Bestimmt wird sie nichts dagegen haben, wenn ein Diener sie ausfragt. Wahrscheinlich lässt sie dich bloß auspeitschen und köpfen.

Ich habe etwas für sie zu erledigen und soll etwas holen. Brauche ich vielleicht Wachen, die mich und die Juwelen der Königin beschützen?«

»Wachen? Natürlich nicht ...«

»Was geht *dich* das also an?« Sie blickte erst in die eine und dann in die andere Richtung, sah jedoch niemanden. »Wache!«, rief sie, aber nicht zu laut. »Wache! Hier will jemand die Juwelen der Königin rauben!«

Der Mann geriet in Panik, wollte sie beschwichtigen, lief jedoch dann einfach davon. Er schaute sich nicht einmal mehr um. Rachel schloss rasch auf, blickte nochmals in den Gang und schlüpfte hinein. Sie glaubte zwar, niemand habe sie gehört, aber sie wollte sich auch nicht länger hier aufhalten als notwendig.

Der auf Hochglanz polierten Wand mit den kleinen Holzschubladen widmete sie keinen Blick. Dutzende und Aberdutzende dieser Schubladen waren mit Halsketten, Armreifen, Broschen, Diademen und Ringen gefüllt. Rachel ging stattdessen zu dem hübschen weißen Marmorpostament in der anderen Ecke des Juwelenzimmers. Darauf hatte einst Königin Milenas liebstes Kleinod gestanden, das edelsteinbesetzte Kästchen, das sie bei jeder Gelegenheit bewundert hatte.

Jetzt stand an dessen Stelle ein Kästchen, das aussah, als wäre es aus den düstersten Gedanken des Hüters erschaffen. Es war so schwarz, dass selbst dieser Raum voller Juwelen in Gegenwart dieses Gegenstandes von so monumentaler Bedrohlichkeit unbedeutend wirkte.

Rachel hatte schon Königin Milenas juwelenbesetztes Kästchen nie gern berührt. So scheute sie sich umso mehr, dieses in die Hand zu nehmen.

Dennoch musste es sein.

Rachel wusste, Eile war geboten, wenn sie ihre Fluchtchance nicht verspielen wollte. Sie hatte keine Ahnung, wann Violet sich daran erinnern würde, dass sie die Schlafkiste nicht abgeschlossen hatte. Vielleicht würde sie es Sechs erzählen – oder Sechs würde einfach ihre Gedanken lesen. Rachel war überzeugt, dass Sechs diese Fähigkeit besaß. Wenn sie erfuhr, dass Rachel nicht eingeschlossen wäre, würden sie zurückkommen.

Rachel nahm das schwarze Kästchen von dem weißen Marmorpostament und stopfte es in den Lederbeutel, der an der Wand hing. Es war der gleiche Beutel, in dem Samuel Sechs das Kästchen gebracht hatte.

Auf dem Weg zur Tür blieb Rachel vor dem hohen holzgerahmten Spiegel stehen. Sie mochte sich gar nicht anschauen, vor allem nicht ihr Haar, das Violet schrecklich geschnitten hatte. Als sie damals im Schloss gelebt hatte und noch Prinzessin Violets Spielgefährtin war, hatte man Rachel nicht erlaubt, sich das Haar wachsen zu lassen, denn sie war doch nur ein Niemand. Sobald man Rachel Violet zurückgebracht hatte, holte ihre Herrin sofort eine große Schere und schnitt Rachel das lange blonde Haar ab. Jetzt konnte sich Rachel zum ersten Mal richtig anschauen.

Sie wischte sich Tränen von den Wangen.

Chase hatte ihr damals gesagt, dass sie sich das Haar wachsen lassen müsse, wenn sie seine Tochter sein wolle. Und gewachsen war es, lang und üppig während der vergangenen zwei Jahre, und damit hatte sich Rachel richtig als seine Tochter gefühlt. Jetzt war das Haar wieder kurz, und trotzdem sah sie nicht mehr so aus wie beim letzten Mal, als sie in diesem Zimmer gestanden und Zauberer Giller geholfen hatte, das juwelenbesetzte Kästchen der Ordnung zu stehlen. Ihre Gesichtszüge hatten sich verändert, wirkten weniger kindlich, weniger … niedlich. Sie kam jetzt in das schlaksige Alter, wie Chase es nannte, ehe sie zu der weiblichen Schönheit erblühen würde, die sie eines Tages zu werden versprach. Dieser Tag schien jedoch noch in unvorstellbarer Ferne zu liegen. Außerdem würde ihr ohne Chase niemand beim Großwerden zuschauen.

Aber Chase war tot, und ihr hatte man wieder das Haar geschnitten. Violet hatte es nicht nur gekürzt, sondern regelrecht verstümmelt, hatte hier eine Strähne oder eine Locke stehen lassen und dort bis auf die Haut geschoren. Rachel sah aus wie ein räudiger Hund auf dem Misthaufen. Doch Rachel entdeckte auch etwas anderes in dem Spiegel: die Frau, die sie eines Tages sein würde, die Frau, die Chase ihr prophezeit hatte.

Was würde Chase denken, wenn er sie nun mit diesem Stoppelhaar sehen würde?

Rachel verdrängte den Gedanken und schwang sich den Lederbeutel über die Schulter. Sie öffnete die Tür einen Spalt, spähte in den Gang, zog die Tür weiter auf und blickte in die andere Richtung. Alles leer. Sie eilte hinaus und verschloss die Tür hinter sich.

An die Gänge und Flure im Schloss erinnerte sie sich ebenso gut wie an Chase' Lächeln, zu dem sie ihn stets bringen konnte, selbst wenn er ernst bleiben wollte. Das hatte ihr am besten gefallen, wenn er lachte, obwohl er sie eigentlich böse angucken wollte.

Sie nahm die Dienstbotentreppe, denn dort würde sie den wenigsten Wachen begegnen. Die hielten sich überwiegend in den Hauptgängen auf. Jedermann ging seiner Arbeit nach. Bisher hatte niemand erfahren, dass es eine neue Königin gab.

Waschfrauen trugen ihre Bündel, tratschten und schauten Rachel kaum an. Männer mit Vorräten zollten ihr keinerlei

Aufmerksamkeit. Rachel vermied es, ihnen in die Augen zu sehen, damit keiner eine Frage stellte.

Schließlich erreichte sie die Tür, die zu einem Seitengang des Schlosses führte. Sie bog um die Ecke und stand geradewegs vor zwei Wachen. Die trugen rote Wappenröcke über dem Kettenhemd und Piken mit blanken Spitzen. Am Gürtel eines jeden hing ein Schwert.

Rachel erkannte sofort, dass die zwei sie nicht durchlassen würden, ohne erfahren zu wollen, was sie hier zu tun und welches Ziel sie hatte.

»Ihr müsst fort von hier!«, rief Rachel ihnen entgegen. »Schnell!« Sie drehte sich um und zeigte nach hinten. »Die Soldaten der Imperialen Ordnung dringen in das Schloss ein – dort hinten!«

Einer der beiden stützte sich auf seine Pike. »Von denen haben wir nichts zu befürchten. Die sind unsere Verbündeten.«

»Sie wollen die Wachen der Königin enthaupten! Ich habe gehört, wie der Kommandant den Befehl gegeben hat! Enthauptet sie alle, hat er gesagt! Die Soldaten haben ihre großen Streitäxte gezückt. Ihnen wurde versprochen, sie dürften das Eigentum der Männer behalten, die sie enthaupten. Schnell! Sie kommen! Rettet euch!«

Beiden stand der Mund offen.

»Dort entlang!«, schrie Rachel und zeigte auf die Dienstbotentreppe. »Da werden sie nicht nachschauen. Schnell! Ich warne die anderen!«

Die Männer nickten ihr dankbar zu und rannten auf die Tür zur Dienstbotentreppe zu. Nachdem sie verschwunden waren, lief auch Rachel los, erreichte rasch die Tür und – hatte das Schloss verlassen. Sie schlug den Weg ein, den die Bediensteten benutzten, wenn sie Besorgungen in der Stadt zu erledigen hatten. Überall patrouillierten stämmige Soldaten, furchterregende Männer, doch sie schienen an den Dienern kein Interesse zu haben, also gesellte sich Rachel zu einigen Zimmerleuten und ging neben ihrem großen Karren. Das Gesicht verbarg sie hinter der Ladung, die aus Brettern bestand.

Die Soldaten widmeten den Dienstboten, die ihrer Arbeit nachgingen, nur wenig Aufmerksamkeit, meistens begafften sie nur die hübscheren Frauen. Rachel hielt den Kopf gesenkt. Bei ihrem schlecht geschorenen Haar sah sie aus wie ein Niemand, und keiner der Soldaten hielt sie an.

Hinter der großen Steinmauer begleitete sie die Zimmerleute weiter, bis sie durch ein Wäldchen kamen. Rachel blickte über die Schulter und sah, dass keiner der Soldaten in ihre Richtung schaute.

Schnell wie eine Katze verschwand Rachel zwischen den Bäumen. Zwischen den Balsamtannen und Kiefern begann sie zu laufen. Sie suchte sich Wildwechsel durch das Dickicht und bewegte sich in westliche und nördliche Richtung. Sobald sie zu laufen angefangen hatte, erfasste sie Panik und trieb ihre Beine zu größter Eile an. Rachel konnte nur noch an Flucht denken. Dies war ihre Chance. Sie musste sich beeilen.

Wenn die Soldaten der Imperialen Ordnung sie hier draußen erwischten, würde sie in arge Schwierigkeiten geraten. Zwar war sie sich nicht sicher, was mit ihr geschehen würde, aber eine ungefähre Vorstellung hatte sie schon. Chase hatte ihr in einer dunklen Nacht am Lagerfeuer erzählt, was solche Männer mit ihr anstellen würden.

Er hatte ihr gesagt, sie solle solchen Kerlen nicht in die Fänge geraten. Falls es ihr jedoch trotzdem passieren würde, solle sie mit allem kämpfen, was ihr zur Verfügung stand. Chase hatte betont, er wolle ihr keine Angst machen, sondern er sei nur um ihre Sicherheit besorgt. Trotzdem weinte sie und fühlte sich erst besser, als er schützend den starken Arm um sie legte.

Ihr fiel auf, dass sie nichts hatte, mit dem sie sich verteidigen konnte. Die Messer hatte man ihr weggenommen. Wäre sie doch klüger gewesen und hätte in Violets Zimmer nach ihnen gesucht! Doch sie war so sehr darauf erpicht gewesen, das Schloss zu verlassen, dass sie überhaupt nicht daran gedacht hatte. Zumindest hätte sie sich in der Küche ein Messer besorgen können. Allerdings war sie in ihrer Freude über das gelungene Kunststück mit der Kordel losgezogen, ohne auch nur einmal an eine Waffe zu denken. Chase wäre vermutlich wütend genug, um wieder zum Leben zu erwachen und sie für ihre Gedankenlosigkeit zu schelten. Ihr Gesicht glühte vor Scham.

Abrupt blieb sie stehen, als sie einen dicken Ast auf dem Boden liegen sah. Den hob sie auf und prüfte die Härte. Er schien geeignet zu sein. Sie schlug damit gegen eine Tanne, und er gab einen dumpfen Knall von sich. Der Ast war zwar ein wenig zu schwer, um ihn bequem tragen zu können, doch immerhin hatte sie jetzt eine Waffe.

Sie trabte weiter, wenn auch ein wenig langsamer, denn sie wollte so viel Abstand wie möglich zwischen sich und das Schloss bringen. Wann man ihr Verschwinden bemerken würde, wusste sie nicht, und auch nicht, ob Sechs eine Möglichkeit hatte, ihrer Spur zu folgen. Rachel fragte sich, ob Sechs vielleicht dazu fähig war, in eine Schale mit Wasser zu blicken und Rachel aufzuspüren. Daraufhin lief sie wieder schneller.

Am frühen Nachmittag stieß sie auf einen größeren Weg. Er schien ungefähr in Richtung Norden zu führen. Aydindril lag, wie sie wusste, irgendwo im Norden. Ob sie einen Ort in so weiter Ferne finden würde, war die Frage, doch ein anderes Ziel wollte ihr nicht einfallen. Wenn sie zur Burg zurückkehren könnte, würde Zedd ihr helfen.

Vollkommen in ihre Gedanken versunken, bemerkte sie den Mann nicht, ehe sie beinahe mit ihm zusammenprallte. Sie blickte auf und sah einen Soldaten der Imperialen Ordnung.

»Na, na, was haben wir denn da?«

Als er nach ihr greifen wollte, schwang Rachel ihren Stock

mit aller Kraft und schlug dem Kerl vors Knie. Er schrie auf, ging zu Boden, umklammerte sein Knie und verfluchte sie.

Rachel stürmte los. Sie schlug wieder die Wildwechsel ein, weil sie kleiner war und dort schneller vorankam als große Männer. Plötzlich klang es, als wäre ein Dutzend Soldaten hinter ihr her. Sie brachen laut durch das Buschwerk. Den Mann, dem sie vors Knie geschlagen hatte, hörte sie ganz weit hinten fluchen und seine Kameraden auffordern, Rachel zu fangen.

Außer Atem und nahezu entkräftet erreichte sie eine Lichtung, auf der ihr weitere Männer den Weg versperrten. Alle liefen auf sie zu.

Rachel schlug einen Haken und rannte weiter. Überall schienen Soldaten zu sein. Sie geriet in Panik, weil sie keine Ahnung hatte, wie sie ihnen entkommen sollte.

Dann hörte sie einen Mann stürzen. Sie schaute sich nicht um, rannte einfach weiter. Sie hörte einen zweiten fallen und kurz schreien, bevor er verstummte. Rachel fragte sich, ob sie vielleicht in Löchern stecken geblieben waren oder sich mit den Füßen in niedrigen Schlingpflanzen verfangen hatten.

Ein weiterer Mann stieß ein Grunzen aus. Diesmal blieb Rachel stehen und wandte sich kurz um. Der Mann war weder gestolpert noch hatte er sich den Knöchel verdreht. Diesen Laut hatte er im Sterben von sich gegeben. Rachel starrte mit großen Augen zurück. Wieder schrie ein Soldat, als würde er bei lebendigem Leib gehäutet.

Was mochte dies für ein Wald sein und welche Ungeheuer waren darin unterwegs?

Sie wandte sich nach vorn und lief los. Wenn die Männer sie erwischten, hatte sie keine Chance. Obwohl sie nicht wusste, was da hinten vor sich ging, musste sie den Soldaten entkommen, denn die würden ihr glatt die Kehle durchschneiden, weil sie ihnen diese Schwierigkeiten bereitet hatte.

Plötzlich sprangen drei Männer mit wütendem Gebrüll aus

dem Unterholz. Rachel stieß einen Schrei aus und rannte aus Leibeskräften, von Angst getrieben. Die Männer hatten jedoch längere Beine und holten rasch auf.

Einer blieb unvermittelt stehen. Rachel blickte über die Schulter und sah, wie der Mann den Rücken wie vor Schmerzen krümmte. Dann entdeckte sie, dass ein fußlanges Stück Stahl aus seiner Brust ragte. Die anderen beiden wandten sich dem unerwarteten Angreifer zu.

Als der durchbohrte Soldat zu Boden ging, sah Rachel, wer hinter ihm stand. Ihr fiel die Kinnlade herunter.

Chase! Leibhaftig und in voller Lebensgröße.

Das konnte sie nicht begreifen.

Die beiden Männer griffen ihn an. Chase kämpfte mit raschen, kraftvollen Hieben gegen sie und erledigte sie, als würde er Ungeziefer verscheuchen. Doch nun strömten weitere Soldaten der Imperialen Ordnung aus dem Wald heran. Mindestens ein halbes Dutzend der großen Kerle griffen den noch größeren Grenzer an.

Rachel rannte zurück, während Chase gegen alle Männer auf einmal kämpfte. Er tötete einen, doch auf der anderen Seite nutzte der nächste die Blöße und ging auf Chase los. Rachel schlug ihm ihren Prügel von hinten in die Knie. Seine Beine knickten ein. Chase fuhr herum, durchbohrte den Kerl und wandte sich dem erbitterten Angriff der übrigen Männer zu, die, vor Anstrengung grunzend, den Hünen niederzumachen versuchten. Sie fletschten die Zähne und knurrten und versuchten Chase' Arme zu packen, damit ihn einer erstechen konnte. Rachel schlug mit aller Kraft auf sie ein, jedoch ohne Erfolg.

Von einem der Toten holte sich Rachel ein Messer und stach auf die Beine eines Mannes ein, der Chase von hinten angriff. Der Kerl schrie auf und drehte sich um. Chase erledigte ihn im nächsten Moment.

Plötzlich herrschte, abgesehen von Rachels und Chase' Keuchen, Stille. Alle Männer waren tot.

Sie stand da und starrte Chase an. Immer noch mochte sie ihren Augen nicht trauen. Sie fürchtete, er würde wieder verschwinden wie ein Phantom.

Er blickte sie an, und dann breitete sich dieses wundervolle Lächeln auf seinem Gesicht aus.

»Chase, was machst du hier?«

»Ich wollte nur mal schauen, ob es dir gut geht.«

»Gut geht? Ich wurde im Schloss gefangen gehalten. Dich habe ich für tot gehalten. Ich musste mich selbst retten. Wo hast du so lange gesteckt?«

Er zuckte mit den Schultern. »Ich wollte dir nicht den Spaß verderben. Außerdem hast du es doch allein geschafft.«

»Also«, sagte sie ein wenig verblüfft, »ich hätte schon Hilfe gebrauchen können.«

»Tatsächlich?« Ihre Klage schien ihn wenig zu bedrücken. »Du scheinst doch alles hinbekommen zu haben.«

»Du hast ja keine Ahnung. Es war schrecklich. Sie haben mich wieder in die Kiste gesperrt und meine Zunge festgeklemmt, damit ich nicht sprechen konnte.«

Chase sah sie von der Seite an. »Wahrscheinlich hast du dieses Zungenschloss nicht mitgebracht, oder? Hört sich wie ein ganz nützliches Gerät an.«

Rachel grinste und umschlang ihn in Bauchhöhe. Als sie ihn kennengelernt hatte, musste sie noch seine Beine umarmen, weil sie nicht höher langen konnte. Sie genoss den Trost, seine große Hand auf dem Rücken zu spüren. Endlich schien die Welt wieder im Lot zu sein.

»Ich dachte, du wärest tot«, sagte sie und fing an zu weinen.

Er zerzauste ihr das abgeschnittene Haar. »Das würde ich dir niemals antun, Kleines. Ich habe doch versprochen, auf dich aufzupassen, und das habe ich ernst gemeint.«

»Ich schätze, dann muss ich jetzt wieder deine Tochter sein.«

»Denke ich auch. Obwohl dein Haar wirklich hässlich ist. Lass es dir wieder wachsen, wenn du bei mir bleiben willst. So wirst du es jedenfalls nicht mehr schneiden, wenn du meine Tochter sein möchtest. Das habe ich dir schon mal gesagt.«

Rachel grinste trotz der Tränen.

Chase lebte!

52

Dicht gefolgt von Cara, trat Nicci durch die große messingbeschlagene Tür, in die über und über kunstvolle Symbole graviert waren. Blitze zuckten vor dem Dutzend halbrunder Fenster zwischen den hohen Mahagonisäulen und erhellten die Regalreihen in dem riesigen Saal. Es war ihnen lediglich gelungen, die schlimmsten Schäden der zwei Stockwerke hohen Fenster zu reparieren – was hoffentlich genügte, um den Raum wieder als Eindämmungsfeld benutzen zu können. An manchen Stellen wurden die dunkelgrünen schweren Vorhänge mit den Goldfransen nass, wenn stärkere Windböen durch die gebliebenen Löcher den Regen hereinwehten.

Als Nicci sah, was über dem großen Tisch in der Mitte schwebte, dort, wo sie selbst auch geschwebt hatte, hoffte sie, ein wenig Regen sei alles, was durch die fehlenden Fensterscheiben hereinkäme.

Zedd kam ihr entgegen und legte ihr die Hand auf die Schulter. Die Verzweiflung war ihm von den Augen abzulesen.

»Habt Ihr ihn gefunden? Er lebt, nicht wahr?«

Nicci holte tief Luft. »Zedd, er hat den Zwischenfall in der Sliph überlebt. Zumindest das habe ich herausgefunden.«

Die Sliph hatte es ihnen erzählt. Rikka war dort gewesen und hatte den Schacht bewacht, als die Sliph unerwartet zurückgekehrt war. Alle wurden davon überrascht, und vor allem davon, dass sie ihnen erzählte, was geschehen war.

Das silberne Geschöpf war ganz versessen darauf, ihnen zu berichten, was mit Richard geschehen war, jedenfalls bis zu einem bestimmten Punkt. Dabei wollte sie gar nicht unbedingt loswerden, wo sie mit einem ihrer Reisenden gewesen war, sondern Richard, ihr Meister, hatte ihr aufgetragen, ihnen mitzuteilen, wohin er aufgebrochen war und dass er sich in Sicherheit befand. Seine Bitte erfüllte sie nur zu gern.

Unglücklicherweise war die Sliph vom Wesen her verschwiegen, und deshalb war es nicht möglich, weitere Antworten aus ihr hervorzulocken. Zedd hatte gesagt, die Sliph sei nicht böse; sie konnte einfach nicht anders handeln, weil man sie so erschaffen hatte. So war sie eben. Sie würden sich also, meinte er, mit dem, was die Sliph berichtete, zufriedengeben und ihr Bestes tun müssen, um so viel wie möglich von ihr zu erfahren.

Zedd hatte auch Spuren von Hexenmagie an der Sliph entdeckt. Sie waren einigermaßen sicher, dass diese Reste von Sechs stammten. Allerdings waren sie weniger sicher, was sie vorhatte, aber zumindest wussten sie von der Sliph, dass Richard irgendwie ihren Fängen entgangen war.

»Bloß wo ist er? Hat euch die Sliph dort hingebracht, wo sie ihn abgesetzt hat?«

»Ja.« Nicci blickte die Mord-Sith an und legte Zedd die Hand auf die Schulter. »Nachdem wir zu dem Ort kamen, wo sie ihn hingebracht hatte, erzählte sie uns, wohin er aufgebrochen war: zum Land der Irrlichter. Wir mussten noch ein ganzes Stück wandern, bis wir dort waren.«

Zedd starrte sie erstaunt an. »Zu den Irrlichtern?«

»Ja. Aber Richard war nicht da.«

»Wenigstens lebt er. Es klingt, als habe er aus eigenem Willen gehandelt und nicht unter Einfluss der Hexe«, sagte Zedd und hörte sich erleichtert an. »Was haben sie gesagt? Was konntet ihr von den Irrlichtern erfahren?«

Nicci seufzte tief. »Ich wünschte, Ihr könntet selbst hinreisen, Zedd. Vielleicht hätten sie Euch mehr erzählt als uns. Sie wollten uns nicht einmal weiter vorlassen, nachdem wir diesen seltsamen toten Wald durchquert hatten.«

»Einen toten Wald?«

Nicci hob die Hände. »Ich kann es mir nicht erklären, Zedd. Ich bin kein Fachmann für Landschaften. Da gab es dieses riesige Gebiet mit Eichen, die alle abgestorben waren …«

Zedd blickte zur Seite und kratzte sich an der Augenbraue. »Hmm. Gab es Knochen unter diesen Eichen?«

»Ja, genau«, sagte Cara und nickte. »Überall lagen Knochen verstreut.«

»Verdammt«, murmelte Zedd in sich hinein.

»Wie?«, fragte Nicci. »Was ist denn?«

Zedd blickte auf. »Aber ihr habt mit den Irrlichtern gesprochen?«

Nicci nickte. »Mit einem gewissen Tam.«

Zedd rieb sich das Kinn und starrte gedankenverloren ins Leere. »Tam … den kenne ich nicht.«

»Und da war noch eine, Jass«, fügte Nicci hinzu.

Zedd verzog den Mund, während er nachdachte. »Ich fürchte, von der habe ich auch noch nie gehört.«

»Jass hat erzählt, Richard habe nach einer Frau gesucht, welche die Irrlichter eigentlich kennen sollten.«

»Das dürfte Kahlan sein«, meinte Zedd und nickte wissend.

»Das haben wir uns auch gedacht«, sagte Cara.

»Nur, warum sollte er bei den Irrlichtern nach ihr suchen?« Die Frage schien er eher an sich selbst als an Nicci zu richten, doch sie antwortete trotzdem.

»Die Sliph wollte uns dazu nichts verraten, nur, wohin sie ihn gebracht hatte. Offensichtlich hat sich Richard nicht klar geäußert, was sie uns erzählen darf. Sie wollte sich an ihre Anweisungen halten. Wie Ihr schon gesagt habt, das ist eben ihr Wesen.

Die Irrlichter wollten uns auch nicht darüber aufklären, weshalb er bei ihnen war. Sie sagten, seine Gründe müssten andere nicht unbedingt erfahren. Zudem dürften sie solche Dinge nicht in seinem Namen preisgeben.«

»Andere nicht erfahren – aber, aber …« Sein Satz endete in aufgeregtem Stottern. Er blickte die beiden Frauen an. »Haben sie euch überhaupt etwas darüber erzählt, was er bei ihnen gemacht hat? Irgendetwas? Wir müssen wissen, warum er zu den Irrlichtern gegangen ist. Er war unterwegs hierher, dann wurde er während der Reise seiner Gabe beraubt – darin war vermutlich Sechs verwickelt –, und anschließend ist er zu den Irrlichtern aufgebrochen. Warum? Was haben sie ihm gesagt? Was ist geschehen, als er dort war?«

»Tut mir leid, Zedd«, sagte Nicci. »Wir konnten nicht sehr viel herausfinden. Die Sliph hat uns ein wenig erzählt – von dem, was Richard zugestoßen ist, wohin sie ihn gebracht hat und dass er zu den Irrlichtern ging –, aber sie wusste entweder nicht mehr oder wollte uns den Rest aus irgendeinem Grunde nicht verraten. Richard ist nicht zur Sliph zurückgekehrt, aber das ergibt durchaus Sinn, weil er nicht mehr mit ihr reisen kann. Vielleicht weiß die Sliph tatsächlich darüber hinaus nichts.

Richard wäre dann wahrscheinlich zu Fuß aufgebrochen. Zurück zur Burg, könnte ich mir vorstellen. Schließlich wollte er dorthin, als in der Sliph etwas schiefgegangen ist. Er muss einen Grund gehabt haben, zu den Irrlichtern zu gehen, doch möglicherweise hatte das rein praktische Gründe. Denn er war näher bei ihnen als bei uns, und vielleicht wollte er dort nur kurz haltmachen. Es könnte sein, dass es nicht mehr zu bedeuten hat.

Was die Irrlichter betrifft, so wollten sie uns auch nicht viel verraten. Diesen Wald, der aus riesigen uralten Bäumen besteht, ließen sie uns nicht betreten. Immerhin gibt es eine gute Nachricht. Richard lebt, und er war im Land der Irrlichter. Das ist doch das Wichtigste – Richard lebt. Und wie wir Richard kennen, wird er sich so schnell wie möglich ein Pferd suchen und im Handumdrehen hier auftauchen.«

Zedd legte ihr die Hand auf den Arm. »Ihr habt recht, meine Liebe.« Nicci fand die Geste sehr tröstlich, fast als hätte sie dadurch eine Verbindung zu Richard hergestellt. So hätte Richard sie in einem so schwierigen Augenblick auch beruhigt.

Plötzlich zog Zedd die Stirn kraus. »Ihr habt gesagt, die Irrlichter wollten euch nicht unter die großen Kiefern lassen?«

Nicci nickte. »Wir durften nur bis zum Ende des toten Eichenwaldes, und sie haben uns auch nicht erlaubt, die anderen Irrlichter zu sehen.«

»Das ergibt durchaus Sinn.« Zedd rieb sich mit dem Zeigefinger die Schläfe, während er nachdachte. »Die Irrlichter sind ein sehr zurückgezogen lebendes Volk und gewähren normalerweise niemandem Zutritt zu ihrem Land, trotzdem erscheint es mir eigenartig unter diesen Umständen – und noch, wo ihr von mir kamt –, dass sie euch nicht willkommen geheißen haben.«

»Sie sterben.«

Zedd blickte sie groß an. »Wie bitte?«

»Tam sagte, die Irrlichter würden aussterben, und deshalb wollten sie nicht, dass wir weitergingen. Er berichtete, unter den Irrlichtern herrsche großer Zwist, große Trauer und große Sorge. Sie wollten keine Fremden sehen.«

»Bei den gütigen Seelen«, flüsterte Zedd. »Richard hatte recht.«

Nicci beschlich ein übles Gefühl im Bauch. »Was meint Ihr damit?«

»Die Eichen sterben. Die Bäume bewachen das Land der Irrlichter. Die Irrlichter sterben ebenfalls. Das ist Teil einer Kaskade von Ereignissen. Richard hat uns schon erklärt, warum, genau in diesem Raum. Als bräuchte ich noch mehr Gründe, ihm zu glauben.«

»Noch mehr Gründe? Was wollt Ihr damit sagen?«

Er nahm Nicci am Ellbogen und drehte sie in Richtung der Bannformen, die über dem Tisch schwebten. »Seht hin.«

»Zedd«, sagte Nicci tadelnd, »das ist das Prüfnetz der Feuerkette, und es sieht verdächtig nach einer Innenperspektive aus.«

»Richtig.«

»Natürlich ist das richtig. Die Frage ist nur, wozu. Was habt Ihr vor?«

»Ich habe eine Möglichkeit gefunden, eine Art Simulation einer Innenperspektive zu kreieren, ohne selbst drin sein zu müssen. Gewiss ist es nicht in jeder Hinsicht dasselbe«, sagte er mit einem abschätzigen Wink, »doch für meine Zwecke genügt es.«

Nicci staunte, dass er dazu in der Lage war. Es war durchaus beunruhigend, das Ding wiederzusehen, in dem sie fast gestorben war. Aber das war noch nicht einmal das Schlimmste.

»Warum sind da zwei?«, fragte sie. »Es gibt nur einen Feuerkettenbann. Warum sind hier zwei Bannformen?«

Zedd schenkte ihr ein schiefes Lächeln. »Ach, das ist der ganze Trick. Versteht Ihr, Richard hat behauptet, die Chimären seien in der Welt des Lebens gewesen. Wenn das stimmt, hätte ihre Anwesenheit die Welt des Lebens verunreinigt und auch die Magie. Dennoch hatte bisher niemand von uns einen Beweis dafür gesehen. Das ist das Paradoxe an einer solchen Verunreinigung; sie beschränkt die Fähigkeit, sie zu entdecken. Ich habe eine Möglichkeit gesucht, anhand derer ich feststellen konnte, ob Richard recht hat …«

»Richard Rahl *hat* recht.«

Zedd zuckte nur mit den knochigen Schultern. »Aber ich wollte sehen, ob ich dafür einen Beweis finde. Diese Sache mit den Emblemen, von der Richard redete, habe ich nicht verstanden. Ich glaube ihm auch, aber ich verstehe nicht, wie er in

Symbolen eine Sprache erkennen kann, wie er zu seiner Schlussfolgerung gelangt ist. Deshalb brauchte ich einen nachvollziehbaren Beweis.«

Nicci verschränkte die Arme und starrte die Zwillingsbannform an. »Ich denke, ich weiß, wie Ihr Euch fühlt. Ich glaube ihm ebenfalls, und was er sagt, klingt meistens logisch, aber manchmal komme ich nicht mehr mit, wie eine Novizin, die über etwas geprüft wird, in dem sie noch nicht unterrichtet wurde. Als Richard …«

Nicci verstummte. Sie öffnete die Arme wieder.

»Zedd, diese beiden Bannformen sind nicht gleich.«

Er grinste verschmitzt. »Ich weiß.«

Nicci trat näher an den Tisch und die beiden Formen aus leuchtenden Linien. Sie untersuchte sie genauer. Dann zeigte sie auf eine.

»Dies ist der Feuerkettenbann. Den erkenne ich. Der andere ist identisch, aber nicht derselbe. Er ist ein Spiegelbild des eigentlichen Banns.«

»Ich weiß.« Zedd wirkte ausgesprochen stolz auf sich.

»Das ist unmöglich.«

»Habe ich auch gedacht, doch dann fiel mir ein Buch ein mit dem Titel *Das Buch der Umkehrungen und Dopplungen* …«

Nicci fuhr zu dem alten Zauberer herum. »Ihr wisst, wo *Das Buch der Umkehrungen und Dopplungen* ist?«

Zedd machte eine vage Geste. »Nun ja, ich habe eine Abschrift in die Finger bekommen.«

Nicci beäugte ihn misstrauisch. »Eine Abschrift in die Finger bekommen?«

Zedd räusperte sich. »Also, es geht darum«, sagte er, nahm sie am Arm und drehte sie wieder zu den leuchtenden Linien hin, »ich habe das Buch vor vielen, vielen Jahren gelesen, und ich konnte mich daran erinnern, dass es von Techniken handelte, mit denen man Bannformen verdoppeln kann. Damals habe ich den Sinn nicht verstanden. Warum sollte jemand eine Bannform verdoppeln wollen?

Aber da war noch etwas. Das Buch enthielt außerdem Anweisungen, wie man eine Bannform umkehrt, nachdem sie verdoppelt worden war. Das war das Verrückteste, von dem ich je gehört hatte. Zu dem Zeitpunkt warf ich das Buch mit seinen obskuren Verfahren in die Ecke. Wozu sollte es gut sein? Wer brauchte das? Niemand, so glaubte ich damals.«

Er hob den Zeigefinger. »Und dann, als ich über die Möglichkeit einer Verunreinigung durch die Chimären nachdachte und mir überlegte, wie man Richards Theorien beweisen könnte, erinnerte ich mich plötzlich an dieses Buch, und mir ging ein Licht auf. Ich wusste, warum jemand den Wunsch haben könnte, eine Bannform zu verdoppeln und umzukehren.«

Nicci hatte Probleme, ihm zu folgen. »Also gut, ich gebe auf. Warum?«

Zedd zeigte aufgeregt auf die beiden Bannformen. »Deshalb. Seht genau hin. Die eine ist das Original, das der ähnelt, in der Ihr wart, aber ohne einige der komplexeren und instabileren Elemente.« Zedd fuchtelte mit der Hand herum und gab so zu verstehen, dass es darum eigentlich nicht ging. »Für unsere Zwecke brauchen wir sie nicht. Dies hier ist exakt der gleiche Bann, verdoppelt und umgekehrt. Eine Kopie.«

»So weit verstehe ich«, meinte Nicci, »aber welchen Sinn könnte eine so seltsame Analyse haben?«

Zedd lächelte wissend und tippte ihr mit dem Zeigefinger auf die Schulter. »Fehler.«

»Fehler? Was ist mit …« Nicci stockte der Atem, als sie begriff. »Wenn man einen Bann verdoppelt und anschließend umkehrt, wird sich der Fehler nicht umkehren!«

»Richtig«, sagte Zedd, blinzelte schelmisch und hob belehrend den Zeigefinger. »Der Fehler wird sich nicht umkehren. Die Bannform ist ja nur eine Darstellung des Banns, ein Ersatz für etwas Reales. Deshalb kann man sie manipulieren – umkehren. Es ist nicht der wirkliche Bann; einen richtigen Bann kann man nicht umkehren. Aber Fehler sind dem Einfluss der Magie in Büchern mit Anleitungen nicht unterworfen – sondern nur die bestimmte beabsichtigte Magie. Der Fehler ist real. Der Fehler bleibt, wie er ist.«

Zedd wurde ernst, denn schließlich ging es um ein heikles Thema. »Wenn die Bannform einmal ausgelöst wurde, beinhaltet sie den gleichen Fehler, aber wenn man sie umkehrt, kehrt sich der Fehler nicht um, denn er ist ja real und kein Ersatz für etwas Reales wie Bannformen. Vergesst nicht, diese Verunreinigung hätte Euch beinahe umgebracht.«

Nicci blickte von Zedds eindringlichen braunen Augen zu den leuchtenden Bannformen. Sie waren gespiegelt. Nicci überprüfte das Gebilde und sah, dass jede Linie und jedes Element bei der anderen Bannform gleich war, nur eben andersherum.

Und dann entdeckte sie es.

»Da.« Sie zeigte darauf. »Dieser Teil ist bei beiden Bannformen identisch. Es ist nicht umgekehrt. Kein Spiegelbild. Hier ist er gleich, während alles andere umgekehrt ist.«

»Exakt«, triumphierte Zedd. »*Das Buch der Umkehrungen und Dopplungen* hat also den Sinn, Fehler aufzudecken, die man ansonsten nicht sieht oder findet.«

Nicci starrte den alten Mann an und sah ihn in einem ganz neuen Licht. Zedd beugte sich vor und zog Nicci mit sich. »Seht hier. Erkennt Ihr das?«

»Der Teil, der nicht umgekehrt ist?« Nicci schüttelte den Kopf. »Nein. Was ist das?«

»Die Verunreinigung, die von den Chimären hinterlassen wurde. Das hier erkenne ich. Es ist die Spinne im Netz der Magie.«

Nicci richtete sich auf. »Es beweist also, dass Richard recht hat.«

»Ja, der Junge hat recht«, stimmte Zedd zu. »Auch wenn ich nicht weiß, wie er darauf gekommen ist. Nachdem es jetzt so isoliert ist, kann ich die Korrosion der Chimären erkennen, so wie ich rotbraune Rostflocken erkennen kann. Er hat es aus der Sprache der Linien herausgelesen. Der Bann ist verunreinigt, und die Quelle der Verunreinigung sind die Chimären. Mit diesem Mechanismus höhlen die Chimären Magie aus und zerstören sie. Wenn dieser Bann damit infiziert ist, trifft das vermutlich auf andere Magie ebenfalls zu.«

»Und das tötet die Irrlichter?«, fragte Cara.

»Ich fürchte, ja«, antwortete Zedd. »Die Eichen um ihr Land sind mit einer Schutzmagie ausgestattet. Dass sowohl die Eichen als auch die Irrlichter sterben, ist höchst verdächtig.«

Nicci ging zu den Fenstern und betrachtete durch das trübe Glas die Blitze. »Wesen der Magie sterben aus. So wie Richard es gesagt hat.«

Sie vermisste ihn so sehr, und der Schmerz fiel wie ein Schatten des Todes auf ihre Seele. Sie fühlte sich, als würde sie verdorren und sterben, wenn sie ihn nicht bald fanden. Ohne ihn konnte sie nicht existieren, ohne das Leben, das aus seinen Augen strahlte.

»Zedd, meint Ihr, er hatte auch mit den anderen Sachen recht? Glaubt Ihr, es gab wirklich Drachen, und wir haben sie nur vergessen? Hat Richard damit recht, dass die Welt, wie wir sie kennen, langsam ins Reich der Legende verschwindet?«

Zedd seufzte. »Ich weiß es nicht, meine Liebe, wirklich nicht. Ich wünschte mir, der Junge würde sich irren, aber schon vor langer Zeit habe ich die Erfahrung gemacht, dass man nicht gegen ihn setzen sollte.«

Nicci lächelte vor sich hin. Die Erfahrung hatte sie auch gemacht.

53

»Nicci«, sagte Zedd zögerlich und fuchtelte vage herum auf der Suche nach Worten, »Ihr seid … also, Ihr schätzt Richard genauso sehr wie ich und fühlt die gleiche Hingabe und Treue zu ihm. In vielerlei Hinsicht scheint Ihr fast wie …« Er nahm die Hände hoch und ließ sie wieder fallen. »Ich weiß auch nicht.«

»Zedd, Ihr, Cara, ich – wir alle lieben Richard, wenn Ihr das sagen wollt.«

»Ich glaube, darum geht es. Ich kann mich nicht an Kahlan erinnern, aber ich stelle mir vor, ich muss von Euch so denken, wie ich mir nur vorstellen kann, von ihr gedacht zu haben, also dass Ihr mehr seid als nur eine Vertraute, die im gleichen Kampf Seite an Seite mit ihm steht.«

Nicci fühlte sich, als hätte sie der Blitz getroffen. Sie wagte nicht einmal über den emotionalen Sprengstoff dieser Worte nachzudenken. Mit großer Mühe bewahrte sie die Fassung, legte nur die Stirn in Falten und fragte schließlich: »Worauf wollt Ihr hinaus?«

»Wie Cara und Richard halte ich sehr viel von Euch, insbesondere im Vergleich zu dem, was ich am Anfang über Euch dachte. Ich vertraue Euch, sagen wir einmal, wie ich einer Schwiegertochter vertrauen würde.«

Nicci schluckte. »Danke, Zedd. Angesichts meiner Herkunft und angesichts dessen, was ich selbst am Anfang dachte, bedeutet mir das mehr, als Ihr Euch vorstellen könnt. Menschen zu haben …«

Sie räusperte sich und schaute schließlich auf. Obwohl seine Worte sie getroffen hatten, sah sie darin nicht die eigentliche Bedeutung, sondern eher die Vorrede zu etwas Wichtigerem. »Wollt Ihr mir etwas mitteilen?«

Er nickte. »Ich habe noch etwas erfahren. Etwas ziemlich Beunruhigendes. Ich würde sonst niemandem davon erzählen, aber, also, außer Richard selbst gibt es keinen, dem ich mehr vertrauen würde als Euch und Cara. Ihr beide seid im Laufe der Zeit zu mehr als Freunden geworden. Ich möchte nur einfach zum Ausdruck bringen, wie viel …«

Sein Satz verhallte unbeendet, und er starrte ins Leere. Nicci legte ihm sanft die Hand auf die Schulter. »Wir bekommen ihn zurück, Zedd, das verspreche ich Euch. Aber Ihr habt recht, was unsere Gefühle für ihn angeht. Richard hat mein Leben vollständig auf den Kopf gestellt. Wenn es etwas gibt, über das Ihr reden wollt, würde ich meinen, Ihr könnt Cara und mir fast so sehr vertrauen wie Richard. Wollt Ihr darauf hinaus? Wir empfinden das Gleiche für ihn und unsere Sache. Ich … nun« – sie legte die Fingerspitzen aneinander –, »Ihr wisst, was ich meine.«

Nicci spürte, wie sie errötete, weil sie befürchtete, zu viel preisgegeben zu haben.

»Was ich versuche zu sagen«, fuhr Zedd schließlich fort, »ist Folgendes: Ich brauche eure Hilfe, und ich wollte euch sagen, wie viel ihr beide mir bedeutet – denn diese Dinge enthülle ich euch nicht leichtfertig oder aus einer Laune heraus. Mein ganzes Leben lang habe ich Geheimnisse gewahrt, einfach, weil sie gewahrt werden mussten. Das ist nicht sehr einfach, aber so ist es nun einmal. Die Zeiten haben sich jedoch geändert, und jetzt kann ich bestimmtes Wissen nicht mehr für mich behalten. Es steht so viel auf dem Spiel, mehr als jemals zuvor.«

Nicci nickte und wandte dem Zauberer ihre volle Aufmerksamkeit zu. »Ich verstehe. Ich werde alles in meiner Macht Stehende tun, um Euer Vertrauen in mich nicht zu enttäuschen.«

Zedd schürzte die Lippen. »Dieses Buch, *Das Buch der Umkehrungen und Dopplungen,* war an einem Ort versteckt, von dessen Existenz außer mir niemand weiß. Es befand sich in den Katakomben unter der Burg.«

Nicci blickte Cara an. »Zedd«, fragte sie, »wollt Ihr sagen, unter der Burg gebe es Gebeine? Und zudem Bücher?«

Zedd nickte. »Eine Menge Bücher. Dort habe ich *Das Buch der Umkehrungen und Dopplungen* gefunden.«

Er trat ein paar Schritte zur Seite und starrte zu den Fenstern, in denen das Licht des Sturms jenseits des Eindämmungsfeldes flackerte. »Niemand, den ich kenne, wusste je von dem Ort der Gebeine dort unten. Ich habe ihn als Junge gefunden. Seit Urzeiten war dort keiner mehr gewesen. Im Staub Tausender von Jahren ließ sich nicht ein einziger Fußabdruck entdecken. Ich war der Erste, der seine Spuren in diesem uralten Staub hinterließ. Die Bedeutung dieser Tatsache brauchte man mir nicht erst erklären.

Als Junge machten mir diese Katakomben eher Angst. Ich war aufgeregt, weil ich einen Weg zurück in die Burg suchte. Als ich die Katakomben entdeckte, war mir instinktiv klar, dass sie nicht ohne guten Grund verborgen worden waren, und sosehr ich manchmal in Versuchung geriet, habe ich doch nie mit jemandem darüber gesprochen. Es fühlte sich fast an, als hätte mir der Ort Zutritt gewährt, aber nur im Tausch gegen mein Schweigen. Ich habe nicht nur meine Verantwortung ernst genommen, ich fühlte mich für den Schutz dieses unentdeckten Ortes zuständig. Immerhin wurden dort die Überreste vieler Menschen aufbewahrt, vielleicht sogar meiner eigenen Vorfahren. Ich wusste, irgendwer würde diesen Fund für seine Zwecke ausnutzen, und das wollte ich nicht, denn diejenigen, die ihn verborgen hatten, betrachteten ihn offensichtlich als eine Art geweihten Ort.

Zusätzlich fühlte ich mich schuldig, weil ich den Frieden dieser Grabstätte gestört hatte, denn ursprünglich hatte ich nur einen Weg gesucht, der Strafe zu entgehen, die mir blühte, weil ich die Burg ohne Erlaubnis verlassen hatte. Ich war aus der Burg geschlichen, wollte zum Markt in Aydindril und mir den aufregenden Tand anschauen, der dort verhökert wurde. Das erschien mir so viel faszinierender als die langweiligen Studien, mit denen ich meine Zeit verbringen sollte.

Nach meiner zufälligen Entdeckung stellte ich vorsichtig Fragen und fand heraus, dass nicht einmal die alten Zauberer von diesem Ort unter der Burg wussten. Im Laufe der Zeit wurde mir klar, diese Katakomben wurden nicht einmal dort unten vermutet.

Als Junge musste ich viel studieren, was fast meine ganze Zeit auffraß. Damals lebten noch viele Menschen in der Burg, und bei der Fülle meiner Aufgaben hatte ich kaum Gelegenheit, dort unten mehr als ein paar Stunden – insgesamt – zu verbringen. Rasch fand ich heraus, dass es in den Katakomben viele der gleichen Bücher wie oben gab, daher hielt ich die Entdeckung für nicht sehr wichtig.«

Er lächelte versonnen. »Ich betrachtete mich als großen Entdecker, der uralte Schätze gefunden hatte. Diese Schätze bestanden jedoch überwiegend aus Gebeinen und Büchern. Schon hier oben in der Burg gab es endlos viele langweilige Bücher, die ich lesen musste, und noch mehr Bücher ließen mich eher kalt. Aufregend war hingegen die Vorstellung, auf einen entworfenen Bann, der in Bernstein gefangen ist, oder in Juwelen gefasste Flüche zu stoßen. Danach suchte ich allerdings in den Katakomben vergeblich. Ich fand eben nur Knochen und alte Bücher.

Dort unten gibt es Räume über Räume, die mit verstaubten

Büchern vollgestopft sind. Ich hatte nie genug Zeit, diese Räume zu erkunden. So kann ich nicht einmal abschätzen, wie viele Bücher dort verborgen sind. Ich habe lediglich eine kleine Auswahl angesehen. Wie ich bereits erwähnte, kannte ich manche schon aus der Burg, und von den anderen haben mich damals wenige besonders beeindruckt, außer einigen wie eben *Das Buch der Umkehrungen und Dopplungen.*

Ich wurde erwachsen und verliebte mich in die wunderbarste Frau der Welt, mit der ich bald verheiratet war. Sie schenkte mir einen ganz anderen Schatz, eine Tochter – Richards Mutter. Für einen jungen Zauberer gab es in der Burg stets mehr zu tun, als man in den Stunden eines Tages erledigen konnte. Ich hatte keine Zeit übrig, die ich zwischen den alten Knochen hätte verbringen können.

Und dann kam es zu diesem fürchterlichen Krieg mit D'Hara. Es folgte eine Zeit erbitterter Kämpfe. Ich war Oberster Zauberer geworden. Die Schlachten waren schauerlich. Ich musste Männer in den Tod schicken. Ich musste jungen und alten Zauberern in die Augen sehen, von denen ich wusste, dass sie ihrer Aufgabe nicht gewachsen waren, ihnen sagen, dass sie ihr Bestes geben sollten, obwohl ich wusste, es würde nicht genügen und sie würden aller Wahrscheinlichkeit nach den Tod finden. Ich selbst, so wusste ich im tiefsten Herzen, hätte diese Aufgaben wohl bewältigt, aber es gab zu viel zu tun, und ich war nun einmal nur einer.

Nicht selten empfand ich meine Verantwortung, mein Wissen und Talent als Fluch. All den unschuldigen Menschen, die mich Oberster Zauberer nannten, ins Gesicht zu schauen, in der Gewissheit, mein Scheitern würde ihren Tod bedeuten, war mehr, als ich ertragen konnte.

In dieser Hinsicht weiß ich genau, was Richard durchmacht. Früher habe ich seine Stelle eingenommen. Ich habe die Welt auf meinen Schultern getragen.«

Mit einer Handbewegung beendete er seine melancholische Abschweifung vom Thema. »Jedenfalls gerieten die Katakomben wegen meiner anderen Verpflichtungen wieder in Vergessenheit, wie schon seit Tausenden von Jahren, ehe ich auf sie gestoßen war. Ich hatte einfach keine Zeit, mich dort unten umzuschauen. Nach meinen Erkundungen als Junge glaubte ich, es gebe sowieso nur alte und vergleichsweise unwichtige Bücher, die zusammen mit Gebeinen vergraben waren. Stattdessen hatte ich mich um dringlichere Angelegenheiten zu kümmern, bei denen es um Tod und Leben ging.

Für mich war vor allem der geheime Eingang durch die Katakomben zur Burg wichtig. Dieser Gang hatte seinen unschätzbaren Wert gezeigt, als die Schwestern der Finsternis die Burg der Zauberer eingenommen hatten.

Damals, ich war noch jünger, und der Krieg, dem auch meine Frau zum Opfer gefallen war, hatte gerade erst sein Ende gefunden, hatten der Rat und ich einen heftigen Streit wegen der Kästchen der Ordnung. Und dann … vergewaltigte Darken Rahl meine Tochter. Ich verließ die Midlands für alle Zeiten und brachte meine Tochter über die Grenze nach Westland. Sie war alles, was ich noch hatte und was mir etwas bedeutete. Ich glaubte, den Rest meiner Tage jenseits der Grenze im Westland zu verbringen.

Richard wurde geboren. Ich sah ihm beim Aufwachsen zu. Meine Tochter war so stolz auf ihn. Insgeheim war ich besorgt, er könnte die Gabe haben, und fürchtete, die Mächte von jenseits der Grenze könnten eines Tages kommen und nach ihm suchen. Und dann gab es ein Feuer wie aus heiterem Himmel, und schon hatte ich meine Tochter und Richard seine Mutter verloren.

Ich tröstete mich mit Richard. Ihm gab ich alles, was ich konnte, damit er sich zu dem entfaltete, was in ihm steckte. Mit ihm habe ich die schönste Zeit meines Lebens verbracht.

Von mir unbemerkt, da ich die Außenwelt nach Kräften zu vergessen suchte, hatten Ann und Nathan, von Prophezeiungen getrieben, George Cypher geholfen, *Das Buch der Gezählten Schatten* aus der Burg der Zauberer zu bergen. Es befand sich in der privaten Enklave des Obersten Zauberers, wo ich es sicher verstaut hatte.«

»Augenblick«, unterbrach ihn Nicci. »Wollt Ihr damit sagen, *Das Buch der Gezählten Schatten*, eines der wichtigsten Bücher überhaupt, lag einfach in der Burg herum?«

»Nun«, antwortete Zedd, »›herumliegen‹ ist wohl nicht der treffende Ausdruck. Wie ich schon sagte, es befand sich in der Enklave des Obersten Zauberers. Dieser Ort ist noch sicherer als die übrige Burg, und man kann dort nicht so ohne Weiteres eindringen.«

»Wenn der Ort so sicher ist«, sagte Nicci, »wie haben Ann und Nathan sich das Buch dann mit George Cypher holen können?«

Zedd seufzte und blickte sie unter seinen buschigen Augenbrauen hervor an. »Das hat mir auch Sorgen bereitet ... die einzige Abschrift eines Buches von solcher Bedeutung, und so ungeschützt ...«

»Das wollte Richard Euch sagen«, meinte Nicci, die plötzlich begriff. »Deshalb hatte er es so eilig, hierher zurückzukommen. Er hat gesagt, er müsse sofort zu Euch. Ja, das war der Grund!«

Zedd runzelte die Stirn. »Wovon sprecht Ihr?«

Sie trat näher an den Zauberer heran und zog das kleine Buch aus ihrer Tasche. »Dies ist das Buch, mit dem Darken Rahl die Kästchen der Ordnung ins Spiel gebracht hat ...«

»Was?«

»Mit diesem Buch hat Darken Rahl die Kästchen der Ordnung ins Spiel gebracht«, wiederholte sie für den verblüfften Zauberer. »Wir haben es im Palast des Volkes gefunden. Ich versprach Richard, es zu studieren und danach zu forschen, ob es eine Möglichkeit gibt, ungeschehen zu machen, was Schwester Ulicia getan hat, und ob man die Kästchen der Ordnung vielleicht wieder aus dem Spiel nehmen könne. Ich habe versucht, Richard zu erklären, dass Magie auf diese Weise nicht funktioniert, aber Ihr kennt Richard, er findet sich nicht so leicht damit ab, dass etwas nicht möglich ist.«

Zedd starrte das Buch an, das sie in die Höhe hielt, als wäre es eine Schlange, die beißen könnte. »Also dieser Junge braucht wirklich nur einen Stein umzudrehen, und schon stößt er auf Schwierigkeiten.«

»Zedd, hier steht eine Warnung: Um dieses Buch zu benutzen, müsse man den Schlüssel verwenden. Ohne den Schlüssel wird sonst alles, was vorher kam – also was von dem Buch schon benutzt wurde – nicht nur unbrauchbar, sondern sogar tödlich sein. Es heißt, binnen eines Jahres müsse der Schlüssel benutzt werden, um zu vollenden, was mit diesem Buch gewirkt wurde.«

»Der Schlüssel«, flüsterte Zedd, als würde er das Ende der Welt bedeuten. »Die Kästchen müssen innerhalb eines Jahres geöffnet werden, nachdem sie ins Spiel gebracht wurden. Man braucht *Das Buch der Gezählten Schatten*, um die Kästchen zu öffnen. Demnach muss das Buch der Schlüssel sein.«

»Ich glaube auch«, sagte Nicci. »Allerdings sind wir auf Hinweise gestoßen, dass zur Zeit des Großen Krieges einige Zauberer insgesamt fünf Abschriften von dem ›Buch, das nie kopiert werden darf‹ angefertigt haben.«

»Und Ihr denkt, ›das Buch, das nie kopiert werden darf‹ sei *Das Buch der Gezählten Schatten*?«

»Ja. Es gibt ein Buch mit Prophezeiungen, in dem steht: ›… und sie werden zittern vor Angst über ihr Tun und den Schatten des Schlüssels zwischen die Gebeine fallen lassen‹.«

Zedd starrte sie an. »Bei den gütigen Seelen. Das klingt wie aus *Yanklees abenteuerliche Erzählungen*.«

»Stimmt. Allerdings«, fuhr Nicci fort, »waren alle Abschriften außer einer unkorrekt. Fünf Kopien – vier fehlerhaft, eine richtig.«

Zedd presste eine Hand gegen die Stirn. Nicci bemerkte, dass er schneller atmete als gewöhnlich. Wie er aussah, würde er im nächsten Moment in Ohnmacht fallen.

»Zedd, was ist los?«

Seine Hände zitterten. »Ihr habt eben gesagt, *Das Buch der Gezählten Schatten* sei leicht zu stehlen gewesen. Das habe ich auch immer gedacht, jedoch habe ich mich nie weiter damit beschäftigt. Es war eher einer dieser Gedanken, die man im Hinterkopf hat und die nie wirklich bis ins Bewusstsein vordringen.«

»Ja«, sagte Nicci ungeduldig.

»Nun, als ich mich an *Das Buch der Umkehrungen und Dopplungen* erinnerte, fiel mir ein, wo ich es als Junge gesehen habe: in den Katakomben. Ich musste diesen Bann prüfen, und während Ihr mit Richard im Palast des Volkes wart, ging ich in die Katakomben und suchte danach.«

Nicci wusste bereits, was er sagen würde, ehe er es heraus hatte.

»Und während meiner Suche nach *Das Buch der Umkehrungen und Dopplungen* fand ich eine Abschrift von *Das Buch der Gezählten Schatten.*«

»›... und sie werden zittern vor Angst über ihr Tun und den Schatten des Schlüssels zwischen die Gebeine fallen lassen‹«, zitierte Nicci erneut.

Zedd nickte. »Mein Leben lang habe ich nichts von einer Kopie dieses Buches gewusst. Mir wurde beigebracht, es gäbe keine, sondern nur das eine Exemplar. Das allein hat mir verdeutlicht, von welcher Bedeutung dieses Buch ist. Aber wenn es so bedeutsam ist, warum wurde es nicht an einem Ort verborgen, der mehr Sicherheit bietet? Diese Frage hat mich im Hinterkopf stets beschäftigt.

Das war auch einer der Gründe, weshalb ich so wütend auf den Rat war, der die Kästchen der Ordnung als Geschenke oder Gunstbeweise aus der Hand gab. Ich wusste, wie gefährlich diese Kästchen waren, aber niemand wollte mir glauben. Alle dachten, ich würde ihnen nur uralten Aberglauben oder Ammenmärchen auftischen.

Man wollte mir unter anderem deshalb nicht glauben, welche Gefahr die Kästchen darstellten, weil das Buch, das man braucht, um die Kästchen ins Spiel zu bringen, niemals gefunden wurde. Ohne das Buch war alles nur eine fantasiereiche Geschichte.« Er zeigte auf das Buch in Niccis Hand. »Niemand kannte auch nur den Titel des Buches. Es sieht mir aus wie Hoch-D'Haran. Wir müssen jemanden finden, der es übersetzt.«

»Ich verstehe Hoch-D'Haran.«

»Natürlich«, sagte Zedd, als könne ihn gar nichts mehr überraschen. »Wie lautet der Titel?«

»*Das Buch des Lebens*.«

Zedd wurde beinahe so bleich wie sein wallendes Haar. Offensichtlich konnte man ihn immer noch schockieren. »*Das Buch des Lebens*«, wiederholte er und fuhr sich mit der Hand durchs Gesicht. »Was für ein passender Name«, sagte er. »Die Macht der Ordnung wird aus dem Leben selbst hervorgebracht. Öffnet man das richtige Kästchen, erwirbt man die Macht der Ordnung, die Essenz des Lebens, Macht über alles Lebende und Tote. Man würde über unangefochtene Macht verfügen. Öffnet man das falsche Kästchen, beansprucht die Magie denjenigen für sich – er ist tot. Aber öffnet man das andere falsche Kästchen, verbrennt jedes Lebewesen zu nichts. Es wäre das Ende allen Lebens.

Die Magie der Ordnung ist ein Zwilling der Magie des Lebens, und der Tod gehört zum Leben, daher ist die Magie der Ordnung sowohl mit dem Tod als auch mit dem Leben verbunden. Und der Schlüssel ist das Mittel, mit dem man herausfindet, welches Kästchen welches ist. Die Person, die sie öffnet, kann sich auf ihr Glück verlassen, aber sie wäre wahnsinnig, das zu tun, ohne den Schlüssel zu benutzen und sicherzugehen, welches Kästchen welches ist.«

»Wahnsinnig«, sagte Nicci, »wie die Schwestern der Finsternis, die sich nicht unbedingt darum scheren, ob sie das falsche Kästchen öffnen.«

Zedd konnte sie nur anstarren.

»So, Ihr habt gesagt, Ihr hättet eine der Kopien gefunden«, sagte Cara schließlich, nachdem Zedd eine Weile gedankenverloren geschwiegen hatte. Nicci war erleichtert, dass Cara ihn darauf ansprach.

»Ich fürchte, das ist noch nicht einmal das Schlimmste«, sagte er. »Versteht ihr, Richard hat *Das Buch der Gezählten Schatten* als Junge auswendig gelernt. George Cypher hatte Angst, es könnte in die falschen Hände gelangen, dennoch war er weise genug, das Wissen, das in dem Buch enthalten ist, nicht zu vernichten. Deshalb musste Richard es auswendig lernen. Danach haben Richard und George Cypher, bei dem Richard aufwuchs und den er damals für seinen Vater hielt, *Das Buch der Gezählten Schatten* verbrannt.

Tatsache ist, ich war dabei. Ich kann mich so gut daran erinnern, weil ich so schockiert war, und zwar aus zwei Gründen. Zum Ersten erfuhr ich, dass man das Buch aus meiner Enklave in der Burg gestohlen hatte, damit Richard es auswendig lernte, und zum Zweiten, weil es ein Buch der Magie war, und demnach konnte Richard es nur auswendig lernen und rezitieren, wenn er über die Gabe verfügte.

Als Darken Rahl Richard gefangen nahm und die Kästchen öffnete, brachte er Richard dazu, die Anweisungen aus *Das Buch der Gezählten Schatten* vorzulesen. Ich weiß nicht, wie – vermutlich war es ein Resultat des Feuerkettenbanns.

Schließlich fand ich die Kopie von *Das Buch der Gezählten Schatten* unten in den Katakomben, und ich war wie vom Donner gerührt. Ich las es, und es stimmte Wort für Wort mit dem überein, was Richard gelernt hatte.«

Nicci legte den Kopf schief. »Es war das Gleiche? Ganz bestimmt?«

»Auf jeden Fall«, beharrte Zedd entschieden. »Die zwei Bücher waren identisch.«

Nun wurde auch Nicci langsam übel. »Das kann nur zweierlei bedeuten. Entweder war das eine das Original und das andere die korrekte Kopie des Schlüssels ... oder es waren beides falsche Schlüssel, fehlerhafte Kopien.«

»Nein, sie können nicht fehlerhaft gewesen sein«, meinte Zedd. »Als Richard das Buch bis zum Schluss gelesen hatte, ließ er ganz am Ende ein wichtiges Element aus. Durch das Auslassen dieses einen Teils des Buches besiegte er Darken Rahl. Er hat es eigentlich selbst in eine fehlerhafte Kopie verwandelt und Darken Rahl überlistet. Wie ich Richard so oft eingebläut habe, ist eine List oft die beste Magie.«

Nicci legte das Buch auf den Tisch. »Deshalb muss es sich nicht notwendigerweise um den richtigen, nicht den falschen Schlüssel handeln. Seht Euch dies an.« Sie schlug *Das Buch des Lebens* auf und tippte auf eine Seite am Anfang, auf der nur eine Sache stand, was darauf hindeutete, wie wichtig und von zentraler Bedeutung diese Stelle war.

»Es ist die Einleitung zu *Das Buch des Lebens.* Ich habe es schon übersetzt. Es handelt sich um eine Warnung an alle, die dieses Buch lesen.

Dort steht: ›*Wer hergekommen ist, um zu hassen, sollte nun gehen, denn in seinem Hass verrät er nur sich selbst.*‹«

Zedd betrachtete die Worte in Hoch-D'Haran blinzelnd. »Ihr wollt damit also sagen ... Weil Darken Rahl die Kästchen der Ordnung aus Hass benutzt hat, hätten sie ihn so oder so vernichtet, gleichgültig, ob er nun ein richtiges oder ein falsches *Buch der Gezählten Schatten* hatte?«

»Das wäre die eine Möglichkeit«, sagte Nicci.

Zedd schüttelte den Kopf. »Ich glaube das nicht. Manche Magie kann durchaus Absichten erkennen. Das Schwert der Wahrheit zum Beispiel. Menschen voller Hass bemerken ihren eigenen scheußlichen Makel oft gar nicht. Sie versprühen ihren Hass, als wäre er gerechtfertigt. Diese Verderbtheit macht sie so bösartig – und gefährlich. Sie sind zu den verabscheuungswürdigsten Taten fähig und halten sich selbst dabei für Helden.«

»Dann wollt Ihr mir also sagen, dass Ihr glaubt, es handele sich um Zufall, dass beide Bücher die beiden wahren Schlüssel waren? Und sie zufällig so nah beieinander aufbewahrt wurden? Meint Ihr nicht, die Zauberer, welche die Kopien anfertigten, hätten sie in fernab gelegene Verstecke gebracht, anstatt die eine richtige Kopie gleich hier nahe dem originalen Schlüssel zu verbergen? Was wäre der Zweck, die Kopien zu verstreuen?«

Zedd rieb sich das Kinn und dachte darüber nach. »Ich verstehe, worauf Ihr hinauswollt.«

»Bei Büchern wie diesen muss es eine Möglichkeit geben, die Kopien zu prüfen und für korrekt zu erklären.«

»Die gibt es«, sagte Zedd. »Am Anfang von *Das Buch der Gezählten Schatten* heißt es: ›*Die Überprüfung der Richtigkeit der Worte des Buches der Gezählten Schatten, so sie gesprochen werden von einem anderen als jenem, der über die Kästchen gebietet, kann nur gewährleistet werden durch den Einsatz eines Konfessors …*‹

Eine Kopie ist im Grunde ›gesprochen … von einem anderen‹«, sagte er. »Die Person, die die Kopie anfertigt, spricht; der Leser liest nicht das Original. Solange es nicht der originale Schlüssel ist und dieser originale Schlüssel von demjenigen gelesen wird, der die Kästchen ins Spiel bringt, verlangt diese Warnung eine Überprüfung.«

»Kahlan«, sagte Nicci.

Die beiden anderen sahen sie an, und ihren Mienen zufolge verstanden sie, worauf sie hinauswollte.

»Zedd«, fragte Nicci schließlich in das Schweigen hinein, »keiner von uns kann sich an Kahlan erinnern. Wenn wir sie finden könnten und wenn wir diesen Feuerkettenbann irgendwie reparieren oder ... Gibt es einen Weg, ihre Erinnerung an das, was ihrem Gedächtnis jetzt entfallen ist, wiederherzustellen?«

Zedds Blick wanderte zu den leuchtenden Bannformen über dem Tisch. »Nein.«

Nicci hatte solche Entschiedenheit nicht erwartet. »Seid Ihr sicher?«

»So sicher man nur sein kann. Der Bann zerstört die Erinnerung. Er überdeckt sie nicht und blockiert nicht den Zugang, sondern er zerstört sie. Er lässt die Menschen nicht vergessen, sondern er löscht das Gedächtnis aus. Für die Person, die dieser schrecklichen Behandlung ausgesetzt ist, bleibt die Erinnerung verschwunden.«

»Aber es muss eine Möglichkeit geben«, beharrte Cara, »irgendein magisches Verfahren, mit dem ihre Erinnerung wiederhergestellt wird.«

»Wiederhergestellt mit was? Mit dem, woran sich niemand von uns erinnert? Erinnerung ist der Stoff des Lebens. Magie funktioniert auf bestimmte Weisen, so wie alle anderen Dinge auch. Magie ist kein überintelligentes Bewusstsein, das weiß, was wir erreichen wollen und welches das Gedächtnis einer Person – die Erinnerung an ihr ganzes Leben – einfach so aus dem Ärmel zaubern kann, nur weil wir es wünschen.«

Cara wirkte nicht überzeugt. »Aber kann nicht ...«

»Seht es einmal von diesem Blickwinkel aus. Wenn ich das Buch vom Tisch schiebe, fällt es zu Boden. Dafür ist die unsichtbare Schwerkraft verantwortlich. Schwerkraft funktioniert auf eine bestimmte Weise. Ich kann nicht mit den Armen herumfuchteln und die Schwerkraft bitten, mir das Abendessen zu bereiten.

So ähnlich ist es mit der Magie und der Erinnerung. Der Feuerkettenbann hat Kahlans Gedächtnis zerstört. Man kann es nicht zurückholen. Etwas, das da war und das es dann nicht mehr gibt, kann man nicht einfach wiederherstellen. Es geht nicht. Was weg ist, ist weg.«

Cara zupfte an ihrem langen blonden Zopf. »Klingt ganz so, als hätten wir ein ernsthaftes Problem.«

»Das kann man wohl sagen«, räumte der Zauberer ein.

Nicci wollte hinzufügen, dass vor allem Richard ein Problem hätte, aber sie wagte es nicht laut zu sagen. Es bedrückte sie, welchen Tatsachen er sich eines Tages stellen musste. Doch sie wollte nicht diejenige sein, die es zur Sprache brachte.

»Wenn Richard sie findet«, fragte Nicci mit schwacher Stimme, »was soll er dann tun?«

Zedd verschränkte die Hände hinter dem Rücken und sah sie einen Moment an, ehe er den Blick abwandte.

»Es gibt eine weitere Möglichkeit, die richtige Kopie zu bestätigen«, sagte Cara.

Zedd und Nicci runzelten, beide erleichtert über die Ablenkung, fragend die Stirn.

»Man muss nur die anderen Kopien finden«, sagte sie, »und sie vergleichen. Diejenige, die Richard auswendig gelernt hat, gibt es nicht mehr. Wenn man also die anderen findet, kann man sie vergleichen. Die sich von den anderen unterscheidet, muss die richtige sein. Die anderen vier, die gleich sind, müssen die falschen Schlüssel sein.«

Zedd zog eine Augenbraue hoch. »Und wenn diejenigen, die die Kopien angefertigt haben, nun besorgt waren, dass eines Tages eine kluge Mord-Sith auf diesen Gedanken käme und sie deshalb alle Kopien unterschiedlich gemacht haben, damit man sie nicht vergleichen kann?«

Cara verzog das Gesicht. »Oh.«

Nicci warf die Arme in die Höhe. »Wie sollte er die anderen auch finden? Ich meine, die sind seit dreitausend Jahren verschollen.«

»Nicht nur das«, ergänzte Zedd, »aber Nathan hat uns von den Katakomben unter dem Palast der Propheten erzählt, und der wurde zerstört. Ich weiß das, denn ich habe den Lichtbann selbst gewirkt. Es ist nichts übrig geblieben, und selbst wenn von den Katakomben irgendwo ein Hohlraum geblieben ist – der Palast stand auf einer Insel. Und nachdem die Insel zerstört worden war, hat das Wasser sicherlich jeden unterirdischen Raum geflutet, der noch erhalten war.

Diese Kopie, falls es dort eine gab, wäre damit schon vernichtet. War es ein falscher oder der richtige Schlüssel? Und wenn im Laufe der Zeit auch andere vernichtet worden sind? Es bleibt also die Frage, wie wir herausfinden können, ob die, die Richard kennt und die ich gefunden habe, die beiden richtigen Schlüssel sind.«

Nicci starrte in die Luft. »Ich fürchte, es könnten falsche Kopien sein – die, die Richard auswendig gelernt hat, und die, die Ihr in den Katakomben gefunden habt.«

Zedd begann, unruhig auf und ab zu gehen. »Ich wüsste nicht, wie man das sicher klären könnte.«

»Vielleicht gibt es zwei Möglichkeiten«, sagte sie. »Für die erste möchte ich noch nicht meine Hand ins Feuer legen. Ich habe gerade erst angefangen, *Das Buch des Lebens* zu übersetzen. Aber es gibt Stellen, an denen die Benutzung des Schlüssels erwähnt wird. Wenn die Person, die die Kästchen ins Spiel bringt, steht dort, den Schlüssel nicht richtig anwendet, werden die Kästchen zusammen mit demjenigen zerstört, der sie ins Spiel gebracht hat.«

»Den Schlüssel nicht richtig anwendet …«, murmelte Zedd in Gedanken versunken.

»Für mich bedeutet das Folgendes: Wenn Darken Rahl den wahren Schlüssel nicht richtig angewendet hätte, indem er zum Beispiel den letzten Teil ausgelassen hat – wie du es uns von Richard erzählt hast, der das Buch für ihn rezitiert hat –, wäre er vernichtet worden, aber mit ihm auch die Kästchen der Ordnung. Die Kästchen der Ordnung wurden jedoch nicht zerstört, also könnte Richard ihm den falschen Schlüssel vorgelesen haben und Darken Rahl hätte dann schlicht das falsche Kästchen aufgemacht. Was ihn vernichtete.

Es steht dort nichts darüber, dass die Kästchen bei Verwendung eines falschen Schlüssels vernichtet werden, weil es zu der Zeit, als es geschrieben wurde, keine falschen Schlüssel gab und somit dieses Problem damals gar nicht zur Debatte stand. Seht Ihr, was ich meine?« Sie deutete auf das Buch. »Wenn Richard den richtigen Schlüssel verfälscht hat und Darken Rahl dadurch dazu veranlasst hat, das falsche Kästchen zu wählen, hätte dieses eigentlich zusammen mit Darken Rahl vernichtet werden müssen. Das stützt die These, dass Richard den falschen Schlüssel auswendig gelernt hat.«

»Vielleicht. Aber Ihr habt gesagt, dessen seid Ihr noch nicht sicher.« Zedd rieb sich den Nacken, während er weiter hin und her schritt. »Wir sollten nicht den Fehler begehen und voreilige Schlüsse ziehen.«

Nicci nickte.

»Habt Ihr nicht gesagt, es gäbe eine weitere Möglichkeit?«, fragte Zedd.

Erneut nickte Nicci und zitierte dann die zentrale Prophezeiung, die Nathan ihnen erzählt hatte. »›Im Jahr der Zikaden, wenn der Vorkämpfer für Selbstaufopferung und Leid unter dem Banner der Menschheit und des Lichts endlich seinen Schwarm teilt, soll dies als Zeichen dafür dienen, dass die Prophezeiung zum Leben erweckt worden ist und uns die letzte und entscheidende Schlacht bevorsteht. Seid gewarnt, denn alle wahren Gabelungen und ihre Ableitungen sind in dieser seherischen Wurzel miteinander verknüpft. Ein einziger Hauptstrang nur zweigt von dieser Verknüpfung der allerersten Ursprünge ab. Wenn der *fuer grissa ost drauka* in dieser letzten Schlacht nicht die Führung übernimmt, dann wird die Welt, bereits jetzt am Abgrund ewiger Finsternis, unter ebendiesen fürchterlichen Schatten fallen.‹

Versteht Ihr?«, fragte Nicci. »Der ›Vorkämpfer für Selbstaufopferung und Leid unter dem Banner der Menschheit und des Lichts‹ sind Jagang und die Imperiale Ordnung. Dann heißt es, wenn er ›endlich seinen Schwarm teilt, soll dies als Zeichen dafür dienen, dass die Prophezeiung zum Leben erweckt worden ist und uns die letzte und entscheidende Schlacht bevorsteht‹. Er wird seine Armee teilen. Die eine Hälfte hält die Pässe, während die andere durch D'Hara von Süden heranmarschiert. Wie es dort heißt, ›steht uns die letzte und entscheidende Schlacht bevor‹.«

Wie zur Bestätigung zuckte ein Blitz vor den Fenstern und wurde begleitet von einem Donnerschlag, der die Burg erbeben ließ.

Zedd legte die Stirn in Falten. »So ganz kann ich Eurer Argumentation nicht folgen.«

»Warum haben Ann und Nathan das Buch ursprünglich für Richard gestohlen? Weil sie die Prophezeiung falsch interpretiert haben – sie glaubten, bei der letzten Schlacht ging es um Darken Rahl. Ihrer Meinung nach brauchte Richard *Das Buch der Gezählten Schatten,* um gegen Darken Rahl zu kämpfen. Und sie hatten die einzig noch existierende Kopie gefunden – dachten sie.

Versteht Ihr denn nicht? Das war zu einfach. Richard wurde geboren, um diesen Kampf gegen Jagang und die Schwestern der Finsternis auszutragen, die die Kästchen der Ordnung ins Spiel gebracht haben. Hier geht es um die Fortführung der gleichen letzten Schlacht, die mit Darken Rahl begonnen hat.

Ich glaube, die Prophezeiungen deuten darauf hin, dass Richard den falschen Schlüssel auswendig gelernt hat: ›Seid gewarnt, denn alle wahren Gabelungen und ihre Ableitungen sind in dieser seherischen Wurzel miteinander verknüpft.‹ Alle wahren Gabelungen – wahren Schlüssel? – sind in der prophetischen Wurzel dieser letzten Schlacht zu finden. Es heißt, die anderen Gabelungen seien falsch. Vielleicht enthalten andere Gabelungen die falschen Schlüssel.

Könnte nicht der Kampf gegen Darken Rahl eine falsche Gabelung gewesen sein? Ann und Nathan wussten damals noch nicht genug, da nicht genug Ereignisse eingetreten waren, daher folgten sie dieser Gabelung und bereiteten Richard auf den Kampf gegen Darken Rahl und nicht gegen Jagang vor. Aber in dieser Prophezeiung heißt es: ›Wenn der *fuer grissa ost drauka* in dieser letzten Schlacht nicht die Führung übernimmt, dann wird die Welt, bereits jetzt am Abgrund ewiger Finsternis, unter ebendiesen fürchterlichen Schatten fallen.‹

Dieser fürchterliche Schatten ist die Macht der Ordnung, die durch die Schwestern der Finsternis freigesetzt wurde. Sie wollen die Dunkelheit über die Welt des Lebens bringen. Ann, Nathan und Richard haben sich auf die falsche Schlacht vorbereitet. Denn die Schlacht, die er austragen soll, steht erst jetzt bevor.«

Zedd ging hin und her, das Gesicht in Falten gezogen. Schließlich blieb er stehen und wandte sich ihr zu. »Vielleicht, Nicci. Ihr habt viel mehr Zeit damit verbracht, Prophezeiungen zu studieren, als ich. Vielleicht seid Ihr da auf etwas gestoßen.

Aber vielleicht auch nicht. Prophezeiungen, so hat es Nathan erklärt, kann man nicht so auslegen, wie Ihr es gerade ausgeführt habt. Prophezeiungen sind ein Mittel der Kommunikation zwischen Propheten. Sie können nicht unbedingt von jemandem studiert, analysiert oder verstanden werden, der die Gabe für Prophezeiungen nicht besitzt.

Genau wie Ann und Nathan zieht Ihr möglicherweise auch voreilige Schlüsse, ohne über die notwendigen Informationen zu verfügen. Ich denke, es ist zu früh für derartige Folgerungen.«

Nicci nickte und musste ihm in dieser Hinsicht zustimmen. »Hoffentlich liegt Ihr damit richtig, Zedd, wirklich. Mir geht es nicht darum, recht zu behalten. Ich habe es nur erwähnt, weil ich der Meinung bin, wir sollten über die Zusammenhänge nachdenken.«

Er nickte. »Und wir sollten über noch etwas nachdenken. Richard hält sich nicht an Prophezeiungen.«

»Ich weiß nicht«, sagte Nicci und strich sich durchs Haar, »aber vielleicht habt Ihr recht.«

Sie war so müde und brauchte Schlaf; danach wäre sie möglicherweise wieder in der Lage, klar zu denken. Vielleicht ließ sie sich von all den Sorgen tatsächlich auf die falsche Fährte führen.

»Im Augenblick könnten wir nicht mit Sicherheit feststellen, ob die Kopien vom *Buch der Gezählten Schatten,* also die, die ich gefunden habe, und die, die Richard kennt, korrekt oder fehlerhaft sind.«

»Was sollen wir also tun?«, fragte sie.

Zedd blieb stehen und sah sie an. »Wir müssen Richard zurückholen, dann wird er schon herausbekommen, wie er diese Bedrohung aufhalten kann.«

Nicci lächelte. Immer wieder gelang es ihm, sie selbst in den düstersten Augenblicken aufzuheitern – so wie Richard.

»Aber eines kann ich Euch sagen«, fuhr Zedd fort, »bevor es so weit ist, sollten wir besser herausgefunden haben, ob der Schlüssel, den er auswendig gelernt hat, der richtige oder der falsche ist.«

Nicci klappte *Das Buch des Lebens* zu, nahm es vom Tisch und hielt es im Arm. »Ich muss das ganze Buch lesen, von der ersten bis zur letzten Seite. Ich will wissen, ob es eine Möglichkeit gibt, das zu tun, worum Richard mich gebeten hat – die Kästchen wieder aus dem Spiel zu nehmen und die Bedrohung zu beenden.

Falls mir das nicht gelingt, sollte ich das Buch am besten in- und auswendig kennen, damit ich für Richard von Nutzen bin, wenn er die Antwort auf diese Fragen sucht.«

Zedd sah ihr in die Augen. »Das ist viel Arbeit und wird eine Menge Zeit kosten – um ein Buch von solcher Komplexität vollständig zu verstehen, braucht man Monate. Hoffentlich bleibt uns so viel Zeit. Trotzdem stimme ich Euch zu. Ihr solltet am besten gleich anfangen.«

Nicci steckte das Buch in eine Tasche an ihrem Kleid. »Das sollte ich wohl. Es könnten hier auch Bücher vorhanden sein, die mir helfen. Falls mir eines davon einfällt oder eins erwähnt wird, lasse ich es Euch wissen. Nach dem, was ich bisher gesehen habe, gibt es auch praktische Dinge, bei denen ich Hilfe gebrauchen könnte. Falls ich nicht weiterkomme, würde ich mich über die Unterstützung des Obersten Zauberers freuen.«

Zedd lächelte. »Die ist Euch gewiss, meine Liebe.«

Sie hob den Zeigefinger. »Aber wenn Euch eine Idee kommt, wie wir Richard finden, erzählt mir gleich davon, und nicht erst, wenn Ihr den Gedanken zu Ende gedacht habt.«

Zedds Lächeln wurde breiter. »Einverstanden.«

»Und falls wir Lord Rahl nicht finden?«, fragte Cara.

Die beiden anderen starrten sie an. Donner grollte durch das ferne Tal. Regen prasselte stetig an die Fenster.

»Wir holen ihn zurück«, beharrte Nicci und weigerte sich, das Undenkbare auch nur in Betracht zu ziehen.

»Nichts ist jemals einfach«, murmelte Zedd.

54

Trotz der Erschöpfung nach dem Ritt raubte Kahlan der Anblick in der Ferne den Atem. Hinter einer dunklen Flut von Männern der Imperialen Ordnung und den purpurgrauen Schatten, die sich über die weite Ebene gelegt hatten, erhob sich eine mächtige Hochebene und fing die goldenen Strahlen der untergehenden Sonne auf.

Auf der Hochebene lag ein ausgedehnter Ort, der den Vergleich mit keiner ihr bekannten Stadt zu scheuen brauchte. Die hohen Außenmauern leuchteten im schwindenden Abendlicht. Weißer Marmor, Stuck und Stein bildeten die Fassaden der in Größe, Form und Höhe unterschiedlichen Gebäude, die im letzten rosigen Hauch des Tages schimmerten. Dächer schützten vor der aufziehenden kalten Nacht einer sterbenden Jahreszeit, als hätten sich die Häuser unter ihrer Decke verkrochen.

Es war endlich ein guter, ein edler, ein schöner Anblick nach den endlosen Wochen der Reise zwischen grimmigen, brütenden Männern, die nur darauf warteten, an jemandem ihre Schändlichkeit auslassen zu können.

Diese Männer im Schatten eines solchen Ortes zu sehen empfand Kahlan als Entweihung. Sie schämte sich, zu diesem unheiligen Pöbel zu gehören, der sich am Fuße der stolz vor ihnen aufragenden vollkommenen Pracht versammelt hatte. Allein der Anblick des Ortes ließ aus irgendeinem Grund ihr

Herz aufgehen. Obwohl sie sich nicht erinnern konnte, jemals hier gewesen zu sein, fühlte es sich doch so an.

Um sie herum grunzten Männer, brüllten Maultiere, schnaubten Pferde, ächzten Wagen, und Waffen und Rüstungen klirrten – die Laute der Bestie, die gekommen ist, um das Gute zu töten. Der Gestank hing wie eine giftige Wolke über der Armee, als sollte sie jeden, der vorbeikam, mahnen, was für verdorbene Männer er vor sich hatte. Als hätte es eines solchen Hinweises bedurft.

Um Kahlan herum ritten die Hilfswachen, die sie nun seit Wochen nicht aus dem Auge ließen. Es waren dreiundvierzig. Kahlan hatte sie gezählt, damit sie den Überblick behielt. Während der Reise hatte sie sich damit beschäftigt, ihre Gesichter und ihre Gewohnheiten zu studieren. Sie wusste, welcher ungeschickt war, welcher dumm, welcher klug und wer gut mit der Waffe umgehen konnte. Es war ein Spiel, bei dem sie während der endlosen Ritte Tag um Tag die Stärken und Schwächen der Männer beobachtete und sich vorstellte, wie sie einen nach dem anderen töten könnte.

Bislang hatte sie keinen umgebracht. Sie hatte entschieden, auf lange Sicht würde es ihre Chancen erhöhen, wenn sie tat, was man ihr sagte, wenn sie sich unterwürfig und gehorsam gab. Die Männer waren gewarnt, sie wussten, dass sie Jagang gehörte, und niemand würde sie anrühren, außer um sie an der Flucht zu hindern.

Kahlan wollte sich hinter der Monotonie des täglichen Einerleis verstecken, damit ihre Wachen sie für ungefährlich, harmlos, sogar eingeschüchtert hielten und das Aufpassen auf sie als eine lästige Pflicht betrachteten. Dabei hätte sie mehrmals Gelegenheit gehabt, einen der Männer zu töten, doch hatte sie diese nie wahrgenommen, wie leicht es auch scheinen mochte. Stattdessen hatte sie sich entschieden, die Wachen, was sie betraf, in ein Gefühl der Sicherheit, ja sogar der Langeweile zu wiegen. Solche Unaufmerksamkeit gegenüber der Gefahr, die sie darstellte, würde ihr eines Tages dienlicher sein als ein sinnloser Mordanschlag, mit dem sie eigentlich nichts erreichte. Das würde ihr nicht bei der Flucht helfen, und Jagang würde lediglich den Halsring einsetzen – wenn nicht sogar seine Fäuste –, um ihr Schmerzen zu bereiten. Obwohl er keinen Anlass brauchte, sah sie keinen Sinn darin, ihm einen zu liefern.

Der Einzige, der sich auf diese Weise nicht zu Gleichgültigkeit und Sorglosigkeit einlullen ließ, war Jagang selbst. Er verkannte weder sie noch ihren unbeugsamen Willen. Offensichtlich genoss er es, ihre Taktik zu beobachten, auch wenn ihre Strategie in Untätigkeit bestand. Wie bei ihr gehörte Geduld zu seinem Arsenal. Als Einziger ließ er auch nie nur für einen Augenblick in seiner Wachsamkeit nach. Kahlan glaubte, er wisse genau, was sie tat.

Dennoch beachtete sie ihn nicht; selbst wenn er es wusste, so dachte sie, würde es seine Aufmerksamkeit trotzdem untergraben, wenn nichts geschah. Es war mühsam, auf etwas zu warten, das niemals passierte, auch wenn man wusste, dass es unausweichlich war. Mochte er die Gewissheit haben, dass sie irgendwann einen Versuch unternehmen würde, so konnte sie doch nach Wochen und Wochen demütiger Unterwürfigkeit auf das Überraschungsmoment zählen, wenn auch nur für einen Augenblick. Dieser Augenblick würde aber möglicherweise ausschlaggebend sein.

Manchmal jedoch konnte sie ihn nicht ignorieren. Wenn er üble Laune hatte und sie seinen Zorn anfachte – für gewöhnlich allein durch ihre Anwesenheit –, prügelte er sie blutig. Zweimal musste sie von den Schwestern behandelt werden, sonst wäre sie verblutet. Und wenn er richtig schlechte Laune hatte, wurde es meist sehr viel schlimmer. Dann war er sehr erfinderisch darin, sie zu misshandeln. In dieser Stimmung schien es ihm weniger um schlichten Schmerz zu gehen, sondern vor allem die Erniedrigung faszinierte ihn offensichtlich. Sie hatte gelernt, dass er nicht aufhören würde, bis sie zu weinen begann.

Wenn sie weinte, dann nur, weil sie Schmerz, Demütigung oder Verzweiflung nicht mehr ertragen und die Tränen nicht länger zurückhalten konnte. Jagang genoss es, sie weinen zu sehen. Sie ergab sich ihm nicht, damit die Qualen aufhörten, sondern weil sie an einem Punkt angelangt war, an dem sie es nicht länger ertrug. Und das war es, was er wollte.

Zu anderen Gelegenheiten brachte er eine Frau mit in sein Zelt, während Kahlan auf dem Teppich neben dem Bett liegen musste, dem Schlafplatz, den er ihr wie einem Hund zugewiesen hatte. Für gewöhnlich handelte es sich um eine unglückliche Gefangene, die allesamt ganz und gar nicht willig waren. Er schien sich jene auszusuchen, die seine Aufmerksamkeit am meisten fürchteten, und dann demonstrierte er ihnen auf brutale Weise, was es bedeutete, als Sklavin im Bett des Kaisers zu landen. War er dann endlich eingeschlafen, hielt Kahlan die verängstigte Frau im Arm, erzählte ihr, dass eines Tages alles besser werden würde, und tröstete sie, so gut es ging.

Vielleicht tat er es, weil es ihm Spaß bereitete, aber das war nur der Nebeneffekt. Eigentlich wollte er Kahlan nur ständig daran erinnern, was ihr bevorstand, wenn ihre Erinnerung zurückkehrte.

Kahlan wollte ihr Gedächtnis nicht zurück. Das wäre ihr Verderben.

Da sie ihr Ziel nun erreicht hatten, würde es wieder Ja'La-Spiele geben. Kahlan stellte sich vor, wie wieder ein Turnier ausgerichtet würde. Hoffentlich würde das Jagang von ihr ablenken. Sie musste ihn zwar begleiten – stets sollte sie in seiner Nähe bleiben –, aber das war besser, als mit ihm allein zu sein.

Als sie bei den Zelten des Kaisers ankamen, war sie zunächst ein wenig erstaunt, denn das Lager befand sich in deutlicher

Entfernung von ihrem Ziel. Bis zu dem Ort wäre es noch ein Ritt von ein oder zwei Stunden gewesen.

Kahlan fragte nicht nach dem Grund, doch fand sie ihn bald heraus, als die Offiziere zur abendlichen Besprechung eintrafen.

»Ich möchte, dass heute Nacht die Schwestern Wache halten«, erklärte Jagang ihnen. »So nah an der Stadt weiß man nicht, welche verderbten Kräfte der Feind dort oben gegen uns einsetzen wird.«

Kahlan bemerkte, dass die Schwestern Ulicia und Armina, die sich in der Nähe aufhielten, über den Befehl erleichtert waren. Sie würden den Männern nicht mehr zu Diensten sein müssen. Auf dem wochenlangen Marsch hatte man sie fast jede Nacht zu den Zelten geschickt, als Strafe für ihre Vergehen gegen Jagang, und beide sahen um Jahre gealtert aus.

Waren sie vor noch gar nicht langer Zeit recht anziehende Frauen gewesen, konnte man das nun nicht mehr behaupten. Ihre einstige Schönheit war dahin. Die Augen waren tief gerändert, leer und stumpf. Schwester Arminas himmelblaue Augen schienen Entsetzen auszudrücken, als könne sie ihr Schicksal nicht begreifen. Beide Schwestern hatten tiefe Falten bekommen und wirkten ausgemergelt und niedergeschlagen. Stets waren sie schmutzig, ihr Haar war verfilzt, ihre Kleider zerrissen. Oft erschienen sie am Morgen mit blauen Flecken.

Kahlan sah niemanden gern leiden, aber für die zwei vermochte sie kein Mitleid zu empfinden. Ohne diese beiden wäre sie nicht in den Klauen eines Mannes, der die Augenblicke zählte, bis sie ihre Erinnerung zurückerlangte, damit er ihr unerträgliches Leid zufügen konnte, und zwar nicht nur körperlich, sondern auch seelisch. Mehr als einmal hatte er ihr versprochen, sie zu schwängern, wenn es so weit war, damit sie ihm ein Kind austrug – einen Jungen, behauptete er immer. Und jedes Mal machte er diese dunkle Bemerkung, dass sie erst, wenn sie ihr Gedächtnis wiedergefunden hätte, wahrlich verstehen würde, was für ein Ungeheuer dieses Kind für sie sei.

Soweit es Kahlan betraf, konnte Jagang die beiden Frauen gar nicht genug quälen.

Nicht nur deswegen, was sie Kahlan angetan hatten. Aus dem, was sie hier und da aufschnappte, erfuhr Kahlan, welchen ungeheuerlichen Plan sie geschmiedet hatten, sodass man sie schon allein deswegen gar nicht brutal genug behandeln konnte. Kahlan hätte die beiden jedoch, wenn man sie gefragt hätte, einfach zum Tode verurteilt. Für Folter hatte sie nichts übrig; sie glaubte, die Schwestern hatten es nicht verdient weiterzuleben. Sie hatten ihr Lebensrecht durch die Verbrechen, die sie anderen angetan hatten, längst verwirkt, und auch durch ihren Plan, der schließlich alle das Leben gekostet hätte. Nach diesen Maßstäben hätte allerdings die ganze Armee den Tod verdient.

Wenn Jagang nur ein solches Schicksal erleiden könnte!

»Zumindest sind ihre Truppen geflohen«, sagte einer der höheren Offiziere zu Jagang, während das Pferd des Kaisers fortgeführt wurde. Ein anderer Mann übernahm Kahlans Stute.

Dem Offizier fehlte das halbe Ohr. Die Wunde war längst zu einer Geschwulst verheilt, dennoch war die Narbe kaum zu übersehen. Männer, die dieses Mal nicht ignorierten, verloren manchmal selbst ein Ohr.

»Sie haben keine Verteidiger mehr«, erklärte ein anderer Offizier.

»Bestimmt haben sie mit der Gabe Gesegnete dort oben«, meinte Jagang, »die für uns kein unüberwindbares Hindernis darstellen sollten.«

»In den Berichten der Kundschafter und Spione heißt es, die Straße sei schmal – zu eng für jede Form eines groß angelegten Sturmangriffs. Außerdem gibt es eine Zugbrücke, die sie hochgezogen haben. Es wird schwierig, gleichzeitig Baumaterial hinaufzuschleppen und uns dabei zu verteidigen, während wir die Kluft überbrücken.

Auch das große Tor, das zum inneren Weg auf die Hochebene führt, ist geschlossen. Niemand glaubt, dass man es aufbrechen kann. Schon seit tausend Jahren hat es jedem Angriff standgehalten. Die mit der Gabe Gesegneten sagen zudem, in der Nähe des Palastes seien ihre Kräfte geschwächt.«

Jagang lächelte. »Ich habe schon einige Ideen.«

Der Mann mit dem halben Ohr neigte den Kopf. »Jawohl, Exzellenz.«

Während Jagang und seine Offiziere sich unterhielten, bemerkte Kahlan in der Ferne eine Gruppe von Reitern, die in halsbrecherischer Geschwindigkeit durch das Lager preschten. Sie kamen von Süden. An jedem Kontrollpunkt brachten sie die Pferde zum Halt, sprachen kurz mit den Posten und wurden durchgewinkt.

Jagang waren die Reiter ebenfalls aufgefallen. Das Gespräch mit den Offizieren geriet ins Stocken, und bald schauten alle mit dem Kaiser zu, wie die Reiter die innere Verteidigungslinie erreichten und in einer Staubwolke von den Pferden stiegen. Am letzten Ring aus Stahl warteten sie auf die Erlaubnis, das Lager des Kaisers zu betreten.

Auf Jagangs Zeichen hin wurden die Männer herbeigeführt. Obwohl sie erschöpft wirkten, beeilten sie sich.

Der Mann an der Spitze war ein drahtiger älterer Kerl mit hartem Blick in den Augen. Er salutierte.

»Also«, fragte Jagang, »was gibt es so Dringendes?«

»Exzellenz, Städte in der Alten Welt werden angegriffen.«

»Ist das so?« Jagang seufzte ungeduldig. »Das sind diese Aufrührer aus Altur'Rang. Wurden sie noch nicht niedergeschlagen?«

»Nein, Exzellenz, es sind nicht nur die Aufrührer, obwohl

die uns auch Schwierigkeiten machen, allen voran dieser Kerl, den sie Schmied nennen. Aber es wurden zu viele Orte angegriffen, als dass es nur die Aufrührer sein könnten.«

Jagang beäugte den Mann misstrauisch. »Welche Orte wurden angegriffen?«

Der Mann zog ein aufgerolltes Stück Papier aus dem staubigen Hemd. »Hier ist eine Liste der bisher gemeldeten.«

»Bisher?«, fragte Jagang, zog eine Augenbraue hoch und rollte die Liste auf.

»Ja, Exzellenz. Es heißt, eine Welle der Zerstörung würde über das Land hinwegschwappen.«

Jagang überflog die Liste. Kahlan versuchte unbemerkt aus den Augenwinkeln mitzulesen. Sie sah zwei Spalten mit Namen von Städten. Insgesamt musste es sich um fünfunddreißig oder vierzig Orte handeln.

»Ich weiß nicht, was du mit ›über das Land hinwegschwappen‹ meinst«, knurrte Jagang. »Diese Orte liegen weit auseinander, nicht auf einer Linie oder in einer Gegend der Alten Welt. Sie sind überall verstreut.«

Der Mann räusperte sich. »Ja, Exzellenz. So lauten die Berichte.«

»Das ist schlichte Übertreibung.« Um es zu betonen, tippte Jagang mit dem dicken Zeigefinger auf das Papier. Die Silberringe an seiner Hand funkelten im schwindenden Licht. »Taka-Mar zum Beispiel. Taka-Mar wurde angegriffen? Das kann einem Haufen unzufriedener Narren doch nichts einbringen. Dort sind Soldaten stationiert. Es ist ein Zwischenhalt für Nachschubtrosse, der gut verteidigt wird. Und außerdem haben dort Brüder der Glaubensgemeinschaft des Ordens den Befehl. Sie würden diesem Pöbel niemals erlauben, nach Taka-Mar hineinzugelangen. Dieser Bericht ist völlig aus der Luft gegriffen und stammt vermutlich von nervösen Narren, die sich vor ihrem eigenen Schatten fürchten.«

Der Mann verbeugte sich entschuldigend. »Exzellenz, Taka-Mar habe ich mit eigenen Augen gesehen.«

»Und?«, brüllte Jagang. »Was hast du gesehen? Heraus damit!«

»Alle Straßen zur Stadt sind mit Pfählen gesäumt, auf denen verkohlte Schädel stecken«, begann der Mann.

»Wie viele Schädel?« Jagang fuchtelte aufgeregt herum. »Dutzende? Einhundert?«

»Exzellenz, es waren unzählige, und ich habe bei mehreren Tausend aufgehört, ohne besonders weit gekommen zu sein. Die Stadt selbst existiert nicht mehr.«

»Existiert nicht mehr?« Jagang wirkte verwirrt. »Was meinst du damit? Das ist unmöglich.«

»Sie wurde bis auf die Grundmauern niedergebrannt, Exzellenz. Kein einziges Gebäude steht mehr. Das Feuer war so heftig, dass keine Balken mehr geborgen werden können. Die Obstgärten auf dem Weg in die Hügel wurden abgeholzt. Die Felder, die kurz vor der Ernte standen, wurden abgeflammt. Der Boden wurde mit Salz unbrauchbar gemacht. Dort wird nie wieder etwas wachsen. Diese einst fruchtbare Gegend wird niemanden mehr versorgen. Es sieht aus, als hätte der Hüter selbst dort gewütet.«

»Und wo waren die Soldaten? Was haben sie gemacht?«

»Die Schädel auf den Pfählen gehörten den Soldaten. Ich fürchte, sie sind bis zum letzten Mann tot.«

Jagang warf Kahlan einen Blick zu, als wäre sie für die Katastrophe verantwortlich. Irgendwie schien er dieses Unheil mit ihr in Verbindung zu bringen. Er zerknüllte das Papier und wandte sich wieder dem Boten zu.

»Was ist mit den Brüdern des Ordens? Haben sie berichtet, was geschehen ist und warum sie es nicht abwenden konnten?«

»In Taka-Mar gab es sechs Brüder, Exzellenz. Sie wurden mitten auf verschiedenen Straßen zur Stadt gepfählt. Jeden hat man vom Hals abwärts gehäutet. Auf den Köpfen saßen noch die Amtsmützen, an denen wir sie erkennen konnten.

Die meisten Bewohner, die aus der Stadt geflohen sind, sagen, der Angriff sei in der Nacht erfolgt. So verängstigt wie sie waren, konnten wir nicht viel Gescheites aus ihnen herausholen, nur dass die Männer, die sie angriffen, Soldaten des d'haranischen Reiches waren. Da waren sie sich sicher. All diese Menschen haben ihre Heimat verloren.

Die Angreifer haben die Flüchtlinge nicht niedergemetzelt, solange sie keinen bewaffneten Widerstand leisteten, aber sie haben deutlich gemacht, dass sie die gesamte Alte Welt in Schutt und Asche legen wollen und jeden töten werden, der die Imperiale Ordnung unterstützt.

Die Soldaten haben den Bewohnern gesagt, es sei der Orden und ihr Glauben, der diesen Krieg zu ihnen geführt hat und der ihnen und dem Land den Ruin bringen wird. Die Soldaten schworen, sie würden die Menschen der Alten Welt in die Gräber und dann in die dunkelsten Winkel der Unterwelt treiben, falls sie nicht den Lehren des Ordens und seiner Kriegslust abschworen.«

Kahlan bemerkte erst, dass sie lächelte, als Jagang zu ihr herumfuhr und ihr eine Ohrfeige versetzte, die sie von den Beinen warf. Heute Nacht, das war ihr klar, würde er sie grün und blau prügeln.

Es kümmerte sie nicht. Was sie gerade gehört hatte, war es wert. Sie konnte sich das Lächeln einfach nicht verkneifen.

55

Nicci zog den Umhang fester um sich und lehnte sich mit der Schulter an die große Steinzinne. Sie spähte zur Straße tief unter ihr und beobachtete die vier Reiter, die den Berg herauf zur Burg kamen. Noch hatten sie ein Stück vor sich, doch konnte sich Nicci recht gut vorstellen, um wen es sich handelte.

Sie gähnte und schaute hinüber zur Stadt Aydindril und den ausgedehnten Wäldern. Die leuchtenden Farben des Herbstes verblassten langsam. Beim Anblick der Bäume, die die Berghänge der Umgebung bedeckten und den Wechsel der Jahreszeiten so kühn ankündigten, musste sie an Richard denken. Er liebte Bäume. Nicci mochte sie inzwischen ebenfalls, eben weil sie der Wald an Richard erinnerte.

Auch aus einem weiteren Grund sah sie Bäume mittlerweile in einem anderen Licht. Sie markierten den Lauf der Zeit, das Verstreichen der Jahreszeiten, den Wechsel der Muster, die nun Teil ihrer Welt geworden waren, weil sie eben mit all dem verbunden waren, was sie im *Buch des Lebens* gelesen hatte. Alles war auf komplizierte Weise miteinander verwoben – wie die Macht der Ordnung funktionierte und wie diese Macht durch die Verbindung zur Welt des Lebens funktionierte. Die Welt, die Jahreszeiten, die Sterne, die Stellung des Mondes waren Teil dieser Gleichung, Teil dessen, was die Macht der Ordnung ausmachte und lenkte. Je mehr sie gelesen und gelernt hatte, desto intensiver spürte sie diesen Puls der Zeit und des Lebens um sich herum.

Außerdem war sie eindeutig zu dem Schluss gekommen, dass Richard den falschen Schlüssel auswendig gelernt hatte.

Das erzählte sie Zedd allerdings nicht. Im Augenblick erschien es ihr nicht wichtig. Zudem war es nicht leicht zu erklären. Denn ihre Klarheit rührte nicht aus dem, was *Das Buch des Lebens* sagte, sondern aus der Weise, wie es gesagt wurde. Das Buch war in einer anderen Sprache verfasst, und das bezog sich nicht nur auf das Hoch-D'Haran. Natürlich war es Hoch-D'Haran, aber die wahre Sprache des Buches war das Zusammenwirken zu der Kraft, die daraus beschworen wurde. Die Formeln, Banne und Verfahren waren nur ein Aspekt.

In vielerlei Hinsicht erinnerte es sie daran, wie Richard so überzeugend über die Sprache von Symbolen und Emblemen geredet hatte. Inzwischen verstand sie langsam, was er meinte, indem sie es selbst im *Buch des Lebens* wiederfand. Sie sah die Linien und Winkel in bestimmten Formeln als eigene Sprache. Sie begann zu begreifen, worum es Richard eigentlich gegangen war.

Das Buch des Lebens hatte Nicci dazu gezwungen, die Welt des Lebens mit neuen Augen zu betrachten – und das erinnerte sie daran, wie Richard die Welt stets gesehen hatte, durch ein Prisma aus Wundern, Begeisterung und Liebe zum Leben. In gewisser Weise ging es um die gründliche Erkenntnis der genauen Natur der Dinge, der Wertschätzung der Dinge als das, was sie waren, und nicht als das, was sich die Menschen darunter vorstellten.

Teilweise lag dies daran, weil *Das Buch des Lebens* nicht nur additive, sondern auch subtraktive Magie beinhaltete, so wie der Tod zum Leben gehörte. Es handelte vom Ganzen. Aus diesem Grund konnte Nicci es Zedd nicht erklären; er besaß die Gabe der subtraktiven Magie nicht. Ohne diese Gabe fehlte etwas Wesentliches, um *Das Buch des Lebens* zu verstehen. Sie konnte die Formeln erläutern, die Verfahren darlegen, ihm die Banne zeigen, aber vieles würde er nur durch die Filter seiner begrenzten Fähigkeiten sehen. Obwohl er manches davon mit dem Kopf verstehen würde, konnte er nicht umsetzen, was damit verbunden war.

Es war so, als würde man über Liebe hören, die Tiefe des Gefühls verstehen und auch begreifen, wie es Menschen erfüllte, ohne es jedoch je selbst erfahren zu haben. Ohne diese Erfahrung blieb es rein theoretisch und fruchtlos.

Solange man Magie nicht fühlte, kannte man sie nicht.

Richard hatte den falschen Schlüssel auswendig gelernt, das war die ganze Wahrheit.

»Was gibt es?«, fragte Zedd hinter ihr.

Nicci blickte über die Schulter, sah den alten Zauberer über den riesigen Wehrgang näher kommen und wusste, nun musste sie diese Überlegungen zunächst beiseiteschieben. Wenn sie Zedd von dem falschen Schlüssel erzählte, würde er darüber diskutieren wollen. Das hatte jedoch keinen Sinn.

Denn vor allem musste Richard wissen, dass er im Besitz des falschen Schlüssels war.

»Vier Reiter«, sagte Nicci.

Zedd blieb an der Mauer stehen. Er schaute zur Straße hinunter und grunzte, um kundzutun, dass er sie gesehen hatte.

»Sieht mir nach Tom und Friedrich aus«, sagte Cara. »Anscheinend haben sie jemanden aufgestöbert, der hier herumgeschlichen ist.«

»Das glaube ich nicht«, erwiderte Nicci. »Die sehen mir gar nicht nach Gefangenen aus. Da glitzert Stahl. Einer trägt Waffen. Tom hätte sie ihm abgenommen, wenn er ihn für eine Bedrohung gehalten hätte. Außerdem sieht mir der andere Reiter wie ein kleines Mädchen aus.«

»Rachel?«, fragte Zedd, runzelte die Stirn und beugte sich weiter vor, um besser zwischen die Bäume weit unten an der

Straße blicken zu können. Es würden nicht mehr viele Tage vergehen, bis das goldbraune Laub verschwunden wäre. »Meint Ihr wirklich, das ist sie?«

»Jedenfalls vermute ich es«, sagte Nicci.

Er wandte sich um und betrachtete sie. »Ihr seht fürchterlich aus.«

»Danke«, antwortete sie. »Das hört eine Frau doch immer gern von einem Herrn.«

Er tat seine ungehobelten Manieren mit einem Schnauben ab. »Wann habt Ihr das letzte Mal geschlafen?«

Nicci gähnte erneut. »Weiß nicht. Letzten Sommer, als ich mit dem Buch aus dem Palast des Volkes zurückgekehrt bin?«

Er schnitt eine Grimasse über den lahmen Scherz. Sie hatte keine Ahnung, warum sie mit ihm scherzen wollte. Zedd konnte jemanden einfach durch ein Grunzen zum Lachen bringen. Wann immer sie etwas sagte, das ihr komisch erschien, starrte man sie bloß an, so wie Cara jetzt.

»Wie geht es voran?«, fragte er.

Nicci wusste, was er meinte. Sie strich sich das Haar aus dem Gesicht und hielt es wegen des Windes fest. »Ich könnte Eure Hilfe bei einigen Sternkarten und Winkelberechnungen gebrauchen. Wenn ich es nicht selbst machen muss, geht es schneller, und ich könnte mich um andere Übersetzungen und Probleme kümmern.«

Zedd legte ihr sanft die Hand auf den Rücken, streichelte sie und übermittelte ihr so persönliche, tröstende Wärme. »Unter einer Bedingung.«

»Und zwar?«, fragte sie und gähnte.

»Ihr schlaft ein bisschen.«

Nicci lächelte und nickte. »Gut, Zedd.« Sie deutete mit dem Kinn nach unten. »Zunächst sollten wir uns jedoch anschauen, wer uns da besuchen kommt.«

Sie gingen gerade durch die große Tür der Burg am Seiteneingang bei der Koppel, als die Reiter in dem Gewölbe unter der Mauer eintrafen.

Tom und Friedrich begleiteten Chase und Rachel. Rachels Haar war kurz geschoren und nicht mehr lang wie früher, und Chase wirkte erstaunlich gesund für einen Mann, der mit dem Schwert der Wahrheit durchbohrt worden war.

»Chase!«, rief Zedd. »Du lebst!«

»Na ja, ist schwierig, ein Pferd zu reiten, wenn man tot ist.«

Cara kicherte. Nicci sah sie an und fragte sich, woher diese plötzliche Vorliebe für Humor rührte.

»Habe sie bei der Heimkehr entdeckt«, berichtete Tom. »Die ersten Menschen, die wir seit Monaten da draußen zu Gesicht bekommen haben.«

»Es war richtig schön, Rachel wiederzusehen«, meinte Friedrich. Der ältere Mann schenkte dem Mädchen ein Grinsen und zeigte so, wie viel es ihm tatsächlich bedeutete.

Zedd fing Rachel auf, als sie aus dem Sattel rutschte, während Cara die Zügel nahm.

»Meine Güte, du bist aber schwer geworden«, sagte Zedd.

»Chase hat mich gerettet«, erzählte Rachel. »Er war ein Held. Du hättest ihn sehen sollen. Er hat ganz allein hundert Mann getötet.«

»Hundert! Nein, was für eine Leistung.«

»Einem hast du für mich ins Bein gestochen«, sagte Chase und schwang sich aus dem Sattel. »Sonst hätte ich nur neunundneunzig erwischt.«

Rachel strampelte mit den Beinen und wollte abgesetzt werden. »Zedd, ich habe dir etwas Wichtiges mitgebracht.«

Als sie stand, schnürte sie einen Lederbeutel los, der hinten an ihrem Sattel hing. Sie ging damit zur Granittreppe, stellte ihn ab und zog die Kordel auf.

Nachdem sie das Leder zurückgestreift hatte, strahlte Finsternis in den frischen Herbsttag. Für Nicci war es, als würde sie Jagang in die trüben schwarzen Augen sehen.

»Rachel«, stieß Zedd erstaunt hervor, »woher hast du das?«

»Von einem Mann, der Richards Schwert hat, Samuel hieß er. Er hat Chase verwundet und mich mitgenommen. Dann übergab er mich einer Hexe namens Sechs und an Violet, die Königin von Tamarang. Allerdings glaube ich, sie ist jetzt gar nicht mehr Königin.

Du kannst dir gar nicht vorstellen, wie böse Sechs ist.«

»Ich denke doch«, erwiderte Zedd.

Da er ein wenig Schwierigkeiten hatte, ihrer Geschichte zu folgen, hob er den Lederbeutel auf, um sich den Inhalt genauer anzusehen.

Beim Anblick eines der Kästchen der Ordnung schlug Nicci das Herz bis zum Hals. Nachdem sie wochenlang das Buch über die Kästchen studiert hatte, war es bestürzend, nun eines vor sich zu sehen. Theorie war eine Sache, die Realität dessen, was dieser Gegenstand repräsentierte, etwas ganz anderes.

»Ich konnte es doch nicht dalassen«, meinte Rachel zu Zedd. »Als ich dann die Chance zur Flucht hatte, habe ich es gestohlen und mitgenommen.«

Zedd zauste ihr das kurze Haar. »Gut gemacht, Kleines. Ich wusste doch immer, dass du etwas Besonderes bist.«

Rachel warf dem Zauberer die Arme um den Hals. »Sechs hat Violet Bilder von Richard malen lassen. Das hat mir fürchterliche Angst gemacht.«

»In einer Höhle?«, fragte Zedd. Auf Rachels Nicken hin blickte er Nicci an. »Das erklärt einiges.«

Nicci trat einen Schritt näher. »War Richard dort? Hast du ihn gesehen?«

Rachel schüttelte den Kopf. »Nein. Sechs ist eines Tages

weggegangen. Als sie zurückkehrte, sagte sie zu Violet, sie habe ihn mitgebracht, doch die Imperiale Ordnung hat ihn gefangen genommen.«

»Die Imperiale Ordnung …«, flüsterte Zedd.

Nicci überlegte, was schlimmer war: Richard in den Händen der Hexe oder in den Fängen der Imperialen Ordnung.

Richard verfügte nicht mehr über seine Gabe und sein Schwert, und er befand sich in Gefangenschaft der Imperialen Ordnung. Schlimmer konnte es kaum kommen, dachte sie bei sich.

56

Kahlan raffte den Umhang enger, während sie, seine ständige, gefügige Begleiterin, neben dem Kaiser ging. Natürlich war sie nicht freiwillig hier, sondern erzwungen, ob nun durch ausgeübte oder nur angedeutete Gewalt. Nachts schlief sie auf dem Teppich neben seinem Bett und wurde so ständig daran erinnert, was sie erwartete. Tagsüber blieb sie an seiner Seite wie ein Hund an der Leine. Ihre Leine war der Eisenring, mit dem er sie jederzeit bei Fuß gehen lassen konnte.

Sie vermochte sich nicht vorzustellen, was solchen Hass auf sie hervorrufen konnte, was diesen flammenden Eifer erzeugte, sie für die Sünden zu bestrafen, die er bei all seinen Feinden sah. Was immer sie getan hatte, um seinen Hass zu ernten, er hatte es verdient.

Als eine bitterkalte Böe durch das Lager zog, verbarg Kahlan ihr Gesicht hinter dem Umhang. Die Männer wandten die Gesichter ab, weil der Wind Sand aufwehte. Der Herbst ging mit großen Schritten seinem Ende zu, der Winter würde bald einbrechen. Hier auf der offenen Ebene rings um die Hochebene, auf dem der Palast des Volkes stand, würde es nicht sehr angenehm werden, aber Kahlan wusste, nachdem Jagang den Knochen einmal gepackt hatte, würde er ihn nicht mehr loslassen, komme, was wolle. Seine Hartnäckigkeit konnte man ihm nicht absprechen.

Angeblich befand sich im Inneren der Hochebene eine weitere Kopie von *Das Buch der Gezählten Schatten*, und auf die hatte Jagang es abgesehen.

Draußen auf der Azrith-Ebene machten die Bauarbeiten langsam Fortschritte. Sie dauerten schon den ganzen Herbst an, und Kahlan wusste, man würde den ganzen Winter durcharbeiten, wenn es sein musste, bis das Bauwerk fertig wäre. Falls der Boden nicht gefror. Kahlan vermutete allerdings, dass Jagang auch für diesen Fall Pläne hatte. Vielleicht würde er den Boden mit Feuern zum Auftauen bringen. Solange es trocken blieb, ließ sich die Erde vermutlich auch im gefrorenen Zustand ausheben.

Es gab keine Möglichkeit, das große Innentor der Hochebene aufzubrechen, und die Straße, die außen hinaufführte, hatte sich für einen Angriff mit so vielen Männern rasch als ungeeignet erwiesen.

Jagang hatte eine Lösung für dieses Problem.

Er beabsichtigte, eine riesige Rampe zu errichten, auf der seine Armee direkt bis vor die Mauern des Palastes marschieren konnte. Seinen Offizieren hatte er erklärt, dass sie sich, sobald sie oben ankamen, mit Belagerungsmaschinen den Weg durch die Mauer erkämpfen konnten. Erst einmal aber mussten sie hinaufgelangen.

Dazu baute nun die Armee draußen vor dem riesigen Lager eine Rampe. Deren Breite war überwältigend. Aus zwei Gründen, die beide gleich wichtig waren, musste sie so breit sein. Erstens sollte sie am Ende einen groß angelegten Angriff ermöglichen, den die Verteidiger nicht zurückschlagen konnten. Zweitens brauchte eine Rampe von dieser Höhe ein gewaltiges Fundament, damit sie nicht in sich zusammensackte. Im Wesentlichen ging es also darum, einen kleinen Berg vor die Hochebene zu bauen, um nach oben zu gelangen. Ein Unterfangen, bei dem man wahrlich Hartnäckigkeit brauchte.

Die Entfernung vom Ausgangspunkt ihrer Arbeiten bis zum

Ziel war entmutigend. Wegen der Höhe musste die Rampe sehr lang werden, damit Männer und Ausrüstung über die Straße, die sie anlegten, zu den Mauern des Palastes gebracht werden konnten.

Zuerst erschien ihr die Idee verrückt und undurchführbar, doch was Millionen von Männern, die nichts anderes zu tun hatten, und ein verbohrter Kaiser, den das Wohlergehen seiner Leute nicht scherte, vollbringen konnten, war schlicht beeindruckend. Man nutzte jeden Augenblick des Tageslichts und arbeitete manchmal sogar bei Fackelschein. Lange Reihen von Männern trugen Behälter mit Erde und Steinen zu der wachsenden Rampe, andere häuften Berge mit Material auf. Steine wurden aus Gründen der Stabilität unter den feineren Boden gemischt. Wieder andere Soldaten stampften den Boden mit einfachen Gewichten fest.

Fast alle Männer des Lagers waren an diesem Unternehmen beteiligt. Obwohl es eine beängstigende Aufgabe war, waren angesichts der ungeheuren Zahl von Arbeitern ständig Fortschritte zu erkennen. Unerbittlich wuchs die Rampe in die Höhe. Natürlich würde sich das Vorankommen mit wachsender Größe immer mehr verlangsamen, da das Material über immer längere Strecken herantransportiert werden musste.

Kahlan fand es überaus passend, dass diese Männer ein solch prachtvolles Bauwerk aus elegantem Marmor mit schmutziger Erde angriffen. Es entsprach der Philosophie des Ordens, im Dreck zu buddeln, um eines der prächtigsten Werke der Menschheit zu zerstören.

Sie hatte keine Vorstellung davon, wie lange es dauern würde, aber Jagang würde seinen Plan nicht aufgeben. Er wollte den Erfolg. Das Ende sei in Sicht, sagte er seinen Offizieren häufig, und er erwartete Opfer und Hingabe von allen für dieses hehre Ziel. Mit unnachgiebiger Entschlossenheit strebte er danach, diese letzte Bastion der Freiheit zu stürmen.

Vom Rande des Kaiserlagers, von wo aus sie die Bauarbeiten verfolgten, sah Kahlan einen Boten heranreiten. Im Süden wirbelte ein Nachschubtross eine lange Staubwolke auf. Sie beobachtete ihn schon seit Stunden, wie er näher und näher kam, und jetzt hatten die vordersten Wagen das Lager erreicht.

Jagang war erleichtert, als er den Nachschubtross endlich erblickt hatte. Eine Armee dieser Größe brauchte ständig Nachschub aller Art, vor allem aber Essen. In der Azrith-Ebene waren keinerlei Vorräte zu finden; hier gab es keine Bauernhöfe, weder Felder noch Viehherden. Um das Überleben der Armee zu sichern, damit diese die Rampe des Kaisers weiter in den Himmel baute, war man auf ständige Versorgung aus der Alten Welt angewiesen.

Der Bote stieg vom Pferd, trat näher und wartete geduldig. Jagang winkte schließlich mehrere Offiziere sowie den Neuankömmling zu sich.

Der Mann verneigte sich. »Exzellenz, ich komme mit den Vorräten, die uns die guten Menschen aus unserer Heimat schicken. Viele haben Opfer erbracht, damit unsere tapferen Soldaten den Feind bezwingen können.«

»Die Vorräte können wir ohne Frage gebrauchen. Die Männer arbeiten hart und müssen bei Kräften bleiben.«

»Wir haben außerdem einige der Ja'La-dh-Jin-Mannschaften mitgebracht, die an den Turnieren teilnehmen möchten, weil sie hoffen, eines Tages gegen die berühmte Mannschaft Seiner Exzellenz antreten zu dürfen.«

»Welche Mannschaften sind das?«, fragte Jagang abwesend und überflog das Verzeichnis, welches ihm der Bote reichte.

»Überwiegend bestehen sie aus Soldaten verschiedener Abteilungen. Die eine Mannschaft gehört dem Kommandanten des Nachschubtrosses. Er hat auf der Reise nach Norden Männer aus der Neuen Welt gesammelt. Mit denen kann er, wie er glaubt, Seiner Exzellenz ein besonderes Schauspiel bieten.«

Jagang nickte und las weiter. »Auf diese Weise werden diese Heiden unsere Lebensweise kennenlernen. Ja'La dh Jin ist eine gute Art, andere Völker in unserer Kultur und unseren Sitten zu unterweisen. Es lenkt schlichte Gemüter von der öden Existenz ab, die wir in diesem sinnlosen Leben ertragen müssen.«

Der Mann verneigte sich. »Jawohl, Exzellenz.«

Jagang hatte das Verzeichnis durchgelesen und sah auf. »Mir sind Gerüchte zu Ohren gekommen. Ist die Mannschaft mit den Gefangenen tatsächlich so gut, wie man sich erzählt?«

»Sie scheint hervorragend zu sein, Exzellenz. Ihr sind Siege gegen Mannschaften gelungen, die niemand für möglich gehalten hätte. Zuerst dachte man, es sei reines Glück. Inzwischen glaubt das niemand mehr. Sie haben eine Sturmspitze, die zu den Besten gehört, die ich je gesehen habe.«

Jagang schnaubte skeptisch. »Die beste Sturmspitze habe ich in meiner Mannschaft.«

Der Bote verneigte sich zur Entschuldigung. »Gewiss, Exzellenz.«

»Welche Nachrichten bringt ihr aus der Heimat?«

Der Mann zögerte. »Exzellenz, ich fürchte, es gibt beunruhigende Neuigkeiten. Der nächste Nachschubtross, der unserem folgte, wurde gerade zusammengestellt, als man ihn überfiel und vernichtete. Alle Rekruten, die als Verstärkung nach Norden geschickt werden sollten ... nun, Exzellenz, ich fürchte, sie wurden alle umgebracht. Ihre Köpfe wurden auf Pfähle entlang der Straße gesteckt. Die Reihe der Pfähle erstreckte sich von einer Stadt zur nächsten – und beide Städte wurden in Schutt und Asche gelegt. Eine Reihe von Städten, Wäldern und Feldern brennen. Die Brände wüten heftig, und wenn der Wind richtig steht, kann man den Rauch sogar hier oben im Norden riechen. Es ist schwierig, genau zu sagen, was eigentlich vor sich geht, außer dass diese Angriffe eindeutig Soldaten aus der Neuen Welt zugeschrieben werden.«

Jagang sah Kahlan an. Vermutlich weil er wissen wollte, ob sie wie beim letzten Mal lächelte. Sie brauchte nicht zu lächeln. Sie konnte eine versteinerte Miene aufsetzen und innerlich triumphieren. Am liebsten hätte sie diesen unbekannten Männern zugejubelt, die Jagang langsam ernsthaft zusetzten, indem sie großen Schaden anrichteten.

Beinahe so schlimm wie die Zerstörungen waren die Gerüchte, die im Lager die Runde machten. Die Angriffe auf die Heimat beunruhigten die Männer, denn sie hatten sich stets in der Sicherheit gewiegt, die Alte Welt sei nicht nur unverwundbar, sondern zudem unbesiegbar. Und mit jedem Mal, mit dem solche Nachrichten weitererzählt wurden, gewannen sie an Gewicht. Jagang hatte eine stattliche Anzahl Männer hinrichten lassen, weil sie diese Gerüchte verbreiteten. Da Kahlan nur selten mit Soldaten sprach – die meisten konnten sie ja nicht einmal sehen –, wusste sie nicht, ob die Gerüchte nach den Hinrichtungen zum Verstummen gekommen waren, aber irgendwie bezweifelte sie das. Falls diese Geschichten die Soldaten schon nervös machten, konnte sich Kahlan kaum vorstellen, welche Angst sich unter den Bewohnern der Alten Welt ausbreitete. Während sich ihre Armee auf Eroberungsfeldzug befand, konnten sie sich vermutlich größtenteils nicht angemessen verteidigen.

»Den Berichten zufolge, Exzellenz, zerstören diese Plünderer alles, was ihnen in den Weg gerät. Sie verbrennen die Ernte, töten das Vieh, zerstören Mühlen, brechen Dämme und ruinieren jedes Handwerk, das Güter für unsere hochherzigen Bemühungen herstellt, das Wort des Ordens zu verbreiten.

Besonders hart trifft es jene, die unser Volk unterstützen, indem sie die Lehren des Ordens zu den Menschen bringen – jene, die die Notwendigkeit der Opferbereitschaft predigen, damit wir die Heiden im Norden zermalmen können.«

Jagang blieb äußerlich ruhig, doch sowohl Kahlan als auch die Offiziere wussten, dass er innerlich vor Zorn schäumte.

»Hast du eine Ahnung, wer unseren Lehrern und Anführern nachstellt? Eine bestimmte Einheit des Feindes vielleicht?«

Der Mann verneigte sich entschuldigend. »Exzellenz, leider muss ich berichten, dass bei allen Lehrern und Brüdern, die ermordet wurden, weil sie den Glauben des Schöpfers und des Ordens verbreiten … also, bei allen Leichen fehlte das rechte Ohr.«

Jagangs Gesicht wurde purpurrot vor Wut. Kahlan sah, wie sich die Muskeln an Kinn und Hals spannten, als er die Zähne zusammenbiss.

»Glaubt Ihr, es könnten die gleichen Männer sein, die uns auf dem Weg in die Midlands belästigt haben?«, fragte einer der Offiziere.

»Natürlich sind sie es!«, brüllte Jagang. »Es muss etwas unternommen werden«, sagte er und wandte sich seinen Offizieren zu. »Versteht ihr?«

»Jawohl, Exzellenz«, antworteten sie wie aus einem Mund, neigten die Köpfe und hielten sie gesenkt.

»Dieses Ärgernis muss beseitigt werden. Der Nachschub ist unabkömmlich. Wir stehen kurz davor, diesen Krieg mit einem großen Sieg zu beenden. Ich werde nicht zulassen, dass unsere Bemühungen vergeblich waren. Habt ihr verstanden?«

»Jawohl, Exzellenz«, sagten sie gemeinsam und verbeugten sich noch tiefer.

»Dann kümmert euch darum – alle!«

Während die Männer auseinandergingen, um diesen Befehl auszuführen, marschierte Jagang los, aus seinem Lager hinaus. Kahlan durchfuhr ein Schmerz aus dem Ring, der sie aufforderte, ihn zu begleiten. Wie immer versammelte sich die kaiserliche Eskorte und Wache um Jagang.

57

Richard spähte durch die Gitterstäbe des kleinen Fensters in der Seitenwand des Eisenkäfigs, als der Wagen durch das sich endlos hinziehende Armeelager holperte.

»Sieh dir das bloß an, Ruben«, sagte Johnrock. Er hatte beide Hände an den Gitterstäben und grinste angesichts des Schauspiels über das ganze Gesicht, wie ein Mann an einem unverhofften freien Tag.

Richard sah zu seinem Käfiggenossen hinüber. »Ziemlich beeindruckend«, stimmte er zu.

»Was meinst du, ob es hier wohl jemanden gibt, der uns schlagen könnte?«

»Das werden wir früher oder später wohl herausfinden«, antwortete Richard.

»Ich sag dir was, Ruben, ich würde einiges für eine Chance geben, in der Mannschaft des Kaisers ein paar Schädel einzuschlagen.« Sein Kumpan sah ihn von der Seite an. »Was meinst du, ob sie uns wohl nach Hause lassen, wenn wir die Mannschaft des Kaisers schlagen?«

»Ist das dein Ernst?«

Der Mann lachte schnaubend. »Das war ein Scherz, Ruben.«

»Ein schlechter«, stellte Richard fest.

»Vermutlich.« Johnrock seufzte. »Trotzdem, es heißt, die Mannschaft des Kaisers ist die beste. Ich möchte die Peitsche nicht noch einmal zu spüren bekommen.«

»Mir hat das eine Mal auch gereicht.«

Die beiden teilten sich den Eisenkäfig nun schon seit Richards Gefangennahme in Tamarang. Johnrock war bereits einige Zeit davor verschleppt worden. Er war ein Hüne von einem Mann, ein Müller aus dem Süden der Midlands. Unmittelbar bevor ein Nachschubtreck durch sein kleines Dorf ziehen sollte, waren einige Soldaten eines Spähtrupps aufgetaucht und hatten behauptet, aufgrund seiner Körpergröße könne er eine hervorragende Verstärkung für ihre Mannschaft sein.

Johnrocks richtigen Namen kannte Richard nicht. Dieser hatte ihm lediglich erklärt, wegen seines Körperbaus und seiner zähen Muskeln vom Schleppen der Getreidesäcke würden ihn alle Johnrock nennen. Er selbst kannte Richard nur als Ruben Rybnik. Obwohl Johnrock ein Mitgefangener war, hielt Richard es nicht für klug, jemandem seinen korrekten Namen zu verraten.

Bei seiner Gefangennahme, hatte Johnrock ihm stolz erzählt, habe er drei Männern den Arm gebrochen, ehe sie ihn überwältigen konnten. Richard hatte ihm nur erzählt, er sei von Bogenschützen umringt gewesen und hätte sich deswegen ergeben. Johnrock schien ein wenig peinlich berührt über, wie er es sah, Richards Mangel an Mumm.

Obwohl Johnrock selbst in ihrer misslichen Lage nicht selten ein schiefes, einfältiges Grinsen aufsetzte, besaß er eine schnelle Auffassungsgabe und einen scharfen Verstand. Er mochte Richard, weil der ihn als Einziger nicht für beschränkt hielt und ihn entsprechend behandelte. Johnrock war alles andere als dumm.

Zu guter Letzt hatte er eingesehen, dass er sich über Richards angeblichen Mangel an Mut getäuscht hatte, und ihn gefragt, ob er bei den Ja'La-Spielen nicht sein rechter Flügelstürmer werden könne. Die Position des Flügelstürmers galt als ziemlich undankbar, weil man dort den heftigsten körperlichen Attacken des Gegners ausgesetzt war. Johnrock hingegen sah eher das Positive an dieser Position, denn sie erlaubte es ihm, Männern der Imperialen Ordnung den Schädel zu zertrümmern und dafür noch Beifall einzuheimsen. Trotz seiner Größe war er schnell – eine Kombination, die ihn zur perfekten Besetzung auf Richards rechter Flanke machte. Während des Spiels blieb er gern in Richards Nähe, denn dann konnte er beobachten, wie Richard seine Wut auf dem Ja'La-Feld auf eine Weise herausließ, die die anderen Mannschaften kalt erwischte. Obwohl sie nie darüber sprachen, waren sie sich darin einig, wie sehr sie diese Gelegenheit genossen, sich an ihren Häschern zu rächen.

Das Armeelager jenseits der Gitterstäbe schien kein Ende zu nehmen. Mutlosigkeit befiel Richard, als er sah, wo sie sich befanden – in der Azrith-Ebene, ganz in der Nähe des Palasts des Volkes. Als er den Anblick nicht länger ertragen konnte, setzte er sich wieder hin, lehnte sich an die andere Wand des Verschlags und legte die Handgelenke auf die Knie, während der Wagen schwankend und ruckend durch die endlosen Soldatenmassen rollte.

Er war froh, dass die d'haranischen Streitkräfte schon seit Längerem abgezogen waren, denn andernfalls wären sie nur sinnlos aufgerieben worden. Stattdessen dürften sie inzwischen die Alte Welt erreicht und damit begonnen haben, dort alles in Schutt und Asche zu legen.

Richard hoffte nur, dass sie an ihrem Plan festhielten: schnelle, überfallartige Angriffe von kleinen unabhängigen Einheiten, die an jedem Ort in der Alten Welt zuschlugen und nichts und niemanden verschonten. Niemand sollte sich mehr sicher fühlen. Es musste deutlich werden, dass das aus ihren Glaubensüberzeugungen resultierende Tun nicht ohne Folgen bleiben würde.

Angesichts des regen Interesses, das die Wagenkolonne fand, schien ihr Eintreffen hochwillkommen, wahrscheinlich wegen der Lebensmittel, die sie brachte. Richard hoffte nur, sich noch einmal satt essen zu können. Nach den von ihm ausgegebenen Befehlen war dies wahrscheinlich einer der letzten Nachschubtrosse, die die Alte Welt verließen. Ohne Vorräte mitten in der Azrith-Ebene, noch dazu bei hereinbrechendem Winter, würde Jagangs Armee schon bald unerwartet schweren Zeiten entgegensehen.

Nahezu jeder, den sie passierten, starrte in Richards Käfig hinein und versuchte einen Blick auf ihn zu erhaschen. Vermutlich machten im Armeelager bereits Gerüchte über ihn und seine Ja'La-Mannschaft die Runde. Auf ihren Zwischenstopps, wenn sie in den Armeeposten entlang der Strecke gegen deren Mannschaften antraten, hatte er erfahren, dass ihr Ruf ihnen vorauseilte. Diese Männer waren fanatische Anhänger des Spiels und erwarteten voller Spannung das Turnier, insbesondere, da das Eintreffen von Richards – oder, wie sie bei den Männern hieß, Rubens – Mannschaft das Interesse zweifellos noch gesteigert hatte. Eigentlich aber war es die Mannschaft des Kommandanten mit dem Reptiliengesicht. Die Soldaten bekamen nur wenig Unterhaltung geboten – wenn man von den weiblichen Gefangenen absah. Richard verdrängte den Gedanken; er machte ihn nur wütend, und in seinem Käfig konnte er ohnehin nichts daran ändern.

Vor einigen Tagen, nach einer besonders brutal geführten Partie, die sie mühelos gewonnen hatten, hatte Johnrock ihm gebeichtet, er sei einigermaßen verwirrt gewesen, dass Richard sich so leicht hatte gefangen nehmen lassen. Schließlich hatte Richard ihm die Wahrheit gestanden. Zunächst wollte ihm Johnrock nicht glauben, doch als er sich auf Richards Rat bei dem Reptiliengesicht erkundigte, fand er heraus, dass Richard die Wahrheit sagte. Kurz darauf bat Johnrock, der Freiheit mehr schätzte als alles andere und fand, sie sei es wert, dafür zu kämpfen, Richards Flügelstürmer zu werden.

Hatte Richard früher seinen Zorn durch das Schwert der Wahrheit gelenkt, so lenkte er ihn jetzt durch den Broc und das Spielen von Ja'La. Trotz seiner Beliebtheit als Spielführer war er sogar in der eigenen Mannschaft ziemlich gefürchtet. Mit Ausnahme Johnrocks. Der fürchtete ihn nicht nur nicht, sondern teilte seine Spielweise – als sei das Spiel ein Kampf auf Tod oder Leben.

Und zumindest für einige ihrer gegnerischen aus den Ordenstruppen rekrutierten Mannschaften, die mit einer überheblichen Einstellung ins Spiel gegangen waren, war es genau das gewesen. Es war absolut nicht ungewöhnlich, dass ein Spieler, insbesondere wenn es gegen Richards Mannschaft ging, während einer Partie ernsthaft verletzt wurde oder sogar starb. Ein Spieler aus Richards Mannschaft war von dem schweren Broc am Kopf getroffen worden, als er nicht hingeschaut hatte. Es hatte ihm das Genick gebrochen.

Richard musste daran denken, wie er mit Kahlan durch die Straßen Aydindrils geschlendert war und Kindern beim Ja'La zugesehen hatte. Jetzt waren alle diese Kinder längst aus der Stadt geflohen.

»Sieht so aus, als wäre dies kein guter Ort für uns, Ruben«, bemerkte Johnrock mit gedämpfter Stimme, als er das Lager an ihrem winzigen Fenster vorüberziehen sah. Er klang ganz gegen seine Art bedrückt. »Ein sehr schlechter Ort für uns als Sklaven.«

»Wenn du dich schon selbst für einen Sklaven hältst, bist du auch einer«, gab Richard zurück.

Johnrock starrte ihn lange an. »Dann bin ich keiner, Ruben.«

Richard nickte. »Kluge Entscheidung, Johnrock.«

Der Mann widmete sich wieder dem schier endlosen Armeelager, das vor seinen Augen vorüberzog. Wahrscheinlich hatte er so etwas sein ganzes Leben noch nicht gesehen. Richard fühlte sich an sein Staunen erinnert, als er zum ersten Mal aus den Wäldern Kernlands herausgekommen war und entdeckt hatte, wie anders die Welt jenseits davon aussah.

»Sieh dir das an«, sagte Johnrock mit gesenkter Stimme und starrte durch die Gitterstäbe.

Richard war nicht nach Schauen zumute. »Was ist denn?«

»Unmengen von Soldaten, aber sie sehen ganz anders aus als die übrigen. Sie gleichen sich wie ein Ei dem anderen, sind besser bewaffnet, besser organisiert. Und größer. Sie sehen so grimmig aus, dass jeder ihnen Platz macht.«

Johnrock blickte über die Schulter zu Richard. »Ich wette, der Kaiser ist gekommen, um unseren Einzug zu sehen – die Herausforderer seiner Mannschaft beim Turnier in Augenschein zu nehmen. Nach den Beschreibungen wette ich, der Kerl dort, der von all den Gardisten in Kettenpanzern bewacht wird, ist Jagang höchstpersönlich.«

Richard trat noch einmal an die winzige Öffnung, um sich selbst zu überzeugen. Er packte die Gitterstäbe mit beiden Händen und schob sein Gesicht ganz nah heran, um besser sehen zu können, als sie dicht an den Gardisten und ihrem Schutzbefohlenen vorüberfuhren.

»Sieht tatsächlich so aus, als könnte es Kaiser Jagang sein«, meinte er zu Johnrock.

Der Kaiser schaute in die andere Richtung und beobachtete einige der anderen aus Soldaten der Imperialen Ordnung zusammengestellten Ja'La-Mannschaften. Diese waren natürlich nicht in auf Wagen befestigte Eisenkäfige gesperrt; vielmehr marschierten sie stolz in Reih und Glied und trugen die Wimpel ihrer Mannschaft.

Und dann sah er sie.

»Kahlan!«

Sie drehte sich in die Richtung, aus der seine Stimme gekommen war. Richard packte die Gitterstäbe so fest, dass sie sich fast bogen. Trotz der geringen Entfernung hatte sie ihn bei all dem Lärm wahrscheinlich gar nicht hören können. Ringsumher bejubelten Männer den Einmarsch der Mannschaften.

Ihr langes Haar fiel in unordentlichen Strähnen über ihren Umhang. Richards Herz hämmerte so heftig in seiner Brust, dass er glaubte, es würde explodieren.

»Kahlan!«

Sie drehte sich ein wenig mehr in seine Richtung.

Und dann begegneten sich ihre Blicke; er starrte geradewegs in ihre grünen Augen.

Doch als Jagang Anstalten machte, sich herumzudrehen, sah sie augenblicklich fort und schaute in die Richtung, der sein Interesse gegolten hatte, sodass er sich ebenfalls wieder umwandte.

Dann war sie nicht mehr zu sehen; das Durcheinander aus Soldaten und Wagen, Pferden und Zelten verdeckte sie, als sie in der Ferne verschwand.

Richard ließ sich schwer atmend nach hinten gegen die Seitenwand sinken.

Johnrock setzte sich neben ihn. »Was ist, Ruben? Du siehst ja aus, als hättest du mitten unter den Männern ein Phantom gesehen.«

Richard hatte es die Sprache verschlagen. Er keuchte, die Augen weit aufgerissen.

»Das war meine Frau.«

Johnrock lachte verwegen. »Du meinst, du hast die Frau gesehen, die du haben willst, wenn wir gewinnen? Der Kommandant meinte, wenn wir die Mannschaft des Kaisers schlagen, könnten wir uns eine aussuchen. Hast du eine gesehen, die dir gefällt?«

»Sie war es …«

»Ruben, du siehst aus, als hättest du dich gerade verliebt.«

Richard merkte, dass er über das ganze Gesicht strahlte.

»Sie war es. Sie lebt, Johnrock. Ich wünschte, du hättest sie sehen können. Sie lebt. Sie sieht genauso aus wie früher. Bei den gütigen Seelen, das war Kahlan. Sie war es.«

»Ich finde, du solltest dich wieder beruhigen, Ruben. Wenn du weiter so hektisch atmest, verlierst du noch das Bewusstsein, ehe wir Gelegenheit haben, ein paar Schädel zu zertrümmern.«

»Wir werden gegen die Mannschaft des Kaisers spielen, Johnrock.«

»Erst mal müssen wir eine ganze Menge Spiele gewinnen, um diese Chance zu bekommen.«

Richard hörte ihn kaum. Er lachte vor Freude und bekam sich fast nicht mehr ein. »Das war sie. Sie lebt.« Richard schlang die Arme um Johnrock und erdrückte ihn fast. »Sie lebt!«

»Ganz wie du meinst, Ruben.«

Bemüht, ihren Atem zu kontrollieren, versuchte Kahlan ihren rasenden Puls zu beruhigen. Sie konnte nicht begreifen, was sie so überwältigt hatte. Der Mann ihm Käfig war ihr unbekannt. Sie hatte sein Gesicht nur für einen Augenblick gesehen, als der Wagen vorüberrollte, doch aus irgendeinem Grund hatte sie der Anblick bis auf den Grund ihrer Seele aufgewühlt.

Als der Mann zum zweiten Mal ihren Namen rief, reagierte Jagang, als hätte er etwas gehört. Sofort hatte Kahlan sich wieder herumgedreht, damit er keinen Verdacht schöpfte. Doch warum ihr das so überaus wichtig erschienen war, wusste sie nicht.

Nein, das stimmte nicht. Sie kannte den Grund nur zu gut. Der Mann hatte in einem Käfig gesessen. Da er sie zu kennen schien, hätte Jagang ihm womöglich etwas angetan, ihn vielleicht sogar getötet.

Aber es steckte noch mehr dahinter. Offenbar kannte sie der

Mann. Er musste irgendwie mit ihrer Vergangenheit in Zusammenhang stehen, jener Vergangenheit, die sie zu vergessen versuchte.

Als sie in seine grauen Augen gesehen hatte, hatte sich mit einem Herzschlag alles verändert. Sie wollte nicht mehr, dass ihre Vergangenheit verschüttet blieb. Plötzlich wollte sie alles wissen.

Der Ausdruck in den Augen des Mannes hatte etwas so ungeheuer Kraftvolles gehabt, war so voller Lebendigkeit gewesen, dass ihr mit einem Schlag die Bedeutung ihres Lebens klar geworden war.

In dem Moment, als sie den Blick in seinen grauen Augen sah, erkannte Kahlan, dass sie wissen musste, wer sie war. Was immer die Folgen waren, egal um welchen Preis, sie musste die Wahrheit wissen. Sie musste ihr Leben zurückerlangen, und dafür gab es nur einen Weg: die Wahrheit.

Jagangs Drohungen mochten eine sehr reale Gefahr darstellen, doch plötzlich war ihr klar geworden, dass die eigentliche Gefahr darin bestand, dass er sie mit seinen Einschüchterungen dazu brachte, ihrem eigenen Leben, ihrem freien Willen, ja ihrer ganzen Existenz abzuschwören … und sich endgültig seiner Herrschaft auszuliefern. Mit seinen Drohungen versuchte er ihr vorzuschreiben, wie sie zu leben hatte, machte er sie zur Sklavin. Wenn sie sich seinem Willen beugte, dann nur, weil sie den ihren aufgegeben hatte.

So durfte sie nicht denken. Darin konnte sich ihr Leben nicht erschöpfen. Sie mochte seine Gefangene sein, aber sie war nicht seine Sklavin. Sie war überhaupt niemandes Sklavin.

Niemals würde sie sich seinem Willen ergeben. Sie wollte ihr altes Leben zurück. Ihr Leben gehörte ihr allein, und sie würde es sich wiederholen. Nichts, was Jagang tun konnte, nichts, womit er ihr zu drohen versuchte, konnte ihr das länger verwehren.

Kahlan fühlte Freudentränen über ihre Wangen rollen.

Der Mann, den sie nicht einmal kannte, hatte ihr soeben den Lebenswillen, ja die Lust am Leben zurückgegeben. Es war, als könnte sie zum allerersten Mal seit ihrem Gedächtnisverlust wieder befreit aufatmen.

Sie wünschte nur, sie könnte ihm dafür danken.

58

Nicci marschierte durch die riesige Halle im Palast des Volkes und zog Cara, Nathan und eine Schar Wachen hinter sich her. Jedes Mal, wenn jemand Nathan »Lord Rahl« nannte, zuckte sie zusammen. Sie wusste, es war unumgänglich, und trotzdem blieb in ihrem Herzen Richard der einzige Lord Rahl.

Sie hätte alles gegeben, um wieder in seine grauen Augen zu sehen. Im Palast glaubte sie fast, seine Gegenwart zu spüren, was vermutlich an dem Bann lag, um den der Palast errichtet war. Denn der Palast war in Form eines Banns für den Lord Rahl gebaut. Richard war der Lord Rahl. Zumindest für sie.

Gerechterweise musste sie zugeben, dass andere – zum Beispiel Cara – ebenso empfanden. Wenn sie mit Cara allein war, was nicht selten vorkam, herrschte zwischen den beiden ein Einverständnis, das keine Worte brauchte. Beide litten den gleichen Schmerz. Beide wollten Richard zurück.

Cara trat vor und führte sie durch ein Netz kleiner Gänge für die Dienstboten zu einer Eisentreppe, die in einem dunklen Schacht aufstieg. Oben stieß sie eine Tür auf. Sie wurden von kaltem Licht empfangen, als sie den Beobachtungsposten betraten. Hier oben am Rande der Außenmauer, am Rande der Hochebene, stand man wie am Ende der Welt.

Unten erstreckte sich die Armee der Imperialen Ordnung wie ein schwarzer Fleck bis zum fernen Horizont.

»Seht Ihr, was ich meine?«, fragte Nathan und zeigte zu dem Bauwerk in der Ferne. Zunächst war es schwer zu erkennen, doch bald ergab es Sinn.

»Ihr habt recht«, sagte sie. »Es scheint eine Rampe zu sein. Meint Ihr, man kann tatsächlich eine Rampe bis hier oben bauen?«

Nathan schaute einen Augenblick hinaus. »Ich weiß es nicht, aber ich würde sagen, wenn Jagang diese Mühsal auf sich nimmt, dann nur, weil er glaubt, es bewerkstelligen zu können.«

»Falls sie es schaffen, eine derart breite Rampe zu bauen«, sagte Cara, »bedeutet das ziemlichen Ärger.«

»Eher: Es bedeutet unseren ›Tod‹«, warf Nathan ein.

Nicci beobachtete die Männer des Ordens und schätzte die Entfernung zu der Baustelle ab. »Nathan, Ihr seid doch ein Rahl. Dieser Ort verstärkt Eure Kraft. Ihr solltet in der Lage sein, Zaubererfeuer hinunterzuschleudern und das Ding in die Luft zu jagen.«

»Daran habe ich auch schon gedacht«, antwortete er. »Ich vermute allerdings, die Schwestern werden Schilde errichtet haben, um genau das zu verhindern. Ich habe noch nicht nach solchen Abwehrmaßnahmen geforscht und noch nichts ausprobiert. Damit möchte ich warten, bis sie noch ein wenig länger geschuftet haben – damit sie sich sicher fühlen. Dann, wenn sie näher herangekommen sind und ich schließlich zuschlage, habe ich bessere Chancen, ernsthaften Schaden anzurichten. Wenn ich die Rampe jetzt zerstöre, haben sie nicht viel verloren. Deshalb sollten wir besser abwarten, bis sie noch mehr Zeit und Arbeit hineingesteckt haben.«

Nicci sah den großen Propheten stirnrunzelnd an. »Nathan, Ihr seid ein hinterhältiger Kerl.«

Er setzte sein Rahl-Lächeln auf. »Ich betrachte mich lieber als einfallsreich.«

Nicci schaute sich nun das Lager jenseits der Baustelle an. Es war gerade weit genug entfernt, damit die mit der Gabe Gesegneten dort Zeit genug hätten, auf einen Angriff zu reagieren. Nicci war lange in Jagangs Armee gewesen und wusste, wie man dort dachte. Sie kannte die Verteidigungsringe, die Jagangs Offiziere und die mit der Gabe Gesegneten um die Armee herum aufstellen würden. Und einige dieser mit der Gabe Gesegneten waren Schwestern der Finsternis.

»Seht Euch das an«, sagte sie und zeigte zum Lager. »Anscheinend trifft gerade Nachschub ein.«

Nathan nickte. »Der Winter steht vor der Tür. Die Armee macht keine Anstalten abzuziehen, daher werden sie eine Menge Vorräte brauchen, wenn die Männer lebend über den Winter kommen sollen.«

Nicci überlegte, was man dagegen unternehmen konnte, kam jedoch zu dem Schluss, dass von hier aus wenig zu erreichen war. »Also, Richard hat die Armee nach Süden in die Alte Welt geschickt, um die Nachschubtrosse zu überfallen. Hoffentlich haben sie Erfolg und erledigen ihre Aufgabe. Wenn diese Männer da unten einfach verhungern, wäre unser Problem gelöst. In der Zwischenzeit werde ich ein paar Gedanken der Frage widmen, wie wir ihnen beim Sterben helfen können.«

Sie wandte sich von dem bedrückenden Anblick des Lagers ab und von dem Nachschubtross, der diesen Männern brachte, was notwendig war, um die Belagerung des Palastes aufrechtzuerhalten.

»Kommt«, sagte sie zu Nathan, »ich muss zurück. Aber warum zeigt Ihr es mir nicht, ehe ich aufbreche?«

Nathan führte sie durch den Palast nach unten, wobei er die riesigen Hallen mied und sich eher an die Bereiche für die Dienstboten hielt. Rasch brachte er sie tiefer in die dunklen inneren Teile unter dem Palast, welche die meisten Bewohner niemals zu Gesicht bekamen. Selbst an diesen Orten gab es elegante, wenn auch einfache Hallen aus Stein. Ihnen fehlten die kunstvollen Verzierungen. Manche waren mit poliertem Stein verkleidet, andere mit edlen Hölzern. Es waren die privaten Gänge, die nur der Lord Rahl und seine Bediensteten benutzten.

Nicci war in den Palast des Volkes gekommen, um dem Garten des Lebens einen Besuch abzustatten. Danach hatte sie sich erkundigt, wie Berdine bei ihrer Suche nach Informationen vorankam und wie es Nathan erging. Beide wollten ihr in allen Einzelheiten von ihren Schwierigkeiten erzählen; Nicci hatte sich eigentlich nicht die Zeit nehmen wollen, sich aber gezwungen, geduldig zuzuhören.

Nachdem sie noch einmal den ursprünglichen Aufbewahrungsort der Kästchen gesehen hatte, war sie kaum mehr in der Lage, sich auf die Berichte der beiden zu konzentrieren. Diesmal betrachtete sie den verlassenen Garten des Lebens mit anderen Augen und bekam ein Gefühl für den Ort, wo Darken Rahl die Kästchen geöffnet hatte und wo sie aufbewahrt worden waren. Sie hatte die Position in dem Raum studiert, die Lichtmenge, die Winkel zu den verschiedenen bekannten Sternkarten und zusätzlich, wie Sonne und Mond zu dem Ort standen. Schließlich hatte sie den Bereich angeschaut, wo die Banne gewirkt worden waren.

Seit sie *Das Buch des Lebens* übersetzt hatte, betrachtete Nicci den Garten des Lebens in einem neuen Licht. Sie sah ihn im Zusammenhang mit der Magie der Ordnung und der Art, wie der Raum genutzt worden war. Sie hatte wichtige Einsichten in den Ort erlangt, an dem die Kästchen zuletzt verwendet worden waren. Solch praktische Bezüge hatten ihr manche Frage beantwortet und einige ihrer eigenen Schlussfolgerungen bestätigt.

Schließlich erreichte Nathan eine Flügeltür, vor der Wachen standen. Er gab den Männern einen Wink, und sie öffneten die weißen Türen. Dahinter befand sich eine Mauer aus weißem Stein, die aussah, als wäre sie teilweise geschmolzen.

»Seid Ihr dort drin gewesen?«, fragte sie den Propheten.

»Nein«, gab er zu. »In meinem Alter versuche ich, mich von Grüften so fern wie möglich zu halten.«

Nicci trat über die niedrige Schwelle durch die insgesamt niedrige Öffnung. »Wartet hier«, sagte sie zu Cara, die ihr folgen wollte.

»Seid Ihr sicher?«

»Hier ist Magie im Spiel.«

Cara rümpfte die Nase, als hätte sie an saurer Milch gerochen, und wartete draußen beim Propheten.

Nicci schickte einen Funken Han zu einer Fackel an der Seite. Nach all der Zeit loderte sie trotzdem sofort auf. Nun sah sie, dass der riesige Raum mit der Gewölbedecke aus rosafarbenem Granit gebaut war. Der Boden bestand aus weißem Marmor. An den Wänden befanden sich Aberdutzende von goldenen Vasen, die jeweils in Nischen neben einer Fackel standen. Zerstreut zählte Nicci sie. Siebenundfünfzig. Die Zahl schien ihr eine Bedeutung zu haben. Vermutlich bezogen sich Vasen und Fackeln auf das Alter des Mannes, der in dem Sarg in der Mitte des Raums lag.

Es war ein unbehaglicher Ort, nicht nur weil es sich um eine Gruft handelte. Nicci strich über die Symbole, die in die Granitwände unter den Vasen gehauen waren. Die Worte, die um den ganzen Raum und den goldenen Sarg liefen, waren in Hoch-D'Haran verfasst. Die Inschriften waren Anweisungen eines Vaters an seinen Sohn, über den Prozess, die Unterwelt zu betreten und wieder zurückzukehren. Was für ein Vermächtnis!

Solche Banne enthielten subtraktive Magie. Das verursachte das Schmelzen der Wände. Indem man den Raum mit einem besonderen Stein verkleidete, hatte man den Prozess deutlich verlangsamt, aber nicht vollkommen zum Stillstand gebracht.

»Und?«, fragte Nathan und steckte den Kopf durch das geschmolzene Loch. »Irgendwelche Ideen?«

Nicci kam heraus und wischte sich die Hände. »Ich weiß nicht. Unmittelbare Gefahr besteht nicht, glaube ich, aber hier sind dunkle Dinge im Spiel, daher kann ich mich auch täuschen. Ich denke, am besten würde man den Raum hinter einer Dreierbeschwörung abschirmen.«

Nathan nickte nachdenklich. »Wollt Ihr das machen? Mit subtraktiver Magie?«

»Besser wäre es, wenn Ihr es macht. Ihr seid ein Rahl. Das hätte größere Wirkung. Selbst wenn ich subtraktive Magie einsetze, enthält dies hier drin eine Mischung von beidem und wurde von einem Rahl gewirkt. Solche Kräfte wären imstande, jede Beschwörung zu durchbrechen, die ich hier unter den Beschränkungen durch den Schutzbann des Palastes vornehme.«

Das ließ er sich kurz durch den Kopf gehen. »Ich kümmere mich sofort darum.« Nathan warf noch einen Blick in die Gruft. »Habt Ihr eine Vorstellung, was den Bann dazu bringt durchzubrennen?«

»Aufs Geratewohl würde ich vermuten, es wurde ausgelöst, als oben im Garten des Lebens eines der Kästchen geöffnet wurde. Dadurch wurde wohl eine synchrone Reaktion in Gang gebracht. Noch ist sie nicht weit genug fortgeschritten, als dass ich das Ziel des subtraktiven Elements erkennen könnte, aber die Inschriften an Sarg und Wänden deuten darauf hin, dass die zusammengesetzte Komposition den Zweck hat, bei der Erlangung der Macht der Ordnung zu helfen, deshalb kam es zu einer harmonischen Reaktion, nachdem sie in der Nähe dieser spezifischen Kraft waren.«

Nathan blinzelte. »Gut. Ich mache eine Dreierbeschwörung und behalte die Sache im Auge.«

»Ich muss zurück. Später werde ich wieder vorbeischauen,

einfach nur um zu erfahren, ob es Nachricht von Richard gibt und wie der Orden draußen vorankommt.«

»Sagt Zedd, ich habe hier alles im Griff und den Feind umzingelt.«

Nicci lächelte. »Ich werde es ihm ausrichten.«

Auf dem Weg durch die riesigen Hallen des Palastes, begleitet von Cara, hing Nicci ihren Gedanken nach. Sie war unsicher, was sie als Nächstes tun sollte. An allen Ecken und Kanten gab es dringliche Probleme. Die meisten erschienen vage und unbestimmt. Außerdem hatte sie niemanden, mit dem sie über das sprechen konnte, was ihr durch den Kopf ging. Zedd stellte eine gewisse Hilfe dar, mit Cara konnte sie dagegen über andere Dinge gut reden.

Aber Richard war der Einzige, der nachvollziehen konnte, wie sie mittlerweile die grundlegenden Punkte verstand. Eigentlich war es auch Richard gewesen, der sie in das Konzept der kreativen Magie eingeführt hatte. Sie erinnerte sich sehr gut an die Unterhaltung, die sie eines Nachts mit ihm im Lager geführt hatte. Es war einer dieser unvergesslichen Momente mit Richard gewesen.

Zudem musste Richard bestimmte Dinge wissen. Da waren beunruhigende Ereignisse, die mit ihm und den Kästchen der Ordnung zusammenhingen. Gewissermaßen hatte er Feuer unter Zutaten entzündet, die nicht nur gefährlich waren, sondern die zu brodeln und kochen begannen und sich möglicherweise auf äußerst heimtückische Weise verbanden, wenn man nicht dagegen einschritt.

Dazu gehörten auch Prophezeiungen, die zu verstehen sie sich nicht zutraute, da sie keine Prophetin war. Andere Prophezeiungen glaubte sie sehr wohl zu begreifen und konnte nicht umhin, sie in ihre Überlegungen miteinzubeziehen.

Hauptsächlich ging es um diese Prophezeiung, die lautete:

»Im Jahr der Zikaden« – welches das gegenwärtige Jahr war – »wenn der Vorkämpfer für Selbstaufopferung und Leid unter dem Banner der Menschheit und des Lichts endlich seinen Schwarm teilt« – was Jagang getan hatte –, »soll dies als Zeichen dafür dienen, dass die Prophezeiung zum Leben erweckt worden ist und uns die letzte und entscheidende Schlacht bevorsteht. Seid gewarnt, denn alle wahren Gabelungen und ihre Ableitungen sind in dieser seherischen Wurzel miteinander verknüpft. Ein einziger Hauptstrang nur zweigt von dieser Verknüpfung der allerersten Ursprünge ab.« Diese Zeit, in der es um alles oder nichts, Erfolg oder Scheitern ging, war gekommen, dieser Wendepunkt, der ein für alle Mal die Richtung für die Zukunft festlegen würde. »Wenn der *fuer grissa ost drauka* in dieser letzten Schlacht nicht die Führung übernimmt, dann wird die Welt, bereits jetzt am Abgrund ewiger Finsternis, unter ebendiesen fürchterlichen Schatten fallen.«

Diese Prophezeiung, das erkannte sie nun langsam, bezog sich auf die Kästchen der Ordnung, aber es wollte sich ihr nicht erschließen, wie. Gelegentlich hatte sie das Gefühl, kurz davor zu stehen, aber irgendwie entzog es sich ihr immer wieder. Knapp unter der Oberfläche dieser Prophezeiung gab es etwas, das der Schlüssel sein musste.

Zur gleichen Zeit spürte sie, dass die Ereignisse unaufhaltsam in Gang gekommen waren, und sie musste etwas unternehmen, damit sie nicht außer Kontrolle gerieten. Mit jedem Tag, der verstrich, schwanden ihre Möglichkeiten. Die Schwestern der Finsternis hatten die Kästchen ins Spiel gebracht und ihnen so die Möglichkeit genommen, sie ihrem Zweck gemäß einzusetzen: als Mittel gegen den Feuerkettenbann. Da der Feuerkettenbann durch die Chimären verunreinigt war, ging ihnen mehr und mehr die Fähigkeit verloren, ihre Gabe einzusetzen und so den Schaden zu beheben.

Es ließ sich nicht sagen, wie lange sie überhaupt noch ausreichende Kontrolle über ihre Gabe hätten, und die wiederum war notwendig, um die Hindernisse zu überwinden, vor denen sie standen.

Gleichzeitig hatte *Das Buch des Lebens* eine Bedeutung für sie bekommen, die sie sich niemals vorgestellt hätte. Sie hatte auch mehrere eher unbekannte Bücher gelesen, die Zedd für sie zum Thema Theorie der Ordnung gefunden hatte. Auch die hatten ihr Verständnis vertieft, nur um im Anschluss umso größere Fragen aufzuwerfen.

Erschrocken blieb Nicci stehen. »Was war das?«

»Die Glocke zur Andacht«, sagte Cara, verwirrt über Niccis Reaktion.

Nicci schaute zu, wie sich Menschen auf einem nahen Platz mit einem Wasserbecken in der Mitte zu versammeln begannen. Das Becken, mit einem großen dunklen, nicht ganz mittig platzierten Felsen darin, war zum Himmel hin offen.

»Vielleicht sollten auch wir zur Andacht gehen«, sagte Cara. »Manchmal hilft das, wenn man Sorgen hat, und Ihr habt eindeutig Sorgen.«

Nicci sah die Mord-Sith stirnrunzelnd an und fragte sich, woher sie über die Sorgen Bescheid wusste. Vermutlich sah man es ihr deutlich an.

»Ich habe keine Zeit für die Andacht«, sagte Nicci. »Ich muss zurück und dieses Problem lösen.«

Cara wirkte nicht so, als hielte sie das für eine gute Idee. Sie zeigte auf den Platz.

»An Lord Rahl zu denken könnte helfen.«

»An Nathan zu denken hilft mir überhaupt nicht. Mir ist es gleichgültig, ob alle in Nathan den Lord Rahl sehen. Richard ist der Lord Rahl.«

Cara lächelte. »Ich weiß. Das habe ich doch gemeint.« Sie nahm Nicci am Arm und zog sie zu dem Becken. »Kommt.«

Nicci starrte die Frau an, während sie sich mitziehen ließ,

und sagte: »Na, wahrscheinlich schadet es nicht, eine Weile innezuhalten und an Richard zu denken.«

Cara nickte und sah in diesem Augenblick sehr weise aus. Die Menschen machten der Mord-Sith respektvoll Platz, als sie zu einer Stelle nahe am Wasserbecken ging. Nicci bemerkte Fische, die durch das dunkle Wasser glitten. Ehe sie sichs versah, kniete sie neben Cara und drückte die Stirn auf den Boden.

»Herrscher Rahl, führe uns«, begannen die Leute wie mit einer Stimme zu intonieren. *»Herrscher Rahl, lehre uns. Herrscher Rahl, beschütze uns. In deinem Licht gedeihen wir. In deiner Gnade finden wir Schutz. Deine Weisheit erfüllt uns mit Demut.. Wir leben nur, um zu dienen. Unser Leben gehört dir.«*

Nicci gesellte sich mit ihrer Stimme zu den anderen, und der Sprechgesang erfüllte die Hallen. Die Worte »Herrscher Rahl« und Richard waren für sie untrennbar verbunden. Sie bedeuteten das Gleiche.

Fast gegen ihren Willen beruhigten sich Niccis aufgebrachte Gedanken, als sie leise die Worte mit den anderen Anwesenden sprach.

»Herrscher Rahl, führe uns. Herrscher Rahl, lehre uns. Herrscher Rahl, beschütze uns. In deinem Licht gedeihen wir. In deiner Gnade finden wir Schutz. Deine Weisheit erfüllt uns mit Demut. Wir leben nur, um zu dienen. Unser Leben gehort dir.«

Sie verlor sich in den Worten. Die Sonne schien ihr warm auf den Rücken. Der nachste Tag würde der erste des Winters sein, doch in Lord Rahls Palast war es warm, ganz so wie im Garten des Lebens. Es erschien ihr eigenartig, dass Darken Rahl und vor ihm sein Vater, Panis, die auch Lord Rahl gewesen waren, diesen Ort in einen Hort des Bösen verwandelt hatten.

Allerdings war dieser Ort eben auch nur ein Ort. Der Mensch war es, auf den es ankam. Der Mensch machte den

Unterschied. Der Mensch gab die Richtung vor, der die anderen folgten, zu Recht oder zu Unrecht. In gewisser Weise war die Andacht die formale Anerkennung dieser Auffassung.

»Herrscher Rahl, führe uns. Herrscher Rahl, lehre uns. Herrscher Rahl, beschütze uns. In deinem Licht gedeihen wir. In deiner Gnade finden wir Schutz. Deine Weisheit erfüllt uns mit Demut. Wir leben nur, um zu dienen. Unser Leben gehört dir.«

Die Worte hallten in Niccis Kopf wider. Sie vermisste Richard so sehr. Obwohl sein Herz einer anderen gehörte, vermisste sie ihn, sein Lächeln, die Gespräche mit ihm. Wenn das alles war, was sie je bekommen würde, war es genug, um ihr Kraft zu geben. Nur seine Freundschaft – er wertvoll für sie, sie wertvoll für ihn.

Einfach Richard, der lebte, der glücklich war, der … Richard war.

Unser Leben gehört dir.

Abrupt erhob sich Nicci auf die Knie.

Sie hatte es verstanden.

Verwirrt runzelte Cara die Stirn, während alle anderen beteten. »Was ist los?«

Unser Leben gehört dir.

Sie wusste, was sie zu tun hatte.

Eilig stand sie auf. »Kommt. Ich muss zurück zur Burg.«

Während sie gemeinsam durch die Gänge rannten, hörte Nicci die flüsternden Stimmen, die sich erhoben und durch die langen Korridore hallten.

»Herrscher Rahl, führe uns. Herrscher Rahl, lehre uns. Herrscher Rahl, beschütze uns. In deinem Licht gedeihen wir. In deiner Gnade finden wir Schutz. Deine Weisheit erfüllt uns mit Demut. Wir leben nur, um zu dienen. Unser Leben gehört dir.«

Nicci fühlte sich in diesen Worten verloren, denn plötzlich hatten sie eine Bedeutung für sie erlangt, die sie niemals zuvor getragen hatten.

Endlich hatte sie begriffen, wie alles zusammenpasste, und sie wusste, was sie zu tun hatte.

Zedd erhob sich von seinem Stuhl am Schreibtisch, als er Nicci in der Tür stehen sah. Das Lampenlicht milderte seine vertrauten Züge.

»Nicci, Ihr seid zurück. Wie steht es im Palast des Volkes?«

Nicci hörte die Frage kaum. Und antworten konnte sie schon gar nicht darauf.

Zedd kam näher, und Besorgnis zeigte sich in seinen braunen Augen.

»Nicci, was ist denn los? Ihr seht aus wie ein Gespenst, das in der Burg spuken will.«

Sie musste sich überwinden zu sprechen. »Vertraut Ihr Richard?«

Zedd runzelte die Stirn. »Was ist das für eine Frage?«

»Vertraut Ihr Richard Euer Leben an?«

Zedd machte eine Geste mit einem Arm. »Natürlich. Worum geht es denn?«

»Vertraut Ihr Richard das Leben aller an?«

Zedd ergriff sanft ihren Arm. »Nicci, ich liebe den Jungen.«

»Bitte, Zedd, vertraut Ihr Richard das Leben aller an?«

Die Besorgnis breitete sich von den Augen auf das ganze Gesicht aus, die Falten wurden tiefer. Endlich nickte er. »Aber selbstverständlich. Wenn es jemals einen gab, dem ich mein Leben oder das Leben aller anvertrauen würde, dann Richard. Schließlich habe ich ihn zum Sucher ernannt.«

Nicci nickte und wandte sich um. »Danke, Zedd.«

Er zog seine Robe ein wenig hoch, als er ihr hinterhereilte. »Braucht Ihr Hilfe, Nicci?«

»Nein«, antwortete sie. »Danke. Mir geht es gut.«

Zedd nickte, nahm sie beim Wort und kehrte zu dem Buch zurück, in dem er gelesen hatte.

Nicci wanderte durch die Gänge der Burg, ohne etwas wahrzunehmen. Sie bewegte sich, als würde sie einer unsichtbaren leuchtenden Linie zu ihrem Ziel folgen, so wie Richard behauptete, er könne leuchtende Linien einer Bannform verfolgen.

»Wohin geht es?«, fragte Cara und eilte ihr hinterher.

»Vertraut Ihr Richard? Vertraut Ihr ihm Euer Leben an?«

»Sicherlich«, sagte Cara, ohne auch nur einen Augenblick zu zögern.

Nicci nickte und ging weiter.

Sie kam an Korridoren vorbei, an Abzweigungen, Räumen und Treppen, und sie nahm nichts wahr. In diesem Dunst erreichte sie schließlich den gesicherten Teil der Burg und den großen Saal, wo sie beinahe im Prüfnetz gestorben wäre. Ohne Richard hätte es sie das Leben gekostet. Er hatte darauf beharrt, eine Möglichkeit der Rettung für sie zu finden, als niemand sonst daran geglaubt hatte.

Sie vertraute Richard ihr Leben an, und ihr Leben war für sie, dank Richard, sehr kostbar.

An der Tür wandte sich Nicci an Cara. »Ich muss allein sein.«

»Aber ich …«

»Es hat etwas mit Magie zu tun.«

»Oh«, sagte Cara. »Also gut. Ich werde hier draußen im Gang warten, falls Ihr etwas braucht.«

»Danke, Cara, Ihr seid eine gute Freundin.«

»Ich hatte niemals richtige Freunde – Freunde, die diesen Namen verdient hätten –, bis Lord Rahl kam.«

Nicci lächelte zaghaft. »Ich hatte gar nichts, wofür es sich zu leben lohnte, bis Richard kam.«

Sie schloss die beiden Flügel der Tür. Hinter ihr zuckten Blitze vor den zwei Stock hohen Fenstern. Nicci wusste nicht, ob sie je in diesem Raum gewesen war, wenn kein Sturm toste.

Jetzt toste in der ganzen Welt ein Sturm.

Ein Blitz erhellte den Raum mit seinem grellen Licht. Einen Gegenstand gab es hier jedoch, der nicht einmal von solch intensivem Schein berührt wurde. Er wartete wie der Tod persönlich.

Nicci legte *Das Buch des Lebens* offen auf den Tisch vor das schwarze Kästchen der Ordnung, das in der Mitte stand. Jedes Mal, wenn ein Blitz zuckte, schien das Kästchen das Licht zu verschlucken. Es anzustarren war, als würde man in die Ewigkeit schauen.

Sie wirkte den ersten Bann und beschwor eine Dunkelheit, die der unglaublichen Schwärze des grausigen Kästchens vor ihr angemessen war. Sie erinnerte sich an den Palast des Volkes, daran, dass die Person den Ausschlag gab. Mit einem Donnerschlag der Macht, die den Raum erfüllte, war die Tür versperrt. Niemand konnte jetzt eintreten. Das Eindämmungsfeld spielte keine Rolle mehr. Sie hatte etwas Mächtigeres beschworen. Im Raum war es still und stockfinster. Nicci sah allein mithilfe der Kräfte, die sie gerufen hatte.

Sie sprach die Worte, die auf der nächsten Seite geschrieben waren, wirkte den nächsten Bann, der den Pfad für die maßgeblichen Formeln öffnete. Mit einer Scheibe subtraktiver Magie entfernte sie ein dünnes Stück Fleisch von ihrer Fingerspitze und zeichnete mit dem Blut, das hervorquoll, die benötigten Diagramme vor das Kästchen der Ordnung. Mit weiterem Blut aus der offenen Wunde zeichnete sie ein Eindämmungsfeld um das Kästchen. Es ähnelte dem des Raums, war nur wesentlich stärker. Ohne eingedämmt zu werden, konnte die Kraft, die aus dem Kästchen der Ordnung freigesetzt wurde, unabsichtlich den Schleier einreißen, aber das hätte nur den Tod der Person zur Folge, die das versuchte, wozu Nicci sich gerade anschickte.

Sie brauchte fast nicht in das Buch zu sehen, das sie, so kam es ihr vor, ihr halbes Leben lang studiert hatte. Nun fuhr sie mit den Gleichungen fort, die sich auf die Jahreszeit bezogen: auf den ersten Tag des Winters.

Nachdem das beendet war, zeichnete sie mit Blut zwei gegensätzliche Symbole und den Verbindungspunkt des Apex aus den dafür vorgesehenen Tafeln.

Auf eine Formel folgte die nächste, und während der nächsten Stunde brachten die Berechnungen die entstehende Schicht der Magie hervor, die in den nächsten Schritt eingebunden war. Jeder Knoten im Buch erforderte exakt die angemessene Ebene der Magie. An jedem Punkt ließ Nicci sie ohne Vorbehalt strömen.

Eine andere Möglichkeit gab es nicht.

Im Laufe der Nacht bauten sich die Linien des Banns rings um das Kästchen auf – ganz ähnlich dem Prüfnetz des Feuerkettenbanns, dessen Linien grün leuchteten. Andere waren reinweiß, wieder andere waren aus subtraktiven Elementen entworfen, und schwärzer als schwarz bildeten sie leere Stellen in der Welt dort, wohin die Linien gehörten, wie Schlitze, die einen Einblick in die Unterwelt gewähren.

Als Nicci die letzte Zauberformel beendet hatte, hörte sie das Flüstern der Ordnung selbst, die Bestätigung dafür, dass sie alles richtig gemacht hatte. Dennoch war es weniger eine Stimme als vielmehr eine Macht, die den Gedanken in ihrem Kopf formte.

Die Macht ist offen, flüsterte es in der Dunkelheit. Die Worte fühlten sich an wie das Knacken von Eis.

»Ich fordere diese Zeit, diesen Ort, diese Welt auf, sich mit dem Spiel der Kästchen der Ordnung zu drehen.«

Nenne den Spieler.

Nicci legte die Hand auf das Kästchen, das schwarz wie der Tod war.

»Der Spieler heißt Richard Rahl«, sagte sie. »Achte seinen Willen. Erfülle seine Bitten, so er sich würdig erweist, töte ihn, wenn nicht, vernichte uns alle, wenn er uns enttäuscht.«

Es ist vollbracht. Von diesem Augenblick an ist die Macht der Ordnung für Richard Rahl im Spiel.

In der Prophezeiung hieß es: »Wenn der *fuer grissa ost drauka* in dieser letzten Schlacht nicht die Führung übernimmt, dann wird die Welt, bereits jetzt am Abgrund ewiger Finsternis, unter ebendiesen fürchterlichen Schatten fallen.«

Nicci war zu der Erkenntnis gelangt, dass Richard, wenn er siegen sollte, derjenige war, der sie in diese letzte Schlacht führte. Der einzige Weg dazu war, die Kästchen im Spiel zu haben. Auf diese Weise würde er die Prophezeiung wahrlich erfüllen: *fuer grissa ost drauka* – der Bringer des Todes.

In der Prophezeiung hieß es, sie müssten Richard folgen, doch es war mehr als eine Prophezeiung. Die Prophezeiung drückte nur formal aus, was Nicci wusste, dass Richard nämlich die Werte des höheren Lebens verkörperte.

Sie folgten eigentlich nicht der Prophezeiung; die Prophezeiung folgte Richard.

Das war die höchste Gefolgschaft für Richard, ihm bei dem zu folgen, was er mit den Kästchen der Ordnung tat, was er mit Leben und Tod machte. Es war die höchste Prüfung dessen, was er war, wer er sein würde, zu was er werden würde.

Richard selbst hatte die Bedingungen für einen Kampf genannt, als er zu den d'haranischen Soldaten sprach und ihnen erklärte, wie der Krieg von nun an geführt werden musste: um alles oder nichts.

Dies durfte sich davon nicht unterscheiden.

Jetzt ging es wahrlich um alles oder nichts.

Ulicia und ihre Schwestern der Finsternis hatten diesen Zugang zur Macht der Ordnung gleichermaßen geöffnet. Wenn Nicci recht hatte, was Richard betraf – und in dem Punkt war sie sich ganz sicher –, dann waren nun zwei Mächte in den Kampf verwickelt, der alles entscheiden würde.

Wenn der fuer grissa ost drauka *in dieser letzten Schlacht nicht die*

Führung übernimmt, dann wird die Welt, bereits jetzt am Abgrund ewiger Finsternis, unter ebendiesen fürchterlichen Schatten fallen.

Sie mussten Richard in diesem Kampf vertrauen. Aus diesem Grund hatte Nicci die Kästchen der Ordnung in Richards Namen ins Spiel gebracht. Die Schwestern der Finsternis geboten nicht mehr als Einzige über die Macht der Ordnung.

Ohne das, was sie gerade getan hatte, konnte er nicht siegen, geschweige denn überleben.

Nicci driftete in eine andere Welt hinüber. Als sie schließlich die Augen aufschlug, hatte der Sturm aufgehört.

Die ersten Sonnenstrahlen schienen in die Fenster.

Der erste Tag des Winters dämmerte.

Richard hatte ein Jahr Zeit, um das richtige Kästchen zu öffnen.

Das Leben aller lag nun in seinen Händen.

Nicci vertraute Richard ihr Leben an. Sie hatte ihm gerade das Leben aller anvertraut.

Wenn sie Richard nicht vertrauen konnte, dann war das Leben nicht lebenswert.